여자의 일생·목걸이

기 드 모파상

일신서적출판사

여자의 일생

> **❝**그러고 보면 인생이란 사람들이 생
> 각하듯 그렇게 행복하지도 불행하지
> 도 않은 것인가 봐요.**❞**

여자의 일생

1

잔느는 짐을 다 꾸리자 창 앞으로 가보았다. 비는 여전히 내리고 있었다.

밤새도록 억수같은 비는 유리창과 지붕을 뒤흔들며 쏟아졌었다. 물기가 흠뻑 배어 무겁게 내리드리운 하늘이 무너져서 땅을 진창으로 만들고 사탕처럼 녹이려는 것만 같았다. 돌풍이 때때로 후덥지근한 열기를 뿜고 지나갔다. 넘쳐 흐르는 도랑물 소리가 인적없는 길거리에 가득히 울리고 있었다. 모든 집들은 마치 해면처럼 습기를 빨아들여 집안까지 스며든 습기는 지하실에서 다락방에 이르기까지 벽에 땀이 배게 하고 있었다.

어제 수녀원 부속 기숙학교를 나와 자유로운 몸이 된 잔느는 이미 오래 전부터 꿈꾸어오던 인생의 갖가지 행복을 금방 휘어잡을 듯이 벼르고 있었다. 그래서 날씨가 개지 않아 아버지가 떠나기를 망설이면 어쩌나 하고 걱정했다. 개일 낌새는 없을까 하고

6

아침부터 지평선 쪽을 바라본 것이 아마 백 번은 될 것이다.

그녀는 여행가방 속에 달력을 넣지 않은 것이 생각났다. 그래서 벽에 걸린 조그만 달력을 떼어냈는데, 그 달력의 도안 한가운데에 그 해인 1819라는 숫자가 금박으로 박혀 있었다.

그녀는 수녀원을 나온 날인 5월 2일까지 성자들의 이름 하나하나에 연필로 줄을 그으면서 처음 네 칸을 지워 버렸다.

그때 문 밖에서 부르는 소리가 들려왔다.

「자네트!」

잔느는 대답했다.

「들어오세요, 아버지.」

아버지가 들어왔다.

시몽 자크 르 페르튀 데 보 남작은 좀 고집스럽기는 하나 마음씨 좋은 지난 세기의 귀족같은 인물이었다. 장 자크 루소를 열렬히 숭배한 그는 자연에 대해, 들과 숲과 짐승들에 대해 깊은 애정을 품고 있었다.

귀족 가문에서 태어난 그는 93년(프랑스 혁명이 일어난 1793년을 가리킴)을 본능적으로 증오했다. 그러나 기질이 꽤 철학적인데다 자유주의 교육을 받았기 때문에 전제주의를 증오했다.

그의 큰 장점이며 동시에 큰 단점은 선량하다는 것이었다. 남을 사랑하고 남에게 호의를 베풀고 남을 포용하기에 넘칠 듯한 선량함, 산만하고 저항력이 없으며 의지의 힘이 마비된 듯한 선량함, 그것은 정력이 말라버린 거의 악덕에 가까운 선량함이었다.

이론가인 그는 딸을 행복하고, 착하고, 올바르고, 친절하게 키우기 위해서 한 교육방침을 계획해 놓았다. 그래서 딸을 12살까지만 집에서 기르고, 부인이 눈물로 애원하는 것도 뿌리치고 성심(聖心)수녀원 기숙학교로 보냈다.

그는 그곳에 딸을 엄중히 가두어 놓음으로써 속세에서 격리시켰으며, 세상일을 전혀 모르도록 했다. 그는 딸이 17살이 되면 깨끗하고 순박한 그대로 돌려주기를 바랐으며 그 뒤로는 자기 자신이 건전한 시정(詩情)의 세계에서 양육할 생각이었다.

풍요한 전원의 품안에서 생활하게 하며 그녀의 영혼을 일깨워 주고, 소박한 사랑과 동물들의 솔직한 애정을 보이면서 청순한 삶의 법칙에 대한 그녀의 무지를 깨우쳐 주고 싶었다.

그녀는 기쁨에 찬 얼굴로 싱싱한 생명력과 행복에의 갈구에 가득차서 수녀원 기숙학교를 나왔다. 하릴없는 낮과 긴 밤에 혼자 남모르게 미래를 향한 희망을 키우는 동안 그녀는 마음속에 그려오던 온갖 기쁨과 멋진 온갖 우연을 금방 손에 넣으려고 기다리고 있었다.

엷은 솜털이 덮여 햇살이 비치면 부드러운 비로드처럼 윤기흐르는 그녀의 귀족적인 아련한 장미빛 피부는 갈색 머리칼과 어울려 마치 베로네세(베니스 학파의 이탈리아 화가)의 초상화와 같았다. 그녀의 눈은 네덜란드의 도기인형처럼 불투명한 푸른빛이 감돌았다.

그녀의 왼쪽 콧방울과 오른쪽 턱 밑에는 점이 있었다. 턱에 난 점에는 피부색과 거의 구별할 수 없는 털이 두셋 돋아 곱슬거리고 있었다. 키는 날씬하게 크고, 가슴은 부풀어 올랐으며 허리의 선은 물결이 이는 듯했다.

그녀의 맑은 목소리는 때로 지나치게 날카로운 듯했으나 천진한 그 웃음소리는 주위 사람들에게 기쁨을 뿌려주었다. 그녀는 이따금 언제나 하는 버릇으로 머리를 매만지려는 듯 두 손을 관자놀이에 올리곤 했다.

그녀는 아버지에게 달려가 와락 껴안고 키스하며 물었다.

「그럼, 떠나시겠어요?」

그는 벌써 백발이 성성해진 제법 길게 기른 머리를 설레설레 저으며 창을 가리켰다.

8

「이런 날씨에 어떻게 여행을 떠나겠니?」

그러나 그녀는 귀엽게 응석을 섞어가며 졸라댔다.

「아니, 아버지, 떠나요. 오후에는 날씨가 갤 거예요.」

「하지만 어머니가 말을 안 들을 게다.」

「아녜요, 어머니의 승낙은 내가 받을 수 있어요.」

「어머니가 승낙만 한다면 떠나기로 하자꾸나.」

그러자 그녀는 재빨리 남작부인의 방으로 달려갔다. 그녀는 떠나는 오늘을 너무나 안타깝게 기다려왔던 것이다.

성심수녀원에 들어간 뒤로 아버지가 정한 나이가 될 때까지 그녀는 어떠한 오락도 가져보지 못했으며 루앙에서 떠나본 일조차 없었다. 보름쯤 파리에 데리고 간 적이 꼭 두 번 있었지만, 그곳도 역시 도회지였으므로 그녀는 오직 전원에만 가고 싶어했다.

그녀는 지금 레 페플에 있는 그들의 소유지인 이포르 근처의 언덕 위에 세워진 선조로부터 물려받은 옛 성관(城館)에서 한여름을 보낼 계획이었다. 그녀는 해변의 자유로운 생활에 무한한 기쁨을 즐겨볼 작정이었다.

이 성관은 그녀에게 주어진 것이었으므로 그녀가 결혼하면 줄곧 이곳에서 살게 될 것이다.

그러므로 지난밤부터 쉴새없이 내리는 비는 그녀의 생애에서 처음으로 맛본 가장 큰 슬픔이었다. 그러나 2,3분 뒤 그녀는 집이 떠나갈 듯 소리치며 어머니 방에서 달려나왔다.

「아버지, 아버지! 엄마가 승낙했어요. 빨리 말을 매도록 하세요!」

비는 여전히 억수같이 쏟아졌고, 사륜마차가 현관 앞으로 다가왔을 때는 더욱 세차게 퍼붓는 것 같았다.

남작부인이 한쪽은 남편의 부축을 받고 또 한쪽은 젊은이처럼 우람해 보이는 커다란 하녀의 부축을 받으며 층계를 내려왔을 때, 잔느는 막 마차에 오르려던 참이었다. 하녀는 코 태생의 노

르망디 처녀로 겨우 18살이었으나 20살 넘어 보일 만큼 숙성
했다. 잔느와는 같은 젖을 먹고 자라 둘째딸처럼 대우받고 있었
는데, 이름은 로잘리였다.

그녀의 중요한 임무는 몇 해 전부터 심장비대증에 걸려 몸이
뚱뚱해져 고생하는 마님의 보행을 돕는 일이었다.

남작부인은 숨을 헐떡이며 헐어빠진 저택 현관 앞 돌층계까지
오자 빗물이 개울처럼 넘쳐흐르는 뜰안을 바라보며 중얼거렸다.

「이런 날씨에 어디를 간다구…….」

여전히 미소지어 보이며 남작이 대답했다.

「그래도 좋다고 한 것은 당신이오. 아델라이드 부인.」

부인은 아델라이드라는 화려한 이름을 가졌기 때문에 남작은
얼마쯤 놀리는 듯한 존경을 담아 이름 뒤에 『부인』이라고 붙여
부르곤 했다. 남작부인은 다시 몇 걸음 걸어서 겨우 마차 속으로
들어갔는데, 그 몸무게 때문에 마차의 스프링이 모두 기우뚱 휘
었다.

남작은 부인 옆에 앉고 잔느는 로잘리와 함께 그 맞은편에 자
리잡았다.

찬모인 뤼디빈느가 망토를 가져와 식구들은 그것을 무릎에 둘
렀다. 두 개의 바구니는 발 밑으로 밀어넣었다. 뤼디빈느는 시몽
영감 옆에 자리잡고 커다란 담요로 몸을 감았다. 문지기 부부가
마차문을 닫아주며 작별인사를 했다.

그들은 문지기 부부에게 다음 짐마차로 실어나를 짐을 다시 한
번 분부하고 출발했다.

마부 시몽 영감은 세찬 비에 머리를 숙이고 허리를 구부리더니
세 겹 칼라가 달린 큰 마부용 외투를 뒤집어썼다.

윙윙 울리는 돌풍이 유리창을 때리고 마차바닥에 물을 들이쳐
보냈다.

말 두 마리가 전속력으로 모는 마차는 해안을 돌아 잎떨어진

나무들처럼, 소나기 퍼붓는 하늘을 향해 돛대와 활대와 어망을 처량하게 치켜올린 큰 배들이 늘어선 곁을 달렸다.

이윽고 마차는 몽 리부데의 긴 거리에 들어섰다. 얼마 뒤 몇 개의 목장을 지났다.

때때로 비에 젖은 버드나무가 시체처럼 힘없이 가지를 늘어뜨린 채 비를 머금은 안개 사이로 무겁게 서 있었다. 말 편자는 끝임없이 철벅거리고 네 개의 바퀴는 진흙투성이가 되어 있었다.

식구들은 모두 입다물고 있었다. 그들의 마음도 땅처럼 푹 젖어 있는 듯했다.

어머니는 머리를 뒤로 기댄 채 눈을 감고 있었다. 남작은 비에 젖은 단조로운 전원을 음울한 눈으로 바라보았다. 짐 하나를 무릎에 놓고 앉은 로잘리는 서민계급 특유의 동물적인 공상에 잠겨 있었다.

그러나 이 미적지근한 빗속에서 잔느는 갇혀 있던 식물이 대기에 다시 나온 듯 생생하게 되살아나는 자신을 느꼈다.

밀도 짙은 환희가 무성한 나뭇잎처럼 그녀의 마음을 슬픔으로부터 지켜주고 있었다. 말은 한 마디도 하지 않았지만 그녀는 노래부르고 싶고 손을 밖으로 펼쳐 빗물을 받아 마시고 싶은 기분이었으며, 말이 전속력으로 마차와 함께 자신을 이끌어가는 것이 즐거웠다. 또한 그녀는 황량한 풍경을 바라보며 이러한 빗속에서도 안전하게 보호된 자신을 발견하고 기뻐했다.

억수같이 퍼붓는 빗속을 달리는 두 필의 말의 번지르르한 방둥이에서는 허연 김이 피어올랐다. 남작부인은 차츰 잠들어갔다. 늘어져 흔들리는 여섯 가닥의 머리를 단정하게 말아 빗어 꾸민 남작부인의 얼굴은 점점 아래로 처져 목에 그어진 세 개의 굵은 주름살도 힘없이 받쳐져 있었는데, 그 세 번째 물결은 크나큰 가슴의 바닷속으로 사라져갔다.

숨쉴 때마다 남작부인의 머리는 치켜올려졌다가는 다시 떨어졌다. 반쯤 열린 입술 사이로 세찬 숨소리가 새어나올 때마다 남작부인의 볼이 불룩거렸다. 남작은 살며시 그녀에게로 몸을 굽히고 그 부푼 배 위에서 깍지낀 남작부인의 손 안에 조그마한 가죽 지갑을 쥐어주었다.

이 감촉이 부인을 깨웠다. 부인은 선잠을 깬 사람처럼 멍하니 흐릿한 눈으로 그 지갑을 보았다.

지갑이 아래로 떨어지면서 금화며 지폐가 마차 안에 흩어졌다.

그러자 부인은 완전히 잠이 깨었고, 마음속에만 가득 차 있던 딸의 들뜬 기분은 온통 웃음으로 터져나왔다.

남작은 흩어진 돈을 주워모아 부인의 무릎 위에 올려놓고 말했다.

「여보, 이것은 엘르토 농장을 팔고 남은 돈이오. 이제부터 우리가 자주 가서 살게 될 레 페플을 수리하려고 그 농장을 팔았소.」

부인은 6천4백 프랑을 세어서 조용히 다시 지갑 속에 넣었다. 엘르토는 그들의 부모가 물려준 서른한 개의 농장 가운데 하나 둘씩 팔기 시작해 아홉 번째로 팔린 농장이었다.

그러나 그들은 아직도 이들 여러 농장에서 연 2만 프랑의 수입이 있었고, 관리만 잘한다면 3만 프랑은 어렵지 않게 들어올 수 있었다.

그들은 늘 검소한 생활을 했으므로 이른바 그 『선량함』이라는 밑빠진 독만 없었던들 이 수입만으로도 풍족하게 살아갈 수 있었을 것이다.

마치 태양이 늪의 물기를 말리듯 이 선량함은 남작 집안의 돈을 말리고 있었다. 돈은 흐르고 도망치고 사라져 버렸다.

아무도 그 까닭을 알지 못했다. 언제나 남작 부부 가운데 한 사람이 말하곤 했다.

「오늘 뭐 별다른 것도 사지 않았는데 1백 프랑이나 썼으니 어떻게 된 일인지 모르겠어.」

어쨌든 아무렇게나 돈을 쓴다는 것은 남작 부부의 큰 행복 가운데 하나였다. 이 점에 있어 그 부부는 훌륭하고 감동할 만한 태도로 서로 이해하고 있었다.

잔느가 물었다.

「내 저택은 지금도 아름다워요?」

남작은 쾌활하게 대답했다.

「곧 알게 될 게다.」

억수같이 퍼붓던 소나기는 차츰 약해지더니 이윽고 가느다른 이슬비가 되어 안개처럼 나부꼈다.

구름은 점점 높아지면서 밝아지는 것 같았다.

갑자기 이제까지 보이지 않던 구름의 틈새에서 햇살이 엇비슷이 초원 위로 뻗쳐갔다. 구름이 쪼개져 나가면서 푸른 하늘이 보였고, 그 쪼개진 구름의 틈은 마치 장막이 열리는 듯 넓어져 갔다.

이윽고 깊고 맑게 갠 푸른 하늘이 크게 펼쳐졌다. 서늘하고 부드러운 산들바람이 대지의 행복한 숨소리인 듯 스쳐가고, 전원과 숲을 따라 마차가 지나갈 때 이따금 깃을 말리는 경쾌한 새소리가 들려왔다.

저녁이 되었다. 마차 안에서는 식구들이 모두 잠들고 잔느만이 잠을 이루지 못하고 있었다. 말에게 숨을 돌리게 하고 물과 귀리를 먹이기 위해 마차는 주막 앞에서 두 번 쉬었다.

해는 이미 지고 멀리서 저녁 종소리가 들려왔다.

어떤 조그마한 마을에서 마부는 마차의 등에 불을 켰고, 하늘에서는 알알이 들어박힌 별들이 반짝였다. 불을 밝힌 집들이 한 개의 등불이 되어 어둠 속을 꿰뚫고 여기저기 나타났다.

별안간 언덕 뒤 전나무 가지 사이로 크고 붉은 달이 잠에 취한 듯한 얼굴을 내밀었다.

날씨는 아주 따뜻해서 창문은 내려진 채였다. 지금은 잔느도 공상과 행복스러운 환상에 지쳐서 잠들어 있었다. 같은 자세로 오래 있어서 몸이 마비되어 이따금 눈을 뜨는 그녀는 희뿌연 어둠 속으로 지나가는 농장의 숲과 들 여기저기에 누워 있는 소들이 고개를 드는 것을 바라보았다. 그녀는 이리저리 자세를 바꾸며 조금 전에 꾸다 만 꿈을 다시 꾸어보려고 애썼지만, 계속되는 마차 소리가 그녀의 귀에 거슬리고 생각을 뒤흔들어 몸과 마음이 함께 피곤해짐을 느끼며 눈을 감았다.

이윽고 마차가 멈춰섰다. 하인과 하녀들이 등불을 들고 마차 문 앞에서 기다리고 있었다. 목적지에 닿은 것이다. 깜짝 놀라 깨어난 잔느는 벌떡 뛰어내렸다. 남작과 로잘리는 한 소작인이 비춰주는 등불에 의지하여 거의 기운이 다 빠져가는 목소리로 「애들아, 아이구, 하느님 맙소사.」라고 되풀이하는 남작부인을 부축하여 거의 안다시피 해서 안으로 끌어들였다. 부인은 먹지도 마시지도 않고 침대에 눕자 곧 잠들었다.

잔느와 남작은 마주앉아 밤참을 먹었다.

아버지와 딸은 서로 바라보며 웃기도 하고 식탁 너머로 손을 쥐기도 했다. 두 사람은 어린아이 같은 기쁨에 사로잡혀 수리가 끝난 저택을 보러 나섰다. 그것은 이미 잿빛으로 변한 흰 돌로 지어진 높고 넓은 저택으로 농장과 성관을 낀 노르망디 식 건물이었으며, 한 집안 식구가 충분히 살 만큼 널찍했다. 넓은 복도가 저택을 둘로 가르며 이 끝에서 저 끝으로 뻗어나갔으며, 저택의 앞뒤 한가운데에 큰 문이 열려 있었다. 양쪽에 있는 두 개의 층계가 이 입구를 타넘듯 가운데를 공간으로 남기고 다리 모양으로 2층에서 만나고 있었다. 아래층 오른쪽에 굉장히 널찍한 객실이 있었는데, 그 벽은 새들이 노니는 나뭇잎을 그린 벽포로 장식되어 있었다.

가구에는 모두 잔바늘로 수놓은 보가 덮여 있었는데 거기에는 라 퐁텐(17세기의 프랑스 시인이며 우화수집가)의 우화집(寓話

集)에 나오는 삽화가 그려져 있었다. 여우와 두루미 이야기가 그려진 그녀가 어렸을 때 좋아했던 의자를 발견하고 잔느는 벅찬 기쁨으로 몸을 떨었다.

객실 오른쪽에는 옛날 서적이 가득 찬 서재와 지금은 쓰지 않는 두 개의 방이 나란히 있었고, 왼쪽으로는 새 벽판으로 갈아댄 식당과 시트며 식탁보며 속옷 따위를 넣어두는 방과, 찬방이며 부엌이며 목욕탕이 딸린 방이 있었다. 2층은 긴 복도가 길게 세로질러 있었다.

열 개의 방에 열 개의 문이 이 복도에 늘어서 있었다. 안으로 쑥 들어간 오른쪽이 잔느의 방이었다. 아버지와 딸은 그 방으로 들어갔다. 남작은 다락에 쓰지 않고 넣어두었던 벽포와 가구를 써서 딸의 방을 새로 장식해 놓았다. 플랑드르 산(產)의 아주 오랜 벽포에 그려진 이상스러운 인물들로 이 방은 가득 차 있었다.

그녀는 침대를 보고 기쁨의 환성을 올렸다. 침대 네 모서리에 박달나무로 만든 큰 새가 한 마리씩 침대를 받쳐들고 있었는데, 검게 밀랍을 칠한 듯 번쩍번쩍 빛나는 것이 마치 침대의 파수꾼 같았다. 침대 양옆에는 꽃과 과일로 꾸며진 큰 꽃 장식이 새겨져 있었다. 코린트 식의 기둥머리가 붙은 우아하고 섬세하게 조각된 네 개의 기둥은 장미와 큐피드가 엉켜붙은 밑기둥을 떠받치고 있었다.

침대는 위용을 보이고 놓여 있었다. 그래도 오랜 세월을 지낸 만큼, 검은 윤기가 흐르는 나무의 딱딱한 위엄에도 불구하고 퍽 우아해 보였다.

장식용 침대 커버와 천장덮개가 두 개의 하늘처럼 빛났다. 이 장식품은 군데군데 금실로 수놓은 큰 백합꽃이 별처럼 반짝이고 있었는데 그 천은 짙은 곤색의 옛날 비단이었다.

침대를 충분히 감상하고 나서 그녀는 등불을 쳐들어 벽포의 그림을 주의깊게 살펴보았다. 초록, 빨강, 노랑 빛깔의 옷차림을 한 귀족과 귀부인이 하얀 과일이 무르익어가는 푸른 나무 밑에서 이야기하고, 나무열매와 같은 빛깔의 큰 토끼가 초록색 풀을 뜯고 있었다.

이들 귀족의 바로 머리 위에, 먼 배경으로 둥글고 지붕이 뾰족한 작은 집이 다섯 채 있었다. 그리고 그 위쪽 거의 하늘 가까운 곳에 빨간 풍차가 있었다. 꽃이 핀 큰 나뭇가지 모양의 무늬가 벽포 사이사이를 누비고 있었다. 다른 두 개의 벽포도 첫번째 것과 아주 비슷했다. 다만 플랑드르 식 옷을 입은 조그만 늙은이 넷이 집에서 나오며 극도의 놀라움과 분노의 표정으로 손을 하늘로 쳐들고 있는 것이 다를 뿐이었다.

그러나 네 번째 벽포는 하나의 참극을 나타내고 있었다. 여전히 풀을 뜯고 있는 토끼 곁에 쓰러져 있는 젊은이는 아무래도 죽은 것 같았다. 그 쓰러진 젊은이를 바라보며 한 젊은 귀부인이 비수로 자기 가슴을 찌르고 있었으며 나무열매들은 검은색으로 변해 있었다.

잔느는 이 그림을 이해하려는 생각을 단념하려고 했다. 그때 그녀는 벽포 한구석에서 아주 작은 동물을 한 마리 보았는데, 만일 토끼가 살아 있었다면 풀잎처럼 쉽사리 먹어버릴 것 같은 동물이었다. 그러나 그것은 사자였다.

그제야 그녀는 그것이 피람므와 티시베(고대 로마의 시인 오비디우스의 작중인물이며 그들의 극적인 사랑으로 유명함)의 불행한 운명을 그린 것임을 알았다.

비록 이 그림의 단순성을 웃어넘기긴 했으나 그녀는 이런 사랑의 모험을 그린 그림에 둘러싸인 것을 행복하게 생각했다. 그리고 이 사랑의 모험이 끊임없이 자기의 명상에 그리운 희망을 불어넣고 밤마다 그 꿈속에 이 옛날의 전설적인 애정이 꽃피기를 바랐다. 그밖의 것은 모두 전혀 양식이 다른 가구들을 모아놓고 있었다.

그녀는 돌아누워 눈을 감았다가 곧 다시 눈을 떴다. 아직도 그녀는 마차의 동요에 흔들리는 듯했으며 바퀴소리도 여전히 머릿속에서 울리는 것 같이 여겨졌다.

이 가구들은 잡다한 양식이 뒤섞여 이 집안에서 여러 대를 두고 내려오는 것들이었다. 전통이 오랜 집안이란 자질구레한 세간이 뒤섞인 일종의 박물관처럼 되는 법이다.

루이 14세 시대의 훌륭한 장롱은 반짝이는 구리로 장식되었는데, 이것은 아직도 그 시대의 꽃무늬를 수놓은 비단에 덮인 루이 15세 시대의 두 개의 안락의자 곁에 놓여 있었다.

장미나무로 만든 책상은, 제정시대 양식의 둥근 유리뚜껑 속에 든 시계가 놓인 맨틀피스와 마주보고 서 있었다. 이 청동 시계는, 금빛 꽃이 핀 꽃밭 속에서 네 개의 대리석 기둥으로 떠받친 것으로, 벌집 모양을 본뜬 것이었다.

길쭉한 틈새에서 이 벌집 밖으로 튀어나온 가느다란 추는, 날개가 칠보(七寶)로 꾸며진 한 마리의 작은 벌을 이 꽃밭 위로 빙글빙글 날아다니게 하고 있었다. 짙은 칠을 한 사기로 된 문자판은 이 벌집 한가운데 박혀 있었다.

시계가 11시를 쳤다. 남작은 딸에게 키스하고 자기 방으로 물러갔다. 잔느는 허전한 기분으로 침대에 누웠다.

그녀는 마지막으로 다시 한 번 자기 방을 둘러보고 나서 촛불을 껐다.

머리맡 쪽이 벽에 붙은 침대 왼쪽으로 창문이 있었는데, 이곳으로 달빛이 밀물처럼 쏟아져 들어와 방바닥에 빛이 연못을 이루었다.

달빛은 벽으로 반사되어, 그 창백한 빛이 피람므와 티시베의 움직임 없는 사랑의 모습을 조용하게 어루만져 주고 있었다.

잔느는 발치 쪽에 난 창 밖에 부드러운 달빛에 흠뻑 잠긴 큰 나무를 보았다.

그녀는 한동안 가만히 있으면 잠들 거라 생각하고 가만히 누워 있었다. 그러나 얼마 안 있어 마음의 초조함이 온몸으로 번져나갔다. 다리에서는 경련이 일고 차츰 열이 오르기 시작했다.

마침내 그녀는 맨발로, 팔을 드러낸 채 유령처럼 보이는 긴 잠옷만 걸치고 방바닥 위에 펼쳐진 달빛의 연못을 지나 창문을 열고 밖을 내다보았다. 밖은 달빛이 교교하여 대낮같이 밝았으므로 그녀가 어렸을 때 사랑했던 이 지방의 경치 전체가 낯익었다.

눈앞에 보이는 넓은 잔디밭은 달빛 아래 버터처럼 노랗게 펼쳐져 있었다. 아름드리 나무가 두 그루 저택 앞에 우뚝 서 있었는데, 북쪽 것은 플라타너스이고 남쪽 것은 보리수였다.

끝없이 펼쳐나간 잔디밭 저쪽 끝 작은 숲이 저택과의 경계를 이루고 있었다. 늘 거칠게 몰아치는 바닷바람으로 뒤틀리고 가지가 꺾이고 침식되어 지붕 모양으로 비스듬히 잘린 다섯 줄로 늘어선 해묵은 느릅나무가 저택을 돌풍으로부터 보호해 주고 있었다. 하나의 큰 숲의 정원을 이룬 이 들판은 그 오른쪽과 왼쪽에 노르망디 특유의 사투리로 말한다면 페플이라고 부르는 엄청나게 큰 백양나무의 가로수길로 각각 경계를 짓고 있었는데, 이것이 지주댁과 그것에 인접한 두 개의 농장을 분리시키고 있었다. 농장 하나에는 쿠이야르 집안이 살고 다른 하나에는 마르탱 집안이 살고 있었다. 그들의 저택 이름은 이 페플이라는 나무에서 따온 것이었다.

정원 저편에 펼쳐진 금작화(金雀花)가 핀 아직 개간하지 않은 초원에서는 밤낮으로 윙윙 바닷바람이 몰아치고 있었다. 그 끝은 갑자기 끊어져 깎아지른 듯한 해발 1백 미터의 절벽이 그 기슭을 파도 속에 담그고 있었다.

잔느는 저 멀리 별빛 속에 잠든 듯이 보이는 수면이 길게 물결치고 있는 것을 바라보았다. 태양없는 이 고요 속에서 대지의 온갖 냄새들이 뿜어나오고 있었다. 아래층 창문까지 뻗어오른 재스

민이 새로 돋아난 싹들의 나긋한 향기와 뒤섞여 강렬한 향내를
풍겼다. 이따금 느릿한 바닷바람이 짙은 소금 냄새와 끈끈한 해
초 냄새를 풍기고 지나갔다.

그녀는 처음에 바닷바람을 들이마시는 행복에 온몸을 내맡겼
으며, 이 전원에서의 휴식이 마치 찬물에 목욕하는 것처럼 마음
을 가라앉혀 주었다. 해가 지면 깨어나서는 밤의 적막 속에 은밀
하게 숨어 있던 온갖 짐승들이 조용한 움직임으로 달빛이 스며드
는 이 밤을 채우고 있었다. 울음소리도 내지 않는 커다란 새들이
검은 반점처럼, 그림자처럼 하늘을 날고 눈에 보이지 않는 벌레
소리가 귀를 간질렀다. 소리없이 돌아다니는 기척이 이슬에 함빡
젖은 풀숲과 인적없는 적막한 모랫길 위를 스쳐 지나갔다.

다만 몇 마리의 우울한 두꺼비들이 달빛을 향해 짧고 단조로운
노래를 부르고 있었다.

잔느의 가슴은 이 달밝은 밤처럼 속삭임에 가득 차 부풀어오르
는 것 같았으며 그녀를 둘러싸고 울고 있는 이들 밤생물처럼 종
잡을 수 없이 숱하게 오가는 욕망으로 가슴이 뿌듯해지는 듯
했다.

밤의 부드럽고 뿌연 어두움 속에서 그녀를 이 살아 있는 시의
세계로 이끄는 것 같았고, 아련한 달빛 속에서 어떤 초인간적인
떨림이 스치듯, 걷잡을 수 없는 그 어떤 희망과 행복의 숨소리 같
은 것이 고동치고 있음을 느꼈다.

그녀는 사랑을 꿈꾸기 시작했다.

사랑! 그것은 2년 전부터 차츰 다가오는 불안으로 그녀의 마
음을 채워오고 있었다. 이제 그녀는 마음대로 사랑할 수 있다.
이제는 그를 만나기만 하면 되는 것이다. 사랑할 사람을!

그는 어떤 사람일까? 그녀는 물론 그가 어떠한 사람인지 알
수 없었고, 또 생각해 본 일조차 없었다.

그는 바로 그일 것이다. 그뿐이었다. 다만 그녀가 알고 있는

것은 자기는 온 마음을 다 바쳐 그를 사랑할 것이며 그는 온 힘을 다해 자기를 사랑해주리라는 것뿐이다. 둘은 이러한 밤이면 하늘의 별이 뿌리는 재같은 빛 속을 손을 맞잡고 몸을 바싹 붙여 서로의 가슴이 뛰는 소리를 듣고 서로의 체온을 느끼며 이 감미롭고 투명한 여름 밤에 둘만의 사랑에 젖으며, 오직 사랑의 힘만으로 마음 속 깊이까지 숨어들도록 굳게 맺어져 산책할 것이다. 그리고 그것은 아무 파란도 없는 불멸의 사랑 속에서 끝없이 계속되리라.

그녀는 문득 그가 자기 앞에 있는 것처럼 느껴졌다. 갑자기 육감적인 전율이 파도처럼 발끝에서 머리끝까지 휩쓸고 지나갔다. 그녀는 마치 자기의 꿈을 끌어안으려는 듯 자기도 모르게 두 팔로 가슴을 꼭 껴안았다. 그리고 미지의 그를 향해 내민 그녀의 입술 위로, 봄의 입김이 마치 사랑의 키스를 해주듯 스쳐지나, 그녀의 의식을 몽롱하게 했다.

갑자기 저쪽에서 저택의 밤길을 걸어오는 발자국 소리가 들려왔다. 그녀는 미칠 듯한 기분으로 불가능이나 신의 섭리, 신의 가호, 기구한 운명의 장난 같은 것을 믿어보려는 안타까운 마음에서 『혹 그분이 아닐까?』하고 생각했다. 또 정말 그가 문 앞에서 하룻밤의 잠자리를 청할지도 모른다고 생각하며 조마조마한 가슴을 떨며 그 규칙적인 발자국 소리에 귀기울였다. 발자국 소리가 지나가버리자 속아넘어간 뒤처럼 서글퍼졌다. 그러나 자기의 희망이 어리석은 꿈에 사로잡혔었음을 깨닫자 미치광이 같았던 행동에 절로 웃음이 나왔다. 조금 마음이 가라앉은 그녀는 이번에는 얼마쯤 사리에 맞는 꿈속에 자신의 마음을 맡기고 미래를 내다보며 생의 발판을 세우려고 했다. 바다가 내다보이는 이 조용한 저택에서 그와 함께 살림을 꾸미리라. 아이는 둘을 낳을 것이며 남자아이는 그분 것이고 여자아이는 내 것이다.

지금 두 아이가 플라타너스와 보리수 사이의 잔디밭에서 뛰노는 모습이 눈에 선히 보이는 것 같았다. 우리 아빠와 엄마는 애정 어린 눈길을 아이들 머리 위로 보내며 대견한 눈빛으로 아이들 뒤를 쫓으리라. 언제까지나 그녀는 그처럼 몽상에 잠긴 채 우두커니 서 있었다.

그러는 동안에 달은 이미 하늘의 여행을 끝내고 바닷속으로 막 지려 하고 있었다. 공기는 한층 싸늘해지고 동쪽 지평선이 훤히 밝아왔다. 오른쪽 농장에서 수탉이 홰치는 소리가 들리고 잇따라 왼쪽 농장에서 몇 마리가 대답했다. 닭장 너머로 들리는 닭들의 쉰 목소리는 꽤 멀리서 들려오는 듯했으며, 어느덧 밝아오는 하늘에는 별들이 하나 둘 사라져가고 있었다. 어디선가 재잘거리는 새소리가 들려왔다. 지저귐 소리가 처음에는 나뭇잎 사이로 조심스럽게 들려오더니 점점 야무지고 떨리는 듯한 즐거운 소리로 바뀌어 가지에서 가지로, 나무에서 나무로 옮겨갔다.

잔느는 문득 자신이 밝아진 빛 속에 있는 것을 느끼고 두 손으로 가렸던 얼굴을 들자 찬연한 먼동의 빛에 눈이 부시어 다시 눈을 감았다. 진홍빛의 구름 등성이가 한쪽은 백양나무들로 가리워진 채 깨어난 대지 위로 핏빛같은 빛을 던지고 있었다.

그러자 이글이글 타는 듯한 태양이 유유히 찬란한 구름을 헤치고 나무와 들과 바다와 온 지평선을 불꽃으로 덮으면서 불쑥 솟아올랐다. 잔느는 행복감으로 미칠 것 같았다. 빛나는 자연의 사물을 눈앞에 두자, 미칠 듯한 기쁨과 끝없는 감동이 그녀의 가슴을 떨게 하고 마음은 망연해졌다. 이것은 내 태양, 내 여명이다! 새로운 생활의 출발이요, 희망의 문을 여는 순간이다! 그녀는 맑게 빛나는 공간을 향해 팔을 뻗쳐 태양을 끌어안고 싶은 욕망을 느꼈다.

그녀는 이야기하고 싶었다. 아침의 탄생처럼 신성한 무엇인가를 외치고 싶었다. 그러나 그녀는 이처럼 미칠 듯한 환희 속에서 아무것도 하지 못하고 힘없이 조용히 움츠리고 있을 수밖에 없었다. 다시 얼굴을 두 손으로 가렸을 때 그녀의 두 눈은 눈물로 가득 차 있었다. 그녀는 기뻐 흐느꼈다. 그녀가 다시 머리를 들었을 때는 여명의 장엄한 경치가 이미 사라진 뒤였다. 그녀 자신도 몸이 식은 듯 마음이 가라앉음을 깨닫고 피로해져서 창문을 닫고 침대에 가서 누웠다. 그리고 몇 분 동안 명상에 잠겼다가 너무나도 깊은 잠 속에 빠져 8시에 아버지가 깨우는 소리도 듣지 못했으며, 아버지가 방안에 들어와 흔들어 깨워서야 겨우 잠에서 깨어났다.

아버지는 저택을, 이제는 딸의 것이 된 아름다운 저택을 딸에게 보여주고 싶어했다.

바다 쪽이 아닌 뭍 쪽을 향한 현관은 길에서 좀 떨어진 사과나무를 심은 널찍한 뜰에 있었다. 이른바 시골길이라고 불리는 이 길은 농가의 울타리 사이를 돌아 한 5리쯤 뻗어나가 르아브르와 페캉을 잇는 큰길에 닿아 있었다. 똑바른 샛길이 숲 변두리로부터 현관 층계까지 이르고 있었다. 바닷가의 자갈로 만들고 짚으로 덮은 작은 건물들이 몇 채 두 농장의 도랑을 따라 뜰 양쪽으로 늘어서 있었다. 지붕은 새로 이어지고 목수가 손댈 만한 곳은 새로 손이 갔으며 벽도 수리되었고, 방도 새로 도배하고 내부 전체가 모두 알뜰히 새로 칠해져 있었다.

퇴색한 이 낡은 저택의 새 은빛 덧문과 잿빛 도는 정면 벽에 요즈음 새로 칠한 회가 마치 얼룩처럼 보였다.

다른 한쪽 정면, 잔느의 방 창문이 열린 쪽의 정면은 정원의 숲과 바람에 삭은 느릅나무 숲이 이룬 벽 너머로 멀리 바다 쪽을 향하고 있었다. 잔느와 남작은 서로 팔을 끼고 구석구석까지 모두 돌아보았다. 그리고 나서 공원이라고 불리는 터를 빙 둘러싼 큰 백양나무 가로수길을 천천히 거닐었다. 나무 밑은 풀이 돋아나 푸른 카펫을 깔아놓은 듯했다. 정원 저쪽 끝의 숲은 비할 데 없이 아름다웠으며 나뭇잎들로 가려진 오솔길들은 이리저리 얽혀 있었다. 별안간 토끼 한 마리가 뛰어나와 그녀를 놀라게 했다. 토끼는 경사지를 깡충 뛰어넘어 절벽의 금작화 속으로 쏜살같이 달아났다.

점심식사 뒤에도 기운을 차리지 못한 아델라이드 부인은 더 쉬겠다고 했으므로 남작은 딸에게 이포르까지 내려가보자고 했다. 두 사람은 레 페플의 한 마을인 에투방을 지나 쭉 걸어갔다. 세 농부가 이미 오래 전부터 알고 있는 듯이 그들에게 인사했다. 둘은 구부러든 골짜기를 따라 바다까지 경사져 뻗친 숲속으로 들어섰다. 이윽고 이포르 마을이 나타났다. 집 문턱에 앉아 옷가지를 꿰매던 여자들이 두 사람이 지나가는 모습을 바라보았다. 그 한복판에 실개천이 흐르고 집집의 문 앞마다 난파선 조각들이 즐비하게 쌓인 경사진 길거리는 강렬한 소금 냄새를 풍기고 있었다.

조그만 은화 비슷한 반짝이는 비늘이 여기저기 붙은 갈색 그물들이 비좁은 집 문 앞에 널려 있었으며, 그런 가난한 집에서는 한 방에서 우글우글 사는 많은 식구들의 악취가 풍겨 나왔다. 몇 마리의 비둘기가 먹이를 찾아 개천가를 돌아다녔다. 잔느에게는 이러한 모든 풍경들이 연극의 무대장치처럼 신기하고 새롭게 여겨졌다.

어떤 집 담을 돌자 별안간 바다가 나타났다. 눈길 닿는 데까지 펼쳐진 푸르고 불투명하며 잔잔한 바다였다. 두 사람은 바닷가에서 걸음을 멈추고 바라보았다. 새 깃처럼 흰 돛을 단 배가 몇 척 멀리 지나가고 있었다. 오른편에도 왼편에도 모두 높은 절벽이 솟아 있었다. 곶(岬)처럼 튀어나온 곳이 한쪽 시야를 가렸으며 다른 쪽은 해안선이 아득히 멀리 끝없이 뻗어 나가고 있었다. 항구와 몇 채의 집이 가까이 있는 절벽의 벌어진 틈으로 보였다. 흰 거품으로 바다를 장식하는 잔물결이 부드러운 소리를 내며 바닷가 조약돌을 씻어주었다.

이 지방 특유의 작은 고기잡이 배가 자갈밭 경사 위로 끌어올려져 콜타르를 칠한 뱃전에 햇볕을 받으며 한옆으로 쓰러져 있었다. 몇 사람의 어부가 저녁 밀물을 기다리며 배 띄울 준비를 하고 있었다. 사공 한 사람이 그들에게 생선을 팔러 왔다. 잔느는 넙치를 한 마리 사서 직접 레 페플로 들고 가고 싶다고 했다. 사공은 뱃놀이를 하신다면 도와드리겠다고 했다. 그리고 상대방의 기억에 똑똑히 새겨두려는 듯, 「라스티크입니다. 조제핀 라스티크입니다.」하고 자기 이름을 몇 번이나 되풀이했다.

남작은 절대로 잊지 않겠다고 그에게 약속했다. 두 사람은 저택으로 돌아가기로 했다.

그 큰 생선은 잔느를 피로하게 했으므로 그녀는 생선 아가미를 아버지의 단장으로 꿰어 둘이서 단장의 양끝을 잡았다. 두 사람은 언덕을 다시 올라가며 아이들처럼 지껄이고, 서늘한 바람을 이마에 받으며 눈을 반짝이면서 유쾌하게 걸었다.

그들은 점점 팔힘이 빠졌다. 넙치는 어느덧 처져 커다란 꼬리가 풀을 스치며 끌려갔다.

2

즐겁고 자유로운 생활이 잔느에게 시작되었다. 그녀는 책을 읽고 공상을 하고 혼자 산책하기도 했다. 꿈에 잠겨 천천히 길을 따라 거닐거나 작고 꼬불꼬불한 골짜기를 뛰어내리기도 했다. 양쪽 산등성이가 금빛 비단 법의처럼 금작화로 온통 덮여 있었다. 더위 때문에 한층 더 짙게 피어오르는 금작화의 강렬하고 달콤한 냄새는 향기로운 술처럼 그녀를 취하게 했다. 그리고 바닷가에 부딪쳐 철썩거리는 먼 파도 소리를 들으며 그녀의 가슴도 물결이 일듯 출렁였다.

그녀는 때로 피곤해지면 경사진 무성한 풀 속에 누워 쉬기도 했다.

이따금 골짜기를 돌아가다가 잔디밭이 깔대기 모양으로 움푹 꺼진 저편에 푸른 삼각형 바다가 펼쳐지고 수평선 위로 흰 돛단 배 한 척이 햇빛에 반짝이며 떠 있는 것을 볼 때, 그녀는 자기 머리 위에 있는 행복이 신비에 싸여 다가오는 듯 온몸이 걷잡을 수 없는 환희에 사로잡히는 것이었다.

대지의 상쾌함을 즐기면서 부드러운 기복을 이룬 지평선의 조용한 경치를 보는 동안에 고독을 사랑하는 마음이 그녀에게 스며들었다. 그녀가 너무 오랫동안 움직이지 않고 앉아 있었기 때문에 작은 산토끼들이 깡충깡충 뛰어 발 밑으로 지나갈 때도 있었다. 어떤 때는 물 속의 물고기처럼, 하늘을 나는 제비처럼 지칠 줄 모르고 움직이는 상쾌한 기쁨 속에서 그녀는 몸을 약동시키며 바닷바람에 불려 절벽 위를 달렸다. 그녀는 땅에 씨를 뿌리듯 여기저기에 추억의 씨를 뿌렸다. 그것은 죽을 때까지 뿌리내리고 자라날 그런 추억이었다. 이 골짜기의 모든 주름살 하나하나에 그녀의 마음을 조금씩 심어넣는 것처럼 여겨졌다. 그녀는 수영에 열중하기 시작했다. 튼튼한데다 대담하고 위험이라는 것을 몰랐으므로 보이지 않는 데까지 헤엄쳐 갔다. 자기의 몸을 뜨게 해주는 이 차갑고 투명한 푸른 물 속에 잠겨 있으면 기분이 상쾌했다.

바닷가에서 깊숙이 안으로 들어가 그녀는 가슴에 팔짱을 끼고 물 위에 드러누워 아득히 푸른 하늘을 바라보았다. 때때로 그녀 위로 제비가 깃을 치며 지나가고 갈매기의 흰 그림자가 스쳐 갔다. 들리는 것이라고는 멀리 바닷가 조약돌에 찰싹거리는 파도의 속삭임과, 넘실거리는 파도를 따라 들려오는 막연한 육지의 소음뿐으로 그것도 희미하여 거의 들리지 않았다.

이윽고 잔느는 다시 몸을 일으켜세우고 기쁨에 사로잡혀 두 손으로 물을 튀기며 날카로운 함성을 질렀다. 이따금 그녀가 너무 멀리 갔을 때는 배가 마중나오기도 했다. 그녀는 배가 고파 새파래져 가지고도 마음과 몸은 기쁨에 넘쳐 입가에 미소를 머금고 행복에 반짝이는 눈으로 저택에 돌아왔다.

남작은 또 남작대로 농업에 관한 큰 계획을 세우고 있었다. 그는 시작(詩作)도 해보고, 증산도 꾀해보고, 새로운 농기구도 실험해보고, 외국 품종의 씨앗을 옮겨심어보고 싶기도 했다. 그는 하루의 일부를 농부들과 이야기하며 보내곤 했는데, 그들은 고개를 갸웃거리며 남작의 시도를 믿으려 하지 않았다. 때때로 그는 이포르의 사공들과 같이 바다에도 나갔다. 근처 동굴이며 샘터며 기암괴석 같은 것을 보고 나서는 또 여느 어부처럼 고기잡이도 하고 싶은 마음이 들었다. 미풍이 부는 날, 바람을 안고 돛이 부풀어오른 고기잡이 배를 파도 위로 달릴 때, 또 양쪽 뱃전에서 큰 줄을 바닷속으로 늘여놓아 고등어 떼가 따라올 때, 남작은 걸린 고기가 펄떡이면 곧 알아차릴 수 있는 작은 줄을 불안에 떨리는 손으로 꽉 쥐고 있었다.

또 남작은 전날 밤에 쳐둔 그물을 거두려고 달밤에 나가기도 했다. 그는 삐걱거리는 돛대 소리와 윙윙대는 시원한 밤의 바닷바람 쐬기를 좋아했다. 그리고 뾰죽이 바위며 종루의 지붕이며 페캉의 등대 등을 목표로 하여 부표를 찾으려고 멀리 바람을 헤치며 배를 저어나가, 부채꼴 모양으로 넓적하게 생긴 홍어의 미끈미끈한 등이며 살찐 배를 비추어주는, 이제 막 솟아오른 아침 햇살을 받아가며 갑판 위에 움직이지 않고 서 있기를 좋아했다. 식사 때면 으레 자기가 멀리 갔다온 바다 산책 이야기에 여념이 없었다. 그러면 부인은 부인대로 넓은 백양나무 가로수길을 몇 번 걸었는지를 이야기하였다.

그러나 왼쪽 가로수길은 햇빛이 들지 않아 걷는 쪽은 오른쪽 쿠이야르 집안의 농원에 딸린 백양나무 가로수길뿐이었다. 의사가 『운동을 하도록』 권유했으므로 부인은 걷는 데 온 힘을 다했다. 밤의 냉기가 가시고 나면 부인은 곧 로잘리의 팔에 기대어 가로수길로 나갔다. 망토와 두 개의 숄을 두르고, 검은 부인용 모자를 쓴 머리 위에는 또 한 개의 붉은 털모자까지 얹혀 있었다.

그리고는 오른쪽 발은 무거워서 절면서——왼쪽 발은 끌면서──걸었는데, 이것이 가로수길 처음부터 끝까지 가면 갈 때하나, 그리고 올 때 하나, 두 줄을 그어 놓았으며 그곳은 풀이 죽어 있었다. 이렇게 저택 모퉁이에서부터 정원수의 막다른 관목숲까지 직선으로 끝없이 왼쪽 다리를 절면서 걷기를 계속하는 것이었다.

부인은 줄이 생긴 길 양끝에 긴 의자를 하나씩 놓게 하고, 5분마다 한 번씩 걸음을 멈추고 참을성있게 자기를 부축해주는 하녀에게 말하곤 했다.

「좀 쉬자, 얘야, 숨이 차다.」

그리고 쉴 때마다 긴 의자 위에 어느 때는 털모자를, 어느 때는숄을, 그리고 또 하나의 숄을, 그 다음에는 모자를, 또 망토를 벗어 놓았다.

그리하여 가로수길 양끝에 두 개의 큰 옷보따리가 생겼는데, 그것은 점심식사하러 들어갈 때 로잘리가 부인을 부축하지 않는손으로 가지고 갔다.

오후에도 남작부인은 더욱더 느려진 걸음으로 또 걷기를 계속했는데, 오전보다 쉬는 시간이 훨씬 길어지고 부인을 위해 밖으로 내놓은 긴 의자 위에서 한 시간이나 졸 때도 있었다. 부인은 이것을 『나의 운동』이라고 불렀는데, 그것은 『나의 심장비대증』이라는 뜻이었다. 10년 전 부인이 숨이 답답하여 진찰을 받았을 때, 의사는 심장비대증이라고 진단내렸다. 그때부터 부인은 이 진단의 뜻은 몰랐지만 그 말이 머릿속에 꼭 박혀 버렸다.

자기의 심장에 남작이나 잔느나 로잘리에게 손을 대보라고 몹시 졸랐지만 가슴이 굉장히 비대하여 아무도 심장의 고동을 느낄수 없었다. 혹시 새로운 다른 병세가 나타날까봐 부인은 다른 의사에게 진단받기를 완강히 거부했다. 그리고 말끝마다 그 비대증이야기를 끄집어냈으며, 마치 그 병은 자기 혼자만 앓는 것이고자기에게만 속해 있으며 남들은 이 병에 걸릴 아무 권리도 없는 듯 여기고 있었다. 마치『옷』이나『모자』,『우산』이라고 말하는 듯이 남작은『내 아내의 심장비대증』, 잔느는『어머니의 심장비대증』이라고 거침없이 말했다.

부인은 젊었을 때 몹시 아름다웠고 몸매가 갈대보다 더 가늘었다. 제정시대의 군복을 입은 모든 장교들과 왈츠를 추고, 코린느(그리스의 여류시인)를 읽고 눈물을 흘렸다. 부인은 이 소설에서 깊은 감명을 받았다.

몸이 뚱뚱해짐에 따라 부인의 영혼은 더욱더 시적인 충동에 사로잡혀갔다. 몸이 너무나 뚱뚱해져서 안락의자에만 붙어 있게 되자 부인의 생각은 사랑의 모험을 따라 방황했고, 스스로를 그 모험의 여주인공으로 여겼다. 이 모험 속에는 특히 부인이 좋아하는 것이 있어서, 마치 자동악기가 핸들을 돌리면 끊임없이 같은 곡을 되풀이하듯 언제나 그것을 꿈의 세계로 불러들이는 것이었다. 갇힌 여인과 제비의 이야기가 담긴 애달픈 연가는 부인의 눈시울을 적셨다. 베랑제(18세기의 프랑스 민요시인)의 어떤 음탕한 가요마저 그것이 사랑의 우수를 노래부르고 있다는 이유로 부인은 좋아했다.

때때로 부인은 손끝 하나 까딱 하지 않고 몇 시간이나 공상에 잠겨 있기도 했다.

레 페플의 저택은 부인의 마음을 끝없이 즐겁게 해주었는데, 그것은 부인의 마음 속 소설에 하나의 무대를 제공해줄 뿐 아니라 주변의 숲이며 황량한 들판, 근처의 바다며 부인이 몇 달 전부터 읽기 시작한 월터 스코트의 작품들을 연상시켜주기 때문이었다.

비오는 날이면 부인은 방안에 들어앉아 스스로 기념물이라고 부르는 것을 살펴보며 하루 해를 보냈다. 그것은 모두 부인이 받은 옛날 편지들이었다. 아버지의 편지, 어머니의 편지, 약혼시절 남작의 편지, 그밖에도 여러 가지 편지가 있었다. 부인은 편지뭉치를 구리로 만든 스핑크스가 네 모서리를 장식한 마호가니 책상

속에 간직하고 있었다.

부인은 여느 때와는 다른 목소리로 말한다.

「애, 로잘리, 그 회상의 기념물이 들어 있는 서랍을 이리 가져온.」

로잘리가 책상뚜껑을 열고 서랍을 빼서 마님의 의자 위에 놓으면 마님은 그 편지를 한장한장 읽어가며 때로는 눈물을 흘리기도 했다.

이따금 잔느가 로잘리 대신 어머니를 산책시켜 주었는데, 그러면 어머니는 딸에게 어린시절의 추억을 들려주었다.

딸은 그러한 옛이야기 속에서 자신의 모습을 발견하고 자기들의 생각이 비슷하며 자기들의 욕망이 같은 피를 잇고 있다는 점을 알고 깜짝 놀랐다. 실은 이 세상에 나타난 인간도 이미 똑같은 감각에 가슴설레였을 것이고, 또 이 세상의 마지막 남녀들도 똑같은 감각에 가슴설레이게 될 것이 틀림없다. 모녀의 느릿느릿한 걸음은 그들의 느릿한 이야기와 보조를 맞추었는데 때로는 그것도 숨이 차서 얼마 동안 이야기가 끊기기도 했다. 그럴 때면 잔느의 생각은 이미 시작된 사랑의 이야기를 넘어 환희에 찬 미래로 달려가 희망 속에서 뒹굴었다.

어느 날 오후, 모녀가 벤치 위에서 쉬고 있는데 갑자기 가로수 길 저 끝에서 그들을 향해 걸어오는 뚱뚱한 신부의 모습이 보였다. 신부는 멀리서 인사하며 얼굴에 상냥한 미소를 짓고 가까이 와서 다시 한 번 인사하며 큰소리로 외쳤다.

「남작부인, 그 동안 안녕하셨습니까?」

그는 이 지방의 주임 신부였다. 부인은 철학 전성기에 태어나서 혁명시대에 신앙을 갖지 않은 부친 슬하에서 자라났기 때문에 종교에 대한 여자의 본능으로 신부를 좋아하기는 했지만 성당에는 자주 가지 않았다. 부인은 자기 교구의 사제인 피코 신부를 완전히 잊어버리고 있었으므로 그를 보자 얼굴을 붉혔다. 부인은 먼저 신부를 찾아가지 못한 것을 변명했다. 그러나 신부는 조금도 언짢은 기색이 없었다. 잔느의 얼굴을 보자 그녀의 아름다움을 칭찬하고, 긴의자에 걸터앉아 법모(法帽)를 무릎 위에 놓더니 이마의 땀을 씻었다.

그는 몹시 뚱뚱하고 얼굴이 삶은 문어처럼 붉었으며 비오듯 땀을 흘리고 있었다.

그는 땀에 젖어 얼룩진 큰 손수건을 꺼내 쉴새없이 얼굴과 목을 닦았다. 그러나 땀이 밴 그 손수건을 집어넣자마자 곧 새 땀방울이 살갗에 솟아 불룩한 아랫배 쪽 법의 위에 떨어져서 바람에 날리는 먼지와 섞여 조그마한 얼룩을 만들었다.

그는 명랑하고 전형적인 시골 신부로서 마음이 너그럽고 말하기 좋아하는 호인이었다. 그는 여러 가지 이야기를 늘어놓고 마을 사람에 대해 말하면서도 자기 교구에 속하는 이 두 모녀가 성당에 나오지 않는다는 사실을 전혀 눈치 채지 못한 것 같았다. 부인은 본디 무심한데다 신앙심마저 애매했으므로 인사를 드리지 못했는데 잔느는 경견한 의식을 싫도록 맛본 수녀원에서 해방된 것이 너무도 기뻐 마음이 벅차 있었다.

남작도 나타났다. 그는 범신론적(汎神論的) 종교관을 가지고 있었으므로 성당 교리에 대해서는 무관심했다. 그러나 그전부터 알고 지내는 신부에게 남작은 친절하게 대하고 저녁식사에도 초대했다.

인간의 영혼을 다룬다는 것은, 가장 평범한 사람에게도, 이를테면 운명의 조작으로 자기의 동료에 대해 권력을 행사할 수 있게 된 아주 평범한 사람에게도 무의식적인 요령을 부여하는데, 이 신부도 그 요령 덕택으로 남을 기쁘게 해줄 수 있었다. 남작부인은 신부를 극진히 대접했는데, 아마도 서로 통하는 사람끼리 접근시키는 친화력과 이 육중한 신부의 붉은 얼굴과 가쁜 숨소리가 부인의 숨찬 심장비대증을 위로해 주었기 때문인지도 모른다.

식후 디저트가 나올 때쯤 신부는 한 잔 마신 사제답게 재담을 늘어놓았는데, 그것은 즐거운 식사 뒤에 흔히 나오는 허물없는 자연스러운 태도였다.

그는 갑자기 유쾌한 생각이 떠오른 듯이 큰소리로 외쳤다.

「참, 이 교구 안에 새 신자가 한 사람 늘었는데 소개해 드리지요. 라마르 자작이라고 합니다!」

그러자 이 지방의 모든 족보를 샅샅이 외고 있는 남작부인이 물었다.

「그렇다면 그분은 위르 라마르 가문 출신입니까?」

신부는 머리를 끄덕였다.

「그렇습니다, 부인. 지난해 세상 떠난 장 드 라마르 자작의 아들입니다.」

그러자 무엇보다도 귀족을 좋아하는 아델라이드 부인은 신부에게 여러 가지 질문을 하여 대략 다음과 같은 사실을 알아냈다.

이 젊은 자작은 선조로부터 물려내려오는 저택을 팔아 아버지의 빚을 정리하고 에투방에 있는 세 개의 농장 가운데 한 곳에 임시 거처를 두었는데, 이 농장들은 연수입이 5,6천 프랑쯤 되었다. 그러나 자작은 착실하고 절약가였으므로 2,3년은 이 임시 거처에서 검소하게 생활하며 앞으로 사교계에 나아갈 만한 재산을 모으고, 빚진다든가 농장을 저당잡히지 않고 유리한 결혼을 할 생각으로 있었다.

신부는 덧붙여 말했다.

「아주 마음 좋은 젊은이입니다. 단정하고 싹싹한 사람이지요. 하지만 여기서는 그다지 재미있게 지낼 데가 없는가 봅니다.」

남작이 말했다.

「이따금 우리집으로 데리고 오십시오. 그에게 심심풀이가 될 수 있을 테니까요.」

그리고 화제는 다른 곳으로 옮겨갔다.

모두들 객실로 들어가 커피를 마시고 나자 신부는 식사 뒤에 하는 산책이 습관이므로 정원을 한 바퀴 돌겠다고 했다.

남작도 함께 따라나섰다. 두 사람은 저택의 하얀 칠을 한 현관을 따라 천천히 걸음을 옮겼다. 한 사람은 마르고 한 사람은 둥그런 버섯 같은 법모를 쓴, 두 사람의 그림자는 그들이 달을 향해 걷거나 또는 달을 등지고 걷는 데 따라 그들을 앞서기도 하고 뒤서기도 했다. 신부는 호주머니에서 꺼낸 일종의 코담배를 꺼내 씹었다. 그는 시골사람다운 솔직한 말투로 설명했다.

「소화가 잘 안돼서요. 소화시키는 데 좋지요……」

그는 문득 하늘의 밝은 달을 쳐다보며 말했다.

「이런 경치는 언제 봐도 싫증이 나지 않는군요.」

그리고는 여자분들에게 작별인사를 하러 안으로 들어갔다.

3

　다음 일요일, 남작부인과 잔느는 신부에 대한 미묘한 존경심에 끌려 미사에 참석했다.

　미사가 끝난 뒤, 모녀는 신부를 목요일 점심식사에 초대하려고 기다리고 있었다. 이윽고 신부는 키가 크고 점잖아 보이는 한 젊은이와 정답게 팔을 끼고 성기실(聖器室)에서 나왔다.

　신부는 두 여자를 보자 기쁘고 놀란 듯 소리쳤다.

　「이거 참 잘됐군요！ 남작부인과 잔느 아가씨, 이번에 새로 이웃이 된 라마르 자작을 소개하겠습니다.」

　자작은 머리를 숙이고 전부터 가까이 지내고 싶은 생각이었다며, 정말 사회 경험이 풍부한 신사답게 거침없이 이야기해 갔다. 그는 여자들에게는 동경의 대상이 될 수도 있으나 남자들에게는 어딘지 불쾌한 느낌을 주는 미남자의 외모를 지니고 있었다. 검은 곱슬머리가 햇볕에 그을어 반지르르한 이마를 덮었으며, 그린

34

듯한 굵은 눈썹은 흰자위가 좀 푸르러 보이는 검은 눈을 깊이 있고 부드럽게 보이게 해 주었다.

짙고 긴 속눈썹은 그의 눈에 어떤 정열을 깃들게 해 살롱에서는 귀부인들의 마음을 설레게 하고, 거리로 바구니를 끼고 나온 모자쓴 아가씨들의 눈길을 끌 것이다.

번민하는 듯한 눈의 매력은 심오한 사상을 지니고 있는 듯했다. 그리하여 대수롭지 않은 말도 사람들에게 그럴 듯한 의미를 주었다.

반드르하고 멋진 숱 많은 수염은 좀 위엄있어 보이는 턱을 가리고 있었다.

서로 인사를 나누고 그들은 헤어졌다.

이틀 지난 아침 라마르 씨는 처음으로 남작 댁을 찾아왔다. 그가 왔을 때 남작 식구들은 객실의 창 앞에 선 커다란 플라타너스 나무 아래 시골풍의 긴 의자를 내다놓고 쓸만한지 살펴보고 있었다. 남작은 마주보고 앉을 수 있도록 긴 의자 하나를 더 갖다가 보리수 아래 놓고 싶어했다. 그러나 짝지어 나란히 앉기를 싫어하는 부인이 한사코 이를 말렸다. 의논을 받은 자작은 부인의 의견에 찬성했다.

그리고 나서 자작은 그 고장에 관한 이야기를 꺼냈다. 혼자 여기저기 거닐어보니 아름다운 곳이 많았으며 더할 수 없는 좋은 경치라고 자신있게 말했다. 때때로 그의 눈은 우연이란 듯 잔느의 눈과 마주쳤다. 그녀는 이 갑작스런 눈길에 이상한 느낌을 받았다. 그 눈길은 얼른 돌려졌으나 거기에는 애무하는 듯한 감탄과 막 눈뜨기 시작한 공감의 정이 서려 있었다.

지난해 세상 떠난 라마르 씨의 아버지는 마침 남작부인의 아버지 데 퀴르토 씨와 가깝게 지내던 어느 친구분과 잘 아는 사이였다. 그리하여 이야기는 자연 끝없이 친척관계를 캐고 연대를 따져가며 계속되었다. 더욱이 남작부인은 기억력이 비상하여 조금도 헛갈리지 않고 복잡한 족보를 시시콜콜 캐내면서 남의 집안 대대손손의 혈통관계를 따져 들어갔다.

「자작은 혹시 바르플뢰르의 소느와 집안 이야기를 들어본 일이 있나요? 큰아들 공트랑이 쿠르실 집안의 딸과 결혼했답니다. 쿠르실 쿠르빌 말예요. 그 둘째아들이 내 사촌 여동생인 로슈 오베르와 결혼했는데, 그애는 크리상즈 집안과 친척이지요. 그런데 크리상즈 씨는 나의 아버지와 다정한 친구이며 아마 당신 아버님과도 서로 아는 사이일 거예요.」

「그렇습니다, 부인. 그분은 혹시 외국으로 망명하시고, 그분의 아들은 파산한 크리상즈 씨가 아닙니까?」

「바로 그분이에요. 내 이모부였던 데르트리 백작이 돌아가시자 그분이 이모에게 청혼했지요. 그러자 이모는 그분이 코담배를 즐긴다고 청혼을 거절했어요. 그런데 빌르와즈 집안은 어떻게 됐는지 아세요? 가문이 기울어지자 오베르뉴로 가서 자리잡아 보겠다고 1813년쯤 투렌느를 떠났는데, 그 뒤 통 소식은 듣지 못했지요.」

「내가 알기로는 그 뒤 늙은 후작은 말에서 떨어져 돌아가시고 따님 한 분은 영국사람과 결혼했으며 또 한 분은 듣건대 부자라던가 하는 바솔이라는 장사치의 꾐에 빠져 결혼했다더군요.」

그는 어렸을 때부터 부모의 이야기 속에서 들어, 기억나는 이름이 몇 개 떠올랐다. 같은 계급의 가문끼리 결혼하는 것이 공적인 대사건만큼이나 중요했던 것이다. 그들은 만나본 일도 없는 사람들에 대해 친지라도 되는 듯 떠들어댔다. 그런 사람들도 다른 곳에서 똑같은 투로 그들 이야기를 할 것이다. 그들은 같은 계급, 같은 신분, 또 혈통이 같다는 단 한 가지 사실만으로도 멀리 떨어져 있으면서도 친구나 친척 사이인 것처럼 친밀하게 느끼는 것이다.

남작은 본디 비사교적인데다 사회적인 신분이나 지위에 맞지 않는 교육을 받아왔고, 또 이 근처의 귀족 가문을 전혀 몰랐다. 그래서 자작에게 그들에 관해 물었다.

라마르 씨가 대답했다.

「이 부근에는 귀족이 그다지 많지 않지요.」

『뭐, 이 지방에는 토끼가 그다지 많지 않습니다』라고 말하는 것 같은 말투였다. 그리고 나서 그는 자세히 이야기하기 시작했다.

이 근처에 귀족 가문은 셋밖에 없었다. 노르망디 귀족의 대표격인 쿠틀리에 후작과 가문은 아주 좋으나 얼마쯤 세상에서 고립되어 살고 있는 브리즈빌르 자작 부부와 푸르빌르 백작인데 그는 성격이 괴팍하여 부인을 죽도록 들볶는다는 소문이 있었으며 호숫가에 세운 브리에트 저택에서 사냥으로 나날을 보낸다고 한다. 자기네들끼리만 교제하면서 여기저기에 토지를 산 몇몇 벼락부자가 있었지만 자작은 전혀 그들을 알지 못했다.

그는 작별인사를 했다. 다른 사람들한테보다도 더욱 공손하고 더욱 부드럽게 각별한 작별인사를 하려는 듯 그의 마지막 눈길은 잔느에게로 향했다.

남작부인은 그가 매력있고 나무랄 데 없는 이상적인 사람이라고 했다. 남작도 맞장구쳤다.

「정말 그렇소. 확실히 기품 높은 집안에서 자란 젊은이구려.」

다음 주일, 그는 저녁식사에 초대되었다. 그 뒤로 그는 규칙적으로 남작 집을 찾아오게 되었다.

그는 대개 오후 4시쯤 찾아와서 『어머니의 산책길』에서 남작부인과 만나 『어머니의 운동』을 위해 그녀를 부축해주었다. 외출하지 않을 때면 잔느도 남작부인을 반대편에서 부축해 주었으며, 세 사람은 똑바로 난 큰길을 끊임없이 천천히 왔다갔다했다. 자작은 그녀에게 좀처럼 말을 걸지 않았다. 그러나 검은 비로드와 같은 그의 눈은 곧잘 파란 마노(瑪瑙) 같은 잔느의 눈과 마주쳤다.

두 사람은 이따금 남작과 함께 이포르 마을에 내려가기도 했다. 어느 날 저녁 세 사람이 바닷가를 산책하고 있을 때 라스티크 영감이 그들에게 다가와 파이프를 문 채——아마 파이프를 물고 있지 않은 영감을 보는 일은 코가 없어진 영감을 보는 것보다 더 놀라운 일일 것이다——말했다.

「남작나리, 바람이 이 정도라면 내일 에트르타까지 나가도 그다지 힘들지 않고 돌아올 수 있을 겁니다.」

잔느는 손뼉을 쳤다.

「아아, 좋아라! 가요, 네, 아버지!」

남작은 라마르 씨를 돌아보며 말했다.

「자작은 의향이 어떻소? 거기 가서 점심이나 듭시다.」

이리하여 계획은 곧 세워졌다.

새벽부터 잔느는 일어나 있었다. 옷입느라고 꾸물거리는 아버지를 기다리려고 두 사람은 이슬 젖은 들과 새소리로 떨리고 있는 숲을 걸었다. 자작과 라스티크 영감은 고패 위에 걸터앉아 있었다.

다른 사공 두 사람이 배 떠날 준비를 거들고 있었다. 사나이들은 어깨를 뱃전에 대고 힘껏 배를 밀었다. 자갈 깔린 해변은 밀고 갈 때에 힘들었다. 라스티크 영감은 용골(龍骨) 밑으로 기름칠한 나무 지렛대를 밀어넣고 자기 자리로 되돌아가서, 힘을 모으도록 앞장서서 목청을 길게 뽑아「영차!」하고 장단을 맞추었다.

가까스로 바닷가 비탈에 이르자 배는 갑자기 자기 힘으로 움직이기 시작하더니, 헝겊이 찢어지는 듯한 소리를 내며 둥글둥글한 자갈 위를 미끄러져 내려갔다. 배는 작은 물결이 이는 거품 위에서 멈추었다.

모두들 배에 올라 자리잡자, 육지에 남은 두 사공이 배를 물결 위로 밀어 넣었다.

바다에서 불어오는 끊임없는 산들바람이 물 위를 가볍게 스치면서 잔물결을 일으켰다. 이윽고 돛이 올라 바람에 부풀더니 배는 조용히 흔들리면서 바다 위로 나아갔다.

배는 바닷가를 떠났다. 수평선을 바라보니 저쪽에 얇게 드리워진 하늘이 바다와 맞닿았다. 물 쪽에는 깎아지른 듯한 높은 절벽이 그 발치에 큰 그림자를 던지고 있었고, 햇빛에 반짝이는 잔디밭 비탈은 드문드문 초승달처럼 움푹 패여 있었다. 저 멀리 뒤쪽에서 갈색 돛단배가 몇 척 페캉 해안의 흰 방파제에서 나오고 있었으며, 저편 멀리, 야릇한 모양의 창문처럼 생겨서 구멍이 뚫린 동그스름한 바위는, 파도 속에 코를 처박은 큰 코끼리와 비슷했다. 이것이 에트르타의 작은 문 바위였다.

잔느는 파도에 흔들리자 뱃멀미가 좀 났으므로 한 손으로 뱃전을 잡고 멀리 저쪽을 바라보고 있었다. 그녀는 온갖 창조물 가운데 빛과 공간과 물, 이 세 가지만이 참 아름다움이라고 여겼다.

모두 입을 다물고 있었다. 키와 밧줄을 잡은 라스티크 영감은 이따금 앉은 자리 밑에 숨겨둔 술병을 꺼내 병째 들이마셨다. 그리고는 자기 몸의 한 분신 같은 파이프로 쉴새없이 담배를 피웠는데, 그 불은 영원히 불이 꺼질 때가 없을 듯싶었다. 파이프에서 끊임없이 한 줄기 푸른 연기가 실처럼 피어오르고 또 입에서도 역시 담배연기가 흘러나왔다. 아무도 이 사공의 흑단보다 더 검은 사기 파이프에 다시 불을 붙이거나 담배를 갈아넣는 것을 본 사람은 없었다. 이따금 한 손에 파이프를 뽑아들고는 연기가 흘러나오는 입술 끝으로 바다를 향해 갈색 침을 내뱉었다.

남작은 뱃머리에 앉아 사공 대신 돛을 지켜보았다. 잔느와 자작은 나란히 앉았는데 두 사람 다 좀 거북해 하고 있었다. 알 수 없는 그 어떤 힘이 그들의 눈길을 마주치게 했다. 마치 서로 잡아끄는 힘이 암시한 듯 두 사람은 동시에 눈길을 들었다.

그것은 남자가 못생기지 않고 여자가 아름다울 때, 필연적으로 두 남녀 사이에 급속히 일어나는 미묘하고 막연한 감정인데, 그것이 이미 두 사람 사이에 싹트고 있었다. 함께 있다는 것으로 두 사람은 행복을 느꼈는데, 아마 두 사람이 서로를 생각하고 있었기 때문인 것 같았다.

태양은 자기 아래 펼쳐진 망망한 바다를 한층 높은 곳에서 내려다보려는 듯이 높이높이 솟아올랐다. 그러나 바다는 맵시라도 내려는 듯 엷은 안개로 몸을 감싼 채 햇빛을 가리고 있었다. 바다 위에 나지막이 드리워진 투명한 금빛 안개는 아무것도 가리지는 않았으나 먼 풍경을 훨씬 부드럽게 보이게 했다. 태양은 끊임없이 열기를 내뿜으며 반짝이는 구름을 녹였다. 태양이 마음껏 열을 내뿜자 어느덧 안개는 증발되어 사라져 버렸다. 그러자 거울처럼 매끄러운 바다는 찬란한 햇빛 속에서 빛을 반사하기 시작했다.

잔느는 이 풍경에 완전히 도취되어 중얼거렸다.

「아아, 얼마나 아름다워요!」

「정말 아름답군요!」

자작이 대꾸했다.

이 아침의 청명한 빛은 두 사람의 가슴 속에 메아리 같은 것을 일게 해 주었다.

그때 문득 마치 바닷속을 걷는 절벽의 두 다리처럼 에트르타의 문 모양의 바위가 나타났는데 배가 드나들 수 있을 정도의 높이로 아치를 이루고 있었다. 한쪽 끝이 뾰족한 바위 탑이 첫번째 활 모양의 문 앞에 우뚝 솟아 있었다.

배는 바닷가에 닿았다. 남작이 먼저 내려 밧줄을 잡아 배가 흔들리지 않도록 바닷가에 매어두는 동안 자작은 잔느를 두 팔에 안아 물에 젖지 않도록 뭍에 올려 놓았다. 두 사람은 이 짧은 포옹에 흥분된 채 나란히 서서 단단한 자갈밭을 걸어 올라갔다. 그때 불쑥 라스티크 영감이 남작을 향해 하는 말이 두 사람에게 들려왔다.

「보아하니 어떻든 천생배필입니다.」

바닷가 작은 주막에서의 점심은 참 즐거웠다.

바다에 나가 있는 동안은 목소리와 생각을 마비시켜 그들을 침묵케 했으나 식탁을 대하자 그들은 마치 휴가중인 아이들처럼 지껄이기 시작했다.

하찮은 일에도 그들은 끝없는 기쁨을 느꼈다.

라스티크 영감은 식탁에 앉으며 여전히 연기가 피어오르는 파이프를 조심스럽게 베레모 속에 감추었다. 이것을 보고 모두들 웃음을 터뜨렸다. 그 빨간 코가 마음에 들었는지 파리 한 마리가 몇 번씩이나 날아와 앉으려 했다. 영감이, 파리를 잡기에는 느린 손짓으로 겨우 쫓아버리자, 파리는 제 동료들이 이미 더럽혀 놓은 얼룩진 모슬린 커튼에 가서 앉아 영감의 그 빤질빤질한 코를 노리고 있는 듯했다. 왜냐하면 파리는 곧 다시 날아와 그의 코에 앉으려고 했기 때문이다.

파리가 날아올 때마다 웃음이 터져나왔다. 영감이 간지러워 화를 벌컥 내며 「에이, 추근추근하기도 하군!」 하고 중얼거리자 잔느와 자작은 눈물이 나올 만큼 웃어대고 몸을 흔들며 소리내지 않으려고 냅킨을 입에 갖다댔다.

커피를 마시고 나자 잔느가 물었다.

「산책이나 좀 할까요?」

자작이 일어섰다.

그러나 남작은 자갈밭에서 볕을 쬐는 편이 좋겠다며 말했다.

「둘이 갔다 오게. 한 시간 뒤에 여기서 다시 만나지.」

두 사람은 이 마을의 초가집 몇 채를 곧장 빠져나와서 농장인 듯한 저택을 지나 길게 뻗친 넓은 골짜기로 나섰다.

파도의 움직임이 몸의 균형감각을 잃어버리게 한데다 소금내 풍기는 바다가 한층 더 시장기를 느끼게 해주던 참에, 막 끝낸 점심식사가 그들을 멍하게 했고, 큰 웃음소리가 그들의 신경을 흥분시켰다. 그리하여 두 사람은 끝없이 들판을 달리고 싶은 얼마쯤 광적인 욕구에 사로잡혀 있었다.

잔느는 이제까지 겪어보지 못한 어떤 새롭고 다급한 감정에 들떠 귓속에서 윙윙거리는 소리가 나는 것을 느꼈다.

흘러넘칠 듯한 햇살이 두 사람의 머리 위로 내리비쳤다. 길 양쪽에 무르익은 농작물은 더위에 고개를 숙인 채 축 늘어져 있었다. 풀잎처럼 수많은 메뚜기 떼가 밀이며 보리밭이며 바닷가의 갈대숲 속에서 뛰어다니면서 가냘프지만 귀가 아프도록 길게 울어댔다.

그밖에 뜨겁게 달아오른 하늘 아래 다른 소리는 아무것도 들리지 않았다. 하늘은 푸른빛으로 눈부시게 반짝였으며, 타오르는 불길에 가까이에서 단 쇠붙이처럼 단번에 빨개질 것 같은 누런빛을 띠고 있었다.

저 멀리 오른쪽에 작은 숲이 보였으므로 두 사람은 그리 걸어갔다. 두 산비탈 사이로 깊숙이 난 좁다란 오솔길이 햇빛도 뚫지 못하는 커다란 수목 아래로 뻗어 있었다. 그곳으로 들어가자 싸늘한 냉기가 두 사람을 휩쌌다. 가슴속까지 스며들어 소름끼치는 듯한 습기였다. 빛과 신선한 공기를 받지 못하여 풀이라곤 자취도 없었다. 이끼만이 땅을 덮고 있었다.

그들은 걸어나갔다.

잔느가 입을 열었다.

「저기 앉을 만한 데가 있군요.」

고목이 두 그루 죽어 있었다. 숲 사이의 뚫린 구멍으로 밝은 햇살이 쏟아져 들어와 땅을 따스하게 하여 잔디와 민들레와 풀덩굴을 일깨우고 안개처럼 아련한 작은 흰 꽃과 물레 같은 디기탈리스 꽃을 피우고 있었다. 나비, 꿀벌, 왕벌, 파리만한 모기, 날개 달린 수많은 곤충, 붉은 점이 있는 무당벌레, 푸른빛을 뿜는 딱정벌레, 촉각이 달린 검은 벌레 등 온갖 벌레들이 겹겹이 쌓인 잎으로 싸늘해진 그늘 속 따스한 빛의 우물 안에 떼지어 모여 있었다.

머리는 나뭇그늘에 가린 채 다리에만 따스한 햇살을 받으며 두 사람은 앉았다. 둘은 한 줄기 햇빛이 비춰내는 이 조그만 생명들의 꿈틀거림을 바라보았다. 잔느는 감격하여 몇 번이나 되풀이 말했다.

「기분이 참 상쾌하군요. 시골은 정말 아름다워요. 때때로 나는 꽃 속에 숨는 벌레나 나비가 되고 싶은 적이 있어요.」

두 사람은 저마다 자신의 취미에 대해, 사람들이 늘 마음 속의 이야기를 할 때 쓰는 낮고 은근한 말투로 말했다. 자작은 이미 사교계에 염증이 났고, 무미건조하고 언제나 판에 박은 듯한 자신의 생활에도 싫증이 났으며, 거기서는 참되고 진실하고 성실한 것을 찾으려 해야 찾을 수 없다고 말했다.

사교계! 그녀는 그것을 알고 싶기는 했지만, 도저히 전원생활과는 비할 바가 못된다고 확신하고 있는 터였다.

서로의 생각이 가까워질수록 두 사람은 더욱 예의를 갖추어 무슈와 마드므와젤이라고 서로를 불렀으며, 그들의 눈길은 웃음꽃을 피우며 더욱더 얽혀갔다. 하나의 새로운 호의가 그들의 마음속에 파고들어 한층 넓은 애정과 미처 꿈꾸어보지 못했던 온갖 사물에 대한 관심이 두 사람의 마음속에 싹트는 것 같았다.

이윽고 두 사람은 되돌아왔다. 그러나 남작은 걸어서 벼랑 꼭대기에 걸린 『처녀의 방』이라는 동굴을 향해 떠난 뒤였으므로 두 사람은 주막에서 남작을 기다리기로 했다.

남작은 바닷가를 오랫동안 산책하고 저녁 5시가 되어서야 나타났다.

모두들 다시 배에 올랐다. 미끄러지듯 배는 순풍을 받고 떠났는데, 물결이 잔잔하여 나아가는 것을 느끼지 못할 만큼 천천히 앞으로 항진했다. 훈훈한 미풍이 천천히 불어오다가 끊어지곤 할 때마다 돛은 팽팽해졌다가 다시 축 늘어져 돛대에 휘감겼다. 검 푸른 물결은 아주 잔잔했다. 탈 대로 타버린 태양이 둥그런 궤도를 따라 고요히 해면으로 다가오고 있었다. 바다의 권태가 다시 사람들을 잠자코 있게 했다.

이윽고 잔느가 입을 열었다.

「여행을 하고 싶어요!」

자작이 대답했다.

「그래요, 하지만 혼자 하는 여행은 쓸쓸합니다. 서로의 감회를 나누기 위해서라도 적어도 둘쯤은 같이 떠나야겠지요.」

잔느는 잠시 생각에 잠겼다.

「흔히들 그래요.……하지만 나는 역시 혼자 산책하는 것이 더 좋아요.……혼자 공상에 잠겨 있을 때는 참 즐겁거든요.」

자작은 오랫동안 그녀를 쳐다보았다.

「둘이서도 공상할 수 있지요.」

잔느는 눈을 내리깔았다. 이것은 암시일까? 아마 그럴지도 모른다. 그녀는 좀더 먼 곳을 보려는 듯 수평선 쪽으로 눈길을 돌렸다. 그리고는 나지막한 목소리로 말했다.

「나는 이탈리아에 가보고 싶어요.……그리고 그리스에도…… 네, 그래요, 그리스가 좋을 거예요.……또 코르시카에도! 코르시카는 참 아름답고 소박한 곳일 거예요!」

자작은 산장과 호수가 있어서 스위스가 좋다고 했다.

「아니예요, 코르시카 같은 새로운 나라나 추억에 찬 유서깊은 나라가 나는 좋아요. 어렸을 때부터 그 역사를 공부한 민족의 유적을 찾는다든가 위대한 사적이 이룩된 장소를 답사한다는 것은 정말 즐거운 일일 거예요.」

자작은 그녀처럼 흥분하지 않고 말했다.

「나는 영국에 대해서 많은 매력을 느끼고 있습니다. 배울 점이 많은 나라지요.」

이리하여 두 사람은 세계 여러 나라에 대해 이야기를 나누었다. 양극에서 적도까지의 사이에 흩어져 있는 여러 나라의 재미있는 점을 이야기하고, 중국이며 여러 민족들의 믿어지지 않는 풍습이나 거짓말 같은 풍경에 도취했다. 그러나 세계에서 가장 아름다운 나라는 프랑스라는 결론에 이르렀다. 여름은 서늘하고 겨울은 따뜻한 온화한 기후에 전원은 풍요하고 푸른 숲과 잔잔한 강이 흐르며 아테네의 영광 이후 어느 나라에도 없었던 미술에 대한 숭배를 생각해보라는 것이었다.

그리고 나서 두 사람은 입을 다물었다.

더욱 기울어진 해는 피를 흘리는 듯했으며 폭넓은 한 줄기 광선이, 눈부신 한 가닥 길이 바다 끝에서부터 이 배가 뒤로 남기는 물줄기까지 뻗쳐온 것 같았다.

마지막 훈풍도 이제는 멎어 잔잔한 물결마저 일지 않았으며 움직이는 것 같지 않은 배는 붉게 물들어갔다. 끝없는 평온이 공간을 채우고 자연의 온갖 요소가 서로 만나는 언저리에 침묵을 이루고 있었다. 한편 거대한 바다는 하늘 아래 젖어 반짝이는 배 (腹)를 활 모양으로 출렁이며 거대한 신부처럼 자기에게로 다가오는 연인인 태양을 기다리고 있었다.

태양은 포옹의 욕정에 타오르는 듯 이글이글 불타면서 낙조를 서둘렀다. 드디어 바다는 태양을 껴안았으며, 조금씩 조금씩 그 태양을 삼켜 버렸다.

수평선으로부터 서늘한 바닷바람이 불어왔다. 바람이 물결치는 바다 한가운데서 잔물결을 일으키고, 삼켜진 태양이 안도의 숨을 내쉬었다. 저녁노을은 아주 짧게 지나가고 곧 별이 총총한 밤이 펼쳐졌다.

라스티크 영감은 노를 젓기 시작했고 모두 바다가 인광으로 반짝이는 것을 보았다. 잔느와 자작은 나란히 앉아 배가 뒤로 남기고 가는 은빛 물결을 바라보았다. 두 사람은 이제 아무 생각도 하지 않고 막연히 먼 곳을 바라보며 오직 달콤한 행복에 잠겨 저녁 공기를 마시고 있었다. 잔느가 한 손을 의자에 짚고 있었는데 우연인 듯 자작의 손끝이 그녀의 피부에 와 닿았다. 이 가벼운 접촉에 그녀는 놀랍고 행복하고 마음이 혼란되어 움직일 수가 없었다.

그날 밤 침실에 들자 그녀는 이상하게도 마음이 설레고 감격에 차서 울음이 터질 것 같은 기분이었다. 그녀는 괘종시계를 바라보았다. 그 작은 꿀벌이 다정했던 친구의 심장처럼 움직이고 있는 것 같았다.

자기 생애의 증인이 되어주리라, 가볍고 규칙적으로 재잘거리는 소리를 내며 자기의 기쁨과 슬픔의 동반자가 되어주리라는 생각이 들었다. 그녀는 그 날개에 입맞추려고 금빛 꿀벌을 멈추게 했다. 무엇에나 입맞추고 싶은 기분이었다. 전에 책상서랍 속에 낡은 인형을 감춰두었던 것이 생각났다. 찾아내어 보니 다정한 친구라도 만난 듯 기뻤다. 인형을 가슴에 꼭 껴안고는 채색한 그 인형의 볼과 곱슬곱슬한 머리에 미친 듯이 입을 맞추었다. 그녀는 두 팔에 인형을 안은 채 생각했다. 수없는 밀어로 약속하던 그, 더없이 친절한 신의 뜻으로 만나게 될 나의 남편이 바로 그일까, 나를 위해 창조되고 내 생애를 바치려는 이가 바로 그일까. 그와 내가 장차 은근한 사랑으로 결합하여 떨어질 수 없는 사랑의 열매를 맺을 두 사람일까.

그녀는 자기의 정열인 듯한 생명의 설레이는 약동, 미칠 듯한 황홀감, 마음 속을 뒤흔드는 감정을 이제까지 느껴보지 못했었다.

그러나 지금은 자작을 사랑하기 시작한 것 같았다. 왜냐하면 자작을 생각할 때에 정신이 몽롱해졌기 때문이었다. 그러면서도 자작에 대해 끝없이 생각했다. 자작이 곁에 있으면 가슴이 두근거렸고 눈길이 마주치면 얼굴이 붉었다 푸르렀다 했으며, 그의 목소리를 들으면 몸이 떨렸다.

그날 밤 그녀는 잠을 이루지 못했고, 날이 갈수록 사랑하고 싶은 안타까운 욕구가 점점 강하게 그녀를 사로잡았다. 그녀는 쉴 새없이 자문자답해 보고, 데이지꽃이나 구름으로, 동전 같은 것을 공중에 던져 점쳐보기도 했다.

그러던 어느 날, 아버지가 딸에게 일렀다.

「내일 아침에는 아름답게 차려라.」

「왜요, 아버지?」

아버지는 대답했다.

「그건 비밀이다.」

이튿날, 산뜻하게 화장하고 아래층에 내려가보니 객실 테이블 위에 과자상자들이 쌓이고 의자 위에는 큼직한 꽃다발이 하나 놓여 있었다. 마차 한 대가 뜰안으로 들어섰다. 그 마차에는 다음과 같이 씌어 있었다.

『페캉 거리 르라 과자점, 결혼 답례용 요리 주문 배수』.

뤼디빈느가 견습요리사의 도움을 받으며 그 마차 뒤에서 맛있는 냄새가 나는 넙적한 큰 광주리를 수없이 끄집어내고 있었다.

라마르 자작이 나타났다. 꼭 맞는 바지가 그의 발이 작음을 뚜렷이 보여주는 예쁜 에나멜 장화를 덮고 있었다. 허리가 꼭 끼는 긴 프록 코트 앞가슴 사이로 셔츠의 레이스가 내다보였다. 몇 겹씩 감은 날씬한 넥타이가 특별히 위엄을 나타낸 아름다운 갈색 머리를 꼿꼿이 세우고 있었다. 여느 때와 아주 달라 보였다. 늘 보아오던 사람들에게도 특별한 인상을 주는 듯한 모습이었다.

잔느는 어리둥절하여 처음 보는 사람인 듯 물끄러미 그를 바라보았다. 잔느는 그를 나무랄 데 없는 귀족, 머리끝에서 발끝까지 그야말로 당당한 영주라고 생각했다.

자작은 미소지으며 허리를 굽혔다.

「준비는 다 되셨습니까?」

잔느는 떠듬거렸다.

「준비라니요? 대체 무슨 말씀이지요?」

그녀의 아버지가 대답했다.

「이제 곧 알게 된다.」

말을 맨 마차가 앞으로 나오고, 성장을 한 아델라이드 부인이 로잘리의 팔에 의지하여 방에서 나와 내려오고 있었다. 로잘리가 라마르 씨의 그 우아한 차림에 온통 정신을 빼앗긴 듯이 보였으므로 남작은 자작의 귀에 나직이 속삭였다.

「어떠시오, 자작. 우리집 하녀가 당신을 퍽 마음에 있어 하는 것 같소.」

자작은 귀까지 붉어져 못들은 척하면서 큰 꽃다발을 들어 잔느에게 안겨주었다. 잔느는 더욱 놀라며 꽃다발을 받았다. 네 사람이 함께 마차에 올랐다.

남작부인에게 기운을 내도록 하기 위해 차가운 수프를 가지고 나온 뤼디빈느가 말했다.

「마치 결혼 같아요, 마님.」

이포르 마을에 들어서자 모두들 마차에서 내렸다.

그들이 마을을 지나올 때마다 줄무늬진 새 옷을 입은 어부들이 집집마다 몰려나와 인사하고 남작과 악수를 나누며 행렬을 뒤따랐다.

잔느가 자작의 팔을 잡은 채 두 사람은 앞장서서 걸어갔다. 성당 앞에 이르자 모두들 멈춰섰다. 그러자 은으로 만든 커다란 십자가가 나타났다. 성가대의 한 소년이 그것을 똑바로 받쳐들고 있었고, 그 뒤를 붉은색과 흰색이 섞인 옷을 입은 소년이 관수기(灌水器)가 담겨진 성수반을 들고 뒤따라왔다.

그 뒤를 세 사람의 늙은 성가대원이 따라갔는데, 한 사람은 다리를 절었다. 다음에는 세르팡이라는 관악기 나팔수가 지나가고 그 다음에는 신부가, 교차시킨 금빛 대(帶)를 불룩한 배 위에 내밀고 나타났다.

그는 미소와 목례로 인사하고 나서 눈을 반쯤 감고 기도문을 외는지 중얼거리며 법모(法帽)를 콧등까지 내려쓴 채 흰 옷을 입은 수행원들의 뒤를 따라 바다 쪽으로 걸어갔다. 바닷가에는 한 무리의 사람들이 꽃다발로 장식한 새 배를 둘러싸고 기다리고 있었다. 그 배의 돛대며 돛이며 밧줄은 미풍에 나부끼는 리본들로 덮여 있었고, 『잔느』라는 배 이름이 뒤쪽에 금색으로 씌어 있었다.

남작의 돈으로 만들어진 이 배의 선장인 라스티크 영감이 행렬 앞에 섰다. 남자들은 약속이라도 한 듯 같은 동작으로 일제히 모자를 벗었다. 주름잡힌 커다란 천을 어깨에 늘어뜨린 검은 망토를 머리부터 뒤집어쓴 믿음이 두터운 여신도들이 한 줄로 나란히 걸어오다가 십자가가 눈에 띄자 둥그렇게 꿇어앉았다. 신부는 성가대의 두 소년 사이에 서서 이 배 한쪽 끝으로 걸어갔다.

한편 다른 한쪽에서는 흰 옷에 어울리지 않는 초라한 세 늙은 성가대원이 맑은 하늘 아래 수염이 더부룩한 턱으로 제법 위엄있는 자세를 취하고 악보를 보면서 입을 크게 벌리며 곡조도 맞지 않는 성가를 부르고 있었다. 그들이 숨돌릴 때마다 세르팡의 나팔 소리가 붕붕 울렸다. 나팔수의 조그만 잿빛 눈은 숨을 잔뜩 들이켜 크게 부풀어오른 볼 속에 감추어져 있었다. 이마와 목의 살가죽도 부풀어올라 살에서 떨어져 나갈 것 같았다.

소리없이 투명한 바다는 명상에 잠기며 자기 품에 안긴 작은 배의 영세식을 지켜보는 듯했다. 다만 잔물결이 자갈밭을 긁으면서 나직이 갈퀴 소리를 낼 뿐이었다. 날개를 편 흰 갈매기 떼가 푸른 하늘에 곡선을 그리며 날아가는 듯하더니 다시 선회하여 꿇어앉은 군중들 위로 무엇을 하고 있는지 보고 싶은 듯 되돌아오곤 했다.

5분 동안이나 『아멘』을 외치고 나서야 성가가 끝났다.

그러자 신부는 혀꼬부라진 소리로 라틴 어를 몇 마디 중얼거렸으나 사람들은 그 억양밖에 듣지 못했다.

그리고 나서 신부는 성수를 뿌리면서 배의 주위를 한 바퀴 돌고는 이번에는 뱃전 옆에 손을 맞잡고 선 대부(代父) 앞에서 기도문을 중얼거리기 시작했다.

자작은 미남다운 의젓한 모습을 잃지 않았으나 처녀는 갑작스러운 감격에 숨이 막혀 웬지 눈앞이 아찔해지는 것 같아 이가 맞부딪칠 만큼 몸을 떨었다.

얼마 전부터 그녀의 머릿속에서 떠나지 않던 꿈이 지금 일종의 착각 속에서 현실로 나타난 것이다.

사람들은 결혼 이야기를 하고 있었다. 지금 신부는 바로 옆에서 축복을 올리고 있다. 흰 옷 입은 사람들이 성가를 부르고 있다. 돌연 어떤 환각이 현실로 나타나는 것처럼 생각되었다. 자신의 결혼식이 이루어지려 하고 있는 것이 아닌가.

그녀의 손가락은 지금 신경질적으로 떨린 것일까? 그녀 마음속의 초조함이 혈관을 따라 달려 그의 심장에까지 전해졌던 것일까? 이해했을까? 예감했을까?

그녀처럼 자작도 일종의 사랑의 도취 속에 빠지고 싶었을까? 아니면 단순한 경험에서, 어떤 여자라도 자기에게 저항하지 않는다는 것을 알고 있었던 것일까? 그녀는 갑자기 그가 처음에는 자기의 손을 가만히, 그 다음에는 좀더 세게, 그리고는 으스러져라고 쥐는 것을 깨달았다.

그리고는 얼굴빛 하나 달라지지 않고 아무도 눈치채지 못하게 또렷이 말했다.

「잔느! 당신만 좋다면 이것이 우리의 약혼식이 될 수도 있습니다.」

그녀는 마치 『네』하고 대답하듯 천천히 고개를 숙였다.

그때 성수를 뿌리고 있던 신부가 그들의 손가락 위에도 몇 방울 떨어뜨려 주었다.

그것으로 끝났다. 여자들은 일어섰다. 돌아갈 때는 저마다 뿔뿔이 흩어졌다. 성가대 소년의 손에 들린 십자가는 이미 그 위엄을 잃었다. 양옆으로 흔들리고 앞으로 기울어지며 금방이라도 넘어질 것처럼 앞으로 달음질쳐 갔다. 기도를 끝낸 신부는 그 뒤를 따라 재빨리 걷고 있었다. 성가대원과 나팔수는 한시바삐 예복을 벗으려고 지름길로 빠져갔고, 어부들도 떼지어 급히 걸어갔다.

그들의 머릿속에 파고드는 똑같은 생각이 그들의 걸음을 음식이 차려진 곳으로 재촉하고, 입에 군침이 괴게 하고, 뱃속까지 내려가 장(腸)에게 노래부르게 했다. 레 페플에는 맛있는 음식이 그들을 기다리고 있었다. 큰 식탁이 뜰안 사과나무 그늘 아래 차려져 있었다. 어부와 농부를 섞어 60명 남짓한 사람들이 거기에 자리잡았다. 한가운데 남작부인이 앉고 그 양옆에 이포르와 레 페플의 신부가 앉았다. 맞은편에는 남작이 촌장 부부 사이에 끼어 자리잡고 있었다.

이미 늙고 말라빠진 시골여자인 촌장부인은 주위에 앉은 이 사람 저 사람에게 인사하기에 바빴다.

그녀는 여위고 긴 얼굴에 노르망디 식 큰 모자를 쓰고 있었는데, 그 모습은 마치 흰 볏을 단 암탉 대가리 같았다. 늘 놀란 것같이 동그란 눈은 닭을 꼭 닮았다. 그리고 접시를 코로 찍듯이 조금씩 재빠르게 음식을 집어먹었다.

자작 옆에 앉은 잔느는 행복의 세계를 내달리고 있었다. 그녀는 이미 아무것도 보이지 않았다. 아무것도 알지 못했다. 그저 기쁨으로 머리가 혼란되어 입을 다물고 있었다.

그녀는 물었다.

「이름은 뭐예요?」

자작이 말했다.

「쥘리앙입니다. 아직 모르셨습니까?」

그녀는 그 물음에 대답하지 않고 마음 속으로 생각했다. 『쥘리앙, 쥘리앙, 앞으로 얼마나 자주 불러볼 이름인가?』

식사가 끝난 뒤 앞뜰은 어부들에게 맡겨놓고 저택의 뒤쪽으로 자리를 옮겼다. 남작부인은 남작에게 부축되어 두 신부의 호송을 받으며 여느 때와 같이 운동을 시작했다.

잔느와 쥘리앙은 관목숲까지 가서 풀이 우거진 오솔길로 들어갔다. 별안간 자작이 그녀의 손을 잡고 물었다.

「내 아내가 되어 주시겠습니까?」

그녀는 다시 한 번 고개를 푹 숙였다.

그는 머뭇머뭇 말했다.

「대답해 주십시오. 제발 부탁입니다.」

그러자 그녀는 조용히 눈을 들어 그를 바라보았다. 자작은 그 눈길 속에서 대답을 읽을 수 있었다.

4

어느 날 아침, 남작은 잔느가 채 일어나기도 전에 그녀의 침실에 들어와 침대 끝에 걸터앉으며 말했다.

「라마르 자작이 너를 아내로 맞이하고 싶다는구나.」

그녀는 이불 속에 얼굴을 파묻고 싶은 심정이었다.

아버지는 말을 계속했다.

「대답은 나중에 드리겠다고 했다만…….」

그녀는 감동으로 목이 메어 가슴이 답답했다.

조금 뒤 남작은 웃으면서 결론을 덧붙였다.

「네 의견을 듣지 않고 결혼을 결정하고 싶지 않았다. 네 어머니와 나는 이 결혼에 반대하지 않지만, 그렇다고 네게 강요할 생각은 없다. 너는 상대방보다 훨씬 부유하지만 일생의 행복을 생각할 때는 돈 같은 것에 구애받아서는 안 된다. 자작에게는 친척이 없다. 그러니 만일 네가 자작과 결혼한다면 우리집에 아들이 하나 들어오는 셈이지. 하지만 다른 사람과 결혼하게 되면 우리의 하나밖에 없는 딸인 네가 남의 집으로 가게 되는 거다. 그 사람이 우리 마음에는 들지만, 너는 어떠냐? 네 마음에도 들던?」

그녀는 귀까지 빨개져서 낮은 소리로 떠듬거렸다.

「좋아요, 아버지.」

그러자 아버지는 딸의 눈 속을 들여다보고 웃으며 나직이 말했다.

「나도 그런 줄 짐작하고 있었지.」

그녀는 저녁때까지 술취한 사람같이 지냈다. 자신도 무엇을 하는지 의식하지 못하고 기계적으로 이것을 집으면 저것이 집히고, 걷지도 않았는데 두 다리는 피로할 대로 피로했다. 6시쯤 어머니와 플라타너스나무 아래 앉아 있노라니 자작의 모습이 보였다. 잔느의 가슴은 미칠 듯이 뛰기 시작했다.

자작은 조금도 흥분한 기색없이 가까이 왔다. 옆에까지 오자 그는 남작부인의 손을 잡아 입맞추었다. 그리고 나서 잔느의 떨리는 손에 입술을 갖다대고 감사와 애정을 담아 긴 키스를 했다. 이리하여 황홀한 약혼시절이 시작되었다.

단둘이서만 객실 한구석이나 황량한 들판이 펼쳐진 관목숲 속의 비탈에 앉아 서로 이야기했다. 때로 어머니의 산책길을 걸으며 그가 미래를 이야기하면, 그녀는 어머니의 먼지나는 발자취가 난 길 위로 눈길을 떨어뜨리고 있었다.

일단 일이 결정되자 모두들 결말을 서둘렀다. 그리하여 결혼식은 여섯 주일 뒤인 8월 15일에 올리기로 하고, 신랑신부는 곧 신혼여행을 떠나기로 합의를 보았다.

여행지에 대해 의논할 때 잔느는 코르시카 섬을 택했다. 코르시카에서라면 이탈리아의 도시들보다 단둘이 있을 시간이 더 많으리라고 여겨졌기 때문이었다. 두 사람은 그날을 기다리는 데 그다지 초조해 하지는 않았으나, 아기자기한 애정에 싸여 뒹굴거나 감미로운 애무를 음미하며, 손가락과 손가락을 서로 끼고 영혼이 녹아들듯 오래오래 마주보며 정열에 충만된 눈길, 그런 것에 말할 수 없는 쾌감을 느끼며 마음껏 안아보고 싶다는 야릇한 욕망에 막연하나마 괴로워하며 기다렸다.

결혼식에는 남작부인의 동생 리종 이모만을 초대하기로 했는데, 그녀는 베르사유의 어떤 수녀원에서 지내고 있었다.

아버지가 돌아가신 뒤 남작부인은 동생을 자기 집에 데려와 함께 살려고 했으나, 노처녀는 자기는 모든 사람들에게 방해가 되고 쓸모없는 귀찮은 존재라는 생각에 사로잡혀 이 세상에 쓸쓸하고 외로운 사람들에게 방을 빌려주는 수녀원으로 은거해 버렸던 것이다. 그녀는 이따금 찾아와서 한두 달쯤 식구들과 함께 보냈다. 그녀는 말없고 키가 작은 여자로 언제나 자기의 존재는 나타내지 않으려 하며, 식사 때만 잠시 나타났다가는 곧 자기 방으로 돌아가 꼼짝 않고 들어앉아 있었다. 나이는 겨우 42살이었으나 늙어보였으며 상냥하고 슬픈 눈매를 가지고 있었다. 집에서 어렸을 때부터 예쁘지도 않고 장난도 하지 않았으므로 아무도 그녀에게 입맞추어주는 사람이 없었다.

그녀는 늘 한구석에 조용하고 순하게 앉아 있었다. 그때부터 그녀는 언제나 고립된 생활을 해왔고, 결혼할 나이가 된 뒤에도 아무도 거들떠보지 않았다. 그녀는 마치 그림자나 길든 물건처럼, 날마다 보는 사람도 눈에 익기는 하지만 아무도 그것에 대해 마음쓰지 않는 살아 있는 가구 같았다. 언니인 남작부인은 결혼하기 전 친정에서 젖은 습관대로 이 동생을 하찮고 사람 축에 끼지도 못하는 존재로 여겼다. 일종의 멸시가 깃든 호의를 담아 아무 거리낌없이 무관심하게 대했다.

그녀의 이름은 리즈였는데, 이 화려하고 앳된 이름이 거북스러운 듯했다. 그녀는 결혼하지 않았고 또 앞으로도 결코 결혼하지 않을 것 같아서 식구들은 리즈를 리종이라고 불렀다.

잔느가 태어나면서부터 그녀는 『리종 이모』로 통했다. 검손하고 조촐하고 몹시 수줍어하며 언니나 형부까지 어려워하는 성품이었다. 형부는 그녀를 사랑하기는 했지만, 그러나 그것은 무관심한 친절이요, 무의식적인 동정이요, 형부의 천성적인 호의 같은 막연한 애정이었다.

이따금 남작부인은 먼 처녀시절의 일을 이야기하다가 때를 명확하게 규정지으려면 「그것은 리종이 분별없던 시절이었어요.」라고 말할 때가 있었다. 그 이상의 것은 이야기하지 않았고, 그리하여 이 무분별은 안개에 싸인 채 그대로 남아 있었다.

20살이었던 무렵 리즈는 어느 날 밤 강물에 몸을 던졌는데, 아무도 그 까닭을 알지 못했다. 그즈음 그녀의 생활태도에는 이런 무분별을 짐작케 하는 아무런 징조도 없었던 것이다. 물에서 건져내보니 반쯤 죽어 있었는데, 부모는 분노에 차 두 손을 휘둘렀을 뿐, 아무래도 납득이 가지 않는 그 행동의 원인을 알아보려고도 하지 않고 그러한 딸의 행동을 무분별이라는 것으로 결말지어버렸다. 그 말투는 마치 얼마 전 도랑에 빠져 다리가 부러져서 할 수 없이 도살장에 보낸 『코코』라는 말의 사건이라도 이야기하는 듯했다. 그 뒤 얼마 안 되어 이름이 리종으로 바뀐 리즈는 좀 모자라는 사람으로 취급받기 시작했다.

그녀가 근친들에게 일으키게 했던 악의없는 멸시는 차츰 그녀를 둘러싼 모든 사람들의 마음 속에도 스며들었다. 어린 잔느마저 타고난 어린이의 독특한 감수성으로 그녀를 거들떠보지도 않고 잘 시간에 키스하러 가지도 않고 그 방에 들어간 일조차 없었다.

그 방의 잔일을 보살피는 하녀 로잘리만이 그 방을 잘 알고 있는 듯했다. 리종 이모가 아침식사를 하러 식당으로 들어오면 어린 잔느만이 습관적으로 이모 옆으로 가서 키스를 받기 위해 이마를 내밀었다.

그뿐이었다. 식구 가운데 그녀에게 할 말이 있으면 하녀를 보냈고, 만일 방에 없으면 다시는 그 일에 마음쓰지도 않고 생각도 하지 않으며 「어찌된 셈인지 리종이 안보이네.」하고 걱정할 뿐 더 이상 캐묻지 않았다.

그녀는 절대로 자리를 차지하는 일이 없었다. 세상에 전혀 알려지지 않은 미개척의 땅처럼 근친에게도 알려지지 않은 사람들이 있는데, 그녀도 그런 사람들 가운데 하나였다. 그녀의 죽음조차도 집안에 구멍이나 공허함 같은 빈 자리를 만들지 않을 것이며, 주위 사람들의 생활습관이나 사랑에 대해 서로 나누는 이야기 속에도 끼어들지 못하는 그런 무리 중 한 사람이었다. 누군가 리종 이모라는 말을 입 밖에 내도 누구의 마음 속에서도 아무런 애정을 불러일으키지 못했다. 그것은 커피 그릇이나 설탕 항아리에 대해 말하는 것 같은 말투였다.

그녀는 언제나 조용히 빠른 걸음으로 걸었는데, 좀처럼 소리내거나 어디에 부딪치는 일이 없었으며, 마치 소리내지 않는다는 특성을 주위의 사물에게 전달하기라도 하려는 것 같았다. 두 손은 솜으로 만들어진 것처럼 가볍고 부드럽게 사물을 다루었다. 그녀는 잔느의 결혼이라는 말에 온통 마음이 혼란되어 7월 중간 무렵쯤 도착했다.

그녀는 올 때 많은 선물을 가져왔는데, 그녀가 가져온 것이라서 아무도 거들떠보지 않았다.

그녀가 도착한 다음날부터 식구들은 벌써 그녀의 존재를 잊어버리고 있었다. 그러나 그녀의 마음 속에는 이상한 감동이 싹터올랐으며, 그녀의 눈길은 잠시도 두 약혼자에게서 떠나지 않았다.

그녀는 아무도 들어오지 않는 자기 방에 들어앉아 이상하게 정력을 기울이며 마치 침모처럼 열에 들뜬 듯이 행동하며 결혼준비에 몰두하고 있었다.

그녀는 쉴새없이 자기가 가장자리를 감친 손수건과 머리글자를 수놓은 냅킨을 남작부인에게 보이면서 물었다.

「이만하면 됐어요, 아델라이드 언니?」

그러면 남작부인은 그저 기계적으로 그것들을 보며 대답했다.

「너무 이렇게 애쓰지 마, 리종.」

그 달이 다 지난 무더운 어느 날 밤, 맑고 훈훈한 밤하늘에 달이 떠올랐다. 사람의 영혼 속 깊숙이 깃든 비밀스러운 시(詩)를 송두리째 일깨워주듯 마음을 뒤흔들고 감동시키고 흥분시키는 듯한 밤이었다. 정원에서 불어오는 부드러운 바람이 조용한 객실로 불어들어왔다. 남작과 그의 부인은 램프 갓이 테이블 위에 그리는 둥근 불빛 앞에서 맥없이 카드 놀이를 하고 있었다. 리종 이모는 그들 사이에 앉아 뜨개질을 하고 있었다.

젊은이 한 쌍은 열어젖힌 창틀에 기대어 달빛어린 정원을 바라보고 있었다. 보리수와 플라타너스가 각각 한 그루씩 달빛에 창백하게 빛나면서 검은빛으로 변한 관목숲까지 뻗어나가 넓은 잔디밭 위에 그림자를 던지고 있었다. 부드러운 밤의 매력과 안개가 어린 듯 창백하게 빛나는 수목에 끌려 잔느는 어머니와 아버지를 돌아보며 말했다.

「아버지, 집 앞의 숲을 한 바퀴 돌고 오겠어요.」

남작은 카드 놀이에서 눈길을 떼지 않고 말했다.

「다녀오려무나.」

그리고는 그 카드 놀이를 계속했다.

두 사람은 밖으로 나와 작은 관목숲을 향해 달빛으로 하얗게 보이는 잔디밭을 천천히 걸었다. 시간이 지나도 두 사람은 들어갈 생각을 하지 않았다. 피로해진 남작부인은 침실로 올라가려고 생각하면서 말했다.

「애들을 그만 불러들이구려.」

남작은 두 사람의 그림자가 조용히 움직이는 달빛어린 정원을 한 번 둘러보며 말했다.

「그냥 내버려둡시다. 밖의 경치가 아주 좋은걸. 처제보고 좀 남아서 기다리고 있으라지. 리종, 어때요?」

그녀는 불안스러운 눈길로 조심스럽게 대답했다.

「네, 내가 기다리고 있겠어요.」

남작은 부인을 부축하여 일으키고 자신도 낮의 더위에 지친 몸으로 함께 나가며 말했다.

「나도 그만 가서 자야겠군.」

리종 이모는 일어나서 털실과 뜨개바늘을 안락의자 팔걸이에 놓고 창가로 가서 아름다운 밤을 내다보았다. 두 약혼자는 언제까지나 관목숲 속에서 돌층계까지, 돌층계에서 다시 관목숲을 향해 끝없이 잔디를 거닐었다. 둘은 서로 손을 꼭 쥐고 마치 자기 자신을 잃고 대지에서 뿜어내는 시(詩)의 세계로 끌려들어가 말도 잃은 듯했다.

잔느는 별안간 창틀 램프 불에 떠오른 노처녀의 그림자를 보았다.

「어머나! 리종 이모가 우리를 보고 있어요.」

작은 고개를 들고 아무 생각 없이 무관심한 목소리로 대답했다.

「네, 리종 이모가 우리를 보고 있군요.」

두 사람은 다시 천천히 걸으며 공상하고 사랑의 이야기를 계속했다.

그러나 이미 숲에는 이슬이 내렸고, 둘은 가벼운 추위를 느꼈다.

잔느가 물었다.

「이제 그만 들어갈까요?」

두 사람은 집 안으로 들어갔다. 그들이 객실로 들어갔을 때 리종 이모는 다시 뜨개질을 하고 있었다.

그녀는 얼굴을 푹 숙인 채 뜨개질에 열중했는데, 여윈 손가락이 피로한 듯 가늘게 떨리고 있었다.

잔느는 옆으로 다가서며 말했다.

「이모님, 이제 그만 자야겠어요.」

그녀는 눈길을 들었다. 그 눈은 울고 난 뒤처럼 붉었다. 그러나 사랑에 취한 이들은 거기까지 마음이 가지 않았으며, 그보다도 청년은 처녀의 매끈한 구두가 이슬에 흠뻑 젖은 것을 보고 염려스러운 듯 상냥하게 물었다.

「당신의 그 작고 예쁜 발이 차갑지 않소?」

갑자기 이모의 손이 세차게 떨리며 쥐고 있던 일감이 미끄러져 내렸다. 이모는 두 손으로 얼굴을 가리고 어깨를 들먹거리며 몹시 흐느껴 울기 시작했다. 잔느는 이모의 무릎에 매달려 그녀의 양팔을 끌어내리며 어리둥절한 목소리로 물었다.

「왜 그러세요? 왜 그러세요, 이모님?」

그러자 가엾은 여자는 슬픔에 몸을 떨면서 눈물젖은 목소리로 떠듬떠듬 대답했다.

「저분이 너한테……차갑지 않느냐고 말했을 때, 그……그……귀여운 작은 발이라고 했지.……나는 이제까지 그런 말을 들어본 적이 없단다. 나는……하……한 번도……단 한 번도…….」

잔느는 놀라고 가엾은 생각이 들기도 했으나, 리종에게 상냥한 말을 건네는 연인을 상상하니 우스웠다. 자작도 웃음을 감추느라고 돌아섰다.

이모는 별안간 일어서더니 털실은 마룻바닥에, 편물은 안락의자 위에 남겨놓은 채 램프도 들지 않고 어두운 층계를 더듬어 자기 방으로 올라갔다. 단둘이 남게 된 약혼자들은 의아한 표정으로 마주보며 놀라는 한편 측은해 했다.

잔느는 입속말로 중얼거렸다.

「가엾은 이모!」

쥘리앙이 대답했다.

「이모님이 오늘 저녁에는 좀 이상해지신 모양입니다.」

두 사람은 서로 헤어질 결심을 하지 못한 채 손을 맞잡고 방금 리종 이모가 비워놓은 긴의자 앞에서 조용히 그들의 첫 키스를 했다.

다음날 두 사람은 이미 이모의 눈물에 대해서 전혀 생각하지 않았다.

결혼 전의 2주일 동안 잔느는 마치 부드러운 감동에 지친 듯 아주 평온한 기분에 싸여 있었다. 드디어 운명이 결정되는 날 아침, 잔느는 무엇을 생각할 여유가 조금도 없었다. 마치 살과 피와 뼈가 피부 밑에서 녹아내린 듯 오직 온몸에 커다란 공허감이 느껴질 뿐이었다. 그리고 물건을 만질 때 자신의 손이 몹시 떨리는 것을 느꼈다.

성당 안에서 결혼식이 진행되는 동안 비로소 자신의 의식을 되찾았다. 결혼한 것이다! 이렇게 그녀는 결혼한 것이다. 새벽부터 지금까지 일어난 일이나 움직임이나 사물의 연속이 그녀로서는 꿈같이, 정말 꿈과 같이 생각되었다. 주위의 세계가 갑자기 달라져 보이는 순간이었다. 사람들의 몸짓이 새로운 의미를 지니는 시간마저 규칙적으로 흘러가지 않는 것처럼 여겨지는 그러한 순간이었다.

그녀는 마음이 혼란되어 있었으며, 특히 몹시 놀라고 있었다. 그 전날만 해도 그녀의 생활 속에서 달라진 것이라고는 아무것도 없었다. 다만 평생토록의 희망이 좀더 가까워진 것 같고 손에 잡힐 듯했을 따름이었다. 그 전날 밤만 해도 처녀로 잠들었었지만, 그러나 지금은 남의 아내가 되었다. 따라서 꿈꾸어본 온갖 환희와 기쁨으로 싸인 미래를 가로막고 있던 장벽을 그녀는 넘어선 셈이었다. 마치 문이 그녀 앞에 열어젖혀진 것 같았고, 그리하여 기대하고 있던 곳으로 들어갈 참이었다.

결혼식은 어느덧 끝났다. 아무도 초대하지 않았기 때문에 텅 빈 성당 안을 걸어 다시 밖으로 나왔다. 그들이 성당 문턱을 나서자 무서운 폭음이 신부를 깜짝 놀라게 했고 남작부인을 놀라 소리치게 했다. 그것은 농부들이 일제히 쏜 축포의 사격 소리로, 그 소리는 그들이 레 페플에 이를 때까지 그치지 않았다. 가족과 신부들과 촌장과, 그리고 근처의 몇몇 지주들을 위해 간소한 식사가 차려졌다.

그리고 나서 저녁식사 준비가 될 때까지 모두들 뜰안을 산책했다. 남작과 남작부인, 리종 이모, 촌장, 피코 신부는 남작부인의 가로수길을 산책하고, 맞은편 가로수길에는 다른 신부가 뚜벅뚜벅 걸으면서 기도서를 읽고 있었다. 저택의 다른 쪽 사과나무 그늘 아래에서는 사과술을 마시며 기쁨에 들뜬 듯한 농부들의 목소리가 들려왔다. 예복 차림의 이웃사람들이 뜰안을 가득 채우고 있었다. 남자아이들과 여자아이들이 술래잡기를 하고 있었다.

잔느와 쥘리앙은 관목숲을 지나서 언덕으로 올라가 말없이 바다를 내려다보았다. 때는 8월 중순쯤이었으나 북풍이 불어오면서 날씨는 제법 선선했다. 커다란 태양이 푸른 하늘에서 강렬하게 내리비쳤다. 두 사람은 그늘을 찾으려고 오른쪽으로 돌아 들을 가로질렀다. 이포르 마을로 내려가는 꾸불꾸불하고 숲이 우거진 골짜기로 갈 생각이었다. 두 사람이 잔나무숲 속으로 들어섰을 때는 바람 한 점 없었다. 그들은 나뭇잎으로 하늘이 가려진 오솔길로 들어섰다. 나란히 서서 겨우 걸을 수 있을 만한 길이었다.

그녀는 살며시 허리를 휘감는 팔을 느꼈다. 숨이 가쁘고 가슴이 뛰고 마침내는 숨이 끊어지는 것 같아서 아무 말도 못했다. 나직이 드리워진 나뭇가지들이 그들의 머리를 어루만졌다. 지나가면서 몇 번이나 몸을 움츠렸다. 그녀가 나뭇잎을 하나 따서 들여다보니 딱정벌레 두 마리가 작고 빨간 조개껍질처럼 잎 뒤에 붙어 있었다.

그녀는 좀 긴장이 풀려 순진하게 말했다.

「어머나, 한 쌍인가 봐요.」

쥘리앙은 그녀의 귀에 입을 대며 말했다.

「오늘 밤에는 당신도 내 아내가 되는 거요.」

전원에서 생활하며 꽤 많은 것을 배우기는 했지만 아직도 시적인 사랑밖에는 알지 못하고 있었으므로 잔느는 깜짝 놀랐다. 오늘 밤에 아내가 되다니? 나는 이미 그의 아내가 된 것이 아닌가?

그가 잔느의 이마와 솜털이 보송보송 난 목덜미에 짧고 빠르게 키스했다. 그럴 때마다 그녀는 자작의 그런 생소한 키스에 놀라 본능적으로 피하려고 고개를 이리저리 돌렸다. 그러나 한편으로 그녀는 이 애무에 황홀하기도 했다.

그러는 사이에 두 사람은 어느덧 숲 변두리에 이르렀다. 그녀는 이렇게 먼 곳까지 온 것을 깨닫고 당황하여 걸음을 멈추었다. 남들이 우리를 어떻게 생각할 것인가?

그녀는 말했다.

「그만 돌아가요!」

그는 그녀의 허리를 껴안았던 팔을 풀었다. 둘이 몸을 돌리자 바로 얼굴을 마주보게 되었다. 거리가 너무도 가까워 서로의 입김을 느낄 정도였다. 그들은 마주 바라보았다. 두 사람의 영혼이 서로 얽혀들어갈 듯, 강하고 날카로우며 찌를 듯한 눈길로 똑바로 바라보았다. 둘은 상대방의 눈길에서 눈 저 안쪽, 침투할 수 없는 미지의 존재 속에서 서로를 찾으려 했고, 말없고 집요한 질문 속에서 서로를 탐색하려고 했다.

두 사람은 각각 상대방은 나에게, 그리고 나는 상대방에게 어떤 존재가 되어줄 것인가, 둘이 함께 시작하는 이 생애는 어떻게 될 것인가, 부부생활이라는 이 끊을 수 없는 긴 운명 속에서 둘은 얼마만한 환희와 행복을, 또는 환멸을 서로 간직하게 될 것인가

하고 생각하다 보니, 상대방이 전혀 낯설은 사람처럼 느껴지는 것이었다.

두 사람은 갑자기 처음 대하는 사람들처럼 서먹서먹한 느낌이 들었다. 별안간 쥘리앙은 두 손으로 그녀의 어깨를 끌어안고 입 가득히 갖다 누르며 그녀가 한 번도 받아보지 못한 힘찬 키스를 했다. 그것은 혈관이나 뼛속까지 맺히는 듯한 키스였다. 그녀는 까닭 모를 충격에 사로잡혀 엉겁결에 쥘리앙을 힘껏 떠다밀며 자기도 뒤로 넘어질 뻔했다.

그녀는 나직한 목소리로 중얼거렸다.

「그만 돌아가요, 네, 그만 돌아가요!」

그는 대답 대신 그녀의 손을 꼭 쥐고 놓을 줄 몰랐다. 집 안에 이를 때까지 두 사람은 한 마디도 하지 않았다.

오후의 나머지가 몹시 긴 것 같았다. 해질 무렵 모두 식탁에 앉았다. 저녁식사는 노르망디 풍습에 비해 아주 간소했다.

어쩐지 거북스러운 분위기가 손님들의 마음을 사로잡고 있었다. 두 신부와 촌장과 그리고 초대받은 네 지주만이 잔치 뒤에 따르는 유쾌한 기분을 내고 있었다. 웃음소리가 이제 사라졌나 보다 하면 촌장의 이야기가 다시 웃음을 자아내게 하곤 했다.

9시쯤이었다. 손님들은 막 커피를 들려는 참이었다. 밖에서는 앞뜰 사과나무 아래에서 시골풍의 춤이 벌어지고 있었다. 손님들은 창 밖으로 이 풍경을 바라보았다. 사과나무 가지에 매달린 촛불이 그 잎을 잿빛 도는 초록색으로 물들였다. 부엌용 큰 식탁 위에서 연주되는 두 개의 바이올린과 클라리넷의 가냘픈 반주에 맞추어 시골 남녀들이 둥그렇게 원을 그리며 소박한 무용곡을 큰소리로 부르며 춤추고 있었다. 그들의 노랫소리에 때때로 악기소리가 파묻혀 버리기도 했다. 그리고 찢기는 듯한 노랫소리에 토막토막 끊어져 들리는 이 가냘픈 악기소리를 흩어진 어떤 악보의 단편(斷片)이 조각조각 하늘에서 떨어지는 것과도 같았다.

큰 술통 두 개가 횃불에 둘러싸여 사람들에게 술을 제공하고 있었다. 두 하녀가 쉴새없이 컵과 사발을 큰 통에서 씻어내고 물방울이 떨어지는 채 붉은 포도주며 맑고 금빛나는 사과술이 흘러나오는 술통 아가리에 갖다대느라고 바빴다.

목이 마른 춤꾼이나 말없는 노인들, 또한 땀에 젖은 처녀들이 몰려와 저마다 팔을 내밀고 아무거나 닥치는 대로 움켜쥐고는 고개를 뒤로 젖히고 자기가 좋아하는 음료를 목에다 들이붓기도 했다. 식탁 위에는 빵이며 버터며 치즈며 소시지 등이 놓여 있었다. 모두들 이따금 이 식탁 앞으로 와서 저마다 입맛 당기는 것을 한 입씩 집어넣고 제자리로 돌아갔다.

불을 밝힌 푸른 사과나무 가지 아래에서 벌어지는 이 경쾌하고 힘찬 놀이는 식당 안에 들어앉은 울적한 손님들에게 자기들도 이들과 함께 어울려 춤을 추고 버터 바른 빵과 날양파를 먹으며 불룩하게 배가 나온 술통에서 한 잔 따라 마시고 싶은 욕구를 불러일으키게 했다.

나이프로 박자를 맞추고 있던 촌장이 외쳤다.

「잘들 뛰고 논다. 마치『가나슈』의 피로연 같구나!」

어색한 웃음의 물결이 일어났다. 그러자 세속적인 권위를 몹시 싫어하는 피코 신부가 끼어들었다.

「가나(갈릴리의 가나. 예수가 물로써 술을 만든 최초의 기적을 행한 결혼 피로연으로 유명함) 말씀이겠지요.」

상대방은 그 말을 듣지 않았다.

「아닙니다, 신부님. 『가나슈』입니다.」

모두들 일어나서 객실로 갔다. 몇 사람은 뜰의 놀이패에 한몫 끼려고 나갔고, 초대받은 사람들은 돌아갔다.

남작 부부는 낮은 목소리로 말다툼을 하고 있었다. 여느 때보다 한층 더 숨을 헐떡이는 아델라이드 부인은 남편이 요구하는 것을 거절하고 있는 듯 싶었다.

부인은 큰소리로 외쳤다.

「여보, 정말이지 난 못하겠어요! 어떻게 말을 꺼내야 좋을지도 몰라요.」

그러자 남작은 부인 곁을 떠나 잔느에게로 다가서며 물었다.

「나하고 뜰을 한 바퀴 돌지 않겠니?」

몹시 감동한 딸이 대답했다.

「그렇게 하세요.」

두 사람은 밖으로 나왔다. 벽 한쪽에 붙은 문 밖으로 나오자 썰렁한 바람이 불어왔다. 벌써 가을을 재촉하는 싸늘한 바람이었다. 구름이 하늘에 세차게 흐르고 별이 사라졌다 나타났다.

남작은 살며시 딸의 손을 잡으면서 딸의 팔을 이끌었다. 아버지와 딸은 잠시 말없이 걸었다.

남작은 망설이는 듯하더니 드디어 결심하고 말했다.

「애, 아가, 내가 아주 곤란한 역할을 맡았구나. 네 어미가 해야 할 일이지만 싫다고 하니 내가 대신 할 수밖에 없구나. 실생활에 있어서 네가 어떤 것을 얼마나 알고 있는지 나는 모른다. 그런데 자식들에게는, 특히 딸자식에게는 아주 은밀히 숨기는 비밀이 있단다. 딸이란 그 영혼이 순결해야 하며 그 부모가 딸의 행복을 맡아줄 남자에게 맡길 때까지 완전무결하게 순결하지 않으면 안된다. 인생의 이 감미로운 비밀 위에 던져진 포장을 걷어올릴 권리는 그 남자에게만 있단다. 그런데 딸들이란 만일 그 인생의 어떠한 의혹도 가져보지 못했을 경우 이따금 몽상 뒤에 숨겨진 좀 동물적인 현실에 맞닥뜨리면 반항하게 될 때가 있다. 정신적인 것뿐만 아니라 육체적인 상처까지 받게 되므로 여자들은 인생과 자연의 법칙이 절대적인 권리로서 남편에게 부여하는 것을 거부하는 때가 있단다. 애야, 거기에 대해서 더 이상은 말하지 못하겠구나. 그런데 이것만은 잊지 말아라. 즉 너의 모든 것은 완전히 네 남편에게 속해 있다는 것을.」

이 말을 듣고 그녀는 무엇을 정확하게 알게 되었을까? 무엇을 짐작했을까?

그 어떤 막연한 예감처럼 괴롭고 짓눌리는 듯한 우울감에 억눌려 그녀의 몸은 떨려왔다.

그들은 다시 집을 향해 걸었다.

뜻밖의 광경에 놀라 그들은 객실 문 앞에 멈춰섰다. 아델라이드 부인이 쥘리앙의 가슴에 얼굴을 파묻고 흐느껴 울고 있었던 것이다. 그녀의 눈물은 마치 대장간의 풀무로 밀어내는 듯 요란스럽게 코와 눈과 입에서 한꺼번에 쏟아져 나오는 것 같았다.

젊은이는 놀라고 어리둥절한 표정으로 뚱뚱한 부인을 어색하게 부축하고 서 있었는데, 부인은 아끼고 아끼며 귀염둥이로 키운 예쁜 딸을 잘 부탁한다고 당부하며 쓰러질 듯이 기대서 있었다.

남작이 재빨리 달려갔다.

「제발 부탁이니 그러지 좀 마오.」

그는 눈물을 씻는 부인을 안락의자에 앉혔다. 그리고 잔느를 바라보며 말했다.

「자아, 네 어머니에게 키스하고 가서 자거라.」

그녀는 울먹이며 재빨리 부모에게 키스하고 그 자리를 도망치듯 달아났다. 리종 이모는 이미 자기 침실로 들어간 뒤였다. 남작과 부인만이 쥘리앙과 함께 남아 있었다. 세 사람은 몹시 서먹서먹한 표정으로 입을 다물고 있었다. 프록 코트를 입은 두 사람은 힘없이 서 있었고 아델라이드 부인은 안락의자 위에 파묻힌 채 흐느껴 울었다. 모두들 어색한 얼굴로 어쩔 줄 몰랐다.

남작은 신혼부부가 며칠 뒤에 떠날 여행에 대해 이야기하기 시작했다.

잔느는 그녀의 침실에서 샘처럼 눈물을 흘리는 로잘리의 손을 빌어 옷을 벗고 있었다. 헛손질을 하면서, 로잘리는 끈도 머리

핀도 올바로 찾지 못하는 품이 확실히 주인 아씨보다 더 흥분해 있는 듯했다. 그러나 잔느에게는 눈물 흘리는 하녀를 거들떠볼 마음의 여유가 없었다.

그녀는 전혀 생소한 땅으로 발을 들여놓은 것처럼 여겨졌다. 자기가 알고 있던 모든 것, 자기가 소중히 여기고 있던 모든 것으로부터 떨어져 다른 세계로 가는 것 같은 기분이었다. 자기의 생활과 사상이 온통 뒤집히는 듯하여 심지어는 『남편을 사랑하는 것일까?』하는 이상한 생각까지 떠올랐다.

별안간 자기의 남편이 알지도 보지도 못했던 이방인처럼 생각되었다. 석 달 전만 해도 자기는 그러한 사람이 존재하고 있다는 것조차 몰랐는데, 지금은 그의 아내가 된 것이다. 그리하여 마치 발 밑에 열려진 구멍으로 빠지는 것 같은 결혼 속으로 미끄러지듯 들어갔다.

좀 써늘한 홑이불이 그녀에게 오한을 느끼게 했고, 두 시간 전부터 그녀의 마음을 억눌러 온 고독과 비애가 한결 더 강하게 가슴에 느껴졌다.

로잘리는 여전히 흐느껴 울면서 달음질치듯 방을 빠져나갔고, 잔느는 기다리고 있었다. 무엇인가 짐작할 수는 없으나 아버지가 막연하게 이야기해준 사랑의 최대의 비밀인 그 신비한 법칙을 마음졸이며 근심스럽게 기다리고 있었다.

층계를 올라오는 기척도 나지 않았는데 가벼운 노크 소리가 세 번 들려왔다. 그녀는 몸이 오그라질 듯하여 아무 대답도 하지 못했다. 다시 한 번 노크 소리가 나고 이어서 자기 침실에 들어선 듯 이불 속으로 얼굴을 숨겼다. 가벼운 남자의 구두 소리가 마룻바닥에 울리는 것 같더니 갑자기 누군가가 그녀의 침대를 더듬거렸다. 그녀는 본능적으로 몸을 꿈틀하며 가냘픈 비명을 질렀다. 그리고 얼굴을 내밀어보니 쥘리앙이 자기를 바라보며 웃고 있었다.

그녀는 말했다.

「아이, 어쩌면 사람을 그렇게 놀라게 하세요?」

그는 되물었다.

「그렇다면 나를 기다리고 있지 않았소?」

그는 잘생기고 의젓한 용모로 화려하게 차려입고 있었다. 그녀는 그처럼 단정하게 차린 그의 앞에서 이렇게 누워 있는 것이 몹시 부끄러웠다.

두 사람은 무슨 말을 해야 좋을지, 어떻게 해야 할지 몰랐다. 두 사람은 온 생애의 행복이 달린 이 엄숙하고 결정적인 순간에 서로 얼굴조차 바라볼 용기를 갖지 못한 것이다. 남자는 이 싸움에 그 어떤 위험이 존재하며 따라서 꿈속에서만 자라난 순수한 영혼의 오묘한 섬세함과 미묘한 수치감을 상하지 않기 위해서는 부드러운 자세와 기교있는 애정이 필요하리라는 것을 어렴풋이 느끼고 있었다.

그는 가만히 그녀의 손을 잡아 키스하고, 마치 제단 앞에서처럼 그녀의 침대 앞에서 무릎을 꿇고 나직한 목소리로 속삭였다.

「나를 사랑해 주겠소?」

이 한 마디에 잔느는 긴장했던 마음이 풀리며 레이스에 덮인 머리를 베개 위로 올리고 생긋 웃었다.

「벌써 사랑하고 있었어요.」

그는 아내의 섬세한 손가락을 입술에 갖다대고 욕정의 억눌림으로 말미암아 달라진 소리로 물었다.

「나를 사랑한다는 증거를 보여주겠소?」

그녀는 또다시 불안한 생각에 사로잡힌 채 다만 아버지의 말을 떠올리며 그것이 무슨 말인지 자신도 무슨 뜻인지 모르면서 대답했다.

「나는 당신 것이에요.」

그는 그녀의 손목에 다정하게 촉촉한 키스를 한 다음 천천히 몸을 일으켜 세우더니 그녀의 얼굴에 다가갔다. 그녀는 다시 얼굴을 감쌌다. 그는 별안간 한쪽 팔을 이불 위로 뻗쳐 그녀를 껴안고 다른 팔을 베개 밑에 넣어 베개째 그녀의 머리를 들어올리고는 낮은 목소리로, 아주 낮은 목소리로 물었다.

「그러면 당신 곁에 내 조그마한 잠자리를 내주겠소?」

그녀는 겁이 났다. 본능적인 공포였다. 그래서 더듬더듬 말했다.

「아아! 아직은 안 돼요. 제발 부탁이에요.」

그는 좀 실망하고 얼마쯤 기분 상한 듯했으나 여전히 애원하는, 그러나 좀 퉁명스러운 말투로 말했다.

「어째서 미루는 거요? 결국은 그렇게 될 것이 아니오?」

아내는 그러한 남편의 말을 원망스럽게 생각했으나 단념한 듯 아까 한 말을 되풀이했다.

「나는 당신 것이에요.」

그러자 그는 곧 화장실 안으로 사라졌다. 옷 벗는 소리, 주머니 속에서 쩔렁대는 동전 소리, 한 짝씩 벗는 구두 소리를 뚜렷이 구별해 들을 수 있었다. 이윽고 그는 속옷 바람으로 양말만 신고 나타나 벽난로 위에 그의 시계를 풀어놓고, 다시 작은 옆방으로 가서 얼마 동안 꾸물거렸다.

그가 다시 방으로 들어온 기척을 느끼자 잔느는 재빠르게 돌아누웠다. 자기 다리 곁으로 차갑고 털이 많이 난 그의 다리가 날쌔게 미끄러져 들어와 닿았을 때 그녀는 침대 밑으로 뛰어내릴 듯 펄쩍 뛰었다. 두 손으로 얼굴을 감싸고 정신없이 두려움과 놀라움으로 금방이라도 소리지를 듯한 기분이 되어 침대 한편 구석에서 몸을 움츠리고 있었다.

남편은 그녀가 등을 돌리고 누워 있는데도 대번에 껴안고는 그녀의 목과 잠자리 모자에 나부끼는 레이스와 속옷 주름에 굶주린 듯 키스했다. 잔느는 자기의 두 팔꿈치로 가린 젖가슴을 더듬는 남자의 힘찬 손을 느끼며 무서운 불안으로 몸이 꼿꼿해져 꼼짝도 하지 않았다.

그녀는 남자의 이 난폭한 행동에 놀라 숨이 가빴고, 그리하여 어디로든 이 남자가 없는 곳으로 가서 숨기 위해 집을 뛰쳐나가고 싶은 생각으로 가득찼다.

남편은 꼼짝 않고 있었다. 그녀의 등에 남편의 체온이 느껴졌다. 이윽고 마음이 다시 가라앉고, 남편에게 키스하려면 돌아눕기만 하면 되겠다는 생각이 문득 떠올랐다.

마침내 남편은 초조한 듯 슬픈 목소리로 말했다.

「당신은 내 귀여운 아내가 되지 않겠다는 거로군.」

그녀는 얼굴을 손으로 감싼 채 중얼거렸다.

「아직도 나는 당신의 아내가 아닌가요?」

남편은 기분이 상한 목소리로 대답했다.

「물론이오. 자아, 나를 너무 놀리지 말구려.」

그녀는 남편의 불안스러운 목소리에 마음이 언짢아 곧 용서를 청하려고 돌아누웠다. 그러자 그는 굶주린 듯 세차게 그녀의 몸을 껴안았다. 그리고는 재빠르게 깨무는 듯한 격렬한 키스를 온 얼굴과 목덜미에 퍼부으며 온갖 애무로 그녀를 어리둥절하게 했다. 그녀는 두 손을 벌리고 남편의 격정에 휩싸인 채 자기가 지금 무엇을 하고 있는 것인지 정신이 혼미하여 아무것도 모르고 누워 있었다.

별안간 날카로운 아픔이 그녀의 살을 찢는 듯했다. 남편이 난폭하게 자기 몸을 소유하고 있는 동안 그녀는 그의 팔 속에서 몸부림치듯 신음했다. 그 다음에 무슨 일이 일어났는지 그녀는 전혀 기억에 없었다. 정신을 잃고 있었기 때문이었다. 기억에 남은 것은 다만 남편이 감사하다는 듯이 자기의 입술에 짧은 키스를 빗발같이 퍼부은 일뿐이었다. 그리고 나서 남편은 무엇인가 자기에게 말했을 것이고, 자기도 그 말에 대해 뭐라고 대답했을 것이다.

그 뒤 남편은 또 다른 행동을 하려고 했으나 놀라서 떠밀어 냈다. 그녀가 몸부림치는 동안 이미 다리에서 느꼈던 술한 털이 이번에는 가슴에 와닿아 소스라치며 몸을 뺐다. 아무리 달래도 소용없으리라는 것을 알고 남편은 똑바로 누운 채 움직이지 않았다. 그녀는 생각했다. 전혀 다르게 꿈꾸어 왔던 도취와 파괴된 소중했던 기대와 이미 금이 가버린 축복의 환멸 속에서 마음속까지 절망하여 중얼거렸다.

「이것이 바로 그이가 말하는 아내가 된다는 것이었구나! 이것이, 이것이……」

그녀는 사방의 벽포 위로, 자기의 방을 둘러싸고 있는 오랜 사랑의 전설 위로 눈길을 보내며 절망에 잠겨 한참 동안이나 움직이지 않았다. 끝내 쥘리앙이 아무 말도 않고 움직이지 않아 천천히 머리를 돌려보니, 그는 자고 있지 않은가? 입을 반쯤 벌리고 태연스럽게 잠들어 있었다. 자고 있었다.

그녀는 그것을 믿을 수가 없었다. 자기를 보통 여자처럼 대한 그 짐승 같은 행위보다도 그가 잠들어 있다는 사실에 모욕과 치밀어오르는 분노를 느꼈다. 이런 밤에 잠이 올까? 두 사람 사이에 일어난 일이 그에게는 조금도 놀라운 사실이 아니었던가? 아아! 두들겨 맞는 편이, 난폭한 대우를 받는 편이 정신을 잃을 만큼 온갖 추잡한 애무로써 상처를 받는 것보다 더 나을 것 같았다. 그녀는 팔꿈치를 베고 그에게로 다가누워 그의 입술에서 새어나오는 가끔 코고는 소리 같은 숨소리에 귀기울이며 움직이지 않았다.

날이 밝아왔다. 처음에는 훤하게, 그 다음에는 밝게, 그리고 장미빛으로, 이윽고 활짝 밝아왔다. 쥘리앙은 눈을 뜨고 하품을 하며 기지개를 켜고 아내를 바라보며 웃음지었다.

「여보, 잘 잤소?」

『여보』라는 말을 듣고 깜짝 놀라 그녀는 대답했다.

「네, 잘 잤어요. 당신도 잘 주무셨어요?」

「아, 나는 잘 잤소.」

그리고는 그녀에게로 몸을 돌려 키스하고 나서 차근차근 이야기하기 시작했다. 그는 처음에는 경제관념에 입각한 앞으로의 생활방침을 늘어놓았다. 몇 번씩 되풀이되는 이 경제라는 말이 잔느를 놀라게 했다. 그녀는 남편의 말뜻을 잘 모르면서도 그 말에 귀기울이고 남편을 바라보며 겨우 그녀의 마음을 스치고 주마등처럼 스치고 지나가버리는 사실들에 대해 생각했다.

시계가 8시를 알렸다.

「자아, 일어납시다. 늦도록 잠자리에 있으면 우습게 보일 테니까.」

그가 먼저 침대에서 일어났다. 몸치장을 하고 나서 로잘리를 부르지 않고 자기가 상냥하게 아내의 몸차림을 세세한 데까지 거들었다.

침실을 나가려는 순간 그는 아내를 붙들고 일렀다.

「알고 있을 테지만, 이제부터 우리는 터놓고 『여보』라고 불러도 상관없으나 부모님 앞에서는 아직 삼가하는 것이 좋겠소. 우리가 신혼여행에서 돌아온 뒤라면 그래도 자연스럽겠지만.」

잔느는 아침식사 때에야 겨우 가족 앞에 얼굴을 보였다. 그리고 그날 하루도 여느 날과 같이 아무 별다른 일이 일어나지 않은 것처럼 그대로 지나갔다. 다만 집 안에 남자가 하나 더 늘었을 뿐이었다.

5

　나흘 뒤에 신혼부부를 마르세유까지 태워다줄 사륜마차가 도착했다.

　첫날밤의 고뇌를 겪고 난 뒤 잔느는 벌써 쥘리앙의 키스며 부드러운 애무에 익숙해졌다. 두 사람의 관계를 더욱 친밀하게 접근시킬 만큼 그녀의 혐오감이 줄어들지는 않았지만, 남편의 키스와 부드러운 애무에는 익숙해져 갔다.

　그녀는 남편의 아름다움을 발견하게 되었으며 사랑을 느꼈고, 다시 행복하고 즐거워졌다.

　작별인사는 짧았고 별다른 슬픔을 남기지도 않았다. 남작부인만이 흥분해 있는 듯했다. 마차가 막 떠나려고 할 때 부인은 납덩이처럼 묵직한 큰 돈뭉치를 주며 말했다.

　「너도 이제 신부가 되었으니 잔비용을 쓸 때가 많을 거다.」

　잔느는 그 돈을 주머니에 넣었다. 말이 달리기 시작했다.

저녁 무렵 쥘리앙은 그녀에게 물었다.
「당신 어머니가 그 지갑에 얼마나 넣었소?」
그녀는 거기에 대해 전혀 생각하지 않고 있었다. 그녀는 돈주머니를 무릎 위에 쏟아놓았다. 금화가 무릎에 하나 가득찼다. 2천 프랑이었다. 그녀는 손뼉을 쳤다.
「마음껏 한 번 쓸 수 있겠네요.」
그녀는 다시 돈을 집어넣었다.
뜨거운 더위 속에서 1주일이나 여행하여 그들은 마르세유에 도착했다. 이튿날 아자치오를 거쳐서 나폴리로 가는 작은 상선 『킹 루이』 호가 두 사람을 싣고 코르시카로 향하고 있었다. 코르시카! 밀림! 산적! 첩첩한 산맥! 나폴레옹의 고국!
잔느는 현실에서 빠져나와 눈뜬 채 꿈속으로 들어가는 듯했다. 둘은 갑판 위에 나란히 서서 프로방스 지방의 절벽들이 지나가는 것을 바라보았다. 타는 듯한 햇볕 아래 응결되고 굳어진 듯 움직이지 않는 진한 하늘빛 바다가 끝없이 푸른 하늘 밑에 펼쳐져 있었다.
그녀가 물었다.
「라스티크 영감의 배로 소풍갔던 일이 생각나세요?」
대답 대신 그는 아내의 귀에 재빠르게 키스했다.
증기선 물레바퀴가 바다의 깊은 잠을 깨우는 듯 물결을 일구고 있었다. 배가 남긴 긴 흔적은 솟구쳐오르는 물살로 샴페인처럼 거품이 이는 굵은 은빛 물줄기가 눈닿는 데까지 똑바로 뻗어 배가 항해해 온 길을 보여주었다. 별안간 뱃머리에서 얼마 안 되는 곳에 큼직한 돌고래가 튀어나왔다가 머리를 솟구치며 다시 물 속으로 자취를 감추었다. 깜짝 놀란 잔느는 엉겁결에 소리지르며 쥘리앙의 가슴으로 뛰어들었다. 그리고는 자신이 그토록 놀랐던 데 대해 웃으며 혹시 고래가 다시 나타나지 않을까 궁금해 하며 바라보았다. 몇 분 뒤에 그 물고기는 커다란 기계 장난감처럼 또다시 나타났다.

그것은 물 속으로 들어갔다가 다시 나오곤 했다. 그리고는 둘이 되고 셋이 되고 여섯이 되어 이 육중한 배 주위에서 높이뛰기 경기를 하는 듯했다. 자기들의 형제간인 괴물 모양의 이 쇠지느러미가 달린 나무로 된 물고기를 호위하는 것 같았다. 그들은 왼쪽으로 갔는가 하면 다시 오른쪽의 뱃머리로 되돌아왔다. 어느 때는 함께, 어느 때는 한 마리씩 줄을 지어 마치 유희나 숨바꼭질을 하듯 곡선을 그리며 공중으로 높이 치솟았다가 다시 줄지어 물 속으로 들어가는 것이었다.

거창하고 매끈한 몸집을 가진 이 수영선수들이 나타날 때마다 잔느는 기뻐서 손뼉치며 몸을 흔들었다. 그녀의 마음도 이 물고기들처럼 미칠 듯한 동심의 기쁨으로 부풀어올랐다. 별안간 물고기들이 자취를 감추었다. 저 멀리 바다 깊숙이서 한 번 나타나더니 다시는 보이지 않았다. 잔느는 물고기들이 떠나버려서 잠시 동안 섭섭했다.

저녁이 되었다. 환희와 행복스러운 평화가 깃든 조용한 저녁이었다. 바람 한점 없었으며, 잔물결도 일지 않았다. 바다와 하늘의 이 무한한 휴식은 힘없이 늘어진 인간의 영혼 속까지 퍼져나갔으며, 거기에는 전율 하나 일지 않았다. 태양은 저 멀리 눈에 보이지 않는 아프리카 쪽으로 고요히 지고 있었다. 아프리카! 생각만 해도 벌써 열기를 느끼게 하는 불타는 대지! 그러나 해가 지자 산들바람이라 할 수 없는 서늘한 공기가 부드럽게 스쳐지나갔다.

두 사람은 여러 가지 악취가 풍기는 선실로 들어가기가 싫었다. 그리하여 갑판 위에서 망토로 몸을 싸고 서로 얼굴을 마주보며 누웠다. 쥘리앙은 곧 잠들었으나, 잔느는 여행의 낯선 풍경에 흥분되고 단조로운 배의 바퀴 소리에 귀가 간지러워 잠을 이루지 못하고 뜬눈으로 밤을 새웠다. 그녀는 남국의 푸른 하늘에서 마치 물에 젖은 듯 강렬한 빛을 내뿜으며 밝게 반짝이는 별무리들을 바라보고 있었다. 아침녘에야 그녀는 겨우 눈을 붙였다. 그러나 시끄러운 소리와 사람들의 북새통에 잠을 깨고 말았다. 선원들이 노래부르며 갑판을 청소하고 있었다. 그녀는 곤히 잠든 남편을 흔들어 깨워 함께 일어났다.

소금 냄새 풍기는 아침 안개를 그녀는 힘껏 들이마셨는데, 마치 손끝까지 스며드는 듯했다. 사방이 바다뿐이었다. 그러나 눈앞에는 밝아오는 먼동에 싸인 채 무엇인가 분명치는 않으나 잿빛 도는 물체들이 끝이 뾰족뾰족하고 토막토막 끊어진 일종의 구름송이처럼 바다 위에 펼쳐져 있었다. 그 물체는 점점 더 선명하게 나타났다. 밝아진 하늘의 형태가 아까보다 뚜렷해졌다. 뿔이 돋친 듯 이상한 모습을 한 커다란 산맥이 우뚝 솟아났다. 안개에 싸인 코르시카 섬의 전경이었다. 그러자 그 산맥 뒤로부터 해가 떠오르며 험준한 산봉우리를 검은 그림자로 그리고 있었다.

이윽고 산맥 봉우리는 붉게 물들어갔고, 섬의 봉우리 아랫부분은 아직 뽀얀 안개에 싸여 있었다. 찝찔하고 세찬 바닷바람에 그을어, 피부가 메마르고 찌들고 단단해지고 오그라든 키가 작달막한 늙은 선장이 갑판으로 나와 30년 동안이나 바닷바람 속에서 호령하고 소리쳐서 익숙해진 닳고 닳은 목소리로 잔느에게 물었다.

「저 냄새를 맡고 계시오?」

사실 그녀는 어떤 강렬하고 야생적인 향기를 풍기는 식물의 냄새를 맡고 있었다.

선장은 말을 이었다.

「꽃이 한창인 코르시카 섬이 풍기는 냄새입니다. 이것은 귀여운 여자의 냄새지요. 20년 동안 떠나 살다가도 이 코르시카 19리 밖 바다까지 오면 나는 그것을 알 수 있습니다. 그분(나폴레옹)도 저 세인트 헬레나에서 고국의 냄새에 대해 늘 이야기하고 있는가 봅니다. 그분은 나와 혈통이 같지요.」

선장은 모자를 벗고 코르시카 섬을 향해 인사했다. 그리고 아득히 먼 바다 저편에 있는 그의 친척이라는 유배된 황제에게 경례했다.

잔느는 몹시 감동해서 눈물이 솟을 것만 같았다.

선장은 팔을 들어 지평선 쪽을 가리키며 말했다.

「저것이 상기네르 군도입니다.」

쥘리앙은 옆에서 아내의 허리를 껴안고 있었는데 둘 다 멀리 선장이 가리키는 곳으로 눈길을 보냈다.

마침내 그들은 피라미드처럼 생긴 바위들을 보았다. 배는 얼마 안가서 그 바위를 돌아 망망하고 잔잔한 만으로 들어갔다. 만은 높은 봉우리들로 둘러싸이고 그 봉우리들의 아래 부분은 이끼로 덮인 것 같았다.

선장이 이 푸른 지대를 가리키며 설명했다.

「밀림지대입니다.」

앞으로 나아갈수록 산맥으로 둘러싸인 바다는 점점 배 뒤로 좁아드는 것 같았고, 어찌나 푸르고 투명한지 바닥이 다 들여다보일 듯한 수면을 배는 미끄러져 나갔다.

갑자기 항만 안에 물결치는 해안의 산맥을 뒤로 두고 하얀 마을이 나타났다. 작은 이탈리아 고기잡이 배가 몇 척 항구에 닻을 내리고 있었다. 너덧 척의 보트들이 『킹 루이』호 주위로 몰려와서 왔다갔다하며 승객을 찾았다.

짐을 챙기던 쥘리앙이 나직한 목소리로 아내에게 물었다.

「급사에게는 20수만 주면 충분하겠지?」

1주일 동안 그는 늘 똑같은 질문을 되풀이했는데, 그녀는 그때마다 괴로웠다.

그녀는 좀 짜증스럽게 말했다.

「얼마 주어야 할지 모를 때는 넉넉히 주는 게 좋아요.」

쉴새없이 그는 여관집 주인이나 심부름꾼이나 마차꾼 또는 장사꾼들을 상대로 실랑이했다. 길게 궤변을 늘어놓고 얼마쯤 값을 깎고 나면 그는 손을 비비며 말했다.

「나는 이유없이 빼앗기는 것은 싫소.」

그녀는 계산서가 올 때마다 낱낱이 따지려드는 남편의 성격을 이미 알고 있었으므로 몸서리쳐졌다. 그처럼 값을 깎으려는 것이 창피스러웠고, 신통치 않은 팁을 받아쥐고 멸시하는 듯한 곁눈질로 남편을 바라보는 하인들의 눈초리를 느낄 때마다 귀까지 붉어졌다.

쥘리앙은 이때도 두 사람을 상륙시켜준 사공과 말다툼을 벌였다.

그녀의 눈에 띤 첫번째 나무는 종려나무였다. 두 사람은 널찍한 들 한편에 자리잡은 크고 한산한 호텔로 가서 아침식사를 주문했다. 디저트를 먹고 나서 잔느는 마을을 한 바퀴 산책하려고 일어섰는데, 쥘리앙이 그녀를 두 팔로 안으며 귀에 입을 대고 상냥하게 속삭였다.

「여보, 좀 자지 않겠소?」

그녀는 깜짝 놀랐다.

「자자고요? 피곤하지 않아요.」

그는 아내를 끌어안았다.

「당신을 원하고 있소. 알겠지? 이틀 전부터…….」

그녀는 부끄러워 새빨개지며 입 속으로 말했다.

「아이! 지금요! 사람들이 뭐라 하겠어요. 어떻게 이런 대낮에 방을 빌자고 해요. 쥘리앙, 제발 부탁이에요.」

그러나 쥘리앙은 초인종을 누르며 그 말을 가로막았다.

「호텔 사람들이 무슨 말을 하든, 어떤 생각을 하든 나는 아랑곳하지 않소. 앞으로 당신도 내가 그런 걸 거북해 하는지 어쩐지 알게 될 거요.」

그녀는 더 이상 아무 말도 하지 않고 눈을 내리깔았지만 언제나 마음으로나 몸으로는 남편의 쉴새없는 욕정에 반항하고 있었다. 겉으로는 복종하는 척했으나 몸서리쳐졌고, 단념하고 있으면서도 심한 모욕을 느꼈으며, 무엇인가 품위를 떨어뜨리는 듯한 야수적인 것, 추잡한 것을 남편에게서 발견했다. 그녀의 관능은 아직 잠든 채였음에도 남편은 아내도 자기와 같은 격정을 느끼고 있는 듯 여기고 행동하였다.

종업원이 왔을 때 쥘리앙은 방으로 안내해 달라고 부탁했다. 눈썹까지 숱이 많은 전형적인 코르시카 인인 그 남자는 그 의도를 알아차리지 못하고 방은 밤에만 준비된다고 대답했다.

쥘리앙은 짜증스럽게 설명했다.

「아니, 곧 준비해줘. 우리는 여행에 지쳐서 좀 쉬고 싶으니까.」

종업원은 수염 속으로 미소지었고, 잔느는 그 자리를 도망치고 싶은 마음뿐이었다. 한 시간 뒤 그들이 다시 방에서 내려올 때 그녀는 종업원들 앞을 지날 용기가 없었다. 틀림없이 등 뒤에서 그들이 수군거리고 낄낄거리리라고 생각했기 때문이다.

이런 것을 모르고, 그런 세심한 수치심과 본능적인 섬세한 감각을 쥘리앙이 전혀 가지고 있지 않은 데 대해 그녀는 마음 속으로 남편을 원망했다. 그리하여 그녀는 자기와 남편 사이에 어떤 장막이나 장애물 같은 것이 가로놓여 있는 것을 느꼈으며, 처음으로 두 사람은 결코 상대방의 영혼, 즉 사상의 내면까지는 침투할 수 없다는 사실을 알았다. 나란히 거닐고 때로는 포옹하기도 하지만 서로 녹아들어갈 수는 없다는 것, 그리고 우리들 인간 각자의 정신적인 존재는 영원히 평생토록 고독한 채로 살아나가야 한다는 것을 비로소 깨달았던 것이다.

푸른 해안에 둘러싸인 채 뒤로는 산의 절벽이 불어오는 바람을 모조리 막아버리는 화덕처럼 푹푹 찌는 이 마을에서 두 사람은 사흘을 보냈다. 둘은 여행계획을 다시 세웠다. 아무리 험난한 길 앞에서도 뒷걸음질치지 않기 위해 말을 빌기로 했다. 두 사람은 눈에 생기가 넘쳐 보이는 날씬하고 피로를 모르는 작은 코르시카 종 말을 두 필 빌어 어느 날 새벽 길을 떠났다.

노새를 탄 안내인이 식료품을 싣고 두 사람을 뒤따랐다. 이 미개한 지방에는 주막 같은 것이 없었던 것이다.

길은 처음에 만(灣)을 따라가다가 큰 산맥 쪽으로 통하는 그다지 깊지 않은 골짜기 속으로 들어섰다.

때때로 거의 물이 마른 골짜기를 가로질렀다. 물줄기가 몸을 감춘 짐승처럼 바위 사이로 조심스럽게 졸졸 흐르고 있기도 했다. 아직 갈지 않은 토지는 벌거숭이처럼 보였다. 산기슭은 우거진 풀숲으로 덮여 있었는데 이 타는 듯한 계절에 내리쬐는 태양으로 누래졌다.

이따금 산사람들이 걸어서 또는 작은 말을 타거나 개만한 노새를 타고 지나갔다. 그들은 한결같이 탄환을 잰 총을 둘러메고 있었으며, 그것은 녹슨 구식 총이기는 하지만 그들의 손아귀에 있는 한 언제 발사될지 모르는 위험한 것이었다.

코르시카 섬 일대를 뒤덮은 찌르는 듯한 향기를 풍기는 식물 냄새가 한층 더 공기의 밀도를 짙게 하는 것 같았다. 길은 산맥의 골짜기 사이로 완만한 경사를 이루며 뻗어나갔다. 장미빛이나 푸른빛의 화강암 산봉우리는 이 광막한 지방에 선경(仙境)을 이루고 있었으며, 좀더 낮은 쪽 경사진 널찍한 밤나무숲은 푸른 관목숲처럼 보였다. 그처럼 이 지방은 산의 기복이 심했다.

때때로 안내인은 높고 험난한 경사지를 손가락질하며 그 이름을 가르쳐주었다. 잔느와 쥘리앙은 시선을 그편으로 돌렸지만 아무것도 보지 못했다. 마침내 무엇인가 산봉우리에서 떨어져 퇴적된 듯한 잿빛 도는 것이 눈에 띄었다. 그것은 마을이었다. 험난한 산 위에 마치 새집처럼 붙어 있어 눈에 잘 띄지 않는 조그만 화강암 마을이었다.

천천히 걸어가는 긴 여행에 지루해진 잔느는 말채찍을 들며 말했다.

「좀 달려요.」

남편이 쫓아오는 말굽 소리가 들리지 않아 돌아보니 남편이 새파래진 얼굴로 말갈기에 매달려 이상한 모습으로 달려오고 있었으므로 그녀는 허리가 끊어질 만큼 미친 듯 웃었다. 그의 잘생긴 기사 같은 모습마저 고삐를 다루는 어색한 솜씨와 공포로 더욱 우스꽝스럽게 보이게 했다.

두 사람은 다시 천천히 몰았다. 여기서부터 길은 망토처럼 산기슭 전체를 덮은 끝없는 두 잡목숲 사이로 뻗어나갔다. 이것이 이른바 밀림지대였다. 발을 들여놓을 수조차 없는 밀림은 푸른 참나무와 노간주나무, 소귀나무, 유향나무, 알라테르느, 히스, 월계수, 도금양, 회양목 등으로 이루어졌는데 이러한 수목들을 마치 머리칼이 엉클어지듯 얽히기 잘하는 양치류, 인동, 시스트, 로마랭, 라번더, 산딸기가 휘감으며 산등성이를 얽히고 설킨 머리칼처럼 뒤덮고 있었다.

두 사람은 배가 고팠다. 곧 안내인이 쫓아와 그들을 아름다운 샘으로 이끌어갔다. 이러한 샘들은 험준한 골짜기에서 흔히 볼 수 있는 것으로 가늘고 동그스름한 물줄기가 바위 틈에서 흘러나와 여행자들이 물줄기를 입으로까지 끌어들이려고 깔아놓은 밤나무잎으로 떨어져 내렸다. 잔느는 너무 기뻐서 희열에 넘치는 환성을 억누를 수가 없었다.

그들은 다시 출발했다. 그리고 사곤느 만을 돌아 내려가기 시작했다. 저녁 무렵 그들은 카르제즈를 지났는데, 그것은 옛날 고국에서 추방당한 망명객들이 세운 그리스 인의 마을이었다. 허리가 가늘고 팔이 길고 몸집이 날씬한 크고 아름다운 처녀들이 신비스러우리만큼 우아하게 샘 주위에 모여 있었다.

쥘리앙이「안녕하십니까?」하고 소리치자 처녀들은 버리고 온 고국의 아름다운 말로 노래하듯 대답했다.

피아나에 닿으니 옛날처럼 외딴마을에서 하듯이 지금도 하룻밤 잠자리를 청해야 될 형편이었다. 쥘리앙이 두드린 문이 열리기를 기다리며 잔느는 기쁨으로 몸이 잦아들 것 같았다. 아아! 이것이야말로 정말 여행이다! 아직 사람의 발이 더럽혀지지 않은 곳에서 뜻밖의 일들이 우리를 기다리고 있지 않은가?

주인 부부도 젊은 사람들이었다. 그들은 신혼부부를 마치 장로들이 하느님의 사자를 영접하듯 맞이했다. 두 사람은 옥수수 매트 위에서 잤다. 온통 벌레가 파먹어 벌레 구멍이 숭숭 난 이 집의 서까래들이 모두 삐걱삐걱거리며 살아서 한숨짓는 것 같았다.

그들은 해뜰 무렵에 떠났다. 얼마 안가 그들은 수풀 앞에 다다랐다. 붉은 화강암 숲이었다. 오랜 세월과 침식하는 바람과 바다의 안개로 뾰족한 기둥이 만들어지고 작은 탑의 형태를 이루는 등 온갖 놀라운 기암괴석의 숲이었다. 3백 미터의 높이로, 가늘기도 하고 굵기도 하고 또는 뒤틀리고 구부러져서 이상한 형태를 보여주는 이들 불가사의하고 환상적이며 놀라운 기암괴석은 숲과 나무, 짐승, 기념비, 사람, 법의를 입은 사제, 뿔달린 귀신, 엄청나게 큰 새들 같았다. 어떤 익살스러운 신의 뜻에서 이루어진 환상의 동물원이요, 괴물의 집단이었다.

잔느는 숨이 막혀 아무 말도 하지 못하고 쥘리앙의 손을 꼭 쥐었다. 이 삼라만상의 아름다움 앞에서 문득 사랑하고 싶은 욕구가 그녀를 사로잡았던 것이다. 그러나 문득 이 혼돈 속에서 풀려났을 때 그들은 붉은 화강암의 핏빛 벽으로 둘러싸인 바다를 발견했다. 그 푸른 바닷속에는 이 핏빛 바위가 핏빛 그림자를 던지고 있었다.

『아아! 쥘리앙!』하고 잔느는 중얼거릴 따름이었다. 감격에 사로잡힌 채 목이 메어 다른 말은 나오지 않았다. 눈에서는 두 줄기 눈물이 흘러내렸다.

남편은 어리둥절한 표정으로 바라보았다.

「여보, 왜 그러지?」

그녀는 눈물을 닦고 웃음지으며 떨리는 목소리로 말했다.

「아무것도 아니예요.……흥분되어서……나도 잘 모르겠어요.……좀 감동되었나 봐요. 너무나 행복해서 하찮은 일에도 흥분되는군요.」

그는 여자의 이러한 흥분을 이해하지 못했다. 열광이 재난처럼 마음을 움직이고, 붙잡을 수 없는 감정이 마음을 자극시키고, 기쁨이나 또는 절망을 불러일으켜 미칠 듯하게 만들어준다는 사실을 이해하지 못했다. 이러한 눈물이 그로서는 우습게 여겨졌다. 그리하여 그는 험한 길에 정신이 팔려 있는 잔느에게 말했다.

「타고 있는 말에나 신경쓰는 게 좋겠소.」

그들은 거의 빠져나가기 힘든 길을 따라 바닷가로 내려가서 오타의 그늘진 골짜기를 오르기 위해 오른쪽으로 길을 잡았다. 그러나 산길은 몹시 험해 보였다.

쥘리앙이 물었다.

「걸어 올라가는 게 어떻겠소?」

그녀에게 이의가 있을 리 없었다.

그러한 감동을 받은 뒤인 만큼 남편과 단둘이 걷는 일이 황홀했던 것이다.

안내인은 노새와 말을 끌며 앞장서고 두 사람은 천천히 그 뒤를 따랐다. 그 산정에서 기슭까지가 쭉 갈라져 산은 둘로 열려 있었다. 산길은 이 가랑이에 틀어박혀 엄청나게 큰 두 벽의 밑바닥을 쫓아나가고 있었다. 큰 물줄기가 그 옆으로 흘렀다. 공기는 싸늘하고 화강암으로 된 그 산벽은 검었으며 아득히 위로 보이는 푸른 하늘은 사람을 놀라게 하고 현기증을 일으키게 했다.

별안간 푸드득 소리가 나서 잔느는 깜짝 놀랐다. 쳐다보니 큰

새가 한 마리 동굴에서 날아올라가고 있었다. 독수리였다. 활짝 편 새의 날개는 우물 같은 양쪽 벽을 스치는 듯하며 창공까지 올라가서는 사라져 버렸다. 더 들어가보니 산의 갈라짐이 이중으로 되면서 산길은 가파르고 구불구불하게 두 개의 골짜기 사이를 기어올라가고 있었다. 잔느는 가볍고 활발하게 앞장서서 자갈을 굴리며 겁도 없이 심연을 내려다보면서 걸었다. 남편은 숨을 헐떡이며 현기증이 날까봐 땅만 보며 그녀의 뒤를 따랐다. 갑자기 햇빛이 그들에게 비춰내렸다. 지옥에서 빠져나오는 듯한 기분이었다. 둘은 목이 타서 물기있는 자취를 더듬어 바위밭을 지나 작은 샘을 찾아냈는데, 목동들이 쓰기 위해 만들어 놓은 나무홈통을 타고 물이 흘러나오고 있었다. 샘 주위는 카펫을 깐 듯 푸른 이끼로 덮여 있었다.

잔느는 무릎을 꿇고 물을 마셨다. 쥘리앙도 그렇게 했다. 잔느가 차가운 샘물을 즐기고 있을 때, 쥘리앙이 그녀의 허리를 안고 나무홈통 끝을 차지한 그녀의 자리를 빼앗으려고 했다. 그녀는 빼앗기지 않으려고 실랑이하다가 남편의 입술과 부딪치며 맞닿아 뒤로 밀렸다. 싸움의 형세에 따라 그들은 번갈아가며 나무홈통의 가느다란 끝을 잡고 놓치지 않으려고 입으로 물었다. 차디찬 실 같은 물줄기가 쉴새없이 잡혔다 놓쳐졌다 하고 끊어졌다가는 다시 또 이어지며 그들의 얼굴과 옷과 손에 물벼락을 씌웠다. 진주 같은 물방울들이 그들의 머리에서 반짝였다. 두 사람의 키스가 물줄기 속을 따라 흘렀다.

갑자기 잔느는 사랑의 도취 같은 것을 느꼈다. 그녀는 맑고 투명한 물을 입 속에 가득 넣고 볼을 부풀려, 입술을 맞대고 그의 갈증을 풀어주고 싶다는 뜻을 쥘리앙에게 몸짓으로 알렸다. 그는 웃으며 머리를 뒤로 젖히고 두 팔을 벌린 채 목을 내밀었다. 그리고 이 살아 있는 육체의 샘으로부터 단숨에 물을 들이마셨다. 이것이 그의 창자 속에 불타는 듯한 욕정을 쏟아부었다. 잔느는 새로운 애정으로 남편에게 비스듬히 기댔다. 그녀의 가슴은 뛰었고 두 개의 유방은 부풀어올랐다. 눈은 물기에 젖어 부드러워진 듯했다. 그녀는 조용히 속삭였다.

「쥘리앙! 사랑해요!」

잔느는 이번에는 자기 편에서 남편을 끌어당기고 뒤로 누우면서 부끄러워 새빨개진 얼굴을 두 손으로 가렸다. 쥘리앙은 그녀 위로 쓰러지며 격정에 넘쳐 그녀의 몸을 껴안았다. 그녀는 흥분된 기대 속에서 숨이 가빴다. 갑자기 벼락을 맞은 듯 바라고 있었던 감각을 맛보고 잔느는 소리를 질렀다.

그녀가 숨이 차고 힘이 빠져, 그들이 언덕진 꼭대기에 이르는 데는 오랜 시간이 걸렸다. 그들은 저녁때에야 겨우 에비자에 있는 안내인의 친척 되는 파올리 팔라브레티의 집에 이르렀다. 키가 크고 좀 꾸부정하며 폐병환자 같은 표정을 한 남자였다. 그는 두 사람을 방으로 안내했다. 초벽만 한 초라한 방이었으나 완전한 격식을 찾지 않은 이 방은 그런 대로 훌륭한 방이었다.

그 남자는 방으로 들어가자 프랑스 말과 이탈리아 말을 합친 듯한 코르시카 사투리로 그들을 맞이한 기쁨을 말했다. 별안간 맑은 여자의 목소리가 그의 말을 가로챘다. 갈색 머리에 눈은 크고 검으며, 햇빛에 그을린 살갗에 몸집이 작은 그 여자는 쉴새없이 흰 이를 반짝이고 웃으며 잔느에게 키스하고 쥘리앙의 손을 흔들면서 되풀이해서 말했다.

「안녕하십니까, 부인!」

「안녕하십니까, 무슈! 별일 없으십니까?」

그녀는 모자와 숄을 받아들어 한쪽 팔로 챙겼다. 다른 팔에는 붕대가 감겨져 있었다. 그 일을 마치자 그녀는 남편에게 말했다.

「저녁식사 때까지 모시고 나가서 산책하고 오세요.」

팔라브레티 씨는 곧 그 말을 따라 젊은이들 사이에 끼어 그들에게 마을을 구경시켰다. 그는 걸음걸이와 마찬가지로 목소리도 질질 끄는 듯했는데, 자주 기침을 할 때마다 되풀이 말했다.

「꼴짜기의 찬바람이 가슴에 들어와서요.」

그는 큰 밤나무 밑의 후미진 길로 두 사람을 안내했다. 갑자기 그는 걸음을 멈추고 담담한 말투로 말했다.

「여기서 내 사촌형인 장 리날디가 마티외 로리에게 피살당했습니다. 그때 나는 장 바로 곁에 서 있었지요. 그때 마티외가 우리에게서 열 발짝 가량 떨어진 곳에 나타났습니다. 그는『장, 알베르타스에 가지 마, 알았지? 만일 거기에 간다면 너를 죽여버릴 테니까, 단단히 알아둬!』하고 소리쳤습니다. 나는 장의 팔을 잡으며『가지마, 장, 저놈은 틀림없이 형을 죽이고 말 거야』하고 일렀습니다. 그 일은 둘 다 반해서 쫓아다니는 폴리나 시나쿠피라는 여자 때문에 일어난 것이었지요. 그러나 장은 그에게 소리쳤습니다. 『마티외, 하지만 나는 갈걸. 네가 나를 방해하지는 못할 거야!』그러자 마티외는 총부리를 내리더니 미처 내가 내 총을 겨눌 사이도 없이 방아쇠를 당겼습니다. 장은 줄넘기하는 아이처럼 껑충 두 발로 뛰어오르더니 내 몸 위로 곧장 떨어져, 그 바람에 내 총은 내 손에서 빠져나가 굵은 밤나무 밑으로 굴러갔습니다. 장은 입을 딱 벌리고 있었습니다만 한 마디 말도 하지 못했습니다. 숨이 끊어졌던 거지요.」

두 사람은 놀라서 이 냉정한 범죄의 목격자를 바라보았다.

잔느가 물었다.

「그래, 그 죽인 사람은 어떻게 됐지요?」

파올리 팔라브레티는 한참 기침을 하고 나서 다시 말을 이었다.

「산으로 도망쳤지요. 그 이듬해 내 형이 그놈을 죽였습니다. 산적이 된 필리피 팔라브레티라는 나의 형을 아실 테지요?」

잔느는 몸소리쳤다.

「당신 형이 산적이라고요?」

냉정한 코르시카 인의 눈에 한순간 자랑스러운 빛이 떠올랐다.

「그렇습니다, 부인. 그는 아주 이름난 산적이었지요. 그는 여섯 명의 헌병을 때려눕혔습니다. 그가 니올로에서 6일 동안 싸움을 하고 포위당하여 거의 굶어죽을 지경에 이르렀을 때 그는 니콜라 모랄리와 함께 죽었습니다.」

그는 내뱉는 듯한 말투로 덧붙였다.

「이 지방에 흔히 있는 일이지요.」

그 말투는 『골짜기의 바람은 쌀쌀합니다. 그런 고장입니다』라고 말하는 것 같았다.

그들은 되돌아가 식사를 했다. 작은 코르시카 여인은 신혼부부에게 마치 20년 전부터 알고 있는 친지를 대하듯 친절했다.

그런데 한 개의 불안이 잔느의 마음을 괴롭히고 있었다. 즉 샘터 이끼밭에서 느꼈던 이상하고 격렬했던 관능의 충격을 다시 쥘리앙의 포옹 속에서 찾아볼 수 있을까 하는 불안이었다. 방안에 단둘이 있게 되었을 때 그녀는 남편의 애무를 받으면서 아무런 감회를 느끼지 못하면 어쩌나 하고 불안해 했다. 그러나 그러한 불안은 곧 사라졌고, 그날 밤은 그녀에게 있어 난생 처음인 사랑의 첫날밤이었다.

그리하여 그녀는 다음날 출발할 무렵 자기에게 새로운 행복을 열어준 것 같은 이 오두막집을 떠나고 싶은 마음이 나지 않았다. 그래서 그녀는 조그마한 이 집 여주인을 자기 방으로 오게 하여 절대로 선물하려는 것은 아니라고 여러 번 다짐하면서도, 여기서 돌아가 곧 파리에 가면 기념품을 한 개 보내주겠다고 우겨댔는데, 그녀가 이를 거절하자 화까지 냈다. 젊은 코르시카 여자는 받고 싶지 않다고 한참 동안 고집부리다가 결국 승낙했다.

「그렇다면 작은 권총을 부쳐주세요. 아주 작은 것으로.」

잔느는 눈이 휘둥그래졌다. 여주인은 그녀의 귀에 입을 대고 달콤한 비밀 이야기라도 하듯 나직한 목소리로 덧붙였다.

「시동생을 죽이려고 그래요.」

그 여인은 웃으면서 쓰지 않던 한쪽 팔의 붕대를 재빨리 풀고는 이제는 다 아문 칼자국이 난 희고 포동포동한 팔을 내보였다.

「내가 그만큼 힘이 세지 않았더라면 별수없이 죽었을 거예요. 남편은 질투심이 없고, 또 나를 무척 이해해주지요. 보시다시피 그이는 몸이 성치 않아서 도무지 혈기가 없어요. 무엇보다도 나는 행실이 올바른 여자랍니다. 그런데 시동생은 남의 말을 그대로 곧이듣고 있어요. 그리고 그는 남편 대신 질투하고 있지요. 틀림없이 그런 일이 또 일어날 거예요! 그러니까 작은 권총만 있으면 안심할 수 있고, 틀림없이 복수도 할 수 있을 거예요.」

잔느는 권총을 부쳐주겠다고 약속한 다음 이 새 친구에게 부드럽게 입을 맞추고 다시 길을 떠났다. 그 나머지 여정은 그야말로 꿈길이요 끝없는 포옹의 연속이었으며 애무의 도취경이었다. 그녀의 시야에는 쥘리앙뿐이었고, 풍경도 사람도 아무것도 보이지 않았다.

그리하여 두 사람 사이에는 어린아이 같은 친밀감과 애정의 꾸밈없는 희열이 시작되었다. 두 사람의 입술이 즐겨 찾는 그들의 육체의 후미진 곳에 그들은 동물적이면서도 아름다운 말로 귀여운 이름을 붙여 불렀다. 잔느는 오른쪽으로 누워 자기 때문에 아침에 왼쪽 유방이 밖으로 나올 때가 있는데 쥘리앙은 그것을 『오입쟁이』라 불렀고, 오른쪽은 젖꼭지의 장미빛 꽃망울이 키스에 더욱 민감했으므로 『연인』이라고 불렀다. 두 유방 사이의 깊은 통로는 『어머니의 산책길』이라고 불렀는데, 쥘리앙이 쉴새없이 그곳을 더듬었기 때문이었다. 한층 깊고 비밀스러운 통로는 『다마스커스의 길』이라 했는데, 그것은 오타의 골짜기를 연상하며 지은 이름이었다.

바스티아에 이르자 안내인에게 삯을 치러야 됐다. 쥘리앙은 주머니를 뒤져보더니 필요한 만큼의 돈이 없는 것을 알고 잔느에게 말했다.

「어머님이 주신 2천 프랑이 당신에게는 소용없을 테니 나한테 맡기구려. 내가 가지고 있는 것이 더 안전하고, 또 내가 잔돈을 거스르지 않아도 될 테니까.」

그리하여 그녀는 지갑을 남편에게 맡겼다. 그들은 리부른느로 가서 플로렌스, 제노바를 구경하고 코르니슈 전체를 두루 돌아다녔다. 북동풍이 부는 어느 날 아침 그들은 다시 마르세유로 돌아왔다.

그들이 레 페플을 떠난 뒤 두 달이 지난 10월 15일이었다. 아득히 먼 노르망디로부터 불어오는 듯한 세찬 찬바람을 생각하고 잔느는 퍽 마음이 쓸쓸했다. 쥘리앙은 얼마 전부터 사람이 달라진 듯 피로한 표정을 보이며 모든 일에 무관심해졌다. 그녀는 까닭도 없이 공연히 두려웠다. 그리하여 햇볕이 따스한 이 온화한 지방에서 떠날 것을 망설이며 나흘 동안을 보냈다. 그녀는 웬지 행복의 여정을 끝마친 것 같은 기분이었다.

마침내 그들은 마르세유를 떠났다. 이미 결정된 레 페플의 생활에 필요한 온갖 살림살이를 파리에서 사기로 되어 있었다. 잔느는 어머니가 준 용돈으로 갖가지 좋은 물건을 사가지고 갈 생각을 하며 좋아하고 있었다. 무엇보다도 그녀가 먼저 생각한 것은 에비자의 그 젊은 코르시카 여인에게 약속한 권총이었다. 도착한 다음날 그녀는 쥘리앙에게 말했다.

「여보, 물건을 좀 사려는데 당신에게 맡긴 돈을 주시겠어요?」

그는 못마땅한 표정으로 아내를 돌아보며 물었다.

「얼마나?」

그녀는 어리둥절해서 머뭇거렸다.

「뭐……생각대로 주세요.」

「백 프랑만 주겠소. 절약해서 쓰구려.」

그녀는 기가 막히고 어이가 없어 뭐라고 말해야 할지 몰랐다.

그녀는 머뭇거리며 겨우 말했다.

「하지만……내가 그 돈을 맡긴 것은…….」

그는 그녀의 말을 가로막았다.

「물론 그렇소. 하지만 당신 주머니의 것이든 어떻든 무슨 상관이오. 이제는 당신 지갑이 내 것이고 내 것이 당신 것이잖소. 또 돈을 안 주겠다는 게 아니라 백 프랑 주겠단 말이오.」

그녀는 더 이상 말하지 않고 금화 다섯 닢을 받았다. 그 이상 더 달라고 할 용기가 없었다. 그래서 권총밖에 사지 못했다.

1주일 뒤 그들은 레 페플을 향해 길을 떠났다.

6

벽돌기둥이 선 하얀 문 앞에 어머니와 아버지와 하인들이 기다리고 있었다.

이윽고 마차가 멎자 그들은 오랫동안 포옹했다. 어머니는 울고 있었다. 잔느도 가슴이 복받쳐서 눈물을 흘렸고 흥분한 아버지도 왔다갔다하며 서성거렸다.

하인들이 짐을 나르는 동안 식구들은 객실 난로 앞에 앉아 여행 이야기를 주고받았다.

잔느의 입에서는 쉴새없이 쏟아져 나왔다. 빨리 해치우느라고 하찮은 몇 가지 이야기를 빼놓고 반 시간 동안에 다 해버렸다.

그리고 나서 그녀는 짐을 풀러 갔다. 역시 흥분한 로잘리가 그녀를 거들었다. 짐을 다 풀고 속옷이며 겉옷 등 자질구레한 화장도구까지 제자리에 정리해놓자 하녀는 아씨 방에서 물러나갔다. 잔느는 조금 지친 몸으로 앉았다.

그녀는 이제부터 무엇을 할 것인지 생각해보고, 생각해야 할 일, 손으로 해야 할 일을 떠올려보았다. 객실에서 졸고 있는 어머니 곁으로는 다시 내려가고 싶지 않았다. 그녀는 산책이나 할까 하고 생각했으나 밖의 경치가 어찌나 처량한지 창으로 내다보기만 해도 울적한 마음이 들었다. 문득 그녀는 아무것도 할 일이 없다는 것을……또 앞으로도 영원히 그러하리라는 것을 깨달았다.

성심수녀원 기숙학교에 있을 때는 미래에 대해서만 생각하고 꿈꾸기에 바쁜 청춘을 보냈던 그녀였다. 그때는 끝없이 부풀어오르는 희망의 동요로 지나가는 줄 모르게 시간이 흘렀던 것이다.

그런데 그녀는 환상을 둘러싸고 있던 엄격한 장벽을 넘어서자마자 꿈꾸던 사랑이 곧 실현되고 말았다. 그녀를 기다리고 있었다는 듯이 흠모하고, 만나고, 사랑하고, 그리고 겨우 몇 주일 만에 결혼했는데, 그 남자는 이런 경우에 흔히 그렇듯이 그녀에게 깊이 생각해볼 여유도 주지 않고 보자마자 채어가 버렸다. 그러나 이제 신혼 첫무렵의 감미로웠던 현실은 단조로운 일상생활로 바뀌어져가려 하며, 또 이것은 끝없는 희망과 미지에 대한 달콤한 불안으로 통하는 문에 빗장을 질렀던 것이다.

그렇다, 기대한다는 것은 이미 모두 끝났다. 오늘도, 내일도, 아니 영원토록 그녀는 아무것도 할 일이 없을 것이다. 문득 그녀는 일종의 환멸과 허물어져가는 자신의 꿈을 느꼈다.

그녀는 일어나서 차가운 유리창에 이마를 갖다댔다. 그리고는 얼마 동안 검은 구름이 떠도는 하늘을 바라보다가 밖으로 나가보기로 마음먹었다.

이것이 지난 5월의 그 들이며 그 숲과 그 나무일까? 그렇다면 햇살을 받아 밝게 빛나던 그 나뭇잎들은 다 어찌되었을까?

민들레꽃이 귀엽게 피고, 빨갛게 타오르는 양귀비와 산뜻한 빛으로 반짝이던 데이지 꽃, 그리고 보이지 않는 실끝처럼 꿈결 같

은 노랑나비들이 넘나들던 이 잔디밭의 파란 시(詩)와 같은 풍경
은 어떻게 되었을까?

넘칠 듯한 생명과 향기로움과 풍요한 원자들로 가득 차 취할 듯
하던 대기가 이제는 흔적도 없이 사라져버렸다.

가을비로 폭 젖은 가로수길은, 두꺼운 낙엽으로 덮여 잎이 다
떨어져 떨고 있는 포플러 아래 뻗쳐 있었다. 가느다란 긴 가지들
은 몇 잎 안 남은 잎사귀들을 공중으로 날리듯 바람에 흔들리며
떨고 있었다. 그리하여 온종일 끊임없이 사람을 울고 싶게 만드
는 쓸쓸한 궂은 비처럼, 이제는 노랗게 물들어 커다란 금화 같은
마지막 나뭇잎들이 가지에서 빙글빙글 돌며 춤추면서 떨어지고
있었다.

잔느는 관목숲으로 걸음을 옮겼다. 그 부근은 죽어가는 사람의
방처럼 스산했다.

꼬불꼬불한 오솔길을 열어주어 자기들을 감추고 있던 푸른 잎
사귀들의 벽도 이제는 다 져 버렸다.

가느다란 레이스처럼 얽힌 키작은 나무들은 뼈만 남은 앙상한
가지들을 서로 부딪치고 있었다. 바람에 날리고 흔들려서 여기저
기에 쌓이는 가랑잎 소리는 고민에 찬 괴로운 한숨소리와 같
았다.

새들은 오한에 떠는 듯한 소리로 울며 보금자리를 찾아 이곳저
곳으로 날아다녔다.

보리수와 플라타너스는 두꺼운 장막으로 바닷바람을 막아주는
느릅나무들의 보호로 아직도 여름옷을 입고 있었다. 하나는 빨간
비로드, 또 하나는 오렌지빛 비단 옷을 입고 있는 것 같았다. 각
자의 수액에 따라 첫추위에 이처럼 물들어 있는 것이다.

잔느는 쿠이야르 집 안의 농장을 따라 어머니의 산책길을 거닐
었다. 이제부터 시작될 단조로운 생의 길고 끝없는 권태의 예감
같은 것이 그녀의 가슴을 무겁게 내리누르고 있었다.

그녀는 쥘리앙이 처음으로 사랑을 고백했던 언덕으로 가서 앉았다.

그녀는 공상에 잠긴 채 아무것도 생각하지 않았다. 마음 속까지 기운이 빠져 그대로 그 자리에 누워 오늘 하루의 비애를 잊어버리기 위해 잠들고 싶었다.

별안간 그녀는 돌풍에 불려 하늘을 날아가는 갈매기를 보고, 저 멀리 코르시카 섬의 어둠침침한 오타 골짜기에서 본 독수리를 떠올렸다. 즐거웠던 그러나 이미 끝나버린 것들의 추억이 그녀의 가슴에 격렬한 충격을 주었다. 그러자 문득 야생적인 향기를 풍기는 오렌지와 세드라를 익히는 태양이며 핏빛으로 물든 산봉우리며 창공처럼 푸르른 바다며, 급류가 흐르는 골짜기 등 기쁨을 주던 코르시카 섬이 떠올랐다.

그러나 잔느는 지금 그녀를 감싸고 있는 축축한 습기와 메마른 풍경, 그리고 쓸쓸하게 떨어지는 나뭇잎들과 바람에 불려가는 잿빛 구름이 짓누르는 비애가 어찌나 울음이 터질 것 같은지 안으로 들어갔다.

이처럼 음산한 날씨에 익숙해 있는 어머니는 그런 기분이 느껴지지 않는 듯 벽난로 옆에서 맥없이 졸고 있었다. 아버지와 쥘리앙은 사무적인 이야기를 하러 밖으로 산책나가고 없었다. 때때로 난로의 타오르는 불빛이 밝혀주는 이 썰렁한 객실에 음울한 어둠만이 다가오고 있었다.

창 밖으로는 희끄무레한 하루의 잔광으로 한 해를 마쳐가는 자연의 추한 영상이 드러났고, 하늘도 진흙투성이가 된 잿빛으로 변해 있었다.

얼마 안 되어 남작과 쥘리앙이 들어왔다. 남작은 캄캄한 방으로 들어서자 초인종을 누르면서 외쳤다.

「빨리 등불을 가져오너라, 음산해서 살겠니!」

그리고 그는 난로 앞에 앉았다. 습기찬 그의 머리칼이 불꽃 옆에서 김을 내고, 구둣바닥에서는 불에 마른 진흙이 떨어졌다. 남작은 기분이 좋아진 듯 두 손을 비비며 말했다.

「얼음이 얼겠구나. 북쪽 하늘이 밝아오고 있군! 오늘 저녁은 보름달이야. 밤새 몹시 춥겠는데,」

그는 딸 쪽을 돌아보았다.

「그래 어떠냐? 네 집이며 이 늙은이들한테로 다시 돌아와서 기쁘냐?」

이 한 마디 질문이 잔느의 마음을 흔들어놓았다. 눈에 눈물이 가득한 채 그녀는 아버지의 품안으로 뛰어들어 마치 용서를 비는 듯한 신경질적인 키스를 했다. 마음으로는 쾌활한 표정을 짓고 싶었으나 거의 쓰러져버릴 듯이 슬펐다. 그녀는 부모를 만났을 때 은근히 기대하고 있었던 기쁨을 생각해보았다. 그러나 멀리서 그리워하기만 하고 자주 만나보지 못하던 사랑하는 사람을 처음으로 만났을 때, 일상생활이 다시 그들의 관계를 이어놓을 때까지 느끼는 일종의 애정의 단절 같은 것을 느끼고 그녀는 자기의 애정을 상실케 하는 냉담성에 놀랐다.

저녁식사는 무척 오래 걸렸고, 아무도 입을 열지 않았다.

쥘리앙은 이미 아내를 잊고 있는 것 같았다.

식사 뒤 객실에서 그녀는 잠들어버린 어머니 앞에 앉아 난로불에 온몸이 나른해져 있었다. 무엇인가 의논하는 두 남자의 목소리에 잠시 눈을 돌렸다가는 다시 정신을 가다듬어 보려고 애쓰면서 아무것도 그것을 정지시킬 수 없는 음울하고 습관적인 혼미상태에 빠진 것이 아닌가 생각했다.

낮에는 힘이 없고 붉기만 하던 난로불이 지금은 활기를 띠며 밝아져 타닥타닥 소리내고 있었다. 불길은 빛바랜 안락의자 덮개에 수놓아진 여우와 두루미, 침울한 해오라기와 매미, 개미 위를 이따금 갑작스레 크게 비추었다.

남작은 웃으며 불길 앞으로 다가와서 빨간 숯불 위에 손을 쬐면서 말했다.

「아아! 오늘밤은 불길이 좋구나. 얼음이 어는 모양이다. 얼음이 얼어.」

그는 한 손을 잔느의 어깨 위에 올려놓고 난로를 가리켜며 말했다.

「애야, 이것이 세상에서 가장 좋은 거란다. 식구들이 모여 앉은 난로가가 가장 좋은 거다. 이보다 더 좋은 것은 없지. 그런데 그만 가서 자는 것이 어떻겠니? 아마 피로할 테지, 너희들?」

침실로 올라와서 잔느는 생각했다. 늘 사랑하고 있다고 생각하는 이곳이 수녀원에서 처음 왔을 때와 지금 여행에서 돌아왔을 때와 어쩌면 이토록 달라 보일 수 있을까. 어째서 이 집과 소중했던 이 방과 그때까지 그녀의 가슴을 떨리게 하던 모든 것이 오늘은 그녀의 가슴을 쓰리게 하는 것일까?

그녀의 눈길은 문득 벽난로 위의 시계로 향했다. 여전히 작은 꿀벌은 빠르고 끊임없는 동작으로 황금빛 꽃밭 위를 왼쪽에서 오른쪽으로 다시 오른쪽에서 왼쪽으로 날고 있었다. 갑자기 잔느는 애정의 충동을 느끼며 살아서 그녀에게 때를 노래해주고 심장처럼 뛰는 이 조그만 기계 앞에서 눈물이 나올 만큼 감동했다.

확실히 그녀는 부모에게 키스할 때도 그처럼 감동되지는 않았다. 사람의 마음 속에는 이성(理性)으로 규명할 수 없는 신비한 것이 있는 것이다.

결혼 뒤 처음으로 그녀는 혼자 자기 침대에 누웠다. 쥘리앙은 피로하다는 구실로 다른 방으로 자러 갔다. 저마다 자기 방을 하나씩 갖기로 한 것은 벌써부터 정해져 있었던 것이다.

그녀는 오랫동안 잠을 이루지 못했다. 혼자 자는 버릇이 없어져 자기 몸 곁에 다른 몸이 느껴지지 않는 데 놀라고 차양에 휘몰아치는 사나운 북풍 소리에 마음이 산란했던 것이다.

다음날 아침, 그녀는 침대를 비추는 밝은 햇살에 잠이 깼다.

유리창에는 온통 성에가 끼고, 지평선 일대가 모두 불붙은 듯 붉게 물들어 있었다. 그녀는 큰 화장옷으로 몸을 싸고 창가로 가서 문을 열었다.

찌르는 듯이 싸늘하고 세찬 바람이 방으로 불어와 썰렁한 냉기로 그녀의 몸을 후려쳐 눈물이 솟아나게 했다. 불그레한 하늘 한복판에는 주정꾼의 얼굴처럼 벌겋게 부풀어오른 큰 태양이 나무 사이로 떠올라 있었다. 땅은 하얀 서리에 덮여 굳어지고 건조되어 농부들이 지나갈 때마다 뽀드득 소리가 났다. 하룻밤 사이에 나뭇가지에 붙어 있던 마지막 잎도 다 떨어진 길 너머로 여기저기 흰 물살을 일으키는 푸른 바다가 보였다.

플라타너스와 보리수도 지난밤의 모진 바람 속에서 갑작스레 잎이 떨어지고 말았다. 잔느는 옷을 입고 밖으로 나갔다. 그리고 무엇을 좀 해볼까 하고 소작인들을 보러 갔다.

마르탱 집안은 반가이 그녀를 맞아들였고, 여주인은 잔느의 양쪽 뺨에 입을 맞추었다. 그리고 복숭아술을 한 잔 억지로 마시게 했다. 그녀는 그곳에서 나와 또 다른 농장으로 가보았다. 쿠이야르 가족도 반가이 그녀를 맞아들였다. 여주인은 그녀의 양쪽 귀에 입을 맞추며 아카시아술을 한 잔 권했으므로 마실 수밖에 없었다.

그리고 나서 그녀는 돌아와 식사를 했다.

이날 하루도 그 전날과 달라진 것이라고는 습기 대신에 추위뿐, 그대로 지나갔다. 그리고 그 주일은 다른 날도 이와 똑같았고, 그 달 다른 주일도 첫번째 주일과 똑같았다. 그러나 차츰 먼 곳을 그리는 기대는 사라져갔다. 마치 물이 어떤 물질 위에 석회질 층을 덮듯 계속되는 습관이 그녀의 생활에 만사를 포기하는 버릇을 길렀다.

일상생활에서 일어나는 대수롭지 않은 여러 가지 자질구레한 일에 대한 흥미와 단순하고 평범한 규칙적인 일에 대한 관심이 그녀의 마음 속에 다시 싹텄다. 일종의 명상적인 우수와 생에 대한 막연한 환멸이 그녀의 마음속에 번져나갔다.

그녀에게 필요한 것은 무엇일까? 그리고 그녀가 요구하는 것은 무엇일까? 그녀 자신도 알 수 없었던 것이다.

어떤 세속적인 필요도, 어떤 쾌락의 목마름도, 그리고 어떤 기쁨에 대한 갈망도 그녀를 사로잡지는 못했다.

그밖에 또 무엇이 있을까? 세월의 흐름에 따라 퇴색해가는 객실의 이 해묵은 안락의자처럼, 그녀의 눈에는 모든 것이 천천히 퇴색되고 지워져서 창백하고 음울한 색조를 띠어가는 것이었다.

쥘리앙과의 관계도 완전히 달라졌다. 배우가 자기 역할을 끝마치고 나서 자기 본래의 몸차림으로 돌아가듯 신혼여행에서 돌아온 뒤부터 그는 전혀 다른 사람이 된 것 같았다.

이제는 그녀에 대해 그다지 관심을 갖지 않았으며, 말도 잘 하지 않았다. 애정의 모든 흔적이 갑자기 사라져 버렸던 것이다. 그녀의 침실로 들어오는 밤도 퍽 드물어져갔다.

그는 재산과 집의 관리권을 쥐고 소작료를 정비하고 소작인들을 곤란케 하며 비용을 절약했다. 그리고 촌귀족의 차림을 함으로써 약혼시절의 몸치장과 우아했던 멋이 다 사라졌다. 결혼 전 그가 쓰던 옷장에서 구리단추가 달린 낡은 비로드 사냥복을 꺼내 입고는 여기저기 얼룩졌는데도 벗으려 하지 않았다. 더욱이 여자의 환심을 끌 필요를 느끼지 않는 남자의 게으름으로, 수염도 깎지 않아 길고 들쑥날쑥한 수염이 그의 얼굴을 생각지도 못할 만큼 추해 보이게 했다. 이제 손도 가꾸지 않았으며, 식사 뒤는 너덧 잔씩 커피를 마셨다.

잔느가 몇 번 부드럽게 타이르자 「내 마음대로 하게 내버려두오.」 하고 어찌나 퉁명스럽게 대답하는지 더이상 충고해볼 용기가 나지 않았다. 이러한 변화에 대해, 잔느도 스스로 놀랄 만큼 체념하고 있었다. 그녀에게 있어 남편이란 지금은 영혼과 마음을 굳게 닫은 남이나 마찬가지였다. 그녀는 몇 번이나 이것에 대해서 생각해 보았다.

그렇게 만나서 사랑하고 애정의 충동에서 결혼한 두 사람이 별안간 나란히 자 본 일도 없는 것처럼 서로 거의 남남이 되어버린 것은 어찌된 일인가 하고.

더구나 남편이 자기를 돌보아주지 않는데도 어쩌면 이토록 마음이 고통스럽지 않을까? 인생이란 이러한 것인가? 그녀는 이제 미래에 아무것도 바랄 것이 없는 것일까? 만일 쥘리앙이 여전히 잘생기고 멋쟁이고 우아하고 매력적이라면 그녀는 심한 고통을 느꼈을까?

새해가 되면 신혼부부만 남고 어머니와 아버지는 루앙의 본가에서 몇 달 지내기로 되어 있었다. 신혼부부는 일생을 보내게 될 이곳에 조금이라도 빨리 자리잡고 길들이고 또 향유하기 위해 이번 겨울에는 레 페플을 떠나지 않기로 했다. 이웃이 몇 군데 있었는데, 쥘리앙이 아내를 소개하기로 되어 있었다. 그들은 브리즈빌르, 쿠틀리에, 푸르빌르, 이 세 집안이었다.

그러나 마차에 문장(紋章)을 다시 그릴 도안가를 그때까지도 데려올 수가 없어 신혼부부는 아직도 이웃을 방문할 수가 없었다. 집안의 오래된 마차 한 대를 남작은 사위에게 물려주었는데 쥘리앙은 라마르 가문의 문장이 르 페르튀 데 보 문장과 나란히 그려지기 전에는 한사코 이웃 저택을 방문하려 하지 않았다.

그런데 이 지방에는 문장을 전문으로 하는 사람이 하나밖에 없었다. 그는 바타유라는 볼벡의 도안가로 마차문에 값진 장식을 박기 위해 노르망디에 있는 모든 귀족 가문에서 번갈아가며 그를 불러들였다.

마침내 12월 어느 날, 아침식사가 끝날 무렵 한 남자가 문을 열고 곧은 길로 똑바로 걸어 들어오는 모습이 보였다. 그는 등에 상자를 하나 둘러메고 있었는데, 이 사람이 바타유였다.

쥘리앙은 그를 식당으로 불러들여 식사대접을 하고 신사로 대접했다. 왜냐하면 그의 특수기술과 지방의 모든 귀족들과의 끊임없는 접촉, 또 문장과 품위있는 말솜씨와 도안에 대한 지식으로 그는 일종의 문장의 화신처럼 되어, 귀족들도 그와 악수를 하는 터였다.

곧 연필과 종이를 가져오게 하고, 그 남자가 식사하는 동안 남작과 쥘리앙은 각기 문장을 가로세로로 4등분하여 윤곽을 그렸다. 이런 일에는 언제나 마음이 흥분되는 남작부인은 옆에서 자기 의견을 말했다. 잔느도 어떤 알 수 없는 의견을 이야기하며 그들의 대화에 끼어들었다. 바타유도 식사하면서 자기 의견을 이야기하며 이따금 연필을 들어 초안을 그려 보이기도 하고, 이 지방귀족들의 마차를 모두 예를 들어가며 설명하는 품이 그 머리쓰는 법과 말소리와 함께 일종의 귀족적인 티를 나타내 보였다.

그는 짧게 깎은 잿빛 머리와 물감으로 더럽혀진 냄새가 풍기는 키가 작달막한 사나이였다. 소문으로 그는 옛날에 행실이 온당치 못했다고 했으나, 지위있는 모든 가문의 존경을 받아 그런 오명은 씻어진 지 오래였다.

커피를 마시고 나자 곧 그를 마차간으로 안내하여 마차를 덮고 있는 초를 입힌 포장을 걷었다. 바타유는 마차를 자세히 살펴보고 나서 자기가 생각하는 문장의 크기에 대해 의젓하게 의견을 내놓았다. 그리고 나서 식구들과 새로 의논해보고는 일에 착수했다.

추위를 무릅쓰고 남작부인은 그가 일하는 것을 보려고 의자를 가져오게 했다. 그리고는 얼어오는 발을 쪼이려고 화로를 가져오라고 했다. 부인은 조용히 그와 이야기하기 시작했다. 그리하여 자기가 모르는 귀족들의 결혼관계며 출생과 사망 등을 물어가면서 자기 기억 속에 간직하고 있는 집안의 관계를 더욱 완전하게 만들었다.

쥘리앙은 장모 옆의 의자에 걸터앉아 있었다. 그는 파이프 담배를 피우면서 땅에 침을 뱉으며 이야기에 귀기울이면서 자기의 귀족신분이 그림으로 그려지는 것을 지켜보았다.

얼마 안 되어 괭이를 둘러메고 채소밭으로 나가던 시몽 영감까지 걸음을 멈추고 구경했다. 그리고 바타유가 왔다는 소문이 소작지에 퍼지자 부인들도 구경하러 왔다. 그들은 남작부인의 양옆에 붙어서서 황홀한 듯이 되풀이 말했다.

「저렇게 꼼꼼하게 그리는걸 보니 솜씨가 여간 아니예요!」

마차의 양쪽 문에 그리는 문장은 다음날 11시쯤에야 끝났다. 곧 식구들이 몰려나와 일솜씨를 더 잘 살펴보려고 마차를 밖으로 끌어냈다.

나무랄 데 없이 완전했다. 다시 상자를 둘러메고 떠나는 바타유를 모두들 칭찬했다. 남작과 남작부인과 잔느와 쥘리앙은 이 도안가는 훌륭한 솜씨를 가진 사람으로, 사정만 허락했다면 의심할 바 없이 훌륭한 미술가가 되었으리라는 데 의견이 일치했다.

모든 면에 절약하기 위해 쥘리앙은 온갖 일을 정리했는데, 그러기 위해서 필연적으로 여러 가지 개혁이 필요했다.

늙은 마부는 정원사가 되고 자작 자신이 마차를 부리기로 했으며, 사료값을 절약하기 위해 마차의 말들을 팔아버렸다. 그리고 식구들이 마차에서 내려 있는 동안 말을 붙잡고 있을 사람이 필요했으므로 마리우스라는 목동아이를 하인으로 쓰기로 했다.

다음에는 말을 손에 넣기 위해 그는 두 소작농인 쿠이야르 네와 마르탱 네와의 토지 임대차 계약서에 특별조항을 하나 집어넣었는데, 그것은 이 두 농가에서 매달 한 번씩 자작이 정해놓은 날에 말을 한 필씩 제공해야 하며, 그 대신 닭을 바친다는 조항은 면제한다는 조건이었다.

그래서 쿠이야르 집안에서는 털이 노란 큰 짐말 한 마리를 끌고 왔으며, 마르탱 집안에서는 털이 길고 흰 작은 말을 끌고 와서 두 말이 나란히 마차에 매어졌다. 그리고 마리우스가 시몽 영감의 넓은 마부복 속에 파묻혀서 저택 앞 돌층계까지 이 마차를 끌고 왔다.

다시 몸치장을 하고 허리를 척 젖히고 있는 쥘리앙은 얼마쯤 옛날의 우아했던 모습을 되찾은 듯했다. 그러나 깎지 않은 긴 수염은 이런 모습을 사라지게 하고 그를 한갓 평민의 모습으로 떨어뜨렸다. 쥘리앙은 말과 마차와 마리우스 소년을 둘러보고, 이것으로 만족하다고 생각했다. 그에게 중요한 것은 다만 새로 그린 문장뿐이었던 것이다.

부인은 남작의 부축을 받으며 방에서 나와 겨우 마차에 올라 쿠션을 등에 대고 앉았다. 잔느도 나왔다. 그녀는 처음으로 매어진 두 필의 말의 모습을 보고 웃으면서, 흰 놈은 노란 놈의 손자 같다고 말했다. 그리고 나서 마리우스를 보니 휘장달린 모자 속에 얼굴이 푹 파묻혀 모자가 코에 걸려 있었다. 두 손은 긴 소매 속에 파묻히고 제복 끝이 양쪽 다리에까지 내려왔으며 거기다 큰 구두를 신은 두 발이 우스꽝스럽게 밑으로 쑥 나와 있었다. 무엇을 보려면 머리를 뒤로 젖혀야 되고, 발을 옮기려면 마치 내를 건너듯 무릎을 치켜올려야 하며, 심부름할 때에는 큰 옷에 몸이 파묻혀 장님처럼 어물어물하는데다 전혀 보이지 않는 모습을 보니 너무나 우스워 언제까지나 웃음이 멎지 않았다.

남작도 돌아서서 멍청히 서 있는 소년을 보고는 어쩔 수 없다는 듯이 딸을 쫓아 너털웃음을 터뜨리면서 부인에게 더듬더듬 외쳤다.

「좀 보, 보, 보구려, 마, 마, 마리우스를. 우습지 않소. 어이구, 하느님 맙소사! 이건 정말 기묘하군.」

남작부인도 마차문 밖으로 이 꼴을 내다보고 어찌나 몸을 흔들며 웃었는지 마치 마차가 도랑을 지날 때와 같이 뒤흔들렸다.

그러나 쥘리앙은 파랗게 질려서 쏘아붙였다.

「대체 무엇이 그리 우습다고 그러십니까? 정신이 이상해진 모양이군요!」

잔느는 너무 웃어 배가 아프고 경련이 일어나 어쩔 수 없이 현관 앞 돌층계 위에 주저앉아 버렸다. 남작도 따라 앉았다. 그리고 마차 안에서도 경련적인 재채기 소리와 수탉 우는 소리 같은 것이 계속되는 것을 미루어 남작부인도 웃음에 목이 멘 듯했다. 별안간 마리우스의 제복이 들썰들썩했다. 그 아이도 사연을 짐작하고 모자 속에서 웃음을 터뜨리고 있는 듯싶었다.

그러자 쥘리앙은 화가 머리 끝까지 나서 그에게로 달려가 뺨을 한 대 갈겼다.

소년의 모자가 떨어져 잔디밭 위로 굴러갔다. 쥘리앙은 장인에게로 돌아가서 분노에 떨리는 목소리로 말했다.

「웃으실 권리가 하나도 없습니다. 재산을 다 탕진해버리지만 않으셨던들 이 지경이 되지는 않았을 겁니다. 이대로 우리가 망해버린다면 죄는 누구에게 씌워지겠습니까?」

유쾌했던 너털웃음은 얼어붙은 듯 딱 멈췄다. 모두들 입을 다물었던 것이다. 잔느는 울먹울먹하며 가만히 어머니 곁으로 마차에 올라탔다. 남작은 아연해서 말없이 두 여인과 마주앉았다. 쥘리앙은 뺨이 부어 울고 있는 소년을 자기 곁에 앉히고 마부석에 자리를 잡았다.

마차가 달려나가는 동안은 퍽 우울하고 지루한 것 같았다. 마차 안에는 침묵이 흘렀다. 세 사람 다 우울하고 기분이 언짢아 그들의 가슴을 차지하고 있는 생각을 입 밖에 내놓고 싶어하지 않았다. 그렇다고 다른 이야기를 꺼낼 수도 없었다. 그만큼 고통스러운 생각이 그들의 가슴을 쓰리게 했고, 그래서 이 괴로운 화제를 건드리기보다는 차라리 슬프더라도 침묵을 지키는 편이 좋겠다고 생각했다.

보조가 맞지 않는 두 필의 말에 끌려 마차는 농가의 앞뜰을 따

라 달렸다. 놀란 검정 닭들이 후닥닥 뛰며 울타리 속으로 들어가
자취를 감추었다. 때때로 늑대 같은 개가 짖으면서 따라오다가
털을 세우고 다시 제 집으로 들어가면서 돌아보며 짖었다.

한 젊은이가 진흙투성이가 된 나막신을 신고 느릿느릿 긴 다리
를 끌며 두 손을 주머니에 찌르고 푸른 작업복 잔등이를 바람에
부풀리며 걸어오다가 마차를 비켜서는 어색한 솜씨로 모자를
벗었는데, 머리털이 두개골에 착 달라붙어 있었다. 농장과 농장
사이에는 다시 들이 계속되고 멀리 드문드문 또 다른 농장이 보
였다. 이윽고 마차는 전나무 가로수길로 들어섰다. 푹 파인 진흙
투성이 도랑에 마차가 기우뚱해서 어머니는 놀라 소리질렀다.

이 가로수길 끝에 닫혀진 하얀 대문이 있었다. 마리우스가 달
려가 그 문을 열고 마차는 계속해서 구부러진 길을 통해 넓은 잔
디밭을 돌아 높고 널찍하고 우중충한 건물 앞에 섰는데 창살의
덧문은 닫혀진 채였다.

별안간 가운데 문이 열리며 검은 줄무늬의 빨간 조끼를 입고
그 위에 에이프런을 걸친 중풍에 걸린 듯한 늙은 하인이 다리를
절며 층계를 내려왔다. 그는 방문객들의 이름을 듣고는 그들을
넓은 객실로 안내했는데, 그 문은 언제나 닫혀 있었던 듯 열기가
힘들었다. 방안 가구들은 모두 덮개로 덮여 있었고 시계와 촛대
는 흰 천으로 싸여 있었다. 예스러운 냄새가 풍기는 방 안의공기
는 곰팡내와 냉기와 습기가 뒤섞여 방문객의 폐와 심장과 피부까
지 온통 슬픔으로 채우는 것 같았다.

모두들 앉아서 주인을 기다렸다. 위층 복도에서 들리는 걸음
소리가 뜻밖의 방문에 당황한 주인의 심정을 알려주는 듯했다.
뜻밖의 방문을 받고 놀란 집 안사람들이 허둥지둥 옷을 갈아입고
있는 것이었다. 퍽 오랜 시간이 걸렸다. 초인종이 몇 번씩 울
렸다. 또 다른 발소리가 층계를 오르락내리락했다.

남작부인은 냉기가 스며들어서 잇따라 재채기를 했다. 쥘리앙

은 방안을 뚜벅뚜벅 왔다갔다했다. 잔느는 우울한 기분으로 어머니 곁에 앉아 있었다. 남작은 벽난로 대리석에 기대선 채 고개를 떨어뜨리고 있었다.

이윽고 큰 문이 열리며 브리즈빌르 자작 부부가 나타났다. 두 사람 다 작고 바싹 여위었으며 품위없는 걸음걸이로 나이를 종잡을 수 없었다. 의례적인 인사가 오가자 서로 포옹했다. 부인은 꽃무늬가 진 비단옷 차림에 리본달린 보닛을 쓰고 날카로운 목소리로 재빨리 인사했다.

남편은 꼭 끼는 화려한 프록 코트를 입고 무릎을 굽히며 인사했다. 그의 코와 눈과 잇몸이 드러난 이도, 납을 칠한 듯한 머리카락도, 호화로운 그의 프록 코트도 정성껏 손질한 듯 번쩍이고 있었다.

첫대면 인사가 끝나자 할 말이 없었다. 그래서 주인과 손님은 서로 아무 뜻없이 칭찬의 말을 주고받았다. 그리고 이처럼 기쁜 교제가 언제까지나 계속되기를 바란다고 했다. 1년내내 시골에서 살면 서로 만나는 것이 퍽 위안이 된다고 말하기도 했다.

객실의 차가운 공기가 뼛속까지 스며들어 목이 쉬었다. 남작부인은 미처 재채기가 끝나기도 전에 이번에는 기침을 하기 시작했다. 그래서 남작은 그만 돌아가자고 눈짓했다. 브리즈빌르 부부는 말렸다.

「아니, 왜 그처럼 빨리 돌아가십니까? 좀더 계시다가 가지요.」

그러나 잔느는 너무 빨리 돌아가는 것 같아 말리는 쥘리앙의 눈짓을 못본 척하고 일어섰다. 주인은 하인을 불러 마차를 대기시키려고 초인종을 눌렀으나 울리지 않았다.

하는 수 없이 주인이 달려나갔다. 이윽고 그는 돌아와서 말은 지금 마구간에 매어 있다고 말했다.

그러나 또 좀 기다려야 했다. 저마다 모두 할 말을 찾았다. 올

겨울은 비가 많다는 등의 이야기를 했다.

잔느는 자기도 모르게 불안한 마음으로 몸서리치며 단 두 분이서 1년내내 어떻게 소일하느냐고 물었다. 브리즈빌르 부부는 그 물음에 놀랐다. 왜냐하면 그들은 늘 일거리가 있었기 때문이다. 프랑스 전국에 퍼져 있는 그들의 친척들에게 편지를 쓰거나, 부부가 마주앉아 남을 대하듯 예의범절을 갖추며 쓸데없는 일을 엄숙한 말투로 주고받으며 하잘것없는 일로 그날그날을 바쁘게 보냈던 것이다.

온갖 가구를 천으로 싸놓은, 좀처럼 손님이 찾아오지 않는 휑뎅그렁한 높고 검은 천장 아래 앉은 깨끗하고 아주 단정한 옷차림의 자그마한 이 한 쌍의 부부가 잔느의 눈에는 마치 통조림 같은 귀족의 표본을 보는 듯했다.

이윽고 짝이 맞지 않는 말 두 필이 끄는 마차가 창 앞으로 지나갔다. 그러나 마리우스의 모습이 보이지 않았다. 저녁때까지는 괜찮으리라고 생각하고 들로 나간 모양이었다. 화가 난 쥘리앙은 나중에 걸어오도록 일러달라고 부탁했다. 그리고는 공손히 작별인사를 나누고 레 페플로 향했다.

마차 안에 앉자마자 잔느와 그의 아버지는 쥘리앙의 난폭한 태도에서 받은 울적한 감정이 아직 가시지 않고 남아 있기는 했으나 브리즈빌르의 몸짓이며 말소리를 흉내내면서 웃기 시작했다. 남작은 그 남편 흉내를 내고 잔느는 그 부인 흉내를 냈다. 그러나 남작부인은 자기가 존경하는 귀족이 놀림감이 된 데 좀 기분이 상해서 그들에게 말했다.

「그렇게 남을 조롱하는 게 아녜요. 그들은 아주 훌륭한 문벌인데다 흠잡을 데 없는 분들이에요.」

어머니의 기분을 상하게 하지 않으려고 잠시 말을 끊었으나, 아버지와 딸은 참을 수가 없어서 서로 쳐다보며 다시 흉내내기 시작했다. 남작은 예의를 갖추어 인사하고 나서 엄숙한 목소리로 말했다.

「하루종일 불어오는 바닷바람 때문에 레 페플은 몹시 추우시겠습니다, 부인.」

그러자 딸은 그 말을 받아 새침한 태도로 물에 잠긴 오리처럼 고개를 휘휘 내두르는 몸짓을 하며 말했다.

「아, 여기서는 무엇이고 일 년 동안 할 일이 많답니다. 더욱이 우리는 편지해야 할 친척이 많지요. 또 브리즈빌르는 모든 일을 내게만 맡긴답니다. 그이는 펠 신부와 함께 학문에 몰두하고 계시거든요. 두 분은 지금 노르망디 종교사를 편찬하신답니다.」

이번에는 남작부인도 그다지 기분이 상하지 않은 듯 어색한 표정으로 웃으며 다시 말했다.

「그렇게 같은 계급의 사람을 놀리면 못써요.」

별안간 마차가 서고 쥘리앙이 뒤쪽을 돌아보며 누군가를 부르고 있었다. 잔느와 남작이 밖을 내다보니, 무슨 이상한 살아 있는 생물이 마차를 향해 굴러오는 듯했다. 풍성한 제복 옷자락에 다리가 걸리고, 쉴새없이 내려오는 모자가 눈을 가리우고, 긴 소매를 풍차의 날개처럼 휘두르고 큰 물도랑을 정신없이 건너다 빠져 흙물을 튀기고, 길가의 돌에 발이 걸려 비틀거리고 깡충깡충 뛰며 진흙투성이가 된 마리우스가 온 힘을 다해 마차를 쫓아오는 것이었다.

마리우스가 마차 가까이 오자 쥘리앙은 몸을 굽혀 그의 목덜미를 잡아 끌어올려 옆에 앉히고 고삐를 늦추더니 주먹으로 모자 위를 갈기기 시작했다.

모자는 마리우스의 어깨까지 내려지며 북 같은 소리를 냈다. 그는 모자 속에서 소리내어 울면서 안장에서 빠져나가 도망치려 했고, 주인은 도망가려는 그를 한 손으로 움켜쥔 채 다른 한 손으로 계속해서 때렸다.

잔느는 어쩔 줄 몰라서 더듬거렸다.

「아버지……저걸 보세요, 아버지!」

남작부인은 화가 머리 끝까지 치밀어 남편의 팔을 잡아 흔들었다.

「가서 좀 못 때리게 해요, 자크!」

남작은 별안간 정면 유리창을 내리고는 사위의 소매를 움켜잡으며 분노에 떨리는 목소리로 소리쳤다.

「그만두지 못하겠나?」

쥘리앙은 어리둥절한 얼굴로 돌아보았다.

「이녀석의 옷꼴이 어찌 되었는지 보이지 않습니까?」

그러나 남작은 두 사람 사이로 고개를 들이밀며 소리쳤다.

「어쨌든 그처럼 난폭한 짓은 그만둬!」

쥘리앙은 버럭 화내며 소리질렀다.

「내버려두십시오. 장인과는 관계없는 일이니!」

그는 다시 때리려고 손을 들었다. 그러나 장인은 그의 손을 잡아 안장 밑으로 힘껏 내려치고는 노여운 목소리로 외쳤다.

「그래도 그만두지 않는다면 내가 내려가서 네놈을 말릴 테다!」

말투가 아주 격렬했으므로 자작은 갑자기 입을 다물고 아무 대답없이 어깨를 한 번 으쓱하더니 말에 채찍질을 했고, 말은 전속력으로 달렸다. 두 여자는 납빛처럼 파랗게 질려 꼼짝하지 못했으며, 남작부인의 무거운 심장의 고동 소리가 똑똑히 들려왔다.

저녁식사 때 쥘리앙은 아무 일도 없었다는 듯 여느 때보다 더욱 상냥했다. 이러한 쥘리앙의 친절한 태도에 잔느와 아버지와 아델라이드 부인도 곧 모든 것을 잊고 오히려 마음이 기뻐서 회복한 병자처럼 기분이 상쾌했다.

잔느가 브리즈빌르 집안의 이야기를 다시 꺼내자 이번에는 그의 남편도 함께 농담을 했다. 그리고 그는 곧 덧붙여 말했다.

「그러나 어쨌든 그들은 품위있는 사람들입니다.」

모두들 마리우스 사건 같은 것이 또 일어날까봐 두려워 다시 방문할 생각을 하지 않았다. 새해에는 이웃사람들에게 카드만 보내고, 다음해 이른봄에 따뜻한 날씨를 기다려서 방문하기로 결정했다.

크리스마스가 되었다. 신부와 촌장과 촌장부인을 저녁식사에 초대했다. 그것은 하루하루의 단조로움을 깨뜨리는 유일한 심심풀이였다.

남작 부부는 1월 9일 레 페플을 떠나기로 되어 있었다. 잔느는 부모를 붙들고 싶었으나 쥘리앙은 그다지 관심두지 않는 듯했다.

남작은 사위의 더해가는 냉대를 보고 루앙 본가에 마차를 보내오도록 일렀다. 떠나기 전날 잔느와 아버지는 짐을 다 꾸리고 나서 춥기는 하나 날씨가 맑았으므로 이포르까지 내려가보기로 했다. 딸이 코르시카에서 돌아온 뒤로 둘 다 한 번도 이포르에 내려가보지 않았던 것이다.

그들은 잔느의 결혼식 날, 지금은 남편이 된 사람과 하나가 되어 숲을 지나갔다. 그녀가 처음으로 애무를 받고 전율하고 나중에 오타의 삭막한 골짜기에서 서로 입술을 대고 마시던 샘 곁에서 처음으로 알게 된 저 관능적인 사랑을 예감했던 숲이었다. 앙상한 나뭇가지가 떠는 소리, 겨울에 잎이 떨어지고 난 숲속은 적막한 소리뿐, 이제는 푸르렀던 잎도 덩굴도 없었다.

두 사람은 작은 마을로 들어섰다. 인적없는 거리에서 바다와 해초와 생선 냄새가 풍기고 있었다. 칠을 한 널따란 그물이 여전히 문 앞에 걸려지거나 자갈밭 위에 널려진 채 말려지고 있었다.

잿빛 감도는 차가운 바다는 변함없이 유구한 파도 소리를 내고 썰물이 나가며 페캉 쪽 절벽 밑의 푸른 바위들을 드러내고 있었다. 바닷가를 따라 줄지어 쓰러져 있는 큰 고깃배들은 죽어버린 생선 같았다.

저녁이 되었다. 어부들이 커다란 장화를 신고 목에는 털목도리를 감고 한 손에 브랜디 병을 쥐고 또 한 손에는 배의 램프를 든 채 여기저기서 떼를 지어 터벅터벅 걸어나오고 있었다. 그들은 오랫동안 기울어진 뱃전을 왔다갔다하더니 노르망디 사람들의 특유한 느릿느릿한 동작으로 그물이며 낚싯대며 큰 빵덩어리며 버터 통이며 술병과 컵을 배에 실었다. 그리고는 다시 일으켜 세운 배를 바다 쪽으로 밀어냈다. 배는 큰소리를 내며 자갈 위를 미끄러져 나가 물거품을 헤치고 물결 위에 뜬 채 얼마 동안 이리저리 흔들리더니 갈색 돛을 펴고 돛대 끝에 작은 램프를 달고는 어둠 속으로 사라졌다.

그러자 몸집이 큰 어부의 아낙네들이 드러난 뼈대를 엷은 옷 밖으로 내비치며 마지막 배가 떠날 때까지 서서 바라보고 있다가 잠든 듯한 거리를 떠들썩한 소리로 뒤흔들며 돌아갔다.

남작과 잔느는 움직이지 않고 이 어부들이 어둠 속으로 사라져 가는 것을 바라보았다. 그들은 굶어죽지 않으려고 이처럼 목숨을 내걸고 밤마다 나가지만, 그러나 고기 맛을 알지 못할 만큼 가난한 살림살이를 하고 있다.

남작은 바다를 바라보며 흥분한 듯 중얼거렸다.

「바다란 무섭고도 아름다운 것이다. 자네트! 어둠이 내리고 수많은 생명이 위험에 직면하고 있는 이 바다는 얼마나 훌륭하냐!」

그녀는 쓴웃음을 지으며 대답했다.

「그러나 지중해만은 못해요.」

아버지는 기분 상한 듯 외쳤다.

「지중해만 못하다구? 그건 기름과 설탕물과 양철통에 넣은 푸른 표백제에 지나지 않아. 거품이 세차게 이는 이 바다가 얼마나 무시무시한가 좀 보렴. 그리고 저 바다 멀리 사라져 버린 어부들을 좀 생각해봐.」

잔느는 한숨쉬며 대답했다.

「네, 그런 것 같아요.」

그러나 그가 입에 담았던 지중해라는 낱말이 다시 그녀의 가슴을 쓰라리게 했고, 모든 꿈이 파묻혀 있는 머나먼 나라로 그녀의 생각을 실어갔다.

그리고 나서 아버지와 딸은 다시 숲으로 가는 대신 거리로 나와 맥빠진 걸음걸이로 언덕을 올라갔다. 다가온 서로의 이별의 슬픔에 대해서는 한 마디도 하지 않았다. 이따금 소작농의 논두렁을 지날 때면 이와같은 계절에 노르망디의 모든 지방에서 풍기는 신선한 사과술 냄새가 풍겨왔다. 불을 밝힌 들 가운데서 사람이 사는 집이 있음을 알려주었다.

문득 잔느는 자신의 영혼이 점점 커져서 눈에 보이지 않는 것까지도 알 수 있을 것 같은 생각이 들었다. 그리고 여기저기 흩어져 있는 등불이 갑자기 모든 존재에 대한 강한 고독감을 그녀에게 안겨주었다. 그가 사랑하는 사람들을 그녀로부터 떼어내어 헤어지게 하고 멀리 끌고 가는 그러한 고독감이었다.

잔느는 맥빠진 목소리로 말했다.

「살아가는 것이란 언제나 즐겁기만 한 것은 아니군요.」

남작도 한숨지었다.

「우리도 그것은 어떻게 할 수 없단다.」

다음날 아버지와 어머니는 총총히 떠났고, 레 페플에는 잔느와 쥘리앙만이 남았다.

7

젊은 부부는 트럼프 놀이를 즐기기 시작했다. 날마다 아침식사가 끝나면 쥘리앙은 파이프 담배를 피워물고, 일고여덟 잔씩 마시는 코냑을 홀짝이며 아내를 상대로 하여 몇 번이나 트럼프의 승부를 겨루었다.

그러고 나면 잔느는 침실로 올라가 창가에 자리잡고 앉아 비바람이 유리창을 때리고 뒤흔드는 동안 스커트 장식을 끈기있게 수놓았다. 이따금 피로하면 눈길을 들어 멀리 파도가 이는 희끄무레한 바다를 바라보았다. 그리고 2, 3분 뒤에는 다시 일거리에 몰두했다.

무엇보다도 쥘리앙이 집안의 실권과 경제권을 쥐고 꾸려나갔으므로 잔느에게는 아무것도 할 일이 없었다. 쥘리앙은 아주 인색한 본성을 드러내기 시작하여 절대로 팁을 주지 않았다. 식량도 최소한도로 줄여버리고 말았다.

잔느는 레 페플에 오고 나서부터 줄곧 아침마다 빵집에서 노르 망디 식 빵을 주문해 먹고 있었는데, 쥘리앙은 그 비용까지 줄이고 보통 구운 빵을 먹게 했다. 무슨 설명이나 말다툼이나 싸움을 피하기 위해 잔느는 한 마디 말도 하지 않았지만, 남편에게서 새로이 구두쇠다운 태도가 나타날 때마다 가슴이 아팠다. 돈에 대해 별다른 관심을 가져보지 않고 자란 그녀는 남편의 이러한 행동이 천하고 추하게 여겨졌다. 「돈이란 쓰게 마련이란다.」라는 어머니의 말을 그녀는 귀에 박힐 만큼 자주 들어왔던 것이다.

그것이 이제는 쥘리앙의 다음과 같은 말로 바뀌어 되풀이되었다.

「돈을 헤프게 쓰는 버릇을 영 고치지 못하겠소?」

그리고 그는 봉급이나 계산서 같은 데서 다만 몇 수라도 깎으면 그 돈을 주머니 속에 집어넣고 씩 웃으며 말했다.

「작은 냇물이 모여서 바다가 되는 법이라오.」

잔느는 그런 날에는 다시 공상에 잠겼다. 자기도 모르게 일손을 멈추고 손을 힘없이 내린 채, 허공을 바라보며 아름다운 사랑의 이야기에 나오는 소녀시절의 일부를 다시 한 번 공상하는 것이었다.

그러나 시몽 영감에게 무엇인가 이르고 있는 쥘리앙의 목소리에 홀연히 꿈의 요람에서 현실로 되돌아왔다. 그리고는 지루한 일거리를 다시 잡고 바늘을 놀리는 손등에 눈물방울을 흘리며 중얼거렸다.

「아아! 끝난 거야, 모두가……」

전에는 언제나 쾌활하고 콧노래를 부르던 로잘리도 이제는 완전히 달라져 버렸다. 포동포동 살이 올랐던 볼도 움푹 들어가 핏기를 잃어 마치 진흙을 문질러 놓은 듯했다.

이따금 잔느는 로잘리에게 물었다.

「어디 아프니, 로잘리?」

그러면 그녀는 언제나 똑같은 대답을 했다.

「아니예요, 아씨.」

그리고는 두 볼을 붉히며 재빨리 나가버리는 것이었다.

옛날처럼 뛰어다니는 대신 힘들어 발을 끌며 걸었고, 모양도 내지 않았으며, 행상인이 비단 리본이나 코르셋이나 여러 가지 향수병을 늘어놓아도 아무것도 사지 않았다.

이 큰 집은 텅 빈 듯 깊은 심연에서 울리는 소리가 날 것 같았고 음산했으며, 벽에는 잿빛 긴 빗물 자국이 나 있었다.

1월이 다 갈 무렵, 처음으로 눈이 왔다. 희끄무레한 바다 위 먼 북쪽으로부터 큰 구름들이 몰려오는 것이 보이는가 했더니 눈이 내리기 시작했다. 아침에 일어나 보니 하룻밤 사이에 온 들이 하얗게 덮이고 나무들은 흰 눈송이에 쌓여 있었다.

쥘리앙은 긴 장화를 신고 관목숲 속에서 들판으로 흐르는 도랑 뒤에 숨어 험상궂은 표정으로 철새를 노리고 있었다. 이따금 총소리가 얼어붙은 듯한 그 들판의 침묵을 깨뜨리면 놀란 까마귀 떼가 큰 나무에서 날아올라 빙빙 돌다가 날아가버렸다.

잔느는 권태에 못이겨 현관 앞 층계까지 내려갔다. 그러면 그 창백하고 음울한 흰빛에 잠긴 듯한 세계 위로 저 멀리서 생의 온갖 소리가 울려오는 것이었다. 들리는 것이라고는 멀리 파도 소리와 끊임없이 내리는 눈 소리뿐이었다. 쉴새없이 내리는 눈의 두께는 눈덮인 들판 위에 점점 높아져갔다.

이처럼 음울한 어느 날 아침, 잔느는 손끝 하나 까딱하지 않고 난로에 발을 쬐고 있었으며, 날이 갈수록 달라지는 로잘리가 느릿느릿 침대를 정돈하고 있었다. 갑자기 등 뒤에서 괴로운 숨소리가 들려왔다.

고개도 돌리지 않은 채 잔느는 물었다.

「왜 그러지?」

하녀는 여전히 똑같은 대답을 했다.

「아무것도 아니예요, 아씨.」

그러나 그녀의 목소리는 떨리고 숨이 넘어가는 것 같았다.

하지만 잔느는 벌써 다른 생각을 하고 있었다.

그녀는 문득 하녀가 움직이지 않고 있다는 것을 깨닫고「로잘리!」하고 불렀다. 아무 소리도 없었다. 그래서 소리없이 나갔나보다, 하고 생각하며 더 큰소리로「로잘리!」하고 불렀다. 그리고는 초인종을 누르려고 팔을 뻗치는데 바로 곁에서 신음 소리가 나 소스라쳐 벌떡 일어났다.

하녀는 얼굴이 하얗게 질린 채 눈을 부릅뜨고서 두 다리를 뻗고 침대다리에 등을 기대고는 마룻바닥에 주저앉아 있었다.

잔느는 그 곁으로 달려가서 물었다.

「아니, 왜 그러니, 응! 왜 그래?」

하녀는 말 한 마디 못하고 손끝 하나 까딱하지 못했다. 다만 광기어린 듯한 눈길로 주인을 쳐다보며 무서운 고통에 찢기는 듯 숨을 헐떡였다. 그러더니 별안간 온몸에 힘을 주고 이를 악물며 비명이 나오는 것을 참으며 뒤로 넘어졌다. 벌린 가랑이에 착 달라붙은 옷 속에서 무엇인가 움직이는 것이 있었다. 거기에서 물결이 밀려드는 소리 같은 이상한 소리가 들렸다. 별안간 가냘프고 고통에 찬 긴 고양이 울음 소리 같은 게 들려왔다. 이 세상에 태어난 갓난아이의 고통을 호소하는 첫울음 소리였다.

잔느는 순간 이것을 알아차렸다. 그리고는 정신이 혼란된 채 층계를 내려가며 소리쳤다.

「쥘리앙! 쥘리앙!」

남편이 대답했다.

「왜 그러오?」

그녀는 가까스로 말했다.

「저……저, 로잘리가…….」

쥘리앙은 후다닥 뛰어 단번에 두 단씩 층계를 올라와 침실로 뛰어들더니 대번에 하녀의 옷을 걷어올리고는 알몸의 가랑이 사이에서 꿈틀거리는 주름투성이의 칭얼대며 오그린 작은 핏덩이를 찾아냈다.

쥘리앙은 험악한 얼굴로 일어서더니 어리둥절해 있는 아내를 밖으로 밀어내며 말했다.

「당신은 참견할 것 없소. 나가 있어요. 뤼디빈느와 시몽 염감을 불러줘.」

잔느는 온몸을 떨면서 부엌으로 내려갔다가 다시 올라갈 생각도 못하고, 부모가 떠난 뒤 불을 피우지 않는 객실로 들어가서는 불안에 싸인 채 소식을 기다렸다.

얼마 뒤 하인이 집을 뛰어나가는 모습이 보였다. 5분 뒤 하인은 그 지방의 산파인 당튀 과부와 함께 들어왔다. 그러더니 복도에서 앓는 사람을 끌어내리는 듯 소란한 소리가 들렸다.

이윽고 쥘리앙이 오더니 그만 방으로 올라가도 좋다고 잔느에게 말했다. 그녀는 무슨 불길한 일을 보고 난 듯 여전히 몸을 떨고 있었다.

잔느는 다시 난로 앞에 앉아서 물었다.

「그 애는 어때요?」

쥘리앙은 무엇에 골몰하고 있는 듯 신경질적으로 방 안을 왔다갔다하고 있었다. 몹시 분개하고 흥분한 듯했다. 처음에 그는 대답하지 않더니 몇 분 뒤 걸음을 멈추며 몹시 화난 말투로 물었다.

「당신은 저 애를 어쩔 생각이오?」

그녀는 무슨 말인지 잘 알아듣지 못하고 남편의 얼굴을 물끄러미 바라보았다.

「네? 무슨 말이지요? 난 잘 모르겠어요.」

그러자 쥘리앙은 화난 듯 버럭 고함쳤다.

「어쨌든 아비없는 자식을 집에 둘 수는 없잖소!」

그 말에 잔느는 몹시 당황하여 한참 입을 다물고 있었다.

「하지만 여보, 유모에게 맡겨서 기를 수도 있잖아요?」

쥘리앙은 아내의 말을 가로막았다.

「그렇다면 그 비용을 누가 댄단 말이오? 물론 당신이겠지?」

그녀는 한참 동안 해결할 방도를 궁리해보았다.

「하지만 어린아이 아버지가 맡을 테지요. 그가 로잘리와 결혼하게 되면 어려울 게 없잖아요?」

쥘리앙은 화가 머리 끝까지 치미는 듯 격한 목소리로 뇌까렸다.

「아비! 아비라구! 당신은 알고 있소? 그 아비를 모를 테지? 그렇다면 그 다음엔 어떻게 하지?」

잔느는 흥분했다.

「하지만 그 남자는 저 아이를 그냥 내버려두지는 못할 거예요. 내버린다면 그건 비겁한 짓이에요. 이름을 물어봅시다. 그리고 그 남자를 만나 이야기를 잘 들어봅시다.」

쥘리앙은 다시 입을 다물고 방 안을 왔다갔다했다.

「여보, 저 애는 그 남자의 이름을 밝히려 하지 않을 거요. 그리고 만일 남자가 저 아이를 싫어한다면 어떻게 하지? 그렇다면 아비없는 아이를 가진 계집애를 한 집 안에 데리고 있을 수는 없잖소? 알아듣겠소?」

잔느는 여전히 고집부렸다.

「그렇다면 그 남자는 더러운 인간이에요! 어쨌든 그 남자를 알아봅시다! 그러면 그 남자가 우리와 의논하겠지요.」

쥘리앙은 또다시 얼굴을 붉히며 화냈다.

「그러나……그동안은 어쩌겠소?」

그녀도 어떻게 해야 할지 몰라 남편에게 물었다.

「당신은 어떻게 하면 좋을 것 같아요?」

쥘리앙은 곧 자기 생각을 말했다.

「나 말이오, 나라면 아주 간단하지. 나 같으면 돈을 얼마 집어

주어 아기와 함께 쫓아버리겠소.」

그러나 젊은 아내는 노여움에 차서 반대했다.

「절대로 그렇게 할 수 없어요. 저 아이는 내 젖동생이에요. 그 애와 나는 함께 자랐어요. 그 애가 일을 저질러서 안됐긴 하지만, 그렇다고 나는 그 애를 쫓아낼 수는 없어요. 정 어떻게 할 수 없다면 어린아이는 내가 기르겠어요.」

그러자 쥘리앙은 웃음을 터뜨렸다.

「그렇게 되면 우리는 좋은 평판을 듣겠군. 남들은 우리가 불의를 감싸주고 있다고 수군대겠지. 행실이 좋지 못한 계집애를 숨겨두고 있다고 말이오. 그리고 점잖은 사람은 우리집에 발그림자도 비치지 않을 거요. 대체 당신은 어쩌자는 거요! 미쳤소?」

그러나 그녀는 태연하게 말했다.

「나는 절대로 로잘리가 쫓겨나는 것을 쳐다보고만 있지는 않겠어요. 만일 당신이 데리고 있기 싫다면 어머니가 데려가실 거예요. 하지만 아무래도 아기 아버지 이름은 알아야 해요.」

그러자 그는 화가 나서 문을 꽝 닫고 나가며 소리쳤다.

「여자들이란 참 바보란 말야! 모두 생각하는 게 당치도 않은 것뿐이라니까!」

잔느는 오후에 산모 방으로 갔다. 하녀는 당튀 과부의 간호를 받으며 지금은 눈을 뜬 채 침대 속에 가만히 누워 있었고, 그 곁에서는 산파가 갓난아이를 팔에 안고 흔들어주고 있었다.

주인아씨의 모습을 보자 로잘리는 곧 담요 속에 얼굴을 가리고 절망적으로 몸부림치며 흐느껴 울기 시작했다. 잔느가 입을 맞추려고 하자 하녀는 여전히 소리죽여 울면서 거부하지 않았다. 난로 속에는 불이 끄느름하게 타오르고, 방 안은 추워서 어린아이가 칭얼거렸다. 로잘리가 또 울까봐 잔느는 어린아이에 대한 이야기를 꺼내지 못했다. 그래서 하녀의 손을 잡은 채 기계적으로 되풀이했다.

「괜찮아, 괜찮아.」

가엾은 하녀는 산파 쪽을 흘끗 쳐다보고는 어린아이의 울음 소리에 몸을 떨었다. 참고 있었던 비애가 아무리 참으려 해도 이따금 발작적인 흐느낌으로 터져나와 눈물을 삼키는 소리가 목에서 울렸다.

잔느는 다시 한 번 키스하고 낮은 목소리로 하녀의 귀에 속삭였다.

「우리가 잘 돌봐줄 테니 마음놓아라.」

그러자 또 울음을 터뜨려서 잔느는 밖으로 나왔다.

날마다 잔느는 하녀의 방으로 들어가보았고, 그때마다 로잘리는 주인아씨의 모습을 보고는 흐느껴 울었다. 어린아이는 근처의 어느 유모에게 맡겨졌다.

쥘리앙은 아내에게 그다지 말을 건네지 않았는데, 그녀가 하녀를 내쫓을 것을 거절한 뒤부터 아내에 대해 큰 노여움을 품고 있는 듯했다.

어느 날, 그는 이 문제를 다시 꺼냈으나 잔느는 로잘리를 레 페플에 둘 수 없으면 곧 루앙으로 보내라는 어머니로부터 온 편지를 주머니에서 꺼내 보여주었다.

쥘리앙은 다시 화내며 외쳤다.

「당신 어머니도 당신만큼이나 정신나간 모양이군!」

그러나 그는 더 이상 고집부리지는 않았다.

2주일 뒤부터 벌써 산모는 일어나 움직일 수 있게 되었다.

어느 날 아침 잔느는 로잘리를 앞에 앉히고 그녀의 두 손을 꼭 쥔 채 얼굴을 뚫어지게 들여다보며 말했다.

「로잘리, 이제는 나한테 다 털어놓고 이야기해봐.」

로잘리는 몸을 떨며 중얼거렸다.

「뭘 말씀이세요, 아씨?」

「이 어린아이는 누구의 자식이지?」

그러자 하녀는 다시 무서운 절망에 사로잡혀 두 손으로 얼굴을 가리려는 듯 잡힌 손을 빼려고 몸부림쳤다. 그러나 잔느는 하녀에게 입맞추며 위로했다.

「불행한 일이지만 어쩌겠니? 네가 약해서 그랬어. 그러나 이런 일을 당하는 것은 너뿐만이 아니야. 아이 아버지가 너와 결혼만 한다면 이 일은 아무도 문제삼지 않을 거야. 그리고 그 남자도 너와 함께 우리집에서 살아도 좋아.」

로잘리는 마치 고문이라도 받는 듯 신음 소리를 냈고 때로는 몸을 빼어 도망치려고 몸부림쳤다.

잔느는 계속 말했다.

「네가 부끄러워서 그러는 줄은 잘 알아. 하지만 너도 보다시피 나는 화도 안 내고 이처럼 부드럽게 말하고 있잖니? 남자 이름을 너에게 묻는 것도 다 너를 위해서야. 네가 그토록 슬퍼하는 걸 보면 아마 그 남자가 너를 차버린 듯한데, 나는 그걸 막으려고 그러는 거란다. 쥘리앙이 그 사람을 찾아가 너와 결혼하도록 강요할 생각이야. 그리고 우리가 너희 둘을 집에 있게 하고 그 남자가 너를 행복하게 해주도록 할 생각이란 말이야.」

그러자 이번에는 로잘리가 갑자기 몸부림치며 여주인의 손에서 자기 손을 빼고 미친 여자처럼 밖으로 뛰쳐나갔다.

그날 저녁식사 때 잔느는 쥘리앙에게 말했다.

「여보, 그 애를 유혹했던 남자의 이름을 나한테 말하게 하려고 했지만 로잘리는 도무지 말을 하지 않는군요. 그러니 당신도 함께 힘써주세요. 아무래도 그 남자와 결혼시켜야 할 테니까.」

쥘리앙은 버럭 화냈다.

「여보, 난 이제 그 말은 듣기도 싫소. 당신이 데리고 있겠다고 했으니 그렇게 하구려. 하지만 그 일로 나를 괴롭히는 건 제발 그만둬.」

로잘리가 어린아이를 낳고부터 쥘리앙은 더 신경질이 는 것 같았다. 그가 아내에게 말을 할 때는 언제나 화내는 듯 소리지르는 것이 습관처럼 되었고, 한편 이와 반대로 그녀는 모든 말다툼을 피하기 위해 목소리를 낮추고 고분고분하고 타협적인 태도를 취했다. 그러나 밤이면 침대 속에서 자주 울었다.

이렇게 짜증을 내면서도 남편은 신혼여행에서 돌아온 뒤로 잊고 있었던 사랑의 습관을 다시 시작했다. 사흘 밤을 거의 아내의 방에 들어왔다.

로잘리는 얼마 안 가서 완전히 회복되었으며, 아직도 무엇인가 알 수 없는, 근심에 어찌할 바를 모르고 쫓기는 듯했으나 처음보다는 훨씬 명랑해졌다. 잔느는 그 뒤로 두 번이나 다시 물어보려고 했으나 그때마다 그녀는 말없이 달아나 버렸다.

쥘리앙도 갑자기 더욱더 상냥해진 듯했다. 그리하여 젊은 아내는 다시 그 어떤 막연한 희망을 갖기 시작했고, 그 옛날의 명랑함을 되찾아갔다.

그러나 잔느는 입 밖에 내어 말하지는 않았지만 이따금 이상한 답답증을 느끼고 괴로워한 적이 있었다. 눈녹는 계절은 아직 되지 않았다. 5주일 전부터 낮은 푸른 수정처럼 투명하고 맑으며, 밤에는 얼음꽃처럼 아름다운 별이 총총히 박혀, 추워 보이는 넓은 하늘은 평평하고 단단하며 반짝이는 눈 벌판 위에 펼쳐져 있었다. 흰 서리로 덮인 수목의 장막 뒤로 네모진 뜰안에 외따로 서 있는 농가들은 흰 속옷을 입고 잠들어 있는 듯 보였다. 사람도 짐승도 밖으로 나가지 않았으며, 다만 초가집 굴뚝에서, 얼어버린 공간으로 올라가는 가느다란 연기만이 거기에 숨겨진 생의 존재를 알려주고 있었다.

들도 울타리도 느릅나무의 장벽도 모두 추위에 얼어붙은 것처럼 보였다. 이따금 나뭇가지가 껍질 속에서 부러지는 듯 딱딱 소리가 났다. 그리고 때로는 견딜 수 없는 추위로 수액이 얼어서 섬유가 끊어지며 큰 가지가 부러져 땅 위로 떨어지기도 했다.

잔느는 자기 마음의 온갖 막연한 고민을 추위 때문이라고 여기고 따뜻한 훈풍이 불어오기를 불안하게 기다리고 있었다. 때때로 그녀는 음식을 보고는 구역질을 느끼며 아무것도 먹지 못했다. 어느 때는 맥박이 몹시 뛰고 어느 때는 얼마 먹지 않은 음식이 소화가 안되어 토할 때도 있었다. 변화없고 견디기 힘든 흥분 속에서 지냈다.

온도계가 다시 내려간 어느 날, 저녁 식탁에서 쥘리앙은 추위에 부들부들 떨며 일어나(왜냐하면 식당이 알맞게 더워진 적은 한 번도 없었다. 쥘리앙은 그만큼 장작을 절약하고 있었던 것이다.) 손을 비비면서 속삭였다.

「여보, 오늘밤은 한방에서 자는 게 좋겠지, 응?」

그는 옛날처럼 그 사람 좋아보이는 웃음을 지었다.

잔느는 그의 목을 끌어안았다. 그러나 그날 저녁따라 몹시 불편하고 고통스럽고 이상하게 머리가 아파서 그녀는 남편에게 키스하며 혼자 자게 해달라고 부탁했다. 그녀는 몸이 아프다고 하며 말했다.

「여보, 정말 부탁이에요. 오늘은 몸이 좀 불편해요. 하지만 내일이면 좋아질 거예요.」

남편은 더 고집부리지 않았다.

「그럼, 당신 좋을 대로 하지. 몸이 아프다면 잘 조리해야 하오.」

그리고는 그는 다른 이야기를 꺼냈다.

잔느는 일찍 자리에 누웠다. 쥘리앙은 이상하게도 자기가 자는 방에 난로를 피우라고 했다.

이윽고 하인이 알려왔다.

「불이 잘 타고 있습니다.」

그는 아내의 이마에 키스를 하고 나갔다.

온 집 안이 추위에 시달리는 듯 냉기에 배인 벽은 떨고 있는 것처럼 가냘픈 소리를 냈고, 잔느는 자기의 침대 속에서 바들바들 떨고 있었다. 두 번이나 일어나 난로에 장작을 넣고 옷과 스커트와 낡은 옷가지를 모두 찾아 이불 위에 덮었다. 아무리 해도 몸이 녹지 않고 발이 시려 올라왔으며 종아리와 넓적다리까지 떨려 엎치락뒤치락하면서 추위에 신경이 곤두서고 흥분되었다.

얼마 뒤에는 이빨이 딱딱 마주치고 손도 떨리고 가슴이 죄어들어, 고동이 느린 심장을 소리없이 크게 치며 때때로 멈추게 하는 것 같았다. 그리고 목은 숨도 통하지 못할 만큼 헐떡이고 있었다.

무서운 불안이 그녀를 사로잡은 동시에 견딜 수 없는 냉기가 뼛속까지 스며들었다. 이런 기분은 처음이었다. 이렇게 생으로부터 버림받고 이제라도 숨이 넘어갈 것만 같은 기분은 처음이었다.

그녀는 생각했다.

『아마 죽으려나 보다……나는 죽어…….』

그녀는 깜짝 놀라 침대에서 뛰어내려 로잘리를 부르려고 초인종을 눌렀다. 그녀는 기다렸다가 다시 눌렀다. 그래도 대답이 없었다. 그녀는 오한에 떨며 다시 눌렀다. 하녀는 좀처럼 오지 않았다. 아마 업어가도 모를 첫잠이 든 모양이었다. 잔느는 정신없이 층계로 뛰어나갔다. 그녀는 손으로 더듬으면서 소리없이 층계를 올라가 문을 찾아 열고는「로잘리!」하고 부르면서 앞으로 나가다 침대에 부딪쳤다. 두 손으로 그 위를 더듬어보니 비어 있었다. 더구나 아무도 자지 않은 듯 침대 위가 차디찼다.

그녀는 놀라서 중얼거렸다.

「아니, 이렇게 추운 날 아직도 자리에 들지 않았나?」

그러자 갑자기 마음이 설레고 가슴이 뛰어 숨이 막힐 것 같아서 떨리는 다리를 이끌고 쥘리앙을 깨우려고 다시 층계를 내려갔다.

이제 틀림없이 죽으리라는 생각이 들어 그녀는 의식을 잃기 전에 남편을 한 번 보겠다는 욕구가 솟아올라 왈칵 남편의 방으로 뛰어들었다.

꺼져가는 불빛으로 그녀는 남편 머리 곁의 베개 위에 나란히 놓여 있는 로잘리의 얼굴을 보았다.

그녀가 지른 비명 소리에 둘은 벌떡 일어났다. 그녀는 뜻밖의 이 놀라운 발견에 손끝 하나 움직이지 못하고 얼마 동안 굳은 듯이 서 있었다. 그리고는 도망치듯 뛰어나와 자기 방으로 들어갔다.

당황한 쥘리앙이 「잔느!」 하고 부르는 소리가 들렸으나 이제는 그를 보고 목소리를 듣고 그가 변명하며 거짓말을 늘어놓는데 귀기울이며 얼굴을 마주볼 생각을 하니 몸서리쳐져서 다시 층계 밖으로 재빨리 뛰어내려갔다.

그녀는 이제 긴 층계를 굴러떨어지고 돌에 걸려 팔다리가 부러질 것도 두려워하지 않으며 어둠 속을 달리고 있었다. 그저 아무 것도 알지도 보지도 않고 도망가고 싶다는 급급한 욕망에 밀려 끝없이 앞으로만 치닫고 있었다.

아래로 내려오자 그녀는 맨발에 속옷만 입은 채 정신없이 층계에 앉아 있었다.

쥘리앙은 침대에서 뛰어나와 재빨리 옷을 주워 입었다.

그녀는 그를 피하기 위해 다시 일어났다. 남편은 벌써 층계를 내려서며 소리쳤다.

「여보! 내 말 좀 들어보오, 잔느!」

그러나 그녀는 듣고 싶지 않았다. 손끝 하나 그에게 만지게 하고 싶지 않았다. 그녀는 마치 살인자에게 쫓기듯 식당으로 뛰어들어갔다. 숨을 구멍이든 어두운 구석이든 어디든 남편을 피할 수 있는 곳이 있을까 찾아보았다. 그녀는 식탁 밑에 웅크리고 들어가 앉았다. 그러나 벌써 남편은 문을 열고 램프를 든 채 여전히

「잔느!」 하고 불렀다.

그녀는 토끼처럼 다시 뛰쳐나와 부엌으로 들어가 마치 오도 가도 못하는 짐승처럼 부엌 안을 두 번이나 빙글빙글 돌다가 다시 남편이 쫓아들어오는 것을 보고 후닥닥 정원으로 향한 문을 박차고 뛰쳐나갔다. 속옷 바람이었으나 벗은 다리에 이따금 무릎까지 빠지는 눈의 차가운 감촉이 그녀에게 갑자기 필사적인 힘을 주었다. 이제는 추운 줄도 모르고 아무런 감각도 없었다. 그만큼 정신의 경련이 육체를 마비시켰던 것이다. 그녀는 눈덮인 땅과 같은 흰 모습으로 달리고 있었다. 관목숲을 지나고 도랑을 뛰어넘으며 들을 건너 그녀는 끝없이 가로수길을 따라 달렸다.

달도 없었다. 별들만이 불꽃을 뿌려놓은 듯 캄캄한 하늘에서 반짝였다. 그러나 들은 얼어붙어 움직이지 않은 채 영원한 침묵 속에서 희미하게 밝았다.

숨도 돌리지 않고, 아무것도 알지 못하며 생각도 없이 급히 달리다보니 갑자기 낭떠러지에 이르렀다. 그녀는 본능적으로 걸음을 멈추고, 모든 생각과 의지가 깡그리 비어버린 머리로 그 자리에 털썩 주저앉았다.

그녀 앞으로 뚫린 침침한 구멍을 통해 보이지 않는 잔잔한 바다는 조수가 빠진 해변으로부터 해초의 찝찔한 냄새를 풍겨주고 있었다.

몸과 마음의 맥이 다 빠져버린 그녀는 오랫동안 가만히 앉아 있었다. 그러자 갑자기 몸이 떨리기 시작했다. 마치 바람에 흔들리는 돛과 같이 그녀는 심하게 와들와들 떨고 있었다. 그녀의 팔과 손과 발이 어쩔 수 없는 힘에 뒤흔들려 팔딱팔딱 움직이며 뛰고 있는 것이었다.

별안간 찌르는 듯한 뚜렷한 의식이 되돌아왔다. 그리고는 지난 날의 환상이 눈앞을 주마등처럼 지나갔다. 라스티크 영감의 배를 타고 그와 함께 뱃놀이를 갔던 일, 둘이서 가졌던 대화, 움트던 그들의 사랑, 배의 명명식, 그리고 나서 잔느의 환상은 멀리 레 페플에 도착했던 날 공상에 흔들려 잠들던 그 첫날밤으로까지 거 슬러올라갔다. 그러던 것이 지금은! 아아, 지금은! 자기의 생 애가 산산이 부서진 것이다. 모든 기쁨과 모든 기대는 맥없이 끝 을 맺었다. 그러자 고통과 배반과 절망에 가득찬 무서운 미래가 눈앞에 나타났다. 그렇다면 차라리 죽는 편이 낫다. 그러면 모든 일은 한순간으로 끝나고 말 테니까.

이때 멀리서 외치는 소리가 들려왔다.

「이쪽이다! 저기 발자국이 있어. 빨리빨리 이쪽으로 와!」

자기를 찾는 쥘리앙의 목소리였다.

아아! 두 번 다시 보고 싶지 않은 사람이었다. 그녀가 앉아 있 는 낭떠러지 밑에서 이번에는 바위를 스치는 가느다란 물결 소리 가 들려왔다. 그녀는 결심하고 일어섰다.

물 속에 뛰어들려는 것이다. 그리고는 숱한 절망 속에 빠진 사 람들이 던졌던 이별의 인사를 이 세상에 고하려고 죽어가는 사람 이 마지막 외치는 말, 또는 싸움터에서 배에 탄환을 맞은 젊은 병 사의 마지막 말 「어머니!」라는 한 마디를 신음하듯 불렀다.

그러자 문득 어머니 생각이 났다. 울부짖는 어머니의 모습이 눈앞에 보였다. 물에 빠져죽은 자기의 시체 앞에 무릎꿇고 있을 아버지의 모습도 보였다. 순간 그들의 절망에 찬 고통을 그녀는 생각했다.

그러자 그녀는 힘없이 눈 위에 쓰러졌다. 쥘리앙과 시몽 영감 이 램프를 든 마리우스를 데리고 왔을 때 그녀는 다시 도망치지 못했다. 그들은 그녀의 팔을 붙들고 뒤로 끌었다. 그만큼 그녀는 낭떠러지 끝에 바싹 다가 있었던 것이다.

그들은 그녀의 몸뚱이를 마음대로 다루었다. 이제는 몸 하나 까딱할 수 없었던 것이다. 그녀는 어렴풋이 그들이 자기를 들 어다가 침대에 눕히고 뜨거운 헝겊으로 문지르는 것까지는 느꼈으나 그 다음은 기억이 없고 의식을 잃어버렸다.

그리고 나서는 악몽——그것이 악몽이었을까?——이 그녀를 괴롭혔다. 그녀는 자기 침실에 누워 있었다. 날이 밝았으나 그녀는 일어날 수가 없었다. 어째서인지 그녀는 이유를 몰랐다. 그러자 마루 위에서 무슨 조그마한 소리가 들려왔다. 뭔가 긁는 소리 같기도 하고 스치는 소리 같기도 했다. 별안간 생쥐 한 마리가, 조그마한 생쥐 한 마리가 재빨리 이불 위로 지나갔다. 또 한 마리가 그 뒤를 따라 지나가고 다음에 세 번째 생쥐가 날쌔고 재빠르게 그녀의 가슴 쪽으로 달려왔다.

잔느는 무섭지 않았다. 생쥐를 잡으려고 손을 뻗었지만 닿지도 않았다. 그러자 이번에는 다른 생쥐가 열 마리, 스무 마리, 몇백 몇천 마리씩 여기저기서 쏟아져 나왔다. 이들은 기둥으로 기어오르고 벽포로 달리며 침대를 뒤덮었다. 이불 속으로도 들어왔다. 피부 위로 미끄러지고 다리를 간지르며 몸을 따라 오르내리는 것을 잔느는 느꼈다.

침대다리로 기어올라 자기 목을 향해 달려드는 것이 눈에 보였다. 그녀는 몸부림치며 한 마리를 잡으려고 손을 뻗쳤으나 잡고 보면 언제나 빈손이었다.

잔느는 화가 나서 도망치고 싶어 소리질렀다. 누군가가 꽉 누르며 힘센 팔로 꼭 껴안고 꼼짝달싹 못하게 하는 것 같았다. 그러나 아무도 보이지 않았다. 그녀는 시간에 대한 관념이 전혀 없었다. 어쨌든 긴 시간이 흘렀음에 틀림없었다. 그런 뒤에도 아직 고통을 느끼면서 그러나 상쾌한 기분으로 깨어났다. 힘이 쭉 빠진 것 같았지만 눈을 떴다. 그러자 자기 곁에 어머니가 어떤 알지 못하는 큰 남자와 둘이 앉아 있는 것을 보고 그다지 놀라지도 않았다. 자기는 지금 몇 살인지도 잘 모르겠고, 다만 조그마한 소녀인 것 같았다. 기억 같은 것은 전혀 남아 있지 않았다.

그 뚱뚱한 남자가 말했다.

「자아, 의식이 회복됐습니다.」

그러자 어머니는 울기 시작했다. 뚱뚱한 남자가 다시 말했다.

「부인, 진정하십시오. 내가 모든 것을 책임지겠다고 했잖습니까? 그러나 따님에게는 아무 말씀도 하지 마십시오. 그저 잠자코 내버려두십시오.」

자기가 다시 무엇인가 생각해내려고 애쓰며 곧 잠이 퍼부어서 퍽 오랫동안 잠결에서 지난 것 같았다. 또 그녀는 막연히 마치 현실이 그녀의 마음에 되살아날까봐 두려운 듯 무엇이고 돌이켜보려 애쓰지는 않았다.

한 번은 깨어보니 쥘리앙이 혼자 자기 곁에 있었다. 그러자 갑자기 과거를 가리웠던 장막이 걷혀진 듯 모든 기억이 되살아났다. 그녀는 심한 고통을 느끼며 또다시 도망치려고 했다. 그녀는 이불을 차버리고 침대 밖으로 뛰어내렸으나 다리에 힘이 없어 그 자리에 쓰러졌다. 쥘리앙이 그녀에게 달려왔다. 그녀는 그의 손이 자기의 몸에 닿지 못하게 하려고 소리치기 시작했다. 그녀는 몸부림치며 뒹굴었다. 문이 열리고 리종 이모와 당튀 과부가 들어왔다. 그 뒤로 남작과 정신없이 숨을 헐떡이는 남작부인이 쫓아들어왔다.

잔느는 다시 침대에 눕혀졌다. 그러자 그녀는 아무 말도 하지 않고 마음대로 생각하고 싶어서 일부러 곧 눈을 감았다. 어머니와 이모가 그녀를 간호하고 바쁘게 왔다갔다하며 물었다.

「잔느, 우리를 알아보겠니, 잔느?」

그녀는 안 들리는 척하고 대답하지 않았다. 그리고 해가 졌다는 것을 똑똑히 알았다. 밤이 되었다. 간호사가 곁에 앉아 이따금 약을 마시게 했다.

그녀는 말없이 그것을 받아 마셨다. 그러나 더 자지는 않았다. 마치 자기의 기억 속에 구멍이 뚫리고 공백이 몇 개 있어서 거기에는 사건이 전혀 기록되어 있지 않은 듯, 그녀는 자기가 모르고 있었던 것들을 이것저것 찾으며 애써서 조리를 따져보고 있었다. 한참 애쓰고 나니 차츰 모든 진상이 밝혀졌다.

그녀는 집요하게 거기에 대해 생각해보았다. 어머니나 리종 이모나 남작이 온 것을 보면 그녀는 퍽 위독했던 모양이다. 그러나 쥘리앙은? 그는 뭐라고 했을까? 부모는 그 일을 알고 있을까? 그리고 로잘리는? 지금 어디 있을까? 그건 그렇고, 이제는 무엇을 해야 할까? 어떻게 할까? 한 가지 생각이 번개처럼 떠올랐다. 옛날처럼 아버지와 어머니와 같이 다시 루앙으로 돌아가자! 헤어지면 된다. 간단한 일이 아닌가.

그래서 그녀는 주위에서 하는 말을 들어보고, 모르는 척하면서 이성이 회복되는 걸 기뻐하며 참을성있게 일을 잘 처리하려고 머리를 써보았다.

그날 밤 그녀는 마침내 어머니와 단둘이 있게 되자 가만히 「어머니!」하고 불렀다. 스스로 자기의 목소리가 달라진 데 놀랐다.

남작부인은 딸의 두 손을 잡으며 말했다.

「내 딸아! 귀여운 잔느! 나를 알아보겠니?」

「네, 어머니. 하지만 울지는 마세요. 이야기할 게 많이 있어요. 어째서 내가 눈 속으로 도망쳤는지 쥘리앙이 이야기했어요?」

「그래, 들었다. 네가 아주 위험한 열병에 걸려 있었단다.」

「그런 게 아네요, 어머니. 열은 그 뒤에 났어요. 그럼 내가 왜 열이 났고, 왜 그이에게서 도망쳐 나갔는지 그이가 말했어요?」

「아니.」

「로잘리가 그의 이불 속에 있는 것을 보았기 때문이에요.」

남작부인은 아직도 그녀가 헛소리하는 줄 생각하고 쓰다듬어주면서 말했다.

「어서 자거라. 애야, 마음을 푹 가라앉히고 잠을 청해봐,

응?」

　그러자 잔느는 고집부리며 말을 이었다.

　「나는 이제 의식을 다 되찾았어요, 어머니. 요 며칠 동안은 내가 헛소리했었는지도 모르지만 지금은 헛소리하는 게 아녜요. 어느 날 밤 몸이 몹시 아프길래 쥘리앙을 찾으러 갔었어요. 그런데 가보니 로잘리와 함께 자고 있지 않겠어요. 나는 슬픔 때문에 정신을 잃고 절벽으로 몸을 던지려고 눈 속으로 뛰쳐나갔던 거예요.」

　그러나 남작부인은 되풀이했다.

　「오냐, 아가! 너는 굉장히 위독했단다.」

　「그런 게 아니라니까요, 어머니. 로잘리가 쥘리앙의 침대에 있는 것을 봤어요. 그래서 더 이상 그이와는 한집에 있고 싶지 않아요. 옛날처럼 나를 루앙으로 데려다주세요.」

　무슨 일로든지 잔느의 마음을 거스르지 말라는 의사의 지시를 받은 남작부인은 대답했다.

　「오냐, 오냐, 그렇게 하자.」

　그러나 환자는 화를 냈다.

　「어머니가 내 말을 안믿고 있는 줄 나는 잘 알아요. 아버지를 불러다 주세요. 아버지라면 내 말을 이해할 거예요.」

　어머니는 힘들여 일어나 지팡이 둘을 짚고 다리를 끌면서 나갔다가 몇 분 뒤 남작의 부축을 받으면서 돌아왔다. 그들은 침대에 앉았고 잔느는 곧 이야기하기 시작했다.

　그녀는 약한 목소리로, 그러나 똑똑하고 부드럽게 모든 것을 이야기했다. 쥘리앙의 이상한 성격이며 냉혹함이며 인색함, 그리고 마지막으로 그의 불의(不義)를 말했다. 그녀가 말을 마치자 남작은 딸의 이야기가 헛소리가 아니라는 것을 알았다. 그러나 그는 어떻게 생각해야 되고 어떻게 해결하고 어떻게 대답해야 할지 몰랐다.

그는 옛날 이야기로 딸을 잠재우던 때처럼 부드럽게 딸의 손을 잡았다.

「애야, 내가 이야기하는 것을 잘 들어라. 신중을 기해서 행동해야 한다. 너무 서두르지 마라. 우리가 어떻게 해결책을 지을 때까지는 네 남편에게도 천연스럽게 대하도록 명심해라. 그것을 나에게 약속하겠니?」

그녀는 낮은 목소리로 대답했다.

「그렇게 하겠어요. 하지만 나는 회복되면 더 이상 여기에 남아 있지 않겠어요.」

그리고는 한층 더 낮은 목소리로 덧붙였다.

「로잘리는 지금 어디 있어요?」

남작은 대답했다.

「그 애를 다시 만나서는 안 된다.」

그러나 그녀는 고집을 부렸다.

「어디 있어요? 알고 싶어요.」

그래서 남작은 아직 집에 있다는 것을 털어놓았다. 그러나 곧 집을 나가게 될 것이라고 단언했다. 환자의 방을 나오면서 분노로 침이 마르고 아버지로서의 마음이 상한 그는 쥘리앙을 찾아 다짜고짜 말했다.

「여보게, 내 딸에 대해 자네가 한 행위의 해명을 들으려고 왔네. 자네는 하녀와 함께 내 딸을 속였더군. 이것은 도저히 용서할 수 없는 이중의 파렴치한 행위야!」

그러나 쥘리앙은 결백한 척하며 기를 쓰고 부인하면서 하느님의 이름을 들어 맹세하는 것이었다. 게다가 무슨 증거가 있단 말인가? 잔느는 미치지 않았나? 열병에 걸리지 않았나? 발병 초기의 정신착란을 일으켜 밤중에 눈 속으로 뛰어나간 것이 아니었나?

그녀가 남편의 침대에서 하녀를 보았다고 우기는 것은 알몸으로 집 안을 뛰어다니던 발작이 일어났을 때가 아닌가? 그는 펄펄 뛰면서 고소하겠다고 위협했다. 그는 열화같이 화가 나 있었다.

그러자 남작은 당황하여 변명하고 사과했으나 쥘리앙은 그것도 거절했다. 남편이 그렇게 하더라는 말을 듣고 잔느는 그다지 놀라지도 않으면서 대답했다.

「거짓말하는 거예요, 아버지. 하지만 결국 밝혀 놓을 테예요.」

이틀 동안 그녀는 말없이 생각에 잠겨 날을 보냈다. 사흘째 되는 날 아침 그녀는 로잘리를 보고 싶다고 했다. 남작은 하녀를 부르는 걸 거절하며, 집을 나갔다고 했다.

잔느는 굽히지 않고 고집부렸다.

「그렇다면 사람을 보내 데려와주세요.」

의사가 왔을 때 그녀는 몹시 화가 나 있었다. 의사의 판단을 들으려고 모든 것을 그에게 이야기했다. 그리고는 동시에 지쳐서 울음을 터뜨리며 잔느는 외치다시피 소리질렀다.

「로잘리를 데려다줘요, 로잘리를 데려다줘요!」

의사는 그녀의 손을 잡고 나직이 말했다.

「부인, 진정하십시오. 흥분하시면 위험합니다. 부인은 지금 임신 중입니다.」

그녀는 머리를 세게 얻어맞은 듯 놀랐다. 그러자 몸 속에서 무엇인가 움직이는 듯했다.

남들이 무어라 해도 들으려 하지 않고 자기 생각에 열중하여 조용히 입을 다물고 있었다. 그러자 자기 뱃속에 어린아이가 살고 있다는 새롭고도 신기한 생각이 자꾸 되살아나 잠을 이룰 수가 없었다. 그러나 그 아이가 쥘리앙의 자식이라는 데 슬프고 가슴이 아팠다. 혹시 쥘리앙을 닮았나 해서 근심스럽고 불안했다.

날이 새자 잔느는 남작을 불렀다.

「아버지, 나는 이제 결심했어요. 더욱이 지금에 와서는 모든 것을 알아야겠어요. 아시겠지요? 정말이에요. 지금 같은 상태에서 내 기분을 거슬러서는 안된다는 것을 아버지는 알고 계실 거예요. 잘 들어주세요. 지금 곧 신부님을 불러오세요. 신부님 앞에서는 로잘리도 거짓말하지 못할 거예요. 신부님이 오시면 곧 로잘리를 불러오세요. 그리고 아버지와 어머니는 여기에 머물러 계세요. 무엇보다도 쥘리앙이 눈치채지 않도록 조심하세요.」

한 시간쯤 지나서 신부가 왔다. 전보다도 더 살찐 것 같았고, 어머니처럼 숨을 헐떡이고 있었다. 어머니 옆 안락의자에 앉자 두 다리 사이로 배가 축 늘어졌다.

그는 늘 하던 습관대로 줄무늬 수건으로 이마를 닦으며 농담을 하기 시작했다.

「남작부인, 아마 우리는 살이 안빠질 모양입니다. 내 생각으로는 우리는 아주 어울리는 한 쌍입니다.」

그리고는 환자의 침대 쪽으로 고개를 돌렸다.

「소문에 듣자니 곧 또 새로운 명명식이 있으리라고 하던데, 무슨 명명식이지요? 하하하, 이번에는 배의 명명식이 아니겠지요?」

정중한 목소리로 덧붙였다.

「그리고 그는 아마 조국의 수호병일 테지요.」

그는 잠시 생각에 잠기더니 남작부인에게 머리숙이며 말했다.

「아니면, 바로 부인 같은, 가정의 훌륭한 현모양처일까요?」

그때 안쪽의 문이 열렸다. 로잘리가 질려서 울상인 얼굴로 남작에게 떠다밀리면서 문지방에 착 달라붙어 안들어오려고 버둥거렸다. 견디다 못해 남작이 단번에 방 안으로 떠다밀었다. 그러자 로잘리는 선 채로 두 손으로 얼굴을 가리며 울었다.

잔느는 로잘리의 모습을 보자 이불잇보다도 더 창백한 얼굴로 일어나 앉았다.

그러자 심장이 놀라서, 가슴에 달라붙은 엷은 속옷을 들먹이게 했다. 호흡이 곤란해지고 숨이 막혀 그녀는 말을 할 수가 없었다. 이윽고 그녀는 흥분에 차 더듬더듬 말했다.

「나는 ……나는 ……너한테 물을……필요가 없다. 내……내 앞에서 네, 네가 ……부끄러워하는 ……것만으로도 충분해.」

그녀는 숨이 막혀서 다시 한 번 숨을 가다듬었다.

「그러나 나는 모두 알고 싶은 거다, 모든 것……모든 것을. 너에게 참회시키려고 신부님을 오시라고 했다. 알겠니?」

움직이지 않고 선 채로 로잘리는 경련 이는 손가락 사이로 외치는 듯한 울음 소리를 내고 있었다. 분노가 치밀어올라 남작은 하녀의 팔을 낚아채어 침대 곁으로 떠다밀어 무릎을 꿇게 했다.

「자아, 말해……봐. 대답하란 말야!」

로잘리는 곧잘 그림에 그려지는 막달라 마리아(예수에 의해 개종한 여자 죄수) 같은 자세로 모자를 비스듬히 걸치고 앞치마를 마룻바닥에 떨어뜨리고 자유로워진 두 손으로 얼굴을 가린 채 마룻바닥에 웅크리고 있었다.

이윽고 신부가 그녀에게 말했다.

「자아, 묻는 것을 잘 듣고 대답해라. 우리는 널 해치려는 게 아니다. 그저 무슨 일이 일어났었는지 알려는 거다.」

잔느는 침대 끝으로 나앉아 하녀를 살펴보며 물었다.

「내가 들어갔을 때 네가 쥘리앙의 이불 속에 있었던 건 사실이지?」

로잘리는 손가락 사이로 신음하듯 대답했다.

「네, 아씨.」

그러자 별안간 남작부인도 목멘 소리로 크게 울기 시작했다. 부인의 경련적인 흐느낌은 로잘리의 울음 소리를 반주하는 듯했다. 잔느는 하녀를 똑바로 쏘아보며 물었다.

「언제부터였지?」

로잘리는 중얼거렸다.

「오시고 나서부터예요.」

잔느는 알 수가 없었다.

「오시고 나서부터…… 그렇다면 봄……봄부터란 말이냐?」

「네, 아씨.」

「처음으로 이 집에 오서서부터?」

「네, 아씨.」

잔느는 한꺼번에 수많은 질문으로 가슴이 짓눌린 듯 다급한 목소리로 물었다.

「그래, 어떻게 해서 그렇게 됐니? 어떻게 너한테 청하든? 어떻게 너를 유혹했니? 네게 뭐라고 그러든? 언제 어떻게 너는 허락했니? 어떻게 해서 너는 그이한테 몸을 맡기게 됐니?」

그러자 로잘리는 자기 역시 말하고 싶고 대답하고 싶은 욕망에 사로잡혀 얼굴에서 손을 내렸다.

「어떻게 말씀드려야 할지……처음으로 여기서 식사하시던 날 내 방으로 오셨습니다. 다락방에 숨어 계셨지요. 나는 소문이 날까봐 소리도 못질렀습니다. 나하고 같이 주무셨습니다. 그때는 나도 내가 무얼 하고 있었는지 잘 몰랐습니다. 서방님은 하고 싶으신 대로 하셨답니다. 서방님이 퍽 잘나셨다고 나는 생각했기 때문에 아무 말도 하지 않았습니다.」

그러자 잔느는 큰 소리를 쳤다.

「그럼……네……네 아기도 그이의 것이니?」

로잘리는 흐느꼈다.

「네, 아씨.」

그러고 두 사람은 입을 다물었다.

방안에는 로잘리와 남작부인의 울음 소리만 들렸다.

잔느도 맥이 탁 풀려 자기 눈에서도 눈물이 흐르는 것을 느꼈다. 눈물방울이 소리없이 뺨 위로 흘러내렸다. 하녀의 자식이 자기 자식과 같은 아버지를 갖다니! 분노가 사라졌다. 음울한 절망감이, 깊고 끝없는 절망감이 천천히 몸 속에 젖어드는 느낌

뿐이었다.

마침내 눈물에 젖은 목소리로 말을 이었다.

「우리가……그곳……여행에서 돌아온 뒤로……그이는 언제부터 또 그런 짓을 시작했니?」

바닥에 쓰러진 채 하녀는 중얼거렸다.

「저……오시던 날 밤부터 오셨어요.」

한 마디 한 마디가 잔느의 마음을 쥐어뜯었다. 그래서 레 페플로 돌아온 첫날밤부터 이 계집애 때문에 그이는 자기 곁을 떠났던 것이다. 그녀를 혼자 자게 내버려두었던 것은 바로 그 때문이었다.

이제 충분히 알았다. 더 이상 아무것도 알고 싶지도 않았다. 그녀는 소리쳤다.

「나가! 나가!」

로잘리가 꼼짝 하지 않자 기진맥진한 잔느는 아버지를 불렀다.

「애를 데려가세요. 끌어내세요.」

그러자 그때까지 말 한 마디 하지 않고 앉아 있던 신부는 바야흐로 짧은 설교를 할 때가 왔다고 생각했다.

「애야, 네가 여태까지 한 것은 정말 나쁜 짓이야. 하느님도 너를 당장에는 용서하시지 않으실 거다. 앞으로 올바른 행실을 계속하지 않으면 지옥이 너를 기다린다는 사실을 잘 명심해라. 너는 이제 자식도 있고 하니 몸 처신을 단정히 해야 된다. 남작부인께서도 너를 도와주실 거고, 우리도 너에게 신랑감을 하나 얻어줄 게다.」

신부는 더 이야기를 하려고 했으나, 남작이 다시 로잘리의 어깨를 움켜잡고 일으켜 세워 문턱까지 끌고 나가서 짐짝처럼 복도로 밀어던져 버렸다.

딸보다 더 창백한 얼굴로 남작이 들어오자 신부는 말을 계속했다.

「그렇다고 어쩌겠습니까? 이 지방의 계집아이들은 다 저 모양입니다. 한심한 일이지만 어쩔 수 없지요. 인간 본성의 약점에 대해서 너그러워야 할 수밖에 없습니다. 대체 애를 배지 않고 시집가는 계집애란 하나도 없으니까 말씀입니다, 부인.」

그리고 그는 웃으면서 덧붙였다.

「이 지방의 풍습이라 할까요.」

그는 좀 분개한 말투로 말했다.

「어린아이들까지 본받고 있으니까요. 지난해 내게로 교리문답을 하러 오는 남자아이와 여자아이를 무덤 뒤에서 발견하지 않았겠습니까? 내가 그 부모에게 알려주었지요. 그 부모의 대답이 어땠는지 아십니까? 『하지만 신부님, 어떻게 합니까? 우리가 그런 음탕한 짓을 가르쳤던 것도 아니고, 어쩔 수 없는 일입니다.』라고 말하더군요. 댁의 하녀도 다른 애들과 똑같은 짓을 했을 뿐입니다.」

그러나 흥분에 떨고 있던 남작이 그 말을 가로막았다.

「저 하녀 말씀이오? 그게 나와 무슨 상관이 있소? 나를 화나게 한 것은 쥘리앙이오. 그놈의 추잡한 행동이오! 나는 딸을 데리고 갈 생각이오.」

남작은 여전히 흥분하고 화가 나서 방 안을 왔다갔다했다.

「내 딸을 그렇게 배신하다니! 그놈은 파렴치한이야, 파렴치한! 그놈은 불한당이고 악한이고 더러운 놈이야. 불쌍한 인간이야. 그를 맞대놓고 이렇게 말하고 모욕을 줄 테다. 내가 지팡이로 때려 죽이고 말겠어!」

그러나 눈물 젖은 남작부인과 나란히 앉아 한 줌의 코담배를 천천히 들이마시면서 조정자로서의 자기 임무를 어떻게 수행할까 궁리하던 신부는 말을 이었다.

「자아, 남작, 우리끼리 말씀입니다만, 그 사람도 남들이 다 하는 짓을 했을 뿐이 아닐까요? 아내에게 충실하다는 남편들을 이 세상에서 많이 보셨습니까?」

신부는 다소 장난기어린 호인같은 말투로 덧붙였다.

「자, 어떻습니까? 남작도 그런 장난을 하셨으리라고 나는 장담할 수 있습니다. 자, 양심을 속이지 말고 대답하십시오. 사실이지요?」

남작은 가슴이 뜨끔하여 신부를 마주보며 걸음을 멈추었다.

신부는 말을 계속했다.

「물론 남작도 다른 사람과 마찬가지로 그러셨겠지요. 저런 하녀 같은 아이한테 손대지 않으셨으리라고 누가 보증하겠습니까? 세상사람들은 누구나 다 그렇답니다. 그렇다고 부인이 덜 행복하셨다든가 덜 사랑받으셨던 것은 아니겠지요?」

남작은 정신이 혼란된 채 손끝 하나 까딱하지 않았다. 그렇다, 자기도 그와 똑같은 행동을 할 기회가 있을 때마다 했던 것은 사실이다. 그리고 부부생활을 하고 있는 장소는 신성하다고 해서 특별 취급해본 일은 없었다. 얼굴만 예쁘면 아내의 하녀라도 상관하지 않았다. 그렇다고 자기는 더러운 인간이었는가? 자기 행위가 죄스러웠다는 생각은 꿈에도 해보지 않았으면서 왜 쥘리앙의 행위는 그처럼 엄하게 다스리려 하는가?

여전히 흐느껴 울던 남작부인도 방탕했던 남편을 회상하며 입술에 엷은 미소를 지었다. 부인은 연애의 모험이 생활의 일부가 되어버린 듯한 선량하고 감동을 잘하는 감상적인 여자였기 때문이다.

잔느는 지쳐서 똑바로 누운 채 팔을 힘없이 늘어뜨리고 눈을 천장으로 향한 채 괴로운 생각에 잠겨 있었다. 로잘리의 말 한 마디가 자꾸 되살아나 그녀의 마음을 괴롭히고 꼬챙이로 찌르듯 심장으로 파고들었다.

「서방님이 퍽 잘나셨다고 나는 생각했기 때문에 아무 말도 하지 않았습니다.」

　자기도 역시 그이가 잘난 사람이라고 생각했었다. 다만 그 한 가지 이유 때문에 그에게 몸을 맡기고 일생을 약속하고 모든 희망과 구상해 보았던 모든 계획을 포기했으며 내일의 미지의 남자들은 모두 단념해 버렸던 것이다. 그러나 자기는 이 결혼 속에, 기어올라갈 손잡이도 없는 함정 속에, 이 비참, 이 비애, 이 절망 속에 빠져버린 것이다. 로잘리와 마찬가지로 그를 잘난 남자로 알았기 때문에!

　문이 거칠게 열리더니 쥘리앙이 험상궂은 얼굴로 들어섰다. 그는 층계를 내려가며 흐느껴 울고 있는 로잘리를 보고 틀림없이 그녀가 모든 것을 이야기했으며, 뭔가 음모를 꾸미고 있음을 알았던 것이다. 신부를 보자 그는 못박힌 듯 그 자리에 섰다.

　그는 떨리긴 하지만 침착한 목소리로 물었다.

「뭡니까? 무슨 일입니까?」

　조금 전까지 그토록 펄펄 뛰던 남작도 감히 입을 열지 못했다. 신부의 이야기를 듣고 사위가 자신의 예를 쳐들지 않을까 두려웠던 것이다. 어머니는 더 심하게 눈물을 흘렸다. 그러나 잔느는 두 손을 짚고 일어나 앉아 숨을 헐떡이며 자기를 이처럼 심하게 괴롭히는 그를 쏘아보았다. 그녀는 더듬더듬 중얼거렸다.

「무슨 일이라니요? 우리 이제 다 알았어요. 당신이 처음으로 이 집에 온 날부터……그날부터 당신의 파렴치한 행실을 우리는 남김없이 다 알고 있다는 것뿐이에요. 로잘리의 자식이 바로…… 바로……내 자식과 마찬가지로 당신의 자식이며……그 애들은 형제라는걸…….」

　그리고 견딜 수 없는 고통을 느끼며 그녀는 이불 속에 얼굴을 파묻고 목놓아 울었다. 쥘리앙은 어떻게 말하고 어떻게 행동해야 할지 몰라 멍하니 있었다. 신부가 다시 끼어들었다.

「자아, 우리 젊은 아씨, 그만 슬퍼하시오. 마음을 가라앉히십시오.」

신부는 일어나 침대 곁으로 가서 따뜻한 손으로 이 절망한 여자의 이마를 짚었다. 이 단순한 접촉이 이상하게도 그녀의 마음을 한결 부드럽게 했다. 죄를 용서해주는 데 익숙하고 마음을 풀어주는 애무에 길든 이 시골 신부의 힘찬 손이 닿자, 마치 신비로운 마음의 진정을 갖다준 듯 그녀는 곧 마음이 풀리는 것을 느꼈다.

선량한 신부는 선 채로 말을 이었다.

「부인, 언제나 용서할 줄 알아야 합니다. 지금 부인에게는 크나큰 불행이 닥쳐왔습니다. 그러나 자비로우신 하느님은 큰 행복으로 이 불행을 반드시 보상해주실 겁니다. 부인은 곧 어머니가 되실 테니까요. 앞으로 태어날 아이가 부인의 위안이 될 것입니다. 그 아이의 이름으로 쥘리앙 씨의 잘못을 용서해 주십시오. 간청합니다. 그것은 두 분 사이의 새로운 인연이 되고 앞으로 주인어른의 성실의 담보가 될 겁니다. 부인은 뱃속에 이분의 아이를 가지고 계시면서도 이분과 헤어질 수 있습니까?」

그녀는 대답하지 않았다. 슬픔에 억눌려 고통으로 기진맥진해서 화가 나고 원한을 느낄 힘도 없었다. 온갖 신경이 다 풀어지고 천천히 끊어지는 듯했으며 겨우 목숨이 붙어 있는 것 같았다. 남을 원망할 줄 모르고 무슨 일이든 끈기있게 참지 못하는 남작부인이 중얼거렸다.

「얘, 잔느.」

그러나 신부는 쥘리앙의 손을 끌어 침대 곁으로 가서 그 손을 아내의 손에 쥐어주었다. 그리고 좀더 굳건한 인연을 맺어주려는 듯 그 위를 가볍게 쳤다. 그리고는 직업적으로 설교하는 말투가 아닌 만족한 표정으로 말했다.

「자아, 이제 됐습니다. 내 말을 들으십시오. 그러는 편이 좋을 것입니다.」

잠시 맞붙었던 두 손은 떨어졌다. 쥘리앙은 감히 잔느를 껴안지 못하고 장모의 이마에 키스하고 구두 뒤꿈치로 빙 돌아 남작의 팔을 잡았다. 남작은 하는 대로 가만두었다. 그는 마음 속으로 일이 이처럼 해결된 것이 기뻤다. 두 사람은 담배를 피우려고 밖으로 나갔다. 그리하여 기운이 다 빠진 환자는 잠들고, 신부와 어머니는 낮은 목소리로 조용히 소곤거렸다. 신부는 자기 생각을 설명하고 그것을 부연하기 위해 이야기했고, 남작부인은 머리를 끄덕이며 찬성했다. 마침내 신부는 이야기를 결론지었다.

「그러면 하녀에게 바르빌르의 농장을 주십시오. 나는 그애를 위해 선량하고 성실한 남편감을 구하겠습니다. 뭐 2만 프랑의 지참금만 있다면 어떤 남자든지 올 겁니다. 오히려 고르기 귀찮을 정도일 걸요.」

이제는 남작부인도 기쁜 마음으로 웃었다. 아직도 두 볼에 눈물방울이 남았으나 눈물줄기는 다 말라버렸다.

부인은 다시 한 번 다짐했다.

「그렇게 하세요. 바르빌르는 아무리 헐하게 잡아도 2만 프랑은 될 거예요. 그러나 재산은 어린아이의 명의로 하겠어요. 부모는 살아 있는 동안 거기서 나오는 수입으로 지내기로 하고요.」

신부는 일어나며 어머니의 손을 잡았다.

「그대로 앉아 계십시오, 남작부인. 그대로 계십시오. 한 걸음 걷기도 여간 힘들지 않다는 것을 잘 알고 있으니까요.」

신부는 나가다가 병문안 오는 리종 이모를 만났다.

그녀는 아무것도 눈치채지 못했다. 아무것도 그녀에게 이야기해주지 않았으므로 여느 때처럼 아무것도 모르고 있었다.

8

로잘리는 집을 떠났고, 잔느는 고통스러운 하루하루를 보내며 출산을 기다리고 있었다. 그녀는 너무 슬픔이 커서 앞으로 어머니가 된다는 데 대해 마음 속으로 아무 기쁨도 느끼지 못했다. 끝없는 불행을 근심하는 나머지 별다른 호기심도 없이 아이가 태어나기를 기다렸다.

봄은 소리없이 찾아왔다. 벌거벗은 나무들은 아직도 선선한 바람 속에서 떨고 있었으나 지난 가을의 낙엽이 썩어가는 도랑의 습기찬 풀숲에서는 노란 앵초싹이 트고 있었다. 널따란 들과 농가의 마당과 눈덮인 들에서 풍기는 듯한 습기찬 냄새가 났다. 그리고 수많은 작고 푸른 싹들이 갈색 대지에서 돋아나와 햇빛에 반짝였다.

성채처럼 몸집이 큰 여자가 로잘리를 대신하여 가로수길의 단조로운 산책길에서 남작부인을 부축했는데, 그 가로수길에는 전보다 깊이 파인 발자국이 습기찬 흙길에 찍혀 있었다. 아버지는 이제 몸이 무거워지고 늘 숨차 하는 잔느를 한쪽 팔로 부축해 주었다. 그리고 리종 이모는 가까워져 온 잔느의 경사에 바쁘고 걱정스러워서 자기로서는 영원히 알 수 없을 이 신비에 마음이 혼란된 채 다른 한쪽에서 잔느의 손을 잡아주었다. 그들은 이렇게 몇 시간 동안 거의 말없이 산책했다.

한편 쥘리앙은 요즘 갑자기 새로이 승마에 재미를 붙여 말을 타고 근처를 뛰어다녔다. 그들의 울적한 생활을 혼란시킬 것은 아무것도 없었다. 남작은 부인과 자작과 함께 푸르빌르 집안을 한 번 방문했다. 그 까닭은 자세히 알 수 없었으나 쥘리앙은 그 집안과 퍽 친밀한 듯 보였다. 또 하나 의례적인 방문이 브리즈빌르 집안과 그들 사이에 오고갔다. 그들은 잠들어 있는 듯한 저택에 숨어 살았다.

어느 날 오후 4시쯤 말을 탄 남녀 두 사람이 저택 앞뜰로 들어섰다. 쥘리앙은 몹시 흥분하여 잔느의 방으로 뛰어들었다.

「빨리, 빨리 내려가보오! 푸르빌르 부부가 왔소. 당신의 몸이 무거워졌다는 것을 알고 그저 단순히 이웃으로서 찾아온 거요. 나는 외출했지만 곧 들어올 거라고 말해주오. 잠깐 옷을 갈아입고 나오겠소.」

잔느는 놀라서 아래층으로 내려갔다. 얼굴빛이 창백하고 예쁘고 어딘가 고민이 있어 보이며, 타오르는 눈에 햇빛을 받아본 적이 없는 듯 윤기없는 금빛 머리를 한 부인이 여유있는 태도로 길고 붉은 수염이 난 커다란 도깨비 같은 남편을 소개했다. 그녀는 덧붙여 말했다.

「우리는 몇 번이나 라마르 씨와 만날 기회를 가졌었어요. 그분은 당신이 보통 몸이 아니라는 말씀을 하기에 더 망설이지 않고 그저 이웃으로서 예의를 갖추지 않고 왔어요. 보시다시피 우리는 말을 타고 왔답니다. 지난번에는 어머니와 남작이 방문해 주셔서 정말 기쁘게 생각하고 있어요.」

그녀는 세련되고 정다운 태도로 품위있게 이야기했다. 잔느는 그녀에게 이끌려 금방 그녀가 마음에 들었다. 잔느는 생각했다.

『바로 내 친구가 될 수 있는 사람이구나.』

그녀와 달리 푸르빌르 백작은 객실에 들어와 있는 곰같은 모습이었다. 자리에 앉아 옆에 모자를 놓고 얼마 동안 자기 손을 어떻게 해야 할지 몰라 무릎 위에 놓았다가 다시 안락의자 팔걸이에 놓았다가 마침내는 기도하려는 듯 깍지를 끼었다.

별안간 쥘리앙이 들어왔다. 잔느는 놀라서 얼른 알아보지 못했다. 그는 말끔히 면도한 모습으로 약혼시절처럼 미남이며, 우아하고 매력적이었다.

그는 백작의 털북숭이 손을 잡고 악수했는데, 백작은 그제야 잠에서 깬 듯한 표정이었다. 다음에 그는 백작부인의 손에 키스했다. 백작부인의 상아빛 볼이 발그레해지며 눈꺼풀이 바르르 떨렸다.

쥘리앙은 이야기하기 시작했다. 옛날의 상냥했던 모습과 태도였다. 사랑의 거울인 듯 큼직한 그의 두 눈은 애무하는 듯했으며, 조금 전까지 윤기없이 거칠던 머리털은 손질하고 향유를 발라 다시 부드러워지고 윤기흐르고 곱슬곱슬했다.

푸르빌르 백작 부부가 떠나려 할 때 백작부인이 쥘리앙에게 물었다.

「자작님, 다음 주 목요일에 승마를 함께 하시겠어요?」

「네, 좋습니다, 부인.」

쥘리앙은 중얼거리며 머리를 숙였다. 그 동안 백작부인은 잔느의 손을 잡고 정다운 미소를 띠며 부드럽고 또렷한 목소리로 말했다.

「몸이 나으시면 우리 셋이서 말을 타고 이 근처를 달려봐요. 참 재미있을 거예요. 어떠세요?」

그녀는 가벼운 동작으로 승마복 뒷자락을 올리고는 새처럼 사뿐히 올라탔다. 백작은 어색하게 인사하고 나서 큰 노르망디 말에 올라타더니 상토르(윗몸이 사람이고 아래는 말인 그리스 신화에 나오는 동물)처럼 몸을 꼿꼿이 세웠다. 그들의 모습이 사라져가자 쥘리앙은 몹시 기분좋은 듯이 외쳤다.

「매력있는 사람들이야! 그 사람들과 가까이 지내는 게 우리에게는 유익할 거야.」

잔느도 까닭없이 즐거워져서 대답했다.

「그 조그만 백작부인은 정말 반할 정도예요. 그 부인을 참 좋아하게 될 것 같아요. 하지만 남편은 꼭 짐승 같더군요. 당신은 그분들을 어디서 알게 됐어요?」

그는 기분좋은 듯 손을 비볐다.

「브리즈빌르 집에서 우연히 만났지. 남편은 좀 거친 것 같아. 열광적인 사람이야. 어쨌든 진짜 귀족이오.」

어디엔가 숨어 있던 행복이 되돌아온 듯 저녁식사는 아주 유쾌했다. 그리하여 7월 그믐께까지는 아무 일도 없이 지났다.

어느 화요일 저녁, 플라타너스 아래 두 개의 작은 잔과 브랜디병을 올려놓은 식탁에 앉아 있었다. 그때 별안간 잔느가 비명을 지르고 얼굴빛이 무섭게 파리해지면서 두 손으로 옆구리를 감싸쥐었다. 급작스럽고 날카로운 고통이 갑자기 그녀의 몸을 사로잡았다가 곧 사라져 버렸다. 그러나 10분쯤 뒤에는 처음보다 더 강하고 훨씬 긴 고통이 또 한 번 지나갔다. 잔느는 아버지와 남편에게 안기다시피 하여 가까스로 집에 들어갔다. 플라타너스나무로부터 자기 방까지의 짧은 거리가 끝없이 먼 것 같았다.

그녀는 아랫배에 참을 수 없는 중압을 느껴 자기도 모르게 앓는 소리를 내며 좀 앉아서 쉬자고 했다. 9월이 해산이니 아직 달이 차지는 않았다. 그러나 만일 염려하여 마차에 말을 매고 시몽영감이 의사를 부르러 달려갔다.

의사는 자정에야 와 닿았는데 첫눈에 조산(早産)의 증세를 알았다.

침대에 누우니 진통은 좀 가라앉았으나 대신 무서운 불안이 잔느를 사로잡았다. 자신에 대한 절망적인 낙담과 죽음에 대한 예감의 접근 같은 것에 사로잡혔다. 죽음이 바싹 다가와 그 입김으로 심장을 얼리는 것만 같은 순간이 있는데 마침 그녀가 그런 순간을 경험하고 있었다.

방 안에는 사람들이 가득 차 있었다. 어머니는 안락의자에 파묻혀 숨을 헐떡이고 있었다. 남작은 손을 부들부들 떨며 쉴새없이 뛰어다니면서 물건을 가져오고 의사와 의논하는 등 정신을 못차렸다.

쥘리앙은 초조한 표정으로 왔다갔다했으나 마음 속으로는 아주 냉정했다.

그리고 당튀 과부가 침대맡에 서 있었는데, 어떤 일에도 놀라지 않는 경험있는 표정을 짓고 있었다. 병을 돌봐주고 산파 겸 초상집의 밤샘을 하는 여자였는데, 태어나는 갓난애를 받고 그들의 첫 울음 소리를 울려 더운물에 몸을 씻겨 새 속옷으로 감싸주며, 그와 똑같이 침착한 태도로, 세상을 떠나는 사람의 마지막 말과 숨소리와 전율에 귀기울이고, 그들의 달라져 버린 육체에 식초를 뿌려주고 수의(壽衣)를 입히고 최후의 단장을 해주는 이 과부는 출산과 사망의 온갖 돌발적인 사건에 대해 눈썹 하나 까딱하지 않았다.

찬모 뤼디빈느와 리종 이모는 현관 뒤에 조심스럽게 숨어 있었다.

환자는 가끔 약한 신음 소리를 냈다.

두 시간 사이에는 아무 일도 일어나지 않을 것 같다고 생각했다.

그러나 새벽에 격심한 진통이 다시 시작되어 견딜 수 없을 정도의 상태가 되었다.

잔느는 악문 잇새로 저도 모르게 비명을 지르며 끊임없이 로잘리 생각을 하고 있었다. 로잘리는 조금도 괴로워하지 않았고 신음 소리도 그다지 내지 않았으며 사생아가 된 그녀의 자식은 진통도 없이 세상에 나왔던 것이다. 그녀는 비참하고 혼란한 마음으로 끊임없이 로잘리와 자기를 비교해보며, 이제까지 옳다고 믿어왔던 신을 저주했다. 운명의 사악함과 공정과 선을 설교하는 사람들의 죄많은 허위에 격분했다.

이따금 진통이 너무나 심해서 그런 생각도 사라졌다. 이제는 힘이며 생명이며 의식도 다 잃어버리고 심한 진통만 겪을 뿐이었다.

진통이 좀 가라앉으면 그녀는 쥘리앙에게서 눈을 뗄 수가 없었다. 그리고 또 하나 마음의 고통이 그녀를 사로잡았다. 지금 자기의 뱃속을 뒤틀고 있는 이 갓난아기의 형이 자기가 지금 누운 침대다리 곁에 쓰러져 있던 하녀의 가랑이 사이에 있었던 생각이 떠올랐던 것이다.

그녀는 지금 그림자 하나 없는 또렷한 기억 속에서 남편이 그 쓰러져 있던 하녀 앞에서 하던 몸짓, 눈짓, 말씨를 돌이켜 보았다. 그리고 그녀는 지금 남편에게서 다른 여자에게 대했던 것과 똑같은 권태와 무관심과 아버지가 된다는 데 화내는 이기적인 남자의 냉혹함을 거울을 통해 보듯 들여다보고 있었다. 다시 심한 경련이 왔다. 그 경련은 「죽으려나 봐. 아아, 죽겠어……」 하고 마음 속으로 외칠 만큼 맹렬했다. 그러자 강렬한 반항심과 저주하고 싶은 마음과 자기를 파괴시킨 이 남자와 자기를 지금 죽이고 있는 이 낯모르는 갓난아기에 대한 심한 증오심이 끓어올랐다.

이 짐을 떨쳐버리려는 듯 그녀는 있는 힘을 다해 몸을 쭉 뻗었다. 그러자 별안간 뱃속이 텅 비는 듯하더니 고통이 사라졌다.

산파와 의사가 그녀에게 몸을 굽히고 일을 처리했다. 그들이 무엇인가를 끄집어냈다. 그러자 이미 한 번도 들어본 적이 없는 숨막히는 듯한 소리가 들려와 그녀는 몸서리쳤다. 괴로워하는 듯한, 갓난아이의 고양이 같은 약한 울음 소리가 그녀의 마음과 가슴과 힘이 다 빠진 몸 속으로 파고들었다.

그녀는 무의식적으로 두 팔을 뻗으려고 했다. 그것은 그녀의 몸을 꿰뚫는 환희의 반짝임이었고, 새로 피어난 행복에 대한 비약이었다. 그녀는 순식간에 몸이 홀가분해지고 행복해졌다.

태어나서 처음 맛보는 행복이었다. 마음도 몸도 되살아난 듯 자신이 어머니가 된 것을 느꼈다. 그녀는 어린애가 보고 싶었다. 그러나 조산이었으므로 아직 머리털도 없었고 손톱도 없었다.

그 애벌레 같은 아기를 보았을 때, 입을 벌리고 빽빽 우는 것을 보았을 때, 주름투성이로 찡그린 채 생명을 가진 달을 채우지 못하고 나온 그 어린아이를 만져보았을 때 그녀는 걷잡을 수 없는 기쁨에 사로잡혔다. 자기는 살아서 모든 절망에서 벗어났으며 이제는 모든 것을 다 잊어버리고 사랑을 쏟을 수 있는 대상을 하나 얻었다는 것을 깨달았다.

그 뒤 그녀는 자기 자식에 대해서밖에 생각하지 않았다. 그녀는 갑자기 열광적인 어머니가 되었던 것이다. 사랑에 환멸을 느끼고 온갖 희망이 깨어진 만큼 더욱더 열광적이 되었다. 언제나 요람을 침대 곁에 놓게 하고는 몸을 풀고 일어나자마자 창가에 앉아 가볍게 요람을 흔들면서 며칠씩 보냈다. 그녀는 유모를 시기할 정도였다. 젖에 굶주린 이 갓난아기가 푸른 힘줄이 솟아나온 커다란 젖통에 손을 얹고 주름진 젖꼭지를 굶주린 듯 입에 물 때 그녀는 얼굴빛이 파래져서 몸을 바르르 떨며 유모에게서 아기를 잡아 뺏고 아기가 탐욕스럽게 빨고 있던 가슴을 때리고 손톱으로 할퀴고 싶은 충동에 사로잡혀 뚱뚱하고 조용한 시골여자를 노려보았다.

 그녀는 갓난아기를 곱게 단장시키려고 예쁜 헝겊에 스스로 수를 놓았다. 아기에게는 엷은 레이스가 달린 옷을 입히고 예쁜 모자를 씌웠다.

 그녀는 이제 아기에 관한 이야기밖에 하지 않았다. 아기옷이며 턱받이며 또는 아름답게 장식한 리본을 자랑하고 싶어서 곧잘 이야기를 하다 그만두었으며, 주위 사람들이 말하는데도 귀기울이지 않고 헝겊조각을 오랫동안 뒤적거리며 더 잘 보려고 높이 쳐들고는 다시 뒤적거리며 혼자 좋아하곤 했다. 그러다가 그녀는 갑자기 불쑥 물었다.

「이거 어때요? 저 아기한테 어울릴까요?」

 남작과 부언은 이와 같은 딸의 열광적인 모성애를 웃으면서 보고 있었다. 그러나 쥘리앙은 이 전지전능하고 독재적인 폭군이 태어남으로써 자기의 지배적인 중요성이 축소되고 여느 때의 모든 습관이 뒤헝클어졌으므로, 집 안에서의 자기 지위를 빼앗은 이 인간의 조그만 분신에 대해 자기도 모르게 질투를 느끼고 화내고 신경질을 부리며 말했다.

「저 애녀석이 나오니까 애에게만 열중하니 참을 수 없어!」

 어린아이에 대한 정은 급격히 커져서 그녀는 밤에도 자지 않고 요람 옆에 앉아 어린아이의 잠든 모습을 지켜볼 정도였다. 이처럼 어린아이에 대한 열광적인 병적인 정성으로 기운이 빠진 그녀는 식사도 하지 못하고 점점 약해져 마침내는 여위고 기침을 하기에 이르렀으므로 의사는 어머니와 갓난아들을 떼어놓도록 명령했다.

 잔느는 화내고 울고 애원하기도 했으나, 아무도 그녀의 간청에 귀기울이지 않았다. 어린아이는 밤에 유모 곁에서 잤다. 밤마다 그녀는 맨발로 일어나 열쇠구멍에 귀를 대고 어린아이가 잘 자고 있는지, 깨지나 않았는지, 부족한 것은 없는지 엿들었다. 한 번은 푸르빌르 집안의 만찬에 초대받아 가서 밤늦게 돌아온 쥘리앙에게 그런 모습을 들켜 그 뒤로는 꼭 침대에 붙어 있게 하기 위해 밤이면 그녀의 방에 자물쇠를 채웠다.

세례식은 8월 하순경에 있었다. 남작은 대부가 되고 리종이 대모가 되었다.

아기는 피에르 시몽 폴이라는 이름을 받았는데, 그냥 짧게 폴이라고 불렀다.

9월 첫무렵에 리종 이모는 소리없이 떠나갔는데, 그녀가 없어져도 있을 때와 마찬가지로 누구의 주의도 끌지 않았다.

이날 저녁식사 뒤 신부가 왔다. 뭔가 비밀스러운 일이 있는 듯 어색한 표정이었다. 그는 몇 마디 잡담을 하고 나서 남작부인과 남작에게 특별히 의논할 일이 있으니 잠시 시간을 내달라고 부탁했다. 세 사람은 가로수길을 끝까지 느릿느릿 걸으며 활기띤 대화를 주고받았다.

한편 잔느와 함께 남은 쥘리앙은 이에 놀라서 자기를 빼돌리는 데 화내고 있었다.

쥘리앙은 작별인사를 한 신부를 따라나서서 두 사람은 마침 종소리가 울려오는 성당 쪽으로 사라졌다. 냉랭한 바람이 불고 날씨는 좀 추웠다. 모두 객실에 앉아 졸고 있는 참에 갑자기 쥘리앙이 화난 듯 붉은 얼굴로 들어왔다. 문턱에서부터 그는 잔느가 있다는 것도 생각지 않고 장인과 장모에게 소리쳤다.

「그 계집애에게 2만 프랑을 주다니, 정말이지 정신 나갔군요!」

모두 깜짝 놀라 아무 말도 하지 못했다. 쥘리앙은 화가 치밀어 말을 이었다.

「이처럼 어리석은 일이 어디 있어요! 우리에게는 한 푼도 남겨주지 않을 참입니까?」

침착성을 되찾고 남작이 그의 말을 가로막았다.

「조용히 하게! 아내가 있다는 걸 생각해.」

그러나 그는 격노하여 발을 굴렀다.

「그런 건 문제가 아닙니다. 게다가 아내도 일이 어떻다는 것쯤은 알고 있습니다. 그건 결국 사람에게 피해를 입히는 약탈입니다.」

잔느는 깜짝 놀라 까닭을 모르고 눈을 휘둥그렇게 떴다.

「대체 무슨 일이지요?」

그러자 쥘리앙은 아내에게로 돌아서며 자기와 마찬가지로 기대했던 재산을 빼앗긴 그녀를 대화 속으로 끌어넣었다. 그는 재빠른 말투로 로잘리를 결혼시킬 계획과, 적어도 2만 프랑의 가치가 있는 바르빌르의 농장을 로잘리의 지참금으로 주게 되었음을 그녀에게 설명했다. 그리고 그는 다시 말했다.

「어쨌든 당신의 부모는 미쳤소. 가두어놔야만 할 미치광이들이오. 2만 프랑! 2만 프랑이라니! 돌았어! 사생아에게 2만 프랑이라니!」

잔느는 조금도 마음의 동요나 노여움이 없었다. 이제는 어린아이에게 관계되는 일 말고는 모든 것에 무관심해진 자신의 침착한 태도에 스스로 놀라면서 남편의 이야기를 듣고 있었다.

남작은 어이가 없는 듯 얼른 대답하지 못했다. 그러나 결국 화가 치밀어올라 발을 구르며 소리쳤다.

「정신 좀 차리게! 너무 심하지 않나? 자기 자식이 달린 계집애한테 돈을 주게 만든 죄는 누구에게 있지? 그 자식이 누구 자식인가? 이제는 내버리겠다는 건가?」

쥘리앙은 남작의 격분한 말투에 놀라 그를 똑바로 쳐다보고만 있었다. 그는 좀 누그러진 목소리로 말을 이었다.

「하지만 지난번에 준 1천5백 프랑이면 충분하지 않습니까? 이 근처의 계집애들은 시집가기 전에 누구나 다 자식을 갖습니다. 그렇다면 그 자식이 누구의 자식이든 상관없잖습니까? 2만 프랑이나 되는 농장을 주게 되면 우리의 손해는 제쳐놓고라도 남들에게 무슨 내막이 있음을 알리게 되지 않겠습니까? 그러지 마시고 조금이나마 우리 가문과 지위를 좀 생각해 주십시오.」

쥘리앙은 자기 논법의 정당성과 논리에 대해 확고한 신념을 가지고 있는 듯 준엄한 말투였다.

남작은 이 예기치 못한 논조에 당황하여 입을 벌리고 서 있었다.

쥘리앙은 자기가 이겼다는 것을 알고 결론내렸다.

「다행히 서류상으로는 아직 아무 일도 이루어지지 않았습니다. 나는 하녀와 결혼하겠다는 젊은 놈을 알고 있습니다. 좋은 녀석이지요. 그 녀석이라면 모든 일이 잘될 겁니다. 그 일은 내가 맡겠습니다.」

그는 더 이상 의논이 이어질까봐 두려운 듯 모두들 입을 다물고 있는 것을 찬성하는 뜻으로 받아들이고 쏜살같이 밖으로 나가 버렸다.

그가 사라지자 남작은 놀라서 몸을 떨며 소리쳤다.

「지독한 놈이야! 지독한 놈!」

그러나 잔느는 아버지의 놀란 얼굴을 쳐다보며 별안간 웃기 시작했다. 옛날에 무슨 우스꽝스러운 것을 보았을 때와 같은 명랑한 웃음이었다.

「아버지, 아버지, 그 2만 프랑, 2만 프랑, 하는 목소리를 들으셨어요?」

즐거움이 눈물만큼이나 빨리 찾아오는 부인은 사위의 화났던 얼굴과 분노하여 외친 말투와 자기가 꾀어낸 계집에게 자기 것도 아닌 돈을 주는 데 맹렬하게 반대하는 모습을 떠올리고, 더욱이 잔느의 기분이 유쾌한 것을 보고 눈에 눈물이 가득찰 만큼 숨찬 웃음을 터뜨리며 몸을 뒤흔들었다.

그러자 남작도 웃음을 터뜨렸다. 세 식구는 지난날의 행복했던 시절처럼 허리가 끊어지도록 웃어댔다. 좀 숨을 돌려 마음을 가라앉힌 다음 잔느는 놀란 듯 말했다.

「참 이상해요! 그래도 아무렇지 않아요. 이제 그 사람은 남 같아요. 내가 그이의 아내라는 것을 믿을 수가 없어요. 그래서 이처럼 그이의……그이의……야비한 짓에 대해 웃고 있는 거예요.」

그리고는 까닭없이 웃고 감동하여 서로 키스를 주고받았다.

이틀 뒤, 아침식사가 끝나고 쥘리앙이 말을 타러 나간 뒤 스물 두세 살쯤 되어 보이는 몸집이 큰 남자가 주름이 골고루 난 풍성한 소매에 커프스가 달린 푸른 새 작업복을 입고 마치 새벽부터 그 뒤에 숨어 있었던 듯이 살짝 울타리를 넘어 쿠이야르 집 개천을 따라 살금살금 걸어와서 저택을 돌아 언제나 플라타너스 아래 앉아 있는 남작과 두 부인에게 괴상한 걸음걸이로 다가왔다. 그들을 대하자 그는 모자를 벗고 어색한 표정으로 인사하며 앞으로 걸어왔다. 말소리가 들릴 만큼 가까이 오자 그는 더듬거렸다.

「안녕하십니까? 남작님, 마님, 그리고 아씨.」

아무도 대답하지 않자 그는 자기 이름을 댔다.

「나는 데지레 르콕입니다.」

한번도 들어보지 못한 낯선 이름이라 남작이 물었다.

「무슨 일로 왔나?」

그 젊은이는 자기 용건을 설명하지 않으면 안 되게 되자 몹시 당황했다. 그는 손에 쥔 모자와 저택 지붕 꼭대기를 번갈아 올려다보았다 내려다보았다 하며 머뭇머뭇 입 속으로 말했다.

「이 일은 신부님이 몇 말씀 귀띔해 주셨습니다만…….」

그는 너무 길게 말해서는 자기에게 손해될 것 같았는지 입을 다물었다.

남작은 무슨 말인지 알 수 없어 다시 물었다.

「무슨 일인가? 난 잘 모르겠네.」

젊은이는 결심한 듯 나직한 목소리로 말했다.

「댁의 하녀……로잘리 일로…….」

잔느는 눈치채고 아기를 안고 자리를 떴다.

「자아, 가까이 오게나.」

남작은 딸이 내놓은 의자를 가리켰다.

농부는 곧 그 자리에 앉으면서 중얼거렸다.

「나리는 참 친절하십니다.」

그리고는 자기는 아무런 할 말이 없다는 듯 말이 나오기를 기다렸다. 오랫동안 잠자코 있다가 마침내 그는 결심한 듯 푸른 하늘을 처다보며 말했다.

「좋은 날씨입니다. 벌써 씨를 다 뿌렸으니 밭에도 꼭 알맞을 겁니다.」

그는 다시 입을 다물었다. 남작은 참다 못해 퉁명스러운 말투로 물었다.

「그러면 로잘리한테 장가들겠다는 게 자네인가?」

이 말을 듣고 젊은이는 노르망디 사람들 특유의 교활한 습관대로 예정이 어긋나버리자 곧 불안해 했다. 그는 경계하는 듯한 자세를 취하며 더욱 강한 말투로 대답했다.

「그것이 그 무엇에 따라서는 할 수도 있고 안할 수도 있지요. 그 무엇에 따라서는.」

이와같이 셈이 있는 듯한 말에 남작은 화가 벌컥 났다.

「제기랄! 솔직하게 말해 봐. 그것 때문에 온 거지! 그런가, 안그런가? 그 아가씨를 데리고 살겠다는 건가, 아닌가?」

젊은이는 당황하여 발등만 내려다보았다.

「신부님이 말씀하시는 대로라면 데려가겠지만 쥘리앙 서방님 말씀대로라면 나는 싫습니다.」

「쥘리앙이 뭐라고 하던가?」

「쥘리앙 서방님은 제가 1천5백 프랑을 받게 될 거라고 하시더 군요. 사제님은 2만 프랑을 받게 될 거라고 하셨습니다. 2만 프랑

이라면 그렇게 하겠지만, 1천5백 프랑이라면 아무래도 안되겠습
니다.」

그러자 안락의자에 푹 파묻혀 앉은 남작부인이 이 시골 젊은이
의 불안스러운 모습을 보고 소리내어 웃기 시작했다. 농부는 웃
는 까닭을 몰라 못마땅한 듯이 곁눈질로 부인을 노려보며 말이
나오기를 기다렸다. 남작은 이러한 거래에 기분이 상하여 잘라
말했다.

「나는 자네가 살아 있는 동안은 자네 것이지만 나중에는 자네
자식의 소유가 되도록 바르빌르의 농장을 주겠다고 신부님에게
말한 적이 있네. 그것은 2만 프랑쯤 나가는 농장일세. 나는 다른
말은 하지 않아. 그러면 됐나? 곧 대답해봐.」

젊은이는 만족한 듯 비굴한 웃음을 지으면서 갑자기 웅변투로
말했다.

「어이구! 그렇다면 싫지 않습니다. 그게 좀 문제지요. 신부님
께서 말씀하실 때 나는 서슴지 않고 그 자리에서 곧 대답했으며,
거기에 대해 남작님도 만족하게 여기고 계시려니 생각했었습
니다. 남자들끼리의 약속을 하고 나중에 서로 만나면 보답하는
게 도리 아니겠습니까? 그런데 쥘리앙 서방님이 나를 찾아와서
는 1천5백 프랑밖에 줄 수 없다는 것입니다. 무슨 말씀을 드리려
는 게 아니라 셈이 깨끗하면 친구도 깨끗하다고 합니다만 사실
그렇지요, 남작나리…….」

이 장황한 연설을 가로막고 남작이 물었다.

「그래 언제 결혼하겠나?」

그러자 젊은이는 다시 걱정스럽고 당황한 얼굴로 망설이더니
마침내 말했다.

「우선 증서라도 하나 만들어주시면 어떠실지요?」

남작은 벌컥 화를 냈다.

「제기랄, 별소리를 다 하는군. 결혼증서가 있을 게 아닌가?

156

그거면 됐지. 안그런가?」

　그러나 농부는 고집부렸다.

「어쨌든 그때까지라도 조그만 증서는 하나 만들어 주십시오. 해로운 일도 아니잖습니까?」

　남작은 결말지으려고 일어섰다.

「할 텐가 안할 텐가? 당장 대답하게. 자네가 싫다면 또다른 신랑감이 있으니까.」

　경쟁자가 있다는 말에 교활한 노르망디 사람은 깜짝 놀라며 당황했다. 곧 결심한 듯 마치 소 흥정을 끝낸 뒤처럼 손을 내밀었다.

「그렇게 하기로 하겠습니다, 남작나리. 됐습니다. 절대로 약속을 깨뜨리지 않겠습니다.」

　남작은 승낙하고 큰소리로 외쳤다.

「뤼디빈느!」

　찬모가 창문으로 고개를 내밀었다.

「포도주 한 병 가져와!」

　계약이 이루어졌다는 뜻으로 두 사람은 건배했다. 그리고 젊은이는 올 때보다 더욱 가벼운 걸음으로 돌아갔다. 젊은이가 왔다 간 데 대해서 아무도 쥘리앙에게 이야기하지 않았다. 계약서는 비밀리에 작성되었고, 일단 결혼하기로 정해지자 어느 일요일 아침 결혼식이 거행되었다. 신랑 신부의 뒤를 따라 이웃집 여자가 마치 행복의 담보물인 듯 어린아이를 안고 교회로 쫓아들어갔다.

　마을 사람들은 아무도 놀라지 않았다. 모두들 데지레 르콕을 부러워했다. 그는 행운의 모자를 쓰고 태어난 녀석이라고 교활한 미소를 띠며 그러나 분개하는 빛없이 이웃사람들은 떠들어댔다.

　쥘리앙은 펄펄 뛰었다. 그 때문에 장인 장모는 레 페플에 머무는 날짜를 단축시켰다. 잔느는 그다지 섭섭한 감정도 없이 부모를 떠나보냈다. 그녀에게는 폴만이 마르지 않는 행복의 샘이었다.

9

잔느가 산후의 몸이 완전히 회복되었으므로, 그들 부부는 푸르빌르 집안에 답례를 가고 쿠틀리에 집에도 인사가기로 했다.

최근에 쥘리앙은 경매에서 새 마차를 하나 샀다. 지붕이 없는 마차인데, 말이 한 마리밖에 필요하지 않은 경쾌한 사륜마차였다. 그리하여 한 달에 두 번씩 외출할 수 있었다.

12월 어느 맑은 날, 그녀는 마차에 말을 매고 떠났다. 노르망디의 평야를 꿰뚫고 두 시간이나 달린 뒤 마차는 양편 등성이에 나무가 우거진 골짜기를 내려가 평평한 밭을 달려나갔다.

얼마 안되어 목장이 나오고, 이윽고 추위에 얼어죽은 큰 갈대숲이 무성한 늪이 나타났다. 노란 리본 같은 긴 갈대잎은 바람에 흔들려 소리내고 있었다. 그러자 길이 골짜기를 돌며 라 브리에트의 저택이 나타났다. 이 저택 뒤로는 나무가 우거진 골짜기가 있고 또 한편으로는 큰 연못 속에 담벼락을 온통 잠그고 있었다.

이 연못은 그 건너편에 있는 또 다른 골짜기의 경사를 덮은 전나무숲에서 끝나고 있었다.

마차가 예스런 적교(吊橋)를 건너 루이 13세식의 으리으리한 정면 문으로 들어서니 중앙에 넓은 뜰이 나왔다.

거기에 슬레이트 지붕의 작은 탑이 달린, 벽돌로 가장자리를 두른 똑같은 루이 13세식의 우아한 저택이 서 있었다.

쥘리앙은 잔느에게 이 건물의 세세한 부분까지 설명했는데, 아무래도 이 집 내막을 속속들이 아는 것 같았다.

쥘리앙은 이 저택의 아름다움에 황홀하여 끊임없이 칭찬을 늘어놓았다.

「저 정면 현관을 좀 보구려! 얼마나 으리으리한 저택이오! 뒤편의 현관은 모두 연못을 향해 있고 거기에서 연못까지 내려가는 훌륭한 돌층계가 달려 있지. 그리고 연못가에는 보트가 네 척 매여 있는데, 두 척은 백작의 것이고 두 척은 백작부인의 것이오. 저기 오른편으로 포플러 가로수가 보이오? 저기가 연못 끝이며 페캉까지 흘러가는 시내가 시작되오. 그 근처에는 물새가 많아 백작은 거기서 물새 사냥하기를 좋아하오. 이것이 진짜 귀족의 저택이오.」

문은 활짝 열려 있었다.

얼굴이 창백한 백작부인이 옛날 성주의 부인처럼 질질 끌리는 긴 옷을 입고 웃으면서 방문객을 맞이하러 나왔다. 그녀야말로 이같은 백작 저택에 알맞는 호반(湖畔)의 미인처럼 보였다.

객실에는 창문이 여덟 개 있었는데, 그 가운데 네 개는 연못으로 나 있어 건너편 언덕으로 기어올라간 울창한 전나무숲은 호수를 더욱 깊고 준엄하고 음산하게 보여주었다. 바람이 불어올 때마다 흔들리는 나무 소리가 마치 호수의 소리 같았다.

백작부인은 마치 소녀시절의 동무인 듯 잔느의 손을 이끌어 의자에 앉히고 자기도 그 옆 낮은 의자에 앉았다. 다섯 달 동안 옛날과 같은 우아한 태도를 되찾은 쥘리앙은 부드럽고 정다운 몸짓으로 이야기하며 웃고 있었다.

백작부인과 쥘리앙은 그들의 승마에 대해서 이야기했다. 백작부인은 쥘리앙의 말타는 이상한 몸가짐을 웃으며 『비틀거리는 기사』라고 이름붙여 주자, 쥘리앙도 웃으면서 백작부인을 『아마존 여왕』이라고 불렀다.

별안간 창 밑에서 총소리가 나 잔느는 비명을 질렀다. 백작이 오리를 쏜 소리였다.

부인이 곧 백작을 불렀다. 물결 이는 소리가 나고 돌에 부딪치는 보트 소리가 나더니 몸집이 뚱뚱하고 장화를 신은 백작이 들어왔다. 그 뒤를 따라 물에 젖은 백작처럼 불그레한 개 두 마리가 들어와 문 앞 카펫에 배를 깔고 누웠다. 백작은 자기집이라서 지난번보다 훨씬 몸가짐이 자연스럽고 방문객을 퍽 반기는 것 같았다. 그는 난로불을 더 잘 피우게 하고 마데르(대서양에 위치한 포르투갈의 섬) 산(産) 포도주와 비스킷을 가져오게 했다. 그리고 그는 별안간 소리치듯 물었다.

「물론 우리와 함께 만찬을 하시겠지요?」

그러나 잠시도 어린아이의 일을 잊지 않는 잔느는 이를 사양했다. 백작은 한사코 권유하고 잔느가 끝끝내 응하지 않자 쥘리앙은 초조한 몸짓을 했다. 잔느는 남편의 사납고 폭발적인 기분을 돋울까봐 폴을 못본다는 생각에 가슴 아팠지만 하는 수 없이 승낙했다.

즐거운 오후였다. 모두 샘터로 갔다. 샘은 끓어오르는 물처럼 깨끗한 바닥 속의 바위 틈에서 솟아올랐다. 그들은 보트를 타고 글자 그대로 시든 갈대숲 속으로 물길을 따라 한 바퀴 돌았다. 백작은 두 마리의 개 사이에 앉아 노를 저었는데, 이 개들은 콧등을 공중으로 쳐들고 냄새를 맡고 있었다. 그가 삿대질을 할 때마다 배는 들썩 쳐들렸다가 앞으로 나가곤 했다.

잔느는 이따금 찬물에 손을 담그고 손 끝에서 가슴까지 전해져 오는 얼음 같은 냉기를 즐겼다. 배 뒤편에는 쥘리앙과 숄로 몸을 감은 백작부인이 마주보며 웃고 있었는데, 그것은 행복에 겨워 더 이상 바랄 것이 없는 사람들의 영원한 웃음이었다.

마른 갈대숲을 스치며 북풍이 일고, 뼛속까지 스머드는 한기가 나면서 저녁이 되었다. 해는 전나무 뒤로 떨어지고 붉은 구름조각들이 하늘에 가득차 보기만 해도 냉기로 몸이 오싹했다.

그들은 불이 활활 타오르는 넓은 객실로 돌아갔다. 방 안의 온기와 즐거운 감각이 문턱에서부터 모두의 기분을 유쾌하게 해주었다. 백작은 기쁨에 넘친 얼굴로 씨름꾼 같은 두 팔로 아내를 껴안더니 어린아이처럼 번쩍 안아올려 그녀의 두 볼에 흐뭇한 듯이 소박한 남자의 힘찬 키스를 했다.

잔느는 웃으며 그 수염만 보아도 식인종 같은 이 마음씨 착한 거인을 바라보았다.

그녀는 자기도 모르게 생각했다.

『사람이란 늘 모든 사람을 오해하고 있구나.』

문득 자기도 모르게 쥘리앙에게로 눈길을 돌려보니, 그는 문턱에 선 채 무서울 만큼 파랗게 질려 백작을 쏘아보고 있었다. 잔느는 불안해서 남편 곁으로 다가서며 낮은 목소리로 물었다.

「어디 아프세요? 웬일이세요?」

남편은 약오른 목소리로 대답했다.

「아무것도 아니오. 내버려두오. 추워서 그렇소.」

모두 식당으로 자리를 옮겨갔는데, 백작은 개를 데리고 들어가는 데 대해 양해를 구했다. 개들은 곧 들어와서 주인의 양옆에 앉았다. 주인은 쉴새없이 그들에게 먹을 것을 주고 그들의 비단결 같은 긴 귀를 쓰다듬어 주었다. 개들은 고개를 쳐들거나 꼬리를 흔들어대며 만족스러운 듯 몸을 흔들고 있었다.

식사 뒤 잔느와 쥘리앙이 작별인사를 하자 횃불 밑에서 고기잡는 것을 보고 가라며 또 붙들었다. 백작은 두 사람을 부인과 함께 연못으로 통하는 돌층계 위에 세워놓고 자기는 그물과 횃불을 든 하인을 한 사람 데리고 배에 올랐다. 밤 날씨는 맑아 하늘에는 금빛 별이 총총히 박히고 냉기가 살을 에는 것 같았다. 횃불은 야릇한 형태로 움직이는 불꽃 꼬리를 수면에 비추며 춤추는 듯한 불꽃을 갈대숲 위에 던져 전나무의 장막을 환하게 비춰냈다.

별안간 배가 홱 돌더니 굉장히 크고 괴상하게 생긴 사람의 그림자가 밝게 비쳐진 숲 변두리에 우뚝 솟아올랐다. 그 머리는 숲 위를 지나 하늘로 사라지고 발은 호수 속에 잠겨 있었다. 이 엄청나게 큰 존재는 마치 하늘의 별을 따려는 듯이 두 팔을 쳐들었다. 두 팔은 갑자기 허공으로 치켜올라가더니 다시 아래로 뚝 떨어졌다. 그러자 곧 수면을 채찍질하는 듯한 작은 물소리가 들려왔다.

이때 배가 천천히 방향을 돌리자 그 커다란 괴물은 횃불이 환하게 비치는 숲을 따라 달리는 것처럼 보였다. 곧 그것은 보이지 않는 수평선 속으로 사라져버렸다. 그러자 이번에는 갑자기 아까보다는 몸집이 작았으나 더욱 뚜렷하게 이상한 몸짓을 하며 저택 현관 앞에 나타났다.

백작의 굵은 목소리가 들려왔다.

「질베르트, 여덟 마리 잡혔소!」

노가 물결을 때렸다. 그 거대한 그림자는 장벽 위에 가만히 서 있었는데, 차츰 키가 작아지더니 머리가 아래로 내려가고 몸집도 줄어들었다. 푸르빌르 씨가 여전히 횃불을 든 하인과 함께 돌층계로 올라왔을 때 그림자는 백작의 몸집만큼 줄어들어 백작을 그대로 흉내내고 있었다.

그물 속에서는 여덟 마리의 큰 고기가 펄떡펄떡 뛰고 있었다.

백작 집에서 빌려준 망토에 몸을 두르고 함께 마차를 타고 오는 도중에 잔느는 무심코 말했다.

162

「참 좋은 분이에요, 그 거인은.」

마차를 몰고 있던 쥘리앙이 대답했다.

「그래. 하지만 사람들 앞에서 너무 예의를 차리지 않는 게 탈이오.」

1주일 뒤 그들은 이 지방에서 첫째가는 귀족인 쿠틀리에 집안을 방문했다.

레미닐의 영지는 카니의 큰 마을과 접해 있었다. 루이 14세 때 지어진 새 저택은 벽으로 둘러싸인 아름다운 정원수 속에 있었다. 약간 높은 언덕 위에는 옛 저택의 폐허가 보였다. 제복을 입은 하인들이 크고 장엄한 방으로 방문객을 안내했다. 방 한가운데는 둥근 받침대가 세브르(베르사유에 있는 이름난 도기공장) 산의 큰 술잔을 받쳐들고 있었으며, 대좌(臺座) 위에는 왕으로부터의 선물을 레오폴에르베 조제프 게르메 르 드 바르느빌르 드 롤르보스크 드 쿠틀리에 후작에게 증정한다는 국왕 친필의 편지가 수정판(水晶板) 속에 들어 있었다.

잔느와 쥘리앙이 이 국왕의 선물을 보고 있을 때 후작과 부인이 들어왔다. 분 화장을 한 부인은 쥘리앙 부부에게 주인으로서의 친절을 베풀어 억지로 공손하게 대하려는 태도가 어색했다. 주인은 흰 머리를 뒤로 빗어넘긴 뚱뚱한 남자였는데, 그의 몸가짐이며 목소리며 그의 모든 태도에 그의 신분을 말하듯 오만한 분위기가 있었다.

그들은 무엇보다도 예의를 중요시하는 사람들로 마음이나 감정이나 언어가 늘 오만스러운 사람들이었다. 상대방의 대답도 채 듣지 않고 혼자 이야기하고 무관심한 태도로 웃으며, 가까이 사는 작은 귀족들을 공손하게 접대한다는 자기들의 훌륭한 문벌에 짐지워진 의무를 끊임없이 수행하고 있는 듯한 태도였다.

잔느와 쥘리앙이 어색해서 기분을 가라앉히려고 했으나 더 있기도 거북하고 그렇다고 물러갈 알맞은 구실도 없어서 망설이고 있노라니까, 마치 신하를 물러가게 하는 예의를 알고 있는 왕후처럼 후작부인이 적당한 곳에서 대화를 끊음으로써 자연스럽고 간단하게 이 방문의 끝을 맺었다.

돌아오는 길에 쥘리앙이 말했다.

「어떻겠소? 이 정도로 방문은 이제 그만두기로 합시다. 내 생각으로는 푸르빌르 집만으로도 충분할 것 같소만.」

잔느도 같은 생각이었다.

침침하고 막다른 굴 속 같은 1년의 마지막 달인 음울한 12월이 천천히 흘러갔다.

지난해와 마찬가지로 집 안에 틀어박힌 생활이 또다시 시작되었다. 그러나 잔느는 폴에게 몰두하여 지루한 줄 모르고 지냈다. 쥘리앙은 불만스럽고 못마땅한 눈초리로 폴을 바라보았다.

이따금 그녀는 어린아이를 팔에 안고, 대부분의 부인들이 열광적인 애정을 자식에게 쏟으며 귀여워할 때처럼 남편에게 안겨주며 말했다.

「입맞춰주세요, 여보! 당신은 아기가 귀엽지 않나 보군요.」

그러면 쥘리앙은 주먹을 쥐고 흔드는 아기의 조그마한 손이 몸에 닿을까 꺼리는 듯 몸을 뒤로 빼고 못마땅한 얼굴로 갓난아이의 반질반질한 입술 끝에 자기 입술을 살짝 갖다대기만 했다. 그리고 싫어서 견딜 수 없는 듯이 재빨리 나가 버렸다.

촌장과 의사와 신부가 이따금 와서 식사를 같이했다. 가끔 푸르빌르 부부가 와서 함께 식사했는데, 그 집안하고는 점점더 친밀해졌다. 백작은 폴을 아주 귀여워하는 듯했다. 늘 폴을 무릎 위에 앉히고 지냈으며 오후내내 안고 있을 때도 있었다. 커다란 거인의 손으로 교묘하게 어린아이를 다루며, 긴 턱수염 끝으로 아이 콧등을 간지럽히고는 마치 어머니들이 하듯 격정에 사로잡혀 입맞추었다. 그는 자기들 부부 사이에 어린아이가 없는 것을 늘 한탄했다.

그해 3월은 맑고 건조하고 온화했다. 질베르트 백작부인이 넷이서 아무 데로나 승마하러 가자고 제의해 왔다. 언제나 똑같고 무미건조한 긴 저녁, 긴 밤, 긴 낮에 좀 싫증난 잔느는 이 계획을 몹시 기뻐하며 곧 승낙했다. 그래서 1주일 동안은 승마복을 만드느라고 지루한 줄 몰랐다.

그들은 멀리 말을 달리기 시작했다. 그들은 언제나 둘씩 둘씩 짝을 지어 갔는데, 백작부인과 쥘리앙이 앞장서고 백작과 잔느가 백 걸음쯤 뒤떨어져갔다. 잔느와 백작은 마치 친구처럼 조용히 이야기하며 말을 몰았다.

두 사람은 그들의 올바른 정신과 순박한 마음의 접촉으로 친구가 되었다. 앞장선 두 사람은 낮은 목소리로 이야기하다가 이따금 웃었으며 입으로 말할 수 없는 것을 눈으로 말하는 듯 갑자기 서로 마주보았다. 그러다가는 갑자기 멀리 도망가고 싶은 욕망에 사로잡힌 듯 재빨리 달려가기도 했다.

별안간 질베르트가 무엇엔가 흥분한 듯했다. 날카로운 목소리가 미풍에 불려 이따금 뒤떨어져가는 두 사람의 귀에까지 들려왔다.

백작은 웃으면서 잔느에게 말했다.

「내 아내는 언제나 기분이 좋지 않답니다.」

어느 날 저녁, 먼 곳까지 말을 몰고 나갔다가 집으로 돌아오는 길에 부인이 박차를 가하면서 말을 몰다가는 갑자기 고삐를 당기곤 하여 말을 화나게 만드는 것을 보고 쥘리앙이 몇 번이나 주의했다.

「조심하십시오, 조심하십시오! 말이 미쳐 도망칠 겁니다.」

부인은 대답했다.

「미안하지만 당신이 참견한 일이 아니예요.」

그 대답하는 소리가 어찌나 또렷하고 야무졌던지 한 마디 한 마디가 들판에 울려퍼지고 마치 공중에 그대로 남아 있는 것 같았다.

말은 뒷발로 서서 땅을 차고 입으로는 거품을 내뿜었다. 별안간 불안해진 백작이 굵은 목소리로 외쳤다.

「주의해! 질베르트!」

도전이라도 하듯 그녀는 무엇으로도 걷잡을 수 없는 여자 특유의 신경질로 난폭하게 말의 두 귀 사이를 후려쳤다. 그러자 말은 세찬 기세로 일어나 앞발로 허공을 한 번 걷어차고는 다리를 떨어뜨리자마자 무서운 힘으로 한 번 뛰어오르더니 전속력으로 들판을 달려갔다. 말은 처음에 목장을 뛰어넘고 경작한 밭을 급히 지나면서 기름지고 습기찬 땅에 먼지를 자욱이 날리며 빨리 달려 말과 사람을 구별하기 어려울 정도였다.

쥘리앙은 얼빠진 듯 그 자리에 못박혀 서서 절망적으로 외쳤다.

「부인! 부인!」

그러자 백작은 짐승 같은 비명을 지르며 육중한 말의 목 위로 몸을 굽히고는 온몸으로 말을 앞으로 밀었다. 목소리와 몸짓과 박차로 말을 자극하고 고삐를 잡아끌며 거의 말이 미칠 만큼 내몰았으므로 이 거대한 기사는 말을 가랑이에 끼워 채어가지고 어디론가 날아가는 것 같았다. 두 마리의 말은 거의 믿을 수 없을 정도의 속력으로 곧장 돌진해 나갔다. 잔느는 마치 두 마리의 새가 쫓고 쫓기면서 지평선 너머로 자취를 감추어 버리는 것을 보듯 저 멀리 아내와 남편의 두 그림자가 아득히 멀어져가고 작아지고 흐려져서 사라질 때까지 바라보았다.

쥘리앙은 터덜터덜 다가오며 화난 표정으로 중얼댔다.

「저 여자가 오늘은 아무래도 돈 것 같아.」

두 사람은 이제 높고 낮은 들판의 저편으로 파묻혀 버린 친구를 뒤쫓아 말을 달렸다. 15분쯤 뒤 백작 부부가 돌아오는 모습이 보였다. 이윽고 다시 그들과 함께 되었다.

백작은 뻘개진 얼굴이 땀에 젖은 채 만족스러운 듯 의기양양하게 웃으며 억센 힘으로 아직도 몸부림치는 아내의 말고삐를 잡고 있었다. 부인은 괴로운 듯 얼굴이 새파랗게 질려 있었다.

그날 잔느는 백작이 자기 아내를 미친 듯이 사랑한다는 것을 알았다. 그런 일이 있은 뒤 한 달 동안 백작부인은 이제까지 본 적이 없을 만큼 명랑했다. 레 페플에 전보다 더욱 자주 찾아와서 웃었고, 애정에 넘쳐 잔느를 껴안곤 했다. 그 어떤 신비로운 황홀감이 그녀의 생활에 내려진 듯했다. 그의 남편은 아주 행복해하며 잠시도 아내로부터 눈길을 떼지 않고 더욱 두터워진 애정으로 쉴새없이 아내의 손이나 옷에 손을 대려고 했다.

어느 날 저녁 백작이 말했다.

「우리는 지금 행복 속에 잠겨 있습니다. 여태까지 질베르트가 이처럼 상냥한 적은 없었습니다. 기분이 언짢거나 화내는 일이 없어졌습니다. 아내가 나를 사랑하는 것을 나는 느끼고 있지요. 아직까지는 그 점에 대해 확신을 못가졌던 것입니다.」

마치 두 가문의 교제가 각 가문에 평화와 기쁨을 갖다준 듯 쥘리앙도 훨씬 쾌활해지고 화를 내지 않아 사람이 달라진 듯했다.

봄은 이상스럽게 빨리 찾아와 날씨가 따뜻했다.

부드러운 아침부터 평온하고 따뜻한 저녁까지 해는 땅에 싹을 움트게 했다. 그것은 모든 새싹이 때를 같이하여 솟아나는 힘차고 급격한 움틈이었다.

온 세계가 젊어지는 듯한 축복받은 해에, 때때로 자연이 보여주듯 억누를 수 없는 생명력이 솟구치고 소생하는 뜨거운 활력이 넘치고 있었다.

이 생명의 끓어오름에 잔느는 막연히 마음이 산란해지는 것을 느꼈다. 그녀는 풀숲의 작은 꽃을 보고도 마음이 나른해지고 달콤한 우수에 잠겨 부드러운 몽상으로 시간을 보내곤 했다.

그녀는 첫사랑의 그리운 추억이 가슴에 스며드는 것을 느꼈다.

그것은 영원히 끝나버린 쥘리앙에 대한 애정이 다시 싹터오는 것이 아니라 그녀의 온몸이 미풍에 어루만져지고 봄의 향기에 배어 그 어떤 보이지 않는 부드러운 부름에 끌린 듯 마음이 산란해지는 것이었다.

그녀는 혼자 따뜻한 햇볕을 쬐며 아무런 생각도 불러일으키지 않는 막연하고 평온한 감각과 기쁨에 마음껏 잠겼다.

어느 날 아침 그러한 상태로 꿈결에 있을 때 하나의 환영이 그녀의 마음을 스치고 지나갔다. 에트르타 가까이의 작은 숲속 나뭇잎으로 어두워진 한복판에 햇빛의 구멍과도 같은 그 자리의 환상이 불현듯 떠올랐다. 그때 자기를 사랑해주던 그 젊은 남자 곁에서 처음으로 육체의 떨림을 느낀 곳이 거기였고, 그 남자가 조심스럽게 마음 속의 말을 처음으로 중얼거리던 곳도 그곳이었다. 별안간 희망으로 가득찬 황홀한 미래를 느낀 듯 여겨지던 곳도 또한 거기였다.

그녀는 다시 한 번 그 숲을 보고 싶었다. 그곳으로 다시 가는 것으로 자기의 생활이 좀 바뀔 것 같은, 일종의 감상적이고 미신적인 순례를 하고 싶었다.

쥘리앙은 벌써 새벽부터 어디로인지 나가고 없었다. 그녀는 마르탱 소작인 집에서 가져온 흰 말에 안장을 얹게 했는데, 요즈음 그녀가 때때로 타는 말이었다.

그녀는 밖으로 나갔다. 날씨는 바람 한점 없이 아주 맑아 풀잎 하나, 나뭇잎 하나 움직이지 않았다. 마치 바람이 죽어버린 듯 만물이 영원토록 움직이지 않기로 마음먹은 것 같았다. 벌레까지도 어디론가 사라져 버린 듯했다. 타오르는 드높은 정적이 눈에 보이지 않는 황금의 안개가 되어 찬란히 태양에서 내려오고 있었다. 잔느는 그 작은 백마의 등에 실려 흔들리며 행복에 거워 했다. 그녀는 이따금 목화송이만한 흰 구름을 쳐다보았다. 푸른 하늘 한복판에 높직이 외따로 걸린 한 무리의 수증기 같았다.

그녀는 골짜기를 따라 내려갔는데, 그 골짜기는 에트르타의 문이라고 불리는 절벽의 큰 아치를 통해 바다까지 뻗어나고 있었다. 잔느는 유유히 숲속으로 들어갔다. 아직도 설핏한 녹음 사이로 햇빛이 가득 쏟아져들었다. 그녀는 그 장소를 찾아내지 못하고 작은 산을 여기저기 헤맸다.

큰길을 건너는 순간, 그녀는 그 길 막바지 나무에 매인 두 필의 말을 보았다. 그녀는 곧 그 말을 알아보았다. 질베르트와 쥘리앙의 말이었다. 혼자만의 고독에 싫증나 있던 참이라 그녀는 이 뜻밖의 만남이 반가워 그쪽으로 말을 달렸다.

오래 기다리는 데 습관이 된 듯한 끈기있는 두 필의 말 쪽으로 다가가 불러보았으나 아무 대답도 없었다.

여자의 장갑 한 짝과 두 개의 채찍이 짓밟힌 잔디 위에 떨어져 있었다. 그들은 그곳에 앉아 있다가 말을 내버려둔 채 더 멀리 간 듯했다.

그녀는 그들이 지금 무엇을 하고 있는지 모르는 채 이상하게 생각하며 15분 그리고 20분이나 기다렸다. 그녀가 말에서 내려 움직이지 않은 채 나무등걸에 기대앉아 있노라니 새 두 마리가 그녀를 못보았는지 바로 옆 풀밭에 내려앉았다. 그 가운데 한 놈이 날개를 처들고 흔들며 머리를 끄덕거리며 지저귀다가 다른 한 놈의 주위를 깡충깡충 뛰며 돌더니 별안간 두 놈이 달라붙어버렸다.

잔느는 마치 이런 일을 잊고 있었던 듯 놀랐다. 그리고 혼잣말로 중얼거렸다.

『그렇지, 지금은 봄이니까.』

그러자 또 하나의 다른 생각이, 의심이 머리를 스쳤다. 그녀는 다시 한 번 채찍과 매어진 말을 바라보았다.

그리고는 문득 그 자리를 떠나고 싶어 말안장에 뛰어올랐다. 그녀는 레 페플을 향해 재빨리 달렸다. 그녀는 머리를 짜서 이치를 따지고 사실과 환경을 종합해 보았다. 왜 빨리 짐작할 수가 없었을까? 어째서 그런 일을 전혀 모르고 있었을까? 쥘리앙이 자주 집을 비우고 다시 모양을 내고 기분좋아졌다는 것을 왜 눈치채지 못하고 있었을까? 그녀는 질베르트의 급작스러운 신경질이며 지나치게 아양을 부리는 것에 대해, 또 얼마 전부터 그 여자가 파묻혔을 행복의 절정, 또 그에 따라 행복해진 백작에 대해 곰곰이 생각해보았다.

그녀는 말고삐를 늦추었다. 신중하게 생각해봐야 할 터인데 말의 빠른 걸음이 그녀의 마음을 어지럽게 했기 때문이었다.

첫 흥분이 가시자 그녀의 마음은 다시 평온해졌고, 질투나 원한을 느끼는 대신 멸시감이 솟아올랐다. 그녀는 쥘리앙에 대해서는 거의 생각해 보지 않았다. 그의 행동이 어떻든 이제는 그녀를 놀라게 하지 않았다. 그러나 자기 친구이며 동시에 백작부인으로서의 이중의 배신은 그녀의 가슴을 아프게 하고 화나게 했다. 세상사람들이란 아무도 믿을 수 없으며, 거짓말쟁이고 위선자가 아닌가. 그녀의 눈에 눈물이 가득찼다. 사람이란 이따금 죽은 사람에 대해 슬퍼하는 것만큼이나 환멸이나 비애로 눈물 흘리는 적이 있는 모양이었다.

그러나 그녀는 아무것도 모르는 척하기로 했으며 앞으로는 일반적으로 통용되는 애정에 마음을 닫고 폴과 부모만을 사랑하고 그저 평온한 얼굴로 남들과 접촉해 나가기로 마음먹었다.

집으로 돌아오자 그녀는 곧 아들에게로 달려가 자기 방으로 데려다가 거의 한 시간 동안 미친 듯 쉴새없이 키스했다.

쥘리앙이 상냥하게 웃음짓고 애교가 깃든 듯한 몸짓을 하며 저녁식사를 하러 들어왔다. 그는 잔느에게 물었다.

「장인 장모님이 올해는 안오시나?」

그녀는 그처럼 친절하게 물어주는 것이 고마워서 숲속에서의 일을 거의 용서해 주었다. 그리고는 별안간 폴 다음으로 자기가 가장 사랑하는 두 사람을 한시 바삐 만나보고 싶은 맹렬한 욕망이 치밀어올라 하룻밤을 새워가며 그들이 와주기를 재촉하는 편지를 썼다.

그들은 5월 20일에 오겠다고 답장했다. 그날은 5월 7일이었다. 그녀는 하루하루 초조하게 부모를 기다렸다. 딸로서의 부모에 대한 그리움뿐만이 아니라 자기 마음을 다른 성실한 마음에 비하고 싶기 때문이었다. 생활방식이며 행동이며 생각하고 욕구하는 태도가 올바르고, 모든 파렴치한 행위와는 담을 쌓은 깨끗한 사람들과 마음을 털어놓고 이야기하고 싶었던 것이다.

지금 그녀가 느끼는 것은 썩어빠진 양심들 사이에 혼자 외로이 서 있는 올바른 양심의 고독이었다. 이제 필요에 따라서는 쉽게 자기 감정을 숨길 줄 알게 되고, 손을 내밀고 입가에 미소를 띠며 백작부인을 맞아들이기는 했지만, 인간에 대한 공허와 모멸감이 점점 더 자기를 둘러싸는 것을 느꼈다.

날마다 하찮은 이 지방의 소문들이 그녀의 마음 속에 인간에 대한 보다 큰 혐오와 보다 강한 경멸의 감정을 불어넣어 주고 있었다.

쿠이야르 집 딸이 아기를 배어 곧 결혼한다느니 마르탱 집의 고아로 자란 하녀도 아기를 가졌으며, 이제 겨우 16살인 이웃집 계집애도 애를 배고, 절름발이며 더러워서 사람들이 똥이라고 부르는 이웃집 과부도 아이를 뱄다는 소문이었다. 아기 뱄다는 소리는 꼬리에 꼬리를 물고 들려왔으며 어느 때는 처녀가, 어느 때는 결혼하여 어린아이의 어머니가 된 시골여자가, 그리고 부유하고 존경받는 농부의 아낙네가 바람났다는 소문도 들려왔다.

이 격렬한 봄은 초목의 수액과 마찬가지로 사람의 그것까지도 충동질하는 듯했다.

잔느는 이미 저버린 감각이 되살아나지 않아 상처받은 마음과 감각적인 영혼만이 따뜻하고 살찌는 봄바람에 나부끼는 듯, 아무런 욕망도 없이 흥분하고 열광적으로 몽상하면서도 육체적인 욕구는 죽어버렸으므로 이처럼 추악한 짐승 같은 욕구에 대해 증오와 더 나아가서 혐오감을 느끼며 놀라는 것이었다.

생물들의 교접은 마치 자연의 이치에 어그러지는 듯 그녀를 분개시켰다.

그리고 그녀가 질베르트에 대해 원한을 품는 것은, 그녀가 자기 남편을 빼앗아서가 아니라 질베르트 역시 그러한 일반적인 구렁 속에 빠졌다는 사실 자체 때문이었다. 그녀는 저속한 본능의 지배를 받고 있는 시골뜨기 족속들과는 태생이 달랐다. 어떻게 그처럼 짐승 같은 무리들과 똑같이 몸을 함부로 할 수 있을까?

부모가 도착하기로 되어 있는 날 쥘리앙은 아주 당연하고 재미있는 이야기를 하듯 유쾌하게 다음과 같은 말을 함으로써 그녀의 혐오감에 다시 불을 질렀다. 빵집 주인이 그 전날 빵을 굽는 날도 아닌데 빵 찌는 솥에서 무슨 소리가 나기에 도둑고양이려니 하고 열어보니 빵은 굽지 않고 딴짓을 하는 자기 아내를 보았다는 것이었다. 쥘리앙은 덧붙여 말했다.

「빵집 주인이 구멍을 막아버려 안에 있던 두 사람은 하마터면 숨이 막혀 죽을 뻔했다오. 빵집 아이가 자기 어머니가 대장장이와 들어가는 것을 보았기 때문에 이웃사람들에게 알려서 살아났소.」

그는 웃으며 되풀이했다.

「그 두 남녀는 우리에게 사랑의 빵을 먹이려고 했었나보군. 이거야말로 진짜 라 퐁텐의 콩트 같은 이야기요.」

잔느는 그 뒤부터 빵을 건드리지도 않았다.

마차가 돌층계 앞에 와서 멈추고 온화한 남작의 웃음이 창문 사이로 들렸을 때 그녀의 마음과 가슴에는 이제까지 느껴보지 못한 깊은 감동과 혼란한 애정의 충동이 용솟음쳤다. 그러나 어머니의 모습을 보고 그녀는 깜짝 놀랐다. 남작부인은 지난 겨울 여섯 달 동안 10년이나 더 늙은 것 같았다. 크고 축 늘어져 떨어질 듯한 부인의 얼굴은 울혈(鬱血)로 부풀어오른 듯 붉었고 눈의 광채는 꺼져 버린 듯했다. 부인은 두 겨드랑이 밑으로 떠받들어주지 않으면 걸을 수 없었다. 숨쉬기가 몹시 힘겨운 듯했으며, 어찌나 힘들어 보이는지 곁에 있는 사람까지도 괴로울 정도였다. 남작은 날마다 부인을 보아왔으므로 부인이 이토록 놀라울 만큼 쇠약한 것을 알지 못했다.

그는 부인이 끊임없이 숨이 차다든가 몸이 무거워진다고 호소하면 언제나 똑같은 대답을 되풀이했다.

「여보, 그럴 리가 없소, 당신은 늘 그렇지 않소!」

부모를 그들의 방으로 모셔다 드리고 나서 잔느는 자기 방으로 들어가 마음 아파하며 정신없이 울었다. 그리고 아직도 눈물이 가득한 채 다시 아버지에게 가서 가슴에 몸을 던졌다.

「어쩌면 어머니가 저토록 달라지셨어요? 왜 그렇게 되셨어요, 네? 말씀해 주세요. 왜 그렇게 되셨어요?」

그러자 아버지는 놀라서 대답했다.

「아니, 별말을 다 하는구나! 나는 네 어머니 곁을 잠시라도 떠나지 않는단다. 내가 보기엔 아무렇지도 않구나.」

저녁때 쥘리앙이 아내에게 말했다.

「당신 어머니는 몹시 상하셨는데, 앞으로 오래 못사실 것 같더군.」

잔느가 울음을 터뜨리자 그는 눈살을 찌푸리며 핀잔주었다.

「여보, 누가 당신 어머니가 돌아가게 됐다고 했소? 당신은 늘 모든 일을 과장해서 생각하는구려. 나이가 드셨으니 좀 달라지셨다는 거 아니오!」

1주일이 지난 뒤부터는 잔느도 어머니의 달라진 모습이 눈에 익어 더 이상 생각하지 않았다. 그리고 일종의 이기적인 본능에서, 또는 마음의 평화를 바라는 인간의 천성으로 다가오는 공포

와 불안을 누르며 떨쳐버리듯 그녀는 자기의 공포를 눌러두고 있
었다.

남작부인은 걷는 일이 힘들어 날마다 30분쯤밖에는 산책할 수
가 없었다. 자기의 산책길을 한 번만 돌고 나면 더 이상 몸을 움
직이지 못하고 자기 의자 위에 앉혀 달라고 부탁했다. 그리고 때
로는 산책을 하다가도 중도에서 멈추며 말했다.

「그만 쉽시다. 내 심장비대증이 오늘은 다리를 못쓰게 하는구
려.」

부인은 옛날처럼 웃지 않았으며, 지난해만 하더라도 몸을 뒤흔
들며 웃었을 터인데도 그저 가볍게 미소지을 뿐이었다. 그러나
시력만은 여전히 좋아서《코린느》(여류소설가 스탈 부인의 소설
이름)며 라마르틴(프랑스의 낭만주의 시인)의《명상시집》을 다시
읽으며 그날그날을 보냈다. 부인은 이따금 기념품이 든 서랍도
가져오도록 했다. 그리하여 아직도 마음 속에 그리운 해묵은 편지
를 무릎 위에 쏟아놓고 서랍은 옆의자 위에 놓은 채 자기의 유물
인 그 편지를 한 장씩 천천히 읽은 다음 서랍에 도로 넣었다. 주
위에 아무도 없을 때는 마치 사랑했던 고인(故人)의 머리카락에
입맞추듯 그 편지 가운데 몇 장에 키스하기도 했다.

이따금 갑자기 방 안에 들어선 잔느는 서러워 눈물지으며 울고
있는 어머니를 보았다. 잔느는 물었다.

「왜 그러세요, 어머니 ?」

그러면 남작부인은 길게 한숨을 내쉬며 대답했다.

「내 유물들이 나를 울리는구나. 지금은 이미 지나가 버린 아
름다웠던 옛추억에 마음이 심란할 때가 있었단다. 그리고 거의
생각지도 않던 사람이 문득 떠오르는 적이 있지. 그럴 때면 마치
그 사람을 두 눈으로 보고 이야기하는 목소리가 들리는 것처럼
여겨지는데, 그렇게 되면 반드시 무서운 결과가 일어난다. 너도
이 다음에는 알게 될 게다.」

이처럼 서글픈 순간에 남작이 갑자기 들어오자 그는 나직이 중얼거렸다.

「잔느, 너한테 부탁하는데, 네 어미가 너에게 한 편지든 내가 너에게 한 편지든 네가 가지고 있는 편지는 모두 불살라버려라. 늙은 뒤에 젊었던 시절의 일을 회상하는 것처럼 괴로운 일은 없단다.」

그러나 잔느 역시 자기가 받은 편지를 간직하고 있었으며 자기의 유물함도 준비해 두고 있었다. 그녀는 모든 점에서 어머니와 달랐지만 일종의 유전이라고 할까, 어머니의 몽상적인 감상만은 이어받은 듯했다.

며칠 뒤 남작은 볼일이 있어서 집을 비우고 떠났다.

계절은 더할 나위없이 찬란했다. 평온한 저녁 뒤에는 별이 총총한 부드러운 밤이 오고 눈부신 아침이 왔다. 어머니의 건강상태는 곧 좋아졌다.

잔느도 쥘리앙의 사랑이나 질베르트의 배신은 완전히 잊어버리고 거의 활짝 핀 행복한 삶을 누리고 있었다. 전원은 꽃을 피워 향기를 풍기고, 언제나 잔잔한 끝없는 바다는 아침부터 저녁까지 햇빛에 반짝였다.

어느 날 오후 잔느는 폴을 안고 들로 나갔다. 그녀는 길가의 수풀 사이에 피어난 꽃과 자기 아들을 번갈아 보며 끝없는 행복감에 잠겨 있었다. 그녀는 이따금 어린아이에게 입맞추고 격정으로 가슴에 꼭 껴안았다.

들의 향긋한 냄새가 코를 스치고 지나가면 영원한 행복 속에 녹아들어가 정신이 몽롱해지는 것 같았다.

그녀는 어린아이의 미래를 꿈꾸어 보았다. 앞으로 이 아이는 무엇이 될 것인가? 어느 때는 유명하고 세력있는 위대한 인물이 되기를 바랐고, 때로는 그저 평범한 사람으로 자기 곁에서 다정스럽게 자기에게 효도하고 끝까지 자기를 위해 두 팔을 벌려주는 편이 낫다고 생각했다. 어머니로서의 이기적인 마음으로 자식을 귀여워할 때는 그저 언제까지나 자기의 사랑하는 자식으로만 있어주었으면 하고 바랐으며, 정열적인 이성으로 자식을 사랑할 때는 그가 어떤 세계적인 인물이 되었으면 하는 야망을 갖기도 했다. 그녀는 개울가에 앉아 어린아이를 유심히 들여다보았다. 처음 보는 아기 같았다. 그러자 이 작은 존재가 앞으로 자라나 어른이 되고 꿋꿋한 발걸음으로 걸을 것이며, 얼굴에는 수염이 나고 쩌렁쩌렁 울리는 큰 목소리로 이야기하려니 생각하니 그녀는 새삼스럽게 놀라웠다.

멀리서 누가 그녀를 부르고 있었다. 고개를 들고 바라보니 마리우스가 달려오고 있었다. 그녀는 손님이 와서 기다리나 보다고 생각하며 모처럼의 명상이 깨어져서 기분좋지 않은 마음으로 일어섰다.

있는 힘을 다해 달려온 소년은 그녀의 곁에 이르자 소리쳤다.

「아씨, 마님이 위독하십니다!」

등줄기에 찬물이 끼얹힌 듯한 느낌이었다. 그녀는 정신없이 달려갔다. 멀리 플라타너스 아래에 모여선 사람들이 바라보였다. 그녀는 달음질쳐 갔다. 둘러섰던 사람들이 길을 비켜 주어 보니 어머니는 두 개의 베개로 받쳐진 채 땅바닥에 눕혀져 있었다. 얼굴이 시퍼래지고 두 눈이 감겨져 있으며 20년 전부터 빠르게 뛰던 가슴은 움직이지 않았다.

유모가 그녀의 손에서 어린아이를 받아 데리고 갔다.

잔느는 얼굴빛이 파래지며 물었다.

「웬일이에요? 어떻게 쓰러지셨지요? 빨리 의사를 불러다줘요!」

그녀가 고개를 돌려보니 알고 왔는지 신부가 서 있었다. 그는 법의 소매를 걷어올리고 서둘러 온갖 방법으로 손을 썼다. 식초며 오 드 콜로뉴며 마찰도 아무 소용없었다.

신부가 말했다.

「옷을 벗기고 침대에 눕혀 드려야겠소.」

조제프 쿠이야르 소작인도 시몽 영감과 뤼디빈느 찬모와 함께 있었다. 피코 신부의 도움을 받아 그들은 남작부인을 안으로 옮기려고 했다. 그들이 부인을 들어올리자 머리는 뒤로 축 늘어지고 그들이 잡은 부인의 옷이 찢어졌다. 그만큼 그 뚱뚱한 몸집은 무거워 들어올리기가 힘들었다. 잔느는 무서워서 울기 시작했다. 그들은 뚱뚱하고 물렁물렁하게 늘어지는 몸을 다시 땅에 내려놓았다.

객실의 안락의자를 가져와야 했다. 이 안락의자에 앉힌 다음에야 부인을 들어올릴 수 있었다. 한 걸음 한 걸음 돌층계를 올라가서 부인을 방 안의 침대에 눕혔다.

찬모가 부인의 옷을 채 벗기기도 전에 당튀 과부가 나타났다. 하인들의 말을 빌면 그녀는 신부와 마찬가지로 마치 죽음의 냄새를 맡은 듯 달려왔다고 한다.

조제프 쿠이야르는 의사를 부르러 말을 타고 전속력으로 달려갔다. 신부가 성유(聖油)를 가지러 가자 과부가 신부의 귀에 속삭였다.

「신부님, 그러실 것 없습니다. 내가 보건대 부인은 이미 돌아가셨습니다.」

잔느는 넋이 나간 채 어떻게 해야 할지, 무슨 방법과 약을 써야 할지 몰라 그것을 가르쳐 달라고 애원하고 있었다.

신부는 속죄의 말을 중얼거렸다. 사람들은 두 시간 동안이나 납빛의 생명이 없는 몸뚱이 곁에서 기다리고 있었다. 무릎꿇고 앉은 채 잔느는 불안과 고통에 가슴이 찢어지는 듯 흐느껴 울었다. 문이 열리고 의사가 들어왔을 때 그녀로서는 구원과 위안과 희망이 들어오는 것 같았다. 그녀는 의사에게로 달려가 이 일에 대해 자기가 알고 있는 바를 모두 더듬더듬 들려주었다.

「여느 때처럼 산책하고 있었습니다.……건강은 좋으셨어요.……아주 좋으셨지요.……점심에는 수프와 달걀을 두 개 드셨습니다.……별안간 쓰러지셨어요.……보시다시피 이렇게 얼굴빛이 시꺼매지셨는데……그러고는 움직이지 않으셨어요. 다시 되살아나게 하려고 온갖 방법을 다 써봤습니다만……온갖…….」

과부가 의사에게 모두 끝났다는, 완전히 끝났다는 은근한 몸짓을 하는 것을 보고 그녀는 가슴이 덜컥 내려앉아 입을 다물었다. 그리고는 그것을 부인하려는 듯 불안스럽게 몇 번이나 의사에게 물었다.

「위독하신가요? 위독하다고 여기세요?」

드디어 의사가 말했다.

「아무래도……숨을 거두셨나 봅니다. 용기를 내십시오.」

잔느는 팔을 벌린 채 어머니에게 몸을 던졌다. 쥘리앙이 들어와 있었다. 그는 뚜렷한 고통이나 절망하는 빛없이 분명히 당황한 채 넋을 잃고 서 있었다. 너무나 뜻밖의 일이라 그런 자리에 필요한 얼굴빛과 태도를 갑자기 만들 수 없었던 것이다. 그는 중얼거렸다.

『이럴 줄 알았어, 돌아가실 것 같더라니…….』

그는 손수건을 꺼내 눈을 닦고 무릎을 꿇으며 성호를 긋고 뭐라고 중얼중얼하더니 일어나면서 자기의 아내도 일으켜 세우려고 했다. 그러나 그녀는 시체를 끌어안은 채 그 위에 엎드려 시체에 입맞추고 있었다. 그녀는 떼어내지 않으면 안 되었다. 그녀는 마치 미친 것 같았다.

한 시간 뒤에야 그녀를 다시 그 방으로 들어가게 내버려두었다. 다시 되살아나게 할 희망은 없었다. 방도 이제는 유해를 안치한 방처럼 꾸며져 있었다. 쥘리앙과 신부는 창가에 서서 낮은 목소리로 이야기하고 있었다. 당튀 과부는 편안한 자세로 안락의자에 앉아 밤샘하는 여자의 습관으로, 그리고 초상난 집이면 어디든 자기 집처럼 여겨지는 듯 벌써 잠든 것 같았다.

밤이 되었다. 신부는 잔느에게로 다가서서 그녀의 두 손을 잡고 아무리 해도 위안이 되지 않는 그녀의 마음에 종교적인 부드러운 위로의 말을 하며 기운을 돋우어 주려고 했다.

그는 죽은 사람에 대해서 신부 특유의 말로 칭찬하고, 과연 애도하는 듯한 슬픈 표정을 지으며 성직자로서 고인에게 은혜를 베풀겠다는 듯이 자기가 시체 곁에서 기도하며 밤샘하겠다고 제의했다. 그러나 잔느는 발작적으로 흐느껴 울며 그것을 거절했다. 그녀는 영원한 고별의 밤을 아무도 없이 자기 혼자 보내고 싶었던 것이다.

쥘리앙이 그녀에게 다가와서 말했다.

「그럴 수는 없소. 함께 밤을 새웁시다.」

그녀는 더 이상 말이 나오지 않아 고개를 가로저었다. 그리고 겨우 말했다.

「우리 어머니예요, 우리 어머니. 나 혼자 어머니를 지키고 싶어요.」

의사가 말했다.

「하고 싶다는 대로 맡겨 두십시오. 저 과부를 옆방에 있게 하면 되지요.」

신부와 쥘리앙도 자기들의 침대를 생각하며 그 말에 따랐다. 그러자 피코 신부는 무릎꿇고 기도하고 나서 일어나 나가며 『주님은 그대와 함께』라고 말할 때와 같은 말투로 「이분은 성녀와 같은 분이었습니다」라고 말했다.

그러자 쥘리앙이 여느 때와 다름없는 목소리로 물었다.

「뭘 좀 들지 않겠소?」

잔느는 그가 자기를 보고 한 말인 줄 몰라 대답하지 않았다. 그는 다시 말했다.

「뭘 좀 먹어야 기운을 차리지 않겠소?」

그녀는 넋이 나간 얼굴로 대답했다.

「아버지를 오시라고 곧 사람을 보내세요.」

쥘리앙은 말탄 심부름꾼을 루앙으로 보내려고 밖으로 나갔다.

그녀는 마치 고인을 애도하는 절망적인 마음이 밀물처럼 치밀어올라 여기에 마음껏 몸을 내맡기려고 마지막 시간을 기다리는 듯 일종의 정지된 고통 속에 잠겨 있었다.

방에는 차츰 어둠의 장막이 짙어오며 고인을 뒤덮었다. 당튀 과부가 병 간호인처럼 조용한 동작으로 눈에 띄지 않는 물건을 찾거나 치우면서 가벼운 걸음으로 돌아다녔다. 그리고 나서 그녀는 두 자루의 초에 불을 붙여 침대 머리맡에 있는 하얀 식탁보 위에 가만히 놓았다. 잔느는 아무것도 보지도 느끼지도 알지도 못하는 것 같았다. 그녀는 혼자 남기만 기다리고 있었던 것이다.

쥘리앙이 식사하고 나서 다시 들어와 물었다.

「아무것도 안들겠소?」

그녀는 머리를 가로저었다. 남편은 슬프기보다는 체념한 듯한 표정으로 말없이 앉아 있었다. 그 세 사람은 움직이지 않은 채 멀리 간격을 두고 의자에 앉아 있었다. 이따금 잠들었던 과부는 코를 골며 갑자기 눈을 뜨곤 했다. 마침내 쥘리앙은 일어나 잔느에게로 다가가서 물었다.

「그래, 정말 혼자 있겠소?」

그녀는 격정이 치밀어올라 저도 모르게 그의 손을 잡으며 말했다.

「네, 그러겠어요. 이대로 내버려둬 주세요.」

그는 그녀의 이마에 키스하며 중얼거렸다.

「이따금 내가 오지.」

그는 안락의자를 옆방으로 밀고 가는 당튀 과부와 함께 나갔다. 잔느는 문을 닫고 두 개의 창문을 활짝 열어젖혔다. 풀 깎는 계절의 따뜻한 미풍이 불어왔다. 그 전날 깎아 눕힌 잔디의 건

초더미가 달빛 아래 반짝였다. 이 부드러운 감촉이 그녀에게는 고통스러웠으며 아이러니컬하여 가슴아팠다. 그녀는 다시 침대 곁으로 가서 생기없는 차디찬 한쪽 손을 잡고 어머니의 얼굴을 자세히 들여다보았다. 쓰러졌던 그 순간처럼 그토록 부어 있지는 않았다. 어머니는 그 어느 때보다 더욱 평화롭게 잠들어 있는 듯했다. 바람에 나부끼는 창백한 촛불의 불꽃이 쉴새없이 얼굴의 그림자 위치를 변화시켜, 움직이지나 않았나 할 만큼 부인을 싱싱하게 보이게 했다.

잔느는 열심히 어머니의 얼굴을 들여다보았다. 그러자 먼 소녀시절부터의 수많은 추억들이 마음 속에 솟아올랐다. 그녀는 어머니가 수녀원 응접실로 찾아와 과자가 잔뜩 든 봉지를 건네주던 모습이 떠올랐다. 온갖 대수롭지 않았던 일들, 하찮은 사실, 하찮은 애정의 표시, 여러가지 말들, 억양들, 늘 하던 몸짓, 웃을 때 눈가에 잡히던 주름, 앉았을 때의 숨찬 한숨 소리 등을 돌이켜보았다. 그녀는 어떤 혼미한 상태 속에서 『어머님은 돌아가셨다』고 되풀이하며 바라보고 있었다. 그러자 이 말이 지닌 공포감이 그녀에게 밀려왔다.

저기에 누워 있는 부인——어머니가——엄마가——아델라이드 부인이——돌아가셨다고? 이제는 움직이지도 말하지도 웃지도 않을 터이고, 더욱이 아버지와 마주앉아 식사하는 일도 없으리라. 이제는 「잘 잤니, 자네트?」 하고 아침인사하는 일도 없을 것이다. 어머니는 돌아가셨다! 얼마 안 되어 관 속에 넣어 못을 박고 파묻으면 그것으로 끝나는 것이다. 두 번 다시 볼 수 없을 것이다. 그럴 수가 있을까? 어째서 그럴까? 이제 어머니는 사라지는 것일까? 눈을 뜨면서부터 보아 왔고 팔을 벌리면서부터 사랑하는, 이 정답고 그리운 얼굴은, 이 크나큰 애정의 배출구는, 그녀의 마음 속에서는 어느존재보다도 더 소중했던 유일한 존재인 어머니는 영원히 사라져 버린 것이다.

이제는 어머니의 얼굴을, 움직이지도 않고 생각하지도 않는 이 얼굴을 보는 것도 몇 시간 남지 않았다. 그 뒤에는 추억밖에 아무것도 남지 않을 것이다. 그리하여 그녀는 절망적인 무서운 발작으로 바닥에 털썩 무릎꿇고 앉았다. 그리고는 경련 이는 손으로 테이블을 움켜잡고 뒤틀며 입을 침대에 갖다대고 요와 이불 속에서 소리를 죽여가며 찢어지는 듯한 목소리로 외쳤다.

「아아! 엄마! 우리 불쌍한 엄마! 엄마!」

이러다가는 지난번 눈 속을 도망치던 날 밤처럼 미칠 것 같아 그녀는 다시 일어나 창가로 가서 몸을 기대고 머리를 식히고, 이 죽음의 공기와는 다른 새로운 공기를 들이마셨다. 풀을 벤 풀밭과 숲과 들판과 저 멀리 바다가 부드럽고 요염한 달빛 아래 잠들어 평화로운 침묵 속에서 쉬고 있었다. 이러한 부드러운 평화가 얼마쯤 가슴 속에 배어들어 그녀는 소리없이 흐느껴 울었다. 그리고는 다시 침대 곁으로 다가가서 마치 환자를 간호하듯 어머니의 손을 잡고 앉았다.

큰 날벌레가 촛불에 끌려 방으로 날아들어 왔다. 벌레는 마치 총알처럼 벽에 부딪치며 방의 이 끝에서 저 끝까지 날아다녔다. 잔느는 붕붕거리는 날개 소리에 정신이 팔려 눈을 들어보았으나 하얀 천장에 움직이는 검은 그림자밖에 보지 못했다. 이윽고 아무 소리도 들려오지 않았다. 조금 뒤 째깍거리는 시계 소리가 들려오고 나직한, 거의 들릴락말락한 또 다른 작은 소리가 들려왔다. 침대다리 옆 의자 위에 팽개쳐진 어머니의 옷 속에서 잊혀진 채 줄곧 초침이 돌아가는 어머니의 회중시계 소리였다. 문득 이 고인과 째깍거리는 그 시계와의 막연한 대조가 잔느의 가슴에 강렬한 비통감을 불러일으켰다.

그녀는 시계를 보았다. 이제 겨우 10시 30분이었다. 그녀는 이 고인의 침대머리에서 보낼 이 한밤에 대해 무서운 공포를 느꼈다. 또 다른 추억들이 떠올랐다. 그것은 자신의 생에 대한 추억——로잘리——질베르트——자기 가슴에 쓰라린 환멸을 불러일으키는 대상들이었다. 그러고 보면 세상일이란 비참함과 슬픔과 죽음에 지나지 않는다. 누구나 다 속이고 거짓말하고 남을 괴롭히고 울린다. 어디에서 조금이나마 휴식과 기쁨을 얻어볼 수 있겠는가. 아아, 저 세상에서 찾아볼 수 있는가 보다. 영혼을!

그녀는 해결되지 않는 이 신비에 대해 공상하기 시작했다. 갑자기 시적(詩的)인 확신을 가져보다가는 그와 비슷하게 막연한 또 다른 가설들이 곧 이것을 뒤집어 엎었다. 대체 어머니의 영혼은 지금 어디에 있는 것일까? 이 움직이지 않고 차디찬 시체의 영혼은 어디에 있는 것일까? 아주 먼 곳에 가 있는 것이다. 우주 공간의 한모퉁이에 있는 것일까? 그렇다면 그곳이 어디일까? 새장에서 달아난 보이지 않는 새처럼 증발해 버린 것일까? 하느님에게로 불려갔을까? 그렇지 않으면 그 어떤 새로운 창조물 속에 흩어져 깨어나려는 싹 속에 섞여 버렸을까? 또는 아주 가까이 있는 게 아닐까? 이 방 안이 어머니가 떨어져 나간 이 생명없는 육체의 주위일까?

별안간 잔느는 마치 망령(亡靈)이 닿은 것처럼 어떤 입김이 자기를 스치는 듯한 느낌이 들었다. 그녀는 무서웠다. 소름끼치도록 무서웠다. 어찌나 무서운지 손끝 하나 까딱하지 못하고 숨을 죽인 채 감히 시체를 돌아볼 용기조차 나지 않았다. 그녀의 가슴은 놀란 토끼처럼 몹시 뛰었다. 갑자기 보이지 않던 날벌레가 또다시 빙빙 날아돌며 벽에 부딪치기 시작했다. 그녀는 발끝부터 머리끝까지 오싹했으나 날벌레 소리임을 알고는 곧 마음이 놓여 일어나서 돌아보았다.

그녀의 눈길은 유물로 남은 가구, 『스핑크스』의 머리가 붙은 책상서랍 위에 멈추었다. 문득 부드럽고 신비한 생각이 그녀의 가슴에 스며들었다. 이 마지막 밤샘을 하며 성경책을 읽듯이 고인의 소중했던 저 오래된 편지를 읽어보겠다는 생각이었다. 잔느

에게는 이것이 상냥하고 신성한 의무이며 저승으로 간 어머니를
기쁘게 해 드리는 참다운 효도를 하는 것 같이 여겨졌다.

그것은 그녀가 전혀 알지 못하는 할아버지, 할머니의 해묵은
편지들이었다.

그녀는 그들의 딸의 육체 너머로 그들에게로 가서 옛날에 돌아
가신 그들과 지금 자기 차례가 와서 이 세상을 떠난 어머니와 아
직 이 세상에 남아 있는 자기와의 사이에 일종의 신비적인 애정
의 열쇠를 만들고 싶었다.

그녀는 일어나 책상서랍의 앞문을 열고 아랫서랍에서 차곡차
곡 끈으로 동여매 누렇게 바랜 조그만 여남은 개의 편지다발을
꺼냈다.

그녀는 일종의 감상적인 마음으로 그 편지를 침대 위 남작부인
의 팔 사이에 펼쳐놓고 읽기 시작했다. 그것은 문갑 책상서럽 속
에서 발견된 오래된 편지들로 지난 세기의 냄새가 풍기는 것들이
었다. 첫번째 편지는 『나의 사랑하는 딸에게——』라는 말로 시작
되어 있었다. 또 다른 것은 『귀여운 어린 것——』으로 되어 있
고, 『나의 예쁜이——』『열애하는 내 딸——』 그리고 『귀여운
자식——』 『귀여운 아델라이드』『사랑하는 내 딸——』 소녀,
처녀, 나중에는 젊은 부인으로 달라짐에 따라 이와같이 편지의
호칭도 달라졌다. 이 모든 편지들은 열정적이고 유치한 애정과
사소하고 친근한 일들과, 집안의 크고 작은 사건들로 가득차 있
었는데, 그 편지와 관계없는 사람들에게는 아주 평범한 것이
었다.

『아버님은 유행성 감기가 드셨습니다. 하녀 오르탕스는 손가락
을 데었습니다. 고양이 크로크라가 죽었습니다. 오른편에 있는
전나무를 잘랐습니다. 어머님이 교회에서 돌아오는 길에 미사책
을 잃어버리셨는데, 어머님은 누가 훔쳐갔나 보다고 생각하십
니다』라는 식의 것이었다.

거기에는 또한 잔느가 모르는, 그러나 어렸을 때 이름만은 어럼풋이 들은 것 같은 사람들에 대한 이야기도 씌어 있었다. 그녀는 여러 가지 계시(啓示)와 같은 이런 사소한 일들에 감동했다. 그녀는 마치 지나간 과거의 비밀생활에, 즉 어머니 마음의 생활에 뛰어든 것 같은 기분이었다. 그녀는 누워 있는 시체를 바라보다가 별안간 큰소리로 편지를 읽기 시작했다. 고인을 위해 마치 위로하려는 듯 소리높여 읽기 시작했다. 그러자 움직이지 않는 시체도 행복한 듯 보였다.

하나씩 하나씩 읽는 대로, 그녀는 침대 밑으로 던졌다. 그리고 꽃과 함께 이 편지들도 관 속에 넣어드려야겠다고 생각했다. 그녀는 또 하나의 다른 편지뭉치를 풀었다. 새로운 글씨의 편지였다. 그 편지는 『당신의 애무없이 나는 이제 살아갈 수 없게 되었습니다. 나는 당신을 미칠 듯이 사랑합니다』라고 시작되어 있었다. 그것뿐이었다. 보낸 사람의 이름도 없었다. 까닭을 몰라 다시 겉봉을 보았다. 분명 르 페르튀 데 보 남작부인 앞으로 되어 있었다.

그래서 그녀는 다음 편지를 펼쳤다.

오늘밤 그가 나가는 대로 곧 와주십시오. 우리는 한 시간을 같이 보낼 수 있을 겁니다. 나는 당신을 사랑하고 있습니다.

또 다른 편지에는──.

헛되이 그대를 요구하면서 정신착란의 하룻밤을 보냈습니다. 나는 내 마음 속에 당신의 육체를 껴안았고, 내 입술은 그대 입술 위에 있었으며 그대의 두 눈은 내 눈 밑에 있었습니다. 그런데 지금 이 순간, 당신은 그 남자 곁에 잠들어 있고 그 남자가 당신의 육체를 마음대로 다루리라고 생각하니 분노로 말미암아 창 밖으로 내 몸을 던지고 싶은 기분입니다.

　잔느는 놀라 입을 벌린 채 어리둥절했다. 이것은 어찌된 일일까? 이 사랑의 말은 누가 누구에게 보낸, 누구를 위한 누구의 것일까? 그녀는 계속 읽어나갔으나 여전히 미칠 듯한 사랑의 고백과 신중한 태도를 취하라고 경고한 밀회의 약속뿐이었다. 그리고 언제나 사연 끝에 다음과 같은 부탁의 말이 덧붙여 있었다.

　반드시 이 편지를 태워 버리십시오.

　마지막으로 그녀는 평범하고 간략한 편지 한 장을 펼쳐보았다. 그것은 만찬 초대를 승낙한다는 것으로 필적은 먼저것들과 같았으며, 폴 덴느마르라고 서명되어 있었다. 지금도 남작은 그에 대해 이야기할 때『가엾은 폴』이라고 부르는데, 그 폴의 부인은 남작부인과 가장 친한 친구였다. 그러자 잔느에게 어떤 의혹이 스쳐 지나갔고, 이것은 다시 움직일 수 없는 확신으로 나타났다. 어머니는 그 남자를 연인으로 삼고 있었던 것이다.

　그녀는 갑자기 머리가 혼란되어 독벌레를 떨쳐 버리듯 몸서리치며 이 추악한 편지들을 팽개쳐 버렸다. 그리고 창가로 달려가 자기도 모르게 목이 찢어지는 듯한 소리를 내며 무섭게 울기 시작했다. 그리고는 온몸에 힘이 빠져 벽 밑에 맥없이 쓰러져 소리 나지 않게 커튼으로 얼굴을 가리고 끝없는 절망 속에 흐느껴 울었다. 아마 밤새도록 그렇게 울고 있었을 것이다. 문득 옆방에서 발소리가 나서 벌떡 일어났다.

　어쩌면 아버지인지도 몰라. 침대 위며 방바닥에 흩어진 편지는 어떻게 할까? 이 편지 한 통만 펴보아도 지난 일이 모두 탄로나는 것이다.

　『아버지가 그것을 아시게 된다면, 그분이?』

　그녀는 쏜살같이 달려들어 할머니, 할아버지의 편지며, 연인의 편지, 아직 펴보지 않은 편지, 그리고 책상서랍 속에 묶인 채로 있는 편지, 누렇게 빛바랜 어머니의 편지를 모두 난로 속에 던져 버렸다. 그리고 테이블 위에서 껌벅이고 있는 촛대 하나를 갖다가 이 편지더미에 불을 붙였다. 큰 불길이 일어나 방과 침대와 시체를 춤추는 듯한 빛으로 비추고, 침대의 테이블 위에 굳어진 떨리는 듯한 옆얼굴과 이불 속에 있는 뚱뚱한 몸집의 그림자를 꺼멓게 던져주었다. 난로 속에 한 줌의 재밖에 남지 않게 되자, 더 이상 시체 곁에 머무를 용기가 나지 않아 잔느는 다시 열려진 창가로 돌아가 앉았다. 그리고는 두 손으로 얼굴을 가린 채 울면서 창자가 끊어지는 듯한 비통한 신음 소리를 냈다.

「아아! 불쌍한 엄마! 아아! 우리 불쌍한 엄마!」

문득 무서운 생각이 들었다.

『만일 어머니가 돌아간 것이 아니라면, 지금은 다만 혼수상태에 빠져 있을 뿐인데 별안간 일어나서 이야기라도 하신다면 어떻게 할 것인가? 그처럼 무서운 비밀을 알아낸 것은 자식으로서의 어머니에 대한 애정을 덜게 하지 않을까? 다시 옛날처럼 경건하게 입술에 키스할 수 있을까? 다시 옛날처럼 성스러운 애정으로 사랑할 수 있을까? 이제 그것은 절대로 불가능한 일이다!』

이런 생각이 그녀의 가슴을 찢어놓는 듯했다.

어둠의 장막은 점점 엷어져가고 반짝이던 별들도 차츰 빛을 잃었다. 날이 밝기 직전의 서늘한 시각이었다. 기울어진 달은 해면을 진주빛으로 물들이며 막 가라앉는 순간이었다.

처음으로 레 페플에 도착했을 때 첫날밤을 창가에서 보낸 추억이 잔느의 마음을 아프게 했다. 얼마나 먼 옛날인가? 얼마나 달라져 버렸나! 미래가 얼마나 많이 그때와 달라져 보이나! 어느덧 하늘은 장미빛으로 물들었다. 즐겁고 사랑스럽고 아름다운 장미빛이었다. 그녀는 지금 불가사의한 사물을 대한 듯 놀란 채 이 찬란한 먼동을 바라보고 있었다. 그리고 이처럼 먼동이 밝아오는 이 땅에 기쁨도 행복도 없다는 것이 정말일까, 하고 생각했다. 그녀는 문 여는 소리에 깜짝 놀랐다. 쥘리앙이었다.

그는 물었다.

「어떻소, 너무 피로하지 않소?」

그녀는 곁에 누가 있다는 데 적이 마음이 가라앉아 중얼거렸다.

「괜찮아요.」

그는 말했다.

「자아, 이제 그만 가서 쉬구려.」

그녀는 괴롭고 고통스럽게 느릿느릿 어머니에게 키스하고 나서 자기 침실로 돌아갔다.

죽음에 뒤따르는 갖가지 슬픈 일들 속에서 하루 해가 지나갔다. 남작은 저녁때 도착했다. 그는 몹시 서럽게 울었다.

장례식은 그 다음날에 있었다. 잔느는 마지막으로 얼음같이 찬 이마에 입술을 대고 마지막 화장을 시키고 관에 넣어 못질하는 것을 보고 물러 나왔다. 곧 손님들이 올 것이기 때문이었다.

질베르트는 맨 먼저 와서 자기 친구의 품에 몸을 던지고 흐느껴 울었다. 마차가 몇 대씩 담을 돌아서 달려오는 것이 창 밖으로 보였다. 현관쪽은 사람들 소리로 떠들썩했다. 잔느가 전혀 보지도 못한 상복 입은 여자들이 차츰 방 안으로 들어오기 시작했다.

쿠틀리에 후작부인과 브리즈빌르 자작부인이 잔느에게 키스했다.

별안간 잔느는 리종 이모가 자기 등 뒤에 소리없이 와서 서 있는 것을 알았다. 그녀는 다정스럽게 이모를 와락 껴안았다. 그것은 노처녀를 거의 실신케 했다.

쥘리앙이 상복을 입고 멋진 모습으로 조객(吊客)이 몰려든 데 만족한 표정을 지으며 기쁘게 들어왔다. 그는 상의할 일이 있다고 낮은 목소리로 말했다. 그리고는 은근한 목소리로 덧붙였다.
「귀족이란 귀족은 다 모였군. 볼만하겠는데.」
그는 부인들에게 정중히 인사하고 나갔다. 장례식이 거행되는 동안 리종 이모와 질베르트 백작부인만이 잔느 곁에 남아 있었다. 백작부인은 쉴새없이 그녀에게 키스하며 되풀이해서 말했다.
「가엾은 분, 가엾은 분.」
푸르빌르 백작이 그의 아내를 찾으러 왔을 때 백작은 자기 어머니를 잃은 듯이 울었다.

10

장례식이 끝난 며칠 동안은 몹시 슬펐다. 이제는 정다웠던 사람이 영원히 가버림으로써 온 집 안이 텅 빈 듯한 음울한 나날이었고, 고인이 살았을 때 늘 쓰던 모든 물건들이 눈에 띌 적마다 사람들에게 새로운 고통을 주는 그러한 나날이었다.

때때로 고인에 대한 추억이 떠올라 마음아프게 했다. 여기에 고인이 앉았던 안락의자가 있고, 현관에도 양산이 덩그렇게 놓여 있었으며, 고인의 컵은 하녀가 치우지 않아 아직도 그대로 놓여 있었다. 어느 방에나 고인을 생각나게 하는 물건들이 있었다. 가위, 장갑 한 짝, 고인의 손때가 묻고 책장이 너덜너덜 낡아빠진 책, 그리고 수없이 작은 추억들을 떠오르게 하는 수많은 사소한 일들도 비통한 뜻을 자아내게 했다.

또한 고인의 목소리가 귀에서 떠나지 않아 정말 뚜렷이 그 소리를 듣고 있는 듯이 여겨졌다.

잔느는 어디론가 도망치고 싶었다. 넋이 붙어 있는 듯한 이 집에서 빠져나가고 싶었다. 그러나 다른 식구들도 집에 남아 똑같은 고통을 당하고 있는 이상 자기도 어쩔 수 없이 남아 있지 않으면 안 되었다.

더욱이 잔느는 자신이 발견한 어머니의 비밀에 짓눌려 있었다. 그 생각으로 말미암아 그녀 마음의 상처는 좀처럼 아물지 않았다. 그 무서운 비밀 때문에 그녀의 고독은 더욱더 견디기 힘들었다. 그녀의 마지막 신뢰는 마지막 신앙과 더불어 땅에 떨어졌던 것이다.

아버지는 며칠 뒤 떠나버렸다. 장소를 옮겨 새로운 공기를 들이마시며 그가 점점 더 깊이 빠져들어가는 암흑의 고뇌에서 벗어날 필요가 있었던 것이다.

그리고 이처럼 주인 가운데 한 사람이 사라져가는 것을 보아온 이 큰 집은 거의 평온하고 규칙적인 생활을 되찾았다.

그러자 이번에는 폴이 병이 났다. 이 때문에 잔느는 완전히 이성을 잃고 10여 일 동안을 거의 먹지도 자지도 않고 지새웠다.

어린아이의 병은 완치되었다. 그러나 그녀는 혹시 폴이 죽을지도 모른다는 공포에 떨고 있었다.

그렇게 되면 어떻게 될까.

자기는 어떻게 될까.

그렇게 생각하자 어린아이가 하나 더 있었으면 하는 가느다란 욕망이 조용히 그녀의 가슴 속에 스며들었다. 그녀는 거기에 대해 몽상해 보고는 자기 슬하에 남자아이 하나, 여자아이 하나를 갖고 싶어했던 지난날의 욕망에 다시 사로잡혔으며 그것은 마음에서 떠나지 않고 하나의 집념이 되었다.

그러나 로잘리 사건 이후 그녀는 남편과 방을 따로 쓰고 있었다. 지금 두 사람의 상태로는 다시 가까워진다는 것이 거의 불가능해 보였다. 쥘리앙은 따로 사랑을 하고 있었고, 그녀는 그것을 알고 있었다. 남편의 애무를 다시 받는다는 생각만으로도 그녀는 혐오감에 몸서리쳤다.

그러나 그런 감정보다는 그녀는 어머니가 되고 싶은 욕망이 더 강했다. 어떤 방법으로 다시 접촉할 것인가, 하고 그녀는 생각해 보았다. 자기 생각을 남편에게 눈치채게 할 행동을 하려니 그녀는 굴욕감으로 죽을 것 같은 심정이었다.

남편도 더 이상 자기에게 관심을 갖지 않는 것 같았다.

그래서 그런 것은 단념해 버리겠다고 생각하면서도 그녀는 밤이면 밤마다 여자아이를 꿈꾸었다. 꿈속에서는 언제나 플라타너스 아래 여자아이와 폴이 놀고 있는 것이었다. 그녀는 일어나서 말없이 남편의 침실로 찾아가고 싶은 안타까운 마음을 느낄 때도 있었다. 두 번이나 그녀는 남편의 침실 문 앞까지 몰래 갔다가는 부끄러운 생각에 가슴을 두근거리며 재빨리 되돌아오곤 했다.

어머니는 돌아가셨고, 아버지도 떠나가 버렸다. 잔느에게는 이제 함께 의논할 만한 사람도 없었고, 마주앉아 마음 속의 비밀을 털어놓을 만한 사람도 없었다.

그러자 그녀는 피코 신부를 찾아가 비밀을 지켜달라는 조건으로 자기가 생각한 이 어려운 계획을 의논해보리라고 마음먹었다.

그녀가 찾아갔을 때 신부는 과일나무를 심은 작은 정원에서 기도서를 읽고 있었다.

몇 분 동안 이런저런 이야기를 하고 나서 그녀는 얼굴을 붉히며 더듬더듬 이야기를 꺼냈다.

「신부님, 나는 참회를 하고 싶어요.」

신부는 깜짝 놀라 안경을 치켜올리고는 그녀를 유심히 바라보며 웃음지었다.

「하지만 부인이 양심에 꺼릴 만한 큰 죄를 지으셨으리라고는 여겨지지 않는데요.」

그녀는 몹시 당황하며 말을 이었다.

「아닙니다. 그런 것이 아니라 상의할 말씀이 있는데, 그것이 퍽……퍽……거북한 것이라서 이렇게 말씀드리기가 어렵습니다.」

신부는 곧 호인다운 표정을 버리고 신부다운 표정을 지었다.

「좋습니다. 그러면 고해실에서 말씀을 듣기로 하지요.」

그러나 그녀는 텅 빈 성당의 조용한 분위기 속에서 그처럼 얼마쯤 부끄러운 일을 이야기한다는 것이 불안해져서 갑자기 걸음을 멈추고 망설이며 신부를 붙들었다.

「혹시……저……신부님……나는……신부님만 좋으시다면…… 여기에 오게 된 까닭을 말씀드릴 수 있습니다. 저기 조그마한 정자나무 밑으로 가서 앉을까요?」

그들은 천천히 그리로 걸어갔다. 그녀는 어떻게 설명하고 어떻게 말머리를 꺼낼까 궁리하고 있었다.

그들은 앉았다.

그녀는 참회하듯 말을 꺼냈다.

「신부님.」

그녀는 다시 조금 망설였다.

「신부님.」

그러나 그녀는 완전히 마음이 어지러워져 입을 다물어 버렸다. 신부는 배 위에 두 손을 깍지끼고 다음 말을 기다렸다.

그녀가 당황해 하는 것을 보고 신부는 용기를 붇돋아주었다.

「말씀하시기가 거북한 듯한데, 자아, 용기를 내십시오.」

잔느는 위험 속으로 뛰어드는 겁쟁이처럼 마음을 단단히 먹고 말했다.

「신부님 나는 아기를 하나 더 갖고 싶어요.」

신부는 까닭을 몰라 대답하지 못했다.

그녀는 더욱 당황하며 어물어물 설명했다.

「나는 지금 세상에서 혼자 살아가고 있습니다. 나의 아버지와 남편과는 마음이 맞지 않으며 게다가 어머니는 돌아가셨습니다. 그리고…….」

그녀는 몸을 떨며 낮은 목소리로 말을 이었다.

「요전에 하마터면 나는 자식을 잃을 뻔했습니다. 그랬더라면 나는 어떻게 되었겠어요?」

잔느는 입을 다물었다. 신부는 그녀의 말을 어떻게 해석해야 할지 몰라서 물끄러미 바라보았다.

「자아, 그러면 요점을 말씀하십시오.」

잔느는 되풀이했다.

「나는 아기를 하나 더 갖고 싶어요.」

그러나 자기 앞에서 조금도 서슴지 않고 농담하는 농사꾼들에게 단련이 된 신부는 빙그레 웃었다. 그는 교활하게 고개짓을 한 번 하고 대답했다.

「아무래도 그건 부인에게 달린 문제가 아닌 것 같은데요.」

그녀는 순진한 눈초리로 신부를 쳐다보며 거북스러운 듯이 머뭇머뭇 말했다.

「그런데……그런데……아시다시피 그때부터……알고 계신……그 하녀의 일이 있은 뒤부터 내 남편과 나는 방을 따로 쓰고 있어요.」

시골의 추잡한 풍습이나 남녀들의 난잡한 행위에 길든 신부는 이 고백에 놀랐다.

그는 이 젊은 부인의 진정한 욕구를 알 수 있을 것 같았다. 그녀의 비탄에 대해 신부는 호의와 동정의 마음을 가지고 곁눈으로 그녀를 바라보았다.

「네, 잘 알았습니다. 부인의……부인의 독수공방의 쓰라림을 알겠습니다. 젊으신데다 퍽 건강하시고……어쨌든 그건 당연합니다. 당연함 이상입니다.」

시골 신부의 다분히 방종한 성품이 고개를 들어 그는 다시 빙글빙글 웃었다.

그는 부드럽게 그녀의 손을 토닥거렸다.

「그것은 허용되어 있는 것입니다. 신의 이름으로 완전히 허용되어 있는 것입니다. 육체적인 작업은 오직 결혼한 뒤에만 바랄지어다——. 부인은 이미 결혼하셨습니다. 그렇지 않습니까? 뭐 조금도 가책받을 일이 아니잖습니까.」

이번에는 그녀가 신부의 말뜻을 알아차리지 못했다. 그러나 그 의미를 짐작하자마자 그녀는 얼굴이 새빨개지고 깜짝 놀라면서 눈물이 글썽해졌다.

「아이! 신부님도 무슨 말씀을 하세요? 어떤 생각에서 그런 말씀을 하시지요? 나는 정말이지…….」

그녀는 흐느낌으로 목이 메었다. 신부는 깜짝 놀라 그녀를 위로했다.

「부인을 괴롭히려고 한 것은 아닙니다. 좀 농담했을 뿐입니다. 악의만 없으면 농담도 상관없지 않을까요? 어쨌든 나를 믿으셔도 좋습니다. 쥘리앙 씨를 내가 한 번 만나보도록 하지요.」

그녀는 어떻게 말해야 좋을지 몰랐다. 신부의 어색하고 위태로운 개입이 근심스러워 그것을 취소하려고 했으나 용기가 나지 않았다.

「고맙습니다. 신부님.」

그녀는 나직이 중얼거린 다음 그 자리를 빠져나왔다.

1주일이 지났다.

그녀는 근심스러운 불안 속에서 살았다.

어느 날 저녁식사 때 쥘리앙은 남을 조롱할 때 하는 버릇으로 히죽 웃는 듯한 주름살을 입가에 새기며 이상하게 잔느를 쳐다보았을 뿐만 아니라 자기 아내에게 일종의 눈에 보이지 않는 장난스러운 교태까지 부렸다. 그는 식사 뒤 어머니가 걷던 산책길을 걸으며 그녀의 귀에 속삭였다.

「우리는 다시 사이가 좋아진 모양이지?」

그녀는 대답하지 않았다. 풀이 자라서 이제는 거의 보이지 않게 된 땅 위에 난 똑바른 선을 그녀는 내려다보고 있었다. 그것은 추억이 사라져가듯 차츰 사라져가는 남작부인의 발자국이었다. 잔느는 슬픔에 잠겨 가슴이 죄어드는 것 같이 생각되었다.

그녀는 모든 사람에게서 동떨어진 채 인생에서 길을 잃어버린 듯한 느낌이 들었다.

「나는 더 바랄 나위도 없소. 당신을 괴롭힐까봐 늘 걱정했던 거요.」

해가 넘어가고 공기는 부드러웠다. 울고 싶은 마음이 잔느의 가슴을 억눌렀다. 친근한 사람에게 진심을 털어놓고 싶은 마음, 그 사람을 껴안으면서 자기의 고뇌를 절절이 호소하고 싶은 심정이었다. 흐느낌이 목구멍까지 치밀어올랐다.

그녀는 팔을 벌리고 쥘리앙의 가슴에 쓰러졌다.

그녀는 울었다. 쥘리앙은 모르는 척 머리만 내려다보고 있었다. 그는 아내가 아직도 자기를 사랑하고 있다고 여겨져 그녀의 목에 점잖게 키스해 주었다.

그리고 한 마디 말도 없이 그들은 돌아갔다.

그는 아내의 방으로 들어가 아내와 함께 그날 밤을 지냈다.

이리하여 옛날 그들의 관계가 다시 시작되었다. 그는 그러한 관계를 의무처럼 수행했으나 그렇다고 그다지 불쾌한 일도 아니었다. 그녀는 구역질나는 필요성과 고통으로 그러한 관계를 받아들였으며, 그리하여 임신했다고 느끼기만 하면 이 관계를 영원히 끊어버릴 결심이었다.

그러나 얼마 안가서 그녀는 남편의 애무가 그전과 달라진 것을 눈치챘다. 남편의 애무가 그전보다 더 세련되었는지 모르나 완전하지 못한 것이었다. 남편은 조심스러운 연인처럼 그녀를 다루었고, 마음을 턱 놓은 태도가 아니었다.

그녀는 놀라서 여기에 주의를 기울였다. 그리고 얼마 안가 남편의 행동이 그녀가 완전히 만족할 수 있는 상태에 놓이기 전에 중단된다는 사실을 알아차렸다.

어느 날 밤 그녀는 남편과 입술을 마주댄 채 속삭였다.

「당신은 이제 전처럼 끝까지 모두 맡기지 않으세요?」

남편은 비웃듯이 대답했다.

「당신을 임신시키지 않기 위해서요.」

그녀는 몸이 오싹했다.

「어째서 당신은 어린애가 싫으세요?」

그는 깜짝 놀란 듯 말했다.

「뭐라고, 당신 미쳤소? 아이를 더? 하느님 맙소사! 하나 있는데도 빽빽거려서 귀찮고 손이 가고 돈이 드는데, 하나 더? 제발 맙소사!」

그녀는 그를 껴안고 애무하면서 남편을 달래며 낮은 목소리로 속삭였다.

「제발 부탁이니 한 번만 더 어머니가 되게 해주세요.」

그러나 남편은 그녀의 말에 기분상한 듯 화를 버럭 냈다.

「아니, 당신은 정말 정신이 어떻게 됐소? 제발 그런 바보 같은 소리는 그만둬.」

그녀는 입을 다물어 버렸다. 그러나 책략을 써서라도 기어코 자기가 바라는 행복을 얻으리라고 마음먹었다. 그리하여 그녀는 키스하는 시간을 오래 끌어보기도 하고 정열의 연극을 부리고 흥분한 척하면서 떨리는 두 팔로 남편을 끌어당겨 보기도 했다.

그녀는 온갖 수단 다 써보았으나 남편은 냉정을 잃지 않았으므로 한 번도 성공하지 못했다. 그리하여 점점 더 심해져 가는 욕구에 사로잡혀 이제는 막다른 길까지 다다라 무슨 짓이라도 할 마음의 준비가 갖추어졌고, 무슨 수단이든 다 써보겠다는 생각으로 그녀는 또다시 피코 신부를 찾았다.

　신부는 막 식사를 끝마친 참이었다. 식사 뒤에는 늘 심장의 두근거림이 심해져 그의 얼굴은 몹시 붉었다. 그녀가 들어오는 것을 보자 신부는 외쳤다.

「그래, 어떠십니까 ?」

　신부는 자기가 교섭한 결과를 알고 싶었던 것이다. 이제는 이미 모든 결심이 되어 있었으므로 그녀는 더 이상 부끄러움으로 망설이지 않고 곧 대답했다.

「남편은 어린아이를 더 바라지 않는답니다.」

　신부는 그러한 규방의 비밀에 호기심이 끌려 비밀을 들춰내려고 잔느에게 돌아섰다. 그러한 일은 참회실에서의 신부를 언제나 즐겁게 해주었다. 신부는 물었다.

「어째서 그렇습니까 ?」

　이렇게 되자 그녀도 단단히 마음먹기는 했으나 설명하기가 난처했다.

「그이가……그이가……그이는 내가 다시 한 번 어머니가 되는 것을 싫어한답니다.」

　신부는 알아들었다. 그는 그러한 일을 잘 알고 있었다. 그리고 며칠 굶었던 사람이 걸신들려 먹듯이 자세한 내막과 하찮은 점까지 꼬치꼬치 캐물었다. 그는 잠시 동안 골똘히 생각하더니 조용한 목소리로 마치 풍년진 수확에 대해 이야기하듯 모든 점을 세밀히 규정지으며 교묘한 행동의 계획을 그려보였다.

「방법은 한 가지밖에 없습니다. 그것은 남편이 부인이 임신했다는 것을 믿도록 하는 일입니다. 그렇게 되면 남편은 더 주의하지 않을 것이고, 그러면 부인은 정말 임신하게 될 겁니다.」

　그녀는 눈 속까지 빨개졌다. 그러나 모든 것을 각오했던 바라 곧 물었다.

「하지만 그이가 내 말을 믿지 않으면요 ?」

　신부는 사람을 조종하고 다루는 방법을 잘 알고 있었다.

「세상 사람들에게 부인이 임신했다고 말하십시오. 가시는 곳마다 어디서나 그 말을 하십시오. 그러면 결국 남편도 그 말을 믿을 겁니다.」

그리고는 그같은 책략을 부리는 죄를 자기가 용서해주는 것처럼 이렇게 덧붙였다.

「그것은 부인의 권리입니다. 성당은 남녀관계를 출산의 목적 이외에는 허용하지 않습니다.」

그녀는 이 교묘한 충고를 따랐고 1주일 뒤 임신한 것 같다고 쥘리앙에게 말했다. 쥘리앙은 펄쩍 뛰었다.

「그럴 리가 없소! 거짓말이오.」

그녀는 자기가 생각해낸 증세를 남편에게 이야기했다. 그러나 그는 단정했다.

「아니, 좀 두고 봅시다. 알게 될 테니.」

그는 매일 아침마다 물었다.

「그래, 어떻소?」

그녀는 언제나 똑같은 대답을 했다.

「아직은요. 임신한 것만은 틀림없다니까요.」

이번에는 쥘리앙이 초조해서 불안해 하고 화도 내며, 더욱이 낙심하는 듯했다. 그는 줄곧 되풀이 말했다.

「그거 도무지 알 수 없는 일인걸. 어떻게 되었는지 알았다면 목을 맨다 해도 좋겠는데.」

한 달 뒤 잔느는 이 말을 곳곳에 퍼뜨렸다. 그러나 질베르트 백작부인에게만은 일종의 복잡미묘한 수치심에서 알리지 않았다. 최초의 불안 이후로 쥘리앙은 다시 아내를 가까이하지 않았다. 그는 화를 내며 투덜거렸다.

「그거 참, 귀찮기만 한 아이가 또 하나 생겼군!」

그리고는 다시 아내의 방에 들어오기 시작했다. 신부가 예측했던 것은 완전히 들어맞았다. 그녀는 임신하게 되었던 것이다.

그녀는 황홀한 기쁨에 잠겨 자기가 숭상하는 막연한 성신에게 뜨거운 감사를 드리며 앞으로는 영원히 순결할 것을 맹세하고 밤이면 자기 침실의 방문을 굳게 잠가 버렸다.

그녀는 또다시 행복한 자신을 느끼게 되었고, 어머니의 죽음에 대한 슬픔이 이토록 빨리 사라지는 것을 놀랍게 생각했다. 도저히 위안받을 수 없다고 여겼던 심한 마음의 상처가 겨우 두 달 남짓하여 아물어 버린 것이다. 이제 남은 것이라고는 그녀의 생활 위에 씌워진 슬픔의 베일 같은 깊은 우수뿐이었다. 이제는 더 이상 아무 일도 일어날 것 같지 않았다. 자식들은 자라갈 것이고 자기를 사랑해줄 것이다. 그녀는 남편에 대해 마음쓰지 않고도 조용하고 안락하게 늙어갈 수 있게 되리라고 생각했다.

9월 끝무렵쯤 피코 신부가 아직 2주일 정도밖에 입지 않은 새 법의를 입고 정식으로 찾아와 자기의 후임자인 톨비악 신부를 소개했다.

그 후임 신부는 아주 젊고 깡마른데다 키가 몹시 작고 유난히 과장된 말을 하는 사람으로 눈언저리가 꺼멓게 움푹 패어 과격한 성격을 나타내고 있었다.

늙은 신부는 『고데르빌르』의 사제장으로 임명받았던 것이다. 잔느는 신부가 떠난다는 것이 매우 슬펐다. 이 선량한 신부의 얼굴은 젊은 아내로서의 자기의 모든 추억과 연결되어 있었다. 신부는 그녀를 결혼시켜 주었고, 폴에게 영세를 베풀어 주었으며, 남작부인의 장례를 치러주었던 것이다.

에투방을 생각할 때마다 농가의 뜰을 따라 산책하던 피코 신부의 불룩한 배가 떠올랐다. 신부의 성격이 명랑하고 자연스러웠기 때문에 그녀는 신부를 좋아했다.

신부는 이번 승진이 그다지 기쁘지 않은 듯했다. 그는 말했다.

「괴롭습니다, 괴로워요, 자작부인. 내가 이곳에 부임해 온 뒤로 18년이 흘러갔습니다. 마을은 가난하고 그다지 좋은 일도 없습니다. 남자들은 신앙이 없고, 여자들은 모두 보시다시피 행실이 좋지 않습니다. 계집애들은 애를 배기 전에는 성당으로 결혼하러 오는 법이 없으니, 따라서 이 지방에는 오렌지 화관(花冠)도 헐값입니다. 하지만 나는 그런 대로 이 지방을 사랑해 왔습니다.」

새로 부임한 신부는 진저리나는 듯한 몸짓을 하며 얼굴이 빨개졌다. 그는 불쑥 말했다.

「내가 부임해 온 이상 그런 모든 것을 개조하고 말겠습니다.」

이미 다 낡았으나 깨끗한 법의를 입은 몸이 가늘고 약하디약한 그는 골 잘 내는 어린아이 같은 얼굴빛이었다. 피코 신부는 기분 좋을 때면 언제나 하는 버릇대로 그를 곁눈질로 쳐다보며 말을 이었다.

「여보시오, 신부! 그런 일을 막으려면 당신 교구의 신자들을 사슬로 붙들어 매어놓아야 할 것입니다. 그러나 그것도 그다지 효과는 없을 걸요.」

그 작은 신부는 뿌루퉁한 목소리로 대답했다.

「곧 알게 되겠지요.」

늙은 신부는 코담배를 들이마시며 빙그레 웃었다.

「나이를 먹어가면 경험과 동시에 당신을 진정시켜줄 것입니다. 그렇게 하다가는 성당에는 신자 한 사람도 남지 않을 거요. 이 지방에서는 신자라고 하지만, 모두 개같아서 조심해야 하오. 정말이지 좀 뚱뚱해 보이는 처녀가 설교를 들으러 오는 것을 보면 이 여자가 우리 교구에 다른 한 사람을 더 데리고 오겠구나, 하고 생각합니다. 그리고 나는 그러한 여자를 결혼시켜 주려고 노력할 따름이지요. 당신도 그들이 그런 짓을 하는 것을 막을 수는 없을 겁니다. 알아듣겠소? 그러나 남자를 찾아내어 어머니가 될 그 여자를 버리지 못하게는 할 수 있습니다. 그저 어떻든 결혼시켜 주십시오. 그밖의 일에 마음 쓰셔서는 안 됩니다.」

신임 신부는 퉁명스럽게 대답했다.

「우리는 저마다 생각하는 견해가 다릅니다. 이제 그만하십시오.」

그러자 피코 신부는 자기 마음에 대해서, 신부의 집 창문에서 내다보이는 바다며 멀리 배가 지나가는 것을 바라보면서 기도서를 읽으러 곧잘 갔었던 깔때기 모양의 조그만 골짜기를 못보게 되는 것이 서운하다고 말했다.

그리고 두 신부는 작별인사를 했다. 늙은 신부가 잔느에게 키스했다. 그녀는 하마터면 울음이 터질 뻔했다.

1주일 뒤 톨비악 신부가 다시 찾아왔다. 그는 자기가 단행하려는 개혁을 이야기했는데, 그것은 한 나라를 손아귀에 쥔 왕후(王侯)나 해낼 수 있는 어마어마한 것이었다. 그리고는 일요일 미사에 반드시 참석하고, 행사가 있을 때마다 성체배수를 하도록 그녀에게 당부했다.

「부인과 나는 이 지방의 수뇌입니다. 우리는 이 지방을 지배하고, 실제로 시범을 보여주어야 할 것입니다. 권위와 존경을 받기 위해 우리는 마음을 서로 합하지 않으면 안됩니다. 성당과 당신이 손을 맞잡으면 나머지 오두막집들은 우리를 두려워하고 우리에게 복종할 것입니다.」

잔느의 신앙은 다분히 감정적인 것이었다. 그것은 여자들이 흔히 지니는 몽상적인 신앙이었다. 그리고 그녀가 얼마쯤 종교적인 의무를 수행했다면 그것은 무엇보다도 수녀원에서 얻은 습관적인 것이었으며 남작의 비판적인 철학이 이미 오래 전에 그녀의 모든 신념을 뒤집어 엎어 버렸던 것이다.

피코 신부는 그녀가 바칠 수 있는 얼마 안 되는 신앙으로 만족했으며 무턱대고 빼앗으려 들지 않았다. 그러나 그의 후임자는 그녀가 지난 일요일 미사에 참석하지 않았다고 하여 용서없이 달려왔다.

그녀는 신부와 논쟁하기가 싫어 처음 몇 주일 동안은 비위를 맞추기 위해 열심히 나가는 척하리라 생각하고 성당에 나갈 것을 약속했다.

그러다가 차츰 그녀는 성당에 나가는 습관을 붙이게 되었고, 꾸밈없고 위압적이며 아주 약해 보이는 이 신부의 영향을 받기 시작했다. 신비주의자인 신부는 그 격정과 열의로 말미암아 그녀의 마음에 들게 되었다. 그는 모든 여자들이 영혼 속에 가지고 있는 종교적인 시정(詩情)의 줄을 그녀의 마음 속에 퉁겨 주었던 것이다. 그의 한결같은 엄격함과 속세와 성에 대한 멸시, 그리고 세속적인 일에 대한 혐오, 신에 대한 사랑, 또는 경험이 없고 젊은 데서 오는 거친 행동과 준엄한 말투와 꺾을 수 없는 의지가 잔느에게 신부다운 인상을 주었다.

그리하여 이미 인생의 환멸을 느끼는 그녀에게, 그는 종교의 경건한 기쁨이 어떻게 온갖 괴로움을 가라앉힐 수 있는가를 가르쳐주면서 그녀를 위안자인 신, 그리스도에게로 이끌어 갔다. 그리하여 그녀는 고해실에서 겨우 15살밖에 되어 보이지 않는 이 젊은 사제 앞에 무릎꿇고 앉아 자신을 작고 연약한 존재라고 생각하는 것이었다.

그러나 얼마 안 되어 마을 사람들은 모두 그 신부를 미워하게 되었다.

자신에 대해서도 불굴의 존엄성을 갖는 신부는 다른 사람들에게 너그럽지 못한 태도를 보였다. 특히 그의 분노와 증오를 자아내게 한 것은 남녀간의 사랑이었다. 그는 설교할 때면 신부의 습관에 따라 쩡쩡 울리는 목소리로 이 마을 사람들에게 색욕을 배격하라는 벼락 같은 말을 퍼부으며 남녀간의 사랑을 공격했다. 그는 격분한 나머지 쉴새없이 떠오르는 환상으로 머리가 가득 차서 분노에 몸을 떨며 발을 굴렀다.

나이찬 처녀 총각들은 성당 안에서도 음험한 눈길을 재빠르게 주고받았다.

그리고 언제나 이런 일로 농담하기 좋아하는 늙은 농부들은 미사가 끝나고 돌아오는 길에 푸른 작업복을 입은 아들과 검은 망토를 입은 부인 가운데 서서 그 작은 신부가 너그럽지 못한 것을 비난했다. 그리하여 마을 전체가 떠들어댔다.

고해실에서의 그의 엄격함과 그가 과하는 준엄한 속죄를 사람들은 수군거리고 있었다. 더구나 정조를 더럽힌 처녀에게는 끝끝내 사면을 거절하여 비웃음마저 받았다.

사람들은 대미사 때 몇몇 젊은이들이 다른 젊은이들과 함께 성체배수하는 데 나가지 않고 제자리에 남아 있는 것을 보고 웃었다.

얼마 안가서 신부는 산지기가 밀렵자들을 쫓아다니듯 연인들의 밀회를 막기 위해 그들의 거동을 살폈다. 개울가에서, 곳간 뒤에서 달밝은 밤에, 또는 낮은 모래 언덕의 경사진 갈대밭 속에서 그들을 몰아냈다.

한 번은 신부가 자기 눈앞에서도 떨어질 줄 모르고 끌어안고 있는 한 쌍을 보았는데, 그들은 서로 허리를 껴안고 키스하면서 자갈 깔린 골짜기를 걷고 있었다.

신부는 소리쳤다.

「그만두지 못해! 이 잡것들아!」

그러나 젊은 남자는 뒤돌아서며 대답했다.

「신부님, 쓸데없는 참견은 그만두십시오. 당신과는 상관없는 일이니.」

이 말에 신부는 자갈을 집더니 마치 개한테 던지듯 두 사람에게 던졌다. 둘은 웃으면서 도망쳤다.

다음 일요일에 신부는 모든 신도들 앞에서 두 사람의 이름을 지적하며 그들의 비행을 이야기했다.

이 지방의 모든 젊은이들이 미사에 나가는 것을 그만두었다.

신부는 목요일마다 저택에서 식사하고 그밖에도 참회자와 이야기하려고 자주 왔다. 잔느도 신부와 마찬가지로 흥분하여 정신적인 문제를 토론했다. 종교적인 논쟁의 상투구, 옛날부터 내려온 복잡한 문제들을 있는 대로 끄집어냈다. 그들은 그리스도며 사도며 성모며 역대 교황에 대해 마치 친지라도 되듯 이야기하며 남작부인의 가로수길을 따라 산책했다.

이따금 두 사람은 심원한 문제를 서로 내걸어 신비스러운 이야기에 열중하려고 걸음을 멈추곤 했다. 그녀는 불화살처럼 하늘로 올라가는 시적인 추리에 도취되었고, 신부는 그녀보다 훨씬 구체적이어서 원을 사각형으로 만들 수 있다는 것을 수학적으로 증명해 보이겠다는 편집광적인 변호인의 논고와 같은 이론을 펼쳐나갔다.

쥘리앙은 새로 부임한 이 신부를 극진히 존경하여 늘 말했다.

「저 신부는 내 마음에 든단 말이야. 타협하려 않거든.」

그는 마음내키면 참회도 하고 성체배수에도 참례하여 훌륭한 모범을 보였다.

요즘 들어 쥘리앙은 거의 날마다 푸르빌르 백작 집에 갔는데, 이제는 그가 없이는 못살게 된 백작과 사냥하거나, 비가 오든 바람이 불든 백작부인과 함께 말을 탔다.

백작은 언제나 말했다.

「저 사람들은 말에 미쳤어. 그러나 내 아내를 위해서는 잘됐지.」

남작은 11월 중간 무렵 돌아왔다. 더 늙고 쇠약하고 마음 속에 맺힌 울적한 슬픔에 빠져 아주 달라져 버렸다. 그리고 몇 달 동안의 울적하고 고독한 생활이 애정과 신뢰와 자애의 필요성을 더욱 필요로 한 듯 딸에 대한 남작의 애정은 갑자기 더 커진 듯싶었다.

잔느는 자기의 새로운 사상이나 톨비악 신부와의 친교나 종교적인 열정 같은 것을 남작에게 털어놓지 않았다. 그러나 이 남작은 신부를 보자 대뜸 참을 수 없는 적의가 끓어오르는 것을 느꼈다.

그날 저녁 잔느가 아버지에게 물었다.

「아버지가 보시기에 신부님이 어때요?」

그는 대뜸 대답했다.

「그 남자 말이냐? 그는 종교재판소의 판사다! 위험하기 짝이 없는 인물이야.」

게다가 남작은 가까운 농부들에게서 젊은 신부의 위엄있고 과격하며 자연의 법칙과 선천적인 본능에 대해 박해를 가한다는 말을 듣고 마음 속에서 혐오의 감정이 폭발했다.

남작은 자연을 숭배하는 낡은 철학파에 속하는 사람으로 두 마리의 동물이 교접하는 것을 보아도 곧 감동했으며 일종의 범신론적인 신 앞에서는 무릎을 꿇었지만, 부르주아적이고 위선적인 분노를 나타내며 폭군적인 복수의 신인 카톨릭교의 신의 개념에 대해서는 반항했다. 그러한 신은 그가 보건대, 그 전모를 알 수 없는 모든 현상, 엄연히 무한하고 전능한 창조를 굳이 작게 만드는 데 지나지 않았다.

숙명적이고 무한하고 전능한 생명의 창조이며 빛이며 땅이며 생각이며 식물이며 바위며 인간이며 공기며 짐승이며 별이며 신이며 곤충이며 조물주이기 때문에 만물을 만들 수 있는 창조, 하나의 의지보다 강하고 이치보다도 넓고 목적도 이유도 없이 끝없이 모든 방향으로 한없는 공간을 통해 갖가지 모양의 형태로 우연적인 필요와 우주를 덮게 하는 모든 천체의 접근에 따라 산출되는 창조, 그러한 창조를 작게 만드는 것에 지나지 않는다는 것이었다.

창조는 모든 것의 싹을 품고 있고, 사상과 생명은 나무에 꽃과 과일이 열리듯이 그것을 성장시켜 나가는 것이다. 그러므로 그에게 있어 생식이란 그 뜻을 알 수 없고 영원히 변치 않는 온갖 신의 의지를 성취시키는 일반적인 위대한 법칙이며 거룩하고 존경할 만하고 신성한 행위였다. 그리하여 남작은 사상과 생명의 박해자인 이 관능적이 아닌 신부와 격렬한 투쟁을 시작했다.

잔느는 통탄하여 하느님께 빌고 아버지에게 탄원했으나, 남작은 언제나 똑같이 대답했다.

「그런 사람은 때려눕혀야 돼. 그것은 우리의 권리며 동시에 의무야. 그런 부류는 인간이 아니야.」

그는 긴 흰머리를 흔들며 되풀이했다.

「저들은 인간이 아니야. 저들은 아무것도 몰라. 아무것도…… 아무것도. 숙명적인 꿈속에서 헤매는 거야. 그들은 자연의 이치에서 벗어나고 있어.」

그리고 그는 마치 저주하듯 소리쳤다.

「놈들은 반자연주의자 들이야 !」

신부는 이렇듯 격렬한 자기의 적이 나타난 것을 알았지만, 저택과 부인을 자기 손아귀에 쥐고 있고 싶어서, 그리고 뒷날의 승리를 확신하면서 천천히 시기를 기다리고 있었다.

게다가 하나의 집념이 그의 머리에서 떠나지 않고 있었다. 우연히 그는 쥘리앙과 질베르트 사이의 정사를 발견하고는 무슨 수단을 써서라도 두 사람의 관계를 끊어놓으려고 생각했다.

어느 날 그는 잔느를 찾아와 몇 시간 동안 신비로운 긴 이야기를 한 뒤 이 집안에 뿌리박혀 있는 죄악과 싸워 죄악을 없애고 위험에 처한 두 사람의 영혼을 구하기 위해서 자기와 단결해 달라고 부탁했다.

그녀는 이러한 신부의 부탁에 그 까닭을 몰라 더 자세히 알고 싶었다. 그러나 신부는 대답했다.

「아직 때가 안됐습니다. 가까운 시일 안에 또 오겠습니다.」

그리고는 갑자기 돌아가 버렸다.

겨울이 끝나고 있었다. 촌에서 『썩은 겨울』이라고들 하는 습기차고 미지근한 날씨였다.

며칠 뒤 신부는 다시 찾아와 용서받을 여지가 없는 사람들이 불의의 관계를 맺고 있다는 사실을 모호하게 이야기했다. 또한 그는 무슨 수단을 써서라도 그러한 관계를 막는 것은 그 사실을 아는 사람들이 해야 할 일이며 의무라고 말했다. 그리고 골똘히 생각하더니 잔느의 손을 잡으면서 그녀에게 열심히 사태를 파악하여 자기를 도와달라고 간청했다.

이번에는 무슨 말인가를 알아들었지만, 잔느는 지금 평온한 자기 집에서 얼마나 괴로운 일이 일어날 것인가를 생각하고 몸서리쳐질 만큼 무서워서 입을 다물고 있었다. 그녀는 신부가 무슨 말을 하는지 못알아들은 척했다.

그러자 신부는 망설이지 않고 명확히 말했다.

「자작부인, 내가 지금 수행하려는 것은 고통스러운 의무입니다. 그러나 다른 도리가 없습니다. 부인이 막아낼 수 있는 일을 부인에게 알려드려야 한다는 나 자신의 명령에 따르는 것이 내 천직이니까요. 그래서 알려드리는 것입니다만, 남편은 푸르빌르 백작부인과 불의의 정을 맺고 있습니다.」

그녀는 힘없이 고개를 떨어뜨렸다.

신부는 말을 이었다.

「자아, 어떻게 하시렵니까?」

그녀는 머뭇머뭇 물었다.

「나보고 어떻게 하라는 말씀입니까, 신부님?」

신부는 격렬한 말투로 대답했다.

「부인 자신이 죄 많은 욕정을 방해하라는 말씀입니다.」

그녀는 울면서 괴로운 목소리로 말했다.

「그러나 남편은 전에도 하녀와의 관계로 나를 배신한 적이 있습니다. 그이는 내 말을 듣지 않아요. 이제는 나를 사랑하지도 않습니다. 그이는 거슬리는 말만 해도 나를 못살게 굴어요. 그러니 내가 어쩌겠습니까!」

신부는 그 말에 대답하지 않고 소리쳤다.

「그러면 부인도 굴종하시는 거군요! 단념하셨군요! 찬성하신 거군요! 당신 댁에 간통자가 있는데도 참기만 하시겠다는 말입니까? 바로 눈앞에서 범죄가 행해지고 있는데도 부인은 외면하고 있다니요. 그러고도 당신이 아내요 그리스도 신자입니까? 어머니가 될 수 있습니까?」

그녀는 흐느껴 울면서 되풀이해 물었다.

「나보고 어떻게 하라는 말씀입니까?」

신부는 대답했다.

「이 추잡한 행위를 용서하느니보다 차라리 무슨 짓이라도 하십시오! 무슨 짓이라도! 남편과 헤어지란 말입니다. 이 더러운 집을 떠나십시오!」

그녀는 대답했다.

「신부님, 하지만 나는 돈이 없습니다. 게다가 이제는 용기도 없습니다. 그리고 증거도 못잡았는데 어떻게 떠납니까? 나에게는 그럴 권리조차 없어요.」

신부는 몸을 떨면서 일어났다.

「부인, 당신은 아주 비겁한 분입니다. 나는 당신이 그런 사람인 줄 몰랐습니다. 당신은 하느님의 자비를 받을 만한 자격이 없습니다.」

그녀는 쓰러질 듯이 무릎을 꿇었다.

「아아, 제발 부탁입니다! 나를 버리지 마십시오. 내게 취할 길을 가르쳐 주세요!」

그는 짤막하게 대답했다.

「푸르빌르 씨에게 알려드리십시오. 이 불의의 관계를 끊을 사람은 그분입니다.」

그녀는 그것을 생각해 보고 몸서리쳤다.

「아아, 신부님! 그분은 그들을 죽일 거예요! 그러면 나는 밀고죄를 범하는 거지요! 오오, 안돼요! 절대로 그렇게 할 수 없어요!」

그러자 신부는 화가 치밀어올라 그녀를 저주하려는 듯이 손을 번쩍 들었다.

「당신은 그 치욕과 죄악 속에 언제까지라도 머물러 계십시오. 그들보다도 더 죄가 많은 자는 바로 당신이니까요. 참 당신은 너그러운 아내입니다! 난 이런 곳에서 이제 더 할 일이 없소.」

그는 몹시 격분한 나머지 부들부들 떨면서 가버렸다.

그녀는 신부에게 복종할 생각으로 약속할 것을 맹세하면서 정신없이 그의 뒤를 쫓아갔다. 그러나 신부는 분노로 몸을 부들부들 떨며 거의 자기 키만한 크고 푸른 우산을 홧김에 내휘두르면서 빠른 걸음으로 걸어갔다.

그는 울타리 곁에 서서 일꾼들이 나뭇가지를 치는 것을 감독하고 있는 쥘리앙을 발견했다. 그래서 그는 쿠이야르 농장을 지나가려고 왼쪽으로 구부러졌다. 그리고는 다시 말했다.

「내버려두십시오, 부인! 당신에게 더 이상 할 이야기가 없습니다.」

바로 그가 걸어가고 있는 길의 마당 한가운데서 그 집 아이들과 이웃에 사는 한 떼의 아이들이 미르자라는 암캐의 집 주위에 모여 무엇인가 말없이 주의깊게 바라보고 있었다. 그 속에서 남작도 같이 뒷짐진 채 흥미있게 바라보고 있었다. 남작의 모습은 꼭 국민학교 선생 같았다. 그러나 멀리서 신부가 오는 것을 보고는 그를 만나 인사하고 이야기해야 할 것이 싫어서 슬쩍 피했다.

잔느는 애걸하며 말했다.

「나에게 며칠만 여유를 주세요, 신부님. 그리고 집에 다시 와주십시오. 그때 내가 할 수 있는 것과 계획한 것을 말씀드리겠어요. 그런 다음 같이 의논해 주세요.」

그는 아이들이 몰려 있는 데까지 왔다. 신부는 무엇이 그토록 아이들의 흥미를 끄는가 보려고 다가섰다. 그것은 암캐가 새끼를 낳고 있는 것이었다. 개집 앞에는 벌써 다섯 마리의 새끼가 어미개 주위에서 꿈틀거리고 있었으며, 어미개는 옆으로 누워서 몹시 고통을 느끼는 표정이면서도 귀엽다는 듯이 새끼들을 핥아주고 있었다. 신부가 몸을 굽히고 들여다보는 순간 개는 몸을 비틀면서 쭉 뻗더니 여섯 번째 새끼를 낳았다. 그것을 보고 아이들은 기뻐 손뼉을 치면서 소리쳤다.

「또 한 마리가 나왔다!」

아이들에게 그것은 하나의 구경거리였다. 아무 불순한 생각도 섞이지 않은 자연스러운 구경거리였다. 그들은 출산을 마치 사과나무에서 사과가 떨어지는 것과 마찬가지로 생각하는 것이었다.

톨비악 신부는 처음에는 어리둥절하고 있었으나 다음 순간 참을 수 없는 분노가 치밀어 그의 큰 우산을 치켜들더니 모여선 아이들의 머리를 힘껏 후려갈겼다. 놀란 아이들이 와르르 뛰어 달아났다. 그러자 신부는 억지로 일어나려는 새끼 낳는 암캐와 마주서게 되었다.

신부는 개가 일어설 기회를 주지 않고 미친 듯이 팔의 힘을 다해 때리기 시작했다. 사슬에 묶인 채 개는 도망가지도 못하고 빗발치는 듯한 매를 맞고 몸부림치며 무서운 비명을 질렀다. 우산이 부러졌다. 가지고 때릴 것이 없어지자 신부는 개 위에 올라가 미친 듯이 짓밟고 짓이겨 죽여버렸다. 눌리는 바람에 마지막 새끼가 비어져 나왔다. 그러자 신부는 눈도 뜨지 못하고 잘 움직이지도 못하는 채 끙끙거리고 젖꼭지를 찾는 갓난 강아지 새끼들의 한가운데서 아직도 꿈틀거리는 지금 막 나온 핏덩이 새끼를 광포하게 발뒤꿈치로 밟아 죽였다.

잔느는 이미 도망쳐 버렸다. 그러자 별안간 신부는 목덜미를 잡히고 뺨을 한 대 얻어맞았고, 그 바람에 그의 삼각모자가 날아갔다. 그러고도 격분한 남작은 신부를 울타리까지 끌고 가서 길 바닥에다 내동댕이쳐 버렸다.

개주인인 페르튀 씨가 들어와 보니 딸이 울면서 새끼들 한가운데 앉아 스커트에 새끼들을 주워 담고 있었다. 그는 딸에게로 성큼성큼 걸어가 몸짓을 하면서 소리쳤다.

「저걸 봐라! 저 법의 입은 인간을! 너도 지금 봤지?」

소작인들도 달려왔다. 모두들 개의 터져나온 배를 보았다. 쿠이야르의 아내가 소리쳤다.

「저렇게 잔인할 수도 있담!」

잔느는 일곱 마리 새끼를 집으로 데려가서 기르겠다고 했다. 우유를 먹였으나 세 마리는 이튿날 죽었다. 시몽 영감은 나머지 새끼들에게 젖먹일 어미개를 찾으려고 온 동네를 뛰어다녔다. 개는 얻지 못하고 대신 암코양이를 한 마리 얻어와 그것이 어미 노릇을 할 수 있을 것이라고 다짐했다. 그리하여 나머지 세 마리는 죽고 마지막 한 마리는 이 종족이 틀리는 유모에게 맡겨졌다. 고양이는 곧 그 강아지를 양자로 삼아 그 곁에 누워 젖꼭지를 내밀었다.

이 양모의 기운을 다 빨아먹지 않도록 2주일 뒤에는 젖을 떼고 이번에는 잔느 자신이 우유로 강아지를 기르기로 했다.

그녀는 강아지를 토토라고 이름지었는데, 남작이 아버지의 권위로 마사크르(虐殺)라고 이름을 바꾸었다.

신부는 다시 오지 않았다. 그러나 다음 주일 그는 설교단 위에서 이 저택에 대해 저주와 욕설과 협박을 내뱉으며 상처에는 벌겋게 달군 쇠를 갖다대야 한다고 말했다. 그는 또한 남작을 파문해 버리겠다고 했으나, 남작은 오히려 흥거워했다.

그리고 신부는 조심스럽게 은근히 쥘리앙의 요즈음 정사를 비추었다. 자작은 격분했으나 무서운 추문이 두려워 분노를 꾹 참고 있었다. 그 뒤로 설교할 때마다 신부는 하느님이 오실 때가 가까웠으며, 하느님의 적은 모두 벼락을 맞을 것이라고 예언하면서 끊임없이 복수를 주장했다.

드디어 쥘리앙은 주교에게 공손하면서도 꽤 강경한 편지를 썼다. 톨비악 주교는 좌천될 것이라고 위협받자 입을 다물었다.

요즈음에는 신부가 혼자 흥분한 모습으로 터벅터벅 긴 산책을 하는 것을 곧잘 보게 되었다. 질베르트와 쥘리앙은 승마하는 길에 종종 그의 모습을 보았다. 어느 때는 들의 끝이나 절벽 끝에서 점처럼 멀리 보이기도 하고, 또 언젠가는 그들이 들어가려는 어떤 좁은 골짜기에서 기도서를 읽을 때도 있었다. 그럴 때면 두 사람은 그의 곁을 지나지 않으려고 말고삐를 돌렸다.

봄이 왔다. 두 사람의 애정은 더욱 불타오르고 말이 이끌어 가는 대로 여기저기 그늘 아래에서 날마다 포옹했다. 나무 그늘은 아직 무성해지지 않고 풀밭은 축축하여 한여름처럼 숲속으로 깊숙이 들어갈 수 없었으므로 두 사람은 그들의 포옹을 감추기 위해 지난해 가을 이래 보코트 언덕 위에 내버려져 있는 목동의 이동식 오두막집을 곧잘 이용했다. 그 오두막집은 절벽에서 5백 미터나 되는 꼭대기, 골짜기의 급경사가 시작되는 지점의 바위에 외따로 서 있었다. 그 속에 들어가 있으면 별안간 들킬 염려는 없었다. 거기서는 사방의 들판을 한눈에 환히 내려다볼 수 있기 때문이었다. 기둥에 매인 두 필의 말은 그들의 포옹이 지칠 때를 기다렸다.

어느 날 이 피난처에서 내려오려는 순간 그들은 언덕 숲속에 몸을 거의 감추고 있는 톨비악 신부를 보았다.

쥘리앙이 말했다.

「우리의 말을 골짜기 속에 감추어야겠군요. 멀리서도 우리가 있는 곳을 알 수 있겠는데요.」

그 뒤부터 그들은 잡목이 우거진 골짜기 속에 말을 매어두기로 했다.

어느 날 저녁 이 두 사람은 백작과 함께 식사하려고 라브리에
트로 돌아가는 도중 그곳에서 나오는 톨비악 신부와 마주쳤다.
신부는 두 사람이 지나가도록 한쪽으로 비켜서 인사했으나 두 사
람은 그의 눈길을 피했다. 두 사람은 한순간 불안했으나 곧 사라
졌다.

바람이 몹시 부는 어느 날 오후 잔느가 난로가에서 책을 읽고
있는데(그때가 5월 첫무렵이었다) 별안간 푸르빌르 백작이 걸어
오는 모습이 보였다. 그 걸음걸이가 몹시 빠른 것으로 보아 무슨
심상치 않은 일이 일어난 듯했다. 그녀는 백작을 맞이하려고 재
빨리 아래층으로 내려갔다. 백작은 거의 미친 사람의 표정이
었다. 그는 집 안에서밖에 쓰지 않는 큰 모피 모자를 그대로 쓴 채
사냥복을 입고 있었다. 얼굴이 아주 파리하여 그의 붉은 수염이
여느 때에는 그의 불그레한 얼굴빛과 그다지 크게 대조를 이루지
않았는데 오늘은 마치 불꽃처럼 보였다. 그의 두 눈은 험악했고
얼빠진 듯이 번들거렸다.

그는 더듬거렸다.

「내 아내가 여기 와 있지요?」

잔느는 정신없이 대답했다.

「아뇨. 오늘은 한 번도 못보았어요.」

그는 마치 다리가 부러진 듯 털썩 주저앉더니 모자를 벗고 손
수건을 꺼내 기계적으로 몇 번 이마를 닦았다. 그는 벌떡 다시 일
어나 두 손을 펼치고 젊은 부인에게로 다가가 자신의 무서운 고
뇌를 털어놓으려는 듯 입을 열려다가는 문득 멈추고 그녀를 뚫어
지게 바라보더니 헛소리로 중얼거렸다.

「그러나 당신의 남편이니……당신 역시…….」

그리고는 바다 쪽으로 뛰어나갔다.

잔느는 그의 이름을 부르고 애원하며 그를 말리려고 쫓아나
갔다. 그녀는 생각했다.

『저이는 다 알고 있구나! 어떻게 할 작정인가? 아아, 제발 그들이 저이의 눈에 띄지 말았으면.』

그녀의 가슴은 공포에 사로잡혔다.

그녀는 그를 따라갈 수 없었고, 그 또한 그녀의 말에 귀기울이지 않았다. 그는 자기의 갈 방향에 대해 확신을 가진 듯 조금도 망설이지 않고 곧장 앞으로 달려갔다. 그는 개울을 넘고 거인의 걸음걸이로 성큼성큼 갈대밭을 지나 절벽에까지 이르렀다.

잔느는 나무들이 늘어선 경사지에 서서 오랫동안 백작의 뒷모습을 바라보았다.

그리고는 백작이 보이지 않자 불안으로 가슴을 죄며 집으로 돌아왔다. 백작은 오른쪽으로 구부러들어 달리기 시작했다.

거친 바다는 높은 물결을 일으키고 시커먼 구름이 미친 듯 달려왔다가는 지나가곤 했다. 그리고 구름 하나하나가 밀려올 때마다 맹렬한 빗발이 언덕을 휘덮었다. 세찬 바람은 씽 소리를 내며 신음하고, 풀을 짓밟고, 어린 농작물을 쓰러뜨리며 물거품 같은 흰 갈매기들을 멀리 뭍으로 실어갔다.

계속해서 내리는 빗방울이 백작의 뺨을 때리고 수염을 적시며 흘렀고, 요란한 빗소리에 귀가 먹먹해졌으며 가슴에는 분노가 끓어올랐다.

저 멀리 눈앞에 보코트 골짜기가 험한 입을 벌리고 있었다.

양이 한 마리도 없는 목장 구석에 오두막집이 한 채 있을 뿐 보이는 것이라고는 아무것도 없었다. 두 마리의 말이 그 이동식 오두막집 기둥에 매여 있었다.

──이런 폭풍우 치는 날씨에 누가 와서 보겠는가?

말을 보자 백작은 곧 땅에 엎드렸다. 그리고는 기어가기 시작했다. 진흙투성이가 된 큰 몸집과 짐승 가죽으로 된 모자를 쓴 그는 마치 괴물 같았다. 그는 외따로 떨어진 오두막집까지 기어올라갔다. 그리고 판장 사이로 자기 몸이 보일까봐 그 밑으로 몸을 감추었다. 그를 보자 두 마리의 말은 땅을 긁적거렸다.

백작은 손아귀에 쥔 단도로 가만히 고삐를 끊었다. 갑자기 돌풍이 불어와 바퀴 달린 오두막집을 뒤흔들고 지붕을 후려치는 우박에 놀라 말은 달아나 버렸다. 백작은 무릎을 짚고 일어나 문 밑쪽에 눈을 대고 안을 들여다보았다. 그는 꼼짝 않고 무언가를 기다리는 듯했다. 퍽 오랜 시간이 지나갔다. 별안간 그는 몸이 진흙투성이가 된 채 벌떡 일어났다. 그는 밖에서 잠그게 된 빗장을 힘껏 지르고 끌채를 잡고는 부서져라고 뒤흔들었다. 그리고 갑자기 큰 윗몸을 필사적인 노력으로 끌채 속에 구부려 넣고는 숨을 헐떡이며 소처럼 끌었다.

그 안에 두 사람이 들어 있는 채로 그 이동식 집을 급하게 경사진 절벽 쪽으로 끌고 갔다. 그 안에 들어 있던 두 사람은 무슨 일인지 까닭 모르는 채 주먹으로 널빤지를 두드리며 크게 소리질렀다. 경사 끝까지 와서 백작은 이 가벼운 오두막을 놓았다.

오두막집은 맹렬한 힘으로 비탈을 굴러 내려갔다. 점점 가속도를 가하며 짐승처럼 뛰고 부딪치고 끌채로 땅을 치면서 급히 굴러내렸다.

개울가에서 웅크리고 있던 늙은 거지가 자기 머리 위로 오두막집이 단숨에 굴러 떨어지는 것을 보았고 그 나무궤짝 속에서 울려 나오는 무서운 비명 소리를 들었다.

별안간 무엇엔가 부딪치면서 바퀴 하나가 떨어져 나가고 오두막집은 옆으로 부딪쳤다가 기둥뿌리가 빠진 집이 산에서 굴러내리듯 공처럼 대굴대굴 굴렀다. 맨 아래 골짜기에 이르자 한 번 튀어오르더니 곡선을 그리며 골짜기 밑바닥으로 떨어져 달걀처럼 산산조각났다. 오두막집이 머리 위를 지나 골짜기 돌바닥에서 부서지는 것을 보고 늙은 거지는 숲을 헤치고 밖으로 나왔다. 그러나 시골뜨기다운 조심스러움으로 부서진 궤짝 가까이 가지는 못하고 가까운 농가로 달려가 이 사실을 알렸다.

사람들이 달려와 부서진 조각을 들어올렸다. 두 개의 시체가 나왔다. 심한 상처로 깨어진 채 피투성이였다. 남자는 이마가 쪼개지고 얼굴 전체가 찌부러져 있었다. 여자의 턱은 부딪치는 바람에 퉁겨져나와 디룽디룽 매달려 있었다. 그들의 부서진 팔다리는 뼈가 없는 듯 흐물흐물했다. 그러나 두 사람을 알아볼 수는 있었다. 그리고 사람들은 이 불행의 원인에 대해 오래 여러가지 이야기를 했다.

한 여자가 중얼거렸다.

「이 사람들이 이 안에서 무얼 하고 있었을까?」

그러자 늙은 거지가 그들은 틀림없이 둘풍을 피하려고 그 안에 들어갔다가 맹렬한 바람이 오두막집을 엎어 굴러 떨어뜨렸을 것이라고 말했다. 그리고 정말은 자기가 그 안에 숨으려고 갔었으나 말이 두 마리 매여 있는 것을 보고 벌써 다른 사람이 차지했구나 하고 생각했다고 설명했다.

그는 만족스러운 듯이 덧붙였다.

「그렇지 않았다면 내가 이 꼴을 당할 뻔했군.」

그러자 누군가 중얼거렸다.

「그편이 낫지 않았을까?」

그 늙은이는 크게 화내며 소리쳤다.

「어째서 그편이 낫다는 거지? 내가 가난하고 이 사람들이 부자라서 그런가? 이 꼴을 좀 보고 말해.」

비에 흠뻑 젖은 누더기를 걸치고 헝클어진 수염에 찌그러진 모자 밑으로 긴 머리털을 늘어뜨린 그 거지는 구부러진 지팡이 끝에서 시체를 가리키며 선언했다.

「죽으면 다 저 모양이 되는 거야.」

다른 농부들도 모여들어 불안하고 교활한 놀라움을 금치 못하면서도 이기적이며 비굴한 눈초리로 흘끔흘끔 바라보았다. 그리고 어떻게 하면 좋겠느냐고 협의한 결과 보수를 받을 수 있겠다는 희망으로 시체를 저택으로 나르기로 결정했다. 그리하여 두 대의 마차에 말을 맸다. 그런데 또 하나 난처한 문제가 생겼다. 어떤 사람은 마차 바닥에 짚을 깔자고 했고 어떤 사람은 예의상 요를 까는 게 좋으리라고 말했다. 처음에 말했던 여자가 소리쳤다.

「하지만 요가 피투성이가 될 거예요. 그러면 표백제를 사야 해요.」

그러자 사람 좋아 보이는 뚱뚱한 농부가 대답했다.

「그거야 돈을 치러주겠지요. 요값이 비싸면 더 많이 치러줄 테고.」

모두 그 말에 동의했다. 그리하여 용수철도 없이 높기만 한 마차 두 대가, 한 대는 오른쪽으로 또 한 대는 왼쪽으로 재빨리 달려갔다.

마차가 도랑에 빠져 흔들릴 때마다 아까까지는 서로 껴안고 있었으나 이제는 영원히 만날 수 없게 된 그 두 사람의 시체는 들썩거리고 흔들렸다.

백작은 오두막집이 험난한 경사 밑으로 굴러 떨어지는 것을 보자 폭풍우 속을 전속력으로 달렸다. 몇 시간 동안 그처럼 길을 가로지르고 비탈을 뛰어넘고 울타리를 부수면서 달렸다.

그는 해질 무렵에야 어떻게 왔는지도 모르게 집으로 돌아왔다. 놀라서 주인을 기다리고 있던 하인들은 그를 보자 두 마리의 말이 주인없이 돌아왔다고 알렸다. 쥘리앙의 말도 이 집으로 따라온 것이었다.

푸르빌르 백작은 비틀거리며 더듬거렸다.

「날씨가 이렇게 험해서 무슨 일이 생겼나보군. 빨리 나가서 찾아보도록 해.」

그도 다시 나갔으나 남들의 눈에 띄지 않는 곳에 오자 곧 덤불 속에 숨어서 아직도 열렬히 사랑하는 아내가 죽어서 오는지 또는 빈사상태인지 아니면 병신이 되어 차마 볼 수 없는 꼴을 하고 돌아오는지를 엿보았다. 한 대의 마차가 이상한 물건을 싣고 그의 앞을 지나갔다. 그 마차는 저택 앞에 잠시 서더니 안으로 들어갔다. 그렇다, 저것이 그녀다. 그 여자다. 그러자 무서운 고뇌가 그를 그 자리에 못박에 놓았다.

안다는 것에 대한 두려움이며, 사실에 대한 공포였다. 그는 토끼처럼 움츠리고 움직이지 않은 채 조그만 소리에도 몸을 떨었다. 그는 한 시간을 기다렸다. 아니, 두 시간이 지났는지도 모른다. 마차는 나오지 않았다. 그는 아내가 숨이 끊어져가는 것 같다고 생각했다. 문득 아내를 보고 그 눈길과 마주칠 것이라는 생각이 그를 공포로 휘감아 갑자기 숨어 있는 것을 들키면 어쩔 수 없이 아내의 임종에 참석해야 될 것이 두려웠다. 그는 다시 숲 속으로 도망쳤다. 그러나 별안간 아내는 자기의 도움이 필요할 것이며, 아내를 간호해 줄 사람이 아무도 없다는 생각이 떠올랐다. 그는 다시 정신없이 되돌아서 달렸다. 돌아오는 길에 정원사를 만나 그에게 소리쳤다.

「어떻게 됐나?」

그 남자는 대답하지 못했다. 푸르빌르 백작은 으르렁거리는 목소리로 물었다.

「죽었단 말인가?」

하인은 떠듬거렸다.

「네, 백작님.」

백작은 안도의 숨을 내쉬었다. 급작스러운 안정감이 그의 혈관과 떨리는 근육에 스며들었다. 그리하여 그는 힘찬 걸음걸이로 그의 현관 층계를 올라갔다.

또 한 대의 마차는 레 페플에 도착했다.

잔느는 멀리서 그것을 보았다. 요를 보고 그 위에 시체가 있으리라는 것을 깨닫고, 그리하여 모든 것을 알았다. 그녀는 심한 충격에 정신을 잃고 그 자리에 쓰러졌다. 그녀가 다시 의식을 되찾았을 때 아버지가 자기 머리를 받쳐들고 식초로 이마를 적셔 주고 있었다. 아버지는 망설이듯 물었다.

「알고 있니……?」

그녀는 속삭였다.

「네, 아버지.」

그녀는 일어나려고 했으나 일어날 수가 없었다. 그만큼 그녀가 받은 충격은 컸다.

그날 밤 그녀는 죽은 아이를 낳았다. 여자아이였다.

잔느는 쥘리앙의 장례식을 전혀 보지 못했기 때문에 아무것도 몰랐다. 다만 하루 이틀 뒤에 리종 이모가 와 있다는 것만 알았다. 그녀는 계속되는 열에 들뜬 악몽에서 리종 이모가 언제 어떠한 사정으로 떠났는지 집요하게 생각해 보려고 했다. 그러나 정신이 맑아져도 다만 어머니가 돌아가신 뒤에 그녀를 보았다는 기억만 확실할 뿐 아무 생각도 나지 않았다.

11

그녀는 석달 동안 침대에서 떠나지 못했고, 몸이 약해질 대로 약해지고 파리해져서 이제는 가망이 없다고들 생각했다. 그러나 차츰 생기가 돌기 시작했다.

아버지와 리종 이모는 줄곧 레 페플에 묵으며 잔느 곁을 떠나지 않았다. 그녀는 이번의 충격을 겪고 나서 일종의 신경병에 걸려 조그만 소리에도 정신을 잃고 대수롭지 않은 일에도 오랫동안 인사불성에 빠졌다.

그녀는 쥘리앙의 죽음에 대해 자세히 물어보려 하지 않았다. 물어봐야 무엇할 것인가. 대체 그것이 뭐 중대한 일이란 말인가?

그녀는 거기에 대해서 잘 알고 있었다. 모두들 우연한 사고라고 했지만, 그녀는 그 말을 믿지 않았다.

이 비밀을 혼자 가슴 속에 간직하고 있으려니 그녀는 고문받는 것처럼 고통스러웠다. 두 사람의 불의의 관계를 이미 알고 있었고, 참사가 일어나던 날 백작이 급작스럽고 무섭게 방문왔었다. 그러나 지금 그녀의 마음은 감동적인 달콤하고 우울한 회상과 지난날 남편이 자기에게 베풀었던 짧았던 사랑의 기쁨으로 가득 차 있었다. 생각지도 못했던 추억이 떠오를 때마다 그녀는 몸을 떨었다. 약혼시절의 남편, 코르시카 섬의 격렬한 태양 밑에서 피어났던 일시적인 정열로 자기가 사랑하던 그대로의 남편 모습을 또다시 눈앞에 그려보는 것이었다.

그가 지녔던 모든 결점은 차츰차츰 작아지고 잔인성도 사라져 갔으며, 몇 차례에 걸쳤던 그의 불의까지도 닫혀진 무덤의 멀어져가는 추억 속으로 희미해져 갔다.

그리고 잔느는 두 팔로 자기를 껴안아 주던 남편이 죽은 뒤로는, 일종의 막연한 감사의 마음에 잠겨 지나간 모든 잘못을 용서해 주고 행복했던 시절만을 생각했다. 그러면서도 시간은 끊임없이 흘러가 이러한 세월이 마치 쌓여진 먼지 같은 망각의 층으로 그녀의 모든 추억과 고뇌를 덮었다.

그리하여 그녀는 자식에게만 온 힘을 다했다. 어린아이는 그의 주위에 모인 세 사람의 우상이 되었으며, 그들의 유일한 관심거리였다.

어린아이는 폭군처럼 그들을 지배했다. 그가 지배하는 이 세 사람 사이에는 일종의 질투까지 벌어졌다. 무릎 위에 올려놓고 말놀이를 해주고는 남작이 이 어린아이에게서 받는 키스에 잔느는 신경질적인 눈총을 주었다. 누구에게서나 소홀한 대접을 받는 리종 이모는 이 어린아이에게도 푸대접을 받고, 때로는 아직 말도 잘 못하는 이 주인으로부터 하녀 같은 취급을 당하며 구걸하다시피하여 겨우 얻은 대수롭지 않은 애무와, 이 아이가 어머니나 할아버지에게 따로 특별히 베푸는 포옹을 비교하며 자기 방으로 가서 울기도 했다.

어린아이에 대한 끊임없는 관심 속에서 2년이라는 평화로운 세월이 흘러갔다. 3년째 되는 겨울은 다음해 봄까지 루앙에서 지내기로 하고 온 가족이 그곳으로 옮겨갔다.

오랫동안 비어 있던 축축한 옛집에 이르자마자 폴은 심한 기관지염에 걸려, 늑막염이나 되지 않을까 하고 염려할 정도였다.

정신없이 허둥거리던 세 식구는 어린아이가 레 페플의 공기 없이는 살 수 없으리라고 단정하고, 병이 낫자 곧 다시 데리고 돌아왔다. 그 뒤로는 단조롭고 조용한 세월이 흘러갔다.

언제나 어린아이 곁에서 어느 때는 그애의 방에서, 어느 때는 큰 객실에서, 어느 때는 정원에서 세 사람은 아이의 중얼거리는 말소리며 기묘한 표현이며 흉내에 어쩔 줄 몰라 흥거워했다.

어린아이의 어머니는 아명(兒名)으로 어린아이를 폴레라고 불렀다. 아이는 이 말을 똑똑히 발음하지 못하고 풀레(병아리)라고 하여 끝없이 웃었다. 나중에도 다른 이름을 부르지 않고 풀레라는 별명으로 불렀다.

어린아이는 쉬 자랐다. 남작이『세 사람의 어머니』라고 부르는 이 세 식구의 온갖 흥미를 끄는 일 가운데 하나는 어린아이의 키를 재는 일이었다. 객실문에 맞닿은 벽판 위에 긴 칼로 날마다 어린아이의 키를 나타내는 가느다란 줄을 그어 놓았다. 풀레의 척도라고 불리는 이 선은 식구들의 생활 속에 커다란 위치를 차지하고 있었다.

그리고 또 새로운 한 식구가 이 집안에서 중요한 역할을 하게 되었다.

오로지 자식에게만 정신이 팔리는 잔느의 머리에서 잊혀져가는 것은 개 마사크르였다. 개는 뤼디빈느에게서 밥을 얻어먹고 외양간 앞의 헌 통에서 자고 언제나 사슬에 매인 채 홀로 지내고 있었다.

어느 날 아침, 폴이 그 개를 보고 안고 싶다며 울었다. 모두들 몹시 겁을 내면서도 어린아이를 개 곁으로 데려갔다. 개는 어린아이를 환영했고 아이는 개한테서 떼어 놓으려 하자 마구 울어댔다. 그리하여 마사크르는 사슬에서 풀려 집 안에서 살게 되었다.

개는 폴과 잠시도 떼어 놓을 수 없는 동무가 되었다. 둘은 같이 뒹굴고 카펫 위에서 함께 잤다. 얼마 안 가서 마사크르는 동무가 한시도 떨어지려들지 않아 폴의 침대에서 함께 자게 되었다. 잔느는 이따금 벼룩 때문에 고생했다. 리종 이모는 어린아이의 애정이 개에게만 쏠린 데 대해 절망했다. 자기가 그처럼 갈망하던 애정을 그 개가 다 빼앗아간 것처럼 생각했다.

브리즈빌르 집안과 쿠틀리에 집안과는 서로 가끔 오고갔다. 촌장과 의사만이 규칙적으로 찾아와서 이 오랜 저택의 고독을 깨뜨려 주었다. 잔느는 개의 학살과 백작부인과 쥘리앙의 무서운 죽음 뒤로는 마음에 스며든 의혹 때문에 다시는 성당에 가지 않았다. 그녀는 이러한 신부를 보낸 신에 대해 분노를 느끼고 있었다.

톨비악 신부는 이따금 공공연하게 이 저택을 저주했다. 그곳은 악의 정령과 영원한 반항의 정령과 오류와 허망의 정령과 부정의 타락과 불순의 정령이 떠도는 집이라고 했다. 이러한 언사로 신부는 남작을 부르고 있었다.

그러나 그의 성당은 쓸쓸해져 갔다.

농부들이 가래질하고 있는 밭을 신부가 지나가도 농부들은 일손을 멈추고 말을 건다든가 돌아보고 인사하거나 하지 않았다.

뿐만 아니라 그는 악령이 붙은 여자에게서 악령을 쫓아냈다고 하여 마술사로 통하고 있었다.

소문에 따르면 그는 저주를 물리치는 신비한 말을 알고 있다고 하는데, 그에 의하면 저주란 악마의 희롱의 일종이라는 것이었다. 그가 암소에 손을 대면 푸른 젖이 나오고 꼬리를 동그랗게 말기도 하며 무슨 까닭 모를 말을 지껄이면 잃어버린 물건이 다시 나온다는 등등의 이야기였다.

그의 편협하고 광신적인 정신은 그로 하여금 이 땅에서의 악마의 출현에 관한 종교서 연구에 열중케 했다. 그것은 악마의 갖가지 위력의 발견이며, 가지각색의 마술적인 영향이며, 악마가 지닌 온갖 수단이며, 악마의 책략의 일반적인 수법 같은 것이 적혀진 종교서였다.

특히 그는 자기의 사명이 이처럼 신비적이고 불길한 힘을 격파하는 데 있다고 믿었으므로 종교서적에 씌어진 모든 악마를 몰아내는 주문을 외고 있었다. 어둠 속에는 악마의 정령이 떠돌고 있다고 늘 그는 굳게 믿었다. 그리고 *Sicut leorugiens circuit qucerens quem devoret*(먹이를 찾아 으르렁거리는 사자처럼)이라는 라틴 어 문장을 언제나 입에 담고 있었다. 그러자 일종의 공포가 퍼졌다. 신부의 숨은 힘에 대한 공포였다.

그의 동료들도 마왕의 존재를 굳게 믿고 있었고 이 악마의 위력이 나타나는 데 있어서의 여러 가지 세세한 법칙 절차에 혼란해져서 결국 종교와 마술을 혼돈했는데, 이 사람들까지도 톨비악 신부를 얼마쯤 마술사로 생각하고 있었다. 그들은 나무랄 데 없는 그의 생활의 준엄성에 대해서와 마찬가지로 그가 지니고 있다고 여겨지는 마력에 대해 경의를 나타내고 있었다.

사제는 잔느를 만나도 그녀에게 인사하지 않았다. 이 일은 리종 이모의 마음을 불안스럽고 슬프게 했다. 그녀의 불안한 마음으로는 성당에 가지 않는다는 것은 생각조차 못할 일이었다.

물론 그녀는 신앙이 깊고 고해성사도 보고 성체배수도 하고 있었다. 그러나 아무도 그것을 몰랐고, 또 알려고도 하지 않았다. 그녀는 폴과 단둘이 있게 되면 낮은 목소리로 폴에게 하느님의 이야기를 들려주었다. 아이는 창세기의 기적에 찬 이야기를 할 때 마지못해 귀기울였으나, 하느님을 사랑해야 한다, 많이 사랑

해야 한다, 많이 사랑해야 한다고 말할 때에는 이따금 그녀에게 물었다.

「하느님은 어디 있지, 할머니?」

그러면 리종 이모는 손가락으로 하늘을 가리키며 일렀다.

「저 위에 계시단다, 폴레. 하지만 그런 말을 해서는 못써요.」

그녀는 남작을 무서워하고 있었다.

어느 날 폴이 그녀에게 선언했다.

「선량하신 하느님은 어디든지 계세요. 하지만 성당에는 안계세요.」

아이는 할머니가 이야기해준 기적적인 계시를 할아버지에게 이야기했던 것이다.

어린아이는 10살이 됐다. 어린아이 어머니는 40살이나 되어 보였다. 아이는 몸이 건강하고 장난꾸러기이며, 나무에 올라갈 만큼이나 대담했으나 그다지 재질이 뛰어난 편은 아니었다. 공부하다가 싫증나면 곧 그만두었다. 게다가 남작이 책 앞에 좀더 붙들어 앉히려고 하면 곧 잔느가 아버지에게 말했다.

「이제 그만하고 놀게 하세요. 아직 어린것을 너무 지치게 하면 안돼요.」

그녀의 눈에는 언제나 아들이 여섯 달이나 1년박이로밖에 보이지 않았다. 어린아이가 어른처럼 걸어다니고 뛰고 이야기하는 것이 좀처럼 눈에 띄지 않는 듯했다. 혹시 넘어지지나 않을까, 감기들지 않을까, 뛰어다니다가 더위를 먹지나 않을까, 지나치게 많이 먹지나 않을까, 적게 먹지나 않을까 하고 늘 걱정으로 지냈다.

어린아이가 12살이 되자 큰 문제가 하나 생겼다. 성체배수의 문제였다.

어느 날 아침에 리종 이모는 잔느를 보고 이제는 아이에게 종교교육을 시키고 최초의 의무를 수행하게 하는 데 더 이상 지체

할 수는 없다고 지적했다. 이모는 여러 가지 이유를 늘어놓고 논의했으며 특히 늘 만나는 사람들의 입이 무섭다고 했다. 어린아이 어머니는 난처하여 결정짓지 못하고 망설이면서 조금 더 기다려보자고 대답했다.

한 달 뒤에 그녀가 브리즈빌르 자작 집을 방문했을 때 우연히 부인이 물었다.

「댁의 폴이 첫 성체배수를 할 해가 올해지요?」

잔느는 갑작스러운 물음에 당황하며 대답했다.

「네, 부인.」

이 간단한 말 한 마디가 그녀의 마음을 결정지었다. 그리하여 아버지에게는 알리지 않고 리종 이모가 어린아이를 교리문답에 데리고 나가기로 했다.

아무 일없이 한 달이 지났다.

어느 날 저녁 폴이 목이 쉬어 돌아왔다. 다음날부터 그는 기침하기 시작했다. 어머니는 깜짝 놀라 물었다. 알고 보니 품행이 좋지 않다고 신부가 수업이 끝날 때까지 현관에서 바람이 불어 들어오는 성당 문 앞에 세워놓았다는 것이었다.

그리하여 그녀는 아들을 밖으로 내보내지 않고 직접 종교의 초보를 가르치기 시작했다.

톨비악 신부는 리종의 애원에도 불구하고 아직 충분한 교육을 받지 못했다는 이유로 폴이 성체배수자 속에 끼는 것을 거절했다.

다음해에도 마찬가지였다. 그 때문에 격분한 남작은 올바른 사람이 되기 위해서는 그처럼 어린애 같은 짓이나 유치한 화체(化體)의 상징을 믿을 필요가 없다고 단언했다.

그리하여 어린아이를 천주교 신자로서 교육시키기는 하되 천주교의 의무를 엄수하는 것으로써가 아니라 뒤에 아이가 성년이 되면 마음대로 선택하도록 하기로 했다.

잔느는 그로부터 얼마 뒤 브리즈빌르 집을 방문했으나 답례를 받지 못했다. 이웃사람들의 소심한 예의범절을 잘 알고 있는 잔느는 놀랐다. 쿠틀리에 후작부인이 그 이유를 오만한 태도로 설명해 주었다. 남편의 지위와 어디든지 통하는 그의 작위와 막대한 재산으로 말미암아 자기를 노르망디 귀족의 여왕으로 자처하는 후작부인은 실제로 여왕으로 군림하며 자유로이 하고 싶은 말을 하고, 때에 따라서는 상냥하거나 쌀쌀하게 굴기도 했다. 그리고 때를 가리지 않고 충고도 하고 칭찬도 했다.

그래서 잔느가 그 집을 방문했을 때 그 부인은 몇 마디 쌀쌀한 말을 던지고 나서 퉁명스러운 말투로 덧붙였다.

「사회란 두 계급으로 갈라져 있습니다. 신을 믿는 사람과 믿지 않는 사람으로 말입니다. 신을 믿는 사람은 아무리 신분이 천해도 우리의 벗이요, 대등한 인간입니다. 그렇지 않은 사람은 우리와 아무 관련도 없습니다.」

잔느는 공격받는 것 같아서 응수했다.

「하지만 성당을 찾아가지 않고는 신을 믿을 수 없을까요?」

후작부인은 대답했다.

「그렇습니다, 부인. 신자란 사람이 그 집으로 찾아가듯이 성당에 가서 신에게 비는 것입니다.」

잔느는 비위에 거슬려서 대답했다.

「하지만 부인, 신은 어디에나 존재합니다. 나로서는 마음으로는 신의 은총을 절대적으로 믿고 있습니다만, 어떤 종류의 신부가 중간에 끼어들어 있을 때는 오히려 신의 존재가 뚜렷하게 느껴지지 않습니다.」

후작부인은 일어섰다.

「신부는 교회의 깃발을 드신 분이에요, 부인. 누구든 그 깃발을 따르지 않는 사람은 교회의 적이요 우리의 적입니다.」

잔느는 몸을 떨면서 일어났다.

「댁에서는 어떤 한 종파(宗派)의 신을 믿고 계시군요, 부인. 그러나 올바른 인간의 신을 믿고자 하는 바입니다.」

잔느는 인사하고 나왔다.

농부들도 자기들끼리 폴을 첫 성체배수에 참여시키지 않았다고 하여 잔느를 비난했다. 그들은 전혀 미사에도 나가지 않고 성체 곁에도 가지 않았으며, 나간다 해도 성당의 엄격한 법규에 못 이겨 나가는 부활절 때뿐이었다.

그러나 자식들의 일이라면 문제가 달랐다. 아이들이면 누구나 다 준수해야 되는 이 법규를 떠나서 기르겠다는 대담한 시도 앞에서는 모두 뒷걸음질쳤다. 역시 종교는 종교인 만큼 어쩔 수 없다는 것이었다.

그녀는 이러한 순응주의에 대해 화내지 않을 수 없었다. 양심을 누르고 타협하고, 누군가가 말하면 두려워하고, 모든 사람들의 마음 속에 깃든 비굴함이 다른 사람 앞에 나타날 때는 도덕적인 가면을 쓰고 나온다는 데 분노가 치밀었다.

남작이 폴의 교육지도를 맡았고 라틴 어를 가르쳤다.

어머니는 이제 한 가지 주의밖에 하지 않았다.

「애가 너무 피로하지 않게 하세요.」

그녀는 공부방 주위를 걱정하며 돌아다녔다.

「발 시리지 않니, 폴레?」「골치아프지 않니, 폴레?」 또는 학과를 그만 끝마치게 하려고 「너무 말시키지 마세요, 아이 목이 상해요.」 하며 수업을 중단시키므로 남작은 그녀에게 결코 공부방에 들어오지 못하도록 했다.

아이는 수업이 끝나면 곧 어머니와 리종 할머니와 함께 뜰로 내려갔다. 그들은 요즈음 식물을 재배하는 데 재미붙이고 있었다. 세 사람은 봄에 묘목을 심고 씨를 뿌려 이것이 싹이 트고 꽃이 피는 것을 아주 좋아했으며, 가지를 치고 꽃을 따서 꽃다발도 만들었다.

　어린아이는 샐러드 채소 가꾸기에 큰 관심을 가지고 있었다. 그는 채소밭의 큰 묘판을 네 개 맡아 세심한 주의를 기울이며 상추와 로멘느와 쉬코레와 바르브드카 뷔생과 르와이알처럼 알려진 모든 샐러드 채소를 재배했다. 호미로 매고 풀을 뽑고 묘목을 옮겨심기에 정신이 없어서 옷이며 손을 흙투성이로 만들고 몇 시간씩 화단에 무릎꿇고 있는 그들의 모습이 곧잘 눈에 띄었다.

　폴은 점점 자라서 15살이 되었다. 객실문의 키재는 눈금이 158센티미터를 가리켰다. 그러나 이 두 여자와 시대에 뒤떨어진 선량한 노인 사이에 끼어 지능의 발달이 억눌려 아무것도 모르고 머리도 둔해서 마음은 아직도 어린아이였다.

　마침내 어느 날 밤 남작이 중학교 이야기를 꺼내자 잔느는 곧 흐느껴 울기 시작했다. 리종 이모는 놀란 표정으로 침침한 방 한 구석에 앉아 있었다.

　어머니는 대답했다.

　「그렇게 많이 알 필요가 있어요? 우리가 애를 시골의 귀족으로 만들면 되잖아요? 귀족들도 농사짓는 사람이 많은데 애도 그렇게 하면 되잖아요? 옛날부터 우리가 살아왔고 또 죽어갈 이 집에서 애도 행복하게 살면서 늙을 게 아니예요? 더 이상 뭘 바라겠어요?」

　그러나 남작은 머리를 가로저었다.

　「이 애가 25살이 되어 너보고 『나는 쓸모없는 인간이에요. 어머니의 잘못과 그릇된 이기주의로 말미암아 나는 아무것도 아는 것이 없어요. 이제 나는 일할 능력도 없고 상당한 인물이 될 수 없다는 것도 알고 있어요. 하지만 나는 막연하고 천한, 오히려 죽는 것보다도 못한 삶을 영위하려고 태어난 것은 아니었어요. 앞을 내다보지 못하는 어머니의 애정이 나를 이렇게 만든 거예요.』라고 말한다면 너는 뭐라고 대답하겠니?」

　그녀는 여전히 울면서 아들에게 애원했다.

「폴레, 너는 이 엄마가 지나치게 귀여워했다고 해서 엄마를 원망하지는 않겠지, 그렇지?」

그러자 다 자란 어린아이는 까닭을 모른 채 약속했다.

「안할 테야, 엄마.」

「맹세하겠니?」

「응, 엄마.」

「너는 언제까지라도 엄마 곁에 있고 싶지, 응?」

「응, 엄마.」

그러자 남작은 크고 단호한 목소리로 말했다.

「잔느, 너는 이 애의 생활을 네 마음대로 처리할 권리가 없다. 네가 계획한 것은 비겁하고 죄악에 가까운 일이다. 너는 너 자신의 행복을 위해 네 자식을 희생시키려는 것이다.」

그녀는 두 손으로 얼굴을 가리고 더욱 흐느껴 울며 눈물어린 목소리로 더듬거렸다.

「하지만 나는 너무나도……너무나도 불행했어요. 이제야 겨우 애하고 평온하게 지낼 만하니까 빼앗아가 버리는군요. 나는 어떻게 해요……이제 혼자?」

남작이 일어나 딸 곁으로 와서 걸터앉으며 두 팔로 껴안았다.

「그러면 나는 어떻겠니, 잔느?」

그녀는 와락 아버지 목을 껴안고 격정에 넘친 키스를 했다. 그리고는 아직도 목멘 소리로 말했다.

「네, 아버지 말씀이……옳을 거예요. 너무도 고생해서 내가 아마 정신이 나갔었나 봐요. 이 애를 학교에 보내도록 하겠어요.」

자기를 어떻게 하려는 셈인지 알지도 못하면서 폴도 훌쩍이기 시작했다.

그러자 이 세 사람의 어머니는 폴에게 키스하고 달래며 기운차리게 했다. 그리고 침실로 들어가자, 모두들 가슴이 쓰라려 저마다 침대 속에서 울었다. 꾹 참고 있던 남작까지 울었다.

새학기가 되면서 곧 르아브르 중학교에 넣기로 했다. 그리고 한여름 동안 아이는 전보다 더 귀여움을 받았다.

어머니는 이별할 생각을 하고 자주 한숨을 지었다. 마치 10년 동안의 여행을 계획하는 듯이 어린아이 행장을 준비했다. 10월 어느 날 아침, 그 전날 밤을 꼬박 새운 두 부인과 남작은 어린아이와 함께 두 마리의 말이 끄는 마차에 올라 빠르게 달리는 마차에 흔들리며 떠나갔다. 사전에 가보았을 때 어린아이를 위한 기숙사 방과 교실의 좌석을 결정해두었다.

잔느는 리종 이모의 도움을 받으며 작은 장롱 속에 옷가지를 챙겨넣는 일에 하루를 보냈다. 그 옷장에는 가져온 물건의 4분의 1도 들어가지 않아 그녀는 한 개 더 얻으려고 교장을 만나러 갔다. 서무계원이 불려왔다. 그는 이처럼 많은 속옷이며 옷은 아무 소용없고 거추장스럽기만 하다고 주장하며 규칙을 알려주고 또 하나의 장롱을 마련해줄 수 없다고 거절했다.

실망한 어머니는 하는 수 없이 가까운 조그만 여관에 방을 하나 빌어, 어린아이한테서 기별이 있는 대로 곧 물건을 주인 자신이 폴에게 전해주도록 일러두리라고 마음먹었다.

그리고 나서 그들은 배가 드나드는 것을 보려고 부둣가를 한 바퀴 돌았다.

차츰 불이 켜져가는 거리에 쓸쓸한 저녁이 다가들었다. 그들은 식사를 하러 어떤 음식점으로 들어갔다.

모두 음식 먹을 구미가 당기지 않았다. 서로들 눈물어린 눈초리로 바라보는 동안에 요리접시가 식탁에 놓였다가는 그대로 가득찬 채로 다시 나갔다. 식사를 하고 나자 다시 학교 쪽으로 천천히 걸어갔다. 키가 고르지 않은 아이들이 가족들이나 하인에게 이끌려 곳곳에서 모여 들었다. 우는 아이들도 있었다. 희미하게 불이 밝혀진 큰 운동장에서는 우는 소리가 들려왔다.

잔느와 폴은 오랫동안 서로 껴안았다. 리종 이모는 전혀 잊혀진 채 손수건으로 얼굴을 가리고 뒤에 서 있었다. 자기도 슬퍼진 남작이 딸을 떼어놓음으로써 이별의 장면을 단축시켰다.

마차는 문 앞에서 기다리고 있었다. 그들은 다시 마차에 올라타 그날 밤으로 레 페플에 돌아왔다.

이따금 흐느껴 우는 소리가 어둠 속을 달렸다. 다음날 저녁때까지도 잔느는 울며 지냈다.

그 다음날은 사륜마차에 말을 매고 르아브르를 향해 떠났다. 폴은 벌써 가족과 떨어져 사는 데 길들어 있는 듯했다. 그는 태어나서 처음으로 친구들을 가졌기 때문에 면회실의 의자에 앉아서도 놀고 싶은 생각으로 몸을 꿈지럭거렸다.

잔느는 이리하여 하루 걸러씩 오갔다. 그리고 일요일에는 아들을 외출시키려고 갔다. 휴식시간 사이에 긴 학과시간에는 무엇으로 소일할지 모르면서 학교를 떠날 기력도 용기도 없어서, 폴이 다시 교실에서 나올 때까지 면회실 의자 위에 앉은 채 기다렸다.

교장이 그녀를 자기 방으로 불러들여 그처럼 자주 면회오지 말아달라고 했다. 그녀는 그러한 충고를 아랑곳하지 않았다. 그러자 교장은 만일 그녀가 여전히 노는 시간에도 놀지 못하게 하고 언제까지나 어린아이의 마음을 산란케 함으로써 공부를 방해한다면 학교로서는 부득이 아들을 돌려보낼 수밖에 없다고 경고했다. 남작에게도 그러한 통고가 왔다.

그리하여 그녀는 마치 죄수처럼 레 페플에서 감시를 받게 되었다.

그녀는 아들보다 더 초조한 마음으로 매주 휴일을 기다렸다.

쉴새없는 하나의 불안이 그녀 마음을 괴롭혔다. 그녀는 다만 개 마사크르만을 데리고 몽상에 잠긴 채 근처를 떠돌아다니며 며칠씩 보냈다. 이따금 절벽 위에 앉아 바다를 바라보면서 오후를 보냈다. 또 어느 때는 숲을 지나 이포르까지 내려가 추억에서 떠나지 않는 옛 산책길을 다시 걸어보기도 했다. 아아! 소녀적 꿈에 취해 이곳을 뛰어다니던 시절은 얼마나 아득한가. 얼마나 오래된 옛일인가?

아들을 만날 때마다 10년이나 떨어져 있었던 것 같은 생각이 들었다. 아들은 다달이 어른이 되어가고 그녀는 다달이 노파가 되어갔다. 아버지는 그녀의 오빠 같았고 25살이 되던 해부터 시들어진 채 조금도 늙지 않은 리종 이모는 그녀의 언니 같았다.

4학년에서는 낙제를 했다. 3학년은 그럭저럭 넘겼으나 2학년에서는 다시 배워야 했다.

그리하여 20살 때에야 비로소 수사학(修辭學)을 배우게 되었다. 그는 갈색 머리의 키 큰 젊은이가 되었고, 벌써 짙은 턱수염이 나고 구레나룻도 군데군데 눈에 띄었다. 이제는 일요일마다 자기가 레 페플로 다니러 왔다. 오래 전부터 승마연습을 하고 있었으므로 손쉽게 말을 빌어타고 두 시간이면 달려왔다.

아침부터 잔느는 이모와 남작과 함께 아들을 마중나갔다. 남작은 점점 허리가 꼬부라져서 조그마한 늙은이처럼 마치 코방아를 찧지 않으려는 듯 뒷짐지고 있었다.

그들은 길을 따라 천천히 걸으면서 이따금 개울가에 앉아 아직 말탄 아들이 보이지 않나 하고 멀리 바라보았다. 하얀 선 위에서 점 같은 아들의 모습이 보이면 세 식구는 저마다 손수건을 흔들었다. 그러면 아들은 질풍같이 말을 몰아왔는데, 잔느와 리종 이모는 겁이 나서 가슴을 두근거리고, 할아버지는 신이 나서 힘없는 늙은이의 열광으로 「부라보!」하고 외쳤다.

폴은 어머니보다 목 하나는 더 컸지만, 그녀는 폴을 언제나 어린아이처럼 다루며 아직도 「발 시리지 않니, 폴레?」하고 물었다.

점심식사 뒤 그가 담배를 피우며 돌층계 앞을 산책하거나 하면, 그녀는 창문을 열고 크게 소리쳤다.

「제발 좀 맨머리로 나가지 말아라. 감기들라.」

234

그리고 밤이 되어 아들이 다시 말을 타고 돌아갈 때면 그녀는
불안에 몸을 떨었다.

「너무 빨리 달려선 안된다, 폴레. 조심해라. 네게 무슨 일이 일
어나면 절망할 이 가엾은 어미를 좀 생각해라.」

어느 토요일 아침 잔느는 폴로부터 한 통의 편지를 받았다. 다
음날은 친구들이 마련한 파티에 자기도 초대받아 집에 다니러 올
수 없다는 내용이었다.

그녀는 마치 어떤 불행을 예감한 듯, 그 일요일 하루내내 불안
에 싸여 있었다. 목요일이 되자 그녀는 더 이상 참지 못하고 르아
브르를 향해 떠났다.

뭐라고 말할 수는 없으나 어쨌든 아들은 달라진 듯싶었다. 활
기를 띤 것 같았고, 전보다 어른스러운 목소리로 이야기했다. 그
리고는 아주 당연한 듯이 어머니에게 말했다.

「저어, 어머니, 이렇게 오셨으니 나는 다음 주일에도 레 페플
에 가지 않겠어요. 파티가 또 한 번 있으니까요.」

그녀는 마치 아들이 새로운 세계를 향해 떠나겠다고 한 듯 깜
짝 놀라서 목이 메어 말이 나오지 않았다. 겨우 입을 열 수 있게
되자 그녀는 물었다.

「아니, 폴레! 무슨 일이냐? 무슨 일이 생겼니?」

그는 웃으며 어머니에게 키스했다.

「아무 일도 아녜요, 어머니. 그저 친구들하고 놀러가는 거예
요. 그럴 나이가 되지 않았어요?」

어머니는 대답할 말이 없었다. 마차 안에 혼자 있게 되자 이상
한 생각이 그녀를 괴롭혔다. 그녀는 아들에게서 자기가 생각하는
폴의 모습을 다시 찾을 길이 없었다. 옛날, 자기의 어린 폴의 모
습은 간 곳이 없었다. 이제야 비로소 그녀는 자식이 커졌다는 것
과 이제 자식은 자기의 소유물이 아니며 늙은이들은 염두에 두지
않고 자기 마음대로 살아가려고 한다는 것을 깨달았다. 더욱이

아들은 단 하루 사이에 완전히 달라진 것 같았다.

이것이 자기의 아들이었을까? 자기 의지로 움직이는 이 수염 난 강건한 남자가 옛날 자기에게 샐러드 채소를 옮겨심게 하던 그 귀여운 어린 자식일까?

그 뒤 석 달 동안 폴은 이따금 가족을 찾아보러 왔으며, 와 있는 동안에도 되도록 빨리 가고 싶어하는 마음이 한시도 머리에서 떠나지 않아 '저녁때가 되면 언제나 한 시간이라도 빨리 가려고 애썼다. 잔느는 조바심했으나 남작은 늘 그녀를 위로했다.

「그냥 놔둬라. 그애도 이제는 20살이다.」

어느 날 아침 허술하게 차린 한 노인이 독일식 억양이 담긴 프랑스 어로 자작부인에게 면회를 청했다. 그는 의례적인 딱딱한 인사를 늘어놓고 주머니 속에서 때묻은 지갑을 꺼내 손때묻은 종이조각을 펼쳐 보였다.

「여기 부인에게 보여드릴 증서를 가져왔습니다.」

그녀는 읽고 또 읽고 그 유대인을 쳐다본 다음 다시 또 한 번 읽어보고는 물었다.

「이것이 무슨 의미지요?」

그 남자는 아첨하듯 설명했다.

「말씀드리겠습니다. 아드님이 돈이 좀 필요하다고 해서 마님이 좋은 어머니라는 것을 내가 알고 있으므로 필요하신 만큼 얼마 안되는 돈을 빌려드렸습니다.」

그녀는 몸을 떨었다.

「어째서 나한테 직접 달라고 하지 않았을까요?」

유대인은 길게 설명했다.

그것은 다음날 오전 중에 갚아야 했던 도박에서 진 빚이었는데, 폴은 아직 미성년이었으므로 아무도 그 돈을 빌려주려고 하지 않았을 것이며 따라서 이 유대인이 베푼 약소한 친절이 없었던들 아들의 명예는 위태로웠으리라고 했다. 잔느는 남작을 부르려고 했으나 너무 심한 충격 때문에 일어날 수가 없었다.

그래서 그녀는 고리대금업자에게 말했다.

「미안하지만 초인종을 좀 눌러주시겠습니까?」

늙은이는 술책인 줄 알고 두려워서 망설였다. 그는 더듬더듬 말했다.

「지장이 있으시다면 다음에 또 오겠습니다.」

그녀는 고개를 가로저으며 아니라고 했다. 남자는 초인종을 눌렀다. 두 사람은 마주보며 남작을 기다렸다. 남작은 들어오자마자 사태를 깨달았다. 증서는 1천4백 프랑이었다.

남작은 1천 프랑을 지불하고 그 남자에게 잘라 말했다.

「두 번 다시 오지 마시오.」

남자는 고맙다고 인사하고 가버렸다.

할아버지와 어머니는 곧 르아브르를 향해 떠났다. 그러나 학교에 가보니 폴은 한 달 전부터 학교에 나오지 않는다고 했다. 교장은 잔느의 서명이 든 네 통의 편지를 받아가지고 있었다. 그것은 자기 아들이 병에 걸려 있다는 것과 그 뒤의 소식을 알린 편지였다. 편지마다 의사의 진단서가 덧붙여져 있었다. 물론 위조였다. 두 사람은 놀라서 어리둥절한 채 마주보며 그 자리에 서 있었다. 교장이 그들을 동정하여 경찰서장에게로 안내해 주었다.

두 사람은 그날 밤 호텔에서 잤다. 이튿날 그들은 그 도시의 어떤 창부집에서 그를 찾아냈다. 할아버지와 어머니는 폴을 데리고 머나먼 귀로에 말 한 마디 나누지 않고 레 페플로 왔다. 잔느는 손수건으로 얼굴을 가린 채 울었다. 폴은 태연한 얼굴로 창밖을 내다보고 있었다.

그들은 폴이 1주일 동안에 1만1천 프랑의 빚을 졌다는 사실을 알았다. 채권자들은 그가 머지않아 성인이 된다는 것을 알고 있었으므로 아직은 얼굴을 내밀지 않고 있었다. 아무 변명도 듣지 않기로 했다. 애정으로 이 아이의 마음을 다시 잡아보려고 생각했기 때문이었다. 맛있는 요리를 먹이고 위로해 주고 비위를 맞추어 주었다.

때는 봄이었다. 잔느는 불안하지만 마음껏 뱃놀이를 하라고 폴에게 배 한 척을 빌려 주었다. 르아브르로 갈까봐 말은 내주지 않았다. 폴은 할 일이 없어서 짜증부리고, 이따금 난폭한 행동까지 했다. 남작은 그가 학업을 중단한 것을 불안스럽게 생각하고 있었다.

잔느는 또다시 헤어질 생각을 하면 정신이 아찔했으나, 그러면서도 앞으로 이 아이를 어떻게 하면 좋을까 혼자 궁리했다.

어느 날 폴은 돌아오지 않았다. 그는 뱃사공 두 사람과 함께 보트를 타고 나갔다고 했다. 어머니는 정신없이 밤중에 모자도 쓰지 않고 이포르까지 뛰어내려갔다. 바닷가에서 너덧 남자가 보트가 돌아오기를 기다리고 있었다. 조그만 불빛이 먼 바다에 나타났다. 그것은 흔들리며 다가왔다. 그러나 폴은 배에 없었다.

그는 르아브르까지 자기를 실어다주도록 했다. 경찰이 그를 찾으려고 했으나 끝내 찾지 못했다. 처음에 폴을 숨겨 두었던 여자도 가구를 팔아 버리고 집세까지 치르고 사라졌다.

레 페플에 있는 폴의 방에서 폴에게 반한 듯한 여자가 보낸 편지 두 통이 나왔다. 필요한 돈이 준비되었으니 영국에서 여행하자는 내용이었다.

저택의 세 식구는 정신적인 고뇌의 암담한 생지옥 속에서 묵묵히 침울하게 지냈다. 이미 잿빛으로 변한 잔느의 머리칼은 이제 흰머리가 되어 버렸다. 그녀는 어째서 운명이 이토록 자기를 괴롭히는지 골똘히 생각했다.

그녀는 톨비악 신부로부터 한 통의 편지를 받았다.

부인, 신의 손은 드디어 부인 위에 내려졌습니다. 부인은 자제를 신께 바치기를 거절하셨습니다. 그리하여 신은 자제를 빼앗아

창녀에게 던진 것입니다. 천주님의 이 훈계에 눈을 뜨지 않으시렵니까? 주님의 자비는 끝이 없습니다. 다시 신의 발 앞에 와 엎드린다면 신은 구원 내리실 것입니다. 나는 신의 비천한 종입니다. 부인이 오셔서 두드리실 때에는 언제나 부인을 위해 신의 궁전 문을 열어드리겠습니다.

그녀는 이 편지를 무릎 위에 놓고 오랫동안 앉아 있었다. 이 신부의 이야기는 정말일지도 모른다. 그러자 모든 종교적 의혹이 일시에 그녀의 양심을 분열시키기 시작했다.

신도 인간이나 다름없이 복수심을 품는다든가 질투심을 갖지 않는다면 아무도 신을 두려워하지 않을 뿐 아니라 숭배하지도 않을 것이다. 그러고 보면 아마 우리에게 자기의 존재를 더 명확하게 하기 위해 인간들의 감정을 가지고 우리에게 군림하고 있는지도 모른다. 그러자 마음이 산란해져 망설이는 사람들을 성당 안으로 밀어넣는 마음 약한 의혹에 끌려 어느 날 저녁 해가 지자 그녀는 몰래 신부 집을 찾아가 비쩍 마른 신부의 발 앞에 무릎을 꿇고 용서를 빌었다.

신은 남작과 같은 사람이 살고 있는 집에 대해서는 모든 은총을 내릴 수 없다고 하면서 신부는 반만의 용서를 약속했다.

신부는 단언했다.

「부인께서는 곧 신의 관용의 결과를 아시게 될 것입니다.」

그녀는 정말 이틀 뒤 아들의 편지를 받았다. 가슴이 터질 듯한 고통 속에서 그녀는 이것이야말로 신부가 약속했던 위안의 시초라고 생각했다.

사랑하는 어머니, 근심하지 마십시오. 지금 나는 몸 건강히 런던에 있습니다. 그런데 몹시 돈에 쪼들리고 있습니다. 우리는 지금 한푼 없이 날마다 굶고 있습니다. 지금 나와 함께 있는, 내가 진정으로 사랑하는 여자는 나와 헤어지지 않겠다는 생각에서 가지고 있던 돈을 다 써버렸습니다. 5천 프랑입니다. 내 명예를 생각해서라도 우선 이 돈을 갚아줘야 되겠습니다. 내가 머지않아 성년이 되니까, 아버지의 유산 가운데 1만5천 프랑쯤 미리 주신다면 이 곤경을 모면하겠습니다. 안녕히 계십시오. 사랑하는 어머니, 마음으로부터 키스를 드립니다.

할아버지와 리종 할머니에게도 안부 전해주십시오. 곧 다시 만나뵐 것을 바랍니다.

어머니의 아들, 자작 폴 드 라마르

편지를 써보내다니 ! 그러고 보면 아직 나를 잊지는 않았구나. 그녀는 자식이 돈을 요구한 것은 생각해 보지도 않았다. 돈이 없다니 보내줘야지. 돈 같은 것은 문제도 아니었다. 편지를 써보냈는데 ! 그녀는 기쁨의 눈물을 흘리며 남작에게로 가지고 달려갔다. 리종 이모도 불러왔다. 그리고 편지내용을 한 마디 한 마디 뜯어 읽고 또 읽었다. 모두들 한 마디 한 마디에 대해 의논이 분분했다. 깊은 절망 속에 일종의 희망적 도취 속으로 뛰어올라간 잔느는 폴을 편들었다.

「돌아올 거예요. 그 애가 편지까지 쓴 이상 돌아올 거예요.」

그러나 냉정한 남작은 말했다.

「그렇지 않아. 그놈은 계집애 때문에 우리를 떠난 거니까. 그놈은 우리보다도 그 계집애를 더 사랑하고 있는 거야. 그런 짓을 서슴지 않고 했던 것을 보면.」

그러자 무섭고 급작스러운 고통이 잔느의 가슴을 뒤흔들어 놓았다. 그리고 갑자기 자기 자식을 빼앗아간 그 계집애에 대한 증오감이 끓어올랐다. 질투심을 일으킨 어머니의 진정시킬 수 없는 강렬한 증오였다.

그때까지 그녀는 폴에 대해서만 생각하고 있었다. 이런 막된

계집애가 폴을 그르치게 만든 원인이라고는 거의 생각해 보지도
않았다. 그러나 별안간 남작의 이야기가 이 경쟁자의 존재를 깨
우쳐 주었고, 그들 사이에 맹렬한 싸움이 벌어졌다는 것을 느
꼈다.

그녀는 그런 계집애와 함께 자식을 가지기보다는 차라리 자식
을 잃는 편이 낫다고 생각했다. 그리하여 그녀의 모든 기쁨은 허
물어지고 말았다. 그들은 1만5천 프랑을 보냈다. 그 뒤 다섯 달
동안 아무 소식도 없었다. 그러는 사이 쥘리앙의 유산 세목을 따
지기 위해 대리인이 왔다. 잔느와 남작은 두말없이 쥘리앙의 유
산과 어머니에게 돌아오는 용익권(用益權)까지 넘겨주었다. 그
리고 대리인이 파리로 돌아가자 폴은 12만 프랑을 받았다.

그는 여섯 달 동안에 네 통의 편지를 보내왔다. 간결한 문체로
요즘 상황을 알려왔으며, 끝은 형식적인 애정의 글귀로 맺어져
있었다. 『일자리를 구했습니다. 며칠 안으로 레 페플에 가뵙겠
습니다.』라고 말했다.

그는 그의 정부에 대해 한 마디도 하지 않았다.

이 침묵은 네 페이지에 걸쳐 자세히 쓴 것 이상의 것을 뜻하고
있었다. 잔느는 냉정한 이 편지에서 집요하게 그 여자가 몸을 감
추고 있는 것을 느꼈다. 모든 어머니의 영원한 적인 창녀의 존재
를 눈앞에 보는 것만 같았다.

고독한 세 사람은 폴을 구해낼 수 있는 방도를 논의했다. 그러
나 방도가 떠오르지 않았다. 파리로 찾아갈 것인가. 그러나 그것
이 무슨 소용있으랴?

남작이 말했다.

「그 애의 정열이 식어 버리기를 기다리는 수밖에 도리가 없다.
그렇게 되면 혼자 돌아오겠지.」

그들의 생활은 쓸쓸하기 이를 데 없었다. 잔느와 리종은 남작
몰래 성당에 드나들었다. 폴에게서는 오랫동안 소식이 없었다.

어느 날 아침 절망적인 편지가 날아들어 세 사람을 깜짝 놀라
게 했다.

어머니 나는 이제 파멸입니다. 만일 어머니가 나를 도와주러
오시지 않는다면 나는 피스톨로 자살하는 수밖에 없습니다. 틀림
없이 성공하리라 믿었던 투기사업에 실패했습니다. 8만5천 프랑
의 빚을 졌습니다. 만일 지불하지 않으면 불명예일 뿐만 아니라
파산당하게 되고 앞으로 내 길은 완전히 막혀 버립니다. 나는 파
멸입니다. 거듭 말씀드립니다. 나는 이 치욕을 당하느니 차라리
자살해 버리겠습니다. 한 번도 말씀드리지 않았지만 나의 수호신
인 한 여자의 격려가 없었던들 벌써 자살했을 것입니다. 진정으
로 키스를 보내드립니다. 사랑하는 어머니, 아마 이것이 마지막
이 될지도 모릅니다. 안녕히 계십시오.

이 편지와 함께 넣은 서류뭉치가 이 투기사업의 실패에 대해
설명해 주고 있었다. 남작은 곧 생각해 보겠다는 답장을 썼다. 그
리고 자세한 내막을 알아보기 위해 르아브르로 떠났다. 그리고
토지를 저당잡혀 폴에게 보냈더니, 폴은 곧 돌아가서 식구들에게
키스하겠다는 내용의 편지를 보냈다. 그러나 오지 않았다.
　1년이 지나갔다. 잔느와 남작은 폴을 만나 마지막 노력을 해보
려고 막 파리로 떠나려는 참에, 간단한 편지가 와 그가 런던에 다
시 가 있다는 것을 알았다.
　폴 드 라마르 주식회사를 이름으로 기선회사를 설립할 계획을
세우고 있다는 것이었다.
　편지내용은 다음과 같았다.

저에게 행운이 보장되어 있습니다. 어쩌면 한재산 손에 쥘는지
도 모릅니다. 하지만 결코 모험은 아닙니다. 이제부터라도 여러

가지 유리한 점을 아시게 될 겁니다. 이번에 만나뵐 때, 나는 사회적으로 상당한 자리를 차지하고 있을 겁니다. 오늘날 역경을 헤쳐 나가는 데는 사업을 하는 길밖에 없다고 생각합니다.

석 달 뒤 기선회사는 파산하고, 지배인은 장부에 부정이 적혀 있다는 혐의로 기소되었다.

잔느는 신경발작을 일으키고 그것이 몇 시간 계속되더니 그 길로 자리에 누웠다. 남작은 또다시 르아브르로 가서 정보를 모으고 변호사, 대리인, 공증인, 집달리 등을 만난 결과 폴 드 라마르 회사의 결손액이 23만5천 프랑에 이른다는 사실을 알았고, 또다시 가산을 저당잡히지 않을 수 없었다. 레 페플의 저택과 두 개의 농장은 막대한 금액으로 저당잡혔다.

어느 날 저녁 남작은 어느 대리인의 사무실에서 마지막 수속을 밟다가 별안간 졸도하여 마룻바닥에 쓰러졌다.

말탄 심부름꾼이 잔느에게로 달려와 알렸다. 그녀가 다달았을 때 남작은 이미 숨이 끊어진 뒤였다.

그녀는 아버지의 유해를 레 페플로 옮겨왔으나 온몸이 기진맥진하였다. 그녀의 고통은 절망이라기보다 차라리 마비상태였다. 두 부인이 필사적으로 탄원해 보았으나 톨비악 신부는 남작의 유해를 성당에 들여보내기를 거절했다.

아무런 종교적 의식도 없이 남작은 해가 떨어진 뒤 매장되었다.

폴은 자기 회사의 파산 청산인으로부터 이 사건의 결말을 들었다. 그는 아직도 영국에 숨어 있었다. 그는 이 불행을 뒤늦게 알아서 올 수 없었다는 변명의 편지를 썼다.

어쨌든 어머니가 나를 구해 주셨으니 어머니, 나는 프랑스로 돌아가겠습니다. 곧 어머니에게 키스하겠습니다.

잔느는 너무나 심한 정신적 허탈상태에 있었으므로 아무것도 의식하지 못하는 것 같았다. 그 겨울이 다 갈 무렵 68살이 된 리종 이모는 기관지염에 걸린 것이 악화되어 폐렴이 되었다.

그녀는 조용히 숨을 거두며 말했다.

「가엾은 잔느, 신이 네게 자비를 내리도록 내가 부탁드리겠다.」

잔느는 묘지까지 따라가 이모의 관 위에 흙이 덮이는 것을 보고, 자기도 죽어서 더 이상 고행하지 않고 아무것도 생각지 않게 되었으면 하고 바라며 그대로 주저앉아 버리자, 건강한 농사꾼 부인이 두 팔로 그녀를 안아올려 마치 어린아이를 다루듯이 그녀를 데려갔다.

잔느는 이모의 머리맡에서 닷새 밤이나 새웠기 때문에 저택으로 돌아오자 상냥하면서도 위엄있게 대해주는 이 낯모를 여자가 하자는 대로 순순히 침대로 끌려 들어갔다. 그리곤 피로와 고뇌에 시달려 기진맥진했기 때문에 깊은 잠에 빠졌다.

그녀는 밤중에 깨어났다. 등잔불이 벽난로 위에서 깜빡이고 있었다. 한 여자가 안락의자에서 자고 있었다. 이 여자는 누구일까? 그녀는 도무지 알 수가 없었다. 그녀는 깜빡이는 등잔불빛에 자세히 보려고 침대 밖으로 몸을 내밀었다.

낯익은 얼굴이었다. 그러나 언제 어디서 보았을까? 여자는 고개를 한쪽 어깨 위에 떨어뜨리고 모자를 마룻바닥에 뒹굴린 채 무심히 잠들어 있었다. 나이는 마흔이나 마흔다섯쯤 되어 보였다. 햇볕에 그을어 강하고 억세고 튼튼해 보였다.

크고 두툼한 그 여자의 두 손이 의자팔걸이 양쪽에 늘어져 있었다. 머리털은 잿빛으로 변해가고 있었다. 잔느는 큰 불행에 타격받고 열병적으로 잠에 빠졌다가 눈을 떴을 때 느끼는 몽롱한 머리로 집요하게 그녀를 바라보았다. 확실히 잔느는 그녀의 얼굴을 본 기억이 났다. 그것은 옛날이었었나, 최근이었었나? 그녀는 분명히 알지는 못했으나 그 의문이 머리에서 떠나지 않고 그녀를 괴롭혔다. 그래서 살며시 일어나 발끝으로 가까이 걸어가 그녀의 얼굴을 보았다.

묘지에서 자기를 데려다가 침상에 눕혀준 바로 그 여자였다. 그것도 어렴풋이 생각났다. 그러면 다른 곳에서 만난 적이 있었나? 아니면 다만 마지막 날의 몽롱한 기억 속에서 이 여자를 만났던 것 같이 여겨지는 것일까? 그런데 이 여자가 어떻게 무슨 이유로 자기 방에 와 있는 것일까? 그녀는 눈을 뜨고 잔느를 보더니 벌떡 일어났다. 그들은 서로 맞닿을 정도로 가까워졌다.

낯모를 그녀는 크게 소리쳤다.

「아니, 왜 서 계세요? 그러다 감기드세요. 자아, 어서 다시 누우세요!」

잔느는 물었다.

「당신은 누구지요?」

그러나 그 말엔 대답하지 않고 여자는 팔을 벌리고 아까처럼 잔느를 다시 안아올려 남자 같은 힘으로 침대까지 갔다. 그리고는 가만히 요 위에 눕히고 거의 덮쳐누를 듯이 몸을 굽혀 그녀의 뺨이며 머리며 눈에 미친 듯이 키스하며 울음을 터뜨리고 눈물로 잔느의 얼굴을 적셨다. 그녀는 중얼거렸다.

「가엾은 아씨, 잔느 아씨, 가엾은 아씨, 나를 모르시겠습니까?」

별안간 잔느가 외쳤다.

「아아, 로잘리!」

그녀는 로잘리의 목을 두 팔로 감고 힘껏 껴안으며 키스했다. 그리고 둘 다 꼭 껴안은 채 서로의 눈물에 젖어 팔을 떼지 못하고 흐느껴 울고만 있었다. 로잘리가 먼저 정신을 차렸다.

「자아, 마음 가라앉히세요. 감기드시면 큰일이에요.」

그녀는 이불을 끌어당기고 침대를 매만지고 베개를 옛주인의 머리 밑에 대주었다. 옛주인은 마음 속에 치밀어오르는 가지가지의 추억에 온몸을 떨며 여전히 흐느껴 울고 있었다. 잔느가 물었다.

「어떻게 다시 왔지?」

로잘리가 대답했다.

「이렇게 되신 줄 알면서 아씨를 혼자 계시게 할 수 없잖아요!」

「네 얼굴 좀 자세히 보게 촛불을 켜라.」

머리맡 테이블 위에 촛불을 올려놓자, 두 사람은 한참 동안 말없이 마주 바라보았다. 잔느는 늙은 하녀에게 손을 내밀며 중얼거렸다.

「나는 정말 몰랐지. 너도 퍽 달라졌구나. 하지만 아직 나처럼 달라지지는 않았어.」

그러자 로잘리도 자기가 떠날 때는 젊고 아름답고 생기에 넘쳤던 주인아씨가 지금은 바싹 마르고 시들어서 백발이 된 것을 보고 말했다.

「정말이지 많이 달라지셨습니다. 잔느 마님, 엄청나게 달라지셨어요! 못뵌 지도 벌써 24년이나 되었으니까요.」

두 사람은 또다시 생각에 사로잡혀 말이 없었다. 마침내 잔느가 떠듬거리며 물었다.

「그래, 너는 행복했었니?」

로잘리는 너무나도 고통스러운 어떤 추억을 되살릴까봐 두려운 듯 머뭇머뭇했다.

「네……네……나는 그다지 불행하지는 않았습니다. 마님보다는 확실히 행복했습니다. 그저 늘 가슴아팠던 일은 마님을 모시고 있지 못했다는 것이……」

그녀는 생각이 거기까지 미친 데 깜짝 놀라 입을 다물었다. 그러나 잔느가 부드럽게 말을 이었다.

「그렇다고 어쩌겠니? 모든 일이 어디 마음먹은 대로 되니? 너도 지금은 과부지?」

문득 어떤 고뇌가 그녀의 목소리를 떨리게 했다. 그녀는 말을 이었다.

「너는 그 뒤 다른……자식을 또 낳았니?」

「아니요, 마님.」

「그럼, 그 애는……네 자식은 어떻게 됐니? 그 애한테 만족하고 있니?」

「네, 일도 잘하고 아주 좋은 아이입니다. 여섯 달 전에 결혼했지요. 그리고 나 대신 농장을 돌보고 있답니다. 내가 이렇게 다시 와서 있으니까요.」

잔느는 감동하여 떨며 중얼거렸다.

「그럼, 너는 다시는 내 곁을 떠나지 않겠지?」

로잘리는 급작스러운 목소리로 말했다.

「물론이에요, 마님. 그러기 위해서 뒤처리도 다 해놓았습니다.」

그리고 얼마 동안 두 사람은 말이 없었다. 잔느는 자기도 모르게 두 사람의 생애를 비교해 보았다. 그러나 이제는 운명의 부당한 잔혹성에 복종하여 가슴 속에 아무 쓰라림도 느끼지 않았다.

그녀는 물었다.

「네 남편은 네게 어떻게 했니?」

「좋은 사람이었습니다. 건달은 아니었어요. 돈을 모을 줄 알았습니다. 폐병으로 죽었어요.」

그러자 잔느는 좀더 여러 가지 것을 알고 싶어 침대에서 일어나 앉았다.

「자, 다 이야기 좀 해봐. 네 지나간 모든 생활에 대해 다 이야기해. 이제 내게는 그것만이 위안이 될 거야.」

로잘리는 의자를 끌어당기고 앉아 자기 자신과 자기 집과 자신

의 세계에 대해 이야기하기 시작했다. 시골사람들이 좋아하는 세
세한 곳까지 파고들어 자기 집의 뜰을 그려주고, 때로는 지나간
행복한 시절을 회상시켜주는 먼 옛날을 이야기하며 웃고, 차츰
목소리를 높여가며 남을 부려본 습관에 젖은 농가의 여주인다운
말투로 이야기했다. 그리고는 이렇게 끝맺었다.

「나는 부동산도 있어서 아무 걱정 없답니다.」

그녀는 또 당황하며 낮은 목소리로 말을 이었다.

「다 마님 덕분이지요. 그러니 내가 무슨 돈을 받겠어요? 안받
겠습니다. 그리고 혹시 마음에 안드신다면 나가겠습니다.」

잔느는 되물었다.

「하지만 아무 보수도 받지 않고 내 일을 봐주겠다는 말은 아닐
테지?」

「원 별말씀을, 마님도! 돈이라니, 마님이 내게 돈을 주시겠단
말씀입니까? 나도 마님만큼은 돈이 있답니다. 저당잡힌 것과,
아직 내지 않아 기한마다 늘어나는 빚의 이자를 빼고 나면 얼마
나 남는지 아십니까? 모르시지요. 내가 알기로는 1년에 1만 리
브르도 채 못들어올 겁니다. 아시겠지요? 1만 리브르도 채 못돼
요. 하지만 그것을 청산해 드리겠습니다.」

로잘리는 흥분해 하며 다시 목소리를 높여 이자를 물지 않아
곧 파산할지도 모른다고 말했다. 그러자 민망스러워하는 희미한
웃음이 여주인의 얼굴에 스치는 것을 보고 로잘리는 화를 내면서
소리쳤다.

「웃으실 일이 아녜요, 마님! 돈 없이는 사람 구실을 못한답
니다.」

잔느는 하녀의 손을 꼭 쥐고는 늘 머릿속에서 떠나지 않는 하
나의 관념에 쫓기며 천천히 말했다.

「아아! 나는 운이 나빴어. 모든 일이 나에게는 뒤틀어지기만
했지. 재앙이 기를 쓰고 내 생애에 달려들어 망쳐 버렸단다.」

그러자 로잘리는 고개를 가로저었다.

「그렇게 말씀하시는 게 아닙니다. 이유는 다만 불행한 결혼을 하셨다는 것뿐입니다. 상대편을 모르고 결혼했다고 하여 그렇게 되는 건 아니랍니다.」

이와같이 그녀들은 늙은 친구들끼리 하듯이 언제까지나 자기의 신세타령을 하고 있었다.

그들이 이야기를 계속하고 있는데 아침해가 떠올랐다.

12

로잘리는 1주일 만에 저택 안의 물건과 사람들을 완전히 지배하게 되었다. 잔느는 모든 것을 내맡기고 로잘리가 하자는 대로 했다. 잔느는 이제 쇠약해질 대로 쇠약해져 옛날에 그녀의 어머니가 그랬듯이 다리를 끌며 하녀의 팔에 의지하여 외출했다. 하녀는 천천히 잔느를 산책시키며 잔소리도 하고 마치 병든 어린아이 다루듯 무뚝뚝하나 부드러운 말투로 기운을 북돋아 주었다.

그들은 늘 지난 일을 이야기했다. 잔느는 눈물어린 목소리로 말했고, 로잘리는 평범한 시골여자의 조용한 목소리로 이야기했다. 늙은 하녀는 몇 번이나 난처한 이자문제를 꺼내 모든 실무에 어두운 잔느가 아들의 일이 부끄러워 숨기고 있는 서류를 자기에게 내달라고 요구했다.

그리고는 1주일 동안 날마다 페캉에 가서 자기가 잘 아는 변호사에게서 자세한 설명을 들었다.

어느 날 저녁 로잘리는 주인을 침대에 눕힌 뒤 자기는 침대머리에 앉더니 불쑥 말했다.

「자아, 누우셨으니 같이 이야기 좀 하지요.」

그녀는 지금 상태를 설명했다. 빚을 갚고 나면 7,8천 프랑의 연수입이 남으며 남은 것은 모두 그것뿐이라고 했다.

잔느는 대답했다.

「그래, 어떻단 말이냐? 나는 오래 살지 못한다. 죽을 때까지 그거면 충분해.」

로잘리는 화를 냈다.

「그야 마님은 충분할지 모르지요. 하지만 폴 도련님에게는 한푼도 안 남겨주실 작정입니까?」

잔느는 몸서리쳤다.

「제발 그 애 이야기는 하지 말아다오. 생각만 해도 가슴이 아파 못견디겠다.

「하지만 말씀드려야겠습니다. 마님은 마음이 약하니까 말입니다. 잔느 마님, 폴 도련님은 지금 난봉을 피우고 있어요. 그러나 언젠가는 끝장날 겁니다. 그렇게 되면 결혼도 하고 어린아이도 낳으실 테지요. 그 아이들을 키우려면 돈이 있어야 합니다. 잘 들으십시오. 마님은 레 페플을 팔으셔야 합니다.

잔느는 침대에서 펄쩍 뛰어 일어나 앉았다.

「레 페플을 팔다니! 그게 무슨 말이냐! 안 된다, 절대로 안돼.」

그러나 로잘리는 눈썹 하나 까딱하지 않았다.

「파셔야 합니다, 마님. 어쩔 수 없는 일입니다.」

로잘리는 그래야 될 이유와 또 자기의 재산과 계획을 설명했다. 일단 레 페플과 거기에 딸린 두 개의 농장을 팔아 버리고 생 레오나르에 있는 네 개의 농장을 가지고 있으면 이것만은 저당에서 빠졌으니까 연 8천3백 프랑의 수입이 들어올 것이며 그것을 살 사람은 이미 자기가 구해 놓았다고 말했다. 연 1천3백 프랑은 부동산의 수리나 유지비로 떼어놓고 나머지 7천 프랑 가운데서 5천 프랑을 1년의 생활비로 하고 2천 프랑은 비상금으로 저축해야 한다고 말했다.

로잘리는 덧붙였다.

「그밖의 것은 다 먹혔습니다. 마지막이에요. 이제부터는 내가 열쇠를 맡겠습니다. 그리고 폴 도련님에게 아무것도 못드리겠습니다. 그렇지 않으면 한푼도 남기지 않고 빼앗아갈 겁니다.」

잔느는 조용히 흐느껴 울다가 중얼거렸다.

「하지만 혹시 먹을 것도 없다면?」

「시장하시다면 집에 오셔서 잡수시면 되지요. 언제나 잠자리와 잡수실 것은 준비해 두겠습니다. 처음부터 한푼도 드리지 않았더라면 그런 난봉은 피우지 않으셨을 것입니다.」

「하지만 그 애는 빚을 졌었단다. 그것을 갚지 않으면 욕보게 될 지경이었어.」

「마님이 한푼도 없게 되면 그것으로 폴 도련님의 난봉이 없어질까요? 아직까지는 지불하셨습니다. 그건 좋습니다. 그러나 이제부터는 한푼도 드리지 못합니다. 그러면 안녕히 주무십시오, 마님.」

그리고 로잘리는 나가버렸다. 레 페플을 팔고 자기의 온 생애가 깃들어 있는 이 집을 떠나 다른 곳으로 가야 한다는 생각에 잔느는 잠을 이루지 못했다.

이튿날 로잘리가 방 안에 들어오자 잔느는 말했다.

「아무래도 나는 여기서 떠날 결심이 서지 않는다.」

하녀는 화를 냈다.

「하지만 그렇게 하셔야 해요. 공증인이 곧 이 저택을 사겠다는 사람을 데려올 겁니다. 그렇게라도 하지 않으시면 4년 뒤에는 한푼도 남지 않아요.」

잔느는 얼빠진 채 되풀이했다.

「나는 못하겠어, 나는 아무래도 못하겠어.」

한 시간 뒤에 우편배달부가 1만 프랑을 요구하는 폴로부터의 편지를 갖다주었다. 어떻게 할 것인가?

잔느는 넋이 다 빠져서 로잘리와 상의했다. 로잘리는 두 팔을 치켜들며 말했다.

「내가 뭐라고 말했습니까? 마님, 아아! 내가 오지 않았더라면 두 분 다 빈털터리가 될 뻔했습니다.」

잔느는 하녀 말대로 아들에게 다음과 같은 답장을 썼다.

사랑하는 내 아들아

나는 이제 어쩔 수가 없다. 너는 나를 파산시켰단다. 레 페플도 팔지 않으면 안되게 되었다. 하지만 네가 그토록 고생시킨 너의 늙은 어머니 곁으로 잠자리를 구하러 온다면 나는 언제라도 네 몸을 의지할 곳만은 마련하고 있다는 것을 잊지 말아라.

그리고 공증인이 전에 제당(製糖)업자였던 즈오프랭 씨를 데려왔을 때 잔느는 몸소 그들을 맞아들여 자세히 모든 것을 보도록 안내했다.

한 달 뒤 잔느는 매도계약서에 서명하고 곧 바트빌르 마을에 있는 작은 살림집 한 채를 샀다. 그 집은 고데르빌르에서 가까웠으며, 몽티빌리에 길이 잇닿아 있었다.

거기서부터 잔느는 저녁때까지 혼자 어머니의 가로수길을 산책했다. 가슴이 찢어지는 듯 마음이 쓰라려서 비탈길과 나무들과 플라타너스 아래 놓인 벌레먹은 긴의자 등, 자기 눈이나 마음에 박혀진 너무나 낯익은 모든 것들, 숲, 그리고 쥘리앙이 죽던 무서운 날 푸르빌르 백작이 바다 쪽으로 달려가는 것을 바라보았던, 그녀가 곧잘 앉아서 광야를 내려다보던 언덕과, 늘 기대던

가지 부러진 느릅나무와 이 정든 뜰에 대해 절망적으로 흐느끼며 이별의 말을 했다.

로잘리가 나와서 그녀의 팔을 잡아 안으로 데리고 들어왔다. 25살쯤 된 건장한 농부가 문 앞에서 기다리고 있었다. 그는 이미 오래 전부터 알고 있었다는 듯 다정스럽게 그녀에게 인사했다.

「안녕하십니까, 잔느 마님! 어머니가 이삿짐을 거들어드리라고 했지요. 어떤 것을 옮기려는지 알고 싶어서요. 밭일에 방해되지 않도록 틈틈이 날라다드리겠습니다.」

그는 로잘리의 아들이었다. 쥘리앙의 자식이며 폴의 형이었다. 그녀는 가슴의 고동이 멈추는 것 같았다. 잔느는 이 젊은이에게 키스해 주고 싶었다. 혹시 남편이나 자기 아들을 닮지 않았을까 생각하며 그녀는 그의 얼굴을 찬찬히 훑어보았다. 그는 얼굴이 붉고 억세고 자기 어머니를 닮아 갈색 머리털과 푸른 눈을 가지고 있었다. 그러면서도 어딘지 모르게 쥘리앙을 닮았다. 어디가 닮았을까! 꼭 집어낼 수는 없었다. 그러나 틀림없이 어딘지 닮은 것 같기는 했다. 젊은이는 말을 이었다.

「지금 곧 일러주셨으면 좋겠습니다만.」

그러나 잔느는, 이사할 집이 아주 작아서 무엇을 가져갈지 작정하지 못하고 있으니 주말에 다시 한 번 와달라고 부탁했다.

그러자 이사할 생각이 머리에 가득찼고 암담하고 희망없는 생활이 서글픈 위안을 갖다주었다.

갖가지 일들을 상기시켜주는 가구들을 살피며 잔느는 이 방 저 방 돌아다녔다.

모두 자기 생활의 일부가 되고 동무가 되어버린 가구들로서 어렸을 때부터 잘 알고 있으며, 거기에는 자신들의 기쁨과 슬픔의 추억이 결부되고 자신들의 역사의 날짜가 붙어 있는 것이다. 그것들은 즐거울 때나 우울할 때나 자신의 말없는 반려자였으며, 자기 곁에서 낡고 낡아져 버려 겉에 여기저기 구멍이 나고 안은 찢어지고 마디는 어그러졌으며 빛이 바랬다.

그녀는 이것을 하나하나 추려냈다. 몇 번이나 주저하고 중대한 결심을 해야 되는 일인 것처럼 망설이면서 쉴새없이 일단 결정한 것을 다시 되생각해 보기도 하며, 두 개의 안락의자의 가치를 평가하고 또 서랍달린 낡은 책상과 낡은 사무용 테이블을 서로 비교하기도 했다. 그리고 서랍을 하나하나 열어보고는 온갖 추억을 그 속에서 찾았다.

그리고 나서 「그래, 이걸 가져가기로 하자.」고 완전히 정하면 그것을 식당으로 내려보내는 것이었다. 그녀는 침대며 벽걸이며 자기 방의 가구는 모두 가져가겠다고 했다. 그녀가 어렸을 때부터 좋아한 여우와 두루미, 여우와 까마귀, 매미와 개미, 그리고 침울한 왜가리 등이 그려진 몇 개의 객실 의자도 가져가기로 했다.

잔느는 얼마 뒤에 떠나게 될 이 집의 구석구석을 돌아보다가 어느 날은 다락으로 올라가보았다.

잔느는 깜짝 놀라 그 자리에서 서버렸다. 가지각색의 물건들이 어수선하게 쌓여 있었기 때문이었다. 어떤 것은 부서지고 어떤 것은 그저 더럽혀지기만 했을 뿐이고, 또 어떤 것은 마음에 들지 않았다든가 다른 물건과 바뀌었다는 이유로 이곳에 올려다놓았던 것이다.

옛날에 보아왔던 숱한 자질구레한 잡동사니가 눈에 띄었다. 늘 자기가 써왔으나 마치 생각해 보기도 전에 갑자기 사라져 버린 하찮은 물건들, 15년 동안이나 자기 곁에 굴러다니던 오래되고 아무것도 아닌 자질구레한 물건들을 그녀는 한 번도 눈여겨보지 않았던 것이다.

이 다락방 안에서 뜻밖에 그것들을 보니 오랫동안 잊어버렸던 허물없는 친구를 다시 만난 듯 감격스러웠다. 자기가 처음 이곳에 와 닿았을 때 그 가구들이 놓여 있던 장소가 그대로 되살아났기 때문이었다. 오랫동안 서로 마음을 털어놓지 않으며 만나러 오던 사람이 어느 날 저녁 우연히 말끝에 이야기를 시작하여, 상대편이 전혀 생각해 보지 않았던 마음의 밑바닥을 내보이는 것과 같은 인상을 이 물건들이 그녀에게 주었던 것이다.

그녀는 가슴을 설레며 하나하나 둘러보고 중얼거렸다.

「이것은 내가 결혼하기 며칠 전 밤에 깨뜨린 중국 찻잔이구나! 아, 어머니의 등잔과 아버님이 비를 맞아 불어난 문을 여시다가 부러뜨린 단장이 여기 있구나.」

그녀가 못보던 물건도 많았다. 할아버지 시대의 것인지 증조할아버지 시대의 것인지 그녀로서는 전혀 기억이 없는 것들이었다. 그것들은 자기들의 시대와는 다른 시대로 추방당한 듯 먼지투성이었다.

그들은 팽개쳐져 있는 것을 슬퍼하는 것처럼 보였다. 아무도 그 역사와 변천을 모르고, 아무도 누가 그것을 골라 사가지고 아꼈는지 어루만졌는지 즐겁게 그것을 바라보았는지 모르는 것들이었다. 잔느는 겹겹이 쌓인 먼지 위에 손자국을 내며 그것을 만져보고 뒤적거려 보았다. 지붕에 박은 몇 장의 유리창으로 새어들어오는 침침한 햇빛 아래에서 잔느는 그와 같은 고물에 둘러싸여 한참 동안 우두커니 서 있었다. 뭔가 생각나는 것이 없나 하고 다리가 세 개 달린 의자를 살펴보고, 구리로 만든 보온기며 낯익은 듯한 찌그러진 발 쬐는 난로며 쓰지 않는 부엌 살림도구 등을 유심히 들여다보았다.

이리하여 잔느는 가져가려는 물건을 따로 옮겨놓고 아래로 내려가서 로잘리를 시켜 그것들을 내려서 가지고 오게 했다. 로잘리는 화를 내며 『그런 허섭쓰레기』를 내려오기를 거절했다. 그러나 잔느도 이번만은 고집부려 자기의 뜻에 따르도록 했다.

어느 날 아침 쥘리앙의 아들인 젊은 농부 드니 르콕이 짐을 실으려고 마차를 끌고 왔다. 짐 부리는 것을 감독하고 가구를 정돈

256

해놓기 위해 로잘리도 따라갔다.

혼자 남게 되자 잔느는 발작적인 절망감에 사로잡혀 저택의 방들을 돌아다녔다.

격렬한 애정이 솟아올라 함께 가져갈 수 없는 모든 물건들에 키스했다. 객실 벽걸이의 큰 백조며 오래된 촛대며 그밖에 눈에 띄는 모든 것에 키스했다. 그녀는 눈을 번쩍이며 이 방에서 저 방으로 돌아다녀보고 이번에는 바다에 이별을 고하려고 밖으로 나왔다.

9월 끝무렵이었다. 무겁게 내려앉은 잿빛 하늘이 온 세상을 덮어누르는 듯했다. 슬픈 노란빛을 띤 물결이 눈길가는 곳까지 펼쳐져 나갔다. 잔느는 가슴을 에는 듯한 갖가지 추억을 머릿속에 지닌 채 오랫동안 절벽 위에 서 있었다.

이윽고 어둠이 내리깔리자 그녀는 그날 하루 사이에 이제까지 겪어온 온갖 쓰라린 고통을 모두 하나로 모은 것만큼의 슬픔을 느끼면서 집으로 돌아왔다. 로잘리가 와서 기다리고 있었다. 그녀는 동떨어진 이 커다란 궤짝 같은 집보다는 새 집이 마음에 들고 살 맛이 난다고 말했다.

잔느는 밤새도록 울었다.

저택이 팔렸다는 사실을 알고 나서부터는 소작인들도 잔느에게 필요 이상의 존경을 보이지 않았으며, 아무 까닭도 없이 자기들끼리 그녀를 『미친 여자』라고 불렀다. 그것은 아마 그 무지한 인간의 본능에서 점점 심해져가는 잔느의 병적인 감상과 지나친 망상과 불행에 뒤흔들린 애절한 마음의 온갖 혼란을 알아차렸기 때문이었을 것이다.

떠나기 전날 밤 잔느는 우연히 마구간에 들어가보았다. 그녀는 동물의 울음 소리에 감짝 놀랐다. 그것은 몇 달 동안 거의 생각하지 않고 있었던 마사크르였다. 개의 보통 수명으로는 더 이상 살기 어려운 나이가 되어 눈도 멀고 말을 듣지 않는 몸으로 아직도 짚 침대 위에서 살고 있었다. 언제나 이 개를 잊지 않고 뤼디빈느가 먹을 것을 갖다주고 있었다. 잔느는 개를 들어올려 입맞추고 다시 집 안으로 데리고 들어갔다. 절구통처럼 살이 쪄서 옆으로 뒤둥그러진 굳은 다리로 겨우 몸을 끌며 어린아이의 장난감 개처럼 짖고 있었다.

드디어 마지막 날이 밝았다.

잔느는 옛날 쥘리앙의 방에서 잤다. 그녀의 방은 가구를 모두 옮겨갔기 때문이었다.

그녀는 마치 먼 길을 달리고 난 뒤처럼 기진맥진하여 숨을 헐떡이며 침대에서 일어났다. 트렁크며 그밖의 가구를 실은 마차는 뜰안으로 들어와 벌써 짐을 싣고 있었다. 또 한 대의 이륜마차가 그 뒤에 서 있었는데, 여주인과 로잘리를 태우고 갈 마차였다.

시몽 영감과 뤼디빈느만은 새 주인이 올 때까지 남아 있다가 그 뒤에는 저마다 친척집에 가서 몸을 맡기기로 되어 있었다. 잔느는 그들에게 연금을 마련해 주었다. 게다가 그들은 저축도 하고 있었다. 이제는 잔소리만 늘어놓는 늙어빠진 쓸모없는 종들이었다. 마리우스는 아내를 얻어 벌써 오래 전에 이 집을 떠났었다.

8시쯤 비가 내렸다. 바닷바람에 불려오는 차디찬 보슬비였다. 마차에는 포장을 씌워야 했다. 벌써 낙엽이 흩날리기 시작했다. 부엌 식탁 위에 놓인 우유 커피잔에서 김이 피어오르고 있었다. 잔느는 자기 잔 앞에 앉아 몇 모금 마시더니 일어나면서 말했다.

「자아, 떠나지!」

그녀는 모자를 쓰고 숄을 두르고 로잘리가 고무장화를 신겨주는 동안 목멘 소리로 말했다.

「우리가 루앙을 떠나 이리로 올 때 얼마나 비가 왔는지 너는 생각나니?」

그녀는 말을 마치자 일종의 경련을 일으키며 두 손을 가슴에 대고 뒤로 쓰러져 의식을 잃었다. 한 시간 이상이나 그녀는 꼼짝 못하고 있었다. 이윽고 눈을 뜨더니 다시 경련을 일으키다가 눈물이 쏟아지기 시작했다.

조금 가라앉았을 때 너무나도 힘이 빠져 일어설 수도 없었다. 그러나 떠나는 것을 미루었다가는 또다시 발작이 일어날까 두려워 로잘리는 아들을 찾으러 갔다. 그들은 잔느를 부축해서 들어올려 안아다가 마차 안의 초칠한 가죽을 깐 나무의자 위에 앉혔다. 늙은 하녀는 잔느 곁에 앉아 그녀의 다리를 싸주고 망토로 어깨를 덮어 주었다. 그런 다음 머리 위로 우산을 펴들고 외쳤다.

「빨리! 드니, 어서 떠나자.」

젊은이는 자기 어머니 곁으로 기어올라와 앉을 자리가 없어 겨우 엉덩이만 붙이고 빨리 말을 몰았다. 말이 속력을 내자 두 여인은 몹시 뛰어올랐다. 말이 모퉁이를 돌자 큰길에서 왔다갔다하는 남자 모습이 눈에 띄었다. 이 출발을 엿보고 있는 듯한 톨비악 신부였다.

그는 마차가 지나가도록 걸음을 멈추었다. 흙물이 튈까봐 한 손으로 법의를 들어올려 검정 양말을 신은 마른 정강이 끝으로 큼직한 진흙투성이의 구두가 드러나 보였다.

잔느는 그의 눈길과 마주치지 않도록 고개를 숙였으나 모든 일을 알고 있는 로잘리는 분개했다.

「못된 놈, 못된 놈.」

그녀는 자기 아들의 손을 잡으며 말했다.

「채찍으로 한 대 후려갈겨라.」

그러나 젊은이는 마침 신부 앞을 전속력으로 달리는 마차 바퀴를 별안간 구덩이 속으로 빠뜨렸기 때문에 흙탕만 튀어올라 신부의 발 끝에서 머리 끝까지 뒤집어 씌웠다. 로잘리는 아주 통쾌하여 몸을 돌려 큰 손수건으로 흙탕물을 닦고 있는 신부에게 주먹질을 했다.

5분쯤 달리다가 갑자기 잔느가 외쳤다.

「마사크르를 잊고 왔구나!」

마차를 세우고 드니가 내려가서 개를 가지러 달려간 동안 로잘리가 고삐를 잡고 있었다. 이윽고 젊은이가 두 팔에 털이 빠져 못생긴 개를 안고 돌아와서 두 부인이 치마폭 사이에 놓았다.

13

두 시간 뒤 마차는 조그만 벽돌집 앞에 다다랐다. 이 집은 큰길 주변 가까이에 있는 물레 모양의 배밭 한가운데 자리잡고 있었다.

인동덩굴과 여러 덩굴이 뻗어올라간 나무로 엮은 정자 네 개가 뜰의 네 귀퉁이를 이루고 있었다. 그 뜰에는 몇 개의 조그마한 야채밭이 있고, 그 야채밭 사이로 뻗어나간 길 양옆에 과일나무가 늘어서 있었다.

높다란 산울타리가 사방에서 이 지대를 둘러싸고 있었으며 한 개의 밭이 이웃집 농장과 경계를 이루고 있었다. 이 집에서 백 걸음쯤 앞쪽 길가에 대장간이 있었다. 그밖에는 아주 가까운 마을이라도 1킬로미터나 떨어져 있었다.

어느 쪽을 둘러보나 코 지방의 광막한 평야가 펼쳐지고, 사과나무 숲을 가꾸어 높은 사방으로 큰 나무가 두 줄로 늘어선 농가가 이곳 저곳에 흩어져 있었다.

잔느는 도착하자 곧 쉬고 싶다고 했으나, 로잘리는 또다시 그녀가 망상에 빠질까 두려워 듣지 않았다.

고데르빌르에서 목수가 필요한 설비를 하려고 와 있었다. 마지막 짐마차가 올 동안에 이미 날라온 가구를 정돈하고 늘어놓기 시작했다.

오랫동안 곰곰이 생각하고 판단해야 될 일거리들이었다.

한 시간쯤 뒤 울타리문 앞에 다다랐다. 빗속에서 짐을 풀어야만 했다.

해가 졌을 때 집 안은 아무렇게나 쌓아올린 짐짝으로 엉망진창이었다. 잔느는 지칠 대로 지쳐서 침대에 들어가자 곧 잠들어 버렸다.

그 뒤 며칠 동안 잔느는 일에 파묻혀 생각에 잠길 겨를도 없었다.

아들이 돌아오리라는 생각이 언제나 그녀의 머릿속에서 떠나지 않아 새 집을 아름답게 꾸미는 데 어떤 기쁨마저 느껴졌다.

옛날에 방에다 둘렀던 벽걸이 장식은 식당 겸 객실로 쓸 방에다 둘렀다. 2층에 있는 두 방 가운데 하나는 특히 그녀가 정성껏 꾸며놓았는데 그녀는 마음 속으로 그 방을 폴의 방이라고 이름 붙였다. 두 번째 방은 잔느가 쓰기로 했다. 로잘리는 그 위의 다락방 곁에서 살게 되었다.

정성껏 손질한 작은 집은 아담해졌다. 자기로서는 알 수 없는 무엇인가가 부족하기는 했지만 처음 얼마 동안은 이 집이 마음에 들었다.

어느 날 아침 페캉의 공증인 서기가 레 페플에 남기고 온 가구를 어떤 고물상이 평가한 금액인 3천6백 프랑을 가져왔다. 그녀는 돈을 받으며 기쁨에 몸을 떨었다. 그 남자가 가자 곧 모자를 쓰고 고데르빌르로 가서 이 뜻밖의 돈을 폴에게 부쳐주려고 했다.

그러나 큰길을 총총대며 걸어가는 도중에 그녀는 장보러 갔다 오는 로잘리와 마주쳤다. 하녀는 금방 진상을 눈치채지는 못했으나 수상스럽게 생각했다. 잔느는 그녀에게만은 아무것도 숨길 수 없어 사실을 털어놓자 로잘리는 바구니를 내려놓았다. 로잘리는 주먹으로 허리를 짚고 큰소리로 지껄이더니, 오른손으로 주인을 잡고 왼손으로는 바구니를 들고 여전히 집을 향해 걸어갔다.

집으로 돌아오자 로잘리는 돈을 내놓으라고 했다. 잔느는 6백 프랑만을 남겨놓고 내주었으나 곧 수상하게 여긴 하녀에게 그 꾀도 발각되어 모두 내주지 않으면 안되었다.

그러나 로잘리는 그 6백 프랑만은 폴에게 부쳐줄 것을 허락했다. 며칠 뒤 폴에게서 감사하다는 답장이 왔다.

사랑하는 어머님
덕택으로 큰 도움이 되었습니다. 마침 곤궁에 빠져 있었던 참입니다.

잔느는 아무래도 바트빌르에 길이 들지 않았다. 옛날처럼 자유로이 숨쉴 수 없을 것 같았고, 전보다 더욱 고독하고 버림받은 듯한 기분이었다. 그녀는 한 바퀴 산책하려고 곧잘 밖으로 나갔다. 베르뇌이으 마을까지 갔다가 트로와 마르를 지나 되돌아왔는데, 일단 집에 돌아오면 정작 가서 돌아보고 싶었던 곳을 잊었다는 듯이 다시 한 번 나가고 싶어서 또 일어났다.

이 이상한 욕구의 원인이 무엇인지 그녀는 알지 못했으나 날마다 그것을 되풀이했다. 어느 날 저녁 무심히 입에 담은 한 마디가 그녀의 불안한 마음의 비밀을 들춰내주었다. 그녀는 저녁식사를 하려고 앉으면서 저도 모르게 말했던 것이다.

「아아, 바다가 보고 싶다!」

무엇인가 그토록 강한 부족감을 주었던 것은 바다였다. 25년 동안 그녀의 큰 이웃이었던 바닷바람과 포효와 열풍을 가진 바다, 밤낮으로 호흡하고 친근하게 느끼며 자기도 모르는 사이에 인간을 대하듯 사랑을 느꼈던 바다였다.

마사크르는 여전히 불안한 상태에서 지냈다. 도착한 날 밤부터 부엌 창문 밑에 자리를 잡은 뒤 움직이지를 못했다. 하루종일 거의 꼼짝하지도 않고 이따금 가느다란 신음 소리를 내면서 돌아누울 따름이었다. 그러나 밤이 되자마자 일어나 벽에 부딪치며 뜰의 문 쪽으로 몸을 끌고 가서 몇 분 동안 있다가 다시 들어와서 따뜻한 난로 곁에 앉아 주인이 침상으로 들어가기가 무섭게 짖어댔다.

개는 애처롭고 슬픈 목소리로 밤새도록 짖어댔다. 이따금 한 시간쯤 쉬었다가는 더 한층 가슴을 에는 듯한 목소리로 다시 짖어댔다. 그래서 집에 있는 빈 통에다 잡아 가두었다. 그러자 이번에는 창문 밑에서 짖어댔다. 얼마 안가 개가 당장 죽을 것 같아 다시 부엌에 들여놓았다. 분명히 제 집이 아니라는 것을 알고 이 낯선 집의 방향을 알아보겠다는 듯 쉴새없이 끙끙거리며 짖어대는 이 늙은 개의 몸부림치는 소리는 아무래도 잔느를 진정시킬 수 없었다.

개는 만물이 살아 움직이고 있을 대낮에는 먼 눈과 병신이 된 의식이 행동을 제시하는 듯 움직이지 않고 잠만 자다가 마치 만물을 장님으로 만드는 어둠 속에서만 살아 움직이는 듯 해가 떨어지고 어둠이 다가오면 이리저리 쉴새없이 헤매었다.

어느 날 아침 일어나니 개는 죽어 있었다. 모두 안도의 숨을 내쉬었다.

겨울이 다가왔다. 잔느는 어쩔 수 없는 절망에 빠지는 것을 느꼈다. 그것은 마음을 쥐어뜯는 것 같은 날카로운 고통이 아니라 암담하고 침울한 슬픔이었다.

무엇 하나 마음을 풀어주는 것이 없었다. 아무도 그녀를 거들 떠보는 사람이 없었다. 문 앞 큰길은 오른쪽을 보나 왼쪽을 보나 늘 인적없이 한적하게 멀리 뻗어 있었다.

이따금 이륜마차가 재빨리 달려갔다. 얼굴이 붉은 남자가 고삐를 잡고 있었는데, 그의 작업복은 달리는 바람에 부풀어 푸른 풍선처럼 보였다. 더러는 짐마차가 천천히 지나가기도 했다. 멀리서 두 농부가 걸어오는 모습이 보일 적도 있었다. 한 사람은 남자고 한 사람은 여자였는데, 지평선에 조그맣게 나타나서는 점점 커지다가 집 앞을 지나가버리면 다시 작아지고 저 멀리 눈길 닿는 데까지 뻗어나간 흰 선의 맨 끝에 가서는 두 마리의 벌레만한 크기로 땅의 부드러운 기복에 따라 올라갔다 내려갔다 했다.

풀이 나기 시작하면 짧은 스커트를 입은 소녀가 매일 아침 길 옆의 개울을 따라가면서 풀을 뜯는 비쩍 마른 소 두 마리를 끌고 울타리 앞을 지나갔다. 그 소녀는 저녁때가 되면 역시 아침처럼 졸린 듯한 걸음걸이로 10분에 한 발짝씩 옮겨 놓으면서 소의 뒤를 따랐다.

아직도 잔느는 밤마다 레 페플에 사는 것 같은 꿈을 꾸었다.

옛날처럼 아버지 어머니와 함께 있으며, 때로는 리종 이모와 같이 있을 때도 있었다. 그녀는 이미 잊혀진 일을 되풀이하기도 하며, 가로수길을 걸어가는 아델라이드 부인을 부축하고 있는 듯 생각하기도 했다. 그리하여 눈을 뜰 때면 눈물이 솟아올랐다.

그녀는 언제나 폴을 생각하고 있었다. 「그 애는 무엇을 하고 있을까? 지금은 어떻게 지내고 있을까? 이따금 나를 생각할 때도 있을까?」 하고 자신에게 물어보기도 했다.

농장 사이의 낮은 길을 천천히 걸어가면서 그녀는 자기를 괴롭히는 그런 생각들을 머릿속에 떠올려보았다. 그러나 무엇보다도 고통스러운 것은 자기에게서 아들을 빼앗아간 저 낯모를 여자에 대한 억누를 수 없는 질투심이었다.

이 증오가 그녀를 잡아묶고 아들을 찾아 아들 있는 곳으로 가지 못하게 하는 유일한 방해물이었다. 아들의 정부가 대문에 서서 자기를 보고「무슨 일로 오셨지요, 부인?」하고 묻는 모습이 눈에 보이는 듯했다. 어머니로서의 긍지는 그렇게 만날 가능성에 대해 심한 분노를 느꼈다.

언제나 순결한 여자의 높은 자만심에서 육체적인 사랑으로 마음까지 더럽혀진 남자의 온갖 행위는 그녀에게 더욱 분노를 자아내게 했다. 성의 더러운 비밀과 인간을 타락시키는 포옹과 불가분한 인연으로 맺어진 남녀 사이에서는 마땅히, 있어야 하는 신비의 세계를 생각할 때 인간이란 잔느게게 있어 불결한 것으로 여겨졌다.

또다시 봄과 여름이 지나갔다. 지루한 비와 잿빛 하늘과 침침한 구름과 더불어 가을이 돌아왔을 때 잔느는 옛날처럼 폴을 자기 것으로 만들기 위해서는 온갖 노력을 다해 보겠다고 마음먹을 만큼 삶에 권태를 느끼기 시작했다. 그만하면 이제 젊은이의 정열도 식어졌을 것이다. 그녀는 눈물겨운 편지를 아들에게 보냈다.

사랑하는 내 아들아

나는 네가 내 곁으로 돌아와주기를 간곡히 부탁하겠다. 이 어미가 늙고 병들어 1년내내 하녀와 단둘이서 살아가고 있다는 것을 좀 생각해보렴. 나는 큰길가의 작은 집에서 살고 있단다. 매우 서글픈 나날을 보내고 있지. 하지만 네가 내 곁으로 와주기만 한다면 모든 것이 달라질 듯싶구나. 이 세상에 가진 것이라고는 너밖에 없는데 7년 동안 너없이 살아왔으니! 너없이 이 어미가 얼마나 불행했는지, 얼마나 내 마음을 네게 의지해 왔는지 너는 상상도 못할 것이다. 너는 나의 생명이요, 꿈이요, 유일한 희망이요, 유일한 사랑의 대상이었단다. 그런데 너는 나를 배반했고 나를 버렸다. 오! 돌아와다오. 내 귀여운 폴레, 돌아와서 네 어미에게 키스해 다오. 마지막 소원으로 팔을 뻗치고 있는 이 늙은 어미에게로 돌아와다오.

잔느

그는 며칠 뒤에 답장을 보내왔다.

사랑하는 어머님

찾아가서 뵐 수만 있다면 얼마나 좋겠습니까? 그러나 나는 지금 한푼도 없습니다. 얼마쯤이라도 부쳐주신다면 가겠습니다. 그렇지 않아도 어머니가 바라시는 대로 할 계획을 말씀드리러 갈 참이었습니다. 내가 궁핍한 생활을 하는데도 나의 반려자인 여자가 내게 쏟는 사심없는 애정은 여전히 무한합니다. 이처럼 충실한 애정과 헌신을 공적으로 인정하지 않고 더 이상 내버려둘 수는 없을 것입니다. 어머니께서 보시면 아시겠지만 예의범절도 바릅니다. 교양도 있고, 책도 많이 읽고 있습니다.

어쨌든 이 여자가 나에게 어떻게 했는가 하는 것은 어머니로서 생각도 못하실 겁니다. 만일 내가 그 여자에게 감사의 뜻을 표하지 않는다면 나는 짐승이나 다름없습니다. 그래서 나는 어머니에게 결혼을 승낙해주실 것을 요구하는 것입니다. 내가 집을 나갔던 일을 용서해 주시고 새 집에서 우리 셋이 함께 살도록 해주십시오. 어머니께서 그 여자를 아시기만 하면 곧 승낙해주실 겁니다. 그 여자가 나무랄 데 없이 훌륭한 사람이라는 것은 내가 보증합니다. 어머니께서도 그 여자를 사랑하게 되시리라 나는 확신합니다. 나는 그 여자 없이는 혼자 살 수 없습니다. 나는 어머니의 답장을 초조한 마음으로 기다립니다. 우리는 진심으로 어머니에게 키스를 보내드립니다.

어머니의 아들인 자작 폴 드 라마르

잔느는 낙심했다. 그녀는 무릎 위에 편지를 놓은 채 꼼짝 않고 앉아 있었다. 끈질기게 아들을 붙들어놓고 한 번도 놓아주지 않으면서, 절망한 늙은 어머니가 자식을 껴안고 싶은 욕구에 더 이상 참을 수 없이 마음이 약해져서 모든 것을 승낙할 때가 오기를 기다리는 그 창부의 간계를 꿰뚫어보았던 것이다.

그리고 그 여자로 향한 폴의 줄기찬 애정을 생각할 때 심한 고통이 그녀의 가슴을 쓰리게 했다. 그녀는 마음속으로 되풀이했다.

『나를 사랑하지 않는 것이다. 나를 사랑하지 않는 것이다.』

로잘리가 들어왔다. 잔느는 더듬거렸다.

「그 애는 그 여자와 결혼하겠단다.」

하녀는 펄쩍 뛰었다.

「원 당치도 않습니다! 마나님은 절대로 허락하시면 안됩니다. 폴 도련님이 그런 천한 창부를 집에 들여놓아서야 되겠습니까!」

잔느도 이제는 힘이 모두 빠졌으나 악이 나서 대답했다.

「절대로 안할 테다. 그 애가 오지 않는다면 내가 가서 그 년하고 나하고 누가 이기나 결판내보겠다.」

그녀는 곧 폴에게 편지를 썼는데, 자기가 찾아가겠으며, 그 더러운 계집이 없는 다른 장소에서 만나자고 했다. 그녀는 답장이 오기를 기다리며 떠날 차비를 차렸다. 로잘리는 주인의 옷이며 속옷 등을 트렁크 속에 챙겨넣었다.

낡은 외출복을 집어넣다가 로잘리가 외쳤다.

「원, 입고 갈 만한 옷이 한 벌도 없군요. 그래서야 어디 가시겠어요? 공연히 창피만 당하실 겁니다. 파리의 귀부인들이 보면 하녀라고 하겠어요.」

잔느는 로잘리가 하자는 대로 했다. 두 여자는 고데르빌르에 가서 녹색 바둑판 무늬의 천을 골라 마을 양장점에 맡겼다. 그리고는 해마다 2주일씩 파리로 여행하는 공증인 루셀 씨한테서 여러 가지 말을 들어보려고 들렀다. 잔느는 28년 동안이나 파리에 가보지 못했던 것이다.

그는 마차를 피하는 방법이며 도둑을 맞지 않는 방법 등을 가르쳐주었다. 돈은 옷 속에 꿰매넣고 주머니 속에는 필요한 돈 말고는 넣어두지 않도록 하라는 충고도 해주었다. 값이 그다지 비싸지 않은 음식점에 대해 이야기하고 그 가운데 주로 부인들이 많이 드나드는 집을 두서너 개 말해준 다음 자기가 늘 머무르는 정거장 옆의 노르망디 호텔도 일러주었다. 그의 소개로 왔다면 된다고 말했다.

6년 전부터 어디서나 화제 거리가 되어오던 철로가 파리와 르아브르 사이를 달리고 있었다. 그러나 잔느는 슬픔에 잠겨 이 지방을 떠들썩하게 하고 있는 증기기관차도 아직 본 적이 없었다.

폴에게는 답장이 없었다. 1주일을 기다리고 다시 2주일을 기다렸다. 그녀는 매일 아침 큰길로 나가서 우체부를 만나 떨면서 물었다.

「말랑댕 영감, 내게 오는 것은 없소?」

그러면 그는 비바람에 시달린 쉰 목소리로 대답했다.

「이번에도 없습니다, 마님.」

폴에게 답장하지 못하게 하는 것은 틀림없이 그 여자다!

그래서 잔느는 곧 떠나기로 마음먹었다. 그녀는 로잘리와 함께 가기를 바랐으나 하녀는 여비가 더 든다고 하여 거절했다. 로잘리는 여주인이 3백 프랑 이상을 가져가지 못하게 했다.

「더 필요하신 경우엔 편지를 내시면 공증인한테 이야기하여 부쳐드리도록 하겠어요. 그 이상 더 가져가봐야 폴 도련님이 가로채실 테니까.」

12월의 어느 날 아침, 두 사람은 그들을 정거장까지 바래다주기로 한 드니 르콕의 이륜마차에 올라탔다. 그들은 우선 기차표 값을 알아보고 필요한 조치를 취한 뒤 짐은 등기로 부치기로 하고 철로 앞에서 기다렸다. 저런 것이 어떻게 움직일까 하는 그 신기한 것에만 정신이 팔려 그들은 서글픈 여행의 목적은 잊어버릴 정도였다.

이윽고 멀리서 기적 소리가 울려와 고개를 돌려보니 시커먼 기계가 점점 커지며 다가왔다. 그것은 굴러가는 작은 집들을 꽁무니에 달아매고 무서운 폭음을 울리며 그들 앞을 지나갔다. 그러자 역부가 문을 열어주어서 잔느는 눈물을 흘리며 로잘리에게 키스하고 지정석으로 들어갔다.

로잘리는 울먹거리며 소리쳤다.

「안녕히 다녀오세요, 마님 !」

「잘 있거라.」

기적이 다시 울렸다. 줄줄이 달린 기차의 바퀴가 움직였다. 처음에는 천천히 이윽고 곧 빨라지면서 마지막에는 무서운 속력으로 달려갔다. 잔느가 탄 찻간에는 두 신사가 구석에 등을 기대고 잠들어 있었다.

잔느는 들이며 나무며 농장이며 마을이 지나가는 것을 바라보자 이 엄청난 속력에 어리둥절해져서 이제는 자기 세계가 아닌 저 평온한 소녀시절이나 단조로운 생활과는 다른 새로운 생활 속으로 끌려들어가는 것을 느꼈다.

기차가 파리에 도착했을 때는 저녁이었다.

한 짐꾼이 잔느의 짐을 들었다. 그녀는 떠들썩하게 움직이는 군중 속을 빠져나가는 데 겁에 질리고 서툴러서 떠다밀리며 혹시 잃어버릴까봐 뛰다시피 그 남자를 쫓아갔다.

호텔 사무실에 들어서자 그녀는 재빨리 말했다.

「루셀 씨 소개로 왔습니다.」

책상 앞에 앉은 아주 의젓해 보이는 여자주인이 물었다.

「루셀 씨가 누구지요 ?」

잔느는 놀란 표정으로 말을 이었다.

「해마다 여기에 머무르는 고데르빌르의 공증인인데요.」
뚱뚱한 여인은 말했다.
「그럴지도 모르지요. 하지만 나는 그 사람을 모르겠어요. 어쨌든 방이 필요하시지요?」
「네, 부인.」
그러자 급사가 짐을 들고 앞장서서 2층으로 올라갔다.
그녀는 가슴이 죄어드는 것 같았다. 조그마한 식탁 앞에 앉아 수프와 영계의 날개고기를 갖다달라고 부탁했다. 그녀는 새벽부터 아무것도 먹지 않았다.
촛불 밑에서 저녁을 먹으며 잔느는 신혼여행에서 돌아오는 길에 이 도시를 지났으며 쥘리앙의 본성이 그 무렵 파리에 와서 처음으로 드러났던 일 등이 기억났다. 그러나 그 무렵에는 젊었었고 남을 의심할 줄 몰랐으며 원기가 팔팔했었다. 지금은 늙어 어리둥절하고 겁날 지경이며 힘이 없고 대수롭지 않은 일에도 마음이 산란해지는 것을 느꼈다.
식사를 끝마치고 창가로 가서 사람들이 붐비는 거리를 내다보았다. 그녀는 외출하고 싶었으나 용기가 나지 않았다. 아무래도 길을 잃을 것만 같았다. 그래서 침대로 들어가 불을 껐다. 그러나 온갖 잡음과 낯선 도시에 있다는 기분과 여행의 피로로 잠을 이루지 못했다. 몇 시간이 지나갔다. 밖의 소음도 차츰 가라앉았으나 도회지 특유의 완전히 조용해지지 않는 기척 때문에 신경이 들떠 여전히 잠을 잘 수 없었다.
사람이고 짐승이고 식물이고 모든 것을 집어삼키는 저 전원의 고독하고 깊은 잠에 길든 그녀는 지금 이와같은 자기 주위에 대해 이상한 불안을 느꼈다. 들릴락말락한 목소리가 호텔의 벽을 타고 스며들어오는 듯했다. 때때로 마룻바닥이 울리고 문이 닫히고 초인종이 울리는 소리가 들려왔다.
새벽 2시쯤 겨우 잠들려고 할 때 별안간 옆방에서 여자의 비명이 들렸다. 잔느는 벌떡 침대에서 일어나 앉았다. 그러자 남자의 웃음 소리가 들리는 듯했다.

날이 밝아옴에 따라 폴 생각이 나서 동트는 것을 보고 곧 옷을 입었다.

폴은 시테의 소바즈 거리에 살고 있었다. 돈을 절약하라는 로잘리의 말대로 그녀는 거기까지 걸어가려고 했다. 날씨는 맑게 개었으나 찬바람이 살을 에는 듯했다. 사람들은 재빠른 걸음으로 길을 걷고 있었다. 그녀는 가르쳐준 길을 따라 급히 걸었다. 그 길의 막다른 골목까지 가서는 오른쪽으로 꼬부라져 광장이 나오게 되면 다시 길을 물을 참이었다.

그러나 그 광장이 도무지 보이지 않아 어느 빵가게에서 물어보니 전혀 다른 길을 일러주었다. 그녀는 걸어가다가 길을 잃고 한참 헤매다가 다시 다른 사람의 말을 들으며 걷는 동안에 완전히 길을 잃고 말았다.

그녀는 정신없이 걸었다. 마부를 부르려고 했을 때 세느 강이 눈에 띄었다. 그래서 강변을 따라 걸었다.

한 시간쯤 뒤에 소바즈 거리에 들어섰는데, 아주 침침한 뒷골목 같은 거리였다. 그녀는 문 앞에서 걸음을 멈춰섰다. 너무도 흥분하여 한 걸음도 옮겨놓을 수가 없었던 것이다. 폴이 여기 있다. 이 집 안에 있는 것이다.

무릎과 손이 떨렸다. 이윽고 그녀는 그 집 안으로 들어가 통로를 지나서 문지기의 집을 발견했다. 그녀는 은전을 한 닢 내밀고 말했다.

「미안하지만 폴 드 라마르 씨에게 그의 어머니 친구인 한 노파가 아래에서 기다리고 있다고 좀 전해주십시오.」

문지기는 대답했다.

「그 사람은 이제 여기서 살고 있지 않습니다, 부인.」

심한 전율이 그녀의 몸을 흔들었다. 그녀는 떠듬거렸다.

「그럼, 어……어디……살고 있지요?」

「나는 모르겠습니다.」

그녀는 눈앞이 아찔해서 금방 쓰러질 것 같았다. 그대로 얼마 동안 아무 말도 하지 못하고 있었다. 이윽고 있는 힘을 다하여 정신을 가다듬고 중얼거렸다.

「언제 이 집을 나갔습니까?」

문지기는 자세히 일러주었다.

「2주일쯤 됩니다. 그들은 어느 날 밤 나가서 그대로 돌아오지 않았습니다. 그들은 여러 곳에 빚을 져서 주소를 알려주지 않았지요.」

잔느는 눈에서 불이 났다. 마치 똑바로 그녀의 눈에 대고 총을 쏜 것 같았다. 그러나 오로지 하나의 생각이 그녀를 잡아세우고 그녀로 하여금 냉정을 잃지 않고 신중히 생각하게 했다. 그녀는 폴이 있는 곳을 알아내어 찾아가고 싶었던 것이다.

「그럼, 가면서 아무 말도 안했습니까?」

「네, 한 마디도 없었습니다. 돈을 못갚아서 도망친 거지요. 그뿐입니다.」

「하지만 사람을 보내 편지라도 찾아가지 않겠어요?」

「그다지 편지도 오지 않는 걸요. 1년에 열 통쯤이나 올까요. 떠나기 이틀 전에 한 통 올려다 주었지요.」

그것은 틀림없이 그녀가 한 편지였을 것이다. 그녀는 재빨리 말했다.

「여보세요, 나는 그 애의 어머니요. 그 애를 찾으러 온 겁니다. 여기 10프랑이 있어요. 혹시 그 애의 소식을 들으면 르아브르 거리에 있는 노르망디 호텔로 연락해 주십시오. 그러면 충분히 사례를 하겠어요.」

문지기는 대답했다.

「잘 알겠습니다, 부인.」

그녀는 거기서 나왔다.

어디로 갈 것인지 생각하지도 않고 다시 걷기 시작했다. 무슨 중대한 용건이라도 있는 듯 재빨리 걸었다. 벽을 따라가면서 사람들과 부딪치기도 하고 마차가 오는 것도 모르고 길을 건너다 마부에게 호통받기도 했다. 정신이 하도 없었기 때문에 보도의 경계돌에 부딪쳐 비틀거리기도 했다. 그저 정신없이 앞으로 앞으로 걸어나갈 뿐이었다.

어느만큼 걷다가 주위를 돌아보니 공원이었다. 그녀는 피곤해서 벤치에 걸터앉았다. 눈에 띌 만큼 오랫동안 앉아서 자기도 모르게 울고 있었다. 지나가는 사람이 걸음을 멈추고 그녀를 쳐다보았다. 그러자 몹시 추워져서 그녀는 다시 걸으려고 일어섰다. 두 다리로 버티고 일어서는 것이 고작이었다. 그만큼 기운이 없었다.

음식점으로 들어가 수프라도 마시고 싶었으나 자기로서도 뚜렷이 느낄 수 있는 자신의 슬픔에 대한 수치심으로 어쩐지 부끄럽고 겁이 나서 들어갈 용기가 나지 않았다.

그녀는 문 앞에 서서 잠깐 동안 들여다보다 식탁에 다가앉아 먹고 있는 사람들이 눈에 띄자 깜짝 놀라 뛰쳐나와서는 다음 집으로 가야겠다고 생각했다. 그러나 그 다음 집에도 역시 들어가지 못했다.

겨우 어떤 빵집에서 초승달 모양의 조그만 빵을 사서 걸으며 먹었다. 몹시 목이 말랐지만 어디서 목을 축여야 할지 몰라 참았다. 아치 모양의 지붕 밑으로 들어가니 울타리로 둘러싸인 공원이 있었다. 그제야 그녀는 그것이 발레르와이얄(王宮)이라는 것을 알았다.

햇볕을 쬐며 재빨리 걸어가노라니 좀 더운 것 같아 다시 한두 시간 앉아 쉬었다.

한무리의 사람들이 들어왔다. 잡담하고 웃고 있는 한무리의 사람, 여자는 아름답고 남자는 부유해 보이는 오직 사치와 환락을 위해서만 사는 행복한 사람이었다.

잔느는 이러한 군중 속에 있다는 것에 당황하여 빠져나가려고 일어섰다.

그러나 문득 이곳에서 폴을 만날 수도 있으리라는 생각이 떠올랐다. 그래서 그녀는 종종걸음으로 공원 이 끝에서 저 끝으로 쉴 새없이 왔다갔다하며 사람들의 얼굴을 엿보았다. 돌아서서 그녀의 얼굴을 쳐다보는 사람도 있고 웃으며 손가락질하는 사람도 있었다. 그것을 보자 잔느는 도망쳐 나와 틀림없이 자기의 태도와 로잘리가 골라 고데르빌르의 양장점에 그녀의 지시대로 맡긴 초록색 바둑판 무늬의 옷을 보고 웃는 것이라고 생각했다.

잔느는 다시 지나가는 사람에게 길을 물을 용기조차 나지 않았다. 그러나 가까스로 용기를 내어 물어서 자기 호텔을 다시 찾아갔다.

그날의 나머지 시간은 침대발치에 있는 의자 위에 꼼짝하지 않고 앉아서 보냈다. 그 전날처럼 저녁에는 얼마쯤의 수프와 고기를 좀 먹었다. 그리고는 침대에 누웠다.

그녀는 그러한 하나하나의 일을 그저 습관에 따라 기계적으로 해나갔다. 다음날은 아들을 찾기 위해 경찰서로 갔다. 그들은 약속할 수는 없지만 힘써 보겠다고 말했다.

그녀는 혹시 아들을 만날까 하는 희망으로 정처없이 거리를 방황했다. 황량한 들판에서 살 때보다 이 들끓는 군중 속에서 더 고독하고 버림받고 비참한 것처럼 여겨졌다.

저녁때 호텔로 돌아와보니 폴로부터 왔다는 한 남자가 찾아왔다가 다음날 다시 오겠다는 말을 남기고 갔다고 했다. 가슴이 뭉클하게 끓어올라 그날 밤은 뜬눈으로 샜다. 혹시 왔었다는 사람이 그애가 아닐까? 그렇다, 비록 호텔 사람의 이야기가 얼마쯤 다른 데가 있기는 하지만 틀림없이 그애일 것이다.

아침 9시경쯤에 누군가 문을 두드렸다. 그녀는 팔을 벌리고 달려들 태세를 취하며 소리쳤다.

「들어와요.」

그러나 들어선 것은 낯선 남자였다. 그 남자는 방해해서 미안하다는 변명을 하고 자기 용건은 폴이 진 빚을 갚아달라는 것이며, 그 때문에 왔다고 설명했다. 잔느는 그 남자에게 보이지 않으려고 해도 솟아나오는 눈물이 눈가에 괼 때마다 손끝으로 닦았다.

그 남자는 소바즈 거리에 문지기에게서 잔느가 왔다는 말을 듣고 마침 폴의 행방을 모르던 차라 어머니에게 달려온 것이었다. 그는 차용증서를 그녀에게 내밀었다. 그녀는 정신없이 받아 읽었다. 90프랑이라는 숫자가 적혀 있었다. 돈을 치렀다.

그날 그녀는 외출하지 않았다. 이튿날은 다른 빚쟁이들이 몰려들었다. 그녀는 20프랑만 남기고 있는 돈을 다 물어주었다. 그리고 로잘리에게 자기의 처지를 설명하는 편지를 썼다.

하녀의 답장을 기다리는 동안 무엇을 해야 할지, 어떻게 우울한 시간을 보내야 할지 몰라 이리저리 헤매면서 날을 보냈다.

상냥히 말을 건네줄 사람도, 자기의 비참한 처지를 알아줄 사람도 없었다. 이제는 떠나고 싶은 생각, 그저 쓸쓸한 길가의 자기 집으로 돌아가고 싶은 생각에 가득차서 그녀는 정처없이 헤매었다.

며칠 전만 해도 슬픔에 짓눌려 집에서는 살 수 없을 것만 같았는데, 이제는 그 반대로 자기의 침울한 습관이 뿌리내린 듯한 그 집이 아니면 살 수 없다는 것을 뚜렷이 느끼고 있었다.

어느 날 저녁, 그녀는 한 통의 편지와 함께 2백 프랑의 돈을 받았다.

로잘리는 다음과 같이 썼다.

 잔느 마님, 곧 돌아오세요. 이제는 더 돈을 부쳐드릴 수 없습니다. 폴 도련님으로부터 소식이 있는 대로 내가 모시러 가겠습니다. 그럼, 안녕히 계십시오.

마님의 하녀 로잘리

 잔느는 눈이 퍼붓는 몹시 추운 어느 날 아침 고데르빌르를 향해 다시 떠났다.

14

그 뒤부터 그녀는 외출도 하지 않고 전혀 꼼짝도 하지 않았다. 매일 아침 같은 시각에 일어나서 창 밖으로 바깥 날씨를 살피고 아래층으로 내려가 방 안 난로 앞에 앉아 있는 것이 고작이었다. 그녀는 하루종일 손끝 하나 까딱하지 않고 두 눈을 난로불에 못 박은 채 처량한 생각이 이끄는 대로 참담한 자기의 슬픈 일생을 돌이켜보고는 했다. 난로에 장작을 넣기 위해 몸을 움직이기 전에는 차츰 어둠이 그 작은 방에 스며들어도 움직이지 않았다.

그러면 로잘리가 등잔을 가지고 와서 소리쳤다.

「자아, 잔느 마님, 좀 움직이세요. 그렇지 않으면 오늘 밤에도 좀처럼 시장기가 안듭니다.」

머릿속에서 떠나지 않는 고정관념에 쫓기고 아주 사소한 일도 그녀의 병적인 머릿속에서는 아주 중대한 의미를 갖기 때문에 하찮은 일에도 시달림받을 때가 곧잘 있었다.

무엇보다도 그녀는 자기 생애의 어린시절이며 코르시카 섬으로 신혼여행 떠났던 먼 지난날의 추억 속에서 살아가고 있었다. 이미 오래 전에 잊혀졌던 그 섬의 풍경이 문득 그녀 앞의 난로불 속에서 솟아날 때가 있었다.

그녀는 세세한 사물과 사건, 그리고 거기서 만났던 모든 사람들의 얼굴을 되살려냈다. 안내인이었던 장 라볼리의 얼굴이 눈앞에서 사라지지 않았다. 그리고 어느 때는 그 목소리마저 들려오는 듯했다.

또 어느 때는 폴이 어렸을 때의 즐거웠던 시절을 떠올렸다. 폴이 자기에게 샐러드 채소를 옮겨심게 했던 일과 리종 이모와 나란히 비료를 준 땅에 무릎을 꿇고 둘이서 어린아이의 마음에 들려고 다투어가며 정성껏 가꾸던 시절이며, 누가 더 능란한 솜씨로 묘목의 뿌리를 내리게 하고 누가 더 많은 식물을 키우나 경쟁했던 시절이었다.

그리고는 마치 그에게 말을 걸듯 낮은 목소리로 그녀의 입술은 소곤거렸다.

「폴레, 내 귀여운 폴레.」

여기서 몽상은 끊어졌다. 때로는 몇 시간이나 이 이름을 구성하고 있는 글자를 손가락으로 공중에다 써보려고 애썼다. 불 앞에서 그 이름자를 보는 듯한 착각을 일으키면서 천천히 써보는 것이었다. 그리고는 틀렸다고 생각들면 피로에 떨리는 팔로 P자를 다시 써서 끝까지 마치려고 애썼다. 한 번 쓰고 나면 또다시 시작했다. 마침내 그녀는 계속하지 못하고 모든 것을 혼동하여 다른 글자들을 갖다 맞추며 정신착란을 일으켰다.

고독한 사람들이 갖는 온갖 편집광적인 징조가 그녀를 사로잡았다. 하찮은 물건의 위치가 바뀌어져도 화를 냈다. 때때로 로잘리가 억지로 걷게 하려고 길로 데리고 나갔지만 20분도 채 못되어 「나는 더 못걷겠다」고 하며 개울가에 앉아버렸다.

  얼마 뒤부터 잔느는 손끝 하나 까딱하기가 싫어져 되도록 늦게까지 침대에 누워 있었다.

  어릴 적부터의 오직 하나의 습관만이 변함없이 계속되었다. 우유커피를 마시고 나면 곧 자리를 박차고 일어나는 습관이었다. 더욱이 그는 이 우유커피에 대해서는 굉장한 애착을 가지고 있어서 이것을 빼앗긴다는 것은 다른 어느 것보다도 견딜 수 없는 일이었다. 그녀는 매일 아침 거의 관능적인 초조감으로 로잘리가 오기를 기다렸으며 가득한 찻잔이 테이블 위에 놓이기가 무섭게, 침대 위에 일어나 앉아 굶주린 듯이 들이마셨다. 그 뒤에야 이불을 걷어차고 옷을 입기 시작했다.

  그런데 차츰 찻잔을 접시 위에 놓은 뒤에도 줄곧 누워서 생각에 잠기는 버릇이 생겼다. 이 게으른 버릇은 하루하루 길어져가서 마침내는 로잘리가 화를 내고 되돌아와서 억지로 옷을 입힐 때까지 누워 있었다. 더욱이 이제는 의지마저 잃은 듯 로잘리가 의논을 청하거나 의견을 물을 때마다 똑같이 대답했다.

  「좋을 대로 하려무나.」

  그녀는 자기가 지독한 불운에 쫓기고 있다고 굳게 믿었으며 마침내는 동양인 같은 숙명론자가 되어 버렸다.

  자기의 모든 꿈이 깨어지고 모든 희망이 허물어지는 것을 보아 온 습관으로 이제는 아무것도 해보려고 하지도 않았고, 아무리 하찮은 일이라도 그것을 수행하기 전에 자신은 늘 길을 잘못들어 일이 그릇된다는 고정관념에 사로잡혀 며칠 동안이나 망설였다. 그녀는 늘 말했다.

  「나는 이 세상에서 복이 없는 사람이야.」

  그러면 로잘리는 소리쳤다.

  「아니, 그러면 마님이 먹을 것을 벌어야만 될 형편이면 그때는 뭐라고 말씀하시겠습니까! 매일 새벽 6시에 일어나서 품팔이를 가셔야 될 지경이라면 뭐라고 말씀하시겠습니까? 할 수 없이 입에 풀칠하려고 일하는 사람도 많답니다. 그러고도 늙어서는 비참하게 죽어버리지요.」

그러면 잔느는 이렇게 대답했다.

「하지만 아들도 나를 버리고, 내가 이 세상에 혼자라는 것을 좀 생각해봐.」

로잘리는 발칵 화를 냈다.

「그런 걸 가지고 그러세요? 그럼, 군대에 나간 자식은 어떻게 하겠어요? 미국으로 이주해 간 자식은 어떻게 하겠어요?」

그녀에게 있어 미국이란, 거기에 가면 한재산 만들기는 하지만 절대로 되돌아올 수 없는 막연한 나라였다.

로잘리는 다시 말을 이었다.

「언젠가는 헤어지지 않으면 안 될 때가 있을 거예요. 늙은이와 젊은이는 언제까지나 같이 살 수 없는 거니까요.」

그리고는 난폭한 말투로 덧붙여 말했다.

「아니, 그러면 아드님이 돌아가시면 어쩌시겠습니까?」

그러면 잔느는 더 이상 대답하지 못했다.

이른 봄이 되어 날씨가 풀리자 얼마쯤 기운을 차릴 수 있었으나, 그녀는 그처럼 회복된 기운을 더욱더 침울한 생각에 자신을 이끌어 넣는 데에만 썼다.

어느 날 아침 무엇인가 찾으려고 다락방으로 올라갔다가 우연히 묵은 달력이 가득 든 상자를 열었다. 시골사람들이 흔히 하는 버릇으로 그렇게 간직해 두었던 것이다. 그녀는 마치 자기의 지난 날 세월을 되찾은 듯한 기분이었다. 그리하여 이 네모난 달력 앞에서 마음이 이상하게 산란해져 우두커니 서 있었다.

그녀는 그것들을 식당으로 가지고 내려갔다. 크기가 다른 가지각색의 달력들이었다. 그 달력을 식탁 위에 연대순으로 늘어놓기 시작했다. 그러다가 자기가 레 페플로 가져갔던 가장 오래된 첫 번째 달력을 발견했다. 수녀원학교를 나오던 그 다음날, 루앙을 떠나던 그 아침, 자신이 지운 날짜가 그대로 남아 있는 그 달력을 한참 동안 물끄러미 바라보았다.

그녀는 눈물이 솟아나왔다. 지금 이 식탁 위에 펼쳐진 비참했던 지나간 생애와 마주앉은 한 늙은 여인의 애절하고 느릿한 울음이었다.

그러자 하나의 생각이 그녀를 사로잡았고, 그것은 다시 지긋지긋한 고정관념으로 바뀌어 떠나지를 않았다. 날마다 자기가 했던 일을 되찾아보고 싶은 생각이었다. 그리하여 그녀는 이 누렇게 빛바랜 달력을 벽이며 벽지 위에 한 장 한 장 핀으로 꽂아놓고 그 하나하나 앞에 걸음을 멈추며 「이 달에는 내게 무슨 일이 일어났었지?」 하고 스스로에게 물으면서 몇 시간을 보냈다.

그녀는 자기의 생애 가운데 기억할 만한 날짜에는 줄을 그어놓았기 때문에 때로는 중요한 사건을 앞뒤로 한 작은 사건들을 서로 연결시키고 분류하고 다시 하나하나 쌓아올리며 연, 월, 일, 전체를 돌이켜볼 수도 있었다. 그녀는 끈질긴 주의력과 추억을 되살려내려는 노력과 의지를 집중시킨 결과 레 페플에서의 처음 2년 동안의 생애를 거의 완전하게 떠올릴 수 있었다. 자기 생애의 이 먼 추억이 돋을새김처럼 신기하리만큼 쉽게 마음에 되살아났다. 그러나 그 다음에 계속된 해들은 서로 섞이고 겹쳐져 안개 속으로 사라져 버리는 듯했다.

이따금 머리를 달력에 대고 생각을 옛날로 달리면서 지난날에 정신을 집중해서 언제까지나 앉아 있을 때도 있었다. 마치 그리스도 수난의 이어진 그림같이 지나간 날들에 대한 일들을 하나하나 보면서 그녀는 식당 주위를 이리저리 돌아보았다. 그러다가는 갑자기 한 개의 달력 앞에 의자를 끌어당겨 앉아서는 회상에 잠겨 뚫어지게 바라보며 밤까지 꼼짝 않고 있었다.

그러는 동안에 어느덧 모든 수액이 태양의 열을 받아 깨어나고 농작물이 밭에서 싹트고 수목이 녹색으로 변하고 들의 사과꽃이 장미빛 구슬처럼 피어나 향기를 풍기게 되면 그녀는 심한 흥분에 사로잡혔다. 벌써 그녀는 가만히 앉아 있지 못하고 하루에도 스무 번은 더 집 안팎을 들락거리며 일종의 회한에 사로잡혀 흥분된 채 멀리 농장을 따라 헤매곤 했다. 무성한 숲에 묻혀 피어난 한 떨기 마거리트 잎사귀 사이로 새어드는 햇빛이며 물구덩이에 비추이는 푸른 하늘을 보아도 몽상에 잠기면서 전원을 배회하던 소녀시절의 정서의 반향처럼 먼 감동이 일어나 마음이 뒤흔들리고 감동되고 뒤집혀지는 것 같았다. 그녀가 아직 미래를 꿈꾸던 소녀시절에 이와 똑같은 격동에 몸을 떨고 이와 똑같은 달콤한 기분과 포근한 세월의 꿈결 같은 도취를 맛본 일이 있었다.

미래가 닫혀진 지금 그녀는 다시 이것만은 옛날과 변함없는 느낌 속에 젖어 있었다. 그녀는 이것을 마음 속에 음미하면서도 한 편으로는 가슴이 쓰라렸다. 마치 깨어난 세계의 영원한 기쁨이 그녀의 메마른 피부와 식어버린 피와 억눌린 영혼 속에 스며들어와도 그것은 다만 약하고 고통스러운 매력밖에 주지 못하는 것 같았다. 또한 자기 주변이 무엇인가 조금씩 달라진 것 같은 생각이 들었다. 자기가 소녀였던 시절보다 태양의 열이 좀 식어진 듯했고 하늘빛도 훨씬 덜 푸르러 보였으며 풀빛도 좀 퇴색한 것 같았다. 꽃도 빛도 향기를 잃은 채 옛날처럼 사람을 취하게 하지 못했다.

그러나 이따금 생의 행복감이 몸에 스며들어 또다시 몽상에 잠기며 희망을 품고 무엇인가를 막연히 기대하기도 했다. 운명이 아무리 잔혹하다 하더라도 맑은 날씨에 어떻게 희망을 걸어보지 않을 수 있을 것인가! 마치 흥분된 영혼이 그녀에게 채찍을 가하는 듯 그녀는 똑바로 앞을 향해 몇 시간을 걷고 또 걸었다. 때로는 갑자기 멈추어 길가에 앉아서 온갖 슬픈 일들을 생각해 보기도 했다. 어째서 자기는 다른 사람들처럼 사랑받아 보지 못했을까? 어째서 자기는 평화롭고 그저 단순한 생활의 행복을 알지 못했을까? 그녀는 자기가 늙었으며, 그리고 자기의 미래는 슬프고 외로운 몇 년밖에 남지 않았다는 것을 잊고 마치 옛날 16살의 소녀시절처럼 달콤한 갖가지 계획도 세워보고 즐거운 미래를 조각조각 맞추어 보기도 했다.

그러고 나면 무거운 현실감각이 그녀를 짓눌렀다. 그녀는 마치 허리뼈를 부러뜨릴 듯한 무거운 짐짝에 얻어맞은 듯 겨우 일어나 집을 향해 천천히 걸음을 옮기며 중얼거렸다.

「미친 늙은이지! 내가 미친 늙은이야!」

요즘 들어 로잘리는 늘 잔느에게 말했다.

「마님, 집에 좀 가만히 계십시오. 어째서 그렇게 마음을 가라앉히지 못하고 쏘다니시지요?」

그러면 잔느는 슬픈 말투로 대답했다.

「너무 그러지 마라. 요즘 내가 꼭 죽기 전의 마사크르 같아졌다.」

어느 날 아침 로잘리가 여느 때보다 일찍 그녀의 침실로 들어와 테이블 위에 우유커피 잔을 놓으며 말했다.

「자, 빨리 마시세요. 드니가 문 밖에서 우리를 기다리고 있어요. 레 페플에 볼일이 있으니 함께 가셔야겠어요.」

잔느는 너무나 큰 마음의 충격을 받아 정신을 잃을 것만 같았다. 자기의 그리운 옛집을 다시 본다는 생각에 가슴이 벅차오르고 기절할 듯이 감격한 그녀는 떨리는 손으로 옷을 입었다.

휘황한 하늘이 끝없이 펼쳐져 있었다. 말도 마음이 가벼운 듯 때때로 달리려고 했다. 마을로 들어서자 잔느는 어찌나 가슴이 뛰는지 숨쉬기가 어려울 정도였다. 담의 벽돌기둥을 보자 그녀는 무슨 이상한 광경이라도 본 듯 자기도 모르게 두세 번 낮은 목소리로 외쳤다.

「오오! 오오! 오오!」

쿠이야르의 집에 말을 풀어놓고 로잘리와 그의 아들이 일보러

간 사이에 소작인들은 지금은 주인이 나가고 없으니 저택을 한 번 둘러보라고 열쇠를 그녀에게 내주었다.

그녀는 혼자 걸었다. 그리고 바다로 잇닿은 낡은 저택 앞으로 와서 걸음을 멈추고 그것을 바라보았다. 겉으로는 아무것도 달라진 것이 없었다. 웃음짓는 햇살이 이 큰 잿빛 건물의 빛바랜 벽 위를 비추고 있었다. 덧문은 모두 닫혀져 있었다.

작은 나뭇가지 하나가 그녀의 옷에 떨어졌다. 눈을 들어 보니 플라타너스에서 떨어진 것이었다. 그녀는 그 매끄러운 잿빛도는 굵은 나무기둥에 다가서서 마치 산짐승이라도 되는 듯 손으로 어루만졌다. 그녀의 발이 풀 속의 썩은 나무토막에 부딪쳤다. 그 나무토막은 옛날에 그녀가 식구들과 곧잘 앉았던 의자이며, 쥘리앙이 처음으로 자기 집을 방문했을 때, 갖다놓았던 의자의 마지막 조각이었다.

그녀는 현관의 2층 문 앞으로 갔다. 녹슨 자물쇠가 돌아가지 않아 문을 여는 데 힘들었다. 가까스로 자물쇠가 단단한 용수철 소리를 내면서 열렸고, 안문은 좀 뻑뻑하기는 했으나 한 번 밀자 안으로 열렸다.

잔느는 거의 뛰다시피하여 옛날 자기 방으로 들어갔다. 그녀가 알아볼 수 없도록 깨끗이 도배되어 있었다.

창문을 열자 자기가 그토록 사랑하던 풍경, 관목숲과 느릅나무 숲과 초원과 멀리 움직이지 않는 듯한 갈색 돛단배가 점점이 떠 있는 바다가 눈앞에 들어와 그녀는 살 속까지 떨려오는 것을 느꼈다.

그녀는 텅 빈 이 큰 집을 돌아보기 시작했다.

눈에 익은 벽 위의 얼룩을 보았다. 그러다가 벽에 뚫린 작은 구멍 앞에서 걸음을 멈추었다. 그것은 남작이 그 앞을 지나갈 때마다 어린시절을 생각하며 이 벽에다 대고 지팡이로 검술을 했던 흔적이었다. 어머니 방에서는, 침대 곁의 침침한 구석 문 뒤에

꽂힌, 꼭지가 금으로 된 가느다란 핀을 찾아냈다.

그것은 옛날에 자기가 거기에 꽂아 놓았었는데, 바로 그 순간 그녀는 그 생각이 머릿속에 떠올랐다. 그 뒤 몇 해를 두고 찾다가 못찾은 것이었다. 아무도 이제까지 그것을 발견하지 못했던 것이다.

그녀는 마치 귀중한 유물인 듯 그 핀에 키스했다. 그녀는 방마다 찾아다녔으며 도배하지 않은 방에서는 거의 눈에 띄지도 않는 흔적들이나 헝겊에 그려진 그림, 대리석이나 오랜 세월에 더럽혀진 어둠침침한 천장에서 상상되는 이상한 형상들을 찾아냈다. 그녀는 마치 묘지를 걸어가듯 넓고 고요한 이 저택 안을 홀로 소리없이 걸었다. 그녀는 객실로 내려갔다.

덧문이 닫혀져서 어두웠기 때문에 얼마 동안은 아무것도 알아볼 수가 없었다. 차츰 눈이 방 안 어둠에 익숙해지면서 새들이 노니는 무늬가 그려진 벽걸이를 알아볼 수 있었다. 두 개의 안락의자가, 지금 막 사람이 앉아 있다가 나간 듯이, 벽난로 앞에 나란히 놓여 있었다.

사람들은 저마다 자기만의 냄새를 지니고 있듯, 그녀가 언제나 기억하고 있는 희미하지만 감지할 수 있는 연하고 감미롭게 풍기는 해묵은 그 방 냄새가 그녀의 뼛속까지 스며들어 추억으로 감싸주고, 그녀의 기억력을 도취시켰다. 그녀는 안락의자에 두 눈을 못박은 채 과거의 공기를 호흡하며 숨이 차서 헐떡였다.

문득 그녀의 고정관념 속에서 생긴 급작스러운 착각으로 옛날에 곧잘 그녀가 보아왔듯이 아버지와 어머니가 불에 발을 쬐고 있는 모습을 보았다. 그녀는 소스라치게 놀라 뒤로 물러서며 등이 문에 부딪쳐 쓰러지지 않으려고 그대로 기댄 채 여전히 안락의자를 쳐다보고 있었다.

환상은 다시 사라졌다. 그녀는 몇 분 동안 넋이 나간 채 우두커니 서 있다가 차츰 맑은 정신이 되살아나자 정신이 돌아버릴 것 같아 겁이 나서 뛰쳐나가려고 했다. 그러자 우연히 그녀의 눈길이 지금 기대서 있는 벽판으로 옮겨갔다. 폴의 키를 쟀던 벽의 눈금이 눈에 띄었다.

페인트 칠 위에 고르지 않게 간격을 두고 수많은 희미한 줄들이 기어올라가고 있었다. 새로 표시한 숫자가 어린아이의 연월일과 성장을 나타내주었다. 다른 것보다도 큰 남작의 글씨가 보이고 자신의 작은 글씨도 있었으며 조금 떨린 듯한 리종 이모의 글씨도 있었다. 문득 옛날의 그 어린아이가 금발로 자기 앞에 서서 키를 재달라고 작은 이마를 벽에 착 붙이고 선 모습이 눈앞에 보이는 듯 싶었다. 이어서 남작의 거친 목소리가 들려왔다.

「잔느! 이놈이 여섯 주일 동안에 1센티미터나 자랐구나.」

그녀는 사랑에 겨워 벽판에 입을 맞추기 시작했다. 그때 밖에서 그녀를 부르는 소리가 들려왔다. 로잘리의 목소리였다.

「마님, 잔느 마님, 모두들 점심식사를 하려고 마님을 기다리고 있습니다.」

그녀는 정신없이 밖으로 나갔다. 그 뒤로는 사람들이 뭐라고 자기에게 말하는지 하나도 알아들을 수 없었다. 그저 주는 대로 먹고, 무슨 말인지 알아듣지도 못하면서 그들의 이야기를 듣고, 소작인 부인들이 자기의 건강을 물으면 그들에게 대답도 했고 서로 키스도 주고받은 다음 마차에 올라탔다.

숲 사이로 보이던 저택의 높은 지붕이 사라져가자 그녀는 가슴이 찢어지는 듯했다. 자기 집에도 마지막 작별을 한 것 같은 기분이었다.

그들은 다시 바트빌르에 돌아왔다. 그녀가 자기의 새 집으로 들어가려는 순간 문 밑에 떨어져 있는 하얀 것을 보았다. 그녀가 없는 동안 우체부가 끼워놓고 간 한 통의 편지였다.

그녀는 곧 편지가 폴에게서 온 것임을 알고는 불안에 떨면서 겉봉을 뜯었다. 아들은 다음과 같이 써보냈다.

그리운 어머니

이제까지 답장드리지 않은 것은 나 자신이 직접 어머니를 뵈러 가기 전에 어머니가 파리까지 쓸데없는 여행을 하시지 않도록 하기 위해서였습니다. 나는 지금 몹시 불행한 처지에 빠져 심한 고생을 하고 있습니다. 내 아내도 사흘 전에 여자아이를 낳고는 지금 죽어가고 있습니다. 그런데 나는 한푼도 없습니다. 어린것은 지금 문지기 아주머니가 우유로 기르고 있습니다만, 이 어린것을 어찌해야 좋을지 모르겠습니다. 혹시 죽지나 않을까 염려됩니다. 어린아이를 어머니가 좀 맡아 기르실 수 없을까요? 유모에게 맡길 돈도 없고 하니 어떻게 해야 좋을지 정말 모르겠습니다. 곧 답장해 주십시오.

어머니의 사랑하는 어머니의 아들

잔느는 의자에 맥없이 주저앉아 가까스로 로잘리를 불렀다. 하녀가 오자 둘은 다시 한 번 편지를 읽고 서로 얼굴만 바라본 채 오랫동안 말없이 앉아 있었다.

마침내 로잘리가 입을 열었다.

「내가 어린것을 데리러 가겠습니다. 아무래도 이대로 둘 수는 없으니까요.」

잔느는 대답했다.

「그래, 가다오.」

두 사람은 또다시 입을 다물었다.

하녀가 다시 말을 이었다.

「자아, 마님, 모자를 쓰시고 함께 고데르빌르의 공증인한테로 갑시다. 만약 그 여자가 죽는다면 앞으로 아기를 위해 폴 도련님은 결혼하시지 않으면 안 됩니다.」

그리하여 잔느는 한 마디 말도 없이 모자를 썼다. 무어라 말할 수 없는 끝없는 기쁨이 그녀의 가슴에 가득찼다.

그것은 어떻게든 다른 사람에게 감추려는 배반적인 기쁨이며 얼굴을 붉힐 만큼 혐오할 기쁨이었지만, 영혼이 신비로운 비밀 속에서 미친 듯이 즐기는 기쁨이었다. 그것은 자식의 정부가 지금 죽어가고 있다는 사실이었다.

공증인은 하녀에게 자세한 지시를 했고 로잘리는 몇 번이나 그것을 되풀이해 듣고 나서 실수할 염려가 없다고 확신하자 말했다.

「아무 염려 마십시오. 이제는 내게 모두 맡겨 두세요.」

로잘리는 그날 밤으로 파리를 향해 떠났다. 잔느는 이틀 동안 아무 생각도 못한 채 정신적인 혼란 속에서 지냈다.

사흘째 되는 날 아침 로잘리로부터 간단한 편지가 왔는데, 그날 저녁에 도착한다는 내용이었다.

오후 3시쯤, 그녀는 고데르빌르로 하녀를 마중나가기 위해 이웃집 마차에 말을 매달라고 부탁했다. 그녀는 플랫폼에 서서 멀리 지평선 끝으로 차츰 좁아지며 직선으로 뻗어나간 철로를 바라보고 있었다.

때때로 그녀는 시계를 쳐다보았다. ──10분 전──5분 전──1분 전──도착 시간이 되었다. 저 멀리 철로 위에는 아직 아무것도 나타나지 않았다. 그러나 갑자기 흰 점이 나타났다. 연기였다. 그리고는 그 밑에서 검은 점이 나타나는 것 같더니 점점 커지며 전속력으로 달려왔다.

드디어 그 큰 기계는 속도를 늦추고 증기를 뿜어내며 열심히 승강구를 쳐다보는 잔느 앞으로 지나갔다. 몇 개의 승강구가 열리더니 작업복을 입은 농부며 광주리를 든 시골여자들이며 모자를 쓴 소시민들이 내려왔다.

그리고 옷보따리 같은 것을 안은 로잘리가 나타났다.

그녀는 그리로 달려가고 싶었으나 두 다리의 힘이 있는 대로 빠져 쓰러질까봐 움직이지 못했다. 하녀는 잔느를 보자 침착한 표정으로 다가와서 말했다.

「그동안 안녕하셨습니까, 마님. 나도 잘 다녀왔습니다. 쉬운 일이 아니었답니다.」

잔느는 더듬거렸다.

「그래, 어떻게 됐나?」

로잘리가 대답했다.

「그 여자는 어젯밤에 죽었지요. 결혼신고는 했답니다. 이게 그 아기입니다.」

로잘리는 천에 싸여 보이지 않는 어린아이를 그녀에게 내밀었다. 잔느는 기계적으로 어린애를 받아안고 둘은 역을 나가 마차에 올랐다. 로잘리가 다시 말을 꺼냈다.

「폴 도련님은 장례가 끝나는 대로 오실 겁니다. 아마 내일 이 차로 오실 겁니다.」

잔느는 「폴……」 하고 중얼거리고는 더이상 말을 계속하지 못했다.

수평선으로 기울어가는 해가 황금빛 장다리꽃과 핏빛 양귀비꽃으로 아롱진 초록색 들 위에 강렬한 빛을 던져 주었다. 수액이 오르는 평온한 대지에는 끝없는 정적이 내려앉고 있었다. 마차는 재빨리 달려갔다. 말의 걸음을 재촉하기 위해 마부가 계속해서 혀를 찼다.

잔느는 똑바로 눈앞의 허공을 바라보았다. 제비가 곡선을 그리며 화살처럼 날아 하늘을 가르고 있었다. 그러자 갑자기 생명의 부드러운 온기가 옷을 통해 그녀의 다리와 피부에 스며들었다.

그것은 그녀의 무릎에서 자고 있는 어린아이의 체온이었다. 그러자 무한한 감동이 그녀의 가슴 속으로 파고들었다. 그녀는 아직 자기가 보지도 못했던 어린아이의 얼굴을 덮고 있는 천을 와락 젖혔다. 자기 자식의 딸이었다. 그러자 이 연약한 생명이 강한 햇빛을 받아 입맛을 다시며 푸른 눈을 떴을 때, 잔느는 갑자기

두 팔로 어린아이를 끌어안고 미친 듯이 입을 맞추었다.

그러나 한편 만족하고 한편 시무룩해진 로잘리는 그녀의 팔을 잡고 말했다.

「자아, 이제 그만두세요, 마님. 이러다가는 울리시겠어요.」

그리고는 자신의 생각에 대답하는 듯 덧붙여 말했다.

「그러고 보면 인생이란 사람들이 생각하듯 그렇게 행복하지도 불행하지도 않은 것인가 봐요.」

목 걸 이 (外)

> " 아! 가엾은 마띨드! 내 것은 가
> 짜였는데, 기껏해야 오백 프랑밖에
> 나가지 않는……. "

목 걸 이

운명의 잘못이라고나 할까, 그녀는 아름답고 매력은 있었지만 가난한 관리 집에 태어난 처녀들 중의 하나였다.

그녀에겐 지참금도 없었고 따라서 별다른 희망도 가질 수가 없었으며, 돈 있고 지위 있는 남자와 알게 되어 사랑을 받아 결혼하게 될 길도 전혀 없었다.

그래서 하는 수 없이 그녀는 문부성(文部省)에 근무하는 보잘것없는 한 관리에게 시집을 갔다.

그녀는 계절에 따라 옷도 해 입지 못하고 소박하게 살았다. 그래서 세상에서 버림을 받은 듯 불행했다.

하기야 여자들에겐 그들의 계급이나 혈통보다도 그들의 미모와 매력과 애교가 그들의 출신 가문을 대신한다. 고상한 천품, 우아한 취미, 민첩한 재질만이 그들의 계급을 이루며, 평민의 딸들로 하여금 귀족의 딸들과 어깨를 겨루게 하는 것이다.

그녀는 자기야말로 모든 쾌락과 사치를 누리기 위해 이 세상에 태어난 것이라고 생각했기 때문에 늘 마음이 아팠다.

누추한 집, 낡아 빠진 의자, 빛이 바랜 커튼을 봐도 마음이 괴로웠다. 자기와 같은 신분에 있는 다른 여자들 같으면 알지조차 못할 이 모든 것 때문에 가슴이 쓰리고 마음이 상했다. 자기의 검소한 살림을 맡아 하고 있는 하녀인 브르타뉴 태생의 소녀를 봐도 서글픈 유한과 열중했던 꿈이 다시 되살아나는 것이었다.

그녀는 동양식 벽포가 걸리고 높은 청동 촛대에 불이 켜진 조용한 응접실, 그리고 난방기와 후끈한 온기에 졸음이 와서 큰 안락의자 속에 잠들어 있을 짧은 바지 차림의 뚱뚱한 두 하인을 상상해 보는 것이었다.

그런가 하면 또 옛날 비단으로 벽을 장식한 살롱, 값진 골동품들이 놓인 우아한 가구들, 모든 여성들의 선망의 대상이 되어 있는 사교계의 인기 있는 남성들과 가장 친밀한 친구들이 모여 오후 다섯 시의 담화를 즐기도록 만든 향기롭고 아담한 밀실을 상상해 보는 것이었다.

저녁 식사때, 사흘째 빨지 않은 식탁보를 덮은 둥근 식탁 앞에 앉아 맞은편의 남편이 수프 그릇 뚜껑을 열며「아, 훌륭한 수프야! 나에겐 이게 최고야……」라고 기쁜 목소리로 소리칠 때면 호화롭게 차린 만찬, 번쩍이는 은그릇들, 신선들이 노니는 숲 속, 기이한 새들과 고대의 인간들을 수놓은 벽포, 으리으리한 그릇에 담겨나오는 진기한 음식들, 잉어의 붉은 살이나 들꿩의 죽지를 뜯으며 은근한 미소를 띄우고 정담을 속삭이는 남녀들의 모습이 그녀의 눈 앞에 떠올랐다.

그녀에게는 옷도 보석도 전연 없었다. 그런데 그녀가 좋아하는 것은 이런 것뿐이었다. 자기는 그런 것을 위해 태어났다고 그녀는 생각했다. 그토록 그녀는 쾌락과 선망을 동경했고 남성들을 매혹시켜 구애를 받고 싶어했다.

그녀에게 수도원 동창인 돈 많은 한 친구가 있었다. 그녀는 이제 그 친구를 찾아보려고도 하지 않았다. 그녀에게는 그 친구를 만나는 것은 매우 마음 아픈 일이었다. 그 친구를 만나고 오게 되면 그녀는 며칠을 두고 슬픔과 뉘우침과 절망과 비관으로 눈물을 흘리는 것이었다.

그런데 어느 날 저녁,남편이 손에 큰 봉투를 하나 들고 희색이 만면해서 들어왔다.

「자, 당신에게 주려고 가져온 거야.」

그녀는 급히 겉봉을 뜯었다. 그 안에는 다음과 같이 인쇄된 한 장의 초대장이 들어 있었다.

〈문교 장관 조르즈 랑뽀노 부처는 1월 18일 월요일 저녁 장관 관저에서 파티를 개최하오니 르와젤 부처께서 참석하시기 바랍니다……〉

남편이 기대했던 것처럼 기뻐하기는커녕 그녀는 오히려 기분을 상한 듯 초대장을 식탁 위에 내던지며 중얼거렸다.

「그러니 날 보고 어쩌란 말예요?」

「아니, 여보. 나는 당신이 퍽 기뻐할 줄 알았는데. 당신 외출한 적도 없고 하니 참 좋은 기회거든! 이 초대장을 얻는데도 여간 힘이 든 게 아니오. 서로 얻으려고 다투었는데, 하급 직원들에게는 몇 장 주지도 않았다오. 그날 나가면 고관들을 모두 볼 수 있을 거야.

그녀는 새침한 눈초리로 남편을 쳐다보고 있더니 참을 수 없다는 듯이 이렇게 소리쳤다.

「그래, 당신은 나더러 무엇을 몸에 걸치고 가라는 거예요.」

남편은 미처 거기까지는 생각지 못했었다. 그는 이렇게 중얼거렸다.

「아니 왜, 당신 극장에 갈 때 입는 옷 있지 않소. 내가 보기에는 좋아 보이던데……」

그는 놀라고 어이가 없어 말을 잇지 못했다. 보니 아내가 울고 있었다. 두 줄기 굵은 눈물 방울이 눈가에서 입끝으로 천천히 흘러내리고 있었다. 그는 떠듬떠듬 이렇게 말했다.

「왜 그러지? 응? 왜 그래?」

그러자 그녀는 간신히 슬픔을 가라앉힌 뒤 눈물에 젖은 볼을 씻으며 조용한 목소리로 이렇게 말했다.

「아무것도 아니에요. 그저 난 입고 갈 옷이 없으니 이 파티에는 갈 수 없다는 것뿐이에요. 초대장은 나보다 옷이 많은 부인을 가진 당신 친구분들에게 주세요.」

남편은 마음이 언짢아서 이렇게 되받았다.

「이봐, 마띨드. 적당한 옷 한 벌 하는 데 얼마나 들까? 때때로 입을 수 있고 과히 비싸지 않은 것으로 말이야.」

그녀는 잠시 생각에 잠겼다. 값을 계산해 보기도 하고 얼마 정도나 요구해야 이 검소한 관리가 당장 거절을 하지 않고 놀라 비명을 지르지 않을 것인가 생각해 보기도 했다.

마침내 망설이다가 그녀는 이렇게 대답했다.

「확실히는 모르겠어요. 하지만 사백 프랑이면 되지 않을까 생각해요.」

그러자 남편의 얼굴이 약간 창백해졌다. 왜냐하면 그는 엽총을 사기 위해 꼭 사백 프랑을 예금해 두었던 것인데, 다가오는 여름에는 일요일이면 종달새 사냥을 즐기는 몇몇 친구와 같이 낭떼르 평원으로 사냥을 가기로 되어 있었던 것이다.

그러자 그는 이렇게 대답했다.

「그러지, 사백 프랑을 줄 테니 좋은 옷을 사도록 해봐요.」

파티 날이 가까워졌다. 르와젤 부인의 표정은 불안하고 걱정스러운 듯했다. 그러나 옷은 준비가 되었다. 어느 날 저녁에 남편이 이렇게 말했다.

「왜 그러오? 요새 며칠 동안 당신 안색이 흐리니?」

그녀의 대답은 이러했다.

「나는 보석도, 패물도, 몸에 붙일 것이라고는 아무것도 없으니 딱해서 그래요. 꼴이 얼마나 궁상맞아 보이겠어요. 차라리 파티에 가지 않는 것이 낫겠어요.」

그러자 남편은 이렇게 말했다.

「생화를 달고 가면 될 것 아니오. 요즘은 그것이 아주 멋있어 보이던데. 십 프랑만 주면 훌륭한 장미꽃 두세 송이는 살 수 있을 거야.」

그녀는 그 말에 수긍하지 않았다.

「싫어요……돈 많은 여자들 틈에서 가난해 보이는 것같이 치욕스러운 일이 또 어디 있겠어요?」

그러자 남편이 이렇게 소리쳤다.

「당신도 참 바보야! 아, 그 당신 친구 포레스띠에 부인을 찾아가서 보석을 좀 빌려 달라고 하구려. 그만한 것쯤 부탁할 수 있는 처지가 아니오.」

그러자 그녀는 기뻐서 소리쳤다.

「아! 참 그래요. 그 생각을 미처 못했군요.」

다음날 그녀는 친구를 찾아가서 딱한 사정을 이야기했다.

포레스띠에 부인은 거울이 달린 장 앞으로 가더니 큰 상자 하나를 들고 와서 열어 보이며 르와젤 부인에게 했다.

「자, 골라 봐.」

그녀는 먼저 몇 개의 반지를 보았다. 다음에는 진주 목걸이를, 다음에는 베니스제 십자가, 정묘한 솜씨로 만든 금과 보석의 패물들을 보았다. 그녀는 거울 앞에서 그것들을 몸에 걸어 보면서 벗어 놓지도 돌려 주지도 못하고 망설일 뿐 마음을 정하지 못하고 있었다. 그녀는 이렇게 말하는 것이었다.

「다른 것 없어?」

「응, 또 있어. 골라 봐. 어느 것이 네 마음에 들지 알 수가 있어야지.」

검은 공단 상자 속에 눈부신 다이아 목걸이가 들어 있는 것이 언뜻 그녀의 눈에 띄었다. 그녀의 가슴은 걷잡을 수 없이 뛰기 시작했다. 그것을 쥐는 그녀의 손은 떨고 있었다. 그녀는 그것을 목에 걸고 자기 모습에 스스로 황홀해 있었다.

그리고는 난처한 듯 망설이며 이렇게 말했다.

「이것 좀 빌려 줄 수 없겠니? 다른 건 필요 없어.」

「응, 좋아, 그렇게 해.」

그녀는 친구의 목을 얼싸안으며 격렬하게 입을 맞추고는 목걸이를 들고 총총히 돌아왔다.

파티 날이 되었다. 르와젤 부인은 성공했다. 그녀는 누구보다도 아름다웠고 우아하고 맵시 있었으며 기쁨에 도취되어 웃고 있었다. 모든 남성들이 그녀를 바라보았고 이름을 물었으며 소개받기를 원했다. 모든 관리들이 그녀와 춤을 추고 싶어했다. 장관도 그녀를 유심히 바라보았다.

그녀는 흥분 속에서 취한 듯 춤을 추었다. 자신의 아름다움에 의기 양양해지고, 자신의 성공의 영광과 모든 사람의 존경과 찬미와 깨어난 모든 욕망 등, 여자들의 마음을 완전 무결한 승리감으로 채워 주는 행복의 절정에서 다른 것은 생각해 볼 겨를조차 없었다.

그녀는 새벽 네 시쯤 되어서야 무도회장에서 나왔다. 남편은 자정부터 사람도 없는 작은 응접실에서 다른 세 명의 친구들과 함께 잠이 들어 있었다. 이들의 부인네들은 그 동안 마음껏 쾌락을 맛보고 있었는데.

남편은 돌아갈 때를 생각해서 평소에 입던 검소한 옷을 아내의 어깨에다 걸쳐 주었는데 화려한 야회복과는 너무나도 대조적인 초라한 옷이었다. 이것을 느끼자 그녀는 값진 모피옷으로 몸을 감싼 다른 여자들의 눈에 뜨이지 않으려고 몸을 피하려 하였다.

르와젤은 그녀를 붙들었다.

「잠깐만 기다려요. 밖에 나가면 감기 들 거야. 내 나가서 마차를 불러 올게.」

그러나 그녀는 남편의 말을 듣지 않고 급히 층계를 뛰어 내려 갔다. 그들이 밖으로 나왔을 때 이미 마차는 한 대도 보이지 않 았다. 그들은 멀리 지나가는 마차를 소리쳐 부르며 마차를 잡기 시작했다.

그들은 낙담하여 추위에 몸을 떨며 세느 강 쪽으로 걸어갔다. 마침내 그들은 강가에서 밤에나 나다니는 헐어 빠진 마차 한 대 를 발견했다. 빠리에서 낮에는 차마 그 초라한 꼴을 보이기가 부끄럽다는 듯이 밤에만 볼 수 있는 그러한 마차였다.

마차는 마르띠르 거리에 있는 그들의 집 문 앞에 다다랐다. 그들은 쓸쓸하게 집 층계를 올라갔다. 그녀에게는 모든 것이 끝 난 것이었다. 남편은 열 시까지 직장에 출근해야 되겠다는 것을 생각하고 있었다.

그녀는 화려한 자기 모습을 다시 한번 보려고 거울 앞으로 가 서 어깨 위에 걸쳤던 윗옷을 벗었다. 그러나 그녀는 갑자기 비 명을 질렀다. 목에 걸었던 목걸이가 없었던 것이다.

옷을 벗고 있던 남편이 물었다.

「왜 그래?」

그녀는 남편을 향해 돌아서며 얼빠진 듯 이렇게 말했다.

「저……저……목걸이가 없어졌어요.」

남편은 소스라쳐 놀라며 벌떡 일어섰다.

「아니……뭐라구……그럴 리가 있나!」

그들은 옷 갈피 속, 외투자락, 호주머니 속을 샅샅이 뒤져 보 았다. 그러나 목걸이는 보이지 않았다.

남편은 이렇게 물었다.

「무도회에서 나올 때까지 있었던 것은 확실하오?」

「그럼요, 장관 댁 현관에서도 만져봤어요.」

「그렇지만 길에서 떨어뜨렸으면 소리가 났을 텐데. 틀림없이 마차 속에서 떨어뜨렸을 거야.」

「네, 그런 것 같아요. 마차 번호를 기억하세요?」

「모르겠어. 당신도 번호를 보지 않았소?」

「네.」

그들은 낙담하며 서로 마주 바라보았다. 결국 르와젤은 옷을 다시 입었다.

「혹시 눈에 띌지도 모르니 우리가 왔던 길을 다시 가봐야겠어.」

그는 밖으로 나갔다. 그녀는 야회복을 입은 채, 눕지도 못하고 불을 피울 생각조차 하지 못하는 채 망연히 의자에 주저앉아 있었다.

남편은 일곱 시경에야 돌아왔다. 그는 아무것도 찾지 못했다.

그는 경시청으로, 현상을 걸기 위해 신문사로, 마차 회사로 뛰어다녔다. 희망을 걸 만한 곳은 모조리 찾아가 보았다.

아내는 이 무서운 재난 앞에서 거의 실신 상태에 빠진 채 온종일 남편을 기다리고 있었다.

르와젤은 저녁 무렵에야 볼이 푹 꺼지고 파리해진 얼굴을 하고 돌아왔다. 그는 아무것도 발견하지 못했다.

「여보, 당신 친구에게 편지를 써야 하겠소. 목걸이의 고리가 망가져서 수선시켰다고. 그러면 그것을 돌려주는 데 시간의 여유가 생길 것 아니오.」

그녀는 남편이 부르는 대로 받아 썼다.

일 주일이 지나자 그들은 모든 희망을 잃었다.

그 동안에 오 년이나 늙어 버린 것 같은 르와젤은 이렇게 단안을 내렸다.

「똑같은 보석으로 갈아 주는 수밖에 도리가 없겠어.」

이튿날 그들은 목걸이가 들어 있던 상자를 들고 상자 속에 적혀 있는 상점을 찾아갔다. 보석상은 장부를 들쳐 보았다.

「그 목걸이는 저희가 판 것이 아닙니다. 상자만을 제공해 드린 것 같군요.」

그래서 그들은 똑같은 목걸이를 찾으려고 기억을 더듬어 가며 이 상점에서 저 상점으로 돌아다녔다. 두 사람이 모두 슬픔과 근심으로 병자와 같았다.

그들은 빨레 르와얄의 어느 상점에서 찾고 있던 것과 꼭 같아 보이는 다이아 목걸이를 찾아냈다. 값은 사만 프랑이었으나 삼만 육천 프랑까지 해주겠다는 것이었다.

그들은 보석상에게 사흘 안으로는 다른 사람에게 팔지 말아 달라고 사정했다. 그리고 다행히 이월 말일까지 잃었던 것을 찾게 된다면 상점에서 삼만 사천 프랑으로 도로 사준다는 조건으로 계약을 했다.

르와젤은 아버지에게서 물려받은 일만 팔천 프랑의 유산이 있었다. 나머지는 빚을 내기로 했다.

그는 이 사람에게서 천 프랑, 저 사람에게서 오백 프랑, 이곳에서 오 루이, 저곳에서 삼 루이, 닥치는 대로 빚을 얻었다. 그는 증서를 쓰고 전재산을 저당 잡히고 고리 대금은 물론 어떤 종류의 대금 업자와도 거래를 했다. 그는 돈을 얻기 위해 자기 인생의 모든 것을 걸었으며, 이행할 수 있을 것인지 알지도 못하면서 함부로 서약서에 도장을 찍었다. 그는 장차 닥쳐올 불행에 대한 걱정, 머지않아 엄습해 올 비참한 어두운 그림자, 앞으로 겪게 될 온갖 물질적인 결핍과 정신적인 고통에 대한 생각으로 몸을 떨며, 새 목걸이를 사러 보석상에 찾아가서 삼만 육천 프랑을 카운터 위에 내놓았다.

르와젤 부인이 목걸이를 가지고 포레스띠에 부인을 찾아갔을 때 부인은 불쾌한 표정으로 이렇게 말했다.

「좀 빨리 갖다 주지 않고, 내가 쓸 일이 생기면 어쩌라구.」

그러면서도 그 여자는 상자 뚜껑을 열어 보지도 않았다. 그녀는 친구가 상자를 열어 볼까 봐 조마조마했다. 물건이 바뀐 것을 알았다면 친구는 어떻게 생각하였을까? 친구는 무어라고 했을까? 자기를 도둑으로 생각하지는 않았을까?

르와젤 부인은 가난한 사람들의 생활이 얼마나 비참한 것인지 알았다. 그러나 그녀는 곧 비장한 결심을 했다. 저 무서운 빚을 갚아야만 했다. 그녀는 어떻게 해서든지 이 빚을 갚을 심산이었다. 그들은 하녀도 내보내고 집도 옮겨 지붕밑 다락방을 새로 얻었다.

그녀는 집안일이 얼마나 힘든 일이며 부엌일이 얼마나 귀찮은 것인지를 알게 되었다. 설겆이를 하느라고 그녀의 장미빛 손톱은 기름 낀 접시와 냄비 바닥에서 놀았다. 그녀는 세탁도 했다. 더러운 옷이나 내의, 걸레를 빨아서 줄에 널었다. 매일 아침 그녀는 쓰레기를 들고 거리까지 내려갔다. 그리고 숨을 돌리려고 층계마다 쉬며 물을 길어올렸다. 그녀는 빈민굴의 부인네 같은 차림으로 바구니를 팔에 끼고 채소 가게나 식료품 가게나 푸줏간을 드나들며 값을 깎다 욕을 먹어가면서 비참한 한 푼 한 푼을 절약했다.

그들은 매달 어음 지불을 하고 다른 어음으로 고쳐 쓸 것은 고쳐 써가며 연기해 나가야 했다.

남편은 눈코 뜰 사이 없이 일했다. 저녁에는 상인들의 장부를 정서해 주고, 때때로 밤에는 페이지당 오 루이씩 받는 서류 작성을 해주기도 했다.

이런 생활이 십 년 동안 계속되었다. 십 년 후에 모든 빚을 다 갚았다. 고리 대금의 이자와 쌓이고 쌓인 이자의 이자까지도 모두 갚았다. 르와젤 부인은 이제는 늙은이의 꼴이었다. 그녀는 세차고 완강하고 거친 가난한 살림꾼 주부가 되었다. 머리는 아무렇게나 빗어 넘기고 치마는 그대로 걸치기만 한 채 비뚤어졌고 손은 붉었다. 물을 첨벙거리며 마룻바닥을 닦고 거친 음성으로 떠들었다. 그러나 이따금 남편이 출근하고 나면 그녀는 창가에 앉아 지난날의 그 파티, 그다지도 자신이 아름답고 환대를 받던 그 무도회를 회상해 보는 것이었다.

그 목걸이를 잃지 않았더라면 어떻게 되었을까? 누가 아나? 인생이란 참 이상스럽고 무상한 거야! 사소한 일이 파멸을 가져오기도 하고 구원을 베풀기도 하는구나!

그런데 어느 일요일, 그녀는 일 주일의 노고를 풀기 위해 샹젤리제를 한 바퀴 돌러 나가는 길에 문득 어린애를 데리고 산보하는 한 부인을 발견했다. 그것은 변함없이 젊고 아름답고 매력 있는 포레스띠에 부인이었다. 르와젤 부인은 가슴이 두근거렸다. 가서 말을 할까? 그렇지! 빚을 갚은 이제, 그에게 다 이야기하자. 못 할 이유가 무엇인가?

그녀는 가까이 갔다.

「참 오랫만이야, 잔느!」

포레스띠에 부인은 그녀를 알아보지 못하고 이런 초라한 여자가 자기를 그토록 정답게 부르는 것에 놀라 이렇게 중얼거렸다.

「그런데……저는 모르겠군요……사람을 잘못 본 게 아니에요?」

「나, 마띨드 르와젤이야.」

친구는 소리를 질렀다.

「아니!…… 가엾어라, 마띨드……어째 이렇게 변했어!」

「응, 참 고생 많이 했어. 우리가 마지막 만났던 후로……그 심한 고생살이가 다……너 때문이었어!」

「나 때문이었다고?……아니 왜?」

「내가 문교부 장관 댁 무도회에 가려고 너에게 빌렸던 그 다이아 목걸이가 생각 안 나?」

「응, 그런데?」

「그것을 그때 내가 잃어버렸던 거야.」

「뭐라고! 왜 나한테 돌려 줬지 않아?」

「내가 돌려 준 것은 똑같지만 다른 거였어. 그것을 갚느라고 십 년이 걸렸지. 빈털터리였던 우리에게 그게 어떤 시련이었으리라는 것은 너도 짐작할 거야……그러나 결국 다 해결되었어. 내 마음이 후련해.」

포레스띠에 부인은 발걸음을 멈추었다.

「그럼 내것 대신에 다른 다이아 목걸이를 사왔단 말이야?」

「그럼, 아직까지 그걸 몰랐었군. 하긴, 아주 모양이 똑같으니까.」

그녀는 순박하고 자랑스러운 기쁜 미소를 지었다.

포레스띠에 부인은 매우 감동되어 친구의 두 손을 붙잡았다.

「아! 가엾은 마띨드! 내것은 가짜였는데. 기껏해야 오백 프랑밖에 나가지 않는……」

산　　　막(山幕)

　　오뜨 알프스 지방에서는 흔히 볼 수 있는 풍경이지만, 새하얀 산꼭대기들을 깎아 길을 만들어 놓은 바위투성이 골짜기의 산기슭 빙하 속에 목조 여인숙이 오두마니 세워져 있다. 그러한 여인숙의 예에 빠지지 않고 슈바렌바흐 주막도 제미의 험한 골짜기 길을 지나가는 여행자들의 만일의 경우의 피난소이다.

　　그 여인숙은 한 해 동안 절반은 개업을 하고 있었으며 장오제 네의 가족이 살고 있다. 그리고 눈이 쌓여 골짜기를 메우게 되어 로에쉬 마을로 내려가기 어렵게 될라치면 여자들과 아버지와 세 아들은 산을 내려갔는데, 집을 지키기 위해 늙은 안내인 가스빠르 아리와 젊은 안내인 울리히 쿤시, 그리고 산길을 걷는데 데리고 다니는 커다란 개 삼을 남기고 간다.

　　두 사나이와 개는 봄까지 이 눈의 감옥 속에서 지낸다. 감옥의 창문으로 눈에 보이는 것이라고는 발름호른의 하얗고 거대한 비탈뿐이다.

　　하얗게 반짝이는 산봉우리들에 에워싸이고, 눈 밑에 갇히고 봉쇄되어 묻히는 것이다. 눈은 그들의 둘레에 쌓여 이 조그만 집을 싸고 조여서 눌러 버린다. 지붕 위에 쌓이고 창문까지 닿아서 문을 막아 버린다.

　　그날은 오제네 가족이 로에쉬로 돌아가는 날이었다. 겨울이

다가와서 내려가는 길이 점점 위험해져 오고 있었다.

세 마리의 나귀가 옷가지와 그밖의 짐을 싣고 세 아들에게 끌리어 먼저 떠났다. 그리고 어머니 잔느 오제와 딸 루이즈는 네 번째 나귀를 타고 잇따라 출발했다.

아버지가 두 안내인을 거느리고 그 뒤를 따랐다. 두 사람은 언덕 밑에까지 가족들을 전송하기로 되었다.

그들은 먼저 조그만 호수를 삥 돌았다. 호수는 지금 여인숙 앞에 널려 있는 바위투성이의 커다란 구멍 속에서 얼어 있었다. 그리고 홑이불처럼 하얗게 반짝이고 있는 골짜기, 눈을 이고 있는 봉우리가 사방에서 내려다보이는 골짜기를 따라 나아갔다.

강한 햇살이 눈부시게 얼어붙은 새하얀 무인지경에 쏟아져내려, 눈을 뜨고 있을 수 없는 차가운 불꽃으로 타오르게 했다. 이 끝없는 산 속에는 무엇 하나 살아 있는 것의 모습은 나타나지 않았다. 무한한 정적 속에 무엇 하나 움직이는 기척도 없었다. 이 깊은 침묵을 흔들어 놓는 소리 하나 나지 않았다.

늘씬한 다리에 키가 큰 스위스 사람인 젊은 안내인 울리히 쿤시는 오제 노인이 늙은 안내인 가스빠르 아리를 뒤에 남겨 놓고 조금씩 두 여자를 태운 나귀를 따라잡으려 했다.

두 사람 중 젊은 쪽은 젊은이가 걸어오는 것을 물끄러미 바라보고 있었다. 슬픈 듯한 눈길이 젊은이를 부르고 있는 듯이 보인다. 금발의 자그마한 시골 아가씨로, 우유빛 볼과 빛깔이 엷은 머리칼은 눈에 묻혀 오래 사는 동안에 빛이 바랜 듯한 느낌이 들었다.

젊은이는 처녀가 타고 있는 나귀에 따라붙자 나귀 엉덩이에 손을 얹고 걸음을 늦추었다. 오제 부인이 젊은이에게 이야기를 하기 시작했다. 겨울을 지내는 동안의 주의를 자세하게 주워 섬기는 것이었다. 젊은이가 고지에 남는 것은 이번이 처음이었다. 아리 노인은 슈바렌바흐의 여인숙에서 눈에 묻힌 겨울을 이미 열 네 번이나 지내고 있다.

울리히 쿤시는 얌전히 듣고는 있었지만 상대의 말을 알아들은 것 같지는 않았다. 줄곧 젊은 처녀 쪽만 보고 있었다. 이따금 「네, 알았습니다.」라고 대답을 하고 있었지만 아마 그의 생각은 딴 데로 가 있는 듯, 온화한 얼굴에는 아무런 표정도 떠오르지 않았다.

그들은 도브 호수에 이르렀다. 그 얼어붙은 길쭉한 표면은 거울처럼 평평하게 골짜기 밑에 퍼져 있었다. 오른편에는 빌트스트루벨의 봉우리가 내려다보고 있는 로에메른 빙하의 거대한 퇴석(堆石) 옆에 도벤호른 봉이 깎아지른 검은 바위를 보이고 있다.

제미의 험한 골짜기, 거기서 로에쉬 마을로 내려가는 길이 시작되는데, 그곳에 차츰차츰 다가갔을 때 그들 앞에 별안간 론느 강의 깊고 폭 넓은 골짜기를 사이에 두고 멀리 발레 알프스의 장대(壯大)한 경치가 펼쳐졌다.

멀리서 보니 한 떼의 높고 낮은 흰 산봉우리의 모임이었다. 눌려 찌그러진 것도, 뾰죽한 것도 있었고 모두 태양에 반짝이고 있다. 두 개의 뿔이 달린 미샤벨 비세호른의 당당한 군봉, 육중한 브루네그호른, 많은 사람을 죽인 세르뱅의 높고 무서운 피라밋, 그리고 그 무서운 마녀인 당 블랑쉬(白齒山), 그리고 발밑에는 얼마만큼 밑이 깊은지 짐작도 할 수 없는 구멍 속, 소름이 끼치는 심연 속에 로에쉬 마을이 보였다. 이쪽에는 제미 골짜기가 한쪽 끝이 되어 막았으며, 저쪽은 론느 강을 향해 펼쳐져 있는 이 거대한 지표의 균열(龜裂) 속에 마을의 집들은 뿌려진 모래알같이 보인다.

나귀는 내리받이로 접어드는 오솔길 끝에까지 와서 멈추어 섰다. 오솔길은 꼬불꼬불 구부러져 앞으로 가나 하면 곧 되돌아오는 것처럼 줄곧 돌면서 마치 변덕스러운 장난이라도 하고 있듯이, 그러나 이런 곳에 잘도 길을 냈다 싶을 만큼 똑바로 깎아지른 산허리를 타고, 그 조그만 마을, 거의 눈에 보이지 않을 정도로 발 아래 묻혀 있는 조그만 마을까지 뻗어 있었다. 여자들은 눈 위에 뛰어내렸다.

두 늙은이도 뒤에서 쫓아왔다.

「자」하고 오제 노인이 말했다. 「자, 이것으로 작별이다. 잘들 있게. 또 내년에 만나세.」

아리 노인도 되풀이했다. 「그럼, 또 내년에 뵙지요.」

노인끼리 얼싸안고 키스를 했다. 그리고 이번에는 오제 부인이 볼을 번갈아 내밀었다. 젊은 처녀도 똑같이 했다. 울리히 쿤시 차례가 되었을 때 그는 루이즈의 귓전에 입술을 대고 속삭였다. 「높은 곳에 있는 사람을 잊지 말아 주십시오.」처녀는「네.」하고 대답했지만 너무나 소리가 작았기 때문에 젊은이에게는 들리지 않았으나 다만 짐작으로 그렇게 알아들었다.

「자, 여기서 헤어지세. 몸조심하고 잘들 있게.」하고 장오제가 되풀이했다.

그리고 여자들 앞을 빠져나가 앞장서서 내려가기 시작했다.

이윽고 그들 세 사람의 모습은 첫번째 꼬부라지는 길모퉁이로 사라졌다.

사나이 두 사람은 슈바렌바흐 여인숙 쪽으로 되돌아갔다.

두 사람은 나란히 서서 말도 하지 않고 천천히 걸었다. 그들은 끝내 가버렸다. 두 사람은 얼굴을 맞대고 앞으로 네댓 달 동안 자기들만이 살아야 하는 것이다.

잠시 후 가스빠르 아리는 지난 겨울의 이야기를 하기 시작했다. 작년에는 미셸 까놀과 같이 지냈다. 이 노인은 너무 늙어서 올해도 같이 있자고는 할 수가 없다. 다름이 아니라, 이런 길고 쓸쓸한 생활을 하는 동안에 어떤 돌발 사건이 일어날지 모르기 때문이다. 하기야 그들은 지루하진 않았다. 첫날부터 체념을 하고 들면 그것으로 좋았던 것이다. 결국 자기들끼리 여러 가지 기분 전환 방법을 생각해낸다. 놀이를, 여러 가지 소일거리를.

울리히 쿤시는 눈을 깔고 상대의 말을 듣고 있었지만, 머릿속으로는 제미의 꼬불꼬불한 길을 마을 쪽을 향해 내려가는 사람들의 뒷모습을 쫓고 있었다.

이윽고 두 사람의 눈에 여인숙 건물이 보였다. 가까스로 보일 둥 말 둥 하는 참으로 작은, 무섭게 거대한 눈 파도 밑에 외로이 떠오른 까만 점이었다.

그들이 문을 열자 삼이, 곱슬털이 난 큰 개가 반가워하며 그들 주위를 뛰어다녔다.

「자」하고 늙은 가스빠르가 말했다. 「자, 이제 여자들이 없으니 우리가 저녁 준비를 해야지. 자네는 감자 껍질이나 벗겨 주게.」

그리고 두 사람 다 기다란 나무 의자에 앉아 수프에 빵을 적셔 먹기 시작했다.

이튿날 아침 나절이 울리히 쿤시에겐 긴 것같이 여겨졌다. 아리 노인은 담배를 피우면서 난로의 재 속에 침을 뱉았다. 젊은이는 창 너머의 집 정면으로 보이는, 눈이 아찔할 만큼 새하얀 바위만을 바라보고 있었다.

오후에는 밖으로 나가보았다. 그리고 어제와 같은 길을 다시 한번 더듬으면서 두 여자를 태우고 간 나귀의 짚신 자국을 눈 위에서 찾았다. 그리고 제미의 험한 골짜기께에 이르자 낭떠러지 가에 엎드려 로에쉬의 마을을 바라보았다.

그 마을은 바위산 속에 있는 분지(盆地)라 아직 눈에 묻혀 있지 않았다. 눈은 마을 가까이까지 이르렀으나 주위 일대를 지키고 있는 전나무 숲으로 딱 막혀 있는 것이었다. 지붕이 낮은 집들은 위에서 내려다보니 초원 속에 포석(鋪石)을 늘어놓은 것같이 보였다.

오제네 아가씨는 지금 거기에 있는 것이다. 저 잿빛 집들 속의 어느 한 집에. 어느 집일까? 똑똑히 구별하기에는 울리히 쿤시가 있는 곳이 너무 멀었다. 내려가려면 아직도 내려갈 수 있는 동안에 내려가 버리고 싶다!

그러나 태양은 이미 빌트스트루벨의 높은 꼭대기 뒤로 넘어가고 있었다. 젊은이는 되돌아왔다. 아리 노인은 여전히 담배를 피우고 있었다. 짝이 돌아오는 것을 보자 노인은 트럼프놀이를 하자고 했다. 그들은 식탁 양편에 마주보고 앉았다.

그들은 오래도록 트럼프놀이를 계속했다. 브리스크라는 간단한 놀이였다. 그런 다음 저녁을 먹고 그들은 잠자리에 들었다.

그로부터 며칠 동안은 맨 첫날과 똑같았다. 맑게 개인 날씨는 춥기는 했지만 눈은 내리지 않았다. 늙은 가스빠르는 오후가 되면 얼어 빠진 눈의 산꼭대기에 우연히 날아드는 독수리나 그밖의 신기한 새들을 노리며 시간을 보냈다. 한편 울리히는 마을을 바라보기 위해 판에 박은 듯이 제미의 험한 골짜기로 나갔다. 그리고 그들은 트럼프를 하고 주사위를 던지고 도미노를 했다. 놀이를 재미있게 하기 위해 물건을 걸어놓고 따기도 하고 잃기도 하며 지냈다.

어느 날 아침 먼저 일어난 아리가 불러 댔다. 뭉게뭉게 움직이는 구름이, 끝없이 둥실둥실 떠오른 구름이, 새하얀 거품 같은 구름이, 그들을 향해 그들 주위에 소리도 없이 밀어닥치고 있었던 것이다. 그들을 차츰차츰, 모든 소리를 지워 버리는 두꺼운 거품으로 된 털이불 속에 파묻고 있었던 것이다. 그것이 나흘 낮 나흘 밤 동안 계속되었다. 열 두 시간의 결빙이 빙하의 퇴석인 화강암보다도 더 단단하게 만들어 버린 이 얼음가루 위로 나가려면 입구 문과 창문을 터서 복도를 파고 계단을 새기지 않으면 안 되었다.

그리고 나서부터 그들은 그만 죄수처럼 갇히어 살았다. 집 밖으로는 통 나가는 일이 없었다. 일은 둘이서 나누어 규칙적으로 처리했다. 울리히 쿤시는 소제와 빨래, 그밖의 모든 청소에 관한 일과 집 주위를 돌보는 일을 맡았다. 장작을 패는 것도 그의 임무였다. 한편 가스빠르 아리는 부엌일을 하고 불을 꺼뜨리지 않게끔 마음을 썼다. 규칙적인 단조로운 그들의 일은 트럼프와 주사위놀이의 긴 승부로 중단되었다. 절대로 다투는 일은 없었다. 두 사람 다 온화하고 순한 성질이었다. 한 번도 신경질을 내거나 불쾌해진 적도 없었고 귀에 거슬리는 말을 입에 담는 적도 없었다. 두 사람 다 산 위에서 겨울을 지내는 데 대해 체념을 하고 있었던 것이다.

때때로 늙은 가스빠르는 총을 들고 영양(羚羊)을 잡으러 나갔다가 가끔 잡아가지고 돌아오는 일도 있었다. 그런 때면 으레 슈바렌바흐 여인숙은 잔칫날이 되고 신선한 고기의 대향연이 벌어졌다.

어느 날 아침, 노인은 그렇게 하여 집을 나갔다. 집 밖의 온도계는 영하 십 팔 도를 가리키고 있었다. 해가 아직 뜨지 않았으므로 노인은 빌트스트루벨 부근에 어물거리고 있는 사냥감을 습격하려고 생각하고 있었다.

울리히는 혼자 남자, 열 시까지 자리 속에서 꾸물거리고 있었다. 원래 잠꾸러기이지만 언제나 아침 일찍 일어나는 부지런한 늙은 안내인 앞에서 그렇게 자기 버릇대로 행동할 수가 없었던 것이다.

그는 삼과 함께 천천히 아침 식사를 했다. 삼도 역시 낮이나 밤이나 난로 앞에서 잠만 자고 있었다. 그러자 문득 쓸쓸한 심정이 들었다. 혼자 있는 것이 무섭게 느껴졌다. 그리고 매일 하는 트럼프놀이가 하고 싶어 못견디게 되었다. 사람이 누를 수 없는 습관에 빠져 버린 욕망에 쫓기는 바로 그대로의 심정이었다.

그래서 그는 네 시면 으레 돌아오는 동료를 마중하러 밖으로 나가보았다.

눈이 깊은 골짜기를 완전히 평평하게 만들고 말았다. 갈라진 틈을 메우고, 두 개의 호수를 지웠으며 바위를 메우고 거대한 봉우리와 봉우리 사이에, 단지 한 개 새하얗게 규칙적으로 눈이 아찔해질 만큼 얼어 있는 거대한 통을 만들어 놓고 있었다.

삼 주일 동안 울리히는 마을을 내려다보는 그 낭떠러지 가로 가지 않았었다. 빌트스트루벨로 이어지는 비탈을 기어오르기 전에 다시 한번 그곳에 가보고 싶은 생각이 들었다. 지금은 로에쉬 역시 눈 아래 묻혀 있었다. 이 창백한 망토 아래 파묻힌 집들은 이제 구별을 할 수가 없었다.

그리고 오른쪽으로 돌아 로에메른 빙하께까지 가보았다. 돌처럼 단단한 눈을 쇠 지팡이로 두드리면서 산에서 자란 사나이다운 큰 걸음으로 걸어갔다. 그렇게 하여 날카로운 눈을 움직이면서 끝없이 펼쳐져 있는 눈의 천 위에 아득히 움직이고 있는 조그만 검은 점은 없을까 하고 찾았다.

빙하 가에 이르렀을 때 젊은이는 걸음을 멈추고, 노인이 확실히 이 길을 지나갔을까 하고 스스로에게 물어 보았다. 그리고는 한층 더 초조한 빠른 걸음으로 퇴석을 따라 걷기 시작했다.

해는 기울고 눈은 장미빛으로 물들어 있었다. 메마르고 얼어붙는 듯한 바람이 수정 같은 눈의 표면을 이따금 생각난 듯이 휘몰아쳐 지나갔다. 울리히는 날카로운 외침 소리를 길게 떨면서 친구를 불렀다. 목소리는 산들이 잠들어 있는 죽음의 침묵 위를 건너, 아득히 얼음 거품이 움직이지 않는 깊은 파도 위를 넘어갔다. 마치 바다의 파도 위를 해조(海鳥)의 울음소리가 건너가듯이 저절로 사라졌다. 아무런 대답도 없었다.

젊은이는 다시 걷기 시작했다. 태양은 아득한 저 산 너머의 꼭대기 뒤로 가라앉고, 하늘의 노을은 아직도 산꼭대기를 빨갛게 물들이고 있었지만, 골짜기의 밑바닥 쪽은 벌써 잿빛으로 저물어 가고 있었다. 젊은이는 갑자기 온 몸에 물을 끼얹은 듯이 소름이 쪽 끼쳤다. 이 겨울 산들의 죽음이, 정적이, 추위가, 침묵이, 자기 몸속에 스며들어 피를 얼게 하고, 멎게 하고, 온 몸을 빳빳하게 하여 자기를 꼼짝 않는 얼어붙은 존재로 만들어 버릴 것 같은 생각이 들었다. 젊은이는 뛰기 시작했다. 자기 집을 향해 정신없이 그 자리를 빠져나갔다. 노인은 자기가 없는 동안에 돌아간 것이다. 그는 줄곧 그렇게 생각했다. 다른 길로 해서 돌아간 것이다. 지금쯤은 잡은 영양을 발밑에 놓고 난로 앞에 앉아 있을지도 모른다.

이윽고 여인숙 건물이 보였다. 지붕에서 연기가 나지 않았다. 울리히는 한층 더 빨리 달려가서 문을 열었다. 삼이 반가이 달려들었지만 가스빠르 아리는 돌아와 있지 않았다.

초조한 마음으로 울리히는 주위를 살펴보았다. 마치 동료가 어느 방구석에라도 숨어 있지나 않을까 생각하고 있기라도 하는 것 같았다. 그리고 불을 피워 수프를 만들었다. 여전히 노인이 방금이라도 돌아올 것만 같았다.

이따금 노인의 모습이 나타나지나 않을까 하고 밖으로 나가서 바라보았다. 주위는 밤이 되어 있었다. 희미한 밝음이 남아 있는 밤. 창백한 납빛 밤. 하늘가에 방금이라도 산마루 너머로 떨어지려는 노랗고 가느다란 초생달이 그것을 비추고 있었다.

젊은이는 집 안으로 되돌아왔다. 의자에 앉아 손발을 불에 쬐면서, 일어났을지도 모르는 사건을 이것저것 상상해 보았다.

가스빠르는 다리를 부러뜨렸는지도 모른다. 구멍 속에 빠졌든가, 헛디디어 발목을 삐었는지도 모른다. 그리고 눈 속에 쓰러져 있겠지. 추위에 얼어 몸이 말을 듣지 않아 절망에 빠져 어찌할 바를 모르면서도, 아마 줄곧 구원을 청하고 있을는지 모른다. 밤의 정적 속에서 목청껏 소리를 짜내어 부르고 있을지도 모른다.

하지만 대관절 그 장소는 어디일까? 산이 너무나 넓고 너무나 험악하여, 특히 이런 철에는 이 주위가 참으로 위험하다. 이 넓은 장소 어디엔가 있을 한 사나이를 찾아내려면, 열 명 내지 스무 명의 안내인이 일 주일 동안이나 팔방으로 돌아다니지 않으면 안 될 것이다.

그래도 울리히 쿤시는, 만약 밤 열 두 시에서 새벽 한 시까지 기다려도 가스빠르 아리가 돌아오지 않는다면 삼을 데리고 출발하려고 결심했다.

그래서 젊은이는 모든 채비를 하기 시작했다.

이틀치 식량을 배낭 속에 넣고, 강철 꺾쇠를 준비하였으며 허리에 가늘고 튼튼한 긴 밧줄을 감고, 쇠 지팡이와 얼음을 깎아 층계를 만드는 데 쓸 도끼를 챙겼다. 불은 난로 속에서 활활 타오르고 있었다. 커다란 개는 그 불빛을 받으며 코를 골고 있었다. 괘종 시계가 심장처럼 규칙적인 소리를 내며 나무 상자 속에서 똑딱거리고 있었다.

젊은이는 멀리서 들리는 소리에 귀를 기울이면서 기다렸다. 가냘픈 바람 소리가 지붕과 벽을 스쳐갈 때마다 오싹오싹 몸이 떨렸다.

열 두 시를 쳤다. 그는 저도 모르게 몸을 부르르 떨었다. 그리고 겁이 나서 떨려 오는 것을 느꼈으므로 물을 끓여서 떠나기 전에 뜨거운 커피를 한 잔 마시기로 했다.

시계가 한 시를 쳤을 때 그는 일어나 삼을 깨워 가지고 문을 열고 빌트스트루벨 쪽을 향해 걷기 시작했다. 다섯 시간 동안 기어오르는 길뿐이었다. 꺾쇠를 사용하여 바위를 기어오르며 얼음에 층계를 만들고, 마구 나아가면서 때로는 너무 험준해서 오르지 못하는 낭떠러지 밑에 남아 있는 개를 밧줄 끝에 묶어서 끌어올렸다. 여섯 시쯤 그는 가스빠르 노인이 종종 영양을 잡으러 나서는 산꼭대기의 하나에 이르렀다.

거기서 젊은이는 해 뜨기를 기다렸다.

머리 위의 하늘이 훤해져 왔다. 그러자 갑자기 어디서 비쳐 오는지 모르는 이상한 빛이 자기를 에워싸며 천 리나 되는 아득히 먼 곳으로 퍼져 있는 창백한 산꼭대기들을 비추기 시작했다. 이 망막한 빛이 눈에서 직접 발산되어 공중으로 퍼져 가는 것만 같았다. 조금씩 가장 키가 큰 먼 산꼭대기가 일제히 사람의 살 같은 연분홍 빛으로 물들었다 싶자 베른느 알프스의 거인 같은 육중한 모습 뒤에서 새빨간 태양이 나타났다.

울리히 쿤시는 걷기 시작했다. 사냥꾼처럼 몸을 땅바닥에 구부리고 발자국은 없을까 하고 살피면서 나아가는 것이었다. 그리고 개를 보고 이렇게 말하는 것이었다.

「찾아 줘, 부탁해. 찾아 줘.」

그는 지금 되돌아 산을 내려오고 있었다. 벼랑을 살피듯이 하면서 이따금 상대의 이름을 불렀다. 길게 꼬리를 끄는 외침 소리를 던지는 것이었다. 그 외침 소리는 이내 끝없는 침묵의 세계로 사라져 버린다. 그러자 다시 이번에는 귀를 땅에 대고 먼 곳에서 들리는 소리를 들으려 하는 것이었다. 사람 소리를 들은 것 같아 뛰기 시작했다. 다시 상대의 이름을 불렀다. 그러자 다음에는 그만 아무 소리도 들리지 않았다. 실망하여 힘이 빠져 버려 그 자리에 주저앉아 버린다. 한낮 가까이 되어서야 식사를 하고 삼에게도 먹였다. 개도 주인만큼이나 지쳐 있었다. 그리고 또 찾기 시작했다.

저녁때가 되었다. 그는 여전히 걷고 있었지만 이미 산길을 오십 킬로나 뛰어 돌아다닌 뒤였다. 집으로 돌아가기에는 너무나 멀리 와 있었기 때문에, 그리고 이 이상 더 오래 다리를 끌고 가기에는 너무나 지쳐 있었으므로 눈 속에 구덩이를 파고 개와 함께 가지고 간 담요를 뒤집어 쓰고 그 속에 웅크렸다. 사람과 개는 달라붙어서 잤다. 그렇게 하여 서로 몸을 녹였지만 그래도 뱃속까지 얼어 왔다.

울리히는 통 자지 않았다. 마음은 환영(幻影)에 괴롭혀지고 온 몸은 부들부들 떨렸다.

날이 샐 무렵 그는 일어났다. 두 다리는 쇠 몽둥이처럼 굳어지고 완전히 의기 소침하여 불안한 나머지 비명을 지를 것만 같았다. 가슴이 두근거려 무슨 소리가 나는 것 같기만 해도 섬칫하여 쓰러져 버릴 것 같았다.

그는 갑자기 자기도 역시 이 쓸쓸한 곳에서 추위 때문에 죽지나 않을까고 생각했다. 그러자 이 죽음의 공포가 그의 기력에 채찍질을 하여 원기를 불러일으켰다.

지금 젊은이는 여인숙을 향해 산을 뛰어 내려가고 있었다. 넘어졌다가는 일어나고, 일어났다가는 넘어지면서. 삼도 뒤처져서 그뒤를 쫓아왔지만 다리를 하나 다쳐서 절고 있었다.

오후 네 시 무렵에야 가까스로 슈바렌바흐에 이르렀다. 집은 텅 비어 있었다. 젊은이는 불을 피워 식사를 하고 잤다. 녹초가 되도록 지쳐서 아무것도 생각지 않았다.

오랫 동안 잤다. 무척 오랫동안. 그 어느것도 깨뜨릴 수 없는 잠이었다. 그런데 갑자기 누군가 사람 목소리가, 외침 소리가, 이름을 부른 듯한 소리가, 아니 확실히 「울리히」라고 부른 소리가 젊은이의 깊은 잠을 흔들어 깨워 벌떡 일어나게 만들었다. 꿈을 꾼 것일까? 불안에 쫓기는 사람의 꿈 속을 스쳐가는 그 야릇한 부르짖음의 한 가지였을까? 아니, 젊은이의 귓속에는 아직도 그 소리가 남아 있다. 그 떨리는 듯한 외침 소리가 귓속으로 들어와 살 속으로, 매듭 굵은 손가락 끝에까지 미치고 있었다. 확실히 누군가가 외친 것이다. 누군가가 부른 것이다. 「울리히!」 누군가가 이 근처에 있다.

집 바로 가까이에. 그는 의심할 수가 없었다. 그래서 문을 열고 힘껏 소리를 짜내어 고함쳤다.

「어이, 가스빠르요 — ?」

아무 대답이 없었다. 소리 하나, 속삭임 소리 하나, 신음 소리 하나 나지 않았다. 아무 소리도 들리지 않았다. 주위는 밤이 되어 있었다. 눈은 납빛으로 보였다.

바람이 일고 있었다. 돌을 부수고, 사람이 살다 버리고 간 이 고지 위에 무엇 하나 생물을 남기지 않는 찬바람이었다. 사막의 불 같은 바람보다도 더 생명을 뺏는, 풀도 나무도 시들게 해 버리는 돌풍이 되어 불고 지나갔다. 울리히는 다시 한번 외쳤다. 「가스빠르! — 가스빠르! — 가스빠르!」

그리고 기다려 보았다. 산 위에서는 모든 것이 침묵을 계속하고 있다. 그러자 간이 오므라드는 듯한 공포가 뼛속까지 젊은이를 뒤흔들었다. 단숨에 여인숙 안으로 달려들어가 문을 닫고 빗장을 걸었다. 그리고 와들와들 떨면서 의자 위에 쓰러졌다. 마침 지금, 친구가 운명을 하는 순간에 자기를 불렀다는 것을 의심할 수가 없었다.

그것만은 이미 틀림없다. 살아 있는 것과 빵을 먹는 것이 틀림없듯이. 가스빠르 아리 노인은 이틀 낮 사흘 밤 동안 죽음의 고통을 맛보았던 것이다. 어디선가의 구덩이 속에서. 한 점도 티없는 그 하얀 빛깔이 구덩이의 캄캄한 어둠보다도 더 처참한 그 깊은 계곡 구덩이의 어느 하나 속에서. 그는 이틀 낮 사흘 밤 동안 죽음의 고통을 맛보았던 것이다. 그리고 지금 막 자기 동료를 생각하면서 죽은 것이다. 노인의 영혼은 육체에서 놓여지자마자 울리히가 잠들어 있는 산막을 향해 날아와서 죽은 사람의 영혼이 지니고 있는 생전에 친했던 사람들을 찾아갈 수 있는 그 신비로운 무서운 힘에 의해 울리히를 불렀던 것이다. 영혼이 부르짖은 것이다. 소리 없는 영혼이 잠들어 있는 사나이의 지쳐

빠진 영혼 속에서 마지막 이별의 말을 외친 것이다. 아니 비난의 말일지도 모른다. 아니, 알뜰히 찾아 주지 않았던 사나이에 대한 저주의 말이었던 것이다.

울리히는 그 영혼을 생생하게 느꼈다. 거기에, 바로 곁에, 벽 너머에, 지금 자기가 잠그고 온 문 너머에 영혼은 배회하고 있는 것이다. 불이 켜진 창문을 날개로 스쳐가는 밤새처럼. 그러자 젊은이는 살아 있는 것 같지가 않아 방금이라도 무서움 때문에 큰 소리가 터져 나올 것만 같았다. 이 자리를 달아나고 싶었지만 밖으로 나갈 용기는 없었다. 아무래도 나갈 수가 없었다. 아니, 앞으로도 절대로 나갈 수는 없으리라. 다름이 아니다. 망령이 언제까지나 거기에 있을 테니까. 밤이나 낮이나 이 산막 주위에. 늙은 안내인의 시체가 발견되어 깨끗한 묘지의 땅 속에 뉘어질 때까지는.

날이 새었다. 빛나는 태양을 보자 쿤시는 약간 진정이 되었다. 식사 준비를 하고 개에게 줄 수프를 만든 다음 의자 위에 가만히 앉아 있었다. 꼼짝도 않고 가슴을 조이면서 눈 위에 쓰러져 있는 노인의 신세에 생각을 달리면서.

그리고 또다시 밤의 장막이 산을 에워싸자마자 새로운 공포가 그를 엄습했다. 그는 지금 가냘픈 촛불에 비추이고 있는 새까맣게 그을은 부엌 안을 돌아다녔다. 방 이 끝에서 저 끝을 큰 걸음으로 귀를 기울이면서 거닐었다. 전날밤의 그 소름 끼치는 부르짖음이 또다시 괴괴한 어둠을 뚫고 들려 오지나 않을까 하고 귀를 기울이면서. 그러자 젊은이는 자기가 혼자뿐이라는 것을 절실히 느꼈다. 가엾은 이 젊은이는 어떤 사람도 지금껏 아직 경험한 일이 없는 고독을 느꼈다. 이 끝없는 눈의 벌판 속에 단지 혼자 있는 것이다. 마을에서, 인가(人家)에서, 저 소란스레 꿈틀거리고 떠들썩하게 움직이고 있는 사람의 생활에서 이천 미터나 떨어진 높은 곳에 단지 혼자 있는 것이다. 얼어붙은

하늘 속에 혼자 있는 것이다! 어디라도 좋다. 어떻게 해서라도
상관없다. 여기서 달아나고 싶다. 절벽으로 뛰어내려서라도 로
에쉬로 내려가고 싶다. 그런 앞뒤 생각도 없는 심정이 그를 조
여댔다. 그러나 실제 문제로서 문을 열 용기조차 없었다. 그것
이, 송장이, 혼자 고지에 남기를 싫어하여 자기의 앞길을 막으
리라는 것은 똑똑히 알고 있었다.

한밤중 가까이 되어서야, 걷다 지쳐 불안과 공포에 녹초가 되
어 끝내 의자 위에서 잠을 잤다. 사람이 귀신이 나오는 것을 무
서워서 근접하지 않듯이 그는 자기 침대를 무서워했다.

그러자 갑자기 전날밤과 같은 날카로운 외침 소리가 젊은이
의 귀청을 찢어 놓았다. 너무나 날카로웠기 때문에 무의식중에
울리히는 유령을 떠다밀려고 두 손을 내밀다가 의자와 함께 벌
렁 나동그라졌다.

그 소리에 잠을 깬 삼이 겁먹은 소리로 짖기 시작했다. 위험
이 어디서 오는지 살피면서 집 주위를 빙빙 돌았다. 문 앞 가까
이에 이르자 줄곧 코를 킁킁거리며 문 밑을 맡기 시작했다. 털
을 곤두세우고 꼬리를 빳빳이 뻗고 나직이 으르렁거리면서.

울리히는 정신없이 일어나 갑자기 의자 다리를 움켜잡고 외
쳤다.

「들어오지 마. 들어오지 마. 들어오면 죽인다!」개는 이 위
협하는 소리에 부추겨져서, 주인의 목소리가 싸움을 걸고 있는
눈에 보이지 않는 적을 향해 맹렬히 짖어 댔다.

삼은 차츰 진정이 되어 결국 난롯가에 돌아가 길게 누웠지만,
아직도 언제까지나 불안한 듯이 머리를 바짝 쳐들고 눈을 번들
거리며 으르렁거리기를 멈추지 않았다.

울리히는 곧 제정신으로 돌아갔으나 이러고 있다가는 너무
무서워서 기절할 것 같았으므로 찬장 속에서 브랜디 병을 꺼내
어 연거푸 몇 잔이나 마셨다. 머리가 몽롱해졌으나 기운만은 솟

아났다. 불 같은 열이 혈관 속을 스쳤다.

　이튿날은 술만 마실 뿐 통 음식을 먹지 않았다. 며칠 동안 계속해서 그는 백치처럼 곤드레가 되어 지냈다. 가스빠르 아리가 머리에 떠오르면 곤드레가 되어 바닥에 쓰러질 때까지 다시 술을 마시는 것이었다. 그런 다음 거기에 엎드려 죽은 듯이 취하여 손도 발도 꼼짝 못하게 되면 이마를 바닥에 댄 채 커다랗게 코를 고는 것이었다. 그러나 이 머리를 바보로 만들고 몸을 타오르게 하는 액체의 기미가 사라지자 마자 여전히 같은 외침 소리가, 「울리히!」라고 부르는 소리가 총알이 두개골을 쏘듯이 그를 깨우는 것이었고, 젊은이는 여전히 비틀거리면서도 일어나 쓰러지지 않으려고 두 손을 내밀면서 삼을 불러 구원을 청하는 것이었다. 그러면 개도 역시 주인과 마찬가지로 미친 듯이 문에 덤벼들어 발톱으로 할퀴며 길고 흰 이빨을 드러내어 물어뜯는다. 한편 젊은이는 가슴을 헤치고 벌렁 누워서 뜀박질한 뒤에 냉수를 들이켜듯이 브랜디를 꿀꺽꿀꺽 들이켠다. 술은 곧 그의 생각을 잠재우고 그의 추억도, 미칠 듯한 공포도, 잠재워 버리는 것이었다.

　삼 주일 동안 젊은이는 있는 술을 깡그리 마시고 말았다. 그러나 이 끊임없이 취한 상태는 단지 그의 공포를 잠재우는 데에 지나지 않았다. 그것은 진정시킬 수가 없게 되자마자 한층 더 맹렬한 기세로 눈을 떴다. 그래, 한 달 동안의 취기로 더욱 심해진 그 마음에 걸리는 일이 절대적 고독경에서 점점 더 커져서 나사 송곳처럼 그의 머릿속에 파고들었다. 그는 지금 우리 속의 짐승처럼 방안을 돌아다녔다. 문에 귀를 바싹 대고 만약 그놈이 거기 있지나 않을까 하고 들으려고 했으며, 벽 너머로 상대에게 으르렁대기도 하는 것이었다.

　그리고 피로에 지쳐 잠이 들자마자 언제나의 소리를 듣고 후닥닥 일어난다.

마침내 어느 날 밤, 궁지에 몰린 겁쟁이가 과감한 짓을 하듯이 다짜고짜 문 쪽으로 뛰어가자마자 자기를 부르는 놈의 정체를 확인하고 완력으로 입을 다물게 하기 위해 문을 열어 젖혔다.

찬바람이 왈칵 정면으로 얼굴을 때려 그것이 그를 뼈까지 떨게 했다. 그는 곧 다시 문을 닫고 빗장을 걸었으나 삼이 밖으로 뛰어간 것을 깨닫지 못했다. 그리고 와들와들 떨면서 난로에 장작을 마구 지피며 그 앞에 앉아 쬐려고 했다. 그러나 별안간 그는 벌벌 떨었다. 누군가가 울면서 벽을 할퀴고 있었다.

젊은이는 정신없이 외쳤다. 「꺼져!」 호소하는 듯한 소리가 그 말에 대답했다. 길고 괴로운 듯한 목소리가.

그러자 그만 남아 있던 약간의 이성마저 모조리 공포 때문에 날려지고 말았다. 그는 숨을 장소를 찾으려고 그 자리를 빙빙 돌면서 「꺼져!」를 되풀이했다. 상대는 여전히 울어 대며 벽에 몸을 비벼대면서 집 주위를 따라 돌고 있는 기척을 보였다. 울리히는 접시며 사발이며 식료품이 잔뜩 들어 있는 떡갈나무 찬장 속으로 뛰어가서 사람의 짓이라 여길 수 없는 힘으로 번쩍 들자 그것을 문께까지 끌고 가서 문에 밀어대고 바리케이드를 쌓았다. 그리고 그밖에 있는 수대로의 가구와 털이불과 짚이불과 의자를 전부 쌓아올려서 마치 적에게 공격당했을 때처럼 창문을 막았다.

그러나 밖에 있는 놈은 더 기분 나쁜 큰 소리로 으르렁대기 시작했으므로 젊은이도 같은 소리로 으르렁대며 그것에 응했다.

그렇게 하여 며칠이고 몇 밤이 지나도 양쪽은 서로 짖어 대기를 멈추지 않았다. 한편은 줄곧 집 주위를 돌고는 벽 밑을 팠으며, 벽을 무너뜨릴 것처럼 맹렬히 썩썩 긁어 댔다. 다른 한편은 안에서 상대가 움직이는 대로 돌아다니면서 몸을 굽혀 귀를 들이대고 무서운 부르짖음 소리를 지르면서 상대의 부르짖음에 응하는 것이었다.

어느 날 밤, 울리히의 귀에 아무 소리도 들리지 않게 되었다. 그는 의자에 앉자마자 녹초가 되어 잠이 들어 버렸다.

잠이 깼을 때는 아무 기억도 없었다. 마치 지쳐서 잠들어 있는 동안 머리가 텅 비어 있었던 것처럼 아무런 기억도 없었다. 배가 고팠다. 그는 먹었다.

··

겨울이 끝났다. 제미의 험난한 골짜기 길을 다시 지날 수 있게 되었다. 오제네 가족은 산의 여인숙으로 돌아가기 위해 떠났다.

여자들은 마루터기에 이르자 곧 나귀를 탔다. 곧 다시 만나게 될 두 남자들에 대한 이야기를 했다.

길이 트이게 되자 곧 긴 겨울 동안의 소식을 알리기 위해 두 사람 중 누군가가 이삼 일 전에 산을 내려올 터인데 오지 않는 것을 여자들은 의심쩍어했다.

드디어 아직도 눈을 뜨고 완전히 갇히어 있는 여인숙이 보였다. 문도 잠겨 있었다. 조금씩 연기가 지붕 위로 피어 오르고 있었다. 그것이 오제 노인을 안심시켰다. 그러나 다가가 보니 문 앞 돌 위에 독수리가 쪼던 짐승의 해골이 보였다.

옆구리를 밑으로 하고 쓰러져 있는 커다란 해골이었다.

모두들 살펴보았다. 「삼이 틀림없어요.」 하고 어머니가 말했다. 그리고 그녀는 불러 보았다. 「여봐요, 가스빠르.」 안에서 무엇인가 외치는 소리가 들렸다. 날카로운 외침 소리라 짐승의 목구멍에서 나오는 소리로밖에 여길 수가 없었다. 오제 노인이 되풀이했다. 「여봐, 가스빠르.」 전과 같은 외침 소리가 들렸다.

그래서 세 명의 사나이가, 아버지와 두 아들이 문을 열려고 했다. 문은 열리지 않았다.

세 사람은 망치 대신 빈 외양간에서 긴 기둥을 뽑아와서 힘껏

밀었다. 나무문이 우지끈 소리를 내며 부수어져 판자는 산산이
흩어졌다. 그리고 어마어마하게 큰 소리가 집을 흔들었다 싶자,
집안에 넘어진 찬장 너머에 한 사나이가 서 있는 모습이 보였
다. 머리는 어깨까지 드리워지고 수염은 가슴까지 늘어졌으며
눈은 번들번들 빛나고 몸에는 누더기가 된 천을 걸치고 있었다.
  세 사람은 그 사나이의 얼굴을 알아보지 못했지만, 루이즈 오
제가 갑자기「울리히에요, 어머니.」하고 외쳤다. 그러자 어머
니도 머리는 백발이 되었지만 틀림없는 울리히라고 확신했다.
  그 사나이는 별로 저항하지 않고 사람들을 가까이 했다. 몸을
만져도 잠자코 있었다. 그러나 사람들이 묻는 질문에는 대답하
지 않았다. 하는 수 없이 로에쉬로 데려가 의사에게 진찰을 받
으니 의사는 미쳤다는 진단을 내렸다.
  다른 동료가 어떻게 되었는지는 끝내 아무도 알지 못했다.
  오제네 딸은 그해 여름 동안 시름시름 앓다가 하마터면 죽을
뻔했다.
  사람들은 그것을 산의 추위 때문일 것이라고 말했다.

쥘르 아저씨

아쉴르 베누빌르 씨에게

허연 턱수염을 늘어뜨린 늙은 거지가 우리에게 동냥을 구했다. 친구 조제프 다브랑쉬가 그에게 오 프랑짜리 은화를 던져 주었다. 내가 놀라니까 그는 이렇게 말했다.

「저 거지를 보니 지금 새삼스레 생각나는 일이 있네. 그 이야기를 지금 하지. 그 기억이 줄곧 나를 쫓고 있단 말이야. 이런 이야기지.」

우리 집은 르 아브르에 있었는데 부유하진 못했어. 겨우 겨우 살아 가고 있었지. 글쎄 이 한 마디로 형편을 알 수 있을 거야. 아버지는 부지런하게 일하고 계셨지. 늦게까지 직장에 남아 일했지만 그래도 대단한 수입은 되지 않았어. 나에게는 누님이 둘 있었어.

어머니는 가난한 살림을 무척 괴로워하고 있었지. 가끔 아버지에게 가시돋친 말을 던지기도 했었다네. 은근히 실로 한심스런 비난을 했었지. 그럴 때의 딱한 아버지의 몰골이란 난 정말 가슴이 미어지는 것 같았어. 한쪽 손을 펴서 이마에 갖다대는 거야. 나오지도 않은 땀을 닦기나 하는 듯이 말이지. 그리고 대답은 않는 거야. 그럴 때마다 난 무력한 아버지의 고뇌를 역력히 느꼈지. 온 집안에선 모든 것을 절약했었고 만찬의 초대에 응한 적은 한 번도 없었다네. 답례로 상대방을 초대해야 하니 말이야. 식료품도 도매집에서 깎아서 샀어. 누나들은 옷을 손수 지었고 일 미터에 십 오 상티임하는 레이스 하나 사는 데도 가격 때문에 오랫동안 실랑이를 했었지. 우리가 먹는 평소의 식사는 버터를 넣고 끓인 수프와 소스를 여러 가지 바꾸어서 양념한 쇠고기뿐이었어. 이거라면 몸에도 좋고 원기를 돋구는 데는 확실한 모양이더군. 나는 좀더 다른 음식을 먹어 보았으면 했지.

단추를 잃어버리거나 바지를 찢거나 하면 나는 한심스럽도록 지독히 야단을 맞았었지.

그래도 일요일마다 우리는 성장을 하고 바다를 한 바퀴 돌아오는 것이 습관이었다네. 아버지는 프록코트를 입고 실크햇을 쓰고 장갑을 끼고는 축제일의 배처럼 화려하게 차려 입은 어머니에게 팔을 끼게 하였지. 누나들은 언제나 먼저 채비를 하고 출발하는 신호를 기다리는 것이었어. 하지만 막상 떠나려 할 때면 언제나 아버지의 프록코트에 눈에 뜨이지 않던 얼룩이 발견되어 급히 헝겊조각에 벤젠을 묻혀다 그것을 지워야 했지.

아버지는 실크햇을 쓴 채 윗도리를 벗고 얼룩지우기 작업이 끝나기를 기다렸고 어머니는 근시 안경을 쓰고는 때가 묻지 않도록 장갑을 벗어 놓고 조급히 서둘러 댔지.

그리고 모두들 위엄 있게 걸어나갔지. 누나들은 둘이서 팔짱을 끼고 앞서 걸었지. 시집들 갈 나이라 얼굴을 보이기 위해 거리를 돌아다니는 셈이었지. 나는 언제나 어머니 왼쪽에 붙어서 걸었다네. 오른쪽에는 아버지가 있었던 것이지. 이 일요일 날, 산책할 때에 있어서의 딱한 부모들의 점잖은 모습을, 굳어진 표정과 어색한 걸음걸이를 나는 역력히 기억하고 있네. 부모들은 엄격한 걸음걸이로 상체를 똑바로 하고 다리를 뻣뻣하게 하며 걷는 거야. 마치 무언가 중대한 사건이 두 사람의 자세에 걸려 있는 것처럼 말일세.

그리고 매주 일요일, 아직도 보지 못한 먼 나라에서 돌아오는 배가 항구로 돌아오는 것을 보면서 아버지는 언제나 판에 박은 듯이 같은 말을 하였지.

「어떨까! 우연히 쥘르가 저 속에 타고 있다면 멋지겠는데!」

한때 쥘르 아저씨는 온 집안 식구의 귀찮은 대상이기도 했지만 지금은 우리들의 유일한 희망이었던 거야. 쥘르 아저씨에 대한 것은 어릴 때부터 늘 이야기를 듣고 있었지. 초면이라도 단번에 알아볼 것만 같더군. 그만큼 쥘르 아저씨에 대한 것은 나에게 익숙해져 있었네. 하긴 평생토록 이때의 일은 모두 소곤소곤 낮은 소리로밖에 이야기하지 않았지만.

아마 좋지 못한 행위가 있었던 모양이야. 말하자면 얼마간의 돈을 썼던 거지. 이것은 가난한 사람들에 있어서는 확실히 최대로 큰 죄였었으니까 말이야. 돈 많은 사람들이 볼 때는 난봉이 나서 사람답지 않은 짓을 한 것에 불과하겠지만 성실한 생활을 하는 사람들에게는 부모의 재산을 축내게 하는 자식이란 악한이며 불량배며 못된 놈이 되는 거지!

그리고 이 구별은 정당한 것이지. 사실은 동일하지만 말이야. 왜냐하면 결과만이 행위의 중대성을 결정하는 것이니까. 요컨대 쥘르 아저씨는 우리 아버지가 기대를 걸고 있던 유산을 상당히 축냈던 것이지. 게다가 자기 몫은 마지막 한푼까지 다 쓰고 난 뒤였던 거야.

그 당시 유행된 일이었지만 누구나 하는 것처럼 아메리카로 보내어졌던 것일세. 르 아브르에서 뉴욕으로 가는 배를 타고.

그곳에 가자마자 쥘르 아저씨는 무슨 장사인지는 모르지만 장사꾼이 되었어. 그리고 얼마 안 가 편지를 보내 왔던 거야. 약간 돈도 벌었으니 언젠가는 아버지에게 끼친 폐를 갚을 수 있을 것이라는 것이었다네. 이 편지는 온 집안에 깊은 감동을 불러일으켰지. 흔히 말하는 서 푼의 값어치도 없는 사내인 쥘르가 별안간 훌륭한 사람이 되었지. 성실하고 믿음직한 사나이, 다브랑쉬 가문을 더럽히지 않는 사람, 다브랑쉬를 일컫는 모든 사람과 마찬가지로 나무랄 데 없는 사람이 되었던 것일세.

게다가 또 어떤 배의 선장이 쥘르 아저씨가 큰 가게를 빌려서 대대적인 사업을 하고 있다는 소식을 우리들에게 전해 주었었네.

이 년 후에 온 두 번째의 편지에는 이렇게 씌어 있었다네.

〈필립 형님, 저의 건강에 대해서는 염려 말아 주십사고 이 편지를 드립니다. 건강은 아주 좋습니다. 사업도 잘되어 가고 있습니다. 내일 남아메리카를 향해 긴 여행을 떠납니다. 어쩌면 몇 년 동안 소식을 전해 드리지 못할지도 모르겠습니다. 편지를 못 드리더라도 걱정하지 마십시오. 한밑천 잡으면 르 아브르로 돌아가겠습니다. 그것이 먼 장래가 되지 않기를 바라고 있습니다. 그리고 함께 행복하게 사십시다……〉

이 편지는 집안 식구들의 복음서가 되었지. 식구들은 툭하면 편지를 꺼내 읽었고 찾아오는 사람 누구에게나 그것을 꺼내 보이는 거야.

사실 그후 십 년 동안 쥘르 아저씨는 아무런 소식을 전해 주지 않았네. 그러나 아버지의 희망은 시간이 갈수록 점점 더 커져 갔었지. 어머니도 가끔 이런 말을 하셨어.

「그 쥘르 양반만 돌아온다면 우리들의 생활도 변해질 거야. 뭐니뭐니해도 역경을 벗어날 수 있는 사람이었으니까!」

이렇게 하여 매주 일요일마다 크고 검은 기선이 뱀 같은 연기를 하늘에 뿜으면서 수평선 쪽에서 오는 것을 바라보며 아버지는 언제나 똑같은 말을 되풀이하는 것이었어.

「어떠냐, 우연히 쥘르가 저 속에 타고 있다면 멋지겠는데.」

그러자 모두들 쥘르 아저씨가 손수건을 흔들며

「필립 형님!」하고 외치는 모습이 금방이라도 눈에 보이는 듯한 심정이 드는 거야.

확실히 쥘르 아저씨가 돌아온다는 가정을 하고 모두들 여러 가지 계획을 짜고 있었지. 아저씨의 돈으로 앵그빌 근처에 조그만 별장을 한 채 살 예정으로 되어 있었던 거야. 이 일에 대해 아버지가 미리 매매 교섭을 착수하지 않았다고는 단언할 수가 없네.

큰누나는 그때 스물 여덟 살이었고 작은누나는 스물여섯 살이었네. 아직도 출가들을 하지 않아 그것이 온 집안의 큰 두통거리였지.

그런데 마침내 구혼자가 작은누나에게 나타났네. 돈은 없지만 근면하고 정직한 사람이었지. 밤에 찾아왔을 때 어쩌다가 한 번 보여 준 쥘르 아저씨의 편지가, 그 청년의 망설임을 해소시키고 결심을 촉구한 것이라고 나는 지금도 확신하고 있네.

집에서는 쾌히 그 청혼을 받아들였지. 그리고 식이 끝나면 가족이 함께 제르제로 간단한 여행을 하기로 결정을 보았지.

제르제는 가난한 사람들에게도 과히 멀지 않은 이상적인 여행지였지. 정기선으로 바다를 건너 외국 땅을 밟을 수 있는 셈이니까 말일세. 이 작은 섬은 영국의 영토였으니까. 그래서 프랑스인들은 누구나 두 시간만 배를 타고 가면 이웃 나라 국민을 그 나라 땅에서 관찰할 기회를 얻을 수 있는 셈이지. 그리고 간결하게 말하는 패들의 말투를 빌려 말한다면, 영국기로 뒤덮여 있는 이 섬의 풍속과 습관을, 하긴 이것은 과히 좋지 못한 것이지만 말일세, 어쨌든 그것을 연구할 수가 있다는 것이지.

이 제르제 여행이 우리들의 중대 관심사가 되었던 거야. 유일한 기대이며 한시도 잊을 수 없는 꿈이었지.

드디어 출발하는 날이 왔네. 마치 어제 일처럼 생생하게 그 광경이 눈에 떠오르는군. 그랑빌 부두에 대어져 벌써 연기를 뿜

고 있는 기선, 당황하여 허둥지둥하면서 우리들의 짐짝 셋을 싣
는 것을 감독하고 있는 아버지, 시집을 가지 못한 큰누나의 팔
을 잡고 우울한 얼굴을 하고 있는 어머니, 이 누나는 작은누나
가 가버린 후 마치 혼자 남은 병아리처럼 불안스런 존재가 되어
있었지. 그리고 우리들 뒤에 신혼 부부가 서 있었어. 이 두 사람
은 언제든지 처지기 때문에 나는 이따금 뒤를 돌아보곤 했었지.

　기적이 울렸어. 우리는 벌써 타고 있었지. 배는 부두를 떠나
녹색 대리석 테이블 같은 평평한 바다 위로 떠나갔네. 우리는
해안이 멀어져 가는 것을 보면서 기분 좋게, 자랑스럽게 되어
있었지. 좀처럼 여행을 해보지 못한 사람이 그런 경우에 반드시
그렇게 되듯이 말이야.

　아버지는 프록코트를 입은 아랫배를 내밀고 있었네. 그날 아
침도 꼼꼼히 얼룩을 지운 옷을 입고 말일세. 그리고 언제나처럼
외출 날에 풍기는 벤젠 냄새를 몰씬거리게 하고 있었지. 내가
언제나 그 냄새를 맡기만 하면 『아, 일요일이구나.』하고 생각
하는 그 냄새 말일세.

　갑자기 아버지는 고상한 두 귀부인에게 두 신사가 굴을 사주
고 있는 광경을 보았다네. 너절한 몰골을 한 늙은 선원(船員)이
재빠른 솜씨로 칼을 써서 껍질을 까서는 신사에게 주었다네. 그
러면 신사가 그것을 귀부인들에게 내미는 것이었지. 부인들은
고급 손수건에 껍질을 올려놓은 옷을 더럽히지 않으려고 입을
앞으로 내밀며 희한하게 국물을 쪽쪽 빨아들이고는 껍질을 바다
에 내던지는 것이었어.

　아버지는 틀림없이 달리는 배 위에서 굴을 먹는다는 색다른
행위에 유혹을 느꼈던 모양이야. 이거 참 멋진 좋은 취미라고
생각했던 것이지. 어머니와 누나들한테 와서 이렇게 묻더군.

「어때, 굴을 좀 사줄까?」

　어머니는 돈을 써야 하게 되니 주저하고 있더군. 하지만 누나

둘은 즉석에서 찬성했어. 어머니는 난처해서 이렇게 말했어.

「나는 배가 아플까 봐 겁이 나서 그래요. 애들이나 사 주세요. 하지만 너무 많이는 안 돼요. 탈이 날지도 모르니까요.」

그리고 나를 돌아보고 이렇게 덧붙였지.

「조제프에게는 필요 없어요. 사내아이에게 응석하는 버릇을 길러서는 안 되니까요.」

그래서 나는 그런 차별 대우를 불만스레 여기면서 어머니 곁에 남았지. 나는 눈으로 아버지의 모습을 쫓았다네. 아버지는 의기 양양하게 두 딸과 사위를 데리고 너절한 차림의 늙은 선원 쪽으로 안내해 가더군.

두 귀부인은 떠난 뒤였지. 아버지는 두 누나들에게 굴의 국물을 흘리지 않고 먹으려면 어떻게 해야 한다는 것을 설명하고 있더군. 그뿐이랴, 손수 본을 보여 주려고 굴 하나를 집어 들었다네. 그 귀부인들의 흉내를 내려는 순간 그만 프록코트에다 국물을 엎지르고 말았지. 나는 어머니가 투덜대는 소리를 들었다네.

「그것 보지, 가만히 있으면 좋으련만.」

그런데 갑자기 아버지가 웬지 불안스러운 태도로 바뀐 것처럼 내 눈에는 보였는데 대여섯 걸음 물러서서 굴장수 둘레에 모여 있는 가족들을 찬찬히 바라보다가 갑자기 우리들 있는 곳으로 돌아왔다네. 몹시 안색이 좋지 못하고 뭐라 말할 수 없는 눈초리로 어머니에게 작은 소리로 이렇게 말했네.

「저 굴 껍질 까는 사내가 정말 이상할 만큼 쥘르와 꼭 같단 말이야.」

어머니는 깜짝 놀라 묻더군.

「쥘르라니, 어떤 쥘르예요?」

아버지는 말을 이었어.

「그야……동생 말야……아메리카에서 훌륭한 처지에 있다는 것을 모른다면 아무래도 쥘르가 틀림없다고 믿겠는 걸.」

어머니는 어찌할 바를 몰라 떠듬거리듯이 이렇게 말했지.

「바보군요, 당신도! 쥘르가 아닌 것을 잘 알면서 어째서 그런 시시한 소리를 하시죠?」

그러나 아버지는 여전히 이렇게 말했다네.

「아무튼 끌라리스, 당신도 가보구려. 당신이 직접 가서 보고 확인해 주구려.」

어머니는 일어나 딸들 있는 곳으로 갔네. 나도 그 사람을 바라보고 있었지. 너절한 늙은이로서 주름살투성이더군. 자기가 하고 있는 일에서 눈을 떼지 않고 있었네.

어머니가 다시 돌아왔네. 어머니가 떨고 있는 것을 나는 잘 알 수가 있었지. 어머니는 재빠르게 이렇게 말했어.

「틀림없이 쥘르예요. 선장에게 가서 자세히 알아보세요. 무엇보다도 쓸데없는 소리는 하지 않도록 하세요. 이번에 또 저 망나니가 기어 들어온다면 그야말로 큰일이니까요!」

아버지는 우리에게서 떨어져 갔네. 나는 그 뒤를 쫓아갔지. 나는 이상한 감동에 가슴이 설레였어.

선장은 여위고 키가 큰 신사로, 길게 구레나룻을 기르고 있었는데 마치 인도로 다니는 우편선을 지휘하고 있기나 하는 듯이 점잖은 몸짓으로 배다리 위를 거닐고 있더군.

아버지는 의젓하게 선장에게 다가가서 절을 하면서 상대방의 직책에 대하여 질문을 하였네.

「제르제의 번성이 옛날에는 어떻습니까? 산물은? 인구는? 풍속은? 습관은? 토질은? 등등.」

마치 묻는 것이 적어도 아메리카 합중국을 화제로 삼고 있기라도 한 것 같았네.

그리고 우리가 타고 있는 배 〈특급호〉에 관한 이야기를 하더니 화제가 승무원들에게로 돌아갔네. 마지막으로 아버지는 흥분한 목소리로 이렇게 물었지.

「저기 재미있는 늙은 굴장수가 있더군요. 그 노인에 대해서 자세한 내막을 좀 아십니까?」

이런 대화에 드디어 짜증이 난 선장은 쌀쌀하게 이렇게 대답하더군.

「지난해 아메리카에서 만난 프랑스 태생의 늙은 부랑자지요. 내가 고향으로 데려다 준 거죠. 르 아브르에 친척이 있는 모양인데 그곳에는 돌아가고 싶어하지 않더군요. 빚이 있다면서……쥘르라는 이름이지요……쥘르 다르망쉬인가 다르방쉬인가 하더군요. 아무튼 그와 비슷한 이름이죠. 한때는 경기가 좋았던 모양인데 지금은 보십시오. 저 꼴이랍니다.」

얼굴이 창백해 있던 아버지는 눈까지 충혈되어 목이라도 조인 듯한 소리로 간신히 이렇게 말했네.

「아, 네! 옳지……옳지……그야 그렇겠죠……선장님, 이거 감사합니다.」

이렇게 말하고 아버지는 저쪽으로 가버렸지. 한편 선장은 어이가 없어 멀어져 가는 아버지를 바라보고 있었네.

아버지는 어머니 곁으로 돌아왔으나 그 얼굴 표정이 너무나 질려 있었기 때문에 어머니는 아버지에게 이렇게 말했네.

「좀 앉으세요. 무슨 일이 있었다고 사람들이 눈치채겠어요.」

아버지는 떠듬거리면서 의자에 쓰러지듯이 앉았지.

「그 녀석이었어. 틀림없는 그 녀석이었어!」

그리고는 이렇게 물었어.

「어떡하지?……」

어머니는 힐난하듯이 대답했어.

「애들을 데려와야 해요. 조제프는 모든 걸 알고 있으니 저애를 보내서 불러오도록 하지요. 사위가 아무것도 눈치채지 못하도록 각별히 조심해야 돼요.」

아버지는 넋빠진 얼굴을 하고 이렇게 중얼거렸다.

「이게 무슨 파국이람 ! 」

어머니는 별안간 소리지르며 이렇게 덧붙여 말했네.

「저는 진작부터 그럴 줄 알고 있었어요. 그따위 도둑놈이 무슨 일을 할 수 있을라고. 다시 우리에게 무거운 짐이 될 거라고 말이죠 ! 다브랑쉬 집안 사람들이 무엇을 제대로 할 것이라고 기대를 하다니, 나 정말⋯⋯」

그러자 아버지는 이마에 손을 갖다댔네. 어머니에게 비난을 받으면 언제나 하는 그 자세로 말일세.

어머니는 다시 덧붙였어.

「조제프에게 돈을 줘서 굴 값을 치르게 해요. 저 거지가 우리를 눈치채면 끝장이 아녜요. 배에서 꼴 좋은 웃음거리가 되겠어요. 저 끝으로 갑시다. 저 작자가 가까이 오지 못하도록 해야죠 ! 」

어머니는 일어났네. 아버지 어머니는 나에게 오 프랑짜리 은화 하나를 주고는 저쪽으로 가버렸네.

누나들은 무슨 일인지 영문을 모르고 아버지를 기다리고 있었네. 나는 어머니가 뱃멀미를 좀 하신다고 말해 주고 굴장수에게 물어 보았네.

「얼맙니까, 할아버지 ? 」

나는 아저씨라 부르고 싶었다네.

노인은 대답했어.

「이 프랑 오십입니다.」

내가 오 프랑짜리 은화를 주니까 노인은 거슬러 주었네.

나는 노인의 손을 바라보았네. 쭈글쭈글해진 가엾은 뱃사람의 손이었어. 나는 그 얼굴을 바라보았네, 운명에 학대받은 슬픈, 늙어 빠진 얼굴을. 마음속으로 이렇게 부르짖으면서.

(이 사람이 아저씨다. 아버지의 동생인 삼촌이다 !)

나는 팁으로 십 수를 주었네. 노인은 나에게 이렇게 감사하더군.

「도련님, 고맙습니다!」

동냥하는 거지의 말투였어. 아마 미국에서 거지 노릇을 했는지도 모르지! 그렇게 나는 생각했지.

누나들은 내가 선심 쓰는 것을 보자 어이가 없어 나를 바라보고 있었네.

내가 이 프랑을 아버지에게 돌려드리자 어머니가 깜짝 놀라며 묻더군.

「삼 프랑이나 되더냐? 그럴 리가……없는데.」

나는 힘을 주어 분명한 소리로 이렇게 말했네.

「십 수를 팁으로 주었어요.」

어머니는 깜짝 놀라며 나를 노려보았네.

「미친 녀석, 그따위 거지에게 팁을 십 수나 주다니……」

어머니는 사위 쪽을 가리고 있는 아버지의 시선을 보자 입을 다물었네.

그리고는 모두들 입을 다물었네.

전방의 수평선에 보랏빛 그림자가 바다에서 솟아오르는 것같이 보이더군. 제르제였지.

부두에 가까워지자 다시 한번 쥘르 아저씨를 보고 싶은 견딜 수 없는 심정이 내 가슴에 치밀어올랐네. 가까이 가서 무엇인가 정다운 위로를 해주고 싶었던 거야.

하지만 굴을 먹을 손님이 없어졌으므로 노인의 모습은 보이지 않더군.

아마 그 가엾은 사람의 잠자리로 되어 있는 불결한 배 밑창으로 내려갔을 걸세.

그리고 우리는 쌩 말로 가는 배로 돌아왔지. 삼촌을 만나지 않기 위해서이지. 어머니는 불안해서 근심으로 꽉 차 있었네.

나는 그 후 두 번 다시 삼촌을 본 적이 없네!

이런 연유로 내가 거지에게 오 프랑 은전을 주는 장면을 앞으
로도 가끔 자네는 볼 걸세.」

광   녀(狂女)

로베르 드 보니에르에게

뭡니까, 하고 마띠외 당돌랭 씨가 이야기를 시작했다. 도요새의 모습을 보면 전쟁 때의 소름 끼치는 사건이 생각나서 말이죠.

꼬르메이유 교외에 있는 우리 집을 여러분은 아시죠. 프러시아 군이 쳐들어왔을 때 마침 나는 거기 살고 있었습니다.

이웃집엔 불행이 거듭되어 정신이 돈 미친 부인이 살고 있었습니다. 오래 전 스물 다섯 살 때, 단 한 달 동안에 아버지와 남편과 갓난 어린이를 연거푸 잃었던 것입니다. 죽음의 신이 한 번 집안에 발을 들여놓으면 마치 드나드는 문을 알아 놓기나 한 듯이, 나갔다 싶으면 또다시 곧 찾아드는 법이지요.

가엾은 그 젊은 부인은 슬픔 때문에 벼락이라도 맞은 것처럼 자리에 누워 육 주일 동안 헛소리를 하고 있었습니다. 그리고, 어떤 조용한 허탈 상태가 이 격심한 발작 뒤에 계속되어 그 부인은 누운 채 꼼짝도 않고, 식사도 제대로 하지 않고 단지 눈만 굴리고 있을 뿐이었습니다. 누가 일으켜 주려 할 때마다 마치 죽이기라도 하는 것처럼 비명을 지르는 것이었습니다. 그래서 하는 수 없이 뉘어 놓은 채 몸을 씻길 때와 털이불을 뒤집을 때만 이불 밖으로 끌어내기로 하였습니다.

나이먹은 하녀 하나가 시중을 들었는데, 가끔 마실 것을 먹여 주기도 하고 냉육(冷肉)을 조금씩 입에 넣어 주기도 하고 있었습니다. 이 절망에 잠긴 영혼 속에 무슨 일이 일어나고 있었을까요? 그것은 아무도 알 수가 없었습니다. 한 마디도 말을 하지 않았기 때문이죠. 죽은 사람들을 생각하고 있었을까요? 또렷한 기억도 없이 다만 슬픈 심정으로 멍하니 몽상에 잠겨 있었던 것일까요? 아니면 메말라 버린 그녀의 사고가 분출구 없는 물처럼 가만히 움직이지 않고 있었던 것일까요?

십 오 년 동안 이 부인은 이렇게 하여 한 방에 들어박힌 채로 생활을 하고 있었습니다.

전쟁이 일어나서 십이월 초순께 프러시아 군이 꼬르메이유에도 침입해 왔습니다.

어제 일처럼 또렷이 기억하고 있습니다. 밖은 돌마저 얼어터질 만큼 추웠습니다. 나는 신경통 때문에 꼼짝을 못   해 안락의자에 기대앉아 있었는데 그때 프러시아 군의 장단을 맞춘 무거운 발소리가 들려 왔습니다. 내 방 창문으로 그들이 지나가는 것이 보였습니다.

행렬은 끝없이 계속되어 갔습니다. 특유한 꼭둑각시 인형 같은 동작이라 어느 군인이고 구별을 할 수가 없더군요. 그리고 대장이 부하들을 민가에 배당시켰습니다. 우리 집에는 열 일곱 명이 배당되었고, 이웃 미친 여자가 있는 집에는 열 두 명인데, 그 중 한 사람은 고참 지휘관이었습니다만 성질이 격하고 무뚝뚝한 까다로운 사람이었습니다.

처음 며칠 동안은 만사가 순조롭게 되어 갔습니다. 그 지휘관에게는 이 집 부인이 병으로 누워 있다고 말해 두었고 장교도 별로 그것에 대해 신경을 쓰지 않았습니다. 그러나 얼마 지나지 않아 통 모습을 보이지 않는 이 부인에 대한 것이 그를 짜증나게 하였습니다. 그는 무슨 병이냐고 물었습니다. 심한 마음의 병 끝에 십 오 년 동안 자리에 누워 있다고 대답하자, 물론 그런 말을 믿지 않았겠지요. 그 불쌍한 미친 여자가 자리를 떠나지 않는 것은 교만하기 때문이라고 생각했습니다. 프러시아 군이 보기 싫어서이다. 프러시아 군과 말을 하지 않기 위해, 접촉하지 않기 위해서라고 생각했습니다.

자기를 만나게 해달라고 요청했습니다. 그래서 집안 사람이 장교를 그녀의 방으로 안내했습니다. 장교는 퉁명스러운 도이치 사투리로 이렇게 물었습니다.

「부인, 일어나 아래로 내려와서 모두를 만나 주십시오.」

그녀는 장교 쪽으로 흐릿한 눈을, 넋이 빠진 듯한 눈을 돌렸지만 대답은 하지 않았습니다.

장교는 말을 이었습니다.

「무례한 행동은 용서치 않겠소. 자진해서 일어나지 않는다면 얼마든지 저절로 걷게 만들어 줄 테요.」

부인은 꼼짝도 하지 않았습니다. 여전히 마치 상대를 무시한 것처럼 꼼짝도 하지 않았습니다.

장교는 분격했습니다. 이 조용한 침묵을 극도로 경멸하는 표시라고 생각했던 것이죠. 이렇게 덧붙였습니다.

「내일도 내려오지 않는다면……」

이렇게 말을 던지고는 나가 버렸습니다.

이튿날 늙은 하녀는 어쩔 줄 몰라 하며 여주인에게 옷을 갈아입히려 했습니다만 미친 부인은 울부짖으면서 버둥거리지 않겠습니까. 장교가 부리나케 올라갔습니다. 하녀는 장교 무릎에 매어달려 외쳤습니다.

「싫다고 합니다. 대장님, 싫다고 합니다. 용서해 주십시오. 정말 불쌍한 신세랍니다.」

장교는 난처해서 멈추어 섰습니다. 아무리 화가 났다고는 하나 부하를 시켜 자리에서 이 부인을 끌어낸다는 것은 차마 결행할 수 없었던 것이죠. 한데 갑자기 소리내어 웃더니 도이치 말로 명령을 내렸습니다.

이윽고 일 분대의 병사가 부상병을 나르듯이 털이불을 안고 나가는 것이 보였습니다. 한 번도 치워 본 적이 없는 이 이부자리 속에서 미친 여자는 여전히 입을 다물고, 누워 있게만 한다면 다른 사건에는 전혀 무관심이라 꼼짝도 않고 조용히 하고 있었습니다. 그 뒤에서 한 병사가 여자의 옷보퉁이를 안고 갔습니다.

장교는 손을 비비면서 선고를 하듯이 이렇게 말했습니다.

「제 손으로 옷을 갈아입고 산책을 할 수 있는지 없는지 좀 봐줘야지.」

그리고 그 일분대가 이모빌 숲을 향해 멀어져 가는 것이 보였습니다. 두 시간 뒤에 병사들만이 돌아왔습니다.

그후 두 번 다시 미친 여자의 모습은 볼 수 없었습니다. 그들은 대관절 이 여자를 어떻게 한 것일까요? 어디로 데려간 것일까요? 그것은 끝내 알 수 없었습니다.

눈은 밤낮 없이 계속 내리퍼부어, 들도 숲도 차가운 눈의 수의(襚衣) 아래 쌓이고 말았습니다.

이리가 문 앞 가까이까지 와서 짖었습니다.

간 곳을 알 길 없는 이 부인의 일이 내 머리에 달라붙어 떨어지지 않아, 나는 정보를 얻어보려고 몇 번이고 프러시아 군 당국에 진정을 하다가 하마터면 총살을 당할 뻔했습니다.

다시 봄이 돌아와서 점령군은 이동했습니다. 이웃 부인의 집은 문이 잠긴 채 뜰의 오솔길에는 풀이 무성하게 우거져 있었습니다.

늙은 하녀는 겨울 동안에 죽고, 이 사건에 대한 것을 이젠 아무도 마음에 두는 사람은 없었습니다. 나 혼자만이 줄곧 생각하고 있었습니다.

대관절 그 부인을 그들은 어떻게 했을까요. 숲 속을 빠져 달아났을까요? 어디서 누군가에게 구원되어 자선 병원 같은 데 입원된 채 무슨 말을 물어도 대답이 없으므로 그대로 내버려져 있는 것이나 아닐까요? 나의 의심을 풀어 줄 만한 사실은 아무것도 나오지 않았습니다. 하지만 조금씩, 시간이 내 가슴에 감추어진 조심을 진정시켜 주었습니다.

그런데 그해 가을, 도요새가 어느 때 없이 많이 날아갔습니다. 신경통도 좀 나아졌으므로 나는 약간 무리를 하여 숲까지 나가보았습니다. 이 부리가 긴 작은 새를 벌써 네댓 마리 잡고서 다음 한 마리도 기막히게 잡았다고 생각했는데 새는 나뭇가지가 잔뜩 쌓여 있는 구덩이 속에 떨어져 보이지 않게 되었습니다. 새를 줍기 위해 나는 거기까지 내려가야만 했지요. 가보았더니 새가 떨어져 있는 곳에 해골이 있었습니다. 그러자 갑자기 주먹으로 한 대 얻어 맞은 것처럼 그 미친 여자 생각이 내 가슴에 되살아났습니다. 이 기분 나쁜 일 년 동안 이 숲 속에서 아마 그 밖에도 많이 죽은 사람이 있을지도 모르죠. 그러나 왠지 모르게 나는 분명히 그렇다고 생각했습니다. 그 불쌍한 미친 여자의 해골을 만난 것이다, 그것은 움직일 수 없는 나의 확신이었습니다.

갑자기 나는 깨달았습니다. 모든 것을 짐작했습니다. 그들은 춥고 인적이 없는 숲 속에 털이불 위에 담은 채 그 부인을 버리고 온 것이죠. 그러자 부인은 외곬으로 한 가지 일만을 생각하면서 내려쌓이는 가벼운 눈의 솜털 아래서 숨이 끊어진 것이죠. 손과 다리를 움직이지도 못하고.

그리고 이리가 그녀의 살점을 뜯어 먹은 것이죠.

새가 찢어진 이불의 털로 둥지를 지었겠지요.

  나는 이 슬픈 유골을 주워서 하나의 호부(護符)처럼 보관해
두었습니다. 우리네 자식들은 절대로 두 번 다시 전쟁을 보아서
는 안 된다고.

의자 고치는 여자

레옹 아니끄에게

　베르트랑 후작 집에서 있었던 수렵 개시의 만찬회 코스가 끝날 무렵이었다. 열 한 명의 수렵인과 여덟 명의 부인과 이 지방의 의사가 과일과 꽃으로 덮인 눈이 휘황할 정도의 큰 식탁을 둘러싸고 앉아 있었다.

　사랑이 화제에 올랐다. 큰 논쟁이 되었다. 언제나의, 어느 시대가 되더라도 그만둘 수 없는 논쟁, 사람이란 한 번밖에 진실한 연애를 할 수 없는 것인지 아니면 몇 번이라도 할 수 있는 것이냐는 논쟁이다. 진지한 사랑은 절대 단 한 번밖에 한 기억이 없다는 사람의 예가 몇이나 들어졌다. 그러자 또, 평생에 몇 번이고, 특히 맹렬하게 사랑을 한 사람의 또 다른 예가 몇이나 들어졌다. 남자들은, 일반적으로 정열이라는 것은 병과 마찬가지라 같은 사람을 몇 번이라도 침범할 수가 있다. 더구나 무슨 장애가 그 앞에 가로막는다면 그 사람을 죽게 할 정도로 세차게 침범할 수가 있다는 주장이었다. 이 견해는 이의를 말할 여지가 없었는데도 불구하고 부인들은, 그 의견이란 관찰보다는 오히려 시(詩)에 입각하고 있지만, 사랑은, 진실한 사랑은, 위대한 사랑은, 평생에 단 한 번밖에 인간의 신상에 떨어질 수 없다고 단언했다. 이 사랑은 벼락같은 것이다. 이 사랑에 스친 마음은

그 뒤부터 완전히 공허하게 되고 황폐하게 되어 불난 자리처럼
되어 버리므로 아무리 굳센 감정도, 아니 꿈마저도 새로이 그곳
에 싹틀 수 없다는 것이었다.

　후작은 연애를 많이 해본 경험이 있으므로 이 신앙을 심하게
공박했다.

　「나는 분명히 말씀드리겠는데, 사람은 몇 번이라도 전력을 기
울여, 영혼의 모두를 쏟아 사랑을 할 수가 있습니다. 두 번째의
정열이 불가능하다는 증거로서, 사랑 때문에 스스로를 죽인 사
람을 여러분들은 예로 들었지만 말이죠. 나는 이렇게 대답하겠
습니다. 그 사람들이 만일 자살을 한다는 그런 어리석은 잘못을
저지르지 않았다면, 글쎄 그것을 저질렀기 때문에 두 번 깊은
곳으로 떨어지는 모든 기회를 뺏긴 셈입니다만, 그렇지 않았다
면 사랑의 상처도 아물었을 겁니다. 그러고 틀림없이 또 한번
했을 겁니다. 틀림없이 몇 번이고 되풀이했을 겁니다. 정상적인
죽음을 할 때까지는 말이죠. 사랑병 환자는 주정뱅이나 마찬가
지죠. 술맛을 아는 놈은 또 마시지——사랑 맛을 아는 놈은 또
사랑을 합니다. 이것은 기질 문제죠.」

　심판자로서 의사가 끌려나왔다. 시골로 은퇴한 파리의 늙은
의사이다. 선생의 의견을 말해 주십사 하고 간청을 받았다.

　그런데 확실한 자기 의견이라는 것은 갖고 있지 않았다.

　「후작께서 지금 말씀하셨듯이 그것은 기질 문제입니다. 나의
경우를 말씀드리면 오십 오 년 동안 단 하루의 휴식도 없이 계
속하다가 죽음에 의해 비로소 끝을 맺은 정열에 가까이 스친 경
험이 있습니다.」

　후작 부인은 손뼉을 치며 기뻐했다.

　「어머, 어쩌면 그렇게도 아름다운 이야기일까요! 그처럼 사
랑을 받다니 기막힌 꿈이에요! 그처럼 열렬한 바위라도 뚫을
듯한 애정에 오십 오 년 동안이나 싸여서 살다니, 어쩌면 그렇

게도 행복할까요! 그 남자분, 그렇게 숭배를 받을 수 있었던 남자분, 얼마나 행복했으며 인생을 축복했을까요?」

의사는 미소지었다.

「바로 그렇습니다. 후작 부인께서 하신 추측이 틀리지는 않습니다. 그 사랑을 받은 사람이 남자였다는 점에서는. 그것은 부인께서도 잘 아시는 이 거리의 약제사 슈께 씨랍니다. 여자는 누구냐 하면 이 역시 아실 기회가 있었던 사람이죠. 해마다 이 댁에도 왔던 의자를 고치는 그 노파랍니다. 그러나 좀더 자세히 알 수 있게끔 이야기해 드리죠.」

부인들의 열렬한 공감은 사라져 버렸다. 흥이 깨진 그녀들의 얼굴은 뚜렷이 「저런 고약해라!」라는 기분을 말하고 있었다. 마치 사랑이란 세련된 뛰어난 사람들만을 침범해야 하는 것처럼. 상류 사회의 사람이 관심을 가질 값어치가 있는 것은 그런 사람들뿐인 것이니까.

의사는 말을 이었다.

「나는 석 달 전에 그 할머니의 임종 자리에 불려 갔습니다. 그 전날, 할머니로서는 집으로 사용하던 마차를 타고 왔었습니다. 여러분께서도 보신 적이 있는, 그 비쩍 마른 말이 끄는 마차 말입니다. 할머니의 벗이기도 하고 호위이기도 한 두 마리의 검고 커다란 개를 데리고 있었습니다. 사제는 이미 먼저 와 있더군요. 노파는 우리 두 사람을 그 유언 집행인으로 지정했지요. 그리고 자기의 마지막 의사의 뜻을 우리들에게 알리기 위해 전 생애에 대한 것을 이야기했던 것입니다. 이처럼 특이하고 이처럼 마음 아픈 이야기를 나는 들어 본 적이 없습니다.

노파의 아버지도 어머니도 의자를 고치는 사람이었습니다. 땅 위에 지어진 집에 노파는 평생 살아본 적이 없었던 것입니다.

아직 철 없는 어릴 적부터 누더기를 걸치고 이를 긇이며 냄새가 물씬 나는 더러운 꼴을 하고 사방을 유랑하고 돌아다녔습니다. 가는 곳마다 마을 어귀에서 도랑가 같은 데서 마차를 세우는 것이지요. 말을 마차에서 풀어 놓으면, 말은 풀을 뜯고, 개는 앞발 위에 콧등을 얹어 놓고 잠을 잡니다. 그리고 계집아이는 아버지와 어머니가 길가의 느릅나무 밑에서 마을의 헌 의자를 수선하는 동안 풀 위를 뒹구는 것입니다. 이 이동 거처 속에서 세 사람은 좀처럼 말도 하지 않았습니다. 언제나의「의자 고칩쇼!」하고 귀에 익은 소리를 외치면서 집집마다 돌아다니는 일을 누가 할 것인가 하는 것을 정하기 위해 필요한 두세 마디를 하고 나면 곧 마주 앉거나 나란히 앉은 자세로 새끼를 꼬기 시작하는 것이었죠. 아이가 너무 멀리 가거나 마을 개구쟁이들과 사귀려는 기척만 보이면 아버지는 노기를 띠고 불러들이는 것이었죠.「어서 이리 오지 못해, 망할 놈의 계집애가!」이것이 그녀가 듣는 유일한 애정어린 말이었던 것입니다.

좀 자랐을 때 부모들은 그녀에게 망가진 의자의 뼈대를 모아 오게 하였습니다. 그러다가 여기저기서 개구쟁이 아이들과 사귀게 되었지요. 그러나 이번에는 새로 사귄 동무 애들의 부모가 자기 자식을 난폭하게 불러들이는 것이었어요.「이 녀석, 어서 이리 오지 못해! 거지 애하고 사귀면 못 써!」

종종 사내아이들이 돌을 던지는 일도 있었습니다.

가문 좋은 부인들한테서 몇 푼인가의 동전을 얻었으므로 소중히 간직해 두었습니다.

어느 날——그때는 열 한 살이 되어 있었습니다.——이 지방을 지나가게 되었을 때 묘지 뒤에서 친구한테 동전 두 닢을 빼앗겼다면서 울고 있는 슈께 소년을 만났던 것입니다. 이 부잣집 소년의 눈물이 운명에게서 행복의 길을 끊긴 소녀로서의 연약한 머릿속에서, 언제나 쾌활하게 만족해 있을 줄만 알았던 한 소년이 흘리고 있는 이 눈물이, 소녀의 마음을 완전히 뒤집어놓고 말았습니다. 소녀는 곁으로 다가갔습니다. 소년이 슬퍼하는 원인을 알았을 때, 그녀는 자기가 모은 돈의 전부를, 칠 수라는 돈을 소년의 손에 쥐어 주었습니다. 소년은 물론 눈물을 씻으면서 그것을 받았습니다. 그러자 너무나 기뻐 흥분하여 갑자기 대담해져서 소년을 껴안고 키스를 했던 것입니다. 소년은 얻은 돈을 열심히 보고 있는 참이어서 그녀가 하는 대로 내버려두었습니다. 떠다밀지도 않고 때리지도 않는 것을 보자 소녀는 또 한 번 그럴 생각이 났습니다. 두 팔로 꼭 껴안고 마음껏 키스를 했습니다. 그러고는 정신없이 달아나 돌아왔던 것입니다.

이 소녀의 가련한 머릿속에 무슨 일이 일어났던 것일까요? 유랑하는 아이의 전재산을 이 코흘리개 때문에 희생시킨, 그때문에 이 소년에게 끊기 어려운 애착을 느꼈던 것일까요? 아니면 난생 처음으로 애정어린 키스를 했기 때문일까요? 신비스러운 세계는 어른에게나 아이에게나 마찬가지인 것입니다.

여러 달 동안 그녀는 이 묘지 한 모퉁이와 이 소년에 대한 꿈을 꾸었습니다. 다시 한번 이 소년을 만나고 싶은 나머지 부모들의 돈을 훔쳤습니다. 여기서 한 푼, 저기서 한 푼, 의자 고친 데서, 또는 찬거리 사오는 데서 돈을 떼기도 하고 속였던 것입니다.

다시 이 지방에 돌아왔을 때 소녀의 호주머니에는 이 프랑이라는 돈이 모여 있었습니다. 그러나 그려온 약방 집 소년의 모습은, 그의 아버지 가게의 유리창 너머로, 빨간 빛깔 나는 주둥이 넓은 병과 번데기의 표본 사이에서 말쑥한 차림을 한 모습으로 파뜩 보였을 뿐이었습니다.

그래서 그리운 심정은 점점 더해 갈 뿐이었습니다. 눈이 부시는 빛깔든 물에, 반짝반짝 빛나는 유리병의 후광에, 황홀하고 흥분되어 사로잡히고 말았던 것입니다.

지울 수 없는 추억을 가슴 속에 간직했습니다. 그리고 다음 해 학교 뒤에서 소년이 동무들과 함께 구슬치기를 하고 노는 것을 보았을 때 소녀는 상대에게 달려들어 두 팔로 꼭 껴안았습니다. 그리고 너무나 세차게 키스를 했기 때문에 소년은 겁을 먹고 큰 소리로 울음을 터뜨렸습니다. 그러자 달래려고 그녀는 자기가 갖고 있던 돈을 소년에게 쥐어 주었습니다. 삼 프랑 이십 수, 정말 큰 돈이었지요.

소년은 그것을 받았습니다. 그리고 소녀가 하는 대로 그 애무에 몸을 맡겼습니다.

그후 사 년 동안, 소녀는 소년의 손에 자기가 모은 돈을 전부 주었습니다. 소년은 의식적으로 키스에 동의를 하는 대가로서 그것을 호주머니에 넣었던 것이지요. 한 번은 삼십 수, 한 번은 이 프랑, 그 다음은 십 이 수였습니다(그녀는 돈이 적은 것이 괴롭고 부끄러워 울었습니다. 하지만 그 해는 벌이가 나빠 어쩔 수가 없었던 것입니다). 그리고 마지막 때가 오 프랑이었습니다. 둥글고 큰 은전이었지요. 소년은 만족한 듯이 미소를 지었습니다.

그녀는 이제 그 소년밖에는 아무것도 생각지 않았습니다. 그리고 소년도 은근히 기다리게 되었습니다. 그녀의 모습을 보면 달려와서 맞는 것이었지요. 그것은 소녀의 가슴을 기쁨으로 뛰게 하였습니다.

그리고 다시 소년은 모습이 보이지 않았습니다. 중학교에 들어갔던 것이죠. 그녀는 교묘하게 물어서 이것을 알았습니다. 그러자 그녀는 온갖 수단을 다 써서 고생한 끝에 부모들의 장사 길을 바꾸게 하여, 마침 방학 때 이 지방을 지나가게 되었습니다. 그 일에 성공은 했지만 일 년 동안 꾀를 쓴 끝이라 이 년 동안이나 소년을 보지 못하고 지낸 셈이지요. 그리하여 가까스로 만났을 때는 거의 낯선 사람을 보는 것 같았습니다. 그만큼 소년은 딴 사람처럼 변하여 키가 크고 훌륭하게 되어 금단추를 단 학생복을 입고 당당해져 있었습니다. 이쪽은 본 척도 않고 거만하게 소녀 곁을 지나갔습니다.

그것이 슬퍼서 이틀 동안이나 울며 새웠습니다. 그리고 그때부터 끝없이 괴로워했던 것입니다.

해마다 이 지방으로 왔습니다. 소년 앞을 지나가지만 차마 이쪽에서는 인사를 할 용기가 없었고, 상대도 또 그녀 쪽으로는 시선도 돌려 주지 않았던 것입니다. 그녀는 미칠 정도로 소년을 사랑하고 있었던 것입니다.

「선생님, 그이가 이 세상에서 제가 본 단 한 사람의 남자입니다. 저는 그이 말고는 다른 남자들이 있는지조차 몰랐답니다.」 나를 보고 이렇게 말했습니다.

부모들이 죽었습니다. 그녀는 부모들이 하던 일을 계속했는데, 개를 한 마리 대신 두 마리 키우기로 했습니다. 두 마리 다 무시무시해서 누구나 손도 댈 수 없는 사나운 개였지요.

어느 날, 마음은 한시도 떠난 적이 없는 이 마을에 다시 돌아왔을 때, 한 젊은 여자가 슈께 씨 집 가게 앞에서 한시도 잊은 적이 없는 남자 팔에 매달려 나가는 모습을 보았습니다. 그것이 부인이었던 것입니다. 남자는 결혼을 했던 것이죠.

그날 밤, 그녀는 면사무소 앞에 있는 연못에 몸을 던졌습니다. 밤 늦게 지나가던 술꾼이 그녀를 구하여 약방 집으로 메고 갔습니다. 아들인 슈께가 치료를 하기 위해 잠옷 차림으로 내려왔습니다. 그리고는 그녀를 조금도 아는 척도 하지 않고 옷을 벗기고는 마른 수건으로 문질러 주었습니다. 그런 다음 무뚝뚝한 소리로 이렇게 말했습니다.

「바보 같은 짓을 하면 곤란하지 않소! 아무리 뭣하지만 너무 어리석군!」

이것만으로도 그녀를 회복시키는 데는 충분했습니다. 남자가 말을 걸어 주었기 때문이죠! 그녀는 오래도록 행복했습니다.

여자는 돈을 치르겠다고 굳이 주장했지만 슈께는 치료한 보수로서 한 푼도 받으려 하지 않았습니다.

그렇게 하여 그녀의 생애는 흘러간 것입니다. 그녀는 슈께를 생각하면서 의자를 수선했습니다. 해마다 그의 모습을 유리창 너머로 바라보았습니다. 그의 가게에서 자질구레한 의약품을 사는 것이 그녀의 버릇이 되었습니다. 이렇게 하여 가까이서 그의 얼굴을 보고 그에게 말을 걸면서 여전히 그에게 돈을 주었던 셈이지요.

처음에 말씀드렸듯이, 노파가 죽은 것은 올봄이었습니다. 이 슬픈 신세 이야기를 전부 나에게 한 뒤에, 노파는 그토록 끈질기게 사랑한 남자에게 평생 동안 모은 돈을 전부 주어 달라고 나에게 부탁했습니다. 다름이 아니라, 노파는 그만을 생각하면서 일했던 것입니다. 그 사람을 목표로 삼고 일했을 뿐이었다고 노파도 말하더군요. 절약을 해서 돈을 모아, 하다못해 자기가 죽었을 때 그가 자기를 생각해 준다는 확신을 갖고 싶은 나머지 끼니를 굶은 때도 있었다는 것입니다.

그리고는 나에게 이천 삼백 이십 칠 프랑이라는 돈을 주었습니다. 나는 장례 비용으로써 이십 칠 프랑을 사제에게 주고 나머지를 드디어 그녀가 마지막 숨을 거두었을 때 집으로 가지고 돌아왔습니다.

이튿날 나는 슈께 씨 집으로 갔습니다. 부부는 마주 앉아 막 식사를 끝낸 참이었습니다. 두 사람 다 뚱뚱하게 살이 찌고 불그레한 얼굴에 약품 냄새를 풍기면서 거만스레 앉아 있었습니다.

의자를 권하며 앵두주를 한 잔 내왔기에 그것을 대접받았지요. 나는 감동에 목이 메어 가면서 준비해 간 문구를 늘어 놓았습니다. 그들이 울음을 터뜨릴 것이리라고 확신하고 있었던 것입니다.

그 거지 노파한테서, 의자 고치는 여자한테서, 어느 말 뼈다귀인지도 모르는 떠돌이한테서 자기가 쭉 사랑을 받았다는 것을 알자 슈께는 격노한 나머지 펄쩍 뛰었습니다. 마치 상대가 자기의 명성을, 성실한 세상 사람들로부터 받고 있는 존경을, 소중한 명성을, 자기로서는 목숨보다도 소중한, 말할 수 없는 어떤 것을 훔치기라도 한 것처럼 노발대발했습니다.

부인도 남편 못지않게 화를 내며 이렇게 되풀이했습니다.

「아니, 그 거지가! 그 거지가!」 이 이상의 말이 나오지 않았던 것이지요.

남편은 벌떡 일어났습니다. 터키 모자가 한쪽 귀 위에 미끄러져내린 채의 모습으로 식탁 너머를 큰 걸음으로 돌아다녔습니다. 떠듬떠듬하면서 줄곧 이렇게 말했던 것입니다. 「이런 당치도 않은 이야기가 어디 있습니까? 남자로선 실로 무서운 일입니다. 허참, 이런 일이 있을 수가 있나! 정말 어떻게 하면 좋을까요? 물론 그년이 살아 있을 때 이런 것을 알았더라면 헌병에게 넘겨 감옥에 처넣었을 텐데. 평생 꺼내 주지 않지요. 암, 꺼내 주지 않고 말고요.」

나는 나의 경건한 심정에서 행한 행동의 뜻밖의 결과에 어이가 없어 멍청했습니다. 무슨 말을 해야 할지 어떻게 처리해야 할지 몰랐습니다. 하지만 좌우간 사명은 완수하지 않으면 안되었습니다. 나는 말을 이었습니다. 「그 노파는 자기가 해놓은 저금을 당신에게 전해 달라고 나에게 부탁했습니다. 저금 액수는 이천 삼백 프랑입니다. 방금 알려 드린 사실이 대단히 불쾌하신 것 같으니 그 돈은 가난한 사람들에게 적선하는 것이 좋을지도 모르겠군요.」

부부는 놀란 나머지 그 자리에 못박힌 자세로 내 얼굴을 바라보았습니다.

나는 호주머니에서 돈을 꺼냈습니다. 온갖 지방의 온갖 표식이 붙은, 금화와 은화가 섞인 피나는 돈이었죠. 그리고「어떻게 하시겠습니까?」하고 물어 보았습니다.

슈께 부인이 먼저 입을 열었습니다.

「하지만, 좌우간 그것이 노파의, 그 여자의 마지막 뜻이라 하니……거절하기가 어려울 것 같군요.」

남편은 약간 열없어 하면서 이렇게 말했습니다.

「글쎄, 어쨌든 그것으로 애들에게 뭔가 사 줄 수는 있으니까요.」

나는 냉정한 말투로「마음대로 하십시오.」라고 해주었습니다.

남편은 또 이렇게 말했습니다.「좌우간 주십시오. 그 여자가 당신한테 그렇게 부탁한 것이니까요. 무슨 유익한 일에 사용할 방법을 생각해 보죠.」

나는 돈을 주고 인사를 한 다음 밖으로 나왔습니다.

이튿날 슈께가 나를 찾아와서 다짜고짜 이렇게 말하더군요.

「여기 마차를 두었을 텐데……그 여자가. 그 마차는 어떻게 하시겠습니까?」

「그대로 있으니 원하신다면 가져가십시오.」

「그것 마침 잘됐습니다. 채소밭 원두막으로 써야겠군요.」

슈께는 저편으로 가려 했습니다. 나는 그를 도로 불렀습니다.

「그리고 또 늙은 말과 개 두 마리가 있는데요. 그것도 가져가시겠습니까?」

슈께는 깜짝 놀라며 멈춰 섰습니다.「천만에! 그런 것을 어떡하라는 것이죠? 마음대로 처분해 주십시오.」이렇게 말하고 그는 웃었습니다. 그리고 나에게 손을 내밀었으므로 나도 그 손을 잡았지요. 아무튼 이렇게 하는 수밖에 도리가 없지 않겠습니

까? 한 고장에서 의사와 약제사가 적이 된다는 것은 옳은 일이
아니니까요.

나는 개를 기르기로 하고, 집에 넓은 뒤뜰이 있는 사제는 말
을 맡았습니다. 마차는 슈께의 집이 되었고 슈께는 그 돈으로
철도의 주(株)를 다섯 장 샀습니다.

이것이 내 평생에 부닥친 가장 유일하고 심각한 사랑입니다.

의사는 말을 마치고 입을 다물었다.

그러자 눈에 눈물이 글썽해 있던 후작 부인이 한숨과 함께 이
렇게 말했다.

「그것으로 분명해졌어요. 참말로 사랑을 할 수 있는 것은 여
자 뿐이군요.」

기   책(奇策)

나이먹은 의사와 여환자가 난로를 사이에 두고 마주 앉아 여러 가지 이야기에 꽃을 피우고 있었다. 그녀는 아름다운 부인이면 대개 가지는, 부인 특유의 불쾌한 증세 때문에 다소 괴로워하고 있었다. 다시 말해서 가벼운 빈혈증, 신경 쇠약, 거기에 약간의 피로, 연애 결혼해서 한 달째 되어 가는 신혼 부부가 대개 느끼는 어떤 피로, 그런 정도였다.

그녀는 긴 의자에 기대앉은 채 이야기를 계속했다.

「아니에요, 선생님. 여자가 남편을 배반하다니 저는 도저히 상상할 수 없어요. 틀림없이 그런 여자는 남편을 사랑하고 있지 않을 거예요. 자기가 한 약속을, 맹세를 아무렇지도 않게 생각하고 있는 거예요. 그렇다고 해도 어쩌면 다른 남자에게 몸을 맡길 수 있을까. 그러고 세상 사람들에게 숨길 수 있을까요? 거짓 마음을 품고 사랑한다고 할 수 있을까요?」

의사는 여전히 빙글빙글 웃고 있었다.

「그런 걱정은 필요 없어요. 사람이란 욕망에 휩쓸리게 되면 그런 자잘한 일들은 하나도 생각하지 않게 되니까요. 여자란 여러 남자와 접촉하고, 결혼 생활의 맛을 다 알고 난 후에야 처음으로 진정한 연애에 대해 한 사람의 자격을 가진다고까지 하는 겁니다. 결혼이란 어떤 유명한 남자의 말대로 낮에는 악감정의 교환, 그리고 밤은 악취(惡臭)의 교환 이상 아무것도 아니니까요. 이건 정말 진리입니다. 사실 여자는 결혼하고부터가 아니면 진정 정열적으로 사랑할 수 없습니다. 만일, 여자를 한 채의 집에 비긴다면 먼저 남자가 시험해 보고, 그러고 나서야 처음으로 사는 집이라고나 할까요.

숨기는 점에 있어서는 막다른 경우에 다다르면 어느 여자나 다 상당합니다. 단순한 여자일수록 교묘해서 난국에 처하면 정말 깨끗이 해치우니까요.」

그러나 젊은 부인은 여전히 믿어지지 않는 것같이 보였다.

「어머, 그럴 리가 있어요, 선생님. 지나 놓고 나서 아아, 그때 그랬으면 좋았을 걸, 하고 후회해 봤자 그건 지나간 얘기 아니겠어요. 거기다 여자란 남자보다 훨씬 정신없이 빠지기 쉬운 성격이기도 하고.」

의사는 어깨를 으쓱했다.

「뭐, 지나간 얘기라고요. 그건 오히려 남자 쪽일 겁니다. 뒤에 가서 좋은 생각을 하는 건 남자예요. 그와 반대로 여자분들은…… 그래, 그래, 우리 집에 오는 한 부인에게 일어난 작은 사건을 한 가지 들려 드리죠. 사실은 나는 그 사람에게 세상에서 흔히 말하는, 참회 없이 신의 은총을 받았다고 말하고 있습니다만.」

한 시골 읍에서 일어난 일입니다.

어느 날 밤, 그날 밤도 잠자리에 들기만 하면 쏟아지는 잠에 깊이 곯아 떨어져 있으려니까, 꿈속에서 마치 거리의 경종이 화재를 알리는 것 같은 소리가 들렸습니다.

저는 깜짝 놀라 후닥닥 깨어 일어났습니다. 벨이었던 것입니다. 밖에 달린 벨이 요란스럽게 울고 있었습니다. 하인이 대답할 것 같지 않아서 저는 침대에 있는 벨의 줄을 잡아당겼습니다. 그러자 곧 도어의 소리가 덜컥덜컥나고 발소리가 잠이 깊이

든 집안의 침묵을 깨뜨렸습니다. 잠시 후, 장이 편지 한 통을 들고 나타났는데, 보니까 이런 내용이었습니다.

〈마담 루레부르가 시메옹 선생께 곧 와주십사는 간청입니다.〉

저는 잠깐 생각했는데, 이렇게 생각했습니다. 기껏해야 신경 발작, 신경병 정도일 텐데 뭘 그렇게 야단인가, 나도 피로해 죽겠는데. 그래서 나는 회답에

〈시메옹은 몹시 피로하여 마담 루레부르에게 동료인 보네 씨를 불러 주시기를 부탁드립니다.〉

그리고 봉투에 넣어 건네자 나는 다시 잠이 들었습니다.

약 반 시간 후, 밖의 벨이 다시 울렸습니다. 그러자 장이 와서 하는 말이

「누군가 남자인지 여자인지(몸을 숨기고 있어서 잘 알 수 없지만) 선생님에게 급히 드릴 말씀이 있답니다. 뭔지 두 사람의 생명에 관계되는 일이래요.」

나는 일어나

「들여보내.」

하고 말했습니다.

나는 침대에 앉은 채 기다렸습니다.

새카만 유령 같은 것이 나타났습니다. 그리고 장이 방에서 나가자, 곧 그 사람은 정체를 드러냈습니다. 마담 베르도 루레부르였던 것입니다. 삼 년 전에 결혼한 아직 새파랗게 젊은 부인인데, 상대방 남자는 거리의 큰 상인으로 그 지방에서 가장 아름다운 미인과 결혼했다는 소문이 날 정도였습니다.

그녀는 무서울 정도로 파랗게 질려서 마치 미친 사람처럼 얼굴에 경련이 일고 두 손이 떨리고 있었습니다. 두 번이나 그녀는 무슨 말인가를 하려고 했지만 한 마디도 입 밖으로 나오지 않았습니다.

356

　드디어 더듬거리면서

「빨리, 빨리……빨리……선생……와주세요. 제……제 애인이 제 방에서 죽었어……」

　그녀는 숨이 막혀 끊었다가 다시 계속해서 말했습니다.

「주인이 곧……곧 클럽에서 돌아와요……」

　난 잠옷 바람으로 있는 것도 잊어버리고 벌떡 뛰어 일어나 수 초 동안에 옷을 갈아입었습니다. 그리고 물었습니다.

「그럼, 조금 전에 오신 건 부인이었습니까?」

　그녀는 돌처럼 빳빳이 굳은 채 서서 고민으로 넋을 잃고

「아니에요……하녀였어요……하녀는 다 알고 있어요……」

　그리고 잠시 침묵을 지킨 후 말했습니다.

「전 같이 있었어요……그분 옆에.」

　이어 무서운 고통의 외침과 비슷한 소리가 그녀의 입술에서 새어나왔습니다. 그리고 괴롭게 숨을 몰아쉬다가 갑자기 울음을 터뜨렸습니다. 일이 분간은 오열과 경련을 섞어 미친 듯 울어 댔습니다. 그러자 그녀의 눈물은 마치 안에서 불로 말리기라도 한 듯 갑자기 그치고 말라 버리자, 비장할 정도로 냉정해져서

「자, 서둘러 주세요.」

하고 말하는 것이었습니다.

　나는 준비가 다 돼 있었습니다. 그런데 나도 모르는 새 외쳤습니다.

「쳇, 마차에 말 매는 걸 잊어버렸군.」

　그녀는 그 말에 대답하여

「마차는 와 있습니다. 그분이 기다리게 세워 둔 마차가 와 있어요.」

　그녀는 머리에서부터 외투를 뒤집어썼습니다. 우린 출발했죠.

그녀는 어두운 마차 속에서 불쑥 내 손을 잡자, 그 가는 손으로 꼭 부여잡고 창자가 끊어지는 듯한 떨리는 목소리로 더듬거리며 말했습니다.

「아아, 제가 얼마나 곤경에 빠져 있는가 그걸 아시기만 한다면, 아시기만 한다면, 저는 그분을 사랑하고 있었어요. 죽도록 사랑하고 있었어요. 미친 것처럼, 요 여섯 달 동안.」

난 물었죠.

「집사람들은 다 일어나 있습니까?」

그녀는 대답했죠.

「아니에요. 아무도 안 일어났어요. 로즈 외에는, 로즈는 다 알고 있어요.

마차는 문 앞에 섰습니다. 과연 집 안은 쥐죽은 듯 조용했습니다. 우리는 열쇠로 열고 살짝 집 안에 들어가 발끝으로 이층에 올라갔습니다. 보니까 하녀는 기가 질려 계단 맨 끝 판자 사이에 앉은 채, 옆에는 불 붙인 초가 놓여 있었습니다. 그녀는 죽은 사람 옆에는 있을 수 없었던 모양입니다.

난 방 안으로 들어갔습니다. 방 안은 마치 전투라도 치르고 난 것처럼 흩어져 있었습니다. 침대 위는 꾸깃꾸깃 지저분하게 꾸겨져 있고, 이불은 둘둘 말려 뭔가 사람을 기다리는 얼굴같이 보였습니다. 담요가 한 장 바닥에 떨어져 있었습니다. 그리고 청년의 이마를 축인 듯 젖은 수건이 대야와 컵 옆에 던져져 있었습니다. 시체에서 발산하는 냄새에 섞여 요리에 쓰는 식초의 기묘한 냄새가 방으로 들어가자 휙 가슴에 스쳐왔습니다.

방 한가운데 시체는 반듯하고 길게 누워 있었습니다.

나는 옆에 다가가 살펴보고 만져 보았습니다. 두 눈을 벌려 보기도 하고, 두 손을 잡고 진찰해 보기도 했습니다. 그리고 마치 언 것처럼 벌벌 떨고 있는 두 여자를 향해 이렇게 말했습니다.

「같이 침대로 옮깁시다.」

그리하여 모두의 힘으로 죽은 사람은 조용히 옮겨졌습니다. 나는 심장에 귀를 대 보고, 입에 얼음 한 덩이를 물려 논 다음 작은 소리로 말했습니다.

「틀렸어요. 자아, 빨리 옷을 입힙시다.」

정말 보기에도 무서운 광경이었어요.

나는 거대한 인형의 손발 같은 것을 하나씩 잡고 여자들이 내주는 옷을 입히려고 했습니다. 양말, 내의, 조끼, 그리고 윗도리였는데 팔을 낄 때는 아주 애를 먹었습니다.

편상화 단추를 채울 때는, 여자들은 허리를 굽히지 않으면 안 되었기 때문에 그동안 나는 불을 밝혔는데 발이 부어서 여간 힘든 일이 아니었습니다. 그리고 단추 채우는 것을 잘 몰라서 여자들은 자기의 머리핀까지 빼고 야단을 했습니다.

세상에도 무서운 그 일이 끝나자, 나는 다 된 것을 점검하고 나서 말했습니다.

「머리를 좀 빗겨 주는 것이 어떨까요?」

하녀는 마님의 빗과 브러시를 가지러 갔습니다. 그러나 그녀는 손이 너무 떨려서 자기도 모르는 새 길게 흩어진 머리를 빗기는커녕 오히려 흩어놓았기 때문에, 마담 루레부르는 보다못해 빗을 뺏어 자기가 직접 머리를 사뭇 소중한 듯 정성스럽게 빗겼습니다. 머리 가운데를 곱게 가르고 턱수염에 브러시질을 하고 콧수염을 손가락으로 천천히 말고 하면서, 아무튼 사랑에 취해 있었는데 그건 아마 보통 때 늘 하던 습관인 것 같았어요.

그러다 돌연 그녀는 손에 쥔 것을 떨어뜨리고 연인의 움직이지 않는 머리를 받친 채, 두 번 다시 웃어 주지 않는 그 죽은 얼굴을 절망적으로 언제까지나 들여다보았습니다. 그러자 갑자기 그 위에 쓰러져 두 팔을 벌려 꼭 부둥켜안고 거의 정신없이 키스를 퍼붓기 시작했습니다. 그녀의 키스는 마치 탄환 같아서 그

의 꽉 다문 입 위에, 볼 수 없는 눈에, 관자놀이에, 이마 위에
마구 떨어졌습니다. 그리고 나서 베개 가까이 다가가자, 자기의
소리가 상대방에게 들리기라도 하듯 뭔가 감상적인 어조로 중얼
거리더니 포옹을 한층 세차게 하려고 생각했는지 가슴이 찢어지
는 듯한 소리로 계속 여러 번 되풀이해 말했습니다.
　「여보, 안녕.」
　그러는 동안 벽시계는 열 두 시를 쳤습니다.
　나는 뛰어 일어났습니다.
　「쳇, 열 두 시군. 클럽의 문을 닫을 시간인데. 자, 아주머니,
기운을 차리세요.」
　그녀는 몸을 일으켰습니다. 나는 명령을 내렸습니다.
　「자, 응접실로 옮깁시다.」
　우리들은 셋이서 떠메고 가 소파 위에 앉혔습니다. 그리고 나
는 촛대에 불을 밝혔습니다.
　바깥문이 열리는 것 같더니 무겁게 닫혔습니다. 벌써 〈그〉가
돌아온 거죠. 나는 외치듯 말했습니다.
　「로즈, 빨리 수건하고 대야를 가져와. 그리고 침실을 치우고.
자, 빨리 서둘러야지, 벌써 루레부르 씨가 오지 않아.」
　발소리가 계단을 올라와 이쪽으로 다가오는 소리가 들렸습니
다. 그때 나는 불렀습니다.
　「이쪽이에요, 사실은 사고가 좀 있어서.」
　남편은 어리둥절한 얼굴을 하고 입에 담배를 문 채 문간에 나
타났습니다. 그는 물었습니다.
　「뭘? 무슨 일? 어떻게 됐소?」
　나는 남편에게 다가갔습니다.
　「한참 애쓰고 있는 판입니다. 사실은 댁에 올라와 부인과, 또
저를 마차에 태우고 온 친구와 얘기를 나누고 있는 동안에 그만
늦어지고 말았습니다. 그런데 갑자기 이 친구가 쓰러져서, 벌써

두 시간이나 됐는데 아무리 손을 써도 회복되지 않는군요. 모르는 사람을 부르기도 뭣하고 해서. 마침 잘 오셨습니다. 좀 도와서 아래로 내려다 주시지 않겠습니까. 이 사람 집에 데리고 가서 어차피 충분히 손을 좀 써야겠으니까.」

남편은 깜짝 놀란 듯싶었지만 별로 의심하는 기색도 없이 곧 모자를 벗어 던졌습니다. 그리고 이후에는 절대 자기를 해치지 않을 그 원수를 꽉 팔에 부여안았습니다.

나는 두 다리 사이에 끼어 들어갔는데 마치 두 개의 마차 손잡이 사이에 낀 말과 같았습니다. 그 모양으로 우린 계단을 내려간 거죠. 이번에는 부인에게 불을 밝히게 하고. 문에 다다르자 나는 시체를 일으켜 세우면서 말했습니다. 마부를 속이기 위해 억지로 용기를 낸 목소리로

「어이, 별거 아니야. 아까보다는 훨씬 좋아졌지? 잠깐이야, 잠깐만 참아, 그러면 돼.」

자칫하면 놈은 주저앉아 내 손 사이를 미끄러져 내려갈 게 뻔하기 때문에 어깨로 쑥 밀었더니, 앞으로 획 기울어지더니, 차 속에 나딩굴지 않겠어요. 그리고 나는 놈의 뒤를 따라 마차에 올랐죠.

남편은 걱정스럽게 나에게 물었습니다.

「중태(重態)입니까?」

나는

「그렇지 않아요.」

하고 웃으며 대답하고 부인 쪽을 쳐다보았습니다. 부인은 옆에 우뚝 선 남편의 팔에 자기의 팔을 끼고 서서 마차의 어두컴컴한 구석을 쳐다보고 있었습니다.

나는 악수를 나누고 출발하도록 했습니다. 도중 사자(死者)는 내내 내 바른쪽 귀 가까이에 기대 늘어져 있었습니다.

그의 집에 도착하자 나는 그가 도중에 의식을 잃었다고 말했

습니다. 다시 나는 이층 침실에 옮겨 놓는 것을 도와주고 죽은 것을 설명했습니다. 나는 광란하는 가족 앞에서 또다시 다른 연극을 한 거죠. 한참 후 겨우겨우 내 침대로 돌아오긴 했는데, 아무튼 나는 그놈의 사랑 때문에 미친 사람들이 견딜 수 없이 미워지는 기분이었습니다.」

의사는 입을 다물었지만 여전히 빙글빙글 웃고 있었다.

젊은 부인은 견딜 수 없어 물었다.

「왜 제게 그런 무서운 말씀을 해주시는 거죠?」

의사도 매우 은근히 고개를 숙이고 말했다.

「경우에 따라서는 도와드릴까 생각하고요.」

피 에 로

앙리 루종에게

미망인 르페브르 부인은 말하자면 시골뜨기 아주머니였다. 아무렇게나 리본을 달고 선이 달린 모자를 쓰고 싶어하는 반 서민의 시골 아주머니. 시골 사투리만 쓰는 주제에 사람 앞에 나서면 괜히 건방지게 굴고, 자기의 동상이 걸린 손을 비단 장갑 속에 감추는 것과 같은 식으로 더덕더덕 찍어 붙인 우스운 외모 속에 분장한 야수의 마음을 품고 있는 그런 인물들 중의 한 사람이었다.

그녀에게는 하녀가 하나, 로즈라고 하는 마음 좋은 시골 여자가 있었다.

두 여자는 녹색 블라인드가 달린 작은 집에 살고 있었다. 노르망디의 꼬오 지방의 중심부에 있는 어떤 길가 집이었다.

집 앞에는 작지만 정원이 있어서 두 사람은 야채를 조금 심었다.

그런데 어느 날 밤, 양파를 두어 개 가량 훔쳐낸 놈이 있었다.

로즈는 도둑맞았다는 것을 알자 곧장 아주머니에게 뛰어가고, 아주머니는 울 스커트만 입은 채로 뛰어내려왔다. 울고, 무서워하고, 굉장한 소동. 도둑이 들어온 것이다. 르페브르 부인

집에 도둑놈이 들어온 것이다. ! 그리고 보면 이 지방에 도둑이 잠입해 들어왔다는 얘기다. 다시 들어오지 않는다고 누가 장담할 수 있는가.

두 여자는 벌벌 떨면서 발자국을 조사해 보았다. 왁자지껄 떠들고, 이렇게저렇게 추측해 보고.

「어머, 어머, 여기서 이렇게 넘어왔네. 벽에 발을 붙이고 화단 한가운데로 뛰어내렸네.」

이 사실을 알자 이제부터가 무서웠다. 이젠 편안히 잠도 못 자게 생겼다.

도난의 소문은 금방 퍼졌다. 근처 사람들이 와서 이번에는 그들 눈으로 경로를 조사하고, 여러 가지 대책을 내세웠다. 그리고 두 여자는 새로운 사람이 올 때마다 자기들의 관찰과 의견을 떠들어 대었다.

옆에 사는 농부가 이렇게 충고했다.

「개를 키웠으면 좋았을 걸.」

그래, 그래, 바로 그거다. 개를 키우면 눈만 뜨고 있는 것으로도 충분하겠지. 하지만 커다란 개는, 그건 질색이다. 커다란 개 같은 걸 키우다 어쩔라고. 먹는 것만으로도 신세 망칠 게 뻔한데(노르망디에서는 쉬엥(개)을 껭이라고 발음한다). 그놈의 왕왕 짖어 대는 조그만 껭이면 또 몰라도.

동네 사람들이 전부 돌아가자 르페브르 부인은 곧 오랜 시간에 걸쳐 그 개 문제를 토의했다. 생각하면 생각할수록 여러 가지 곤란한 문제들이 따랐다. 개의 밥을 산더미같이 쌓아놓은 밥그릇이 눈앞에 어른거려 등골이 오싹했던 것이다. 그것은 그녀가 저 인색하기 짝이 없는 시골뜨기 아주머니의 종족에 속해 있기 때문이었다. 그러나 그런 여자의 버릇으로 언제나 동전푼을 주머니에 넣고 다니면서 여봐란 듯이 지나가는 거지에게 인심을 쓴다든지, 일요일의 연보는 한 번도 거른 일이 없었다.

　로즈는 동물을 좋아했기 때문에 자기의 여러 가지 꾀를 짜내어 될수록 좋게 말했다. 그래서 결국 한 마리, 아주 작은 놈으로 키우기로 결정했다.

　그리하여 사방에 개를 찾은 결과, 연줄이 닿는 건 전부 큰 개뿐. 거의가 수프를 몇 됫박씩 먹어 버리는 놈들뿐이었기 때문에 듣기만 해도 몸을 떨지 않을 수 없었다.

　롤르빌르의 잡화상 주인이 작은, 아주 작은 개를 갖고 있기는 했지만, 지금까지의 양육비조로 오 프랑의 돈을 요구하고 있었다. 르페브르 부인은 그 자리에서 잘라 말했다. 자기는 껭을 한 마리 먹여 키울 것은 각오하고 있지만 돈을 내서 살 생각 같은 건 조금도 없노라고.

　그러자 이 일을 알고 있던 빵집에서 어느 날 아침 자기 차에 태워, 작기는 하지만 정말 기묘한 한 마리의 싯누런 동물을 데리고 왔다. 다리는 없는 거나 다름없고, 허리는 악어요, 머리는 여우, 꼬리는 부채 모양을 한 끝이 넓은 묘한 것이었다. 빵집의 단골이 내보내고 싶어하는 것으로, 한 푼도 내지 않아도 되는 것이어서 그런지, 르페브르 부인은 그 더러운 강아지 새끼도 아주 훌륭한 것으로 보였다. 로즈는 품에 안고 어떤 이름을 가졌는지 물었다. 빵집의 대답으로는 〈피에로〉였다.

　개를 빈 비누 상자에 넣고 우선 물을 주어보았다. 마셨다. 다음엔 빵을 한 쪽 주었다. 그것도 먹었다. 르페브르 부인은 슬그머니 걱정이 되었지만 생각난 게 있었다.

　「집에 낯이 좀 익으면 풀어 놓자. 그러면 다른 곳으로 먹을 걸 찾으러 갈 게 틀림없어.」

　그녀는 정말로 풀어 놓아 주었다. 그러나 풀어 놓아도 상대가 배를 곯고 있는 것은 변함이 없었다. 거기에다 그놈의 강아지는 자기의 일정한 음식을 요구할 때 이외에는 왕왕 짖어 대는 법이 없었다. 다만, 그때에만 왕왕, 아주 맹렬했다.

르페브르 부인은 그래도 그 짐승에 점차 익숙해졌다. 끝내는 애착을 느끼게 되어, 어떤 때는 스스로 자기의 스튜 국물에 빵 조각을 적셔 주는 일까지 있었다.

그러나 그녀는 세금에 대해서는 꿈에도 생각하지 않고 있었다. 그래서 팔 프랑을 요구당했을 때는——아주머니, 팔 프랑입니다요——그것도 그냥은 짖어 주지도 않는 이 조그만 강아지를 위해서라고 생각하자, 그녀는 일의 무서움에 그만 거의 기절할 지경이 되었다.

피에로를 치우는 것은 그 자리에서 결정한 일이지만, 그러나 그것을 실행해 줄 사람이 없었다. 그 근방 십 리 사방에 사는 사람들 전부가 거절했다. 거기에서 달리 별다른 방법이 없기 때문에 할 수 없이 그들은 〈초가집행〉을 결정했다. 〈초가집행〉이란 〈이회(泥灰)〉를 먹이는 것을 말한다. 치워 버리려고 생각하는 개는 전부 이 〈초가집행〉을 하는 것이다.

넓은 들판 한가운데 오두막 같은 것이 보인다. 오두막이라고 하기보다는 땅 위에 그냥 놓인 작은 초가집이라고 하는 편이 더 적합할는지 모른다. 이것이 이회암갱(泥灰岩坑)의 입구다. 커다란 구멍이 지하 이십 미터 깊이까지 똑바로 뚫리고 거기에서 긴 갱도(坑道)가 옆으로 몇 개이고 줄지어 있는 것이다.

사람이 이회암갱 속에 내려가는 건 일 년에 딱 한 번, 즉 땅에 이회토를 거름할 때뿐이다. 그리고 그 외에는 가련하게 버려진 개의 묘지가 되는 것이다. 어쩌다가 만일 사람들이 그 구멍 옆을 지나노라면 호소하는 듯한 울음소리, 절망적으로 미친 듯이 부르짖는 외침 소리, 그리고 슬프게 우는 소리를 가끔 들을 수 있다.

사냥개나 양지기 개도 비명에 가득 찬 구멍 옆에 가면 떨며 도망친다. 그리고 혹시 위에서 내려다보기라도 하는 날이면 고기가 썩는, 견딜 수 없는 냄새가 위로 올라온다. 무서운 비극이 그 어두움에 가득 찬 속에서 행해지고 있는 것이다.

한 마리의 개가 먼저 온 동료들의 불결한 잔해를 뜯으며 구멍 밑에서 열흘이나 열 이틀쯤 단말마의 고통을 참고 있노라면, 거기에 돌연 새로운 개가 떨어져 내려온다. 자기보다 살도 찌고 힘도 무척 세어 보이는 개다.

그들은 거기서 서로 마주   두 마리뿐이다. 어느 쪽도 배가 고프기 때문에 눈을 빛내며 쳐다본다. 그들은 서로 틈을 보고, 뒤를 따르지만, 그러나 불안해져 결행을 못한다. 거기에 배고픔이 찾아와 그들을 꾀어낸다. 그들은 서로 덤벼들고 오랜 시간 맹렬히 물어뜯는다. 그리고 강한 쪽이 약한 쪽을 먹는다. 산채로인 것을 그대로 정신없이 먹어 대는 것이다.

피에로에게 〈초가집행〉을 시키기로 결정했을 때, 누구에게 그것을 시키는가가 문제였다. 도로를 고치고 있던 인부가 심부름값으로 십 수를 요구했지만 그건 르페브르 부인에겐 어이없고 바보 같은 짓으로 생각되었다. 옆집 미장이의 심부름꾼은 오 수면 된다고 했지만 그것도 많았다. 그래 결국 그녀들은 그들 손수 가져갈 것을 결정했다. 그러면 피에로도 아무렇게나 취급당하는 일이 없고, 또 자기의 운명을 모른 채 끝날 수 있기 때문에 그쪽이 훨씬 좋다는 것이 로즈의 의견이기도 했기 때문에 날만 어두워지면 둘이서 나가기로 했다.

그날 밤은, 조금이긴 하지만 버터까지 섞어서 수프를 듬뿍 먹였다. 개는 남은 한 방울까지 다 마셔 버렸다. 그리고 무척 만족한 듯 꼬리를 흔들고 있는 것을 로즈가 앞치마 속에 싸 안았다.

그녀는 마치 밭도둑처럼 커다란 발걸음으로 들판을 가로질러 갔다. 드디어 이회암갱이 보이고, 둘은 그곳에 닿았다. 르페브르 부인은 구멍 위에 허리를 구부리고, 안에서 개의 울음소리가 들리는지 어떤지 귀를 기울였다. ——없다—— 한 마리도 없었다. 피에로는 혼자 있게 되는 것이다. 그때 로즈는 훌쩍훌쩍 울고 있었지만, 몇 번 볼에 대고 문지르는가 싶더니 그대로 구멍 속에 던져 넣어 버렸다. 그리고 두 사람은 귀를 바짝 기울이고 안을 들여다보았다.

처음엔 뭔가 둔한 소리가 들렸다.

그리고 이어 버려진 개의 찢어지는 듯한 비명, 뒤이어 비통한 짧은 외침, 절망적인 소리, 입구 쪽에 머리를 들고 뭔가 호소하는 듯한 애원의 소리.

짖는다, 아아! 저렇게 짖어 댄다!

두 여자는 등골이 오싹할 정도로 후회의 감정에 사로잡혔다. 뭐라고 말할 수 없는, 미칠 것 같은 공포에 몸을 떨며 그들은 뒤도 돌아보지 않고 도망쳤다. 로즈가 빠르기 때문에 르페브르 부인은 목청껏 소리쳤다.

「같이 가, 로즈, 같이 가!」

그날 밤 두 사람은 무서운 꿈에 시달렸다.

꿈속에서 르페브르 부인은 식탁에 앉아 수프를 마시려 하고 있었다. 그녀가 수프 남비의 뚜껑을 열자, 그 안에 피에로가 있다가 그녀에게 덤벼들어 코를 물어뜯었다.

소스라쳐 눈을 떴지만 피에로의 울음소리가 아직 들려 오는 것 같았다. 그래서 귀를 곤두세워 보니까, 그것은 역시 착각이었다.

다시 잠에 빠졌었는데, 이번엔 끝없이 뻗어난 길에 있었다. 가도가도 끝이 없는 그 길을 그녀는 걸어갔다. 문득 길 한복판에 광주리가 하나 눈에 띄었다. 농부가 쓰는 커다란 광주리가 버려져 있었다. 그 광주리가 무서워 견딜 수 없었다.

그래도 역시 열어 보지 않을 수 없었다. 그러자, 안에 웅크리고 있던 피에로가 그녀의 손을 물고 놓아 주려 하지 않았다. 그녀는 정신없이 뛰었지만, 그러나 개는 여전히 물고 늘어진 채, 팔 끝에 축 늘어진 채였다.

날이 훤히 밝아오자 그녀는 일어나 미친 듯이, 예의 그 이회 암갱으로 달려갔다.

개는 짖고 있었다. 아직도 짖고 있었다. 밤새도록 짖어 댔겠지. 그녀는 울기 시작했다. 그리고 애칭을 몇 번이나 불렀다. 개 쪽에서 거기에 응답했다. 그것은 애정에 가득 찬 온갖 종류의 울음소리였다.

그러자 그녀는 다시 한번 개와 만나보고 싶어졌다. 그리고 죽는 최후의 순간까지 개를 행복하게 해주리라 마음속으로 깊이 맹세했다.

그녀는 이회토의 채굴을 하는 우물 파는 인부에게 달려가 사정 얘기를 했다. 인부는 묵묵히 듣고 있다가 그녀의 얘기가 끝나자 입을 열었다.

「껭을 도로 꺼내려고요? 먼저 사 프랑 내세요.」

그녀는 펄쩍 뛰어올랐다내렸다. 마음의 상처도 한꺼번에 날아가 버렸다.

「사 프랑이라고요! 천만에! 사 프랑이라니!」

남자는 대답했다.

「농담이 아니에요. 밧줄이랑 크랭크랑 드는 게 많아요. 그것을 모두 준비해야 하는데, 게다가 우리 집 심부름하는 놈을 데리고 들어갔다가는 그놈의 강아지에게 막 물어뜯길 텐데 그것 안 받고 어떤 미친 놈이 해요? 그렇다면 애초부터 집어 넣지를 말지 그러셨어요.」

그녀는 화가 나 벌떡 일어났다——사 프랑이라니 세상에!

집에 돌아오자 곧장 그녀는 로즈를 불러 그녀에게 우물 파는 인부의 얘기를 했다.

로즈는 언제나 체념을 잘하는 성격이기 때문에 되풀이해 말했다.

「사 프랑이라니 원, 아주머니, 큰 돈이군요.」

그리고 덧붙여

「그것보다 먹을 것을 던져 주면 어떨까요? 우리 껭이 그렇게 죽는 건 정말 가엾어요.」

르페브르 부인은 아주 기뻐 그 말에 찬성했다. 그리고 곧 버터를 바른 커다란 빵덩이를 안고 둘이 서둘러 갔다.

둘은 서로 그것을 한 입씩 떼어 차례차례 던져 주면서 번갈아 피에로에게 말을 걸었다. 그러자 피에로는 한 조각을 다 먹고 나면 곧 짖어 대면서 다음 것을 요구했다.

두 사람은 저녁에 다시 한번 가고 그 다음 날도 갔다. 그것이 매일 계속되었다. 이제 둘에게는 거기에 가고 오는 일 이외에는 아무것도 없었다.

그런데, 어느 날 아침 첫조각을 떨어뜨려 주었더니 돌연, 구멍 밑에서부터 무서운 울음소리가 들렸다. 두 마리였다! 누군가가 또 한 마리를 버린 것이다, 아주 큰 놈을!

로즈가

「피에로!」

하고 큰 소리로 부르니까, 피에로가 짖었다. 피에로의 짖는 소리였다. 두 사람은 먹을 것을 떨어뜨려 주었다. 그러나 떨어뜨릴 때마다 무섭게 서로 싸우는 소리가 분명히 들려왔다. 뒤이어 상대방을 물고늘어지는지 피에로의 가련한 울음소리가 들렸다. 상대가 전부 먹어치운 것이다. 그쪽이 세니 별수 없었다.

「피에로, 이건 네 몫이야!」

하고, 두 사람이 아무리 일러도 소용이 없었다. 피에로가 한 조각도 얻어 먹지 못하는 건 너무나 뻔했다.

두 여자는 어이가 없어 서로의 얼굴을 쳐다보았다. 그러자 르페브르 부인이 지겨운 듯한 표정으로 말했다.

「아무리 그래도 다른 사람이 버린 개까지 일일이 먹일 수야 있어? 일에는 언제나 체념이라는 것이 필요한 법이야.」

그놈의 개들을 전부 자기의 돈으로 키우고 있다고 생각하자, 그녀는 견딜 수 없이 화가 치밀었다. 그녀는 남은 빵을 싸들고 집으로 돌아오면서 그 빵을 우물우물 먹었다.

로즈는 푸른 앞치마 자락으로 눈물을 닦고 또 닦으며 그 뒤를 따라갔다.

크리스마스 이브

「만찬! 만찬이라고(특히 크리스마스 전날 밤의 만찬을 말함)! 어이구, 어이구, 난 절대로 그런 거 안 먹어!」

뚱뚱보 앙리 당브뤼는 마치 부끄러운 행위라도 하라고 요구당한 것처럼 갑자기 소리질렀다.

다른 사람들이 웃으며 말했다.

「자네, 왜 그렇게 화를 내나?」

그는 대답했다.

「사실은 나 그놈의 만찬 때문에 어이없는 추태를 저지른 일이 있어. 그래서 그놈의 법석대는, 바보 같은 저녁 애기만 나오면 이렇게 화가 나는 거야.」

「대체 어떤 일인데?」

「어떤 일이고 뭐고 없어. 알고 싶으면 그래, 애기해 주지.

약 이 년 전 이맘때쯤, 몹시 추웠다고 기억해. 아무튼 거리의 거지들을 모조리 얼려 죽일 것 같은 추위였으니까. 세느강은 얼어붙고, 포도는 구두 밑바닥에서부터 발을 얼릴 정도여서 세계가 조각조각 갈라지는 것 같았지.

그때 내게는 꼭 해야 할 중대한 일이 있었기 때문에 몇 군데서 만찬 초대를 받았지만 다 거절하고 책상 앞에 앉아 밤을 지내기로 했지. 나는 혼자서 저녁 식사를 마치고 일에 들러붙었어. 그런데 웬걸, 열 시쯤 되니까 파리 전체에 넘쳐 흐르는 법석이 점점 새들어 오지 않아. 사정없이 거리의 소음이 들려 오고, 벽 너머로 옆집 사람들의 저녁 식사 차리는 소리가 귀에 들려 왔어. 나는 점점 마음이 동요되는 것을 느끼지 않을 수 없었어.

나는 내가 하는 일이 뭔지 알 수 없이 되었어. 나는 전혀 의미도 없는 것을 끄적거리고 있었단 말이야. 오늘 밤이야말로 무슨 일이 있어도 꼭 좋은 것을 하나 창작하려던 나는 그 생각을 도저히 버리지 않을 수가 없었어.

나는 방 안을 조금 걸어 보았지. 앉았다섰다 하면서……그러나 분명히 문밖 소동의 들뜬 영향을 받고 있었어. 그래 나는 단념을 했지.

나는 하녀를 불러 말했어.

『앙젤, 뭐 아무거나 밤참이 될 만한 것을 두 사람분만 사다 주지 않겠어. 굴하고 식힌 자고(꿩과에 속하는 새)하고 새우하고 햄하고, 과자하고, 그리고 샴페인 두 병만 가져와. 테이블의 준비가 끝나면 가서 쉬어도 돼.』

그녀는 약간 놀란 듯한 기색이었지만 그대로 했어. 준비가 다 되자 나는 외투를 주워 입고 밖으로 나갔지.

커다란 문제가 하나 해결되지 않고 있었어. 대체 나는 누구랑 식사를 하려는 건가? 아는 여자들은 여기저기 다 초대되어 가고 그 중에 하나라도 손에 넣으려면 미리 교섭을 해두었어야 하는 건데.

거기에서, 나는 만일 여기에서 뭔가 그럴 듯한 행동만 한다면 어쩌면 일거 양득이 될 수 있을지도 모른다는 생각을 했어. 나는 나자신에게 말했지. 파리에는 만찬에도 초대되지 못하고 누군가 멋진 남자를 찾아 여기저기 돌아다니는 미녀가 우글거리고 있지 않은가. 내가 이런 집 없는 여자에게 크리스마스 하느님이 되자.

그래, 지금부터 돌아다니자. 홍등가를 뒤지고 교섭하고 좋은 것을 골라 선택하자.

그래서 나는 온 거리를 돌아다니기 시작했어.

물론 먹이를 찾아 헤매는 가난한 자는 얼마든지 만날 수 있었지만 대개는 손을 뻗치고 싶지 않은 추녀거나, 아니면 서기만 하면 그 자리에서 얼어붙을 것 같은 말라깽이뿐이었어.

알다시피 내겐 한 가지 약점이 있잖아. 아주 살이 찐 뚱뚱한 여자를 좋아하는 거. 뭐니뭐니해도 살이 더덕더덕 붙은 여자일수록 좋은 거니까. 몸집이 큰 여자라면 더욱 좋아하지.

문득 바리에테 거리 한복판에서 흘끗 좋아하는 옆얼굴을 발견했어. 그리고 머리가 보였지. 이어서 앞쪽에 두 개의 커다란 고깃덩이, 하나는 굉장히 예쁜 가슴에 붙어 있는 고깃덩이였고, 다른 하나는 그 밑에 있는 정말 놀랄 만한 것으로, 정말 뚱보 거위 같은 배였어.

나는 온 몸이 오싹오싹해지는 걸 느꼈어. 작은 소리로 말하기를

『잡았다. 미인이다!』

다만 명백히 해두어야 할 한 가지 문제가 남아 있었어. 즉 얼굴이……

얼굴 같은 건 디저트고, 그 외는 다시 말해서……튀긴 고기 같은 것이긴 하지만.

나는 걸음을 재촉해 그 여자를 앞질러 갔어. 그리고 가스 등 밑에서 흘끗 뒤돌아보았지.

그녀는 미인이었어. 그리고 아주 젊었고 머리는 밤색이고, 검은 눈은 커다랗고.

내가 제안을 하자 그녀는 곧 승낙해 주었어. 십 오 분 후에 벌써 그녀는 내 아파트에서 식사를 하고 있었지.

그녀는 방에 들어오면서 이렇게 말했어.

『어머, 아주 좋은 집이군요.』

그리고 식탁과 추운 날씨에 초저녁부터 쉴 곳을 찾아서 만족한 듯 주위를 둘러보는 것이었어.

그녀는 아주 멋있었어. 놀라울 정도로 가련하고, 또 영원히 내 마음을 빼앗을 정도로 충분히 살도 쪘어.

그녀는 외투를 벗고 모자를 내려놓자 앉아 먹기 시작했어. 그렇다고 뭐 그렇게 허겁지겁하는 것같이 보이지는 않았어. 그리고 때때로 그 약간 창백하게 질린 것 같은 얼굴을 바르르 떨었어. 뭔가 몹시 고통스러운 것을 억지로 참고 있는 것같이 보였어.

나는 그녀에게 물었지.

『뭐 어려운 일이라도 있어요?』

그녀는 대답했어.

『아, 다 잊어버립시다.』

그리고 그녀는 마시기 시작했어. 샴페인 잔을 단숨에 비워버리고, 다시 따라서 비우고, 이렇게 계속 마시는 거야.

얼마 안 있어 볼이 빨갛게 달아오르기 시작했어. 그리고 그녀는 처음으로 웃었어.

벌써 나는 그녀에게 빠져 있었어. 꼭 안고 키스를 하고 그랬지. 그녀는 보통 창부처럼 얼간이도 아니었고, 또 흔히 있는 그런 맵시도 아니면서 제법 사리를 아는 여자였어. 나는 그녀의 생활을 이것저것 캐물었어. 그녀는 대답하기를

『어머, 당신. 그런 거 당신하곤 관계없는 일이에요!』

그런데, 그런데, 그게 한 시간 후에는……

드디어 침대에 들어갈 시간이 되었어. 내가 난로 앞에서 테이블 위에 있는 것을 치우고 있는 동안에 그녀는 서둘러 옷을 벗고 침대 속으로 기어들어갔어.

옆방 친구들은 웃고 노래하고, 미친 놈들처럼 떠들어 대고.

나는 속으로 말했어.

(저런 미인을 찾아 나서기를 잘했지. 어차피 이래가지고는 일이고 뭐고 안 됐을 테니까.)

이상한 신음 소리에 나는 나도 모르게 뒤를 돌아보았어.

『왜 그래?』

하고 난 물었어. 그 말에는 대답하지 않고 무척 괴로운 걸 참는 듯 고통의 신음 소리를 계속 토해내었어.

나는 다시 물었어.

『어디 몸이라도 나쁜가?』

그러자 그녀는 갑자기 소리질렀어. 찢어지는 듯한 소리였어. 나는 촛대를 든 채 옆으로 달려갔어.

그녀의 얼굴은 고통으로 창백해져 있었어. 그리고 헐떡거리면서 손을 비틀고 숨소리도 겨우겨우 금새 끊어질 듯 무서운 신음 소리를 목 밑에서부터 토해내는 것이었어.

나는 깜짝 놀라 물었지.

『어떻게 된 거야? 응? 대체 어떻게 된 거야?』

그녀는 대답하지 않고 악을 썼어.

갑자기 옆방 친구들도 이 소동을 들었는지 조용해져 버렸어.

나는 자꾸 되풀이해서 말했어.

『어디가 아파? 응? 어디가 아파?』

그녀는 더듬더듬 말했어.

『응, 배! 배가 아파요!』

얼른 나는 이불을 젖혀 보았어. 그때 눈에 들어온 광경은……뭔지 알아? 바로 애를 밴 거야.

자아, 그러니 내가 얼마나 놀랐겠어. 문 쪽으로 달려가 있는 힘을 다해 두드리면서 소리질렀어.

『도와줘! 도와줘!』

문이 열리고 모두 꾸역꾸역 들어왔어. 연미복을 입은 남자들,

성장한 여자들, 피에로가 있는가 하면, 도르코 사람으로 분장한 사람, 사격수로 분장한 사람도 있었어. 그 침입에 몽땅 정신을 빼앗긴 나는 말을 계속할 여지조차 없었어.

그들은 뭔가 사건이, 틀림없이 범죄 사건이 일어났다고 생각한 듯이, 그러나 그 이상은 확실히 모르는 거 같았어.

나는 겨우 이렇게 말했지.

『저어……저어……이……이……여자가, 애를 낳게 돼서.』

그러자 모두들 그녀를 둘러보고 제각기 자기의 의견을 말했어. 그 중에 성직자 같은 남자 하나가 아무것도 아니니까 산파 대신에 자기가 일을 처리하겠다고 주장했어. 그들은 아주 형편없이 취해 있었어. 그런 놈한테 맡겼다가는 그녀를 죽일는지도 모른다고 생각하고, 나는 모자도 쓰지 않은 채 층계를 뛰어내려가 옆 거리에 사는 늙은 의사를 부르러 갔어.

의사를 데리고 와보니 집안 사람들이 모두 일어나 있었어. 계단의 불은 환히 켜지고, 아파트에 사는 사람들이 내 방에 가득 차 있었어. 부두 노동자로 분장한 네 남자가 테이블을 사이에 두고, 내 샴페인과 새우를 몽땅 해치우고 있고.

내가 들어가자 괴상한 소리가 터져나왔어. 그리고 우유 장수 차림을 한 여자가 수건으로 싼 것을 가리켰어. 보니까 그건 주름살이 쪼글쪼글한 꼬물거리는 추악한 고깃덩이로, 고양이 같은 소리로 울고 있었어. 그녀는 내게 말하기를

『여자 아이예요.』

의사는 산모를 진찰해 보더니 일이 식사 바로 직후에 터졌기 때문에 그녀의 상태는 안심할 수 없다고 말했어.

곧 간호원과 유모를 보내겠다고 말하고 돌아갔어. 한 시간후 두 여자는 약품 꾸러미를 들고 왔어.

나는 이후 어떻게 할까 생각하면서 너무나 어처구니없이 그 날 밤을 꼬박 의자에 앉아 밤을 밝혔어.

아침이 되자 이내 의사가 왔어. 그녀는 아주 나쁜 상태래. 그는 내게 말했어.

『무슈, 당신 부인은……』

나는 가로막았어.

『내 아내가 아니에요.』

그는 다시 말했어.

『작은댁이라도 마찬가지예요.』

그리고 그는 양육법이라든가 산모에게 필요한 모든 주의를 주었어.

어떻게 할까? 차라리 이 불행한 여인을 시립 보호소로 보낼까? 그러는 동안에 어느새 나는 그 집에서, 그 동네에서 형편없이 불행한 사람으로 된 것을 어쩔 수 없었어.

나는 그녀를 떠맡기로 했어. 그녀도 내 침대에서 육 주일을 지냈어.

아이는 어떻게 했느냐고? 프와 시의 농부에게로 보냈지. 지금도 매달 오십 프랑씩 보내고 있는 걸. 처음에 돈을 냈으니까 이것은 내가 죽을 때까지 내지 않으면 안될 거야.

그리고 나중에는 틀림없이 나를 자기 아버지라고 생각하겠지. 그건 여하간에 더 큰일난 건, 몸이 회복되니까……그 여자, 그 여자가 내게 반한 거야……마치 미친 것처럼 반해 가지고, 이 매음부가!

「그래서?」

「그런 데다 그 여자는 꼭 버린 고양이 새끼처럼 말라 버렸어. 난 그 해골을 밖으로 내쫓아 버렸지만 그 여자, 지금도 길가에 숨어 있거나 내가 지나가는 것을 보려고 지켜 서 있다가, 내가 밤에 외출이라도 하면 나를 세워놓고 손에 키스를 한다든지…… 참 견딜 수 없이 굴어. 이런 이유로 나는 그 만찬을 사양하는 바야.」

두 친구

　파리는 포위되고 기아에 임박하여 허덕이고 있었다. 지붕 위의 참새도 눈에 뜨이게 줄고 하수도의 쥐도 없어졌다. 사람들은 먹을 수 있는 것이면 무엇이든지 먹었다.

　일월의 어느 맑게 개인 날 아침, 본업은 시계방을 하고 있지만 시국이 시국인 만큼 한가한 사람이 되어 버린 모리소 씨가 평상복 바지에 두 손을 깊숙이 집어넣고 배를 곯리면서 변두리 동네의 큰 길을 시큰둥한 표정으로 흔들흔들 걷고 있었으나, 이도 같은 한패인 듯한 남자와 딱 마주치자 발을 멈추었다. 본 듯한 얼굴이라고 생각했는데 역시 그랬다. 소바즈 씨라고, 강에서 알게 된 사람이었다.

　전쟁 전까지는 일요일이면 아직 이른 새벽부터 모리소는 낚싯대를 한 손에 들고 깡통을 어깨에 걸치고 나서곤 했었다. 아르장뙤이유행 기차를 타고 꼴롱브에서 내리면 걸어서 마랑뜨 섬까지 간다. 이 꿈에도 잊지 못하던 곳에 닿자마자 곧 낚시를 시작한다. 밤이 되기까지 낚고 있는 것이다.

　일요일마다 정해 놓고 그곳에서 디룩디룩 살이 찌고 소탈한 작달막한 남자와 만났는데 그것이 소바즈 씨다. 노트르담 드로레뜨 거리에 조그마한 잡화상을 내고 있다. 이이도 대단한 낚시광이었다. 그들은 나란히 줄을 드리우고 물 위에 발을 흔들거리면서 한나절을 보내는 일이 종종 있었다. 이렇게 하여 둘은 사이가 좋아졌던 것이다.

어떤 때에는 둘은 입조차 벌리지 않은 날도 있었다. 그러나 어쨌든 취미는 비슷했고 생각하는 것도 같았으므로 아무말 하지 않아도 둘의 마음은 잘 통하고 있었다.

봄에는 아침 열 시경, 젊은 태양이 물과 함께 흐르는 저 아련한 아지랑이를 조용한 수면에 맴돌게 하고 이들 두 태공망의 등에 봄볕이 기분좋게 용기를 퍼부어 줄 때가 되면 모리소는 생각난 듯이 옆자리의 일행에게 말을 건넨다.

「어떻소, 기분이 좋군요.」하면 소바즈 씨도 맞장구를 친다. 「더할 나위 없어요.」겨우 그것만으로 둘은 서로 이해하고 마음을 주고받을 수가 있었던 것이다.

또 가을은 가을대로, 저녁 해질 무렵 피를 쏟아 부은 것 같은 노을을 받아서 물은 진홍의 구름을 배게 하여 강의 전면을 붉게 물들인다. 지평선은 불처럼 타고 두 친구 사이는 불길 속처럼 새빨갛게 된다. 또 겨울의 기척에 떠는 검은 다색의 나무들도 금빛으로 물들어 버린다. 그런 때 소바즈 씨는 사뭇 기쁜 듯이 모리소 편을 보고 말을 건다. 「참으로 좋은 경치군요.」하면 모리소도 감탄하면서, 그러나 찌에서는 눈도 떼지 않고 대답한다. 「흥, 시중에 있는 놈들의 기분은 알 수가 없어요.」

이러한 두 사람이 서로 상대편 얼굴을 알아차리자 힘껏 손을 거머쥐었다. 무척 변해 버린 세태 속에서 다시 서로 만날 수 있다는 데에 크게 감동한 것이다. 소바즈 씨는 한숨을 한 번 쉬고 뇌까렸다. 「어허, 참 생각할 수도 없게 되어 버렸습니다그려.」 모리소 씨도 몹시 어두운 얼굴로 내뱉듯이 말했다. 「게다가 요 사이 날씨는 어쩐 일입니까. 어쨌든 오늘은 올해 들어 처음 보는 좋은 날씨로군요.」

과연 하늘은 파랗고 맑은 빛에 차 있다.

둘은 깊은 생각에 잠기면서 어깨를 나란히 하고 걷기 시작했다. 모리소가 말을 이었다. 「어때요, 낚시는? 아! 참으로 그때가 좋았지요!」

소바즈 씨는 물었다. 「언제 또 할 수가 있을는지.」

그들은 어떤 자그마한 카페로 들어가서 함께 압쌩뜨를 한 잔 했다. 그리고 나서 다시 거리를 어슬렁거리고 걸었다.

모리소가 생각난 듯이 멈춰 섰다. 「한잔 더 어때요?」 소바즈 씨도 찬성했다.

「좋습니다.」 그들은 또 다른 술집으로 들어갔다.

그곳을 나왔을 때에는 두 사람 모두 아주 좋은 기분이 돼서 빈속에 알콜을 부어넣은 사람들처럼 휘청거리고 있었다. 따뜻한 날씨였다. 산들바람이 쓰다듬는 것처럼 얼굴을 간지럽혔다.

부드러운 바람을 쏘이고 더욱 얼근히 기분이 좋아진 소바즈 씨가 걸음을 멈추었다.

「한번 나가 보실까요?」

「어디에 말입니까?」

「낚시 말이죠.」

「그렇지만 어디에서 말입니까?」

「어디라니, 그때 그 섬이지요. 프랑스 군의 전초가 꼴롱브 근처에 나가 있어요. 내가 뒤물랭 대령을 알고 있으니까 문제없이 통과시켜 줄 겁니다.」

모리소 씨도 낚시라면 참을 수가 없었다. 「좋소. 가십시다.」 그래서 둘은 도구를 가지러 가려고 헤어졌다.

한 시간 뒤에 그들은 나란히 국도를 걷고 있었다. 얼마 안 되어 대령의 숙사로 되어 있는 별장에 닿았다. 대령은 두 사람의 부탁을 듣고 빙긋 웃었으나 그 들뜬 마음을 실망시켜주지 않았다. 그들은 통행 허가증을 받고 또 걷기 시작했다.

이윽고 전초선을 넘어 지금은 사는 사람도 없는 꼴롱브의 거리를 지나 세느 강 쪽으로 나 있는 작은 포도밭 가에 나왔다. 그럭저럭 열 한 시였다.

눈앞에 아르장뙤이유의 마을이 죽은 듯이 가로놓여 있다. 오르즈몽이나 싸느와의 고원이 근처 일대를 내려다보고 있다. 낭떼르까지 이어진 광대한 평야는 눈이 미치는 한 아무것도 없고 눈에 비치는 것은 쓸쓸한 벚나무 숲과 잿빛의 땅뿐이다.

소바즈 씨는 언덕들의 꼭대기를 가리키면서 뇌까렸다. 「프러시아 군은 저 높은 곳에 있습니다.」 그리고 나니까 이 황량한 토지를 앞에 놓고 말할 수 없는 불안이 그들 두 친구를 움츠리게 했다.

프러시아 병사! 둘은 아직 그 모습을 눈으로 보진 못했으나 몇 달 전부터 파리의 주위에 있으면서 약탈하고 학살하고 굶주리게 하여 프랑스를 파괴해 가고 있다. 그 눈에 보이지 않는 강력한 그들을 느끼고 있었던 것이다. 또 둘이 저 미지의 승리한 국민에 대하여 품고 있는 증오감에는 일종의 미신적인 공포가 덧붙여 있었다.

모리소 씨는 머뭇거리며 말했다. 「어때요, 놈들과 불시에 마주치기라도 하면?」

소바즈 씨는 이런 때에도 바로 그 파리 사람다운 장난기를 섞어 대답한다.

「물고기 프라이라도 만들어 주죠.」

라고는 해도 지평선 일대를 덮고 있는 기분 나쁜 침묵에 기가 죽어서 단박에 들 가운데로 들어가지 못하고 있었다.

드디어 소바즈 씨는 결심했다. 「자, 나갑시다! 그러나 조심하시오.」 두 사람은 포도밭으로 내려갔다. 몸을 굽히고 배로 기면서, 풀숲이 있으면 그 속에 숨어서 눈을 굴리고 귀를 기울이면서.

그 앞에 좁고 긴, 풀도 나지 않은 땅이 아직 있어서 강가에 다다르려면 그것을 가로질러야만 했다. 그들은 뛰기 시작했다. 그리고 겨우 강가에 닿자마자 얼른 마른 갈대 속에 웅크리고 앉았다.

모리소는 근처에 사람의 발소리라도 나지 않나 하여 땅바닥에 귀를 대어 보았다. 아무것도 들리지 않는다. 확실히 그들뿐이었다. 단 두 사람뿐이다.

겨우 가슴을 내려 쓸고 낚시를 시작했다.

눈앞에는 지금 아무도 없는 마랑뜨 섬이 있어서 저편 강가에서는 둘의 모습은 보이지 않을 것이다. 작은 섬의 요리집 건물은 문이 닫혀진 채였다. 마치 몇 년 전부터 빈집이 되어 있는 것처럼 생각되었다.

소바즈 씨가 먼저 모래무지를 낚아 올렸다. 모리소가 다음 것을 낚아챘다. 이렇게 하여 두 사람 다 은빛의 작은 물고기가 줄 끝에 팔딱팔딱 뛰고 있는 낚싯대를 쉴사이없이 들어올리는 것이었다. 정말, 거짓말같이 많이 잡혔다.

낚은 물고기는 발밑의 물에 담가져 있는 아주 가는 그물로 된 고기 바구니에 솜씨 좋게 넣어졌다. 그럴 때면 말할 수 없는 기쁨이 온 몸에 배어 퍼지는 것이었다. 그것은 오랫 동안 금지되어 온 도박이나 놀이를 하게 되었을 때 누구나가 느끼는 그 기쁨이었다.

따뜻한 태양이 그 따사로움을 두 사람 사이에 흘려넣고 있었다. 이제 그들은 아무것도 들으려고 하지 않았다. 세상일 같은 것은 잊어버리고 있었다. 그저 낚고 있었다.

그런데 별안간, 땅 밑바닥에서 일어나 온 것 같은 둔한 음향이 지면을 진동시켰다. 대포가 터지기 시작한 것이다.

모리소는 뒤를 돌아보았다. 둑 너머 저 멀리 왼편쪽에 발레리앙 산의 커다란 윤곽이 보였으나 그 앞 꼭대기에는 지금 막 토해낸 화약의 연기가 하얀 깃털 장식처럼 덮여 있었다.

금새 또 두 번째의 불연기가 요새의 꼭대기에서 올랐구나하고 생각하자, 이삼 초 지나 또 폭음이 울렸다.

그로부터는 연이어서 폭음이 일고 산은 쉴사이없이 죽음의 숨결을 던지고 우유빛 연무(煙霧)를 토해냈다. 그러면 그것은 조용한 하늘로 천천히 떠올라가 산 위에 한 뭉치의 구름을 형성하는 것이었다.

소바즈 씨는 어깨를 으쓱거리면서 말하였다.

「또 시작했군 그래.」

모리소는 낚시찌가 까딱거리고 움직이고 있는 것을 마음에 걸리는 것처럼 바라보고 있었으나 갑자기 화가 치밀었다. 이렇게 전쟁하고 있는 저 광인들에게 대한, 선량한 인간의 노여움이었다. 그는 중얼거렸다. 「이렇게 서로 죽이기 내기를 하다니 참으로 바보스럽지 않소!」

소바즈 씨도 대답했다. 「짐승 이상이지요.」

마침 그때 모리소는 잉어를 낚아 올렸을 때였는데 큰 소리로 말했다. 「요컨대 정부가 존재하는 한 전쟁은 끊이지 않을 겁니다.」

소바즈 씨는 그것을 가로막고 말했다. 「그렇지만 공화국이라면 전쟁은 하지 않았을 텐데……」

이번에는 모리소가 가로채어 말했다. 「임금님이 다스릴 때에는 외국과 전쟁이고, 공화국일 때에는 국내 전쟁이지요.」

이리하여, 둘은 정치상의 크나큰 문제를 단순하고 온화한 인간의 부드러운 토론으로 처리하면서 한가하게 이론을 펴기 시작하여 결국 인간은 언제가 되더라도 자유로워지지는 않을 것이라는 것에 의견이 일치했다. 그러는 사이에도 발레리앙 산은 포탄으로 쉴사이없이 울리면서, 프랑스의 집들을 파괴하고 많은 생명을 분쇄하고 많은 존재를 유린하고 수많은 꿈, 수많은 기쁨의 기대, 수많은 동경의 행복에 종지부를 찍고 아득히 먼 고향에 있는 아내의 마음에, 딸의 마음에, 어머니의 마음에 평생토록 아물 수 없는 상처를 입히고 있는 것이었다.

「이것이 산다는 것이지요.」라고 소바즈 씨가 말을 던졌다.

「이것이 죽음이라는 것이지요, 라고 말하고 싶은 걸요.」라고 모리소는 웃으면서 대꾸했다.

그러나 그때 그들은 깜짝 놀라서 굳어져 버렸다. 확실히 지금 그들의 뒤를 누군가가 걸어간 것을 느꼈기 때문이다. 살그머니 눈을 돌려보니 등 너머 바로 곁에 네 사람의 남자가 버티고 서 있는 것이다. 머슴의 옷차림에 납작한 군모를 쓴 복장으로 무장한 수염투성이의 거한이 이쪽으로 총 끝을 대고 겨냥을 하고 있는 것이다.

두 사람의 낚싯대는 둘의 손에서 떨어져서 강 아래로 흘러내려갔다.

두 사람은 곧 붙들리고 잡아 끌리어서 조그만 배에 처넣어져서 섬으로 끌려갔다.

그들이 빈집이라고 생각했던 아까 그 건물 뒤에는 이십 명가량의 프러시아 병사들이 있었던 것이었다.

털투성이의 거한(巨漢)이 의자에 말탄 듯이 앉아서 커다란 사기 파이프를 빨아 대고 있었다. 두 사람을 보고 세련된 프랑스어로 물었다. 「어떠시오, 여러분 많이 잡혔습니까?」

그러자 병사 하나가 마음을 써서 가지고 온 것으로 보이는 물고기가 하나 가득 들어 있는 고기 바구니를 장교 발밑에 놓았다. 프러시아의 장교는 씩 웃었다. 「호, 이것 참 상당하군 그래. 한데 그건 그렇고, 내가 말하는 것을 들어두기 바란다. 근심할 것은 없다.

나에게 말을 하라고 한다면 너희들 둘은 이쪽을 염탐하려고 온 간첩이다. 그래서 나는 너희들을 잡아다 총살하는 것이다. 너희들은 계획을 교묘하게 속이려고 낚시질을 하고 있는 것처럼 꾸며 보였을 뿐이다. 너희들이 내 손안에 들어온 것은 대단히 가엾은 일이나 이것이 전쟁이라는 것일 수밖에.

그런데 말이다, 너희들은 전초선을 빠져나왔으니 만큼 분명 돌아갈 때의 암호를 알고 왔을 것이다. 그 암호를 나에게 가르쳐주면 너희들을 용서하겠다.」

두 친구는 나란히 선 채 새파랗게 얼굴이 질려서 손을 가볍게 떨면서 잠자코 있었다.

장교는 다시 말했다.「아무도 알지는 못한다. 너희들은 아무렇지도 않게 돌아갈 수 있는 거다. 이 비밀은 너희들과 함께 없어져 버리게 되는 거다. 만약 너희들이 싫다고 한다면 이 자리에서 사형이다. 어느 편인가 결정해라.」

둘은 말없이 꿈쩍도 하지 않았다.

프러시아 장교는 냉정하게 한 손을 강 쪽으로 향해 보이면서 다시 말했다.「잘 생각해라. 오 분 뒤에 너희들은 저 물속에 있는 거다. 오 분 뒤다 ! 너희들에겐 가족들도 있을 것 아닌가?」

발레리앙 산은 여전히 흔들리고 있었다.

두 사람의 낚시꾼은 입을 다문 채 버티고 서 있었다. 프러시아 군은 자기들의 말로 무엇인가 명령을 내렸다. 이어서 자기가 걸터앉아 있는 의자를 약간 뒤로 당기고 두 사람의 포로와 너무 가까이 있지 않도록 했다. 열 두 명의 병사가 이십 보 떨어진 곳에 정렬하여 세워총을 하였다.

장교가 또다시 말했다.「일 분간의 여유를 준다. 단 이 초 이상 더 기다리지 않는다.」

이어 그는 별안간 일어나서 두 프랑스 인 옆으로 다가와 모리소의 팔을 잡고 조금 떨어진 곳으로 끌고가 목소리를 죽여 속삭였다.「자아, 빨리 그 암호는 ? 너희 한패에게 눈치채일 근심은 안 해도 된다. 가엾어져서 용서받은 것으로 해두자.」

모리소는 아무 대답도 하지 않았다.

거기서 프러시아 장교는 소바즈를 끌고 가서 같은 질문을 다.

소바즈도 아무 대답도 안했다. 그들은 다시 나란히 세워졌다.

그리고 장교는 명령을 했다. 병사들은 총을 들어올렸다.

그때 문득 모리소의 시선은 모래무지가 들어 있는 고기 바구니 위에 떨어졌다. 두세 걸음 떨어져서 풀 위에 내던져져 있었다.

한 줄기의 햇빛이 아직 움직이며 쌓여 있는 물고기에 부딪쳐서 반짝거리고 있었다. 왠지 정신이 멍해져 왔다. 참고 있었으나 눈물이 나와서 견딜 수가 없었다.

그는 우물거리면서 말했다. 「소바즈 씨, 잘 가시오.」소바즈 씨도 말했다. 「모리소 씨, 잘 가시오.」그들은 손과 손을 서로 굳게 움켜쥐었으나 머리끝부터 발끝까지 떨려 와서 어떻게도 할 수 없었다.

장교가 고함을 쳤다. 「쏴라!」

열 두 발의 총성이 똑같이 났다.

소바즈 씨는 털썩 엎어져 넘어졌다. 모리소는 키가 컸으므로 비틀거리며 한 바퀴 굴러 친구 위에 부딪치면서 벌렁 나자빠졌다. 가슴께를 맞고 피가 목덜미에서 힘차게 뿜어나왔다.

프러시아 군이 또 무언가를 명령했다.

병사들은 사방으로 흩어졌으나, 곧 밧줄과 돌을 가지고 와서 그것을 두 시체의 발목에다 묶었다. 그리고 강가로 옮겨갔다.

발레리앙 산은 여전히 흔들리고 있었고, 어느새 초연의 층을 이고 있었다.

두 병사가 모리소의 머리와 발을 잡았다. 그리고 다른 두 사람이 똑같이 소바즈 씨를 들어올렸다. 두 개의 시체가 힘껏 휘둘리웠다고 생각하는 순간, 멀리 내던져져 각각, 곡선을 그리면서 돌의 무게로 해서 발을 세우고 선 채 강 속으로 가라앉아 버렸다.

물이 퉁겨지고 거품이 일고 흐트러졌으나 얼마 안 가서 고요
해졌다. 그리고 작은 물결이 강가에까지 밀려왔다.

피가 조금 떠올라 있었다.

장교는 여전히 상쾌한 기분으로 중얼거렸다.

「자, 이번에는 물고기들에게 맡겨 주자.」

그리고 숙사 쪽으로 돌아갔다.

그때 문득 풀 위에 딩굴고 있는 모래무지의 고기 바구니가 눈
에 띄었다. 그는 그것을 집어올려서 바구니 안을 들여다보고는
저도 모르게 벙글 웃었다. 그는 「빌헬름!」 하고 소리질렀다.

하얀 앞치마를 두른 한 병사가 뛰어나왔다. 프러시아 장교는
총살된 두 낚시꾼이 잡은 물고기를 그 병사에게 던지고 명령했
다. 「빨리 이 물고기를 프라이해서 주게나. 살았을 때 말이다.
틀림없이 맛이 좋을 거야.」

그는 다시 파이프를 피우기 시작했다.

술   통

아돌프 따베르니에에게

에프르빌르에서 여관업을 하는 쉬꼬 아저씨는 마글르와르 할머니 집 앞에서 이륜 마차를 세웠다. 뻘건 얼굴에 배불뚝이의 사십대 거한으로 좀처럼 속지 않는 사나이라는 평판이었다.

말을 울타리의 말뚝에 매어 놓고 자신은 성큼성큼 마당 가운데로 걸어 들어갔다. 실은 자기네 집이 할머니 집의 땅과 붙어 있어서 그전부터 할머니의 땅까지도 마저 몹시 갖고 싶어 했었다. 여태까지 여러 번 사들이려고 하였으나 마글르와르 할머니가 완강히 들으려 하지 않았다.

「난 여기서 태어났으니까 여기서 죽을 테다.」 이것이 할머니가 주장하는 말이었다.

그때 마침 할머니는 방문 앞에서 감자 껍질을 벗기고 있었다. 벌써 일흔 두 살이라고 하면 말라 빠지고 주름살이 잡히고 허리도 구부러져 있는 것이 당연하겠으나 건강하기는 젊은 처녀들 같았다. 쉬꼬는 사뭇 친한 사이인 것처럼 할머니의 등을 툭 치고는 자기도 그 곁의 마루에 걸터앉았다.

「어떠세요, 할머니. 항상 건강해서 좋습니다.」

「뭐 그만저만해요. 그래 어때요, 프로스뻬르 씨?」

「그게 말입니다! 가끔 가다 통증이 일어나서요. 그것만 없다면 문제 없는데 말입니다.」

「그만하면 괜찮은 편이구먼!」

그뿐 할머니는 입을 다물어 버렸다. 쉬꼬는 할머니가 일하고 있는 것을 바라보고 있다. 게의 발톱처럼 구부러지고 딱딱하게 굳어 마디가 선 손가락이 핀셋같이 광주리 속에서 잿빛 감자알을 집어내면, 재빠르게 감자를 굴리면서 다른 손에 들고 있는 헌 칼로 쓱쓱 껍질을 벗겨간다. 그리고 그 감자가 말끔하게 노란 살을 나타내면 물통 속에 던져 넣는다. 세 마리의 암탉이 뻔뻔스럽게도 번갈아가며 할머니의 치맛자락에까지 부스러기를 훔치러 왔다가는 먹이를 입에 물기가 무섭게 곧장 달아나 버린다.

쉬꼬는 묘하게 멋쩍은 듯이 딱딱해져서 차분해지지 못하는 것처럼 보였다. 입 밖에까지 나오려는 말이 있지만 좀처럼 끄집어낼 수가 없다는 그런 눈치다. 가까스로 결심을 하고 말했다.

「그건 그렇고, 저 마글르와르 할머니……」

「무슨 일인가?」

「이 집 말인데요, 역시 팔 생각은 없는 겁니까?」

「그 말이라면 틀렸어, 기대하지 않는 게 좋아. 안 판다면 안 파는 거니까, 이제 그 말이라면 그만둬.」

「그런데 말입니다, 사실은 우리들 어느 편으로도 매우 형편이 좋은 방법이 생각났거든요.」

「그게 어떤 건데?」

「이렇습니다. 할머니는 그것을 팔기는 팔더라도, 역시 내내 할머니 거란 말입니다. 모르시겠어요? 제가 말하는 이치를 잘 새겨 들으세요.」

할머니는 감자를 벗기는 손을 멈추고 주름살투성이의 눈꺼풀 깊숙이 빛나는 눈으로 여관 주인을 가만히 쳐다보고 있었다.

사나이는 말을 이었다.

「쉽게 말하면 말입니다. 저는 할머니에게 매달 백 오십 프랑씩을 드리는 겁니다. 아시겠어요? 매달 저는 저 이륜 마차에 타고 말입니다, 할머니에게 갖다 드리는 거예요. 오 프랑짜리 금화를 서른 닢씩 말입니다. 그리고서도 여느 때와 조금도 달라지는 게 없어요. 요만큼도 변함이 없다니까요. 지금까지대로 할머니는 할머니 댁에 계시면 되고, 저 같은 것은 마음에 둘 것도 없고. 그렇다고 특별히 은혜스럽게 생각할것도 없어요. 할머니는 그저 잠자코 제 돈을 받아 주기만 하면 되는 겁니다. 이거 어떻습니까?」

그렇게 말하고 주인은 할머니를 바라보았다. 참으로 상쾌한 듯한, 기분이 매우 좋아보이는 표정이다.

할머니는 함정이라도 없을까 하는 듯 의심스럽게 상대를 지켜보고 있었다. 그녀는 물었다.

「그렇다면 내편은 그래서 좋다고 치더라도 당신은 어떻게 되는 건가. 이 집은 그렇다면 당신 것이 될 수 없을 텐데?」

주인은 다시 말을 이었다.

「그런 일이라면 조금도 근심할 것 없습니다. 할머니는 신께서 살려 두시는 동안은 언제까지라도 여기에 계시면 됩니다. 할머니 댁에 계시는 거니까요. 다만 공증인에게 한 자 적어 달라고만 하면 돼요. 할머니가 돌아가신 뒤에는 제것이 된다고 말입니다. 아이들도 없지요. 친척이라고 해야 조카들뿐인데 그들도 별로 관심 없고 말이죠. 어떠세요? 살아 계시는 동안은 할머니 것이고 그리고, 다달이 오 프랑 금화를 서른 닢씩 받을 수 있고. 할머니 편에서 생각하면 대단한 벌이지요.」

이 말에는 할머니도 놀랐다. 걱정이기도 했다. 그렇지만 적지 않이 마음이 쏠려 이렇게 대답했다.

「의논을 함께 하지 않겠다는 건 아니지만 깊이 생각해 봐야겠는 걸. 다음 주에라도 다시 와봐요. 그러면 내 생각을 대답해 줄 테니까.」

거기에서 쉬꼬는 한 나라를 뺏은 왕자처럼 의기 양양해서 돌아갔다.

마글르와르 할머니는 어떻게 해야 할지 몰라서 근심스러웠다. 그날 밤은 잠도 자지 못했다. 나흘 동안 할머니는 갈피를 잡지 못하고 갈팡질팡했다. 좀 치사스럽다고는 생각됐지만 그 짤랑거리는 돈이 한 달에 서른 닢이나 펼친 앞치마 속으로 굴러 들어올 생각만 하면, 가만히 앉아 있어도 하늘에서 비 오듯이 떨어져 굴러들어 오는 것이라고 생각하는 만큼 욕심이 치밀어 견딜 수가 없는 것이다.

그래서 공증인에게 가서 사정을 털어놓아 보았다. 공증인은 쉬꼬의 제안을 받아들일 것을 권했으나 오 프랑씩 서른 닢으로 하지 말고 쉰 닢으로 요구하도록 했다. 집값은 아무리 싸게 치더라도 육만 프랑은 되겠기 때문이었다.

「가령 할머니가 이제부터 앞으로 십 오 년 산다고 해도 저편은 겨우 사만 오천 프랑밖에는 지불하지 않는 게 됩니다.」하는 것이 공증인의 말이었다.

노파는 달마다 오 프랑짜리 금화를 쉰 닢이나 받을 수 있다고 생각하니 몸이 오싹 떨리는 것 같았다. 그러나 역시 저런 것이나 아닐까, 이런 것이나 아닐까, 어떤 흉계라도 있는 것이나 아닐까, 하고 마음이 쓰여서 여전히 의심은 풀리지 않는다. 그리고 좀처럼 일어설 마음도 없고 하여 꼬치꼬치 별별것을 다 물어 보고 하여 저녁때까지 우물거리고 있었다. 가까스로 증서를 작성하기로 결정을 짓고 났을 때는 새 사과주를 네 병이나 마셔 버린 것처럼 비틀거리면서 집으로 돌아왔다.

쉬꼬가 대답을 들으러 찾아왔을 때에도 할머니는 팔 생각이 없다면서 선뜻 승낙하지 않았다. 그러면서도 마음 속으로는 도저히 오 프랑짜리 금화 쉰 닢은 내놓지 않을 것이라고 생각하며 불안해 했다. 그래도 주인 쪽에서 자꾸 졸라 대므로 바로 이때다, 하고 이쪽 요구를 내놓았다.

주인은 실망한 듯 갑자기 튀어 일어났다. 그 자리에서 거절했다.

이렇게 되자 할머니는 어떻게든지 해서 상대를 설복해 보려고 자기 수명에 대한 것을 끌어내 가지고 구실을 늘어놓았다.

「나는 이래보여도 확실하게는 겨우 오륙 년일 거요. 아무튼 이제 일흔 둘이니까. 거기에다 몸도 좋지 않고 지난밤에도 이제는 여영 틀렸구나 했어요. 몸에 힘이라곤 하나도 없어서 말예요. 남에게 자리에까지 들어다 놔 달라고 했어야만 했다오.」

그러나 쉬꼬는 그런 수단에 걸려들지 않았다.

「웬걸, 웬걸요. 그런 말씀을 하시지만 할머닌 교회에 있는 종루처럼 튼튼하지 않습니까. 줄잡아도 백 살까지는 사실 겝니다. 틀림없이 내편에서 할머니에게 장송의 전송을 받을 것 같은데요.」

온종일 담판만으로 날이 저물었으나, 할머니가 한 걸음도 양보하지 않았으므로 결국 주인은 쉰 닢을 내줄 것을 승낙하고 말았다.

다음날 두 사람은 증서에 서명했다. 그리고 마글르와르 할머니는 축의금으로 오십 프랑을 졸라 댔다.

삼 년이 지났다. 할머니는 여전했다. 하루도 나이를 먹었다고는 보이지 않으므로 쉬꼬는 몹시 낙심했다. 그의 입장으로 보면 벌써 반 세기 동안이나 다달이 돈을 지불하고 있는 것 같고 속은 것 같은, 사기당한 것 같고 신분이 허물어진 것 같은 그런 마음이 들어서 견딜 수가 없었다.

쉬꼬는 이따금씩 할머니의 집에 가보았다. 그것은 마치 농부가 칠월이 되면 보리 타작을 할 때가 되었나 어떤가를 살피러 밭으로 가는 것 같았다. 그러면 할머니는 독살스런 눈으로 맞곤 했다. 그것 보지, 하고 내심 무척 기뻐하고 있는 것처럼 보이기까지 했다. 그러면 주인은 급히 마차 속으로 뛰어 들어가서 중얼거리는 것이다.

「언제까지나 나가 떨어지지 않을 작정인가, 해골바가지가!」

어떻게 해야 좋을지 알 수가 없었다. 할머니의 얼굴을 보면 목이라도 졸라 죽이고 싶을 정도였다. 할머니가 미워서 견딜 수가 없다. 그것은 흉포하고 심술궂은 미움이었다. 농작물을 도둑맞은 농부의 미움, 그것이었다.

거기서 그는 한 가지 방안을 고안했다.

겨우 어느 날, 맨 처음 거래를 제안했을 때처럼 그는 손을 비벼대면서 할머니를 만나러 왔다.

얼마 동안 세상 이야기를 주고받은 뒤에

「한데, 저 할머니, 어째서 에프르빌르에 왔을 때 저의 집에서 식사를 하시지 않으십니까? 세상 사람들이 무어라고 수군대는지 아십니까? 우리들이 벌써 사이가 틀어졌다고 말입니다. 이것이 제게는 무엇보다도 괴로운 겁니다. 저의 집에 오셨다고 해서 할머니, 돈 같은 것 두고 가시지 않아도 좋습니다. 그까짓 점심 식사쯤 그렇게 인색하지 않습니다. 마음이 내키면 사양하시지 말고 오십시오. 저도 기쁩니다.」

마글르와르 할머니는 두 번 다시 권할 것까지도 없었다. 벌써 이틀 후에 심부름꾼 셀레스땡을 데리고 이륜 마차로 시장에 가는 길에 쉬꼬의 마구간에 태연하게 말을 매놓고 약속한 점심을 청했다.

주인은 대단히 기뻐해서 귀부인처럼 환대했다. 영계, 순대, 양의 넓적다리살, 양배추 볶음 같은 성찬을 대접하였다. 그러나 할머니는 거의 손을 대지 않았다. 워낙 어렸을 적부터 양이 적어서 수프 조금과 토스트 한 쪽 정도로 족했던 것이다.

쉬꼬는 기대에 어긋났으나 그래도 무리로 권해 보았다. 할머니는 마실 것도 마다했고 커피도 사양했다.

주인이 물어 보았다.

「진한 탁주라면 한잔 괜찮을 텐데요.」

「아아! 그거라면 나쁘지 않지. 조금 마셔 보겠어.」

그러자 주인은 집 안이 울릴 만큼 있는 대로 큰 소리를 질렀다.

「로잘리, 탁주를 가져와. 잘 간직했던 특급으로 말이다.」

이윽고 하녀가 가늘고 길쭉한 병을 들고 나왔다. 종이로 만든 포도잎이 장식으로 붙어 있었다.

주인은 술잔에 넘치도록 부었다.

「할머니, 한잔 해보시지 않겠어요? 이건 참 술맛이 좋은 거죠.」

할머니는 조금씩 짤끔짤끔 맛을 보는 것처럼 천천히 마시기 시작했다. 한 방울도 남기지 않고 마시고 나서 말하기를

「참말로 이것은 특주구면.」

그 말이 끝나기도 전에 쉬꼬는 또 한 잔 따라 주었다. 할머니는 사양하려고 하였으나 벌써 늦었다. 그래 역시 처음과 마찬가지로 천천히 마셨다.

주인은 세 번째 잔을 권하려고 했으나 이번에는 들지 않았다. 주인은 우겼다.

「뭘 그러세요. 꼭 우유 같잖습니까. 나는 열 잔 아니라 열두 잔도 마시지만 끄떡 없습니다. 설탕물처럼 술술 넘어 가거든요. 뱃속에서 탈도 나지 않지만 머리에도 아무렇지 않아요. 결국 혓바닥 위에서 스러지는 겁니다. 몸을 위해서는 이것 이상 없습니다!」

할머니는 마시고 싶어 견딜 수가 없었으므로 권하는 대로 입에 댔으나, 이번에는 반쯤밖에 마시지 않았다.

그래도 쉬꼬는 호기로운 성격을 보이려고 하는지 큰 소리로

떠들었다.

「어이구, 퍽 마음에 드셔 하는 것 같으니까 한 통 드리도록
하지요. 이렇게 하는 것도 우리들이 이렇게 사이가 좋다는 것을
남들이 봐주기를 바래서입니다.」

할머니는 싫다고는 하지 않았다. 그리고 얼근하게 취한 기분
으로 돌아갔다.

이튿날 주인은 마글르와르 할머니댁 마당 가운데까지 말을
몰고 들어와서 마차 속에서 쇠로 테를 두른 자그마한 술통을 꺼
냈다. 그리고 이것도 어제와 똑같은 특주라는 것을 증명하기 위
하여 할머니에게 한 번 맛을 보아 달라고 했다. 서로 석 잔씩 마
시고 나자, 주인은 돌아가는 길에 다짐을 두어 말했다.

「아셨습니까 할머니, 이것이 다 없어지더라도 또 얼마든지 있
으니까요. 사양할 것 없습니다. 저는 인색한 것이 제일 싫답니
다. 빨리 없어지면 저는 그만큼 기쁘답니다.」

그렇게 말하고 주인은 마차에 올라탔다.

나흘이 지나서 그는 또 찾아왔다. 할머니는 방문 앞에서 수프
에 넣을 빵을 자르고 있었다.

주인은 곁으로 가서 인사를 하고는 얼굴을 맞댈 것처럼 다가
가 말을 했다. 상대편 숨을 맡아내기 위해서였다. 알콜 냄새가
확 끼쳤다. 옳지 됐다, 하고 그의 얼굴이 빛났다.

「저도 한 잔 주시지 않겠습니까?」 그가 말했다.

둘은 두서너 번 건배했다.

그리고 얼마 가지 않아서 마글르와르 할머니가 술버릇이 붙
었다고 하는 소문이 퍼졌다. 부엌이든, 마당이든, 근처 한길이
든 장소를 가리지 않고 술에 곯아 떨어진 채 그때마다 죽은 것
처럼 제정신이 아니어서 집까지 들어다 주지 않으면 안 되었다.

그때 이후 쉬꼬는 할머니의 집에 들르지 않았다. 그리고 할머
니의 그런 소문이라도 듣게 되면 언제나 침울한 얼굴을 하면서

중얼거리는 것이었다.

「그 나이에 술버릇이 붙다니 참으로 가엾은 일이군 그래. 나이가 들어서는 더욱 할 수 없는 일인데 말이야. 엉뚱한 일이나 일어나지 않아야겠는데!」

그러나 엉뚱한 큰일이 일어났다. 할머니는 그해 겨울 크리스마스 가까운 무렵 흠뻑 취해서 눈 속에 쓰러져 죽어 버리고 말았다.

그래서 쉬꼬는 집을 인계받았으나 그 변명으로 말했다.

「그 할머니가 그래도 술만 마시지 않았으면 아직 십 년은 더 살 수 있었을 텐데……」

귀   향(歸鄕)

바다는 잘고 단조로운 물결로 바위를 치고, 하얀 조각 구름이 질풍에 몰려 마치 새떼처럼 넓은 하늘을 날아갔다. 그 마을은 바다로 완만히 내려간 계곡에서 따뜻한 햇살을 받고 있었다.

마을 맨 끝에는 마르땡 레베스끄의 집이 달랑 하나 길가에 오똑 서 있었다. 조그만 어부의 집, 벽은 흙으로 바르고, 초가 지붕 꼭대기에는 파란 붓꽃이 피어 있다. 고양이 이마빡만한 마당에는 양파, 양배추, 파슬리, 사양채 같은 것을 가꾸어 놓고 문 앞에 한가로이 앉아 있다. 그것을 울타리가 길을 따라 폭 싸고 있다.

주인은 고기잡이에 나갔다. 마누라는 문 앞에서 커다란 갈색 어망의 코를 깁고 있다. 어망은 마치 거대한 거미의 집처럼 벽 전체를 싸고 있었다.

열 네 살 나는 계집애가 뜰 입구에서 짚으로 씌운 의자에 앉아 등을 울타리에 기대고 속옷을 깁고 있다. 벌써 몇 번이나 되풀이해 기워, 보기에도 딱한 속옷이었다.

그보다 한 살 아래인 계집애가 아직 재롱은커녕 입도 제대로 놀리지 못하는 갓난애를 안고 앉아 어르고 있다. 그리고 두 살이나 세 살쯤 나 보이는 어린애가 둘, 땅바닥에 궁둥이를 대고 서로 코를 붙이고 앉아 시원찮은 손짓으로 흙장난을 하고 있었다. 그러다가도 서로 흙을 움켜쥐고 상대방의 얼굴에 끼얹고 했다.

아무도 입을 여는 사람은 없었다. 다만 갓난애만이 졸린 듯 보채며 계속 가는 목소리로 칭얼댈 뿐이었다. 창가에는 고양이가 잠들어 있다. 꽃이 활짝 핀 향기 짙은 대왐풀이 벼 옆에 하얀 꽃으로 멋진 밭이랑을 만들고 있다. 그리고 그 위로 벌꿀들이 떼를 지어 날개를 파닥이며 모여들었다.

입구에서 깁기를 하던 계집애가 갑자기 불렀다.

「엄마!」

「왜?」

「저 사람 또 왔어.」

아침부터 모녀는 마음에 걸려 견딜 수 없었다. 한 남자가 집 주위를 빙빙 돌고 있는 것이다. 그것도 꼭 거지 같은 모습의 늙은 남자였다.

그녀들은 아버지가 배타러 갈 때 도와주러 나갔다가 그 남자를 보았다. 그 남자는 도랑가에 앉아 있었다. 그것이 바로 문앞 정면인 것이다.

그녀들이 부두에서 돌아올 때도 역시 그 남자는 거기에서 집 쪽을 쳐다보고 있었다.

남자는 병이 든 듯 무척 초라하게 보였다. 한 시간 이상이나 그 자리에서 움직이지 않고 있다가 사람들이 수상하게 보는 듯하자, 벌떡 일어나 어딘가로 다리를 끌며 사라졌다.

그런데 곧 다시 아까의 그 맥빠진 나른한 걸음걸이로 돌아오는 것이 보였다. 그리고 도로 그 자리에 앉아 버렸다. 이번에는 조금 떨어진 자리였는데, 그것이 오히려 그녀들의 모습을 더 자세히 보기 위한 것같이 생각되었다.

어머니와 딸들은 점점 무서워졌다. 특히 어머니는 제정신이 아니었다. 본래 무서움을 잘 타는 성격에다 주인인 레베스끄는 해가 떨어지지 않으면 돌아오지 않을 것이었기 때문이다.

주인의 이름은 레베스끄라 하고, 마누라 쪽은 마르땡이라 하여서 두 사람은 마르땡 레베스끄라고 불리어지고 있다. 거기에는 이런 내력이 있다. 그 여자는 제일 처음 마르땡이라고 하는 선원과 결혼했던 것이다. 매해 여름 뉴 파운드란드에 대구잡이를 가는 남자였다.

결혼한 지 이 년째 되는 해, 남편이 탄, 디에프 항에 적을 둔 〈자매호〉라는 세 개의 돛을 단 배가 행방 불명 된 사건이 일어났다. 남편과의 사이에는 계집애 하나와 뱃속에 여섯 달 된 아기가 있었다.

그후 배의 소식은 전혀 없었다. 타고 있던 선원은 한 사람도 돌아오지 않았다. 그래서 배고 사람이고 몽땅 당했다고 생각되었다.

마르땡 부인은 고생하며, 두 아이를 키우면서 십여 년 동안 남편을 기다렸다. 그러는 동안에 이 여자의 튼튼하고 선량한 성격을 보고, 그 고장의 어부며 사내애가 하나 있는 레베스끄라는 홀아비가 청혼해 왔다. 그녀는 그 남자와 함께 살게 되었다. 그리고 삼 년 동안에 또 아이 둘을 낳았다.

고생스럽고 쓰라린 생활이 계속되었다. 빵은 비쌌고 고기 같은 것은 집에서 좀처럼 구경할 수 없었다. 겨울이나 고기가 잡히지 않는 계절 같은 때는 빵집에 빚을 지는 일도 많았다. 그래도 아이들은 무럭무럭 잘 자랐다. 세상에서는 곧잘 이렇게 말했다.

「참 훌륭해, 저 마르땡 레베스끄는. 마르땡 아주머니는 참을성이 많고, 레베스끄는 고기잡이에서 따를 사람이 없고.」

울타리 쪽에 앉아 있던 계집애가 말했다.

「저 사람, 절 알고 있는 것 같아요. 어쩌면 에프르빌르나 오즈보스끄의 거지인지도 모르겠어요.」

그러나 어머니는 곧이듣지 않았다. 「아니야, 틀려. 저 사람은 이 지방 사람이 아니야. 그럴 리가 없어.」

그 남자는 막대기처럼 꼼짝도 하지 않고 마르땡 레베스끄의 집만 뚫어지게 보았기 때문에 마르땡 아주머니는 화가 치밀었다. 지나치게 무서운 나머지 오히려 대담해져서 삽을 잡아들고 밖으로 뛰어나갔다.

「당신 거기서 뭘 하고 있는 거요 ?」

그 나그네에게 큰소리로 말했다.

남자는 목 쉰 소리로 대답했다.

「바람 좀 쏘이고 있는 거요. 왜 그게 나쁩니까 ?」

다시 그녀는 말했다.

「그럼 왜 우리 집을 기웃거리고 그러는 거요 ?」

남자는 대답했다.

「아무에게도 폐를 끼치지 않아요. 길에 앉아 쉬는 것도 나쁠까요 ?」

대답에 궁해서 그녀는 집으로 돌아왔다.

하루가 무척 지루하게 지나갔다. 정오쯤 남자는 사라졌다. 그러나 다섯 시쯤해서 다시 왔다. 그리고 밤이 되자 다시 사라졌다.

레베스끄는 밤에 돌아왔다. 그는 오늘 일어난 일을 자세히 듣자

「좀 별난 놈이거나, 장난을 좋아하는 놈이겠지 뭐.」

하고는 그런 일은 곧 잊어버린 듯 편안히 잠이 들어 버렸다. 그러나 아내는 이상한 눈으로 자기를 보던 그 나그네의 생각이 언제까지나 떠나지 않아 견딜 수 없었다.

날이 밝자 바람이 몹시 불었다. 어부는 바다에 나갈 것을 단념하고 아내의 곁에서 그물 뜨는 것을 도왔다.

아홉 시경 빵을 사러 갔던 큰딸 마르땡이 얼굴색이 변해가지

고 뛰어 들어와 소리쳤다.

「엄마, 또 그 사람이 있어.」

어머니는 깜짝 놀랐다. 파랗게 질린 얼굴이 되어 주인에게 말했다.

「여보, 가서 말 좀 하고 오세요. 그렇게 우리를 노려보고 있지 말라고. 전 정말 못 견디겠어요.」

할 수 없이 레베스끄는 천천히 밖으로 나왔다. 구릿빛으로 탄 얼굴, 숱많은 빨간 수염, 눈동자가 파란 눈, 짧은 목, 그리고 바다의 바람을 막기 위해 언제나 털옷을 걸치고 다니는 이 몸집이 큰 사나이는 그 부랑자를 향해 터벅터벅 다가갔다.

그리고 두 남자는 이야기를 시작했다.

어머니와 아이들은 걱정이 되어 견딜 수 없었다. 조마조마해하며 먼데서 바라보고 있었다.

갑자기 그 낯선 남자가 일어나는가 했더니, 레베스끄와 함께 집 쪽을 향해 걸어왔다. 마르땡 아주머니는 깜짝 놀라 자기도 모르게 한 걸음 물러섰다. 남편이 그녀에게 말했다.

「빵 한 쪽하고, 사과주 한 잔을 이 사람에게 줘요. 그저께부터 아무것도 먹지도 마시지도 못한 모양이니까.」

두 사람은 집 안으로 들어갔다. 마누라와 아이들이 그 뒤를 따라 들어갔다. 나그네는 자리에 앉았다. 그리고 둘러선 사람들의 시선을 받으며 약간 고개를 숙이고 먹기 시작했다.

어머니는 선 채 그를 힐끗 쳐다보았다. 제일 위의 두 계집애, 즉 마르땡의 딸들은, 그 중의 하나는 여전히 갓난애를 안고 있었지만, 이윽고 호기심 어린 눈초리를 그 남자에게 보냈다. 난로의 재 속에 앉아 있던 두 아이들도 그 낯선 남자가 보고 싶었던지 그을린 남비를 가지고 놀던 손을 멈추었다.

레베스끄는 의자에 앉자 그 남자에게 물었다.

「그럼 당신은 먼데서 왔소?」

「세뜨에서 왔소.」

「걸어서?……」

「그렇소, 걸어서. 그럴 수밖에 없을 땐 별수없는 거죠.」

「그럼, 이제부터 어디로 갈 거요?」

「여기 왔잖소.」

「누구 아는 사람이라도 있소?」

「있을지도 모르지.」

그것뿐, 두 남자는 묵묵히 입을 다물었다. 남자는 배가 꽤 고플 텐데도 천천히 아주 여유 있게 먹었다. 그는 빵을 먹을 때마다 사과주를 한 모금씩 마셨다. 그 얼굴은 주름투성이인데다 바싹 야위어서 군데군데 움푹 패인 데가 있었다. 무척 고생한 모양이었다.

불쑥 레베스끄가 물었다.

「당신 이름이 뭐요?」

상대는 얼굴도 들지 않고 대답했다.

「마르땡.」

야릇한 전율이 어머니에게 전해 왔다.

그녀는 자기도 모르게 한 걸음 앞으로 다가갔다. 그 나그네를 좀더 가까운 곳에서 보기 위해서였다.

그녀는 두 손을 늘어뜨리고 입을 멍하니 벌린 채, 그 남자 앞에 서 있었다. 아무도 입을 열려 하지 않았다. 잠시 후 레베스끄가 말을 꺼냈다.

「당신 이 지방 사람이오?」

남자는 대답했다.

「난 본래 여기 사람이오.」

라고 말하면서 번쩍 고개를 쳐든 남자의 눈과 여자의 눈이 마주쳤다. 그러자, 눈과 눈은 그 자리에 못박힌 채 움직이지 않았다. 마치 두 개의 시선이 그대로 마주 얽혀 버린 듯싶었다.

  돌연 여자가 먼저 입을 열었다. 메마르고 낮은, 떨리는 듯한 목소리였다.
  「그럼, 다, 당신이군요.」
  남자는 천천히 대답했다.
  「그렇소, 나요.」
  남자는 꼼짝 않고 여전히 빵을 씹고 있었다.
  레베스끄는 감동하기도 전에 먼저 깜짝 놀라 더듬거렸다.
  「그럼, 당신, 대체 어디서 온 거요?」
  먼젓번 주인이 말했다.
  「아프리카의 해안에서 왔소. 암초에 걸려 가라앉았지. 피까르하고 바띠넬하고 나하고 셋만 살았소. 그리고는 토인에게 붙잡혔지. 토인은 우리를 십 이 년 동안이나 잡아 뒀소. 피까르하고 바띠넬은 죽었소. 영국에서 온 여행자가 지나가는 길에 나를 구해 세뜨까지 데려다 주었소. 그래 결국 돌아온 거요.」
  마르땡의 아내는 앞치마로 얼굴을 가리고 울기 시작했다.
  레베스끄는 말했다.
  「이제 새삼스럽게 이게 무슨 일인가.」
  마르땡이 물었다.
  「당신이 이 사람의 남편이오?」
  레베스끄가 대답했다.
  「그렇소.」
  두 사람은 서로 쳐다보고 입을 다물어 버렸다.
  마르땡은 자기 주위에 둘러선 아이들을 바라보다가 그 중 두 계집애에게 고개를 끄덕여 보이고
  「저애들이 내 딸들이오?」
  레베스끄는 대답했다.
  「당신 딸들이오.」
  남자는 일어나려고 하지 않았다. 계집애들에게 키스하려고도

하지 않았다. 그냥 가만히 앉아 자기의 느낀 것을 말할 뿐이었다.

「허, 아주 영락없군.」

레베스끄는 되풀이해 말했다.

「대체 이게 어떻게 된 거야.」

마르땡도 그 말에는 난처해져서 그 이상 어떻게 해야 좋을지를 몰랐다. 잠시 후 그는 용단을 내려 말했다.

「난 당신 좋을 대로 할 거요. 조금도 폐를 끼치고 싶은 생각은 없소. 하지만 큰일났군. 아이가 내겐 둘, 당신에겐 셋이니까 각자 데려가면 그만이지만 마누라는? 당신에게? 내게? 난 당신 좋을 대로 하겠소. 하지만 집만은 내집이요. 아버지께 물려받은 거니까. 나는 여기서 태어났고, 공증인 문서에도 그대로 기록되어 있소.」

마르땡의 아내는 여전히 울고 있었다. 끊임없이 솟아오르는 눈물을 푸른 앞치마 속에 숨기려 하였다. 맨 위의 두 계집애들은 앞으로 다가와 머뭇거리면서 자기들 아버지를 쳐다보았다.

이제 아버지는 빵을 다 먹었다. 이번에는 그쪽에서 먼저 말했다.

「어찌된 일인가?」

레베스끄가 좋은 제안을 내놨다.

「사제한테로 갑시다. 틀림없이 좋은 해결을 내줄 거요.」

마르땡은 일어섰다. 그리고 아내 앞으로 다가가자, 그녀는 남자의 가슴에 울며 쓰러졌다.

「당신, 돌아왔군요. 마르땡! 가엾은 마르땡! 돌아왔군요!」

그녀는 두 팔로 남자를 안았다. 그러자 문득 옛날의 숨결이 그대로 되살아나는 듯한 기분이 들면서, 자기의 고통스러웠던 나날과 그 무렵의 애무가 생생하게 떠올라 견딜 수 없는 심정이 되었다.

　마르땡도 같은 심정이 되어 모자 위로 그녀에게 키스했다. 난로 곁에 있던 두 아이는 엄마가 우는 것을 보자 함께 어울려 아우성쳤다. 마르땡의 둘째 딸이 안고 있는 갓난애도 보통때와 다른 이상한 소리로 울어 댔다.

　레베스끄는 선 채 기다렸다.

　「자, 결정을 내리시오.」

　마르땡은 그녀를 떼어놓고, 이번에는 자기의 두 딸을 바라보았다. 그때 어머니는 딸들에게 말했다.

　「키스라도 하려무나.」

　그러자 두 딸은 나란히 다가왔다. 눈은 젖지 않았고, 동그랗게 뜨고 있는 게 약간 겁이 난 모양이었다. 남자는 하나하나의 볼에 차례로 촌스러운 억센 키스를 했다. 갓난애는 이 낯선 남자가 옆으로 다가오자 불에 덴 듯이 울어젖혔다.

　두 남자는 나란히 밖으로 나갔다.

　카페 〈꼬메르스〉 앞을 지나갈 때 레베스끄가 물었다.

　「어떻소? 어떻든 한 잔 하고 볼까요?」

　「그것 좋지요.」

　마르땡은 말했다.

　두 사람은 안으로 들어가 자리에 앉았다. 홀 안은 아직 텅 비어 있었다.

　「어이 쉬꼬, 블랑을 두 잔만 줘, 아주 좋은 거로. 마르땡이 돌아왔어, 마르땡이. 거, 왜 있잖아, 우리 마누라의. 그 난파된 〈자매호〉의 마르땡 말이야.」

　그러자 올챙이배에 얼굴이 빨간, 비계살이 통통 찐 주인이 한 손에 컵 세 개를, 다른 한 손엔 술병을 들고 옆으로 다가왔다. 그리고 별로 놀라는 기색도 없이 천천히 물었다.

　「그래, 그래! 마르땡, 자네가 돌아왔나?」

마르땡은 대답했다.
「응, 돌아왔어! ……」

떼리에 집

1

매일 밤 열 한 시경이 되면, 카페에라도 가는 것처럼 슬쩍 그 곳에 간다.

거기서 만나는 것은 여섯 사람이나 여덟 사람, 언제나 같은 얼굴들이다. 그것도 무슨 도락자 따위가 아니라 읍내의 명사나 또는 청년들이었다. 그러므로 그들은 샤르트르즈를 마시면서 여인들을 희롱하거나 그들이 늘 얼굴을 대하는 마담과 꽤 진지한 이야기를 하거나 한다.

그런 다음에는 집에 가서 자려고, 밤 열 두 시 전에는 자리에서 일어선다. 젊은 축들만은 그 뒤로도 자리를 지키고 있을 때도 있다.

그것은, 황색 페인트 칠을 한 보잘것없고 차분하지 못한 집으로서 쎙떼띠에느 사원 뒷거리 모퉁이에 자리잡고 있었다. 창밖으로는 한창 짐을 부리고 있는 배들로 가득 찬 선창이 보였다. 〈저수지〉라 불리는 큰 염전(鹽田)도 보이고, 건너편에는 성모 마리아 언덕과 잿빛을 띤 낡은 교회도 보였다.

마담이란 여인은, 루르 현(縣)의 꽤 이름 있는 농가 출신이지만 마치 부인 모자 기술자나 디자이너라도 되는 기분으로 지금의 장사를 매우 수월하게 인수받았던 것이다. 매춘부라는 것을 천하고 수치스럽게 생각하는 도회지에서의 그렇게도 끈질긴 편견도 이 노르망디의 시골 구석에서는 존재하지 않는다. 농부들은 말한다. 〈아주 좋은 장사지.〉 하고. 그래서 농부들은 자기 아들을 도회지로 내보내어 색시 집을 경영시킨다. 마치 여학교 기숙사의 감독이라도 시키는 듯한 마음으로 말이다.

하긴 이 집은 전의 주인이었던 숙부로부터 유산으로 받은 것이었다. 무슈와 마담은 이제까지 이브또 근처에서 하숙집을 경영하고 있었지만, 어느 날 아침 페깡 장사 쪽이 유리할 듯하자, 재빨리 집을 청산하고 경영자가 없기 때문에 기울어지려는 사업을 다시 일으켜 보려고 달려왔던 것이다.

부부가 모두 좋은 사람들이었으므로 고용인이나 근처 사람들로부터 곧 호감을 사게 되었다.

무슈 쪽은 그로부터 이 년 후에 뇌일혈로 쓰러지자 그냥 숨을 거두고 말았다. 새로운 직업이 그에게 운동 부족과 게으른 습관을 길러 주어 어느새 뚱뚱해져 오히려 지나치게 건강해진 덕분에 세상을 떠나게 된 것이었다.

마담은 홀몸이 되자, 자기 가게에 놀러 오는 손님 누구와도 친하게 지냈지만 소문은 절대 그 누구와도 놀아나지 않는다고나 있었다. 한집에서 침식을 같이 하는 여인들까지도 무엇 하나 이상한 낌새를 맡을 수 없을 정도였다.

마담은 좋은 몸집에 살이 적당하게 찐, 매우 애교 있고 사교성 있는 여인이었다. 언제나 집안에 틀어박혀 햇볕을 거의 쬐지 않으므로 안색이 창백하긴 하지만, 마치 니스라도 칠한 듯이 매끈하게 빛나고 있었다. 가발을 사용하여 곱슬거리게 한 엷은 머리칼이 뺨으로 흘러내린 모습은, 그녀의 성숙한 자태와는 어울리지 않게, 마치 숫처녀 같은 인상을 주고 있었다. 언제나 변함없이 명랑하고 보기에도 싹싹할 듯한 모습에 농담을 좋아하는 듯하면서도 어딘가 모르게 그녀의 새로운 장사로도 지워 버릴 수 없는, 일종의 조심성 같은 것이 그녀에게는 갖추어져 있었다.

거칠은 언동이 지금도 조금 그녀의 마음을 상하게 하지 않을 수는 없었다. 가끔 못되게 자란 젊은 축들이 자기가 경영하고 있는 집을 노골적인 이름으로 부르거나 하면 벌떡 일어나 화를 내는 그녀였다. 요컨대 그녀는 고상한 영혼의 소유자였던 것이다. 그래서 자기가 부리고 있는 여인들을 친구처럼 대하고도 있지만 그녀가 입버릇처럼 말하는 것은, 〈저애들과 똑같이 생각한다면 곤란한데요.〉였다.

하지만, 가끔 주말에는 그녀가 부리고 있는 여인들을 데리고 마차를 전세내거나 해서 소풍 나가는 일도 있었다. 그리고는 베르몽 계곡을 흐르고 있는 개울가로 가서, 잔디 위에서 즐거운 하루를 보내는 것이었다. 요컨대 그것은, 기숙사를 빠져나온 여학생들의 소풍이었고, 기분풀이였고, 어린애들 같은 장난이었다. 간덩이가 부은, 조롱 속에 갇힌 새들의 환희였다. 잔디 위에 앉아 햄이나 소시지를 먹고 사과주를 마신다. 그리고 해가 저물기 시작하면 집으로 돌아온다. 몸은 기분 좋을 정도로 지치고 마음은 부드러운 감동으로 넘쳐 있다. 그래서 마차 안에서는 모두 서로 다투어 마담에게 키스하려고 한다. 그것은 그녀가 점잖고 친절하고 마음씨 고운 어머니 같은 느낌을 주기 때문이었다.

그 집에는 두 개의 입구가 있는데 거리 모퉁이 쪽은, 말하자면 애매하다고 할 수 있는 카페로서 밤에는 하층 계급 사람이나 뱃사람들을 상대로 술을 팔고 있었다. 그리고 이 집의 독특한 장사를 맡고 있는 여인들 중의 두 사람이 전속되어 그 카페 쪽의 손님을 맡고 있었다. 그밖에는 프레데릭이라는 보이가 있었다. 황소처럼 고집이 세고, 수염은 나지 않은 갈색 피부의 몸집이 작은 사나이였지만, 그녀들은 이 보이의 손을 빌어 큰 포도주 조끼나 맥주병을 뒤뚱대는 대리석 테이블에 놓고는 손님 목에 양팔을 감고 그 무릎 위에 몸을 누인 채 연거푸 술을 권하는 것이었다.

다른 세 여인들은(합해서 모두 다섯 사람밖에는 없었다) 일종의 귀족 계급을 형성하고 있어서, 원칙적으로는 이층 손님에게 전속되어 있었다. 하지만 아래층 방에서 필요할 때나 이층에 손님이 없을 때에는 그렇지만도 않았다.

그 고장의 소위 양반들이 모이게 마련인 이 주피터 축제일 동안에는 이 집에도 푸른 벽지로 단장하고, 레다가 백조를 안고 잠들어 있는 큰 그림이 걸려 있었다. 이 방까지 오려면, 둥근 계단을 올라오기만 하면 그만이었다. 즉, 이 계단은 한길에 면해 있는 보기에는 어설프고 보잘것없는 문으로 통해 있기 때문이다. 그리고 이 문 위의 격자문 뒤에는 작은 등불이 밤새도록 켜져 있었다. 지금도 어떤 거리에 가보면 오목하게 들어간 벽면에 안치되어 있는 성모 마리아상 밑에 켜져 있는, 바로 그런 등불인 것이다.

집은 낡고 습기차고 어디에서나 곰팡이 냄새가 났다. 오드 꼴로뉴 냄새가 문득 복도에서 나는 경우도 있었다. 그런가 하면 아래층 반쯤 열린 도어로부터는 마치 벼락이라도 떨어지는 것처럼 집안을 폭발시키는 듯한 외침 소리가 들려 온다. 그것은 아래층에서 마시고 있는 사나이들의 천한 목소리였지만, 이층의 소위 양반들의 신경을 건드리지 않을 수는 없었다.

마담은 이층 손님들과는 마치 친구 사이처럼 지내는 터이었으므로 자리를 뜨려고도 하지 않고 그들이 알려 주는 거리의 소문을 흥겹게 듣고 있었다. 사실 그녀의 진지한 회화는 세 사람의 여인들의 철없는 지껄임의 청량제와 같은 것이었고, 또한 이들 올챙이 배를 지닌 패들이 나누는 음담 패설은 일종의 휴식과 같은 느낌을 주었다. 그것은 어차피 매일 밤 와서는, 매음 상대에게 와서 꼭 한 잔의 리꾀르 잔을 마시는 구두쇠 노릇을 하면서도 우쭐대는 형편의 패거리들이니까 말이다.

이충의 세 여인이란, 페르낭드, 라파엘, 그리고 〈왈가닥〉이란 별명의 로자였다.

사람 수에 제한이 있었으므로, 각각 그녀들은 여자라는 타입의 일종의 견본이며 요약인 것처럼 수련되어 있었다. 그렇기 때문에 어떤 손님이건 자기가 이상적으로 삼고 있는 여인을, 적어도 거기에 가까운 여인을 그곳에서 발견할 수 있게끔 되어 있었다.

페르낭드는 〈금발 미인〉을 대표하고 있었다. 몸집이 매우 크고 약간 뚱뚱하고 피부가 흐늘흐늘한 시골 출신의 처녀로서, 얼굴의 주근깨는 아무리 손을 써도 지워지지 않았다. 빛깔이 엷어 오히려 빛깔이 없는 듯한 머리칼은 끝이 갈라져 볼품없이 흐트러져 빗질을 한 삼베실 같은 꼴인데, 그것이 제법 머리통을 덮고 있다.

라파엘은 마르세이유 출신, 이 항구 저 항구를 떠돌아 다닌 여인으로서 〈유태 미인〉이라 불리는, 없어서는 안 될 일역(一役)을 담당하고 있는 것이다. 깡마른 여인으로서 툭 불거진 광대뼈에는 연지를 바르고 쇠골에서 나는 기름으로 윤을 낸 새까만 머리는 귀 밑에서 갈구리 모양을 이루고 있다. 눈은 틀림없이 미인이었으리라 생각하지만 안타깝게도 오른쪽 눈동자에 약간의 백태가 끼어 있다. 활처럼 굽은 코는 모난 위턱에 매부리 코로 늘어져 있다. 그 위턱에 애써 새로 해박은 두 개의 의치가 있지만, 아래턱에 박힌 낡고 거무튀튀한 이와 너무나 뚜렷한 대조를 이루고 있음은 어쩔 수 없는 일이었다.

〈왈가닥〉 로자는 둥글둥글하게 살이 쪄서 몸 전체가 배만으로 된 듯한 여인으로, 거기에 난장이 다리 같은 다리가 붙어 있는 셈이다. 아침부터 밤까지 쉰 목소리로 색정적인 노래를 하거나 감상적인 노래를 부른다. 그러다가는 정신없이 이야기를 지껄이거나 한다. 그녀가 지껄이는 것을 그치는 것은 음식을 먹기 위해서이며 음식먹는 것을 그치는 것은 지껄이기 위해서인 것이다. 뚱뚱한 몸집에 다리는 짧으면서도 마치 다람쥐처럼 재빠르게 뛰어다닌다. 거기에 웃음소리는 마치 금속성의 폭포 소리 같은데, 쉴새없이 폭발한다. 방 안에서나 지붕밑 방에서나 카페 안에서나 때와 장소를 가리지않고 우습지도 않은 일로 폭발한다.

아래층에 있는 두 여인은, 〈능구렁이〉란 별명을 지닌 루이즈와 약간 발을 절기 때문에 〈그네〉라는 별명으로 불리우는 플로라이다. 루이즈는 〈자유의 여신〉처럼 언제나 삼색 띠를 두르고 있고, 플로라는 스페인 여인처럼 머리에 동전으로 꾸민 장식을 달고 있는 것까지는 좋지만, 절룩거리면서 걸을 때마다, 빨간머리 속에서 동전이 짤랑짤랑 소리내며 춤추는 꼴이 가관이다. 아무리 보아도 두 여인은 모두 축제일에 모처럼 모양을 낸 부엌데기 상이다. 어딜 가나 흔히 볼 수 있는 듯한 천박한 여인이다. 그 이상으로 밉지도 않을 뿐만 아니라, 그 이상으로 예쁘지도 않아 어디로 보나 객주집 하녀이다. 그래서 선창가에서는 그녀들을 두 대의 〈펌프〉라고 부른다나.

여하튼 서로 질투는 하고 있지만 결코 폭발한 적이 없는 평화가 이 다섯 명의 여인 사이에 깔려 있었다. 그것도 그럴 것이 마담의 현명한 회유책과 언제나 변함없는 명랑성 덕분인 것이다.

이런 종류의 집은 이 작은 마을에는 단 한 채밖에 없었으므로 언제 보아도 꽤 흥청대고 있었다. 마담은 이 집에 어울리도록 장식하는 데에도 마음을 쓰고 있었고, 또한 그녀 자신도 그녀대로 누구에게나 호감이 가게, 그리고 친절히 대했다. 그녀가 인정이 두텁다는 것은 유명한 일이어서, 사람들은 일종의 존경심을 가지고 그녀를 대할 정도였다. 단골 손님들은 그녀를 위해서 돈을 쓰는 듯했고 자기가 특별한 우정이라도 나타낼 수 있게 될 때에는, 아주 우쭐해지고 오히려 좋아하는 터였다. 그러므로 낮에 그들이 사업상 만나야 할 일이라도 생기면, 으레 서로 이야기하는 것이었다. 〈그럼, 오늘 저녁 거기서.〉라고. 그것은 마치 〈그럼 저녁을 먹고 카페에서 다시 만납시다.〉 하는 말과 같은 것이었다.

요컨대, 떼리에 집은 이 고장의 대기실 같은 곳이었다. 그러므로 매일의 회합에 어느 한 사람도 빠지는 일이 거의 없었다.

그런데 오월도 끝나는 어느 날 저녁, 옛 읍장이며 목재상을 경영하는 푸랑 씨가 맨 처음으로 찾아왔으나 문이 닫혀 있는 것을 발견했다. 창문 앞에도 늘 있던 등불이 보이지 않는다. 거기에 부스럭 소리 하나 나지 않고 마치 죽은 집처럼 고요하다. 그는 문을 두들겨 보았다. 처음에는 똑똑, 다음에는 좀더 힘주어 쾅쾅 두들겼다. 하지만 대답이 없다. 그는 할 수 없이 어슬렁어슬렁 거리로 나와 시장까지 왔지만 역시 같은 목적지에 가려는 무역 중개업자인 뒤베르 씨와 마주쳤다. 두 사람은 함께 되돌아가 보았지만 역시 마찬가지였다. 그런데 갑자기 와! 하는 함성이 바로 옆에서 일어났다. 그래서 집을 한 바퀴 돌아보니 한 패의 영국 뱃사람들이 카페 쪽의 닫혀 있는 덧문을 주먹으로 부서져라고 두들기고 있는 것이었다.

두 신사는 남의 일에 말려들지 않으려고 재빨리 그곳을 빠져 도망치려는데, 「여보시오! 여보시오!」 하는 부름 소리에 발을 멈추었다. 뒤돌아보니 건어물상을 경영하는 뚜르느보 씨로서, 두 사람의 모습을 보고 불렀던 것이다. 그래서 두 사람이 일의 자초 지종을 말하자 건어물상 주인도 놀라 어쩔 줄을 몰랐다. 그도 그럴 것이 마누라와 아이들이 있고, 더구나 감시가 엄해서 토요일밖에는 올 수 없기 때문이었다. 친구인 경찰의(警察醫) 볼드 박사로부터 정기 검진(定期檢診)을 한다는 말을 들은 그는, 위생 경찰이 나타난다고 하여 토요일만은 〈안전한 날〉로 여기고 있었다. 그런데 바로 오늘이 그 토요일 밤인 것이다. 그러므로 오늘 저녁을 허탕치면, 앞으로 일 주일을 기다리지 않으면 안 되는 것이었다.

세 사나이는 방향 전환을 하기 위해 천천히 방파제까지 가보기로 하였는데 도중에 은행가의 아들이며 단골 손님인 필립 군과 징세관(徵稅官)인 팡페스 씨를 만났다. 그래서 그들은 〈유태인 거리〉를 거쳐 되돌아가 마지막 시도를 해보기로 했다. 그런데 화난 뱃사람들이 집을 둘러싸고 돌을 던지고 소리를 지르고 있었다. 그래서 다섯 사람의 이층 손님은 그곳을 물러나 하는 일 없이 거리를 어슬렁거리기 시작했다.

그러다가 그들은 다시 보험 대리점을 경영하는 뒤퓌 씨와 재판소 판사인 바스 씨를 만났다. 그로부터 오랜 산책이 시작된 셈인데, 맨 먼저 방파제로 나왔다. 그들은 방파제 돌 위에 나란히 앉아 거품뿜는 파도를 바라보았다. 파도가 부딪쳐 생기는 흰 거품은 어둠 속에서 반짝 빛났다고 생각하자 곧 사라져 버린다. 그리고 바위에 부딪쳐 부서지는 바다의 단조로운 외침 소리는 밤의 어둠 속을 방파제 둑을 따라 한없이 울려퍼져 간다. 이들 산책자들이 한없이 깊은 생각에 잠겨 있는 것을 보고, 한참 후에 뚜르느보 씨가 말을 뱉았다. 「아주 따분한데.」 「나도 그래.」 하고 팡페스 씨도 응답했다. 그래서 그들은 다시 일어나 슬슬 걷기 시작했다.

언덕 밑을 지나는 〈숲그림자〉라고 불리우는 길을 따라 걸은 다음 저수지의 나무 다리를 건너고 철로 옆을 지나 다시 장터 광장에 나왔을 때였다. 갑자기 세무관인 팡페스 씨와 건어물상을 하는 뚜르느보 씨 사이에 심한 말다툼이 오가기 시작했다.

그것은 하찮은 식용 버섯에 관한 이야기를 하다가 두 사람 중의
누군가가 그 버섯인가 뭔가 하는 것을 이 근방에서 보았다고 큰
소리쳤기 때문이었다.

아마 서로가 기분이 울적하여 신경이 날카로워져서 있었으므
로 다른 사람들이 알리지 않았더라면 어떤 일이 벌어졌을는지
모를 일이었다. 팡페스 씨는 불같이 화를 내고 돌아가 버렸다.
그러자 전 읍장인 푸랑 씨와 보험 대리점을 하는 뒤퓌 씨 사이
에 세무관의 봉급과 부수입에 관한 일로 입씨름이 시작됐다. 양
쪽 모두가 한창 욕지거리를 하고 있을 때 와아하는 큰 함성이
일어났다고 느끼자, 문 닫힌 떼리에 집 앞에서 기다리다 지쳐
버린 뱃사람들의 패거리가 광장으로 쏟아져 나왔다. 두 사람씩
팔짱을 끼고 긴 행렬을 지으며, 소리를 지르며 걸어가는 것이었
다.

신사들은 남의 집 대문간에 몸을 숨겼다. 시끄러운 무리들은
사원 쪽으로 사라져 버렸다. 그뒤로도 오랫 동안 폭풍이 물러가
듯 소음은 조금씩 들려 오다가 얼마 후에야 본래의 침묵으로 돌
아왔다.

푸랑 씨와 뒤퓌 씨는 으르렁대던 처지였으므로 서로 인사도
하지 않은 채 각각 제 갈 곳으로 가버렸다.

나머지 네 사람은 다시 걷기 시작했지만 발걸음은 자연히 떼
리에 집 쪽으로 향했다. 건물은 아까와 마찬가지로 문이 닫힌
채 소리도 나지 않고 대답도 없었다. 한 얌전하고 고집이 센 주
정꾼만이 남아서 카페 문을 퉁퉁 두들기다가는 단념하고, 이번
에는 낮은 목소리로 보이인 프레데릭을 부르고 있다. 그리고 대
답이 없음을 확인하자, 체념한 듯 돌계단 위에 주저앉아 앞으
로 되어 가는 꼴을 보자는 심산이었다.

신사들이 물러가려고 했을 때, 조금 전에 들었던 시끄러운 뱃
사람들의 무리가 앞 길에 나타났다. 프랑스 뱃사람들은 〈라 마

르 세예즈〉를, 영국 뱃사람들은 〈루르 브리타니아〉를 각각 고래고래 소리지르며 부르고 있다. 그들이 벽을 향해 돌진했다고 생각하자 이번에는 그 맹수와 같은 무리들은 부두 쪽으로 밀어닥쳐 그곳에서 두 나라 뱃사람들 사이에 전쟁이 터졌던 것이다. 그 싸움으로 영국인 한 사람의 팔이 부러지고 한 사람의 프랑스인의 코가 깨졌다.

조금 전의 그 주정뱅이는 순간 그대로 돌계단 위에 앉은 채, 이번에는 훌쩍훌쩍 울고 있다. 마음이 언짢아진 어린애나 술취한 사람들이 우는 울음인 것이다.

마침내 신사들은 물러갔다.

이 어지럽던 거리에 다시 조금씩 적막이 되찾아 왔다. 이곳저곳에서 가끔씩 사람 소리가 들렸지만 그 소리마저 곧 멀리 사라져 버렸다.

그런데 단 한 사람, 그때까지도 어슬렁어슬렁 다니고 있는 사나이가 있다. 건어물상을 하는 뚜르느보 씨로서 다음 토요일까지 기다리기가 안타깝기 때문이었다. 그러므로 무슨 재미있는 일이라도 생기지나 않을까 하고 다만 막연하게 그것을 기다리고 있는 것이었다. 그러는 사이에, 경찰을 원망하고 싶어진다. 첫째, 경찰은 이런 종류의 공익 건물을 단속하며 보호하고 있으면서 그것을 이와같이 제멋대로 폐쇄하는 것을 허용하고 있다니, 돼먹지 않은 일이라 말하고 싶어진다.

그는 다시 한번 되돌아가 벽을 만져 보거나 하면서 폐쇄한 까닭을 찾아 보려고 했다. 그러자 차양 밑에 무엇인가가 붙어 있었다. 급히 성냥불을 그어 보니, 서투른 큰 글씨로 이렇게 씌어져 있었다. 〈최초의 성체 배수(聖體拜受)를 위해 쉬게 됨을 양해해 주십시오.〉라고.

그렇다면 할 수 없는 일이라는 것을 알게 되자 끈질긴 그도 돌아가 버렸다.

하지만 예의 그 주정꾼은 이 무정한 문간에 다리를 길게 뻗고 자기집 안방인 양 잠들어 있다.

그러자 그 다음 날에는 어떤 단골 손님도 서로 약속이나 한듯이, 무슨 구실을 만들어서이건 차례로 이 집 앞을 지나갔다. 체면을 꾸미기 위해서인지 모두가 겨드랑이에 서류 뭉치 따위를 끼고 있다. 그리고는 슬쩍 옆눈으로 모두가 다음과 같은 묘하기만 한 종이 쪽지를 읽는 것이었다. 〈최초의 성체 배수를 위해 쉬게 됨을 양해해 주십시오.〉

2

마담에게 남동생이 하나 있는데 그는 고향인 루르 현의 비르빌에서 목수 노릇을 하고 있었다. 마담이 이브또에서 아직 여인숙을 경영하고 있을 때, 이 동생의 딸의 대모(代母)가 되어 꽁스탕스, 즉 꽁스탕스 리베라고 이름을 지어준 일이 있다. 리베란 그녀의 생가(生家)의 이름이었기 때문이다. 목수는 누님이 경기가 좋다는 것을 알고 있었으므로 그녀에게 편지쓰는 것을 잊지 않고 있었지만, 두 사람 다 장삿일에 매어 있는 몸이고 멀리 떨어져 살고 있었기 때문에 얼굴을 맞대는 일은 별로 없었다. 그런데 딸도 열 두 살이 되고, 금년에 그 최초의 성체 배수식이 행하여지므로 그는 이 누님과 만날 기회를 놓치지 않고 편지를 보내어, 의식에 참석하리라는 것을 예정에 넣고 있다고 했던 것이다. 나이 먹은 양친은 모두 세상을 떠났고, 그녀 자신도 자기가 대모(代母)가 된 조카딸에 관한 이야기였으므로 거절할 수도 없고 하여 참석하겠다고 승낙했던 것이다.

동생인 조제프의 속셈은 누님에게 친절을 베풀어 놓으면 누님에겐 어린애가 없으므로 나중에는 자기 딸, 즉 누님의 조카딸에게 유언장을 써서 유산을 받게 될는지도 모른다는 것이었다.

누님이 하는 장사가 그에게 어떤 마음의 부담을 주는 일은 절대로 없었다. 그것은 고향 사람들이 아무도 모르고 있었기 때문이다. 가끔 그녀의 소식을 듣는다 하더라도 〈떼리에 부인은 페깡에서 꽤 잘 살고 있다.〉는 것뿐이었다. 즉 그것은 연금으로 살고 있는 몸이라는 뜻으로 해석되는 것이었다. 페깡에서 비르빌까지는 적어도 이백 리는 실히 된다. 그리고 시골사람에게 육지의 이백 리는 문명인에 있어서의 큰 바다만큼이나 가기가 어려운 것이다. 비르빌 사람들은 루앙보다 먼저 가는 일은 거의 없었다. 또한 이 약 오백 호밖에 되지 않는 벌판 한가운데 파묻힌 듯이 다른 현에 소속된 벽촌에 관한 따위는 페깡 사람들이 마음 쓸 일도 없었던 것이다. 요컨대 사람들은 아무것도 모르는 것이다.

그런데 성체 배수 시기가 가까워짐에 따라 마담에게는 한가지 곤란한 일이 있었다. 그녀를 대신해 줄 여인이 없었고 거기에 설사 단 하루라도 남에게 집을 맡기고 있을 수는 없었기 때문이다. 이층 여인들과 아래층 여인들의 평상시의 반목은 반드시 폭발할 것이고, 또 프레데릭도 술취해 주정할 것임이 틀림없다. 술만 취하면 이 사나이는 사소한 일로 따지기를 좋아한다. 결국 그녀는 식구들 전체를 데리고 가기로 결심하였다. 단 보이인 프레데릭만은 모레까지 휴가를 주기로 했다.

그 뜻을 전해 받은 동생은 군소리 없이 승낙하고 일행을 하룻밤 재워 주기로 했다. 그러므로 토요일 아침 오전 여덟 시발 급행 열차는 마담과 그 일행을 이등차에 태우고 출발했던 것이다.

부즈빌까지는 달리 손님이 없었으므로 그녀들은 계속 까치들처럼 종알댔다. 그런데 부즈빌 역에서 한 부부가 탔다. 사내 쪽은 나이 많은 농부로서 푸른 작업복을 입고 있었는데 작업복의 깃은 비비 꼬여 있고 헐렁헐렁한 소매는 손목 근처에서 좁혀져

희고 가느다란 수가 놓여져 있다. 머리에 얹혀 있는 구식의 실크햇은 햇빛에 바랜 털이 곤두서고 있는 듯이 보였다. 한쪽 손에는 녹색의 어처구니없이 큰 우산을 들고 또 한 손에는 세 마리의 오리가 놀란 얼굴을 내밀고 있는 큰 바구니를 들고 있다. 아내는 시골 여인처럼 화장을 하고 아주 긴장해서, 코가 곡괭이처럼 뾰족하여, 마치 암탉과 같은 얼굴을 하고 있다. 남편과 마주앉아 있었지만 석고상처럼 꼼짝 않고 앉아 있었다. 아마도 상류 사회 사람들 틈에 끼게 되어 기가 질린 모양이다.

사실 기차 안은 눈부실 만큼 찬란한 색채가 범람하였다. 마담은 발끝부터 머리끝까지 파란색의 비단 옷에 새빨간, 눈부실 정도로 번쩍번쩍 빛나는 프랑스 캐시미어의 쇼올을 걸치고 있다. 페르낭드는 체크 무늬의 드레스 밑에서 괴로운 듯이 숨쉬고 있다. 동료들에게 부탁해서 콜셋을 너무 힘껏 조였기 때문에 축 늘어진 유방이 마치 두 개의 둥근 지붕처럼 부풀어올라 그것이 옷 밑에서 물결처럼 쉬지 않고 움직이고 있는 것이다.

〈왈가닥〉 로자는 밑자락에 큰 무늬의 장식이 있는 분홍빛 스커트를 입고 있어서 보기에 살이 너무 찐 어린애나 지나치게 살찐 난장이 꼴이었다. 그리고 두 대의 펌프는, 낡은 커튼 한가운데를 잘라서 만든 듯한, 이상한 모양의 옷을 입고 있었다. 설사 그것이 커튼이라 하더라도, 왕정 복고 시대까지 거슬러 올라가야 볼 수 있는 듯한, 나뭇가지와 잎의 무늬가 박힌 케케묵은 것이었다.

차 안에 다른 사람들이 끼어들게 되자 여인들은 갑자기 엄숙한 얼굴을 하고 그럴 듯하게 보이려고 고상한 이야기를 하기 시작했다. 기차가 보르베크에 도착하자 갈색의 구레나룻을 갖춘 한 신사가 올라탔다. 반지를 몇 개씩이나 끼고 금팔찌까지 긴 사나이로서 차 안에 들어오자마자 머리 위 선반에 왁스를 입힌 천으로 싼 짐을 여러 개 올려 놓았다. 얼른 보기에도 익살꾼인 듯한 사람 좋은 사나이였다. 그 사나이는 간단한 인사를 한 다음, 빙긋이 웃고는 장난스럽게 물었다.

「부인들께서는 주둔지를 바꾸시는 모양이군요?」이 질문은 그들을 어쩔 줄 모르게 만들어 버렸다. 마담은 겨우 마음을 가라앉히자, 부대의 명예를 회복하기 위해 퉁명스럽게 대답했다. 「말씀 좀 삼가해 주십시오!」사나이는 변명을 했다. 「이것 참 실례했습니다. 수도원이라고 말하려던 것이 그만.」상대방이 이렇게 나오자 마담은 뭐라 대답해 줘야 좋을지 몰라, 아마도 이 사과의 말로 충분하다고 느꼈는지 홍 하고 입을 다물어 버렸다.

신사는 〈왈가닥〉 로자와 농부 사이에 앉아 있었으므로, 이번에는 방향을 돌려, 바구니 속에서 얼굴을 내밀고 있는 세 마리 오리에게 윙크하기 시작했다. 그러는 사이에 자기가 좌중의 인기를 독차지하고 있다는 것을 알자, 오리의 부리 밑을 간지럽히고는, 익살스런 말을 해서 모두들을 웃기려고 했다. 「우리는 쬐끄만 연못에 굿바이 하고 왔죠! 꽥꽥, 꽥! ——쬐끄만 꼬챙이와 친하기 위해, ——꽥, 꽥, 꽥」가엾은 오리들은 이 애무를 피하려고 목을 이리저리 돌리고 바구니로 된 감옥에서 빠져나오려고 몸부림을 치다가, 얼마 후 갑자기 세 마리가 한꺼번에 외쳐 댔다. 「꽥, 꽥, 꽥! 꽥, 꽥, 꽥!」와아, 하고 여인들 사이에서 웃음이 터졌다. 그녀들은 몸을 구부려 제가끔 먼저 보려고 야단들이다. 오리에게 정신이 팔려 넋을 잃고 말았던 것이다. 신사는 이때를 놓칠세라 애교, 위트, 야유, 그리고 익살에 더욱 박차를 가하는 것이었다.

로자도 거기에 끼어 들었다. 그래서 자기 옆에 앉은 신사의 정강이 너머로 몸을 구부리며 세 마리의 오리 코 끝에 키스했다. 이것을 계기로 하여 너나할 것 없이 어느 여인이나 키스하려고 앞을 다투었다. 신사는 이러한 여인들을 자기의 무릎 위에 올려놓고, 흔들어 주거나 꼬집거나 했다. 그리고 사나이는 무엇을 생각했는지, 별안간 여인들을 애, 재하고 부르기 시작했다.

농부 부부는 그들의 오리 이상으로 혼이 빠져 버려 넋나간 사람처럼 눈을 끔뻑일 뿐, 움직이려고도 하지 않았다. 그리고 주름살투성이의 두 사람의 얼굴은 웃지도 놀라지도 않는 듯한 표정이었다.

이 신사는 실은 행상인이었는데 농담삼아 부인들에게 바지걸이를 선사하겠다고 말하고는 짐짝을 하나 내려서 펼쳤다. 하지만 그 속에는 양말 대님이 들어 있었다.

파랑, 분홍, 빨강, 보라, 주황, 자주 등 갖가지 빛깔의 양말 대님으로서, 고리는 금빛 큐핏이 둘이서 껴안고 있는 모양으로 만들어져 있었다. 여인들은 자신도 모르게 환성을 질렀지만, 곧 여인들이 화장품이나 장신구 등을 만질 때 자연스럽게 취해지는, 그럴싸한 태도로 돌아가 그 견본들을 조심스럽게 살펴보기 시작했다. 그녀들은 눈짓이나 귀엣말로 의논하고, 또한 같은 짓으로 대답하거나 하는 것이었다. 마담은 주황색의 양말 대님을 몹시 갖고 싶은지 만지작거리고 있었다. 그것은 다른 것보다 훨씬 크고 무게가 있었으며, 정말로 여주인의 양말 대님으로는 안성 마춤이었다.

신사는 마음속으로 생각하며 기다리고 있다가 「자, 그럼 여러분, 어디 한번 시험해 봅시다.」하고 말하자마자, 갑자기 여인들 사이에서는 어머나! 하는 폭풍과 같은 외침 소리가 일어났다. 그리고 강간이라도 당할 때처럼, 자기도 모르게 다리를 오므라뜨리고 스커트를 꼭 여미었다. 사나이는 아무렇지도 않은 듯이 때를 보고 있다가, 잠시 후 천천히 선고를 내렸다. 「필요치 않으시다면 짐을 챙기겠읍니다.」그렇게 말해 놓고는, 이번에는 여인들을 꾀는 듯이 「시험해 본 분에게는 어느 분에게나 좋아하시는 것을 한 켤레 드리겠읍니다만.」그러나 그녀들은 조금도 탐나지 않는다는 듯이 조금 전과는 백 팔십 도로 달라진 태도였다. 하지만 두 대의 펌프들은 매우 가엾게 보였으므로, 사나이는 두 사람에게 다시 한번 기회를 주어 보았다. 특히 〈그네〉라는 별명의 플로라는 갖고 싶어 죽겠다는 속마음이 여실히 나타나 있었다. 사나이는 그녀에게 말을 건넸다. 「자아, 한 번 끼어 봐요. 그렇지, 이 연보랏빛이 너에겐 어울릴 거야.」 그러자 그녀는 결심한 듯이 스커트를 걷어올려 한쪽 다리를 내밀었다. 소를 치는 여인과 같은 튼튼한 다리에 헐렁헐렁한 양말을 신고 있었다. 사나이는 몸을 구부려 양말 대님을 우선 그녀의 무릎 밑에 낀 다음에 무릎 위까지 쭉 올렸다. 그리고는 여인을 슬쩍 간지럽히자 여인은 그 꼴에 몸을 뒤틀며 킥킥, 하고 웃음소리를 냈다. 양쪽 다 끼는 것을 끝내자 사나이는 연보랏빛 대님 한 켤레를 그녀에게 준 다음에 다시 물었다. 「자아, 이번에는 누구 차례인가요?」 여인들은 일제히 외쳤다. 「내 차례야요! 내 차례!」 사나이는 〈왈가닥〉 로자부터 시작했다. 로자는 복사뼈도 보이지 않는 호박처럼 살찐 다리를 걷어올려 보였다. 라파엘의 말투처럼 실로 〈소시지 다리〉다. 다음 차례였던 페르낭드는 그 무게 있는 원기둥이 행상인을 감격시켰는지 칭찬을 받았다. 〈유태 미인〉의 말라 빠진 다리는 좋은 평을 받지 못했다. 〈능구렁이〉인 루이즈는 장난으로 무슈의 머리 위에 자기의 스커트를 둘러 씌웠다. 그래서 마담은 보기 싫은 장난을 못하게 하기 위하여 간섭하지 않으면 안되었다. 마지막으로 마담 자신의 다리를 내밀었다. 기름기가 있으면서도 튼튼한 노르망디 여인 특유의 아름다운 다리였다. 소위 견문이 넓은 이 행상인도 감격의 눈물을 흘리지 않을 수 없었는지 어물어물 모자를 벗자 프랑스 기사식으로 뛰어나게 생긴 이 종아리에 대해 경례하는 것이었다.

두 노부부는 다만 놀라 어안이 벙벙한지, 한 눈으로 곁눈질만

하고 있었다. 그 모습이 너무나 병아리를 닮았으므로 갈색 구레나룻 선생은 일어서자마자 두 사람의 코 끝에서 「꼬께꼭꼬오!」 하고 울어 보였다. 이것이 또 여러 사람을 몹시 웃겼다.

노부부는 모트빌에서 내렸다. 바구니와 오리와 우산을 끝까지 무슨 보물단지처럼 들고 있다. 그런데 가는 도중에 아내는 남편을 향해 「저것은 매춘부들이에요. 아마 일당이 모두 파리로 진출하는 모양이야요.」 하고 말했다.

그 이상한 행상인도 실컷 놀아난 다음에 루앙에 오자 아무일도 없었다는 듯이 내려 버렸다. 무례도 도가 지나치므로 마담은 적당한 기회에 한 마디 해주려던 참이었다. 할 수 없이 마담은 여인들을 향하여 훈시조로 말했다. 「상대방을 생각지도 않고 말을 걸다가는 어떻게 되는지, 우리에게 아주 좋은 본보기였어.」

오아세르에서 차를 바꿔 타자 그 다음 역에 조제프 리베 씨가 마중나와 있었다. 의자를 가득 실은 흰 말이 끄는 큰 이륜 마차가 대기하고 있었다. 다른 세 여인은 안쪽의 세 다리 의자에 앉고 라파엘, 마담, 마담의 남동생은 앞쪽 의자에 앉았다. 하지만, 로자만이 좌석이 없어 덩치가 큰 페르낭드의 무릎 위에 앉았다. 이런 식으로 모두들 떠난 셈이지만 마차가 움직이기 시작하자 말의 불규칙한 속보(速步)가 차체를 심하게 흔들어 의자는 퉁겨지고 승객들은 꼭두각시 인형처럼 공중에 뜨거나 좌우로 비틀거리거나 했다. 그때마다 이상한 표정을 하고 비명을 지르지만 그 소리마저 심한 덜거덕 소리에 지워져 버리고 만다. 그녀들은 짐짝 옆에 매달리고 모자는 등에 매달리거나 콧등에서 대롱거리거나 어깨 위에 떨어지거나 한다. 그래도 흰 말은 아랑곳없이 달리고 있다. 목을 앞으로 길게 빼고 꼬리를 세운 채 달린다. 마치 쥐꼬리처럼 털이 없는 보잘것없는 꼬리로 가끔 자신의 방둥이를 두들기거나 한다. 조제프 리베는 한쪽 발을 마차 손잡이에 걸치고 다른 쪽 다리는 구부려 양쪽 무릎을 올려 말고삐를 쥐고 있다. 그리고 목에서는 병아리를 부르는 어미닭 같은 소리를 계속 내고 있는데, 그 소리를 듣자 흰 말은 귀를 쫑긋 세우고 걸음을 빨리한다.

한길 양쪽에는 푸른 밭이 펼쳐져 있다. 군데군데 한창 꽃핀 장다리가 물결처럼 노랑 냅킨을 펼치고 있다. 그곳에서 건강한 격렬한 냄새가 풍겨 오고 있다. 아마 멀리서부터 바람에 실려 왔는지 가슴에 스며드는 듯한 달콤한 냄새였다. 이미 꽤 자란 보리포기 사이에는 도깨비부채꽃이 하늘색의 귀여운 모습을 보이고 있다. 여인들은 그 꽃을 꺾고 싶었지만 리베 씨는 마차를 멈춰 주지 않았다. 때로는 밭 전체가 온통 피를 흘린 듯이 보일 때도 있었다. 붉은 양귀비꽃이 가득 피어 있었던 것이다. 이 갖가지 꽃으로 아름답게 채색된 들판 속을 그보다도 더 강렬한 빛깔의 꽃다발을 싣고 있는 듯이 보이는 이륜 마차가, 흰 말의 경쾌한 빠른 걸음에 흔들리며 지나고 있는 것이었다. 농가의 큰 나무 그늘에 숨었는가 하면, 무성한 나뭇잎 사이로 모습을 나타내거나 한다. 그리고는 빨갛고 파란색이 군데군데 박혀 있는 노랑과 초록색의 농작물 속을 누비면서 이 여인들을 가득 실은 찬란한 수레는 햇빛을 받으며 멀어져 가고 있었다.

일행이 목수집 문 앞에 왔을 때는 한 시를 치고 있었다.

그녀들은 지칠 대로 지친데다가 속이 비어 얼굴이 창백했다. 집을 나선 후 먹은 것이 아무것도 없기 때문이다. 리베의 아내는 달려나와 한 사람씩 마차에서 내려 놓고는 발이 땅에 닿기도 전에 키스하려고 했다. 그 중에서도 시누이에게는 키스 공세를 퍼부으며 놓으려고 하지 않았다. 그들은 일하는 방에서 식사를 했다. 내일의 연회를 위해 작업대 등이 정리되어 있었다.

맛있는 오믈렛에, 다음에는 고급 사과주를 친 돼지고기 구이로 배를 채우자 그들은 겨우 마음이 놓였다. 리베는 건배를 하려고 아까부터 컵을 손에 들고 있는데, 그의 아내는 잔심부름을

하거나 요리를 만들거나 접시를 나르거나 치우거나 하면서도,
한 사람 한 사람의 귀에 입을 대고는「맘껏 드세요.」하고 속삭
였다. 벽에 세워 놓은 널빤지와 방구석에 쓸어 모아놓은 대팻밥
에서는 대패질을 한 목재 냄새, 목수집의 독특한 냄새와 그리고
폐까지 스며드는 듯한 송진 냄새가 풍기고 있었다.

그들은 주인공인 여자애를 보고 싶었지만, 교회에 나가고 없
어 저녁때가 아니면 돌아오지 않는다는 것이었다.

그래서 그들은 마을 주변을 한 바퀴 돌기로 했다.

보잘것없는 마을이었지만, 마을까지는 한가닥의 큰 한길이
꿰뚫려 있었다. 이 한길 양쪽에 즐비한, 열 채쯤 되는 집이 이
고장의 상가(商家)의 전부인 것이다. 고깃간, 식품점, 목수집,
커피집, 구둣방, 빵집 등이었다. 교회는 이 한길에서 떨어져 좁
은 묘지에 둘러싸여 있었다. 그리고 문앞에 있는 네 개의 큰 보
리수가 건물 전체를 뒤덮고 있었다. 교회는 특별한 양식이 없는
규석(硅石)으로 지은 집으로 옥상에는 슬레이트 지붕을 한 종루
(鐘樓)가 붙어 있었다. 교회 뒤로는 다시 들판이 펼쳐져 있고
그 안에 드문드문 서 있는 나무 그늘에는 농가가 숨어 있었다.

리베는 공연히 점잔을 빼서, 자신은 작업복을 입고 있으면서
도 누이와 팔짱을 끼고 아주 위엄 있게 구는 것이었다. 그리고
그의 아내는 라파엘의 금실로 수놓은 드레스에 열중하여 라파엘
과 페르낭드 사이에 끼어들었다. 뚱뚱보 로자는 그 뒤에 뒤뚱뒤
뚱 따라갔다. 지친 데다가 절룩거리는 〈그네〉라는 별명의 플로
라나 〈능구렁이〉 루이즈도 뒤따르는 패였다.

마을 사람들은 문 앞에 나타나고 아이들은 놀던 것을 멈췄다.
커튼 틈으로는 사라사 모자를 쓴 머리가 내다보고 있었다. 거의
눈이 보이지 않는, 지팡이를 든 노파는 귀하신 분들의 행차를
보는 듯이 공손하게 머리를 숙였다. 누구나가 이들 도회지의 아
름다운 부인들을 언제까지고 바라보는 것이었다. 저분들은 조

제프 리베 딸의 성체 배수식을 위해 멀리서 찾아온 손님들인 것이다. 이러한 이상한 존경심이 목수집에 쏟아졌던 것이다.

교회 앞을 지나자 어린이들의 노랫소리가 들려 왔다. 고개를 들고 어린 목청껏 부르는 성가인 것이다. 하지만, 마담은 그 천사들을 방해해서는 안된다는 생각에 다른 여인들이 안에 들어가는 것을 허락치 않았다.

들판을 한 바퀴 돌아 주요한 소유지나 논밭의 수확고(收穫高)나 가축의 생산고 등의 설명이 한 차례 끝나자, 조제프 리베는 가축의 무리가 아닌, 여인의 무리를 이끌고 자기 집으로 돌아오는 것이었다.

어차피 집이 좁기 때문에 어느 방에나 두 사람씩 자게 되었다.

리베는 그 대신 아내와 누님과 함께 자기로 했다. 그 옆방에는 페르낭드와 라파엘이 함께 자게 되었다. 루이즈와 플로라는 부엌 바닥 위에 새털 이불을 깔고 자면 된다. 로자는 계단 위의 어둡고 작은 방을 독차지하고, 그 바로 앞 좁은 중간방에는 오늘 하룻밤을 세례받을 소녀가 자도록 되어 있었다.

그 소녀가 집에 돌아오자 소녀 위에 키스가 비처럼 쏟아졌다. 어느 여인이나 소녀를 껴안고 싶어 견딜 수 없었다. 그것은 애정을 쏟고 싶다는 욕구로써, 아양을 떨려고 하는 직업적인 습관에 쫓겼기 때문이다. 아침에 기차간에서 그녀들이 오리에게 키스한 것도 그 숨은 욕구의 하나의 발산이었을 것이다. 그녀들은 차례로 자기 무릎에 앉히고는 부드러운 금발을 만지거나 또는 격렬하게 자연히 일어나는 애정으로, 자기도 모르게 꼭 껴안거나 하는 것이었다. 이 온몸에 믿음이 스며든 소녀는 죄의 사함을 받았기 때문에 바깥 세상의 더러움이 붙지 못하게 된 몸이라도 되는 것처럼 숨을 죽인 채 여인들이 하는 대로 얌전하게 있을 뿐이었다.

이날은 누구에게나 마음이 고달팠던 하루였으므로 저녁 식사를 끝내자 곧 잠자리에 들어갔다. 전원의 한없이 고요한 분위기는 거의 종교적인 느낌마저 지니고 이 작은 마을을 감싸고 있었다. 적막한, 몸에 스며 퍼질 듯한, 높은 하늘까지 퍼질 고요함이었다.

오랫동안 색주점(色酒店)의 시끄러운 밤에만 익숙해 왔던 여인들은 이 잠들어 있는 전원의 말없는 휴식에 감동하지 않을 수 없었다. 그녀들은 오히려 몸이 오싹해지는 것이었다. 아무도 춥지는 않았다. 흔들리는 불안한 영혼에서 오는 쓸쓸함의 전율이었던 것이다.

그녀들은 두 사람씩 이불 속에 들어가자 서로들 갑자기 껴안았다. 그것은 대지의 깊고 고요한 잠이 자신들에게 밀어닥쳐 옴을 막으려고 하는 것과 같았다. 더우기 〈왈가닥〉 로자만은 어두운 방에 단 혼자 있을 뿐만 아니라 혼자만 자는 일은 드물었기 때문에 말할 수 없는 허전한 마음으로 어쩔 줄 몰라 하는 것이었다. 몇 번이나 이불 속에서 뒤치락대면서 잠 못 이룸을 안타까워하고 있는 터에 베개맡 미닫이 너머에서 훌쩍훌쩍 어린애 우는 소리가 들려 왔다. 깜짝 놀라 소녀의 이름을 살짝 불러 보았다. 그러자 들릴락말락한 소리로 띄엄띄엄 대답 소리가 들렸다. 언제나 엄마 방에서 함께 자다가 이런 좁은 방에서 혼자 자자니 무서웠던 모양이다.

로자는 기뻐서 어쩔 줄 몰라 일어나서 남의 눈에 띄지 않게 슬쩍 소녀를 데리러 갔다. 그리고 자기의 따뜻한 이불 속에 뉘고는 가슴에 꼭 껴안고 달콤한 말과 몸짓으로 애정을 표시하는 것이었다. 그러는 사이에 자신의 마음도 차분해져 어느 틈에 잠들어 버렸다. 이렇게 밤이 샐 때까지 성체를 받을 소녀는 자기의 뺨을 창녀의 젖가슴에 대고 잠들었던 것이다.

안제라스의 시각인 다섯 시가 되자 교회의 작은 종이 울려 보통째 같으면 지쳐서 해가 중천에 뜰 때까지 내리자는 습관인 이 여인들을 깨웠던 것이다. 마을 사람들은 벌써부터 깨어나 있었다. 아낙네들은 건강한 목소리로 떠들어 대면서 이 문에서 저 문으로 바쁜 듯이 오가고 있다. 풀을 먹여 마분지처럼 뻣뻣한 모슬린으로 만든 짧은 옷을 귀중한 듯이 나르거나 한다. 그런가 하면 이번에는 터무니없이 큰 양초를 들고 간다. 한가운데 장식이 있는 비단실로 묶고 손에 쥐는 곳만이 가늘게 되어 있는 양초인 것이다. 이미 높이 뜬 태양은 감청색 하늘에 빛나고 있었지만 지평선 근방이 아련히 장미빛으로 물들어 있는 것은 새벽놀의 희미한 여운인가. 암탉들은 집 앞을 산책하고 있고, 여기저기 수탉들이 볏 달린 머리를 쳐들고 나래치며 목쉰 소리를 내어 때를 가리키면, 바람에 실려 가는 그 노랫소리를 다른 수탉들이 받아서 되풀이한다.

차례로 이륜 마차가 근처 마을에서 달려와서는 집집 문 앞에 몸집이 큰 노르망디 여인을 내려놓는다. 그녀들은 미리 약속이나 한 듯이 소박한 옷을 입고 쇼올을 가슴 위에서 마주치게 하여, 그것을 근 삼백 년은 된 듯한 은 브로우치로 채우고 있다. 남자들은 푸른 작업복을 겉에 걸치고 그 안에는 새로 지은 프록코트나 낡은 녹색 연미복을 입고 있는 것까지는 좋지만, 연미복의 두 가닥 꼬리가 작업복 사이로 삐죽 나와 있다.

말을 마구간에 맨 뒤에 한길 양쪽에는 시골의 교통 기관인 마차들이 두 줄로 나란히 서 있다. 이륜 짐마차, 말 한 필이 끄는 이륜 마차, 가벼운 이륜 마차, 의자가 달린 마차 등, 갖가지 모양의 모든 시대의 마차가 엎드려져 있거나 궁둥이를 땅에 댄 채 하늘을 쳐다보고 있거나 한다.

목수집은 마치 벌집처럼 분주했다. 여인들은 속치마에 드로즈 차림으로, 그것은 너무 오래 입어 색이 바랬고, 갈라졌다고도 할 수 있는 엷고 짧은 머리카락을 등에 늘어뜨린 채 소녀의 옷입는 시중을 드느라 정신이 없었다.

떼리에의 여주인이 자기 유격 부대의 활동을 지휘하고 있는 동안에도 소녀는 단 위에 세워진 채 몸을 꼼짝 않고 있었다. 여인들은 소녀를 세수시키고, 머리를 빗겨 주고, 매주고, 옷을 입혀 준다. 핀을 충분히 써서 옷의 주름을 고쳐 주거나 넓은 허리를 줄여 주거나 화장을 고쳐 주며 예쁘게 치장시킨다. 겨우 치장이 끝나자 이 작은 수형자(受刑者)를 앉히고는 그대로 움직이면 안된다고 일러 준다. 그리고 이 떠들썩한 부인 부대는 이번에는 자신들의 화장을 하기 시작했다.

작은 교회에서는 또다시 종을 치기 시작했다. 이 빈약한 종의 연약한 소리는 하늘로 퍼지며 사라져 버린다. 그것은 푸른 하늘에 흡수되어 버리는 보잘것없는 사람의 목소리 같았다.

성체를 받는 어린이들은 집집의 문을 나와 마을의 건물 쪽으로 급히 가는 것이었다. 즉, 두 개의 국민 학교와 마을 사무소 건물로서 마을에서는 가장 구석에 있었다. 그리고 〈하느님의 집〉은 또 다른 반대쪽 구석에 있었다.

성장을 한 부모들은 공연히 부끄러운 모습으로 평상시의 농사 일로 구부정했던 몸을 거북살스럽게 움직이며 어린애 뒤를 따라갔다. 소녀들은 잘 갠 크림을 연상시키는 새하얀 명주사(紗) 구름 속에 파묻혀 있었다. 사내애들은 카페 종업원의 병아리 같은 모습을 하고, 머리는 포마드로 찰싹 붙이고 검은 바지를 구겨뜨리지 않으려고 두 다리를 벌린 채 걷고 있었다.

멀리서 온 친척들이 될 수 있는 대로 많이 어린애의 뒤를 따르면, 그만큼 그 집안의 명예가 되는 것이었다. 그러므로 목수 집의 승리는 완벽했다. 떼리에 부대는 여주인을 선두로 하여 꽁스탕스의 뒤를 따랐던 것이다. 부친은 누님에게 팔을 빌리고, 모친은 라파엘과 나란히 걷고, 페르낭드는 로자와, 그리고 두 대의 펌프는 사이좋게 가게 된다. 이렇게 떼리에 부대는 마치 훌륭한 예복을 걸친 참모부처럼 위풍 당당하게 행렬을 전개했던 것이다.

마을에 준 효과는 실로 청천 벽력과 같았다.

학교에 도착하자 소녀들은 수녀들의 꼬르네뜨(角頭巾) 아래 정렬하고 소년들은 상당히 미남인 선생의 앞에 모였다.

사내애들이 앞서서 말을 풀어 놓은 마차가 양쪽에 놓여져 있는 한길 사이를 두 줄로 행진해 가자 역시 같은 순서로 소녀들이 뒤를 따랐다. 그리고 마을 사람들은 읍내에서 온 그 부인들에게 경의를 표하여 서로 앞에 나서기를 사양하였으므로 그녀들은 소녀들의 바로 뒤를 따랐다. 그들이 오른쪽에 세 명, 왼쪽에 세 명씩 서서 행렬을 빛낸 모습은 실로 불꽃의 마지막 광경을 연상케 했다.

일행이 교회에 들어가는 모습은 마을 사람들을 열광시켰다. 먼저 보려고 서로 밀고 당기는 소동을 벌였다. 그리로 성가 대원의 금실로 수놓은 비단 법의(法衣)보다도 아름답게 꾸민 부인들 쪽을 보자 놀란 듯 소리내어 무엇인가 소곤대는 여신도들도 있었다. 촌장(村長)은 자기의 좌석을 양보했다. 즉, 노래가 불려지는 동안에 오른쪽 첫째줄에는 떼리에 집의 여주인과 그녀의 올케, 그리고 페르낭드와 라파엘이 바로 촌장 자리에 앉고 〈왈가닥〉 로자와 두 대의 펌프는 목수와 나란히 두 번째 줄에 앉았다.

성가가 불려지는 동안은 무릎을 꿇은 어린이들로 가득 차 있었다. 사내애들과 소녀들은 양쪽에 나뉘어져 있었다. 그리고 그들의 손에 들고 있는 긴 양초는 각각 제나름대로의 방향으로 기울어진 창과 같았다.

악보대(樂譜臺) 앞에 세 사나이가 나란히 서서 낭랑한 목소리로 노래하고 있다. 그들은 듣기 좋은 라틴어의 음절(音節)을 함부로 길게 뽑아, 〈아멘〉을 한없이 길게 뽑으려고 아 —— 를 무한

정 길게 뽑고 있다. 여기에 박차를 가해 관악기가 그 나름대로
의 독특한 단조로운 음을 역시 길게 불어 대면, 그것을 구리로
만든 악기가 큰 입을 벌리고 큰 소리로 불어 댄다. 그러면 한 어
린이의 날카로운 소리가 거기에 응답하고, 사각 모자를 쓰고 신
부 좌석에 앉은 신부가 가끔 일어서서는 무언가를 빠른 말로 외
고는 다시 앉는다. 그 사이에도 세 성가대원은 눈앞에 펼쳐 놓
은 두터운 찬송가를 바라보면서 계속 노래를 부른다. 그들 앞에
펼쳐져 있는 찬송가는 고정된 악보대 위에 얹혀져 있었다.

　얼마가 지나자 다시 엄숙하게 조용해졌다. 사람들은 일제히
무릎을 꿇었다. 사제가 나타난 것이다. 그는 노인이었다. 은빛
머리에 보기만 해도 엄숙하게, 왼손에 들고 있는 성배(聖杯)에
몸을 구부린 듯이 서 있다. 그 앞에 붉은 옷을 입은 두 사람의
미사 수사가 앞서 간다. 그 뒤로는 큰 구두를 신은 성가대원들
이 나타나 성가를 부르며 양쪽에 정렬했다.

　침묵이 흐르는 사이에 종이 울렸다. 미사가 시작되는 것이었
다. 나이 많은 신부는 금칠을 한 앞을 조용하게 돌아 무릎꿇어
빌고 노인다운 떨리는 음성으로 준비 기도를 왼다. 입을 다물
자 성가대원들과 관악기가 동시에 소리를 냈다. 그러자 참석한
사람들도 노래를 부른다. 예배 보는 모습에 어울리게 낮고 경건
한 목소리였다.

　갑자기 〈끼리에 에레이손〉 기도가 모든 가슴과 마음에서 일어
나, 창공을 향하여 힘차게 울려 퍼졌다. 이 소리의 폭발로 흔들
렸는지 거기에 응답하는 듯이 낡은 천정에서는 작은 먼지나 썩
은 나뭇조각이 떨어져 왔다. 슬레이트 지붕에 내려쬐는 태양은
이 보잘것없는 교회를 마치 용광로처럼 뜨겁게 만들고 있었다.
그리고 깊은 감동, 불안한 기대, 알 수 없는 신비스러움이 어린
이들의 가슴을 조이고 어버이들의 목을 메이게 한다.

　사제는 잠깐 앉아 있다가는 천천히 일어나 다시 제단에 올라

가서 모자를 벗은 은발머리인 채로, 노구(老軀)를 떨며 하느님 말씀이 적힌 성경을 봉독하려고 하는 것이었다.

사제는 신자들 쪽을 향해 서자, 손을 뻗쳐「Orate, fratres(형제들아, 기도하라).」라고 말했다. 신자들은 일제히 기도했다. 늙은 신부는 뜻깊고 정성어린 말을 낮은 소리로 중얼거리고 있다. 종소리는 쉴새없이 울리고 있었다. 모두들 엎드려 머리 숙이고 하느님의 이름을 찬양했고, 어린이들은 불안으로 실신할 정도였다.

바로 그때였다. 양손에 머리를 묻고 있던 로자는 갑자기 어머니와, 자기가 태어난 마을의 교회와, 맨 처음 성체 배수 때의 일들을 연상했다. 새하얀 옷에 파묻혀 버릴 만큼 어렸을 때의 자기로 돌아온 듯한 마음으로 갑자기 그녀는 울기 시작했다. 처음에는 남모르게 흐느꼈다. 눈물이 아롱지고 그 사이에 갖가지 일들이 생각나 감동은 점점 깊어지고, 목이 메이고 가슴이 파동쳐 엎드려 흐느껴 울기 시작했다. 손수건을 꺼내어 눈물과 콧물을 닦고 소리를 내지 않으려 했지만 허사였다. 신음 소리 같은 것이 목에서 계속 나오기 때문이었다. 옆 자리에 앉은 루이즈도 플로라도 엎드린 채 역시 먼 옛날 추억으로 가슴이 벅차 빗방울과 같은 눈물을 흘리며 마찬가지로 신음하고 있는 것이었다.

더구나 눈물이란 것은 전염하기 쉬운 것이어서, 이번에는 마담조차도 눈시울이 젖어오는 것을 느꼈다. 그래서 그녀의 올케 쪽을 힐끗 쳐다보자 함께 앉은 자들은 모두가 울고 있다는 것을 알았다.

신부는 성체를 낳으려 하고 있는 것이었다. 어린이들은 일종의 경건한 분위기에 감싸여 돌바닥에 엎드린 채, 아무 생각도 하지 않는 듯했다. 또한 교회 안의 이곳저곳에서는 아내되는 사람이나, 어머니나, 자매도 격렬한 감동의 이상한 공감에 사로잡혔는지, 그 무릎 꿇은 아름다운 부인들이 어깨를 들먹이며 흐느껴 우는 모습을 보자 전기에라도 통한 듯이 그녀들 자신도 체크 무늬가 있는 손수건에 눈물을 닦고, 미어질 듯한 가슴을 왼손으로 누르는 것이었다.

불길이 마른 들판을 휩쓸어 버리는 듯이 로자와 그 동료들의 눈물은 모든 예배자를 사로잡고 말았다. 남자나 여자나 또는 노인이나 젊은이들도 모두가 흐느끼고 있었다. 그리고 초인적인 그 무엇인가가, 예를 들면 살포된 영혼, 눈에 보이지 않는 전지전능(全知全能)한 영감이 그들의 머리 위를 날고 있는 듯이 생각되었다.

그때, 교회의 성가가 울려퍼지는 사이에 무엇을 두드리는 듯한 작은 소리가 들려 왔다. 수녀가 기도책을 두드려 세례 의식의 신호를 하고 있는 것이었다. 그러자 어린이들은 성스러운 홍분에 가슴 조이면서 성대(聖臺) 쪽으로 가까이 갔다.

모두가 일렬로 무릎 꿇고 있었다. 나이 많은 신부는 금칠을 한 은으로 만든 세례반(洗禮盤)을 한 손에 들고, 어린이들 앞을 지나며 그리스도의 육체며 이 세상의 속죄의 제물인 성스런 빵을 두 손가락으로 집어 한 사람씩 그들에게 주었다. 어린이들은 경련을 일으킨 듯한 신경질적인 찡그린 얼굴로 입을 벌리고 있다. 눈은 감겨 있고 얼굴은 새파랗다. 그리고 턱 아래 드리운 길다란 수건이 마치 흐르는 물처럼 흔들리고 있다.

갑자기 교회 안에 일종의 광란이 일어났다. 그것은 흥분한 군중의 웅성거림이었고 소리를 죽인 흐느낌의 폭풍이어서 마치 숲 속의 나무를 휩쓸어 버리는 돌풍처럼 지나갔던 것이다. 신부는 감동한 듯 나무토막처럼 서 있을 뿐이다. 성찬(聖餐)을 손에 든 채 움직이지도 않고 다만 마음 속으로만 중얼거린다.(이것은 신인 것이다. 신이 올케들 사이에 내려와 계신 것이다. 모습을 나타내심이다. 그의 음성에 응답하여 무릎 꿇고 있는 그의 아들딸 위에 내려와 계심이다.) 그 뒤로는 적당한 말이 나오지 않은 채 광기어린 기도를, 영혼에서 우러나는 기도를 하늘 나라로 보내며 중얼거리는 것이었다.

이와같이 나이 많은 신부는 세례 의식을 끝내자 신앙의 이상한 흥분으로 다리가 당장에라도 힘없이 주저앉을 듯했다. 그리고 자신이 주님의 보혈을 입에 댔을 때는 말할 수 없이 감격하고 있었다.

배후에 있는 사람들은 차츰 마음이 침착해졌다. 흰 성의(聖衣)를 걸친 성가대원들은 보기에도 엄숙하게 상체를 뒤로 젖힌 채, 아직도 매끄럽고 애매한 소리로 노래부르기 시작했다. 관악기도 흐느껴 울었는지 목쉰 소리처럼 들렸다.

그러자 신부가 두 손을 들어 노래를 중단시키고 행복한 희열에 젖어 있는 세례자의 열을 헤치며 다가왔다.

모두가 소리를 내며 의자에 앉자, 이젠 체면 불구하고 누구나가 힘껏 코를 푸는 것이었다. 그리고 신부의 모습을 보고는 모두 정숙해졌으므로, 신부는 극히 낮고 조심스러운 음성으로 말하기 시작했다.

「친애하는 형제 자매들이시여, 나는 충심으로 여러분들께 감사를 드리는 바입니다. 여러분들께서는 나의 생애에 있어 가장 큰 기쁨을 조금 전에 주셨습니다. 하느님이 나의 부름 소리에 응답하여, 우리들 위에 내려오신 것을 나는 분명히 느꼈습니다. 하느님이 강림하셔서 눈물을 흘리게 하셨습니다. 나는 우리 교구에서 가장 나이 많은 신부지만, 동시에 오늘은 가장 행복한 신부라 말할 수 있습니다. 기적은 방금 우리들 속에서 이루어진 것입니다. 위대하고 숭고하고 진실된 기적인 것입니다. 예수 그리스도가 처음으로 이 어린 육체 속에 머무르려고 하고 있는 사이에, 영혼은 하늘 나라의 새가 되고 하느님의 입김이 되어 바람에 날리는 갈대처럼 엎드려 있는 여러분들 위에 다가와, 점령하고 또 사로잡았던 것입니다.」

이어서 목수네 집 여자 손님들이 있는 둘째줄 쪽을 향해 약간 음성을 높이고는, 「친애하는 여러분, 특히 여러분들께 감사합니다. 여러분은 먼 곳에서 일부러 와주셨습니다. 보기에도 믿음이 깊고 경건한 마음 가짐은 우리들에게 참으로 좋은 본보기가 되었습니다. 여러분은 우리의 교구를 교화(敎化)해 주셨습니다. 여러분들의 감동은 사람들의 마음을 따스하게 해주셨습니다. 여러분들이 와주시지 않았더라면, 아마 오늘처럼 귀중한 날도 이렇게 참되고 신의 영혼이 넘친 예식이 되진 못하였으리라 믿습니다. 주님을 우리들 백성 위에 맞이하기 위해서는 때로는 단 한 사람의 선택된 신자만으로도 충분할 수가 있을 것입니다.」

목이 메이고 말았다. 잠시 후 덧붙여서 「여러분에게 하늘의 은총이 내리시기를, 아멘.」 그리고 의식을 끝내기 위해 다시 제단에 올라갔다.

사람들은 한시바삐 밖에 나가려고 했다. 어린이들까지도 웅성거리고 있었다. 오랫동안 정신을 긴장시키고 있었으므로 지쳤던 것이다. 거기에 무엇보다도 배가 고팠던 것이다. 그리고 양친들 역시 식사 준비가 걱정이 되는지, 마지막 성경 낭독을 기다리지도 않고 한 사람씩 돌아가기 시작했다.

나가는 문은 매우 혼잡했다. 노르망디 사투리가 쨍쨍 울리고 떠들썩했다. 마을 사람들은 양쪽에 갈라서서, 어린이들이 모습을 나타내면 각각의 가족은 자기집 아이를 찾아 돌진하는 것이었다.

꽁스탕스는 집안의 모든 여인들에게 붙잡혀 키스당했다. 특히 로자는 꽁스탕스를 껴안은 채 놓을 줄을 몰랐다. 겨우 놓아주었다고 생각했는데 다시 손을 잡으므로 떼리에 집 여주인도 뒤질세라 한쪽 손을 잡았다. 라파엘과 페르낭드는 소녀의 긴 모슬린 스커트가 땅에 끌리지 않도록 높이 말아 올려 주었다. 루이즈와 플로라가 리베의 아내와 행렬의 후미(後尾)를 이루고 있었다. 소녀는 마치 하느님이 몸에 내려앉으신 양, 엄숙하게 그 의장대의 호위를 받으면서 걷기 시작했다.

연회는 목수집의 작업장에서 하기로 되어 있었으므로, 잔치 음식은 횡목으로 받친 긴 널빤지 위에 준비되어 있었다.

한길 쪽에 열려 있는 문으로는 마을의 즐거운 소리가 들려 왔다. 어느 집에서나 한창 잔치를 벌이고 있는 것이다. 어느 창문으로는 나들이옷을 입은 회식자(會食者)의 모습이 보인다. 흥 겹게 먹고 마시고 있는 모든 집에서는 즐거운 웃음소리가 흘러 나온다. 농부들은 샤쓰 한 장만을 걸친 채 사과주를 큰 잔에 넘치게 따라서는 쭉 들이켜고 있다. 어느 집 잔치나 윗자리에 앉은 두 어린이의 모습을 볼 수 있다. 이 집에서 여자애가 둘인가 하면, 저 집에서는 사내애가 둘, 이런 식으로 두 어린이가 두 집 안 중 어느 한 집에서 식사하고 있는 것이었다.

오후의 햇볕을 받으며 가끔 타박타박 하고 늙은 말이 끄는 승용 마차가 마을을 지나갔다. 그리고 말을 부리고 있는 작업복을 입은 사나이는, 탐스런 먹을 것을 보고는 부러운 눈초리를 던진다.

목수집에서는 오전중의 감동의 여운인지 흥겨움 속에서도 어딘가 조심스러워하는 느낌이 있었다. 리베만이 신이 나서 흥겨워 지나치게 마시고 있다. 떼리에 집 여주인은 쉴새없이 시계만 들여다보고 있었다. 이틀간 계속해서 휴업하지 않기 위해서는 세 시 오십 오 분 기차를 타고 저녁 때까지는 페깡에 도착하지 않으면 안 되었기 때문이다.

목수는 그런 마음을 흐트러뜨려 이튿날까지 일행을 붙잡아 두려고, 온갖 노력을 다하는 것이었다. 그러나 마담은 계획을 취소하기는커녕 장사 이야기에 관해서 농담 한 마디 하지 않는 것이었다.

커피 마시기를 끝내자, 그녀는 여인들에게 일러 떠날 준비를 시켰다. 그런 다음에 동생 쪽을 향하여 「자, 그럼 너는 곧 마차 준비를 해줘.」하고 자기 자신도 떠날 준비를 끝내고는 일어섰다.

그녀가 이층에서 내려오자, 올케는 딸아이에 대해 의논하려고 기다리고 있었다. 오랫동안 이야기를 나누었지만 별로 뾰족한 수는 나오지 않았다. 이 시골 아낙네는 일부러 가엾게 보여 그녀의 마음을 끌려고 했으나, 조카딸을 무릎 위에 앉혀 놓고 올케의 긴 연설을 듣고 있던 떼리에 집 여주인은, 무엇하나 계약하는 일 없이 다만 막연하게 약속할 뿐으로「이 아이에 대해서는 나도 생각해 보겠어요. 앞으로 세월도 있고, 또 만날 날도 있는 것입니다.」하는 식의 대답을 할 뿐이었다.

그런데 마차는 보이지 않고, 떼리에 집의 여인들도 내려오려고 하지 않는다. 뿐만 아니라 이층에서는 시끄러운 웃음소리와 손뼉을 치는 소리, 거기에 외침 소리, 버둥대는 소리마저 들려오는 것이었다. 그래서 목수의 아낙네가 마차 준비가 되었는지 밖에 나간 사이에 마담은 참을 수 없어 이층에 올라가 보았다.

보니, 리베는 술에 고주망태가 되어 반나체의 모습으로 로자를 덮치려고 하지만 맘대로 되지 않고, 로자는 로자대로 허리가 끊어질 듯이 웃음을 터뜨리고 있다. 두 대의 펌프는 사나이의 팔을 잡고 열심히 그를 진정시키려 하고 있는 모습이다. 모처럼의 아침 의식이 끝난 뒤에 이런 장면을 보게 되어 분개하고 있는 것이었다. 그리고 라파엘과 페르낭드는 몸을 비틀며 재미있어 하고, 양쪽에서 사나이에게 충동질을 하고 있다. 그리고 사나이의 취한 일거 일동에 까르르, 까르르 하면서 성원을 보내고 있다. 사나이는 흥분하여 상기된 얼굴로 자기를 뜯어말리는 두 여인을 맹렬하게 뿌리치며, 온 힘을 다 짜내어 로자의 스커트 자락을 걷어올리며 「이봐, 내 말을 안 들을래?」하고 재빨리

말한다. 바로 이때 마담은 분통이 터진 듯 동생의 어깨를 움켜
쥐자 사정없이 떼어 놓았으므로 사나이는 그대로 굴러 벽에 맞
부딪치고 말았다.

그로부터 일 분 후, 이 사나이가 뜰에서 머리에 찬물을 뒤집
어쓰는 소리가 들려 왔다. 그리고 이륜 마차에 또다시 모습을
나타냈을 때에는 조금 전의 일은 씻은 듯이 잊은 태도였다.

사람들은 어제와 마찬가지로 출발했다. 보잘것없는 흰 말도
어제처럼 힘차게 춤추는 듯이 달리기 시작했다.

따가운 태양빛을 받자 식사중에는 고개 숙이고 있던 장난기
가 슬슬 머리를 들기 시작했다. 이제 와서는 이 털터리 마차가
흔들리는 것조차 재미있었고, 옆자리의 의자를 밀치거나 아무
렇지도 않은 일로 허리가 끊어질 듯이 웃는 것이었다. 아무래도
리베의 조금 전의 짓이 우스워 못 견디겠는 모양이다.

현기증이 일어나게 할 듯한 이상한 광선이 들판 가득히 넘쳐
있었다. 수레바퀴가 두 줄기 흙먼지를 내면, 그 먼지는 마차가
지나간 후에도 한길 뒤를 감돌고 있었다.

음악을 좋아하는 페르낭드가 갑자기 로자에게 노래를 졸랐
다. 그러자 로자는 〈무동의 뚱뚱보 신부〉라는 노래를 흥겹게 부
르기 시작했다. 하지만, 마담은 곧 노래를 그치게 했다. 이런
날에 그런 노래는 온당치 않다는 것이었다. 그녀는 덧붙여 말했
다. 「그런 것보다는 어딘가 좀 고상한 노래를 부르는 게 좋지 않
을까?」 그래서 로자는 잠시 생각한 다음 노래를 결정하자, 걸
쭉한 목소리로 〈우리 집 할머니〉를 노래 부르기 시작했다.

우리 집 할머니, 생신날 밤에
곤드레만드레 술에 취하여
고개를 흔들며 말하기를
옛날엔 이래봐도 날렸었지!

　　팔에는 탐스럽게 살이 오르고
　　다리도 쭉 곧아 보기 좋았지
　　하지만 그것은 옛날 이야기
　　모두가 지난날의 꿈이었다네 !

그러자 이번에는 마담 자신의 선창으로 여인들이 일제히 제창했다.

　　팔에는 탐스럽게 살이 오르고
　　다리도 쭉 곧아 보기 좋았지
　　하지만 그것은 옛날 이야기
　　모두가 지난날의 꿈이었다네 !

「참 멋진 노래군 ! 」하고 리베도 흥겨운 듯이 소리쳤다. 그러자 로자가 바로 뒤를 이어받아 노래했다.

　　바람쟁이 아줌마니 그럴 수밖에
　　그도 그럴 테지요 열 다섯부터
　　절로 알게 된 연정 때문에
　　밤잠도 제대로 못 잤다니까.

모두가 소리맞춰 후렴을 노래했다. 리베가 한쪽 발로 마차채와 말고삐에 장단을 맞추어, 작은 흰 말에 채찍질을 하면, 말은 말대로 흥겨운 리듬에 들뜬 듯이 경쾌하게 달리는 것이었다. 그것도 너무 달리기 때문에 여인들을 마차 안에서 딩굴게 했다.
　　그녀들은 미친 듯이 깔깔대면서 다시 일어난다. 그래도 노래는 계속되었다. 불타는 하늘 아래 잘 익은 농작물로 가득찬 들판을 가로질러 흰 말의 힘찬 보조에 흔들리면서 노랫소리는 힘껏 불려진다. 흰 말도 이제는 노랫소리에 흥겨워진 듯 후렴이 불려질 때마다 신이 나게 달려 승객들을 즐겁게 했다.

길가 군데군데에서는 석공(石工)이 허리를 펴고 철사로 만든 먼지막이 안경 너머로, 이 미친 듯이 외치고 있는 이륜 마차가 먼지를 일으키며 달려가는 뒷모습을 바라보고 있다.

모두 역 앞에서 마차를 내리자, 목수는 차분한 음성으로 말했다. 「돌아가시겠다니, 섭섭하군요. 좀더 재미있게 놀 수 있었는데……」

마담은 그럴 듯하게 대답하는 것이었다. 「모든 일에는 때라는 게 있어.」 그때 별안간 리베의 머릿속에 멋진 생각이 떠올랐다. 「물론입죠. 내달에는 페깡으로 찾아 뵙게 될 겁니다.」 하고는 번들번들한 눈초리로 로자를 바라보았다. 「하지만 사람은 성실해야 돼요. 오는 것은 좋지만, 엉뚱한 짓은 안하는 게 좋을걸.」 마담은 이 한 마디로 입을 다물었다.

그는 대답할 말을 잊었으나 기적 소리가 들려 오자 급히 그들에게 키스하기 시작했다. 로자 차례가 되자 그녀의 입술에 키스하려고 애를 태웠지만 그 입술은 우스운 표정으로 굳게 닫힌 채, 그때마다 재빨리 옆으로 피해 상대방을 당황하게 만든다. 여인을 두 팔로 붙들고 있으면서도, 그는 최후의 목적을 달성할 수 없었다. 그것도 그럴 것이 오른손에 들고 있는 큰 말채찍이 방해물이 되어 있었기 때문이며, 그녀에게 키스하려고 애쓰는 중에도 그는 정신없이 말채찍을 로자의 등 뒤에서 휘두르고 있었다.

「루앙으로 가시는 분은 차를 타주시기 바랍니다.」 하는 역원의 외침 소리가 들렸다. 그녀들은 차에 올라탔다.

기적 소리가 길게 울리자 직직 하는 기관차 소리가 시끄럽게 울리고 기차 바퀴도 힘주어 조금씩 움직이기 시작했다.

리베는 역 구내로부터 나오자, 개찰구에 서서 다시 한번 로자

의 모습을 보려고 했다. 그래서 인간이라는 화물을 실은 기차가
자기 앞을 통과할 때에는 채찍을 울리며 목청껏 노래 부르기 시
작했다.

> 팔에는 탐스럽게 살이 오르고
> 다리도 쭉 곧아 보기 좋았지
> 하지만 그것은 옛날 이야기
> 모두가 지난날의 꿈이었다네!

그리고는 흰 손수건이 나풀거리며 멀어져 가는 것을 바라보
는 것이었다.

3

그녀들은 기차가 목적지에 도착할 때까지 잠들어 버렸다. 충
족한 양심의 평화스런 잠이었다. 그녀들이 실컷 잠자고 기분을
새로이 한 후, 이제부터 매일 밤 열심히 일하려고 집에 돌아왔
을 때 마담은 한 마디 하지 않고는 못 배겼다. 「인간이란 할 수
없어, 이젠 장삿일도 하고 싶지 않구먼.」
그녀들은 급히 식사를 끝내자 언제나와 같이 전투복을 갖춰
입고는 낯익은 손님들을 기다렸다. 현관 앞 작은 램프에도 불이
켜졌다. 이 마리아의 등불은 어린양들이 다시 그 우리 속에 돌
아왔다고 지나가는 사람에게 알리고 있는 것이었다.
누가 어떤 식으로 전했는지 다시금 이 읍에 소식이 퍼졌다.
은행가의 아들인 필립은 친절하게도 집안에 들어박혀 있는 뚜르
느보 씨에게 달려와 알려 주는 것이었다.
마침 건어물상 주인은 으레 하는 습관대로 월요일에 만찬회

를 열어 많은 친척들을 초대하여 커피를 마시고 있을 때였다. 어떤 사나이가 편지를 가지고 나타났다. 뚜르느보 씨는 놀란 듯 봉투를 뜯자마자, 얼굴이 새파래졌다. 거기에는 연필로 이런 글귀가 쓰여 있을 뿐이었다. 〈대구를 가득 실은 배가 입항했음. 장사하기에는 절호의 기회. 즉시 나오시압.〉

그는 주머니를 뒤져 재빨리 이십 센트의 팁을 주고는, 갑자기 귀 밑까지 붉어진 얼굴로「여보, 급히 좀 다녀와야겠소.」하며, 이 간단한 수수께끼 같은 쪽지를 아내에게 보였다. 그리고 초인종을 울리고 하녀가 나타나자,「자, 외투하고 모자 좀 가져와.」하고 서두르는 것이었다.

거리로 나오자 휘파람 소리를 내며 달렸다. 길은 보통때의 갑절이나 먼 듯하였다. 그만큼 그는 마음이 급했던 것이다.

떼리에 집은 마치 잔치집 같았다. 아래층은 선창에 있는 패들로 귀가 터질 듯 떠들어 대고 있었다. 루이즈와 플로라는 누구에게나 건성으로 대답하며 여기서 한 잔, 저기서 한 잔 마셔 참으로 〈두 대의 펌프〉라는 별명에 부끄러움이 없을 만큼 마셔 대고 있었다. 이미 두 손님에게 한 시에 부름을 받기로 예약이 된 터이어서 그대로 마셔 대다가는 밤의 사업에 지장이 있지 않을까 염려될 정도였다.

이층의 모임은 아홉 시에는 이미 만원이었다. 벌써부터 마담에게 플라토닉한 연정으로 가슴태우고 있던 상업 재판소의 판사 바스 씨는 구석에서 무엇인가 소곤거리고 있다. 그리고 무엇인가 서로 마음이 통하는지 두 사람 모두 기쁜 듯이 싱글대고 있다. 전 읍장인 푸랑 씨는 로자를 자기 무릎 위에 올려놓고 있다. 로자는 무릎 위에서 그를 마주보고는 이 사람좋은 아저씨의 흰 수염 속에 두 손을 넣고 까불어 댔다. 사나이의 검은 나사(羅紗) 바지 비스듬히 여인의 새하얀 허벅지가 말려 올라간 샛노란 비단 스커트 사이로 엿보이고 있다. 그리고 빨간 스타킹에는 여행길에서 행상인에게 받은 파란 양말 대님이 끼어져 있다.

덩치가 큰 페르낭드는 소파 위에 누운 채, 두 다리를 징세관 팡페스 씨의 배 위에 올려놓고 몸은 필립 청년의 조끼에 기대어, 오른팔로는 상대방의 목을 감고, 왼손으로는 담배를 피우고 있다.

라파엘은 보험 대리점을 경영하는 뒤퓌 씨와 교섭중인 모양이다. 그리고 그녀의 회담은 다음과 같은 말로 끝맺었다. 「여보 당신, 물론 오케이예요. 오늘 저녁 같은 때는 이쪽에서 부탁하고 싶을 정도인 걸요.」하고 재빨리 몸을 일으켜 혼자 춤추며 살롱을 한 바퀴 돌고, 「오늘밤에는 여러분이 원하는 대룹니다.」하고 말했다.

이때 도어가 요란하게 열리고, 거기에 뚜르느보 씨가 나타났다. 열광적인 환성이 일어나 모두들 「뚜르느보 만세!」를 불렀다. 그리고 계속 살롱에서 돌고 있던 라파엘이 비틀거리며 그의 가슴에 쓰러졌다. 상대방은 기회는 이때다! 하는 생각에 여인을 힘껏 껴안고, 다짜고짜 안아 올리고는 살롱을 가로질러 안쪽의 도어를 열고 그대로 살아 있는 짐과 함께 만장의 갈채를 받으며 침실 계단 쪽으로 사라져 버렸다.

아까부터 전 읍장 마음을 들뜨게 만들고 있던 로자는 쉴새없이 키스를 퍼붓고, 또 양쪽 구레나룻을 끌어당겨 머리를 똑바로 세우려 하다가, 바로 이때 선례(先例)가 생겼으므로, 「자, 빨리 우리도 저렇게 해요.」하고 속삭이자 영감도 엉덩이를 일으켰다. 그리고 조끼를 고쳐 입고 여인의 뒤를 따라갔다. 비상금이 들어 있는 포켓을 빈번히 만져 보면서.

페르낭드와 마담만이 네 손님과 함께 남겨지자, 필립이 소리쳤다. 「내가 샴페인을 내죠. 마담 떼리에, 세 병만 가져오게 해요.」

그러자 페르낭드는 청년에게 매달리며 귓전에 속삭였다. 「우

444

리들 춤 좀 추게 해줘요, 네? 어서요.」청년이 일어나 한쪽 구석에서 잠자고 있던 고물 에피네트 앞에 앉자, 목쉰 소리와 같은 애련한 왈츠곡을 연주하기 시작했다. 덩치 큰 페르낭드는 징수관과 한짝이 되고 마담은 바스 씨 팔에 안겼다. 그리고 두 쌍의 남녀는 서로 쉴새없이 키스를 나누며 춤을 추었다. 바스 씨는 옛날에 사교계 출입도 많이 해본 솜씨여서 춤도 멋지게 추었다. 마담은 황홀한 눈초리로, 〈위(네)〉라고 대답하는 눈초리로 상대방을 지켜보고 있었다. 그것은 말 이상으로 조심스럽고 달콤한 〈위〉였다.

프레데릭이 샴페인을 가지고 왔다. 첫번째 병마개가 튀자, 필립은 커드릴 춤곡을 연주했다.

춤추는 네 사람은 매우 세련되게 춤췄다. 점잔을 빼거나, 고개를 숙이거나, 인사를 나누거나 하는, 매우 멋진 자태였다.

춤추기를 끝내자 모두들 샴페인을 마시기 시작했다. 그때 뚜르느보 씨가 나타났다. 매우 만족하고, 기분이 가벼워진 듯한 밝은 얼굴이었다. 그는 소리쳤다.「까닭을 모르겠어, 하여튼 오늘의 라파엘은 만점이야.」이어서 누군가가 내민 술잔을 단숨에 들이켜고는 말했다.「음, 오래 살고 볼 일이야.」

재빨리 필립은 흥겨운 폴카를 연주하기 시작했다. 뚜르느보 씨는 〈유태 미인〉과 짝을 이루자, 상대방의 발이 마루에 닿지 못할 정도로 쉴새없이 공중에 치켜올리며 춤췄다. 팡페스 씨와 바스 씨는 조금 전의 춤 상대를 찾아내고는 또다시 춤추는 것이었다. 이따금 춤추는 한 쌍은 난로 근처에서 멈추고는 탐스럽게 거품이는 샴페인 잔에 입을 대고 재빨리 마셨다. 춤은 언제 끝날지 모를 정도로 그칠 줄 모르는데, 도어가 반쯤 열리고 로자가 촛불을 들고 나타났다. 머리는 풀어 흐트러시고, 발에는 헌 구두를 신고, 속치마 바람으로 새빨갛게 상기된 얼굴이다.「나도 춤추겠어요.」하고 그녀가 소리치자 라파엘이 물었다.「손님은 어떻게 했니?」로자는 뱉듯이 말했다.「그이 말이야? 벌써 꿈나라지. 금새 곯아 떨어지지 뭐야.」로자는 소파 위에서 멍해 있는 뒤퓌 씨를 붙들고는 폴카를 추기 시작했다.

그러나 샴페인 병은 벌써 비어 있었다.「내가 한 병 사지.」하고 뚜르느보 씨가 호기를 보이자,「나도 사지!」하고, 뒤퓌 씨도 소리쳤다. 그러자 박수 갈채가 터졌다.

이렇게 되자, 이제부터는 정식 무도회가 되었다. 가끔 아래층 카페의 루이즈와 플로라까지 급히 빠져나와서는, 아래층에서 손님들이 화내고 있는 것도 아랑곳없이 재빨리 한바탕 춤추고는 미련을 남기며 아래층으로 뛰어내려 가는 것이었다.

한밤중이 되어도 춤은 계속되었다. 가끔 여인 중의 하나가 사라져 버린다. 그것도 모르고 춤상대로 삼으려고 찾는 사이에, 사나이 중의 하나도 없어진 것을 문득 깨닫는다.「당신 둘이서 도대체 어디 갔다 오는 거요?」하고 마침 팡페스 씨가 페르낭드와 함께 나타나는 것을 붙들고 필립이 놀림조로 묻자, 징수관왈「잠깐 푸랑 씨의 잠자는 얼굴을 보고 왔지.」이 대답은 굉장한 인기를 끌었다. 그로부터 너도 나도 하고 여인들 중 누군가를 데리고 푸랑 씨의 잠자는 얼굴을 보러 가는 것이었다. 여인들은 오늘밤에는 이상할 정도로 솔직했다. 마담은 가만히 눈을 감고 있다. 그리고 한쪽 구석에서 바스 씨와 시간가는 줄 모르게 밀담을 나누고 있는 것은, 아무래도 기왕에 결정된 사항의 최후 마무리를 하고 있는 모양이었다.

한 시가 되자 아내가 있는 뚜르느보 씨와 팡페스 씨는 집에 가겠다 말하고는 계산서를 청구했다. 그런데 계산서에는 샴페인 값뿐이고, 그것도 보통때는 한 병에 십 프랑하던 것이, 육 프랑으로 할인되어 있다. 그래서 두 사람이 마담의 호의에 놀란 표정을 짓자 마담은 밝은 표정으로 재빨리 대답하는 것이었다.

「매일 잔치가 있는 건 아니니까요.」

비계 덩어리

　며칠을 두고 줄곧 패주해 가는 군대의 한 떼가 차례차례 이 거리를 지나갔다. 그것은 이미 군대가 아니라 산산이 흩어진 오합지졸에 지나지 않았다. 어느 군인이고 더부룩한 수염이 자랄 대로 자라 군복은 찢어지고 깃발도 대열도 없이 기진 맥진한 걸음걸이로 걷고 있다. 모두 지쳐서 녹초가 되어 생각할 힘도 결심할 힘도 없이 다만 타성으로 걷고 있는 데 불과했으며, 발걸음을 멈추기만 하면 틀림없이 쓰러질 것같이 보인다. 그 중에서도 징발을 당한 사람들이 눈에 뜨인다. 온건한 사람들, 안온하게 연금(年金)으로 살던 사람들이 총의 무게 때문에 등을 구부리고 있다. 그리고 청년 유격대들, 민첩하고 재빨리 감격에 불타지만 물새의 퍼덕임 소리에도 쉽사리 놀라는 패들, 용감하게 출격하지만 도망질도 빠르다. 이 패들에 섞이어 몇 명인가의 빨간 바지들이 보였다. 어떤 큰 전투에서 분쇄당한 사단의 패잔병이다. 음울한 얼굴을 한 포병이 이런 잡다한 보병들과 같이 줄지어 가고 있었다. 이따금 무거운 발을 이끌고 한결 발걸음이 가벼운 보병들을 뒤쫓아가느라고 고생하는 용기병(龍騎兵)의 철모가 번쩍거렸다.

　다음에 〈패전의 복수자〉니 〈무덤의 시민〉이니 〈죽음을 나누는 자〉니 하는 씩씩한 부대명을 붙인 의용군들이 산적 같은 모양을 하고 지나갔다.

그들의 대장은, 원래는 포목상이나 고물 장수들이었거나 기름 장수 또는 비누 장수들이었으며, 군인이 된 것은 우연한 기회에 불과했고, 장교로 임명된 것은 돈이 많다거나 수염이 길어서 힘 입은 바였다. 무기와 견장과 휘장 등으로 몸을 싸고 쨍쨍 울리는 목소리로 지껄이며 작전 계획을 논하고, 빈사 상태에 빠진 프랑스를 자기들만의 힘으로 짊어져 보이겠다는 듯이 말하고 있었다. 그러나 그들은 때로 자기 부하를 겁내는 적이 있었다. 아무튼 극악 무도한 무리들이라 가끔 당치도 않은 만용(蠻勇)을 떨치기도 하지만 약탈과 방탕을 일삼고 있다.

이윽고 프러시아 군이 루앙으로 진격해 온다는 소문이 떠돌았다.

국민군은 두 달 전부터 부근의 숲 속을 조심스럽게 정찰하다가 때로는 자기네의 보초병을 쏘기도 하고 덤불 밑에서 토끼 새끼라도 움직일라치면 허둥지둥 전투 태세를 취하기도 했지만 지금은 저마다 집으로 돌아가 있었다. 국민군의 무기며 군복, 얼마 전까지 삼십 리 사방 국도에 있는 이정표의 돌을 놀라게 하고 있던 모든 살육 도구는 홀연히 자취를 감추고 말았다.

프랑스 군 맨 뒤에 처진 병사가 마침내 세느 강을 다 건넜다. 쌩 스베르와 부르 아샤르를 거쳐 퐁 오드메르로 나가기 위해서이다. 맨 나중에 걸어온 장군은 절망에 잠겨 이와 같은 지리 멸렬한 부대로는 아무것도 계획할 수도 없이, 늘 이기던 싸움밖에 모르던 국민, 그리고 그 전설적 용맹에도 불구하고 지금 참담한 패배를 맛본 국민의 일대 괴열 가운데서 그 자신 넋을 잃고 두 부관에게 부축을 받으면서 터벅터벅 걸어가는 것이었다.

그리고 깊은 정적이, 공포를 섞은 침묵의 기대가 거리에 감돌았다. 장사 때문에 거세당한 많은 배불뚝이 시민은 불안한 심정으로 승리자의 입성을 기다리고 있었다. 고기를 굽는 쇠꼬챙이나 커다란 식칼을 무기로 취급당하지나 않을까 하고 불안했던 것이다.

시민들의 생활은 마치 정지된 것 같았다. 가게마다 문을 닫고 한길은 조용했다. 이따금 주민 하나가 이 침묵에 겁을 먹고 빠른 걸음으로 처마 밑을 달려간다.

기다리는 동안의 불안이 오히려 적의 도래를 바라게 하는 것이었다.

프랑스 군이 철수한 이튿날 오후, 어디서 나타났는지 네댓 명의 프러시아 창기병(槍騎兵)이 허공을 날듯이 거리를 가로질러 갔다. 그런 다음 조금 지나 새까만 한 무리가 쌩뜨 까트린느 언덕을 내려왔다 싶자 다른 두 갈래의 침입군의 물결이 다른느딸과 브와기음 가도를 지나 밀어닥쳤다. 세 부대의 전위 부대는 같은 시각에 시청 광장에서 만났다. 그리고 부근 거리라는 거리는 모두 메우며 도이치군이 딱딱하고 정연한 발걸음으로 포도를 울리면서 당당하게 대열을 펴고 도착했다.

귀에 익지 않은, 어딘지 목구멍에 걸린 듯한 소리로 외치는 구령이 죽은 듯이 잠잠한 집들 밑에서 치솟아올랐다. 닫아놓은 덧문 뒤에서 눈이라는 눈이 승리에 기세 등등한 이 사나이들을, 〈전쟁의 권리〉에 의한 거리의 지배자를, 재산과 생명의 지배자를 엿보고 있었다. 주민들은 컴컴하게 만든 방안에서 모든 지혜도 모든 힘도 어쩔 수 없는 큰 홍수, 큰 지진이 주는 그런 경악 속에서 떨고 있는 것이었다. 대개 이와 같은 감각은 정연하던 질서가 뒤집힐 때마다 안전감이 소실되고, 인간의 법칙과 자연의 법칙에 의해 보호되고 있던 모든 것이 무자각하고 잔인한 폭력의 손아귀에 잡히게 될 때마다 되풀이 나타난다. 무너지는 집 밑에 온 주민을 깔아 죽이는 지진, 물에 빠진 농부를 소의 시체와 지붕에서 떨어져 나온 들보와 함께 떠내려 보내는 홍수, 방어하여 싸우는 사람을 살육하고 나머지 사람을 포로로 하여 끌고 가며 칼의 이름 아래 약탈하고 대포를 쏘아 대며 신에 감사하는 승리의 군대, 그들은 다 같이 무서운 재앙이며 영원한 정의에 대한 모든 신앙을 뒤집어엎고, 사람이 가르치는 하늘의 가호와 인간 이성에 대한 신뢰를 의심스럽게 한다.

적은 대여섯 명씩 한덩어리가 되어 집집마다 문을 두드려 열게 하고 집안으로 들어갔다. 침입에 따른 점령이다. 승리자에게 아첨할 의무가 피정복자에게 부과된 것이다.

얼마가 지나자 처음의 공포는 사라지고 새로운 평온이 돌아왔다. 많은 가정에서는 프러시아 장교가 가족들의 식탁에서 식사를 했다. 때로는 교양 있게 자란 사람도 있어, 예의로써 프랑스를 딱하게 여기며 본의아니게 이 전쟁에 참가한 데 대한 것을 화제로 삼았다. 사람들은 그 마음씨에 감사했다. 그리고 언젠가는 이 사람의 보호를 의지해야 할지도 모른다. 이 사람을 소중히 다루어 두면 숙박을 할당받은 병사들의 수를 줄여 줄지도 모른다. 게다가 살리고 죽이는 권리를 가진 사람을 무엇 때문에 마음 상하게 할 필요가 있을까? 그런 짓을 하는 것은 용기라기보다 만용이라는 것이다——만용이라는 것은 이미 루앙 시민들이 알 바 없는 결점이다. 옛날, 이 거리가 영웅적인 방어전을 하여 이름을 떨친 시대와 같은 무모한 만용은 이제 볼 수가 없다——마침내 사람들은 이런 식으로 스스로를 타이르고 있었다. ——프랑스적 우아로움에서 끌어낸 마지막 수단 같은 이유이긴 하지만——공식 장소에서만 친절하게 하지 않는다면 집안에서 정중히 대하는 것쯤 무방하겠지. 그래서 밖에서는 모르는 척하면서도 집안에서는 기꺼이 이야기를 하게 되어 도이치인은 밤마다 더 오래 같이 난로를 쪼이면서 이야기를 하게 되었다.

거리 그 자체도 조금씩 평상 상태로 돌아가고 있었다. 프랑스 사람은 아직 별로 외출하지 않았지만 프러시아 군은 한길에 우글대고 있었다. 그리고 그들의 큰 살육 도구를 이것보라는 듯이 포도 위로 끌고 다니는 푸른 옷차림의 경기병(輕騎兵) 장교들도, 작년에 같은 카페에서 술을 마시고 있던 프랑스 엽기병(獵騎兵) 장교에 비해 그다지 심하게 일반 시민을 경멸하는 것 같지는 않았다.

그렇다고는 하나 무언지 미묘한 분위기가 감돌고 있었다. 무언지 미묘한 미지의 것, 견딜 수 없는 이질적인 분위기, 주위 가득히 퍼진 어떤 냄새, 점령의 냄새가 감돌고 있었다. 집집마다를 채우고 광장을 채우고 음식 맛을 변하게 하고 사람들에게 고향을 멀리 떠나 객지에 있는 듯한 인상을, 위험한 야만족들 속에 있는 듯한 인상을 준다.

정복군은 돈을, 많은 돈을 요구했다. 주민들은 요구할 때마다 주었다. 게다가 그들은 부자들이었다. 그러나 노르망디의 큰 상인은 부유해지면 해질수록 모든 희생을 치르는 것이 고통의 씨가 되고, 그들 재산의 최소 부분이라도 남의 손에 넘어가는 것을 보는 것이 괴로워졌다.

그러는 동안 강물을 따라 하류 쪽 거리 이삼십 리쯤 되는 곳에 크르와세, 디에프달르, 혹은 비에사르 근처에서 뱃사공이나 어부들이 종종 도이치 병사의 시체를 끌어올리는 일이 있었다. 단도에 찔리든지 발길에 채여서 죽은 사람, 돌로 머리가 깨진 사람, 혹은 다리 위에서 떠밀려 떨어져 죽은 사람으로 군복 차림의 몸이 물에 불어 있었다. 강물 바닥 진흙은 이러한 은밀하고 야만적이며, 더구나 당연한 복수를, 아무도 모르는 영웅적 행동을, 대낮의 전투보다도 위험하고 영예의 반향도 없는 무언의 공격을 어둠 속에 파묻어 버렸다.

대개 외국인에 대한 증오는 항상 하나의 사상 때문에 목숨을 걸고 앞뒤를 가리지 않는 무리들에게 무기를 공급하기 때문이다.

요컨대 침입군은 엄격한 규율 아래 거리를 정복한다고는 하나, 승전의 진군중에 범해 왔다는 소문난 잔학 행위를 여기서는 전혀 하지 않았기 때문에 시민들은 점차 대담해졌다. 장사 기운이 또다시 고장 상인들의 마음속에 머리를 쳐들기 시작했다. 그 중에는 프랑스 군이 점령하고 있는 르아브르에 막대한 이익이 될 거래를 가진 사람도 있었다. 디에프까지 육로로 가서 거기서 배를 타고 르아브르 항구까지 가보려고 생각하게 되었다.

사귀어서 알게 된 도이치 장교한테 부탁하여 사령관에게서 출발 허가증을 얻었다.

이 여행을 위해 커다란 한 대의 사두 마차가 마련되고 열 명의 손님이 좌석을 신청했다. 어느 화요일 아침, 몰려드는 사람들을 피하여 새벽이 되기 전에 떠나기로 결정되었다.

얼마 전부터 이미 얼음이 어는 철이 되어서 땅은 꽁꽁 얼어붙어 있었다. 어제 월요일 세 시쯤에 북쪽에서 커다란 검은 구름이 움직인다 싶자 눈이 내리기 시작하더니 저녁때부터 밤까지 쉴새없이 계속 내렸다. 새벽 네 시 반, 승객들은 노르망디 호텔 안마당에 모였다. 거기서 마차를 타기로 되어 있었던 것이다.

모두들 아직 잠이 깨지 않아 무릎 덮개를 뒤집어쓰고 추위에 오들오들 떨고 있었다. 어두워서 서로의 얼굴도 구별할 수가 없었으며 두터운 겨울옷을 여러 겹으로 끼어 입었으므로 모두들 기다란 옷을 입은 뚱뚱한 사제(司祭)와 흡사한 몰골이었다. 그러나 그러는 동안 두 사람이 서로 얼굴을 알아보았고, 거기에 세 번째 사람도 다가가서 이야기가 시작되었다——「아내를 데려갑니다.」——고 한 사람이 말한다. ——「나도 그렇습니다.」——「나 역시 그래요.」——맨 먼저 말한 사람이 덧붙여 말했다. ——「우리는 루앙으로는 돌아오지 않겠어요. 프러시아 군이 르아브르에 접근해 온다면 영국으로 건너가겠어요.」——모두가 같은 계획을 하고 있는 것이었다. 비슷한 성질을 가진 사람들이었으니까.

　그런데 좀처럼 마차에 말을 매지 않았다. 이따금 마부의 손에 들린 조그만 등불이 컴컴한 이쪽 문에서 나왔다가는 금방 다른 문으로 빨려들어간다. 말이 바닥을 차지만 짚이 깔려 있기 때문에 가벼운 소리밖에 나지 않는다. 말에게 말을 걸거나 욕질하는 남자의 목소리가 건물 안에서 들려 온다. 가냘픈 방울 소리가 마구(馬具)를 만지고 있다는 기척을 알렸다. 그 소리는 곧 연속된 밝은 음색으로 바뀌어 말의 걸음에 따라 주위의 공기를 흔들어 놓았다. 이따금 멎는가 하면 땅을 밟는 둔한 소리와 함께 또 짤랑짤랑 소리를 낸다.

　문이 갑자기 닫혔다. 소리가 뚝 끊어졌다. 승객들은 추위에 얼어 입을 다물고 몸을 꼿꼿이 하고 서 있었다.

　끝없이 내리는 눈의 장막이 땅에 떨어지면서 줄곧 반짝 빛난다. 모든 것이 형체를 지니고 주위를 얼음 이끼로 감쌌다. 괴괴하게 겨울이라는 옷 밑에 파묻힌 거리의 거대한 침묵 속에서, 쏟아지는 눈의 막연하고 형언키 어려운 흔들거리는 스침 소리밖에 들리지 않았다. 그것은 소리라기보다 느낌이었으며, 공간을 채우고 온 세상을 휘덮을까 싶은 가벼운 분자(分子)의 뒤섞임이다.

　마부가 등불을 들고 또다시 나타났다. 마지못해 걸어오는 처량한 말의 고삐를 끌고 있다. 그는 말을 마차채에 매고 멍에줄을 걸고는 오랫동안 돌아다니며 마구를 조사했다. 등불을 들고 있기 때문에 한쪽 손밖에 쓸 수가 없는 것이다.

　둘째 번 말을 끌러 가려다가 승객들이 눈을 새하얗게 뒤집어쓰고 그 자리에 꼼짝 않고 있는 것을 보자 말을 걸었다. ──「왜 마차에 타지 않으세요? 하다못해 눈만이라도 피할 수 있을 텐데.」

　승객들은 물론 그런 것은 생각도 하지 못했는데 그 말을 듣고 보니 과연 그렇다 싶어 얼른 마차에 탔다. 아까 그 세 사람의 남자들은 저마다 아내를 안에 앉히고 뒤따라 올랐다. 그런 다음,

희미한, 무엇인가를 쓴 사람의 모습이 몇 명인지 말도 주고받지 않고 남은 자리에 앉았다.

바닥에는 짚이 깔려 있어, 그 속에 발을 묻도록 되어 있었다. 안쪽에 탄 부인들은 가공탄(加工炭)을 피우는 작은 놋난로를 가지고 와서 거기에 불을 붙이고는 얼마 동안 낮은 목소리로 벌써 오래 전부터 알고 있던 일이지만 난로의 이점을 늘어놓는다.

가까스로 마차에 말을 매는 작업이 끝났다. 짐이 무겁다는 이유로 네 필이 아니라 여섯 필이 매어졌다. 밖에서 누군가 외치는 소리가 들렸다. 「여러분, 다들 타셨소?」──안에서 대답했다. 「아, 다 탔소.」──마차는 떠났다.

말은 잔걸음으로 천천히 나아갔다.

바퀴가 눈 속에 파묻혔다. 차체 전부가 둔중한 소리를 내며 삐걱거렸다. 말은 미끄러져 콧김을 내뿜으며 김을 무럭무럭 일으키고 있었다.

마부의 커다란 채찍이 쉴새없이 울리어 팔방으로 날았고 가느다란 뱀처럼 얽혔다가는 다시 뻗었다. 그리고 불룩하게 솟아오른 어느 놈의 엉덩이를 별안간 후려갈겼다. 그러면 그 엉덩이는 왈칵 힘을 주어 불룩해진다.

어느새 사방이 차츰 훤해지기 시작했다. 루앙 토박이인 여객 한 사람이 솜송이 비라고 비유했던 가벼운 눈송이는 이미 멎어 있었다. 뿌연 햇빛이 무겁게 드리워진 어두운 구름 사이로 새어 나와 들판의 흰 빛을 더욱 눈부시게 만들었다. 들판에는 이따금 상고대를 뒤집어쓴 키큰 나무들의 줄이 나타났고, 또는 두건을 쓴 초가집이 보였다.

마차 안에서 사람들은 이 뿌연 새벽빛으로 서로의 얼굴을 신기한 듯이 보고 있었다.

맨 안쪽의 제일 좋은 자리에는 그랑퐁 거리의 포도주 도매상인 르와조 부부가 마주앉아 졸고 있었다.

454

르와조는 전에 점원이었는데 일하고 있던 주인이 사업에 실패하였으므로 그 주(株)를 사서 한밑천 잡은 인물이다. 시골 소매업자들에게 아주 나쁜 포도주를 헐값에 팔아, 아는 사람이나 친구들 사이에서는 몹쓸 놈이라고 정평이 나 있었다. 술책에 능하며 장난을 즐기는 전형적인 노르망디 본토박이라는 소리를 듣고 있었다.

속임수가 능하다는 소문은 이미 자자하였다. 어느 날 밤 지사(知事) 관저에서 우화시(寓話詩)와 노래 작가이며 날카로운 야유꾼으로서 그 지방에 알려진 투르넬 씨가 부인들의 졸음 오는 듯한 모양을 보고 〈르와조 볼르(새가 난다, 르와조가 훔친다는 두 가지 뜻이 있음)〉 놀이를 하자고 제안했더니, 이 말이 곧 지사네 손님들 사이에 퍼져 한 달 동안 이 지방의 모든 사람들을 웃겼을 정도였다.

르와조는 그뿐만 아니라 온갖 종류의 나쁜 장난으로 유명했으며 악의 없는 농담, 또는 악의 있는 농담을 하는 것이 자랑이었다. 누구나 그의 말을 한 뒤에 곧 이렇게 덧붙이지 않을 수가 없었다. ——「정말 재미있는 녀석이야, 그 르와조는.」

몹시 키가 작고 배가 풍선처럼 튀어나온 데다 그 위에 희끗희끗한 구레나룻으로 둘러싸인 붉은 얼굴이 얹혀 있는 꼴이었다.

마누라는 키도 크고 뚱뚱하며, 날쌔고 목소리가 컸으며 결단력이 빨라, 남편이 유쾌하게 일을 하여 활기를 띤 가게에 질서를 세워 처리를 하고 있었다.

그들 곁에는 더 상류 계급에 속해 있는 카레 라마동 씨가 르와조보다 위엄 있는 태도로 앉아 있었다. 훌륭한 인물로서 면업계(綿業界)의 고참인 데다 세 개의 방직 공장을 가졌으며 레종 도뇌에르 훈장까지 받았던 도의원이었다. 그는 제정 시대에 쭉 호의적 야당 우두머리로서 지내 왔다. 그것은, 오로지 그 자신의 표현에 따른다면 예의바른 무기를 가지고 공격한 주장에 대한 가담을 높이 평가하기 위한 것에 지나지 않았다. 카레 라마동 부인은 남편보다 훨씬 나이가 젊었으며, 루앙 주둔 부대에 파견되어 오는 상류 가정 출신의 장교들에게는 위안이 되는 여인이었다.

그녀가 남편과 마주앉은 모습은 진정 귀엽고 아름다우며, 털옷에 묻혀 세상에도 안타까운 눈초리로 한심스러운 마차 안을 둘러보고 있다. 그 옆자리의 위베르 드 브레빌 백작 부부는 노르망디 제일가는 유서 깊은 집안의 주인이었다. 백작은 풍채가 훌륭한 노귀족으로서, 몸치장에 신경을 쓰는 일로써 앙리4세와 닮은 점을 한층 더 두드러지게 하려고 애쓰고 있었다. 이 집안으로서 영광스럽기 그지없는 어떤 전설에 의하면 앙리4세가 브레빌 집안의 부인을 임신케 하였는데, 이 일로 하여 남편은 백작의 칭호를 받았으며, 지방 총독에 임명되었다고 한다.

도의회에서 카레 라마동 씨의 동료인 위베르 백작은 오를레앙 왕당파를 대표하고 있었다. 낭트의 보잘것없는 선주(船主)의 딸과 백작과의 결혼은 지금껏 수수께끼에 싸여 있는 채이다. 그러나 백작 부인은 훌륭한 귀족 풍속을 몸에 익혔으며 누구보다도 손님 접대가 능숙했고, 그뿐만 아니라 루이 필립의 어떤 왕자의 사랑을 받은 일까지 있었다는 것으로 알려져 있어 온 나라의 귀족이 그녀를 극진하게 대했다. 부인의 살롱은 이 지방에서는 첫손에 꼽혔고 옛날의 범절이 남아 있는 유일한 곳으로서 거기에 출입하기가 몹시 어려웠다.

브레빌 집안의 재산은 모두 부동산이며 연수입은 오십만 프랑에 이른다고들 했다.

이들 여섯 명의 인물이 마차의 맨 안쪽에 앉아 있었다. 수입이 있고 안온하고 행복하며 권력을 갖는 사회, 종교를 갖고 온후한 도덕심을 갖는 끄떡않는 성실한 사람들 측을 대표하고 있었다.

기묘한 우연의 소행으로 부인들 모두가 같은 쪽에 앉아 있었다. 백작 부인 옆자리에는 두 명의 수녀가 앉아 있었다. 〈빠테르)와 〈아베〉를 입속으로 외면서 길다란 묵주를 만지작거리고 있었다. 한 사람은 늙었는데 마치 아주 가까운 거리에서 얼굴 가득히 산탄(霰彈)을 맞은 것처럼 곰보 자국이 있었다. 또 한 사람은 젊었지만 보기만 해도 병든 사람 같았으며, 순교자나 견신자(見神者)를 만들어내는 그 열렬한 신앙에 좀먹힌 가슴 위에 예쁜 병적인 얼굴을 숙이고 있었다.

이 두 수녀와 마주앉은 자리의 남자와 여자가 모두들의 주목을 받고 있었다.

남자는 잘 알려진 인물로서 〈공화〉주의자인 코르뉘데라 하며 사회 명사들이 두려워하는 존재였다. 이십 년 전부터 그는 그 검붉은 위대한 수염을 민주주의적 카페의 맥주잔에다 줄곧 적셔왔다. 과자 장수인 아버지에게서 물려받은 상당한 재산을 동지들과 친구들과 함께 마셔 버리고, 이토록 막대한 혁명적 소비에 의해 충분히 받을 자격이 있는 지위를 끝내 손에 넣기 위해 공화국의 도래를 기다리고 있었던 것이다.

9월 4일의 사건 때 아마 누군가의 나쁜 장난 끝이었겠지만, 그는 지사로 임명된 줄로만 알고 있었다. 그러나 취임하려 했을 때 아무도 남지 않은 관청에서 상사나 된 듯 남아 있던 급사들이 그를 지사로서 인정하기를 거부하였기 때문에 뜻대로 되지 않아 그는 어쩔 수 없이 물러나고 말았다. 게다가 그는 퍽 상냥하고 악의가 없고 남의 일에도 발벗고 나서는 성미였으며 방어진을 조직하는 데 있어서는 비길 데 없는 열성으로 몰두해 왔다. 들판에 구덩이를 파놓게 하고 근방에 있는 숲들의 어린 나무들을 베어 눕히게 하고, 길목마다 덫을 놓게 하고서 적이 접근해 오면 자기가 차려 놓은 만반의 준비에 만족해하며 재빨리 시내로 철수했다. 새로운 방어 진지가 곧 필요하게 될 르아브르에 가는 것이 일할 보람이 있다고 생각하고 있는 것이었다.

그런데 여자는 소위 매춘부의 한 사람, 나이보다 일찍 뚱뚱해

져 있으므로 불 드 쉬프(비계 덩어리)라는 별명이 붙어 있었
다. 키가 작은 데다 어디나 뭉실뭉실 비계살이 찌고 포동포동한
손가락들은 마디마디 잘록잘록 맺혀 있어서 소시지를 묵주처럼
달아 놓은 것 같았다. 그건 그렇고 윤나는 탄력 있는 피부와 옷
밑에서 큼직하게 부풀어 있는 유방이 근사하게 남자들의 구미를
돋구게 하여 인기가 대단했다. 그 싱싱한 자태는 그만큼 보는 사
람의 눈을 즐겁게 했다. 얼굴은 빨간 사과나 금방 피어오른 듯한
모란꽃 봉오리 같았다. 이 얼굴 위에는 근사한 까만 눈이 뜨여져
있고 눈동자에 그림자를 떨구는 짙고 긴 속눈썹으로 윤곽이 지어
져 있었다. 아래쪽에는 반짝이는 잔잔한 이빨이 가지런한, 조그
맣게 오므린 매혹적인 입술이 키스를 기다리는 듯 젖어 있었다.

그 밖에도 헤아릴 길 없는 가지가지 장점을 갖고 있다는 소문
이었다.

여자가 누구라는 것을 알자 곧 숙녀들 사이에 속삭임 소리가
일어났다. 그리고 〈매춘부〉라느니 〈사회의 수치〉라는 말이 꽤 크
게 속삭여졌으므로 여자는 얼굴을 들었다. 그리고 도전적인 대담
한 시선을 주위에 앉아 있는 사람들에게 보냈으므로 곧 깊은 침
묵이 흐르고, 르와조를 빼고는 모두 눈을 내리깔고 말았다. 르와
조만은 호기어린 태도로 여자 쪽을 살피고 있었다.

그러나 곧 세 사람의 부인들 사이에서 끊어졌던 대화가 다시
계속되었다. 이 매춘부의 출현이 갑자기 그녀들을 친밀하게 하
여 친한 친구처럼 만들어 버렸다. 파렴치한 매춘부를 앞에 놓고
유부녀의 위엄을 뭉쳐야 한다는 생각이 그녀들에게 들었던 것이
다. 대개, 합법적인 사랑은 그 자유 방자한 상대방을 언제나 경
멸의 눈으로 바라보는 것이니까.

세 남자들도 코르뉘데의 모습을 보자 보수당의 본능으로 적대
하며, 가난뱅이를 모욕하는 투로 돈에 대한 이야기를 했다. 위베
르 백작은 프러시아 군대로 말미암아 입은 자기의 손해, 도둑맞

은 가축과 잡쳐버린 수확 때문에 일어난 손실을, 이러한 손실이 기껏해야 일 년간쯤의 타격에 지나지 않는 천만장자와 같은 태연한 어조로 말하는 것이었다. 카레 라마동 씨는 면업계에서 괴로운 경험을 쌓고 있으므로 조심성 있게 영국에다 육십만 프랑을 송금해 두었다. 만일의 경우에 대한 대비를 잊은 적이 없었던 것이다. 르와조는 광 속에 남아 있던 포도주를 몽땅 프랑스 군의 병참부에 팔아 치울 수배를 해두었기 때문에, 국가가 자기에게 막대한 빚을 지고 있어서 르아브르에 가기만 하면 이 돈을 받게 된다는 것이었다.

세 사람은 서로 정답고 빠른 시선을 교환했다. 비록 신분은 달랐지만 금전에 의해서 형제 같은 기분이 드는 것이었다. 바지 호주머니에 손을 넣어 금화 소리를 짤랑대는 패들, 돈을 가질 수 있는 자들의 동료인 커다란 비밀 결사에 소속돼 있다는 것이었다.

마차의 속도가 하도 느려서 오전 열 시가 되었는데도 겨우 사 마일밖에 달리지 못했다. 남자들은 고갯길을 걸어 올라가기 위해 세 번이나 마차에서 내렸다. 모두들 슬슬 걱정이 되기 시작했다. 토트에서 점심 식사를 할 예정이었는데 이러다가는 밤이 되기 전에 도착하기는 다 틀렸기 때문이었다. 제각기 길가에 주막이라도 없나 하고 살피는 판인데 마차가 눈더미에 묻혀서 끌어내는 데 두 시간이나 걸렸다.

시장기가 심해져서 정신들을 차리지 못했다. 그러나 싸구려 음식점이나 선술집 하나 없었다. 프러시아 군의 접근과 굶주린 프랑스 군이 지나가는 바람에 장사치들은 모두 겁을 먹고 문을 닫아 버린 것이었다.

남자들은 먹을 것을 구하려고 길가에 있는 농가들을 쏘다녀 보았으나 빵 한 조각 구하지 못했다. 닥치는 대로 빼앗아 가는 굶주린 병사들에게 빼앗길까 두려워서 미심쩍어하는 농부들이 먹을 것을 모조리 숨겨 버렸기 때문이었다.

오후 두 시쯤, 르와조가 분명히 밥통 속에 커다란 구멍이 뚫린 것 같다고 말했다. 누구나가 다 벌써 오래 전부터 그와 같은 괴로움을 맛보고 있었던 것이다. 무언가 먹고 싶다는 심한 욕망이 시시 각각으로 더해 와서 거기에 정신이 팔려 이야기하는 사람조차 없었다.

이따금 누군가가 하품을 했다. 그러자 곧 다른 사람이 그 뒤를 따랐다. 저마다가 번갈아가며 그 성격, 처세술, 그 사회적 지위에 따라 염치없는 소리를 내거나, 혹은 얌전하게 입을 벌리고 김을 토하는 허허로운 구멍 앞으로 얼른 손을 가져갔다.

〈불 드 쉬프〉는 네댓 번 스커트 자락께에서 무엇을 찾는 것처럼 몸을 굽혔다. 잠시 망설이다가 옆의 사람들을 쳐다보고는 조용히 몸을 일으킨다. 모두들 얼굴이 창백하게 질려 있었다. 르와조는 작은 햄 주머니가 있다면 천 프랑을 내도 아깝지 않겠다고 말했다. 아내는 당치도 않은 말을 한다고 말하려는 몸짓을 하다가 그대로 입을 다물고 말았다. 돈을 낭비한다는 말만 들어도 이 여자는 질색이라 그런 말은 농담조차도 통하지 않았다. ——「사실 나도 과히 기분이 좋지 않은데. 어떻게 먹을 것을 가져올 생각을 못했을까.」하고 백작이 말했다——저마다 똑같은 것을 후회하고 있는 것이었다.

그러나 코르뉘데는 럼주(酒)를 채운 수통을 갖고 있었다. 그는 그것을 모두들에게 권했다. 모두들 쌀쌀하게 거절했다. 르와조만이 한 모금 마시고 수통을 돌려주면서 인사를 했다. ——「좌우간 술이란 좋은 거로군요. 몸이 더워지고 시장기를 잊게 해주니까요.」——술기가 돌자 그는 기분이 들떠서 노래에 나오는 작은 배 위에서 하는 것처럼 제일 살찐 손님을 잡아 먹는 것이 어떠냐고 말했다. 불 드 쉬프를 간접적으로 가리키는 이 농담은 교양 있는 사람들의 기분을 상하게 하여 아무도 맞장구를 치는 사람이 없었다. 코르뉘데만이 빙그레 웃었다. 두 수녀는 입속으로 중얼거리던 기도를 그치고 커다란 소매 속에 두 손을 쑤셔넣고는 꼼짝도 않고 완강히 눈을 내리깔고 있었다. 하늘이 보낸 이 괴로움을 하늘에 도로 바치고 있는 것이 틀림없었다.

드디어 세 시쯤 아득히 마을 하나 없는 끝없는 평야 한가운데에 이르렀을 때, 불 드 쉬프는 문득 몸을 굽히자 의자 밑에서 하얀 보자기를 씌운 커다란 바구니를 꺼냈다.

먼저 조그만 사기 접시와 얄팍한 은잔, 그리고 커다란 사발을 꺼냈다. 사발 안에는 통닭 두 마리가 잘게 칼질되어 젤리로 재어져 있었다. 그 밖에도 바구니 안에는 포장해 넣은 다른 맛있는 음식들, 파이, 과실, 과자 등 객주집 음식의 신세를 지지 않고서도 사흘 동안의 여행을 할 수 있게 준비된 음식들이 눈에 띄었다. 네댓 병의 길다란 술병 모가지가 음식물 봉지 사이로 삐죽이 내다보이고 있었다. 여자는 통닭의 날갯죽지 하나를 집어들고 노르망디에서 〈레장스〉라고 부르는 작은 빵을 곁들여서 먹기 시작했다.

모든 시선이 여자 쪽으로 쏠렸다. 곧 주위에 음식 냄새가 퍼졌다. 승객들의 콧구멍은 큼직하게 벌름거리고 입에 군침이 고였으며 귀 밑 언저리에서 턱이 아플 정도로 당겨졌다. 창부에 대한 부인들의 경멸은 광포하리만큼 높아졌다. 죽여버리든가, 아니면 잔이고 바구니고 음식물이고 간에 몽땅 한꺼번에 눈 속에 내던져 버리고 싶은 심정이었다.

그러나 르와조는 닭이 담긴 사발을 뚫어지게 바라보고 있었다. ——「허 참, 이거 용하시군요. 우리들보다 용의 주도하셨소. 만사에 조심성 있는 분들이 있지요.」—— 여자는 르와조 쪽으로 고개를 들었다. ——「좀 안 드시겠어요? 아침부터 굶는다는 건 못 견딜 노릇이에요.」—— 그는 허리를 굽실했다. ——「이거 솔직히 말해서 사양할 수가 없군요. 이젠 도저히 더 참을 수가 없는 걸. 전시에는 전시답게 해야지요. 그렇지요, 부인?」 그렇게 말하고 주위를 빙 둘러본 다음 덧붙였다.「이런 판국에 친절히 말해 주는 사람이 있다는 건 정말 반가운 일이지요.」──그는 바지를 더럽히지 않도록 신문지를 펴놓고 늘 호주머니 속에 간직하고 있는 칼 끝으로 젤리가 번지르르 흐르는 닭다리 하나를 꽂아들고 아주 흡족한 듯이 뜯어 대는 바람에, 누군지 신음하는 듯한 큰 한숨 소리를 흘렸다.

그런데 볼 드 쉬프는 겸손하고 상냥한 목소리로 수녀들에게 함께 먹기를 권했다. 수녀들은 둘이 다 즉석에서 받아들여 여전히 눈을 내리깐 채 고맙다는 인사를 중얼거리고는 얼른 먹기 시작했다. 코르뉘데도 역시 옆자리 여인의 권유를 거절하지 않았다. 그리고 수녀들과 함께 옆자리에 신문지를 펴고 즉석 식탁을 만들었다.

쉴새없이 입이 벌어졌다가는 닫힌다. 맹렬한 기세로 집어넣고 씹어서는 꿀꺽 삼킨다. 르와조는 한구석에서 부지런히 먹고 있었는데 나직한 목소리로 아내에게도 자기처럼 먹으라고 권했다. 아내는 한참 동안 거부하였으나 창자 속에 경련이 일어나자 굴복하고 말았다. 남편은 정중한 말씨를 쓰려고 애를 쓰면서 〈매혹적인 행동자〉에게 자기 아내에게도 한 조각 나누어 줄 수 없겠느냐고 물었다. 여자는 애교 있는 미소와 함께「좋습니다.」하면서 사발을 내밀었다.

보르도 포도주의 첫번째 병마개를 뽑았을 때 좀 난처한 일이 일어났다. 공교롭게도 잔이 하나밖에 없었던 것이다. 잔을 잘 닦아서 돌리기로 했다. 코르뉘데만은 여자에 대한 예절에서 그랬지만 볼 드 쉬프의 입술이 닿아서 젖은 자리에 자기 입술을 갖다 댔다.

그러자 음식을 먹고 있는 사람들에게 둘러싸여 음식에서 발산되는 냄새에 숨이 막힌 브레빌 백작 부부와 카레 라마동 씨 부부는 탕탈의 이름을 남길 그 꺼림칙한 책고에 시달렸다. 갑자기 공장 주인의 젊은 부인이 한숨을 쉬었으므로 모두들 돌아보았다. 얼굴은 밖에 내린 눈과 같을 정도로 창백했다. 눈을 감은 채 고개가 푹 수그러졌다. 정신을 잃었던 것이다. 남편은 당황해서 모두들의 조력을 탄원했다. 모두들 당황할 뿐이었지만 그때 나이먹은 수녀가 환자의 머리를 받쳐들며 불 드 쉬프의 잔을 입술 새로 들이밀고 포도주 몇 방울을 먹였다. 미인으로서 소문난 부인은 곧 몸을 움직이고 눈을 뜨더니 미소지으며 이젠 괜찮다고 다 죽어 가는 목소리로 말했다. 그러나 수녀는 재발하지 않도록 포도주 한 잔을 가득히 따라서 억지로 마시게 한 다음 이렇게 덧붙였다 ──「시장해서 그래요. 별다른 건 없어요.」

그러자 불 드 쉬프는 얼굴이 새빨개져서 굶고 있는 네 명의 환자를 보며 말을 떠듬거렸다. ──「저 어른들도, 부인들도, 잡수어 주시면 좋겠지만!」여자는 실례가 될까 봐 두려워서 입을 다물었다. 르와조가 가로막아 말했다. 「뭘, 이런 판국에는 다들 동기간이나 다름없지요. 서로 돕는 것이 당연하죠. 자 부인들, 사양마시고 호의를 받으십시오. 상관있나요. 오늘 밤에 지낼 집도 있을지 없을지 알게 뭡니까. 이렇게 가다간 내일 오정까지 토트에 도착하긴 다 틀렸어요.」──그래도 모두 주저하며 아무도 감히 「그럽시다.」하고 나서는 사람은 없었다.

그러나 백작이 문제를 해결했다. 겁을 먹고 있는 창부 쪽으로 돌아앉아 귀족다운 거만한 태도를 보이면서 이렇게 말했다. ──「고맙게 받겠소, 부인.」

첫발을 들여놓을 때가 어려웠을 뿐, 일단 뤼비콩 강을 건너고 나니 누구나 다 체면이고 뭐고 없었다. 바구니는 바닥이 나고 말았다. 그러나 아직도 간으로 만든 파이, 종달새 파이, 쇠혀를 찐 것, 크라산느의 배, 퐁 레베크의 향료 빵, 작은 과자, 초에 담근 오이와 양파가 가득히 들어 있는 단지가 남아 있었다. 부인들이 모두 그렇듯이 불 드 쉬프도 날것을 좋아했던 것이었다.

여자에게서 음식을 얻어 먹으면서 말을 건네지 않을 수는 없었다. 그래서 이런 이야기 저런 이야기를 했다. 처음에는 사양했으나 의외로 여자가 얌전했으므로 좀더 경계심을 풀고 이야기들을 하게 되었다. 처세술이 능란한 브레빌 부인과 카레 라마동 부인은 예의를 벗어나지 않을 정도로 싹싹하게 행동했다. 특히 백작부인은 어느 누구와 접촉해도 흠잡을 데 없는 퍽 지체 높은 귀부인이 발휘하는 원만한 너그러운 태도를 발휘했다. 그러나 체구가 큰 르와조 부인은 헌병 같은 근성을 가진 사람이라 도무지 어울리려 하지 않고, 말을 제대로 하지 않는 대신 먹는 것만은 왕성하게 먹고 있었다.

이야기는 자연히 전쟁에 대한 것으로 돌아갔다. 프러시아 군의 잔학성과 프랑스 군의 용감한 활약이 화제가 되었다. 거리를 도망쳐 나온 이 사람들은 이구 동성으로 남의 용기를 칭찬했다. 이윽고 개인의 경험담이 시작되었다. 불 드 쉬프는 진정한 감동을 담고 창부가 가끔 그녀들의 자연스러운 분격을 표명할 경우에 보이는 열띤 말투로 루앙을 떠나오게 된 사연을 이야기했다——「처음에는 그냥 그대로 남아 있을 생각이었지요. 먹을 것도 잔뜩 준비되어 있었고 정처 없이 시내를 빠져나가는 것보다는 병정 몇 명을 먹이는 편이 낫겠다고 생각했어요. 그런데 막상 그 프러시아 군인을 눈앞에 보니 정말 어쩔 수 없더군요! 저도 모르게 울컥했지요. 온종일 분에 못 이겨 울었답니다. 제가 남자라면 그대로 두었겠습니까! 창문으로 흘겨봤지요. 뾰죽한 철모를 쓴 살찐 돼지 같은 놈들을 말이에요. 저희 집 하녀가 제 손을 누르고 있었답니다. 놈들의 등에 제가 방 안의 물건을 던질 기세였으므로 그것을 못하게 하려고 말이에요. 그러자 저희 집에도 몇 놈이 묵으려고 왔어요. 다짜고짜 저는 맨 먼저 들어선 놈의 목을 겨누고 덤벼들었지요. 놈들이라 해서 목졸라 죽이는 데 다른 사람보다 더 힘들 거야 없지 않겠어요? 누군가 제 머리채를 잡아

당기지 않았더라면 틀림없이 그 놈을 죽이고 말았을 거예요. 이런 일 때문에 저는 숨어야 했어요. 마침 기회가 있어서 이렇게 나오게 되었답니다!」

여자는 모두들에게서 크게 칭찬을 받았다. 그만한 용기를 보이지 못했던 승객들의 눈에 갑자기 존경할 만한 여자로서 크게 비쳤던 것이다. 코르뉘데는 여자의 말을 들으면서 호인다운, 찬성을 하는 듯한, 호의를 보내는 듯한 미소를 띄우고 있었다. 마치 사제가 신을 찬양한 신자의 말을 듣고 있는 것처럼. 대개 법의를 걸친 인간이 종교를 전매(專賣)하듯이, 수염을 길게 기른 공화주의자는 애국심의 전매를 할 작정인 것이다. 그는 자기가 이야기할 차례가 돌아오자 점잖은 투로 매일처럼 나붙는 포고문에서 따온 과장된 문구를 늘어놓으면서 이야기했다. 나중에는 당당한 연설 투가 되어 호들갑스럽게 〈바댕게의 방탕자〉(나폴레옹 3세의 별명)를 규탄했다.

그런데 갑자기 불 드 쉬프가 화를 냈다. 보나빠르뜨 편이었던 것이다. 버찌처럼 새빨개져서 분개한 나머지 떠듬거리면서——「그분의 위치에 서서 당신네들이 어떻게 하는가를 보고 싶군요. 아마 훌륭하게 하셨겠지요! 그분을 배반한 건 바로 당신네들이 아닙니까! 당신네들 같은 불한당들이 나라를 다스렸던들 프랑스에 남아 있을 사람이 하나라도 있을 줄 아세요?」——코르뉘데는 얼굴색 하나 바꾸지 않고 거만하게 경멸적인 미소를 띄우고 있었는데 난폭한 말이 방금이라도 튀어나올 듯한 기세였다. 그 순간 백작이 끼어들어 진지한 의견은 모두 존중해야 한다는 말로 위엄 있게 타일러 격분한 창부를 무난히 진정시켰다. 그러지 않았다면 더욱 심한 언쟁이 벌어졌으리라는 것은 뻔한 일이었다. 그러나 백작 부인과 면업가의 부인은 공화국에 대해서 상류 사회의 인사들이 지니고 있는 불합리한 증오와 전제 정부에 대해서 모든 여성들이 본능적으로 느끼고 있는 호감을 마음속에 지니고 있었으므로 자기네들과 감정이 퍽 비슷하고 위엄에 충만된 이 창부에게 자기들답지 않게 끌리고 있음을 느꼈다.

바구니는 비었다. 열 명이 덤벼들었으니 먹어치우는 데 문제는 없었다. 바구니가 좀더 크지 못했던 것을 아쉬워하는 심정이었다. 세상 이야기가 한동안 계속되었지만 음식을 다 먹고 나서부터는 약간 열이 식어 버렸다.

해가 지고 조금씩 어둠이 짙어졌다. 추위는 밥통에 음식이 들어가자 더욱 심하게 느껴져서 불 드 쉬프는 살이 쪘으면서도 오들오들 떨기 시작했다. 그러자 브레빌 부인이 아침부터 몇 차례 숯을 갈아넣은 발난로를 쬐라고 내주었다. 불 드 쉬프는 발이 얼어붙을 듯했던 참이라 사양치 않았다. 카레 라마동 부인과 르와조 부인도 자기네들 것을 수녀들에게 빌려 주었다.

마부는 벌써 네모 초롱에 불을 켰다. 초롱은 마차채에 매어진 땀투성이 말엉덩이에서 무럭무럭 오르는 김을 비추고, 길 양쪽의 눈을 비추었다. 움직이는 빛의 반사로 눈이 마구 뒤로 미끄러져 가는 것처럼 보였다.

마차 안은 그만 아무것도 분간할 수가 없어졌다. 그런데 갑자기 불 드 쉬프와 코르뉘데 사이에서 무언지 움직이는 기척이 났다. 어둠 속을 응시하고 있던 르와조는 수염을 기른 이 사나이가 소리없는 기막힌 따귀라도 맞은 듯이 훌쩍 물러나는 것을 본 성싶었다.

앞길에 점점이 작은 등불이 나타났다. 토트이다. 열 한 시간을 왔지만, 말에게 귀리를 먹이고 숨을 돌리게 하느라고 네 차례 쉬었던 두 시간을 합치면 열 세 시간 걸린 셈이었다. 마차는 마을로 들어가서 오뗼 뒤 코메르스(휴식소)라는 간판이 나붙은 여관 앞에 멎었다.

마차 문이 열렸다! 귀에 익은 소리가 모두를 섬뜩하게 했다.

칼이 땅바닥에 부딪는 소리가 아닌가. 그렇게 생각할 겨를도 없이 도이치인 목소리가 무어라고 외쳤다.

마차는 움직이지 않았지만 아무도 내리려 하지 않았다. 마치 내리기만 하면 죽을 것을 각오해야 하는 것처럼. 그러자 마부가 초롱을 들고 나타났다. 마차 안에 활짝 흘러들어온 초롱불이 겁을 먹고 당황한 두 줄의 얼굴을 갑자기 비추었다. 입은 헤벌리고 눈은 놀라움과 두려움 때문에 커다랗게 벌어져 있다.

마부 곁에 한 도이치 장교가 온 몸에 불빛을 받으며 서 있었다. 몹시 마른 금발머리의 후리후리한 이 젊은 장교는 콜셋을 입은 처녀처럼 꽉 째는 군복을 입고 초를 먹인 납작한 모자를 비스듬히 쓰고 있었다. 이 모자 때문에 그는 영국의 호텔 보이처럼 보였다. 곧고 긴 수염털로 이루어진 그의 코밑수염은 분수에 맞지 않았으며, 양쪽으로 한없이 가늘게 뻗어가다가 마지막에는 단 한 오라기의 금빛 털만으로 끝나고 있었다. 그 끝은 너무 가늘어서 보이지도 않았다. 수염이 볼을 당기며 입 가를 무겁게 짓누르는 듯하였으며 입술 위에 밑으로 처진 한 줄기의 주름살을 그어 놓고 있었다.

알사스 사투리의 프랑스 말로「여러분, 내리십시오.」하고 무뚝뚝한 투로 말하면서 여행자들에게 내리기를 재촉했다.

두 수녀가 맨 먼저 모든 복종에 익숙한 동정녀 같은 순종으로써 명령에 따랐다. 잇따라 백작 부부가 내리고 공장 주인과 그 아내가 따라 내렸다. 르와조가 몸집이 큰 아내를 떠밀어나왔다. 그리고는 르와조는 땅에 발을 내려놓으면서 예의라기보다 조심성에서 장교에게「안녕하십니까?」하고 말을 걸었다. 장교는 자못 전능한 사나이처럼 건방지게 흘끔 돌아보았을 뿐 대답은 하지 않았다.

불 드 쉬프와 코르뉘데는 출입구 가까이에 있었는 데도 불구하고 맨 나중에 내렸다. 적을 앞에 두고 어마어마하게 앙연한 태도를 취했던 것이다. 뚱뚱한 불 드 쉬프는 되도록 자신을 억제하고 냉정하려 했다. 민주주의자는 검붉은 턱수염을 약간 비극적인 떨리는 손짓으로 줄곧 훑고 있었다. 이런 경우, 그들이 다소나마 나라를 대표하는 사람이라는 심정에서 두 사람은 위엄을 유지하려 하고 있었다. 승객들의 무기력함을 다같이 분개하고는 있었지만, 불 드 쉬프는 주위의 숙녀들보다 한층 더 의연한 태도를 보이려고 했고, 한편 코르뉘데 쪽은 모범을 보여야 한다고 느끼면서도 그의 모든 태도에 있어서 도로 파괴를 할 때 시작되었던 항전의 사명을 계속하고 있었다.

그들은 여관의 널찍한 부엌으로 들어갔다. 도이치 장교는 여행자의 성명, 인상과 직업이 기입되어 있는 군사령관의 서명이 되어 있는 출발 허가증을 제출케 하고 기재된 조항과 본인을 번갈아보면서 오랫동안 걸려서 그들을 조사했다.

그리고는 「좋소.」하고 무뚝뚝하게 한 마디하고는 어디론지 나가 버렸다.

그제서야 모두들 안도의 숨을 내쉬었다. 여전히 배가 고파서 저녁을 시켰다. 그 준비를 하는 데 삼십 분이 걸린다는 것이었다. 두 하녀가 저녁을 차리는 동안에 사람들은 방을 보러 갔다. 방은 복도 끝에 얼핏 보아 그것이라 알 수 있는 번호(100번·변소)가 표시된 유리문이 달린 복도에 나란히 붙어 있었다.

마침내 식탁에 막 앉으려는 참인데 여관 주인이 나타났다. 그는 전에 말장수를 했던 사나이로, 뚱뚱한 천식병 환자라 노상 씩씩거리고 목소리가 쉬었으며 목구멍에서는 가래 끓는 소리가 났다. 그는 아버지에게서 포랑비(산 미치광이)라는 묘한 이름을 물려받았다.

주인은 물었다.

「엘리자베뜨 루세 씨라는 분이 계십니까?」

불 드 쉬프가 찔끔하여 돌아보았다.

「저예요.」

「프러시아 장교가 급히 할말이 있답니다.」

「저한테요?」

「네, 당신이 틀림없이 엘리자베뜨 루세 씨라면.」

여자는 당황하여 잠시 생각에 잠겼다. 그러다가 딱 잘라 이렇게 선언하듯이 말했다.

「불렀을지 모르지만 난 가지 않겠어요.」

주위에 웅성거림이 일어났다. 제각기 이 명령에 대한 이유를 찾으며 논의가 벌어졌다. 백작이 다가왔다.

「그래서는 안 됩니다, 부인. 아시겠읍니까? 당신이 거역함으로써 비단 당신뿐만 아니라 동행한 모두들까지가 크게 곤란을 받을지도 모르니까요. 강한 자에게 항거해서는 안 됩니다. 잠시 얼굴을 보이는 것뿐이라면 아무런 위험도 없을 겁니다. 아마 수속 절차에 빠진 것이라도 있었겠지요.」

모두들 백작과 합세해서 그녀를 달래고 타일러서 드디어 설복하고 말았다. 여자의 무모한 행동에서 어떤 말썽이 일어날지도 몰라 그것을 두려워했기 때문이다. 여자는 드디어 이렇게 말했다.

「그렇다면 여러분들을 위해서 가지요, 그럼 됩니까?」

백작 부인은 여자의 손을 잡았다.

「정말 고마워요.」

여자는 나갔다. 모두들 함께 식사를 하려고 여자가 돌아오기를 기다렸다.

사납고 성 잘 내는 이 창부 대신에 자기가 불리지 못한 것을 모두들 분해하면서 자기 차례가 와서 불렸을 경우를 위해 말할, 비위 맞출 일들을 속으로 준비하는 것이었다.

그런데 십 분쯤 지나자 여자가 흥분하여 새빨간 얼굴을 하고 숨이 막힐 듯이 씩씩거리며 나타났다. 「망할 녀석! 망할 녀석!」하고 입속으로 되풀이하고 있었다.

모두들 영문을 알고 싶어했지만 여자는 한 마디도 하지 않았다. 백작이 끈덕지게 묻자 여자는 발칵하며 대답했다. ——「아니에요, 당신네들하고 관계 있는 일이 아녜요. 말씀드릴 수 없어요.」

그래서 모두들 양배추 냄새가 풍기는 우묵한 수프 냄비를 가운데 놓고 둘러앉았다. 간이 서늘해진 이 사건이 있었는 데도 불구하고 저녁 식사는 즐거웠다. 사과주가 고급이었다. 르와조 부부와 수녀들은 돈을 아끼느라고 사과주를 마셨다. 다른 사람들은 포도주를 청했다. 코르뉘데는 맥주를 시켰다. 병마개를 뽑아서 맥주에 거품을 일게 하고 컵을 기울이면서 찬찬히 바라본다. 그리고는 컵을 쳐들고 램프에 비쳐보면서 그 빛깔을 곰곰이 감상한다. 그런 짓을 하는 데 이 사나이는 독특한 방법을 가지고 있었다. 그가 맥주컵을 기울일 때 그의 수염은 사랑하는 맥주빛과 비슷한 색깔을 하고 있었는데 애정에 떨리는 것처럼 보인다. 눈은 잠시도 맥주컵에서 떠나지 않으려고 비스듬히 노려보고 있었다. 그의 태도는, 오로지 술을 마시기 위해 태어난 유일한 직책을 수행하고 있는 것 같았다. 그의 전생활을 차지하고 있는 두 가지의 커다란 정열, 맥주와 혁명, 이 두 가지 사이에 연결을, 말하자면 친화력이라는 것을 마음속에 세우고 있다고밖에 생각할 수가 없었다. 필시 그는 한쪽을 생각하지 않고서는 다른 한쪽을 맛볼 수 없을 것이다.

포랑비 부부는 테이블 끝에서 식사를 하고 있었다. 고장난 기관차처럼 헐떡거리는 포랑비는 먹으면서 말을 하려면 가슴이 답답했지만 그의 아내는 줄곧 지껄여 댔다. 프러시아 군이 들이닥쳤을 때의 인상을 죄다 이야기했다. 그들이 한 것, 그들이 말한 것을 이야기했다. 증오를 담고 이야기를 하는 것이었는데 그것은 첫째로 돈이 들었기 때문이며 다음에 두 아들을 군대에 징발

당하고 있었기 때문이었다. 지체 높은 부인과 이야기하는 것이 기뻐서 특별히 백작 부인에게 유난히 말을 걸었다.

그리고는 목소리를 낮추어 온갖 미묘한 말을 지껄였다. 남편은 가끔 그것을 가로막고는 이렇게 말했다——「잠자코 있는 게 좋아, 그런 말은.」——그러나 아내는 막무가내로 계속하는 것이었다.

「그렇답니다, 부인. 그놈들은 감자하고 돼지고기를 먹고 또 먹을 줄밖엔 몰라요. 지저분하긴 이를 데 없구요. ——부인 앞에서 이런 말씀 드리긴 뭣하지만 아무데나 그저 대소변을 본다니까요. 몇 시간이고 거푸 훈련하는 것은 볼 만하지요. 모두 들판으로 나간답니다. 그리고 앞으로 갔다 뒤로 갔다, 이리 돌고 저리 도는 꼬락서니란 어처구니없지요——하다못해 밭이라도 갈고 제 나라로 돌아가서 집이라도 고친다면 오죽이나 좋겠어요!——정말이지 부인, 군인이란 누구한테도 쓸모가 없는 것이랍니다. 고작해야 사람을 죽이는 짓을 가르치기 위해 가난한 백성이 군대를 먹여 살려야 한단 말씀이에요!——저 같은 건 교육도 받지 못한 노파이긴 하지만 아침부터 저녁까지 걷기만 해서 심신을 지치게 하는 그들을 볼 때마다 이런 생각을 한답니다——사람들을 위해 소용될 많은 발명을 하는 사람들이 있는데 한편으로는 사람의 재앙이 되기 위해 그토록 애를 써야 할까 하고요! 정말이지, 프러시아 사람이건, 영국 사람이건, 폴란드 사람이건, 프랑스 사람이건, 사람을 죽이다니 당치도 않은 일이 아니겠습니까——나쁜 짓을 한 놈에게 보복을 해도 나쁜 짓으로 되어 있어요. 보복을 하면 죄가 되니까요. 그런데 총으로 우리네 자식들을 짐승처럼 쏘아죽여도 괜찮은 일일까요? 제일 많이 죽인 놈이 훈장을 받고 있지 않습니까——그런 일이 있을 수 있을까요? 네, 그렇지 않습니까? 저는 절대 이해가 가지 않아요!」

코르뉘데가 목소리를 높였다.

「전쟁은 평화로운 이웃 나라를 공격할 경우에는 야만 행위입니다. 조국을 지킬 경우에는 성스러운 의무랍니다.」

노파는 고개를 숙였다.

「옳소, 자신을 지킨다는 것은 별문제겠지만. 차라리 자기네들 멋대로 그런 짓을 하는 온 세계의 왕들을 모두 죽여 버리는 것이 어떨까요.」

코르뉘데의 눈이 빛났다.

「장하오, 그렇게 나와야지!」하고 그는 말했다.

카레 라마동 씨는 깊은 생각에 잠겼다. 명성이 혁혁한 장군들의 열렬한 숭배자였다고는 하나, 이 시골 여자의 양식(良識)이 그에게 어떤 일을 생각케 했다. 만약 완성을 보는 데 몇백 년이고 걸리는 대대적인 산업 공사에, 군인들의 헛되이 놀고 있는, 따라서 무위 도식하는 자들의 솜씨가 비생산적인 채로 방치되어 있는 힘을 사용한다면 그것이 한 나라에 얼마만한 번영을 가져올 것인가 하고 생각했던 것이다.

그런데 르와조가 자리에서 일어나 여관 주인한테로 가더니 작은 소리로 이야기를 시작했다. 뚱뚱보 주인은 웃다간 쿨룩거리며 연방 가래를 뱉았다. 그의 불룩한 배는 상대가 농담할 때마다 즐거운 듯이 물결쳤다. 그는 봄에 프러시아 군이 철수하면 여섯 통의 보르도 포도주를 쓸 약속을 했다.

모두 녹초가 되어 지쳐 있었으므로 저녁 식사가 끝나자마자 잠자리에 들었다.

그런데 여러 가지 사태를 관찰하고 있던 르와조는 아내를 먼저 재워 버리자 열쇠 구멍에 귀를 대보기도 하고 눈을 대기도 하여, 말하자면 그는 〈복도의 비밀〉을 발견해내려고 애썼다.

한 시간 가량 지나자 옷자락 스치는 소리가 났으므로 그는 얼른 엿보았다. 불 드 쉬프의 모습이 보였다. 하얀 레이스로 가장자리를 꾸민 파란 캐시미어 잠옷을 입었기 때문에 더욱 뚱뚱해 보였다. 한 손에 촛대를 들고 아까 그 번호가 붙은 문 쪽으로 가는 것이었다. 이윽고 옆방 문이 삐죽이 열렸다. 여자가 이삼 분후에 돌아오자, 멜빵 걸친 코르뉘데가 여자 뒤를 쫓았다. 그들은 작은 목소리로 이야기를 하더니 걸음을 멈추었다. 남자가 방 안으로 들어가려는 것을 불 드 쉬프가 한사코 막고 있는 것 같았다. 불행히도 르와조의 귀에 그들의 말이 들리지는 않았지만 나중에 그들의 언성이 높아졌으므로 두세 마디 알아들을 수가 있었다. 코르뉘데가 무언가 조르고 있는 것이었다. 그는 이렇게 말했다.

「여봐요, 정말 바보로군. 당신은 별일 아니잖아, 당신으로 볼 땐.」

여자는 화가 난 듯이 이렇게 대꾸했다.

「안돼요, 이런 짓도 못할 경우가 있는 법이에요. 그리고 이런 데서 그런 짓을 하다간 창피당해요.」

아마 코르뉘데에겐 납득이 가지 않는 모양이다. 그것은 대관절 무엇 때문이냐고 물었다. 그 말을 듣자 여자는 발끈하여 더 거칠은 소리로 쏘아붙였다.

「왜냐고요? 왜 그런지 그 이유도 모르시겠다는 말이에요? 프러시아인이 한지붕 밑에 있는데, 어쩌면 옆방에 있을지도 모른단 말이에요.」

그는 입을 다물었다. 적이 가까이 있는 곳에서는 일시적이나마 애무를 용인하지 않으려는 이 창부의 애국적 수치심이 정녕 땅에 떨어지려는 그의 위엄을 틀림없이 그의 마음속에 눈 뜨게 했을 것이다. 코르뉘데는 여자에게 키스만 하고 발소리를 죽여 자기 방으로 돌아갔다.

몹시 흥분된 르와조는 열쇠 구멍에서 물러나자, 방안에서 덩실 춤을 한바탕 추고 나서 나이트 캡을 쓰고 그 밑에 과히 신통치 않은 몸을 누이고 있는 아내의 담요를 들치고 키스를 퍼부어서 깨우고 말았다. ——「나를 사랑하지?」하고 속삭이면서.

　그러자 온 집안이 조용해졌다. 그러나 곧 지하실에서부터인지 혹은 다락에서인지 분간하기 어려운 방향에서 세차고 단조롭고 규칙적인 울림 소리가 들리기 시작했다. 압력을 받고 주전자가 들먹이는 듯한 둔하고 여운이 긴 소리였다. 포랑비 씨가 잠을 자고 있는 것이었다.

　이튿날은 여덟 시에 떠나기로 했기 때문에 모두들 일찌감치 부엌으로 모였다. 그러나 포장 위에 눈이 쌓인 마차만이 말도 마부도 없이 마당 한가운데 쓸쓸히 놓여 있었다. 마구간으로, 사료 창고로, 차고로 마부를 찾아다녔으나 허사였다. 그래서 남자들은 온 마을 안을 찾아보기로 하고 밖으로 나갔다. 막바지에 교회가 있는 광장으로 나갔으나 광장 양편에는 나직한 집들이 늘어섰고 거기에는 프러시아 군인들의 모습이 보였다. 처음에 눈에 뜨인 프러시아 병정은 감자 껍질을 벗기고 있었다. 좀더 가자 두째 번 병정은 이발소 가게 바닥을 씻어내고 있었다. 또 하나 온 얼굴이 수염투성이인 사나이는 우는 애기를 무릎 위에 올려놓고 달래며 어르고 있었다. 남편들을 〈전쟁중의 군대〉에 징발당한 뚱뚱한 시골 여자들은 몸짓 손짓으로 유순한 정복자들에게 해야 할 일을 시키고 있었다. 장작을 패거나 수프를 만들거나 커피를 빻는 일이다. 그들 중 하나는 여관집 안주인의 속옷까지 빨아 줄 정도이다. 안주인이라는 사람은 전혀 팔다리를 쓰지 못하는 할머니였다.

　백작은 깜짝 놀라 때마침 사제관에서 나온 교회의 소사에게 물어 보았다. 신심 깊은 늙은 소사는 이렇게 대답했다——「아니, 저 사람들은 나쁜 사람들이 아닙니다. 말 들으니 프러시아 사람들이 아니라고들 하더군요. 어딘지는 모르지만 더 먼데서 왔대요. 모두들 고향에 처자를 남겨 놓고 왔다는군요. 그러니 전쟁 같은 것이 즐거울 리가 없지요. 암, 그렇구말구요 ! 필경 내보낸 군인들을 위해 울고 있는 사람도 있을 겁니다. 우리도 그렇지만 저 사람들 역시 전쟁 덕분에 무척 비참하게 됐겠지요. 여기는 아직 지금으로 봐선 그렇게 심하지 않지요. 저 사람들은 나쁜 짓을 하지 않고 자기집에 있는 것처럼 일해 준답니다. 네, 그렇지 않습니까. 가난한 사람끼리 서로 도와야 하지 않겠어요……전쟁을 벌이는 것은 높은 양반들이 하는 짓이니까요.」

코르뉘데는 정복자와 피정복자 사이에 성립되어 있는 협조하는 태도를 보고 화를 내며 여관에 처박혀 있는 편이 낫겠다면서 되돌아갔다. 르와조가 언제나처럼 농담을 했다——「인구가 줄었으니 빈 자리를 채우고 있는 거요.」카레 라마동 씨는 점잖게 말했다——「속죄를 하고 있는 셈이죠.」그러나 마부는 보이지 않았다. 마침내 이 마을의 술집에서 장교 연락병과 사이좋게 식탁에 마주앉아 있는 그를 찾아냈다. 백작이 힐문하듯이 물었다.

「여덟 시에 말을 매라고 해두지 않았던가?」

「예, 그렇습니다만 그후 또 다른 지시가 내렸답니다.」

「무슨 지시야?」

「절대로 마차에 말을 매지 말라는 것이었어요.」

「누가 그따위 지시를 했나?」

「예! 프러시아 군인이지요.」

「어째서지?」

「모르겠습니다, 가서 물어 보십시오. 말을 매지 말라기에 저는 그대로 했을 뿐이지요.」

「대장이 손수 자네한테 지시했나?」

「아니오, 대장님의 명령이라면서 여관 주인이 전달하더군요.」

「언제 그랬지?」

「어젯밤에 제가 자려고 할 때였어요.」

세 남자들은 몹시 불안하게 되어 돌아왔다.

포랑비 씨를 만나려고 했으나 하녀가 대답하기를, 주인은 천식 때문에 절대로 열 시 전에는 일어나지 않는다는 것이었다. 불이나 나면 모를까, 그 시간 이전에 깨우는 것은 절대로 금하고 있다는 것이었다.

장교를 만나려고 했으나 한집에 유숙하고 있다고는 하지만 이거야말로 절대로 불가능한 일이었다. 군무 이외의 용건으로 그에게 말할 수 있는 것은 포랑비에게만이 허락되어 있는 일이었다. 그래서 기다리는 수밖에 없었다. 여자들은 방으로 돌아가서 이것저것 자질구레한 일로 시간을 보냈다.

코르뉘데는 불이 활활 타고 있는 부엌의 높다란 벽난로 앞에 자리잡고 있었다. 그는 그곳으로 봉당에 있는 작은 테이블과 맥주병을 가져오게 하고 파이프를 꺼냈다. 이 파이프를 민주주의자들은 코르뉘데를 존중하는 만큼이나 존중하고 있었다. 마치 이 파이프가 코르뉘데에게 봉사함으로써 조국에 봉사하고 있기나 한 것 같았다. 기막힐 만큼 담배진이 밴 이 해포석(海泡石) 파이프는 주인의 이빨처럼 까맣게 물들어 있지만 좋은 냄새, 구부러진 모양, 반지르르한 윤택을 가지고 주인의 손에 익어서 주인의 몸 일부가 되어 있었다. 그는 벽난로에서 타는 불길을 바라보기도 하고 컵 위에 수북이 올라 있는 맥주 거품을 보기도 하면서 꼼짝도 하지 않았다. 마실 때마다 마르고 길다란 손가락으로 기름때 묻은 긴 머리카락을 만족스레 긁어올리는 한편 거품이 묻은 입수염을 혀로 빠는 것이었다.

르와조는 걸음을 좀 걸어서 저린 발을 낫게 하겠다는 핑계로 이 공장의 소매상들에게 포도주를 팔러 다녔다. 백작과 공장 주인은 정치 이야기를 시작했다. 그들은 프랑스의 장래를 억측했다. 한 사람은 오를레앙 집안의 복귀를 믿고 있었고 다른 한 사람은 아무도 알지 못하는 구세주, 모든 것이 절망에 빠졌을 때 나타날 영웅을 믿었다. 이 구원자가 뒤 게크랭 같은 사람일지 또는 자느다르끄 같은 사람일지? 아, 황태자가 그렇게 어리석지만 않다면! 코르뉘데는 그 말을 들으면서 운명의 말을 아는 사나이로

서 빙그레 웃는 것이었다. 그의 파이프가 온 방을 담배 냄새로 가득히 채웠다.

열 시를 치자 포랑비 씨가 나타났다. 그는 곧 질문을 받게 되었다. 하지만 주인은 똑같은 말을 두세 번 되풀이할 수밖에 없었다――「장교가 나한테 말했지요. 『포랑비 씨, 내일 저 손님들의 마차에 말을 매지 못하게 하시오. 내 명령 없이는 떠나지 못하게 할 작정이오. 알았소?』라고 말이오.」

그래서 모두들 장교를 만나려고 했다. 백작이 자기 명함을 장교에게 보냈다. 카레 라마동 씨가 거기다 자기 이름과 칭호를 모조리 덧붙여 썼다. 프러시아 장교는 점심을 먹고 나서 말하자면 한 시경에 면담을 허락한다는 회답을 보내왔다.

방에 들어가 있던 부인네들도 다시 나타나서 모두들 불안스럽기는 했지만 그래도 조금씩 식사를 했다. 불 드 쉬프는 몸이 불편한지 몹시 마음이 어지러운 것 같았다.

커피를 마시고 났을 때 연락병이 신사들을 부르러 왔다.

르와조도 그들과 같이 가기로 했다. 그런데 이 진정에 한층 더 무게를 갖추기 위해 코르뉘데도 같이 끌고 가려 했으나 자기는 도이치인과는 어떤 일이 있더라도 단연코 관계를 갖지 않을 작정이라고 분연히 말했다. 그리고 맥주를 또 한 잔 시켜 놓고 난롯가로 돌아갔다.

세 사람은 이층으로 올라가 이 여관에서는 제일 좋은 방으로 안내되었다. 그들을 대면한 장교는 안락의자에 길다랗게 누워서 다리를 난로 위에 올려놓고 사기 파이프로 담배를 피우고 있었다. 화려한 빛깔의 실내복을 걸치고 있었는데 아마 어느 취미가 좋지 못한 부자가 버리고 간 집에서 훔쳐 왔을 것이다. 그는 일어나지도 않고 인사도 없었고 그들 쪽을 보지도 않았다. 싸움에서 이긴 군대에서 흔히 볼 수 있는 버릇없는 행동의 표본을 유감없이 보여 주고 있는 것이었다.

한참 후 가까스로 그는 이렇게 말했다.

「무슨 일로 왔소?」

백작이 입을 열었다. 「저희들은 출발해야 하겠는데요.」

「안 됩니다.」

「그 이유를 들려 줄 수 없겠습니까?」

「떠나 보내고 싶지 않기 때문이오.」

「말대꾸 같아 죄송합니다만 저희들이 디에프까지 가기 위한 출발 허가증을 귀하의 사령관이 발행하셨습니다. 이렇게 엄한 처분을 받을 일은 없다고 생각하는데요.」

「떠나 보내고 싶지 않기 때문이오. 그것뿐이오……물러들 가시오.」

세 사람은 허리를 굽실거리고 물러나왔다.

오후는 비참했다. 도이치 장교의 변덕이 아무래도 이해가 가지 않았다. 더없이 해괴한 상상이 차례차례 그들의 머리를 어지럽혔다. 모두들 부엌방에 모여서 끝없는 논의를 거듭했다. 있을 것 같지도 않은 일을 상상하면서 어쩌면 인질로서 묶어 둘 작정인지도 모른다—— 하지만 무슨 목적으로? ——아니면 포로로서 데려가는 것일까? 혹은 오히려 막대한 액수의 석방금을 요구하려는 것일까? 바로 여기에 생각이 미치자 모두들 도망을 치고 싶은 안타까운 상태로 되었다. 가장 돈많은 사람들이 누구보다도 두려워했다. 목숨을 건지기 위해서 이 건방진 군인들의 손에 황금이 가득 찬 돈자루를 쏟아주지 않을 수 없는 자신들의 꼴이 벌써부터 눈에 선했다. 그들은 그럴 듯한 거짓말을 꾸며내느라고 머리를 짰다. 재산을 숨기고 지독한 가난뱅이로 행세하려면 어떻게 하면 좋을까, 하고 고심했다. 르와조는 시계줄을 풀어서 호주머니 안에 감추었다. 해가 지자 걱정은 깊어질 뿐이었다. 램프에 불이 켜졌지만 저녁 식사까지에는 아직도 두 시간이나 남아 있었기에 르와조 부인이 트럼프놀이를 하자고 했다. 기분 전환

이 될지도 모른다. 그래서 모두들 찬성했다. 코르뉘데까지도 예의를 지켜 파이프의 불을 꺼버리고 노름에 한몫 끼었다.

백작이 카드를 쳐서 돌렸다. 불 드 쉬프가 단번에 으뜸패를 잡아 버렸다. 잠시 후 노름의 흥미가 그들의 머리를 괴롭히던 의구심을 진정시켜 주었다. 코르뉘데는 르와조 부부가 속임수를 쓰려는 것을 눈치채고 있었다.

식탁에 앉으려는 참에 포랑비 씨가 다시 나타났다. 목에 담이 얽히는 목소리로 이렇게 말했다. 「엘리자베뜨 루세 씨가 아직도 생각이 달라지지 않았는지 프러시아 장교님이 물어 보라고 합니다.」

불 드 쉬프는 새파랗게 질려서 우뚝 서 있었다. 그리고 별안간 새빨개졌다 싶자 격노한 나머지 숨이 막혀 입도 열지 못하고 있었다. 그래도 가까스로 외치듯이 이렇게 말했다——「그놈에게 이렇게 말해 주세요. 그 더러운, 돼먹지 못한 부랑자 프러시아 놈에게 이렇게 말해 주세요. 싫다고요!」

뚱뚱한 여관 주인은 나갔다. 그러자 모두들 불 드 쉬프를 둘러싸고 전번에 프러시아 장교를 만났을 때 무슨 일이 있었는지 말해 달라고 졸랐다. 처음에는 완강히 거절했지만 마침내 분노에 못 이겨 부르짖었다. ——「그놈이 무엇을 원했느냐구요?…… 그놈이 무엇을 바랐느냐고요?…… 나하고 함께 자자는 거예요!」 이 노골적인 말에 기분을 상하는 사람은 하나도 없었다. 그만큼 모두들의 격분은 심했다. 코르뉘데는 맥주컵을 거칠게 테이블 위에 놓다가 깨고 말았다. 이 비열한 군인에 대한 비난의 아우성이, 분노의 숨결이, 그녀에게 요구되었던 희생의 일부분을 저마다가 요구받기라도 한 것처럼, 저항을 위한 그들의 단결이 은연중에 불나올랐다. 백작은 이놈들의 하는 짓이 옛날의 야만족과 똑같다고 내뱉듯이 말했다. 부인들은 유달리 불 드 쉬프에게 힘찬 애무적인 동정의 뜻을 표명했다. 식사 때만 나타나는 수녀들은 얼굴을 숙이고 한 마디도 하지 않았다.

최초의 분노가 가라앉자 그래도 좌우간 식사만은 했다. 하지만 모두들 말수가 적고 생각에 잠겨 있었다.

부인들은 일찍 방으로 물러갔다. 남자들은 담배를 피우면서 트럼프 판을 벌여 포랑비 씨도 초대했다. 장교가 완강하게 출발을 허락치 않는 고집을 꺾기 위해서는 어떤 수단을 써야 좋을지 그에게 교묘하게 물어 볼 생각이었다. 그러나 그는 트럼프장에만 정신이 팔려서 남의 말은 듣지도 않았고 아무 대답도 해주지 않았다. 줄곧——「자, 노름이나 합시다, 여러분. 노름이나 합시다.」하고 되풀이할 뿐이었다. 노름에만 정신이 팔려 가래를 뱉는 것마저 잊고 있었다. 그래서 가끔 그의 가슴 속에서는 걸걸 끓는 소리가 울려나왔다. 아무튼 이 사나이의 씩씩거리는 폐는 낮고 깊숙한 소리에서 시작되어 어린 수탉이 억지로 소리를 지르느라고 짜내는 날카롭고 목쉰 소리로 되기까지 천식의 전 음계를 내보이는 것 같았다.

졸려서 못 견디게 된 마누라가 부르러 와도 그는 이층으로 올라가기를 거절했다. 마누라는 혼자 자러 나갔다. 마누라는 언제나 해님과 함께 일어나는 새벽파였고, 영감은 언제나 친구들과 함께 기꺼이 밤을 새우려 드는 저녁파였기 때문이다. 남편은 「내가 먹을 레 드 플르(달걀을 탄 우유)나 불에 올려놓아요.」하고 소리치고는 또다시 노름을 하기 시작했다. 이 사나이에게서 아무것도 알아낼 수 없다는 것을 알게 되자 모두들 잘 시간이 되었다고 하면서 제각기 잠자리로 돌아갔다.

이튿날도 역시 모두들 상당히 일찍 일어났다. 막연한 희망으로 더욱 강해진 떠나고 싶다는 심정과, 이 지긋지긋한 여관에서 또 하루를 지내야 한다는 두려움이 뒤섞인 그런 심정을 품고서.

아! 말은 여전히 마구간에 매여 있었고 마부는 보이지 않는다. 사람들은 하릴없이 마차 주위를 어정거렸다.

점심 식사는 처량했다. 불 드 쉬프에 대해 일종의 쌀쌀한 공기가 떠돌았다. 하룻밤 자면 좋은 지혜가 떠오른다. 하지만 그 밤이 그들의 판단을 약간 바꾸었던 것이었다. 지금은 이 여자가 밤중에 몰래 프러시아 장교를 만나러 가주어서, 아침에 일어났을 때 마차 탈 손님들을 위해 깜짝 놀랄 만한 뉴스를 가져다 주게끔 해주지 않는 데 대해 원망에 가까운 감정을 느끼는 것이었다. 참으로 간단한 일이 아닌가? 게다가 아무도 알지 못할 텐데. 모두들 난처해 있는 것을 보니 딱해서 왔노라고 장교에게 말한다면 체면도 세울 수 있을 것이다. 이 여자로선 그런 것은 아무 일도 아닌 것이 아닌가!

그러나 누구 하나 그런 생각을 입에 담아 말하는 사람은 없었다.

오후에 지루해서 어쩔 수 없게 되었으므로 백작이 마을 언저리로 산책이나 해보자고 제안했다. 난롯가에 앉아 있는 편이 더 낫다는 코르뉘데와 교회나 신부의 집에서 나날을 보내는 수녀들을 빼놓고는 제각기 몸을 잘 감싸고서 이 작은 단체는 떠났다.

나날이 혹심해 가는 추위가 코와 귀를 에이는 듯했고 발이 시려서 한 걸음, 한 걸음 옮겨 놓기가 고통스러웠다. 들판이 보이는 데까지 이르자 끝없이 흰 눈에 덮인 경치가 너무나 무섭고 기분 나쁘게 보였으므로 모두들 마음이 얼어붙고 가슴이 조여드는 듯한 심정으로 일찌감치 돌아서고 말았다.

네 명의 부인이 앞장을 서고, 남자 셋이 좀 떨어져서 뒤를 따랐다.

사태를 충분히 인식하고 있는 르와조가 갑자기 저 〈화냥년〉이 언제까지나 자기들을 이런 곳에 붙들어 둘 작정인가 하고 불쑥 말을 던졌다. 어떤 때, 여성에게 상냥한 백작은 한 여성에게 그와 같은 괴로운 희생을 강요할 수는 없다, 희생은 본인이 자진해서 하는 것이어야만 한다고 말했다. 카레 라마동 씨는 만일 프랑스 군이 자기들이 이야기했던 것처럼 디에프 쪽에서 반격해 온다면 양군의 충돌은 토트 이외에서는 일어나지 않을 것이라고 지적했다. 이 말을 듣자 두 사람은 갑자기 걱정이 되어 왔다. ——「걸어서 도망치는 것이 어떨까요?」하고 르와조가 말해 보았다. 백작은 어깨를 움츠려 보였다. 「당치도 않은 소리, 이 눈 속에 여자들을 데리고? 게다가 달아나 본들 곧 추격당하여 틀림없이 십 분도 못되어 붙잡힐 겁니다. 포로가 되어 끌려와서 군인놈들에게 무슨 짓을 당할지 모르지요.」——과연 그것은 틀림없는 사실이다. 모두들 입을 다물어 버렸다. 부인들은 옷차림에 대한 이야기를 하고 있었으나 어쩐지 서먹해서 잘 어울리지 않는 것 같았다.

갑자기 길 저쪽에 아까 그 장교가 나타났다. 끝없는 눈경치를 배경으로 하여 키가 크고 허리가 잘록한 군복 차림이 뚜렷이 떠오르고 있었다. 공들여 닦은 장화를 조금이라도 더럽히지 않으려는 군인 특유의 걸음걸이로 무릎 사이를 벌리고 걸어온다.

그는 여자들 곁을 지나가면서 머리를 숙여 인사했다. 남자들에게는 멸시하는 듯한 눈길을 던졌을 뿐이었다. 하기는 남자들 쪽에서도 모자를 벗지 않을 정도의 위엄은 갖고 있었다. 그러나 르와조만은 약간 모자에 손을 대려는 몸짓을 했다.

불 드 쉬프는 귀 밑까지 새빨개져 있었다. 세 명의 기혼 부인은 이 군인한테서 염치없는 취급을 받은 창부와 함께 있는 장면을 그에게 보인 것에 심한 굴욕을 느꼈다.

그래서 이 장교의 이야기가 나오게 되어 태도며 생김새의 품평이 시작되었다. 많은 장교들을 알고 있으며 훌륭한 감식가로서 그들을 판단하는 카레 라마동 부인은 이 장교가 제법 그럴 듯하다고 했다. 프랑스 사람이 아닌 것이 유감스럽다고까지 말했다. 프랑스 사람이었다면 훌륭한 미남 경기병 장교로서 틀림없이 모든 여자들이 반했을 것이라고 말하는 것이었다.

막상 여관에 돌아오고 보니 무엇을 해야 할지 할일이 없었다. 하찮은 일에도 가시 돋친 말이 오고가는 형편이었다. 저녁 식사는 침묵 속에서 일찍 끝났다. 저마다 방으로 돌아가서 잠자리로 들어갔다. 하다못해 시간을 보내기 위해 잠이라도 자야겠다는 것이다.

다음날은 모두들 지친 얼굴로 화나는 가슴을 안고 내려왔다. 부인들은 불 드 쉬프에게 통 말도 하지 않았다.

종소리가 들려 왔다. 세례식이 있는 것이다. 뚱뚱한 창부에게는 이브또의 농가에서 기르고 있는 아이가 하나 있었다. 일 년에 한 번 만나지도 않고 만나려고 생각한 일도 없었다. 그러나 지금부터 세례를 받는 남의 어린아이가 이 여자의 마음에 자기 자식에 대한 갑작스러운 심한 애정을 불러일으켰다. 그녀는 세례식에 가보지 않고서는 견딜 수 없는 심정이 되었다.

이 여자가 나가고 나자 모두들 얼굴을 마주보며 의자를 가까이 했다. 다름이 아니다. 드디어 무엇인가를 결정해야 한다는 것을 그들은 느끼고 있었기 때문이었다. 르와조가 갑자기 묘안을 내놓았다. 불 드 쉬프만을 붙잡아 두고 다른 사람들은 떠나게 해달라고 장교에게 요청해 보자는 의견이었다.

포랑비 씨가 다시 심부름을 맡았다. 그러나 그는 올라가자 곧 내려왔다. 인간의 본성을 잘 알고 있는 도이치 장교가 무뚝뚝하게 주인을 쫓아내고 말았던 것이다. 그의 욕망이 채워지지 않는 한 이 사람들을 모두 붙잡아 둘 작정이라는 것이었다.

그래서 르와조 부인의 천덕스러운 성미가 터져나왔다——「늙어서 죽을 때까지 이런 데서 기다릴 수야 없잖아요? 영업이니까요, 그 여자는. 남자를 상대로 해서 그런 짓을 하는 것이 말이죠. 이 남자는 좋고 저 남자는 싫다고 할 권리는 없다고 생각하는데요. 네, 그렇지 않습니까? 루앙에서는 닥치는 대로 손님을 받았답니다. 마부들까지도 손님들 중에 들어갔단 말이에요. 정말이에요, 부인. 도청의 마부가 바로 그렇단 말씀이에요. 저는 잘 알고 있어요. 우리 집에 술을 사러 오는 사람이니까요. 그런데 우리들을 궁지에서 빼내 줘야 하는 이 마당에서 점잔을 빼고 있단 말이에요. 그 갈보년이……나는 그 장교가 퍽 점잖다고 생각해요. 아마 오랫동안 여자가 아쉬웠던 게죠. 더구나 우리들은 여자가 셋이나 있었잖습니까? 원래 같으면 틀림없이 우리들을 희생시켰을 거예요. 그런데, 어떻겠습니까. 그렇게 하지 않고 그 계집으로 만족하겠다는 것이니까요. 유부녀에겐 사양을 하고 있는 거예요. 생각 좀 해보세요. 뭐든지 할 수 있는 지위에 있는 사람이에요. 『나의 뜻이다.』하면 그만이죠. 병사들을 시켜서 완력으로 우리를 겁탈할 수도 있지 뭡니까?」

들고 있는 두 부인은 몸서리를 쳤다. 아름다운 카레 라마동 부인의 눈이 반짝 빛나더니 얼굴빛이 약간 창백해졌다. 마치 그 장교에게 완력으로 붙잡히기나 한 것처럼.

떨어진 곳에서 무언지 의논하고 있던 남자들이 가까이 다가왔다. 격하기 쉬운 르와조는 〈그 얄미운 계집〉의 손발을 묶어서 적에게 내주자고 말했다. 하지만 아무튼 삼대에 걸쳐서 대사직(大使職)을 지내 온 가문의 출신이며 원래 외교관 소질이 있는 백작은 술책을 쓰는 편에 찬성하는 패였다——「그 여자에게 각오를 정하도록 해야 되겠지요.」——그는 그렇게 말했다.

그래서 음모를 꾀하기로 되었다.

부인들은 서로 다가서고 목소리가 낮추어졌다. 모두들 의논하는 데 참가하여 저마다 자기 의견을 말했다. 하기는 그야말로 예의바른 의논이었다. 특히 이 부인들은 지극히 음탕한 말을 하는 데 있어서 슬쩍 돌리는 말과 교묘하고 매력적인 표현을 찾아냈다. 이 자리에 관계없는 사람이 들으면 무슨 말을 하는지 통 몰랐을 것이다. 그러나 사교계의 여성들이 누구나 갑옷 대신 자기 몸을 감싸고 있는 수치의 엷은 베일은 표면만을 가리는 것이어서, 그녀들은 이 음란한 모험에 마음이 들떠서 물고기가 물에 놓여진 듯한 심정으로 속으로는 정신없이 열중될 만큼 좋아하고 있었다. 식충이 요리사가 군침을 삼키면서 남의 식사를 차리듯이 정사에 대한 이야기를 주무르는 것이었다.

명랑한 기분이 저절로 되돌아왔다. 그만큼 나중에는 이야기가 기막히게 재미있는 것으로 여겨졌던 것이다. 백작까지도 다소 지나칠 정도로 농담을 했으나 모두들 미소지을 만큼 능숙하게 해치웠다. 르와조는 르와조대로 한층 더 노골적인 음란한 말을 했으나 아무도 기분을 상하지는 않았다. 이 사나이의 아내에 의해 난폭하게 진술되었던 그 생각이 모두들의 마음을 지배하고 있었다. 「그 여자의 직업이 그런 직업인 이상 이 남자는 좋고 저 남자는 싫다는 법은 없지 않겠어요?」하는 것이다. 우아로운 카레 라마동 부인은 자기가 불 드 쉬프라면 다른 남자들보다는 오히려 그 장교를 택하겠다는 생각까지도 하고 있는 모양이었다.

그들은 마치 요새라도 공략할 것같이 오랜 시간을 들여서 포위진을 갖추었다. 저마다 자기가 연출할 역할, 들고 나설 논법, 실행해야 할 작전 행동에 대해 양해를 구하게 되었다. 이 살아 있는 성채로 하여금 적군에게 항복케 하여 적을 맞아들이게끔 하기 위한 공격의 계획이, 사용해야 할 계략, 기습할 절차가 결정되었다.

그동안 코르뉘데만은 혼자 떨어져 있어 이 사건에는 전혀 가담하지 않았다. 의논하는 데에 주의를 빼앗겨 열중되어 있었기 때문에 불 드 쉬프가 들어오는 것도 모를 정도였다. 백작이 나직한 소리로 「쉿!」했으므로 비로소 모두들 눈을 들었다. 여자가 옆에 와 서 있지 않은가. 모두들 황급히 입을 다물었다. 야릇한 어색함에 지배되어 갑자기 말을 걸 수가 없었다. 다른 사람들보다도 표리 많은 사교 생활에 익숙해 있는 백작 부인이 불 드 쉬프에게 이렇게 물었다. ——「재미있었나요, 세례식은?」
　아직도 감동이 가시지 않은 뚱뚱한 창부는 자초지종 이야기
를 했다. 사람들의 얼굴이며 태도에서 교회의 생김새까지 모두
이야기하고 이렇게 덧붙였다:
　——「가끔 기도를 한다는 것은 정말 기분이 좋군요.」
　그러나 점심 때까지 부인들은, 그녀들의 충고에 대한 이 창부
의 신뢰와 순종을 증대시키기 위해 그저 이 여자에 대해 친절하
게 행동하는 것으로 그쳤다.
　식탁에 앉자마자 곧 행동은 개시되었다. 처음에는 희생에 관
한 막연한 대화였다. 옛날에 있었던 많은 전례들을 인용했다.
쥬디스와 오로페르느, 그리고 아무런 이유도 없이 류크레스와
섹스튜스의 이름이 튀어나오고, 그리고 적장들을 모조리 자기
의 침소로 끌어들여서 노예와 같이 무릎을 꿇게 한 클레오파트
라의 이름이 나왔다. 그리고 이런 무지한 백만 장자들의 상상
속에 우러나온 황당 무계한 이야기가 전개되었다. 로마의 여성
들이 카프로 가서 한니발을 그녀들의 품 속에 잠들게 하고, 한
니발뿐이랴! 그 장수들과 용병들을 잠들게 했다는 것이었다.
승리에 날뛰는 적을 막아내고 자기 육체를 전장으로 하여 지배
의 수단으로 삼고 무기로 삼았던 부인들, 영웅적인 애무에 의해
도깨비 같은 사나이와 흉악하고 가증한 남자를 정복하여 복수와
헌신을 위해 정조를 희생시킨 모든 여성이 인용되었다.
　애매한 말로 영국의 어느 명문의 부인에 대한 말도 나왔다.
일부러 무서운 전염병에 걸려서 이것을 나폴레옹에게 옮겨 주려
했으나 나폴레옹은 운명의 밀회 시간에 갑자기 불능(不能)에 빠
져 기적적으로 모면한 것이었다.
　이 모든 사실을 예의와 절도에 벗어나지 않는 조심스러운 말
로 이야기하기는 했으나 경쟁심을 자극하기 위해 이따금 의식적
으로 열변을 토했다.

이 세상에서 여자가 해야 할 유일한 역할은 끊임없이 자기 몸을 희생하는 일이며 거칠은 병사들의 일시적인 욕정에 언제나 몸을 내맡기는 일뿐이다. 나중에는 그렇게라도 생각하는 수밖에 없다는 듯한 말투였다.

두 수녀는 깊은 생각에 잠겨 있어 아무것도 듣고 있는 것 같지 않았다. 불 드 쉬프는 한 마디도 말을 하지 않았다.

그날 오후 내내 사람들은 불 드 쉬프를 잘 생각하도록 내버려두었다. 그러나 지금까지 해왔던 것처럼 〈마담〉이라고는 부르지 않고 간단하게 〈마드무와젤〉이라고 불렀다. 왠지는 아무도 잘 모른다. 마치 이 여자가 억지로 기어오른 존경의 위치를 한 단 끌어내려서 그녀의 수치스러운 신분을 자각시키고자 하는 것 같았다. 수프가 나왔을 때 포랑비 씨가 다시 나와서 전날에 하던 말을 되풀이했다.

「엘리자베뜨 루세 씨의 생각이 아직 달라지지 않았는지 프러시아 장교가 물어 보라고 합니다.」

불 드 쉬프는——「싫어요.」라고 무뚝뚝하게 대답했다.

그러나 저녁 식사 때에는 공동 작전이 약화되었다. 르와조가 서투른 말을 해버린 것이었다. 제각기 새로운 전례를 찾아내려고 지혜를 짜보았으나 통 찾아내지 못했다. 이때 문득 백작 부인이 미리 깊이 생각해서 한 말이기는 하겠지만 종교에 대해서 경의를 바치고 싶다는 막연한 기분이 움직이는 대로 성자(聖者)들의 생애의 위대한 행적에 대해 나이 많은 수녀에게 물었다. 그런데 많은 성자들은 우리들의 눈으로 볼 때 죄악 같은 행위를 범하고 있다. 그러나 교회는 신의 영광을 위해, 혹은 이웃의 행복을 위해 그것이 행해질 경우, 그러한 악행을 문제없이 용서하고 있다. 이것은 유력한 논거였다. 백작 부인이 이것을 이용했다. 묵계가 있어서였던지, 아니면 법의를 입은 자가 누구나 자랑으로 삼는 베일을 덮은 아첨에서였던지, 아니면 또는 단순하게 행복한 무지, 구원이 되는 어리석은 결과인지, 아무튼 나이먹은 수녀는 이 사람들의 음모에 강력한 뒷받침을 갖다주었다. 수줍어하는 줄만 알았더니 사실은 대담하고 수다스럽고 억센 기질이라는 것을 알았다. 일이 일어나면 일일이 양심에 비추어 종문의 가르침에 대한 조항과 대조하여 결정한다는 식으로 괴로워하는 일이 없으며 그녀의 교리는 철석같이 굳었고 그 신앙은 주저할 줄 몰랐다. 양심은 조금치의 불안도 몰랐다. 아브라함의 희생을 당연한 일이라고 생각하고 있었다. 자기라면 지극히 높은 자리에서 명령이 있다면 아버지건 어머니건 즉석에서 죽여 버릴 수 있다는 것이다. 그녀의 의견에 의하면 뜻하는 바만 훌륭하다면 주님이 기뻐하지 않는 일은 하나도 없다는 것이었다. 백작 부인은 뜻밖의 공범자의 성스러운 권위를 능숙하게 이용하여 그 〈목적은 수단을 정당화한다〉는 도덕률의 해설적 설교를 한 차례 하게 했다.

부인은 이렇게 묻는 것이었다.

「그렇다면 수녀님의 생각으로서는 천주님은 모든 수단을 받아 주신다, 동기만 순진하다면 어떤 일이고 용납해 주신다는 것인가요?」

「누가 그것을 의심할 수 있을까요, 부인? 그 자체는 비난받을 행위일지라도 그것을 행하게 한 생각의 여하에 따라서는 가끔 칭찬할 만한 것으로 된답니다.」

그녀들은 이렇게 하여 신의 뜻을 통찰하고 신의 심판을 예측하며, 사실인즉 신과는 아무런 관계도 없는 일에 대해 신을 결부시켜서 이야기를 계속해 갔다.

토론은 모두 노골적인 것을 피하고 교묘하게 신중히 행해졌다. 그러나 두건을 쓴 성스러운 여자의 말 한 마디, 한 마디가 창부의 분연한 항거에 탄환이 되어 구멍을 뚫었다. 그러나 이야기는 약간 방향이 바뀌어서 묵주를 늘어뜨린 이 여인은 그녀가 속해 있는 종파의 수도원에 대한 것, 수도원장에 대한 일, 그녀 자신에 대한 일, 그리고 옆자리에 앉아 있는 사랑스러운 수녀, 쌩 니세포르에 대한 이야기를 했다. 이 두 수녀는 천연두에 걸려서 입원해 있는 수백 명의 병사를 간호하기 위해 르아브르로 불려 간다는 것이었다. 그녀는 이 불쌍한 병사들의 정상을 자세히 설명했다. 프러시아 장교의 변덕 때문에 이렇게 붙들려 있는 동안에 자기들 손으로 어쩌면 구할 수 있을지도 모를 많은 프랑스 병사가 죽어 가고 있을지도 모른다! 병사들을 간호하는 것이 이 수녀의 전문이었다. 크리미아, 이탈리아, 오스트리아에도 종군했었다. 종군 이야기가 나오자 그녀는 별안간 자기가 그 용감한 종군 수녀의 한 사람임을 밝혔다. 전장을 달리기 위해 태어난 것 같은 종군 수녀, 싸움의 혼란 속에서 부상병을 거두어들이고 규율 없는 떼거리 군인들을 그들의 대장보다도 더 능숙하게 말 한 마디로 다룬다. 그러한 참된 싸움터의 수녀이며, 수없는 구멍이 패여서 만신창이 된 얼굴은 전쟁이 가져온 황폐함을 상징하고 있는 것 같았다.

이 수녀의 말이 끝나자 좌중에서는 아무도 입을 여는 사람이 없었다. 그만큼 감명은 훌륭한 것으로 여겨졌다.

식사가 끝나자 모두들 급히 자기 방으로 올라갔다. 다음날은 상당히 늦게서야 모두들 내려왔다.

점심 식사는 퍽 조용했다. 그 전날 뿌린 씨가 싹이 터서 열매를 맺을 시간을 주자는 것이었다.

오후가 되자 백작 부인이 산책을 하자고 했다. 그러자 미리 타합했던 대로 백작이 불 드 쉬프의 팔을 잡고 단 둘만이 다른 사람들보다 약간 뒤처져서 걸어갔다.

백작은 허불없는 아버지 같은, 그러나 약간 상대를 낮추어 보는 듯한 투로 성실한 신사가 창부를 상대해서 쓰는 투로 말하면서 그녀를 「여봐요.」라고 부르며 사회적 지위와 말할 나위 없이 명예스러운 높이에서 상대를 다루었다. 곧 문제의 핵심으로 돌입하여 이렇게 말하였다.

「그럼, 뭔가요. 당신은 지금까지의 생애에서 몇 번이고 있었을 텐데, 남자를 기쁘게 해주는 것에 동의하는 것은 싫고, 그보다도 우리를 여기다 붙잡아 두는 편이 좋다는 말인가요? 당신이나 우리나 프러시아 군이 지기라도 한다면 거기 잇따라 무슨 폭행이 일어날지도 모르고, 그 위험을 뒤집어써야 할 텐데.」

불 드 쉬프는 아무 대답도 하지 않았다.

백작은 감언 이설로 꾀이고, 도리에 호소하고 감정에 호소했다. 필요에 따라서는 은근히 비위를 맞추기도 하고 헛인사도 하고, 요컨대 싹싹하게 행동하고 있었지만 끝까지 〈백작 나으리〉로 있는 술책은 알고 있었다. 그녀가 모두들에게 봉사해 줄 행위의 의의를 강조하고 그들의 감사를 말해 주었다. 그런 다음 갑자기 명랑하고 친숙한 투로——「그런데 말야, 그 장교 녀석은 자기 나라에서는 좀처럼 볼 수도 없는 예쁜 여자를 맛봤다고 자랑할 것 아냐, 응, 어때?」

불 드 쉬프는 아무 대답도 없이 모두들을 따라갔다.

여관에 돌아가자 곧 여자는 자기 방으로 올라가서 두 번 다시 나타나지 않았다. 불안은 절정에 이르렀다. 어떻게 할 셈일까? 만약 계속 거절한다면 무슨 난처한 일이 생길지도 모른다!

저녁 시간을 알리는 종이 울렸다. 모두들 허무하게 여자를 기다렸다. 거기에 포랑비 씨가 들어왔다. 루세 양은 몸이 불편하니 먼저 식사를 시작해 달라는 것이었다. 모두들 귀를 쫑긋했다. 백작은 주인 곁으로 다가가서 작은 소리로「말을 들었소?」라고 물었다.「네」——예의상 백작은 모두들에게 아무 말도 하지 않았다. 그저 고개를 끄덕이며 신호를 했을 뿐이었다. 곧 안도의 한숨이 그들의 가슴에서 토해지고 기쁜 안색이 나타났다. 르와조가 외쳤다.「만만세다! 이 여관에 샴페인이 있다면 한 턱 낼 텐데.」——주인이 네 개의 샴페인 병을 두 손에 안고 돌아오는 것을 봤을 때 르와조 부인은 질렸다. 누구나가 다 별안간 수다스러워지고 떠들썩해졌다. 음란한 기쁨이 사람들의 가슴을 채우고 있었다. 백작은 카레 라마동 부인의 아름다움이 눈에 뜨인 것 같았고 공장 주인은 줄곧 백작 부인의 비위를 맞추었다. 대화는 활기를 띠고 유쾌했으며 기지에 넘쳐 있었다.

별안간 르와조가 걱정스러운 얼굴이 되더니 두 팔을 들면서——「조용히!」하고 외쳤다. 모두들 입을 꽉 다물었다. 깜짝 놀라 벌써들 겁에 질리면서. 그러자 르와조는 두 손으로 「쉿!」하고 모두를 말리는 시늉을 한 다음 귀를 기울이고 천정을 쳐다보았다. 한 번 더 귀를 기울이더니 평상시의 목소리로 돌아와서 이렇게 말했다——「걱정할 것 없읍니다. 만사 순조롭습니다.」

모두들 그 뜻을 이해하지 못해 망설이더니 이윽고 미소의 그림자가 스쳐갔다.

십 오 분쯤 지나자 그는 또 한번 같은 익살을 부렸다. 초저녁 동안 몇 번이고 그 짓을 되풀이했다. 이층에 있는 누군가를 부르는 듯한 시늉을 해보였다가 행상꾼 근성을 방불케 하는 두 가지 뜻으로 해석되는 말로 충고하는 시늉을 해보이는 것이었다. 슬픈 듯한 태도로「허 참, 불쌍하게스리!」하고 한숨을 쉬는가 하면 이번에는 격분한 듯이「제기랄, 프러시아 놈의 불한당 같으니!」라고 중얼거린다. 그리고 누구나가 잊고 있을 쯤에 목소리를 떨면서 몇 번이고——「이제 그만둬! 그만 해!」라고 했다. 그리고 혼잣말처럼「한 번 더 그 여자의 얼굴을 볼 수 있었으면 좋겠는데. 망할 녀석, 제발 부탁이니 죽이지나 말아 다오!」라고 덧붙인다.

상스러운 농담이지만 모두들 듣고 좋아했으며 아무도 기분을 상하지는 않았다. 대개 분노란 역시 다른 모든 것과 마찬가지로

환경에 좌우되는 것이며, 그들의 주위에 서서히 퍼져 간 분위기
는 음란한 상상에 넘친 것이었다. 식사 후에는 부인들까지도 재
치 있는 조심성스러운 풍자를 하게 되었다. 그들의 눈은 빛나고
있었다. 술들도 많이 마신 뒤였다. 떠들어 댄다고는 하나 백작
은 역시 위엄 있고 당당한 태도를 잃지 않고, 북극 지방에서 마
침내 남쪽으로 항로가 열리는 것을 본 난파선 승무원들의 기쁨
에 비겨서 퍽 재미나는 비유를 했다.

르와조는 신바람이 나서 샴페인 잔을 한 손에 들고 일어나
「우리들의 해방을 축하해서 건배!」하며 외쳤다.──모두들
일어나서 그에게 갈채를 보냈다. 두 수녀들까지 다른 부인들이
권하는 대로 한 번도 맛본 일이 없는 이 거품이 이는 포도주에
입술을 댔다. 그리고는 레몬 소다와 비슷하긴 하지만 그보다 훨
씬 더 맛이 좋다고 했다.

르와조가 그 자리의 분위기를 요약해서 이렇게 말했다.

「피아노가 없다니 유감스럽군. 커드릴(무도곡) 한 곡쯤은
치고 싶은데.」

코르뉘데는 그때까지도 말 한 마디 하지 않았다. 몸 하나 꼼
짝하지 않았다. 그뿐이랴, 몹시 진지한 생각에 잠겨 있는 것처
럼 보였다. 그리고 이따금 화난 듯한 손짓으로 긴 수염을 더욱
길게 늘어뜨리려는 듯이 훑었다. 마침내 한밤이 되어 모두들 잠
자리에 들어가려는 때, 르와조가 비틀거리면서 다짜고짜 코르
뉘데의 아랫배를 치며 꼬부라진 혀로 이렇게 말했다. 「오늘 저
녁에는 재미가 없으신 모양이군요. 어떻게 된 일입니까, 동지
시민이여. 아무 말도 없으시니 어찌된 일인가요?」──그러나
코르뉘데는 갑자기 얼굴을 번쩍 들더니 순간 빛나는 무서운 눈
초리로 좌중을 노려보았다──「여러분, 할말을 다해 두겠는
데, 여러분은 치욕적인 행위를 했단 말이오!」──그는 일어나
서 문 쪽으로 가더니 다시 한번 「치욕적인 짓을 말이오!」라고

되풀이하고는 나가 버렸다.

좌중은 처음에 냉수를 끼얹은 듯한 심정이었다. 르와조는 어리둥절하여 멍하니 서 있었다. 그러나 곧 정신을 차리자 갑자기 요절할 지경으로 웃어 젖히면서 되풀이했다——「손에 닿지 않는 포도는 시지. 아냐, 손에 닿지 않는 포도는 시단 말이야(이솝 우화에 여우가 높아서 따먹을 수 없는 포도를 보기만 하고 분한 끝에 덜 익어서 시어 못 먹겠다고 투덜댔다는 이야기) !」——무슨 뜻인지 모두들 몰랐기 때문에 그는 〈복도의 비밀〉을 이야기했다. 그러자 좌중은 한바탕 신이 나서 떠들었다. 부인들은 미친 듯이 재잘거렸다. 백작과 카레 라마동 씨는 너무 웃어서 눈물을 다 흘렸다. 도저히 믿을 수 없다는 것이었다.

「뭐라고요 ! 정말입니까 ? 그 선생이……」

「내 눈으로 봤다니까요.」

「그래 여자가 거절했다고요……」

「프러시아 장교가 옆에 있다면서 말이죠.」

「설마 ?」

「정말이오, 맹세코.」

백작은 숨도 쉴 수가 없었다. 공장 주인은 두 손으로 옆구리를 눌렀다. 르와조는 여전히 말을 이었다.

「그러니, 아시겠지요. 오늘 밤은 기분이 좋지 않은 거죠. 정말 기분 좋을 턱이 없지.」

세 사람은 또 웃어 젖혔다. 병이 날 지경으로 숨이 막혀 콜록거리면서.

그런 다음 모두들 물러갔다. 그러나 천성이 쐐기풀 같은 성품인 르와조 부인은 잠자리에 들어갈 때 남편에게 그 〈새침뜨기〉인 카레 라마동 부인이 저녁내 웃고는 있었지만 억지로 웃는 웃음이었다고 주장했다——「여자란 말이에요, 군복만 입고 있으면 프랑스 군인이건 프러시아 군인이건 상관없단 말이에요. 한

심하지 않아요, 네?」

　밤새도록 복도의 어둠 속에서 무슨 진통 같은 소리가 났다. 숨소리 같기도 하고, 맨발로 살금살금 걷는 소리 같기도 하고, 어렴풋이 삐걱대는 소리 같기도 한 분간하기 어려운 가벼운 소리가 스쳐 갔다. 확실히 모두들 늦게서야 잠이 들었다. 가느다란 불빛이 오래도록 문새로 새어나오고 있었으니까. 샴페인에는 이러한 효과가 있다. 샴페인은 잠을 방해한다고 한다.

　이튿날은 겨울의 밝은 태양이 흰눈을 눈부시게 비추고 있었다. 드디어 말이 매어진 마차가 문 앞에서 대기하고 있었다. 한 무리의 흰 비둘기가 두터운 날개에 싸여 가슴을 불룩하게 하고 한가운데 까만 점이 있는 장미빛 눈을 반짝이며 여섯 필의 말 다리 사이로 이리저리 의젓하게 돌아다니면서 김나는 말똥을 파헤치고 먹이를 찾는 중이었다.

　마부는 양털 옷을 입고 마부석에 앉아 담뱃대를 빨고 있었다. 손님들은 모두 상쾌한 얼굴로 남은 여행을 위해 부랴부랴 음식물을 챙겨 넣고 있었다.

　이젠 불 드 쉬프를 기다릴 뿐이었다. 그녀가 나타났다.

　약간 마음이 어지러워 부끄러워하고 있는 것같이 보였다. 조심스럽게 그들 쪽으로 걸어왔으나 그들은 일제히 얼굴을 돌렸다. 마치 그녀를 보지 못한 것처럼. 백작은 위엄을 보이며 아내의 팔을 잡고 불결한 것과의 접촉을 피하게 하려 했다.

　뚱뚱한 창부는 어이가 없어 걸음을 멈추었다. 그러나 있는 용기를 다해서 공장 주인의 아내에게 다가서며 얌전하게 속삭이듯이 말했다.

　「안녕하세요, 부인.」 상대방은 머리만을 약간 숙여서 거만한 답례의 표시를 보였을 뿐 상처받은 미덕에 대해 노여움의 시선을 던졌다. 모두들도 바쁜 것처럼 하며 이 창부에게서 멀리 떨어지려고 했다. 마치 이 여자가 스커트 속에 병균이라도 묻혀

오기나 한 것처럼. 이윽고 모두들 급히 마차에 탔으나 그녀만은 혼자서 맨 나중에 전번에 앉았던 자리에 말없이 앉았다.

아무도 못 본 체했으며 생전 만나본 적도 없는 얼굴을 했다. 그러나 르와조 부인은 멀찌감치서 얄미운 듯이 여자를 보면서 남편에게 작은 소리로 이렇게 말했다——「저년 곁이 아니어서 다행이에요.」

육중한 마차가 움직이기 시작하여 여행은 다시 시작되었다.

처음에는 아무도 말을 하지 않았다. 불 드 쉬프도 내리깐 눈을 들려 하지 않았다. 그와 동시에 이 여자는 자리를 같이 하고 있는 모든 인간들에 대한 노여움과 이들이 선(善)을 가장하고 자기를 몰아넣은, 프러시아 놈의 애무에 몸을 더럽히고 자기의 뜻을 굽히고 말았던 것에 굴욕을 느끼고 있었다.

이윽고 백작 부인이 카레 라마동 부인 쪽으로 돌아앉아 이 어색한 침묵을 깨뜨렸다.

「부인은 데트렐 부인을 아시지요?」

「네, 친구예요.」

「정말 좋은 분이지요!」

「아주 멋있는 분이에요! 정말 기막힌 성품에다 교양이 있고 철두 철미한 예술가라 황홀할 만큼 노래도 잘 부르고 전문가 빰칠 만큼 그림도 잘 그린답니다.」

공장 주인은 백작을 상대로 이야기했다. 마차 유리창이 덜거덩거리는 가운데 이따금 이런 말이 튀어나온다. 「배당——기한——기한부.」

잘 닦지도 않은 테이블에서 오 년이나 굴러서 기름때가 묻은 여관집 트럼프를 훔쳐온 르와조는 아내를 상대로 베지그 놀이를 하기 시작했다.

수녀들은 허리띠에 늘이고 있던 묵주를 집어들고 둘이 함께 십자를 그었다. 그리고는 별안간 입술이 맹렬하게 움직이기 시작하더니, 그것이 차츰 빨라져서 마치 기도드리는 경쟁이나 하듯이 뜻도 모를 중얼거림 소리가 급속도로 빨라졌다. 이따금 두 사람은 성패(聖牌)에 입을 맞추고는 새로이 십자를 긋고 빠른 말로 연속적인 중얼거림을 다시 시작했다.

코르뉘데는 꼼짝도 하지 않고 생각에 잠겨 있었다.

세 시간쯤 마차가 달리고 난 뒤에 르와조가 트럼프장을 긁어모으자——「배가 고프군.」했다.

그러자 아내는 끈으로 묶은 꾸러미를 풀어서 송아지 냉육(冷肉) 한 점을 꺼냈다. 솜씨 좋게 얄팍하게 잘라서 둘이 함께 먹기 시작했다.

「우리도 먹을까요.」하고 백작 부인이 말했다. 그 말에 동의하자 두 부부를 위해 준비시킨 식료품 꾸러미를 풀었다. 토끼 고기 파이가 안에 들어 있다는 표시로, 사기로 만든 토끼가 뚜껑 꼭지에 달려 있는 길쭉한 항아리 속에 가공된 고기가 담겨 있다. 갈색빛 고기 사이로 돼지 비계의 하얀 빛깔이 줄이 되어 섞여 있었고, 잘게 저민 다른 고기도 섞여 있다. 먹음직한 그뤼예르 치즈의 네모진 토막이 신문지에 싸여 있었는데 번지르르한 그 표면에 〈잡보(雜報)〉라는 글씨가 찍혀 있었다.

두 수녀는 부추 냄새를 풍기는 동그란 소시지를 펴놓았다. 코르뉘데는 헐렁한 외투 호주머니에 두 손을 찔러 넣더니 한쪽에서는 삶은 계란을 네 개, 다른 한쪽에서는 빵조각을 꺼냈다. 껍질을 까서 발밑 짚 속에다 던져 넣고는 움쑥움쑥 먹기 시작했다. 밝은 빛깔의 노른자 부스러기를 수염 위에 흘리기 때문에 그것은 마치 별들같이 보인다.

불 드 쉬프는 허둥지둥 일어나 왔기 때문에 아무 준비도 하지 못했다. 그녀는 분노에 숨이 막히고 화가 치밀어서 태연하게 먹고 있는 이들 모두를 노려보고 있었다. 처음에는 미칠 듯한 노여움이 온몸을 경련시켰다. 입술까지 밀려나온 욕설을 퍼부어 그들이 한 행위를 소리치려고 입을 열었다. 그러나 말을 할 수 가 없었다. 하도 분해서 목이 막혔던 것이다.

아무도 그녀 쪽을 보려고도 않고 생각해 주려고도 않는다. 그녀는 이 뻔뻔스러운 점잖은 무리의 경멸 속에 싸여 있다는 것을 느끼고 있었다. 처음에 그녀를 희생으로 제공하고, 그리고 나서 더러운 쓸데없는 물건처럼 내던져 버린 놈들. 그러자 그녀는 이 자들이 굶주린 떼거리처럼 처먹어 버린 맛있는 음식들이 그득히 담겨 있던 커다란 자기 바구니를 생각했다. 젤리를 친 반지르르한 두 마리의 닭, 파이, 배, 네 병의 보르도주가 생각났다. 팽팽한 실이 끊어지듯이 갑자기 노여움이 스러지자 그녀는 곧 울음이 터질 것만 같았다. 그녀는 필사적으로 애를 써서 몸을 꼿꼿이 하여 어린아이처럼 오열을 삼켰다. 그러나 눈물이 솟아나와 눈시울에서 멎더니 곧 커다란 눈물 방울이 두 방울 눈을 떠나 조용히 볼을 타고 내렸다. 잇따라 다른 눈물이 전보다 더 빨리, 바위 사이에서 스며나오는 물방울처럼 흘러내려 가슴께의 부풀은 선 위에 규칙적으로 떨어졌다. 그녀는 눈을 똑바로 뜨고 창백한 얼굴을 굳혀 남이 보지 않았으면 하고 바라면서 똑바로 앉아 있었다.

그러나 백작 부인이 그것을 알아차리고 눈짓으로 남편에게 알렸다.

백작은 어깨를 움츠려 보였다.

「할 수 없지, 내 잘못이 아냐.」라고나 하는 것처럼.

르와조 부인은 승리에 찬 무언의 미소를 띄우고——「창피해서 우는 거야.」라고 중얼거렸다.

두 수녀는 남은 소시지를 종이에 싸고 다시 기도하기 시작했다.

그러자 삶은 계란을 다 먹고 난 코르뉘데가 맞은편 의자 밑에까지 그 길다란 다리를 뻗치고 몸을 뒤로 젖혀 팔짱을 꼈다. 그리고 무슨 재미있는 희극이라도 생각난 듯이 빙그레 웃고는 라 마르세예즈(프랑스의 국가)를 휘파람으로 불기 시작했다.

모두들의 얼굴이 흐려졌다. 이 민중의 노래가 그들의 마음에 들지 않았던 것이다.

그들은 신경질이 되고 짜증이 나서, 풍금 소리를 들은 개처럼 금방 짖어 댈 것만 같았다. 코르뉘데는 그것을 눈치채자 더욱 멈추지 않았다. 때로는 휘파람이 아니라 가사를 홍얼거렸다.

성스러운 조국의 사랑이여,
이끌어 떠받자 우리의 팔을,
복수에 울리는 우리의 팔을.
자유, 그리운 자유여!
그대 전사(戰士)들과 함께 싸우라.

눈이 다져졌기 때문에 마차는 빨리 달렸다.

디에프에 닿을 때까지의 길고 음산한 여행 동안 내내 울퉁불퉁한 길에 흔들리면서, 처음에는 저물어 가는 침침한 속에서, 이윽고는 마차 안의 짙은 어둠 속에서, 잔인한 집념을 발휘하며 그는 그 단조로운 복수의 휘파람을 계속해서 불었다. 사람들의 마음은 진저리나고 약이 올라 있으면서도 처음부터 끝까지 억지로 노래를 따라가게 되어, 한 박자마다 마음속에서 저절로 떠올라 오는 노래 가사를 생각하게 되는 것이었다.

불 드 쉬프는 여전히 울고 있었다.

이따금 억누를 수 없는 흐느낌이 노래와 노래 사이에서 어둠 속으로 새어나오는 것이었다.

■ 감상과 해설

《모파상의 생애》

1 **소년 시절과 그 환경**　기 드 모파상은 1850년 8월 5일 북프랑스의 노르망디 지방에서 태어났다. 정확한 출생지에 대해서는 두 세 가지 상이한 설이 있는데 호적부에는 디에프 항에 가까운 지방 도시 투르빌 쉬르 아르크의 미로메닐에서 태어난 것으로 되어 있다.

부모는 연애 결혼을 한 사이였으나 나중에 파탄을 일으켜 어머니 롤은 두 아들(모파상과 동생 엘베)을 데리고 에토르타의 별장에서 은거했다.

모파상은 소년 시절의 태반을 바다에서 그다지 멀지 않은 이 집에서 지냈다. 뜰에는 나무가 무성하고 희고 붉은 들장미가 향기를 내뿜고 있었다.

하얗게 칠한 노대에는 재스민과 인동초 덩굴이 기어오르고 넓은 방에는 고색 창연한 가구와 훌륭한 루앙 도기가 장식되어 있었다.

따뜻한 애정과 깊은 이해를 가지고 보살펴 주는 어머니와 바닷가에서 장난치는 어촌의 아이들이 그를 둘러싼 세계였다.

《여자의 일생》은 말할 것도 없고 그의 단편소설에도 노르망디를 배경으로 한 것 중에 훌륭한 작품이 많은 것은 소년 시절의 이러한 생활환경으로부터 큰 영향을 받았기 때문이다.

어머니는 젊었을 때부터 요절한 오빠 알프레드나 그의 친구인 귀스타브 플로베르, 루이 뷔에 등과 함께 시를 읽고 연극을 하는 등 다분히 예술적 소질을 지닌 여성이었다. 그런 만큼 모파상에게서 예술가의 싹이 느껴지기 시작하자 그를 훌륭한 문학가로 키우리라는 남모르는 야심을 가지게 되었다.

그녀는 모파상에게 생각하는 것보다는 우선 보는 것을 가르치려고 했다. 무엇보다도 우선 사물에 접촉하여 자연을 이해하는 것, 그리고 현실의 이해를 토대로 하여 공상력을 키우는 일을 가르치려고 했다.

『세상에서 일어난 일을 일단 인정하게 되면 그 일어난 일은 묘사용의 환상이 된다』라는 플로베르의 교훈을 일찍부터 그에게 가르치고 있었던 것이다. 그리고 그 실제의 지도를 위해 모파상과 그의 친구들과 함께 곧잘 야산이나 해안을 돌아다녔다.

독서에 대해서도 어머니는 그에게 강한 영향을 미치고 있다. 어머니는 소녀 시절, 오빠 알프레드로부터 셰익스피어에 대해서 배웠다. 그래서 어린 모파상에게도 《맥베드》와 《한여름 밤의 꿈》을 읽게 했다. 특히 후자는 소년 모파상에게 상쾌한 전율과 자유 분방한 공상을 안겨 주었다.

그러나 그는 어머니로부터 부과되는 학과보다도 자기 멋대로의 생활이 더 좋았다. 그래서 곧잘 어머니의 눈을 피해 해변으로 달려가곤 했다. 어머니는 이것을 『도망친 망아지의 생활』이라면서 관대한 미소로 보아 넘기곤 했다.

모파상이 13살이 되자 어머니는 언제까지나 이런 멋대로의 생활을 보내게 하는 것은 위험한 일이라고 생각했다.

그래서 관례에 따라 이브토의 신부가 경영하는 중학교에 입학시켰다. 그러나 모파상은 이곳의 엄격한 규칙생활에 적응할 수가 없었다. 다정한 어머니, 친구인 어부의 아들, 즐거운 뱃놀이 등이 그리워서 몇 번이나 도망쳐 오지만 그때마다 어머니는 그를 달래어 학교로 데리고 갔다.

애당초 그에게는 종교적인 기질이 없고 반대로 자유 분방한 정신의 소유자였으므로 판에 박힌 학교 생활은 답답하고 괴로웠다. 그래서 그 멋없는 생활을 위로하기 위해 무작정 시를 썼다. 그러다가 공교롭게도 학교 생활과 교사를 야유한 시가 발견되어 평소부터 그로 인해 골치를 앓던 학교에서는 이를 계기로 그를 퇴학시키고 말았다. 그때 그의 나이 18살이었다.

모파상은 그후 루앙의 국립 고등 중학교 (7년제 중등 교육을 베푸는 학교)로 옮겼다. 루앙에서는 다행히도 어머니의 소꿉친구였던 루이 뷔에를 알게 되어 친히 시작(詩作)의 가르침을 받게 되었다.

뷔에는 그 다음해인 1869년에 죽었는데 어머니는『만일 뷔에씨가 살아 있었다면 모파상을 시인으로 만들어 주었을지도 모른다』라고 후년에 술회하고 있다.

② **플로베르의 가르침** 1870년에 보불(普佛) 전쟁이 일어나자 모파상은 소집되어 직접 전쟁을 목격, 다정 다감한 가슴에 그 참화를 싫도록 아로새기게 되었다.

그의 생활 경험은 모두 깊은 영향의 흔적을 남기고 있으나 그 중에서도 이 전쟁은 인간이 가지고 있는 잔학성, 이기주의, 어리석음 등에 대해 치유될 수 없는 비관주의를 그의 마음에 심어 주었다. 명작 《비계 덩어리(80)》를 비롯하여 《피피 양(82)》, 《광녀(82)》, 《두 친구(83)》, 《29호 침대(84)》등 보불 전쟁에서 취재한 작품이 수편 있는데 모두가 전쟁의 어두운 면을 묘사한 것 뿐이다.

전쟁에서 돌아오자 모파상은 한동안 에토르타에 있었으나 1872년 파리로 진출, 해군성의 임시 직원이 되었다. 그리고 어머니의 권고에 따라 플로베르에게 문학 수업을 받게 되었다.

　나중에 플로베르의 주선으로 문부성으로 옮겼으나 무미 건조한 관리 생활이 재미있을 까닭이 없어 가끔 그는 그 불만을 플로베르에게 호소했다. 그러나 그때마다 스승은 그를 부드럽게 타일렀다.

　『예술가에게는 하나의 원칙 밖에는 없다네. 즉, 모든 것을 예술에 바친다는 것일세. 예술가는, 인생이라는 것을 수단으로 생각하지 않으면 안 된다네. 그 이상의 아무것도 아니라네.』

　모파상은 파리에 나온 뒤 7년 동안 쓴 것은 모두 플로베르에게 보였다. 그가 작품을 가져가면 다음 일요일에 플로베르는 점심을 함께 하면서 친절하게 비평을 해주었다. 그리고 모파상 자신의 말에 의하면『오랜 세월의 참을성 있는 교훈의 요약이라고도 할 두세 가지 원리를 조금씩 내 머리에 집어넣어 주었다.』라고 회상했다.

　그 두세 가지 원리란『만일 하나의 독창성을 가지고 있다면 무엇보다 우선 그것을 끄집어 내지 않으면 안 된다. 만일 그것을 가지고 있지 않다면 어떻게 해서든 그 하나를 손에 넣지 않으면 안 된다.』라든가『활활 타고 있는 불이나 벌판에 있는 한 그루의 나무를 묘사하는데 있어서는 그 불이나 나무가 다른 어떤 불, 어떤 나무와도 비슷한 것이 되지 않을 때까지 꼼짝도 않고 그 앞에 서 있지 않으면 안 된다.』라는 것 등이었다.

　이리하여 플로베르는 전형적인 사실주의자 모파상의 밑바탕을 만들어 준 것이었다. 그리고 이렇듯 열성어린 가르침에 대답한 것이 1880년에 발표된 《비계 덩어리》였다.

③ **문단 등장**　1874년, 모파상은 에밀 졸라를 알게 되었다. 당시 졸라를 중심으로 하여 약간의 젊은 문학가들이 파리

교외 메당에 있던 졸라의 별장에 모여 문학을 논하고 있었다. 그리고 1880년에 졸라를 비롯하여 졸리스 카를, 유이스망스, 앙리 세아르, 레온 에니크, 폴 알렉시스, 그리고 모파상 등 6명이 각각 보불 전쟁에서 취재한 단편으로 《메당의 밤》이라는 책을 엮었다.

그 안에 수록된 모파상의 작품이 《비계 덩어리》로서 이것은 단연 다른 여러 작품을 압도하여 그의 문단 데뷔를 확실한 것으로 만들었다.

스승 플로베르도 죽기 직전 이 작품을 교정쇄에서 읽고 크게 감탄,『이것이야말로 진짜 걸작』이라고 절찬했고『후세에 남을 것임이 틀림없다.』고 보증했다.

같은 해에 〈고로다〉지에 연재되어 당시에는 단행본이 되지 않았던 《파리장의 일요일》이라는 연작물 단편은 소시민이 지니고 있는 슬픈 속물성을 야유한 재미있는 작품으로서 어딘가에 스승 플로베르의 《브라르와 페퀴세》를 연상케 하는 것이 있다.

《떼리에 관》, 《피피 양》 등을 발표하여 문명이 더욱더 높아지고 1883년에는 불후의 《여자의 일생》을 발표하여 문단에서의 그의 지위는 확고 부동한 것이 되었다. 그 폭발적인 성공으로 그의 이름은 프랑스 뿐만 아니라 전세계에 알려지게 되었다. 톨스토이는 그때까지도 그의 단편 소설을 읽고 그 재능은 인정하고 있었으나 이른바 창부물에서 볼 수 있는 것 같은, 너무나도 자연주의적인 경향에 미간을 찌푸리고 있었다. 그러나 이 작품을 읽고 나서는 그때까지의 생각을 버리고 진심으로 찬사를 보냈다.

그의 문단 생활은 불과 10년간이었으나 그 사이에 쓴 것으로는 《여자의 일생》에 이어 《베라미(85)》, 《몽트리올(87)》, 《피엘과 장(88)》, 《죽음처럼 강하다(89)》, 《우리의 마음(90)》 등

장편 6편, 단편소설 3백여 편, 시집 한 권, 희곡 두 편, 기타 문예 비평 등 엄청난 양에 이르고 있다. 분량적으로 가장 많은 것은 단편 소설로서 다른 작품도 많지만 그 중의 수십 편은 후세에도 남을 만한 다종 다양한 주옥과도 같은 작품이다.

④ **만년** 모파상은 1878년, 28살 쯤부터 신경계 질환을 자각하고 있었다. 그리고 다작에서 오는 피로와 여자 관계의 불섭생 때문에 병은 점점 더 심해졌다.

그래서 사교계도 친구도 골치가 아파 그것들로부터 달아나고 싶어져서 곧잘 요트를 타고는 해상으로 도피했다. 그리고는 해상에서 마음껏 고독의 고요함을 맛보는 것이 다시없는 즐거움이 되었다. 그러나 그 다음 순간에는 또 도회의 시끄러움과 쾌락이 그리워졌다. 그의 마음은 항상 이렇게 두 개의 극과 극 사이에서 흔들리고 있었던 것이다.

광인 소설 《오르라(86)》는 냉철한 마음과 눈으로 환각이나 광기의 세계를 그린 것인데 이 무렵부터 모파상에게는 광적인 징후가 조금씩 나타나기 시작했다. 동생이 젊었을 때 미쳐서 죽은 것으로 보아 그의 핏속에도 유전적 광기가 깃들어 있었던 것으로 생각된다.

이 광기의 발현에 박차를 가한 것으로서 작가가 숙명적으로 가지고 있는 이중성을 생각하게 된다. 모파상은 기행문 《물 위(88)》 속에서 이 이중성을 대략 다음과 같이 설명하고 있다.

작가는 타인에 대해서 뿐만 아니라 자기 자신의 사상이나 감정, 또는 행위에 대해서도 끊임없이 분석하고 비판하지 않으면 안 된다. 연애의 기쁨에 잠겨 있는 순간도, 연인이 무덤에 묻히고 있는 슬픈 때에도 결코 단순한 기분으로 있을 수는 없다. 즉 작가는 이중의 시각과 이중의 마음을 가지고 있다는 것이다.

모파상은 실제로 이러한 이중성에 끊임없이 시달리고 있었다.『작가를 부러워하지는 말아 주게. 오히려 불쌍히 여겨 주게』라는 말에는 너무나도 비통한 여운이 담겨 있다.

1892년 1월, 병이 더욱 악화된 모파상은 니스의 별장에서 목을 찌르고 자살하려 했으나 미수로 끝나 즉시 파리 교외에 있는 파시의 정신 병원으로 옮겨졌다.

다음해 봄, 대지에 새 싹이 움트자 그 아름다움은 그의 눈과 마음을 즐겁게 했다. 하인이 어떤 관목의 아름다움을 칭찬하자 『정말 아름답군. 하지만 저 에토르타의 백양나무만은 못할 걸. 특히 백양나무 잎이 미풍에 나부낄 때의 아름다움이란 정말 말로 다할 수 없다네』라고 말했다고 한다. 미쳐 버린 뇌리에도 그리운 어머니와 함께 소년 시절을 보낸 에토르타의 풍물은 선명하게 아로새겨져 있었던 것이다.

3월경부터 병상이 더욱 악화되어 마침내 7월 6일, 43살을 일기로 화려하기는 했지만 쓸쓸했던 짧은 생애를 마쳤다. 그리고 7월 8일, 졸라와 그밖의 문학가들, 그리고 그의 많은 애호가들의 전송을 받으며 몽파르나스의 묘지에 안장되었다.

《모파상의 작품 세계》

☐ **소설의 기법**　　모파상은 객관적이고 몰개성적인 수법을 스승인 플로베르로부터 배웠으나 그것을 실제로 응용하여 성공하고 있는 점에 있어서는 스승보다도 한 걸음 앞서 있다고 하는 편이 타당할지도 모른다. 플로베르는 그가 살아온 문학적

환경 때문에 낭만주의의 영향을 꽤 강하게 받고 있었고 또 그가 타고난 성질과 감정에는 다분히 낭만적인 요소가 있었다.

거기에 비해 모파상이 살아온 문학적 환경은 이미 리얼리즘의 색채가 농후했고 또 인간으로서의 그 자신도 어느 편인가 하면 냉철한 리얼리스트였던 것이다.

모파상은 《플로베르론》 속에서 『플로베르는 인물의 심리를 설명적인 논의로 펼쳐 보이는 대신 단순히 그것을 인물의 행위로 나타내고 있었다. 이렇게 해서 마음의 내부는 아무런 심리적인 논의 없이 외부에 의해 해명되고 있었다.』라고 말하고 있는데 이것은 또 그 자신의 제작 태도이기도 했다.

《피엘과 장》 첫 머리의 《소설론》은 그 자신의 작가로서의 태도를 표명한 것인데 그 속에 있는 다음의 문장은 그 내용에 있어서 전술한 《플로베르론》 속의 문장과 똑같다.

『객관파 작가들은 심리를 펼쳐 보이는 대신 그것을 감춘다. 그들은 심리를 작품의 뼈대로 삼는다. 마치 외부로부터는 보이지 않는 골격이 인체의 뼈대인 것처럼. 우리의 초상을 그리는 화가는 우리의 해골을 나타내 보이지는 않는다.』

이러한 기법은 모파상에 있어서는 약간 과장된 표현을 사용하면 신기(神技)의 경지에 도달해 있었다. 원래 이러한 기법은 장편 소설에 있어서보다도 단편 소설에서 충분한 효과를 나타내는 법이다. 모파상이 《여자의 일생》을 비롯하여 뛰어난 장편 소설을 썼는데도 전형적인 단편 작가라고 불리는 이유가 여기에 있다. 모파상의 가치를 운운하는 사람들도 이 기법의 완벽함만은 한결같이 인정하고 있다.

그러나 이러한 제작 태도의 당연한 결과로서 이른바 프루스트적인 정밀한 심리 해부는 기할 수가 없다. 내면적인 것에 대한 집요한 탐구를 원하는 현대인이 그의 작품에서 만족을 느끼지 못하는 것도 무리는 아닌 것이다.

② **소설의 제재** 상상력이 풍부한 편이 아니며 또 사회 소설을 쓰는데 필요한 구성력도 가지고 있지 못했던 모파상이 그리는 세계가 대체적으로 그가 실제로 살아온 환경에 한정되어 있었던 것은 지극히 당연한 일일 것이다.

우선 그가 소년 시절과 청년 시절의 한때를 보낸 노르망디의 자연, 그리고 거기에서 생활하고 있던 농민이나 어부는 그에게 많은 작품의 소재를 제공하고 있다. 얼핏 보기에는 소박하지만 교활하고 탐욕스럽고 때로는 잔인하기까지 한 농민의 본능적인 모습이 많은 작품 속에서 간결하고 힘찬 필치로 부각되어 있다. 다음에 보불 전쟁은 앞에서도 서술했듯이 전쟁이 인간의 심리에 미치는 잔혹한 영향에 대해 몇가지 뛰어난 작품을 그로 하여금 쓰게 하고 있다.

파리에서의 관리 생활로부터는 구습에 사로잡힌 고식적인 벼슬아치와 그 가정을 테마로 한 이른바 소시민 생활의 희비극이 숱하게 태어났다.

모파상이 관리 생활 중에도 습작에 몰두하고 센 강에 보트를 띄워 시름을 덜었다는 이야기는 유명하지만 이 센 강도 많은 청춘 스토리나 이러한 유흥지에 따르기 마련인 창부를 주제로 한 이야기에 무대를 제공하고 있다.

또한 모파상은 문단의 총아가 되어서 생활이 화려해지자 사교계와 사교계의 여성을 작품에 도입하였다. 그 대표적인 것이 《베라미》이다.

그리고 평생을 통해 그를 괴롭힌 신경 장애에 의한 공포감이나 환각도 그에게 많은 작품, 이른바 괴기 소설을 쓰게 했다. 자기의 정신 이상을 자기의 눈으로 관찰하고 자기의 손으로 쓰지 않으면 안 되었다는 것은 그에게 있어서는 숙명적인 비극이었다.

또 그에게는 부모와 자식 간의 문제를 다룬 작품이 많은데, 이것은 그 자신이 양친의 불화에 의해 가정의 비극을 어렸을 때부터 뼈저리게 느껴온 것과 결코 무관하지 않을 것이다.

그는 일상 생활 속에서 인간의 희비극을 감득하는 힘이 뛰어났었기 때문에 즐겨 평범한 인간을 작품 속에서 다룰 수 있었다. 그리고 그들 생활의 일상 속에서 인간의 진실을 부각시키려고 했다. 대개의 경우 그의 관찰의 눈은 냉철했고 태도는 아이러니컬했다.

현실을 가차없이 묘사함으로써 현실을 비판하면서도 그 현실을 변형시키려는 사상도 애정도 그에게는 없었다. 이 점도 그가 많은 사람들에 의해 불만스럽게 여겨지고 있는 이유일 것이다.

요컨대 인생에 대한 그의 태도는 염세주의자였던 것이다. 때로 그는 중세 프랑스의 콩트에서 볼 수 있는 것 같은 명랑하고 스스럼 없는 웃음을 흩뿌리고는 있지만 잘 주의해 보면 그 경우에도 그 밑바닥에 깊은 비관주의가 흐르고 있는 경우가 적지 않다.

이 비관주의는 현실을 직시하는 작가가 빠지기 쉬운 경향이며 또 당시의 시대 정신의 영향이기도 하며 나아가서는 또 스승 플로베르의 본보기가 이 경향을 조장했을 것이지만 그 가장 큰 원인은 그가 태어나면서부터 가지고 있던 신경질환이었다는 것은 부인할 수 없다.

③ **모파상에 대한 평가** 이렇다 할 철학도 지적 불안도 가지고 있지 않았던 모파상에 대해 현대의 지식인들이 별로 흥미를 나타내지 않는 것은 당연한 일인지도 모른다.

20세기 전반의 프랑스 문학계를 대표하는 세 문학가 가운데 폴 발레리도, 폴 크로델도 그에게는 전혀 무관심하며 겨우 앙드레 지드가 그의 가치를 인정하고 있을 뿐이다. 그러나 그것도 그의 소설 기법을 높이 평가하는데 그치고 있다.

하지만 외국에 있어서 모파상은 본국에 있어서보다도 훨씬 많은 지지자를 가지고 있다. 러시아에서는 체호프, 독일에서는 토마스 만, 영국에서는 서머셋 몸, 미국에서는 윌리엄 살로얀 등이 각기 모파상의 문학에 경의를 표했고 개중에는 자기 문학에 대한 영향력을 인정하고 있는 사람까지도 있다.

실상 외국에 있어서는 그의 스승이며 수준 높은 예술가인 플로베르보다도 오히려 그가 더 널리 알려져 있다고 해도 과언이 아니다.

간결한 객관 묘법으로 사물 본래의 성격을 부각시키고 인생의 단편을 생동감 있게 그려내는 것 ― 그것이 모파상 예술의 정수로, 이 점에 있어서는 그는 19세기 사실문학의 정상을 차지하고 있다고 해도 좋을 것이다.

4 **작품에 대하여** 《여자의 일생》은 1883년에 간행되었는데 그야말로 모파상의 대표적인 걸작인 만큼 그 완성에는 많은 시일이 필요했다. 모파상은 알려진 바와 같이 매우 붓이 빠른 작가였으나 이 작품에 한해서만은 퇴고에 퇴고를 거듭했고 끝내는 도중에 몇 번이나 붓을 꺾으려고 했을 정도였다.

이 작품의 구상이 떠오른 것은 1877년 말이나 1878년 초였다. 그는 즉시 그것을 스승인 플로베르에게 보고 했고 플로베르도 그 구상에 찬성, 격려의 말을 보냈다.

그러나 붓을 들기는 했으나 좀처럼 뜻대로 진척되지 않은 것으로 보아 그는 역시 단편 작가임을 증명해 주고 있는 것이다.

이 작품은 모파상이 평생 회상하며 그리워하고 있던 노르망

디가 무대로 되어 있으며 작중 인물의 설정에도 일단 그의
육친이 이용되고 있는 것 같다. 그의 어머니 롤의 불행은 여주
인공 잔느의 인생에 짙은 그림자를 드리우고 있고 아버지 저스
타브는 줄리앙과 마찬가지로 난봉꾼이어서 기혼 여성과 관계를
맺기도 하고 하녀와 문제를 일으키기도 하고 있었다. 또 동생
엘베는 폴과 마찬가지로 감당할 수 없는 불효 자식이었다. 그러
나 그들의 성격이나 행동을 그대로 작중 인물의 그것과 동일시
할 수는 없을 것이다.

결혼 초야에 남편의 짐승스러움을 발견하게 되어 우선 환멸
을 맛보아야 했고 다음에 남편에게 배신을 당하고 다시 유일한
희망이었던 자식에게까지 배신을 당하는 이 선량한 여성의
이야기에는 비관주의의 그림자가 짙다.

그는 작품에는 비관주의적인 작품이 많으며, 표면적으로는
아무리 쾌활한 웃음으로 가득차 있는 작품이라 하더라도 그
밑바닥에는 어두운 비관주의가 깔려 있다는 것은 앞에서도
언급했지만 이 작품에 있어서도 도저히 구제할 길 없는 고독감
이 전체를 지배하고 있다. 흙에서 막 태어난 것 같은 로잘리는
『세상이란 참, 사람이 생각하는 것만큼 좋은 것도 나쁜 것도
아니군요.』라고 말할 수가 있다.

그러나 잔느가 손녀를 세차게 끌어안고 마구 키스를 퍼부어
대도 독자에게는 그것은 순간의 행복일 뿐, 이윽고는 이 손녀에
게도 배신을 당하는 게 아닐까 하는 막연한 예상이 들게 된
다. 그만큼 이 작품이 가져다 주는 절망감은 절대적이다.

그러나 전편에 넘치고 있는 어두운 비관주의의 중압으로부터
독자를 구해주는 것은 여주인공에 대한 작자의 따뜻한 연민의
정이다.

톨스토이는 처음 투르게네프의 권고로 모파상의 작품을 읽었
으나 인생에 대한 차가운 모멸적인 태도와 연애에 대한 불성실

한 생각 등에 반발을 느끼고 있었지만 이 작품을 읽고 나서는 그에 대한 의견을 달리하게 되었다. 그리고 이 순진하고 사랑스러운 여주인공의 인생 묘사에 깊은 공감을 느끼고 이 작품은 『아마도 위고의 《레 미제라블》 이후의 가장 뛰어난 프랑스 소설이라고 할 수 있을 것이다.』라고까지 격찬했다.

또 비평가인 텐도 평소 잔혹할 정도로 냉정하게 진실을 그리는 그의 태도를 비판하여 발자크를 위대한 작가로 만든 연유는 인생에 대한 따뜻한 동정이었다는 것에 그의 주의를 환기하고 있었는데 이 《여자의 일생》은 그야말로 그러한 텐의 기대에 충분히 부응한 작품이었다고 할 수 있는 것이다. 잔느와 마찬가지로 인생에 꿈을 가지고 있으면서 그 꿈이 하나하나 무참하게 깨져가는 여성을 그린 소설로서 플로베르의 《보바리 부인》이 연상된다. 실상 이 두 개의 작품은 비슷한 점을 가지고 있다. 그러나 그 유사성은 어디까지나 외면적인 것일 뿐, 작품의 성격으로 말하면 대단한 차이가 있다. 가장 큰 차이는 보바리 부인은 작자 플로베르의 피와 살을 자기의 피와 살로 만들고 있는데 비해 잔느는 여성의 생애란 그저 이런 것이라고 하여 작자로부터 객관적으로, 바깥으로부터 관찰되고 있다는 점에 있다.

비평가 티보데도 『모파상은 졸라와 마찬가지로 소설의 여러 인물을 아주 쉽게 받아들이고 있다. 그는 플로베르나 도데처럼 그러한 인물을 자기의 내부에 살게 하지는 않는다』라고 말하고 있다.

그러나 그건 그렇다고 치고 이 《여자의 일생》은 《보바리 부인》과 더불어 프랑스의 리얼리즘 문학이 낳은 걸작의 쌍벽이며 인간의 숙명적인 슬픈 삶의 영위에 대해 우리들에게 깊이 생각하게 하는 많은 것을 가지고 있는 뛰어난 작품의 하나라고 할 수 있을 것이다.

이처럼 《여자의 일생》을 비롯하여 다른 다섯 편의 장편 소설도 각각 훌륭한 작품이기는 하지만 그의 뛰어난 수십 편의 단편(그의 단편 소설은 워낙 수가 많은 만큼 모두 좋은 작품이라고는 말할 수 없다)은 읽어 보면 그는 역시 어디까지나 유례없는 단편 작가라는 느낌이 강하게 든다. 이 《여자의 일생》에 있어서도 물론 일관된 테마에는 흔들림이 없지만 각 장면이 마치 하나의 단편 소설처럼 선명히 부각되고 있다.

모파상의 많은 단편 중 대표적으로 꼽히는 《목걸이》에서도 그의 비관적 사실주의가 뛰어나게 묘사되고 있다. 모파상 단편의 특징인 명석한 문체, 간결하고도 객관적인 묘사, 교묘한 극적 구성을 고루 갖춘 이 작품은 한때의 허영이 얼마나 크게 삶을 파괴하는가 하는 것을 말해 주는 작품이다.

체호프와 함께 최고의 단편 작가로 꼽히는 모파상은 스승인 플로베르에게서 물려받은 객관주의를 지키는 한편 낭만주의의 과장되고 과잉된 표현을 멀리함으로써 완전히 새로운 방법의 소설을 추구했다. 그의 작품은 흔히 단편 소설의 교과서로 불리기도 한다.

모파상이 즐겨 다루는 주제는 남녀간의 애정 이야기, 전쟁·살인·자살·복수 등의 잔인한 이야기, 사생아를 대상으로 한 부자간(父子間)의 이야기, 발광·공포·환각 등을 다룬 이야기 등인데, 그는 독특한 사실주의적 수법으로 이런 이야기들을 불과 수백 줄로 교묘하게 집약·재구성하여, 인생의 단면을 재현하는 데 성공했다.

그 가운데서도 서머셋 몸이 《세계문학 100선》 속에 수록한 《목걸이》는 현실에 『강한 충격을 가하는』 것을 중요한 특징으로 하는 근대적 단편 소설의 선구적 기법을 보여 주는 작품으로 유명하다.

〈편 집 부〉

여자의 일생 · 목걸이

- ■ 저 자 / 기 드 모파상
- ■ 역 자 / 김수연·권미영
- ■ 발행자 / 남   용
- ■ 발행소 / 一信書籍出版社

주소 : 121-110 서울 마포구 신수동 177-3
등록 : 1969. 9. 12. NO. 10-70
전화 : 영업부 703-3001~6
　　　　편집부 703-3007~8
　　　　FAX 703-3009
대체구좌 / 012245-31-2133577

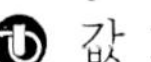 값 10,000원